国家社科基金
GUOJIA SHEKE JIJIN HOUQI ZIZHU XIANGMU
后期资助项目

中国古代海洋文学史

History of Ancient Chinese Ocean Literature

倪浓水　著

ZHEJIANG UNIVERSITY PRESS
浙江大学出版社
·杭州·

国家社科基金后期资助项目
出版说明

后期资助项目是国家社科基金设立的一类重要项目，旨在鼓励广大社科研究者潜心治学，支持基础研究多出优秀成果。它是经过严格评审，从接近完成的科研成果中遴选立项的。为扩大后期资助项目的影响，更好地推动学术发展，促进成果转化，全国哲学社会科学工作办公室按照"统一设计、统一标识、统一版式、形成系列"的总体要求，组织出版国家社科基金后期资助项目成果。

全国哲学社会科学工作办公室

目　录

绪　言
中国古代海洋文学的研究论域和文学史维度

　　海洋文学是一种与海洋和海洋活动有关的类型文学。对其定义界定，目前尚未形成一致性意见。有人认为，"所谓海洋文学，通常是指以海洋为题材或根据在海上的体验写成的文学作品。……真正意义上的海洋文学是主题与海洋具有的特性密切相关，并受海洋的特性支撑的文学作品"；也有人说，"那种渗透着海洋精神，或体现着作家明显的海洋意识，或以海或海的精神为描写或歌咏对象，或描写的生活以海为明显背景，或与海联系在一起并赋予人或物以海洋气息的文学作品，都可以列入海洋文学的范畴"；还有人说，"以海洋为背景或以海洋为叙述对象或直接描述航海行为以及通过描写海岛生活来反映海洋、人类自身以及人类与海洋关系的文学作品，就是海洋文学"；还有人试图从更完整的角度定义海洋文学："海洋文学按其表现的内容与特质大致涉及以下层面：一是真实呈现海洋特有的自然地理风貌；二是以海洋为背景，反映人类与自然的多向度关系；三是以海洋为活动舞台，展示人类物质生产、精神创造的历史进程与心灵图像"。①

　　另外，与西方那种搏击海洋、探险海洋、体验海洋为主要内容的海洋文学相比，中国海洋文学主要体现为站在海边观海、以沿海和岛屿地区生活为主，内容比较庞杂，有一种大陆生活延伸的意味，有人因此提出了"海缘文学"的概念。②

　　上述观点其实都大同小异，基本上都倾向于认为：中国海洋文学是

---

　　① 分别见龙夫《大海的倾诉：日本学者论海洋文学的发展》，《海洋世界》2004年第7期；杨中举《从自然主义到象征主义和生态主义——美国海洋文学述略》，《译林》2004年第6期；段汉武《〈暴风雨〉后的沉思：海洋文学概念探究》，《宁波大学学报（人文科学版）》2009年第1期；李松岳《存在的诗性敞开：新时期浙江海洋诗论》，北京：中国社会科学出版社2009年版，第2页。

　　② 黄维樑：《观沧海激起浪花——〈中国海洋文学史话〉序》，《华文文学评论》（辑刊）2017年卷。

一种以海洋为背景，以海洋活动、滨海和海岛生活为叙述和抒情对象，反映海洋、人类自身以及人类与海洋关系的类型文学形态。[①] 概而论之，即海洋题材、海洋思维和海洋表达。

海洋题材包含海洋空间、海洋活动和海洋人居社会，以及与这些有关的海洋生物、海洋水文现象、航海和捕捞工具、海洋信仰和民俗等内容；海洋性思维指的是海洋文学中所蕴含和表达的海洋人文意识和思想。海洋既是古人的生活和生产空间，也是他们的生存环境，同时也是他们理解自然、认识社会的主要途径。认识海洋，描述海洋，解释海洋，都需要一种不同于内陆人的思维方式；古代中国海洋文学的表达形式，则是比较丰富多样的。海洋赋体文章，海洋诗歌，乃至部分海洋散文，其表达方式与文本形态，与一般性的赋文、诗词和散文，或许没有什么大的区别。但是对于叙事类海洋文学而言，其主要体现为笔记体的叙事方式，这是比较特殊的海洋叙事形态。总之，中国古代海洋文学是一个论域范围比较广泛、边界不怎么清晰的类型文学。它的恒定因素主要体现在海洋题材上，它的可变因素则较多，主要集中在它的海洋式思维和海洋文学的特殊表达，而且都比较灵活多变，哪怕是同一种类型，譬如叙事文学，也有笔记文学体、寓言文学体、二度创作体等不同的体裁。

中国海洋文学源远流长，形态多姿。多年来学术界对此也进行了多方面的研究，取得了比较丰富的成果，但还没有从中国海洋文学史的维度进行比较系统化的梳理、考察和描述。本书在充分吸收有关学术研究成果的基础上，根据十多年来所搜集的古代海洋文学的文献（包括海洋地方性文献），以时代变迁为经，以海洋小说、海洋散文和海洋诗词歌赋为纬，梳理、分析和描述从先秦至晚清的中国海洋文学发展脉络，力图总结、提炼它的规律性因素，从而形成一部相对比较系统和完整的具有通史性质的古代海洋文学史研究专著。

---

① 最近几年有人还提出了一个"河流文学"的概念，认为河流文学指的是以河流或与河流相关的事物为主要题材、表现对象、核心意象、叙事背景的文学文本，它与临河住民的生存状态、文学家主体的生命体验、诸多现代性话语密切相关。见蒋林欣《"河流文学"：一个新论域》，《江西社会科学》2017年第2期。这种"河流文学"与海洋文学的性质表面上很相似，其实有本质区别，因为海洋文学是立足于海洋文明这个与内陆文明相对应的文明生态之中的，世界上有大河文明之说，但是大河文明也属于内陆文明，与海洋文明不是对等概念。

一、中国古代海洋文学的论域范围

"文学史的研究，需要我们扩展视野，无论是政治、经济、思想文化诸要素，都需要我们深入底里，细心挖掘；更需要在这些惯常的要素之外，发现新的要素，进行综合的分析和研究。文学史的研究，还需要我们打破以往的思维局限，不断挖掘新的材料、发现新的问题，从而使我们越来越接近历史的原貌，获得新的认知。"朱万曙在他所著的《徽商与明清文学》一书的"结语"中这样写道。著名古典文学研究专家廖可斌在为此书撰写的书评《文学史研究新维度：徽商与明清文学》中，引用了这段"结语"，并作了高度肯定。他指出，《徽商与明清文学》的问世说明：当下"文学史研究无疑在越来越走向深入。以往许多不为人所知晓的文学家和文学现象陆续得到关注，各种文学场域、文学事件也被描述和挖掘"。[①]

中国古代海洋文学的研究，就属于这种新开拓的文学场域。因为如果以比较纯正的文学标准来衡量中国古代海洋文学，那么许多海洋文学作品尤其是笔记体的叙事类文本，能不能算是文学作品，或许还会引起某种程度的争论，甚至还有可能引发对于海洋文学"合法性"的质疑。但也正因为如此，它的研究论域也要比一般的文学体裁来得广泛。有人认为："中国古代海洋文学作品并非不够丰富，但这一题材委实不曾在历史上占据核心地带。……中华文化对蓝色国土的态度与王朝的政治动荡、与异域的文化碰撞反复纠缠，这确实在民族心理上形成了对海洋文明相当程度的旁观性，并由此导致了中国古代海洋文学在题材上的独特性。"他把古代海洋文学分为"内陆海洋文学，即陆居者从内陆心态出发对海洋的直接抒写；滨海文学，即内陆海洋文学向深海文学的过渡；深海文学，包括远离陆域的航海、海战、海上纪行等深海活动、图景与心态"。据此，他认为："除了历代总集、别集、正史、杂史等文献之外，还应特别注意全面普查散落在滨海地区的方志、碑铭、谱牒、新发掘地下文物、民间性神话传说、渔歌民谣等载体中的海洋文学资源，从而实现对士人海洋文学文献与民间海洋文学文献的全面整合与集成。"[②]

将中国海洋文学归纳为"内陆海洋文学""滨海文学"和"深海文学"这样三类，体现出了对于海洋文学这种类型文学的认知需要多角度的特

---

① 廖可斌：《文学史研究新维度：徽商与明清文学》，《中华读书报》2015年7月1日第19版。
② 张平：《从边缘到活力——中国古代海洋文学研究的拓新之路》，《广东海洋大学学报（社会科学版）》2017年第2期。

点。但是任何分类总是不全面的,"内陆海洋文学"的划分依据是"陆居者"的书写,是一种根据作者成分的划分;"深海文学"的划分依据是"航海、海战、海上纪行等深海活动",是一种根据题材的划分;而介于两者之间的"滨海文学"的划分依据,则干脆没有任何说明。由于依据的不统一,导致这种对中国海洋文学的划分,虽然比较新颖,但也容易引起争论。然而这种分类法,有一点必须引起应有的重视,那就是对中国海洋文学范围框定的新认识。把古代海洋文学的范围,从历代总集、别集(大多为笔记小说形式)中的文学类作品,拓展到正史、杂史中的有关涉海记载以及滨海地区的方志、碑铭、谱牒、地下文物甚至各类海洋性民间文学。这种拓展中国海洋文学论域空间的思考,是值得肯定的。

因为这种认识并非孤立,英美学者也有类似观点。"对大海的理解就是对在海上生活的人的理解,如果我们要认真考虑这一理念的话,海员们的记录则无疑……起着举足轻重的作用。其中一些很明显是人种志学(或更广义来说是人类学)的内容;有的是一手的自传叙述,还有一些是假借小说的形式。"① 在英国海洋文化研究专家约翰·迈克看来,反映和描述海洋的形式包括了海洋生活和海洋活动实践者的考察报告、自传、族群活动记录等纪实性文本,也包括了小说等文学形式,可见在他看来,海洋文学的范围也是非常广泛的。

无独有偶,美国学者玛格丽特·科恩在其著作《小说与海洋》中,也有类似的表述:"关于航海的书籍很快在业余航海爱好者中风靡起来,一些读者关注航海的新闻,不断更新他们已有的信息。而另一些人则津津有味地阅读历史上的探索者、孤岛幸存者和海盗们的故事来娱乐消遣。航海爱好者们偏爱纪实作品,其他饶有兴趣的读者则乐于收藏航海图集和航海条约。"总之有各类海洋文学文献,她把它们分成海洋"实用文学"和"娱乐文学"两类。②

"实用文学"可以说是技术性、工具性航海文本,"娱乐文学"可以说是文学性书写文本。"现实海洋"和"想象海洋",也正是中国古人笔下的海洋多彩世界。

我们赞同在更广阔的视野上来框定中国古代海洋文学的论域范围。因为只有这样,才能更符合它实际存在的情形。

---

① (英)约翰·迈克:《海洋:一部文化史》,冯延群、陈淑英译,上海:上海译文出版社2018年版,第14页。

② (美)玛格丽特·科恩:《小说与海洋》,陈橙、杨春燕、倪敏译,上海:上海译文出版社2018年版,第8页。

　　在叙事性文本上，古代海洋文学的范围是比较宽泛的。它既包括冯梦龙《情史》、蒲松龄《聊斋志异》、王韬《遁窟谰言》《淞滨琐话》《淞隐漫录》等中的涉海小说，以及《西游记》《三宝太监西洋记通俗演义》《镜花缘》中的涉海部分叙写等比较纯正的文学文本；也包括历代笔记文学中大量的海洋叙事和记载性文本。

　　如果把叙事文学的范围加以扩大，那么古代海洋文学还包括《列子》《庄子》和《山海经》等非纯正文学经典中的涉海叙事。

　　类书是一种经典文献集成，《太平广记》《文苑英华》等类书中包含有许多涉海叙事文本，自然也应纳入古代海洋文学的研究范围。

　　古代涉海文献中，有些是纪实性的记载，具有"报告"的性质；有些是"私人文书"或"地方文献"，如徐兢《宣和奉使高丽图经》、马欢《瀛涯胜览》、费信《星槎胜览》、黄省曾《西洋朝贡典录》、吴莱《甫东山水古迹记》、张岱《海志》、周去非《岭外代答》、黄衷《海语》和《东瓯逸事汇录》等，它们的文学性都不是很强，但都具有很大的史料价值，而且它们的确也属于纪实散文的范畴，所以也应属于古代海洋文学的论域范畴。

　　从抒情文文本上来看，历朝历代的海赋作品和海洋诗歌作品，理所当然是古代海洋文学的考察和描述对象。

　　上述各类海洋文学作品中，既有比较正规的文学化的涉海叙事文本、海洋诗词歌赋，又有纪实性的考察报告等比较亚文学性的各类文本，所以古代海洋文学的研究论域是非常广泛的。

　　总而言之，海洋想象、海洋记叙和海洋抒情，构成了中国古代海洋文学立体性的论域大厦。

　　这种比较广义的海洋文学，有一些已经超出了纯文学文本的范畴，形成了一种明代文论中所探讨的"正体"向"变体"转化的文学现象。明人徐师曾在《文体明辨序说》里论及碑文的表现方式时说："主于叙事者曰正体，主于议论者曰变体，叙事而参之以议论者曰变而不失其正。"葛红兵等学者在引述了这两个概念后指出，"虽然时至今天，'正体'和'变体'早已不是表达方式意义上的概念,各自内涵发生了很大变化,'正体'是指正统的体制，'变体'则指的是流变体制。但这一对概念及其蕴涵的原始辩证关系，对于文体学研究，以及文体学的下一层级类型学研究来说，仍具有重要的启示与指导性"。他们还将"正体"和"变体"概念含义延伸到了小说。"小说类型的正体，一般指的是某一类成熟的小说类型具有相对稳定的叙述模式、审美表意阈值和能给读者较为明确的审美期待的类型元素（类型常数）及其组合成规。""所谓变体，是指小说类型在既有的正体基础上，保持类型规定性（基本常数）的同时，对参数加以适当改动，以表达作家个体对特定时代和社会的认识和思考的一种小说亚类型。"①

文学文本的"正体"与"变体"，反映出来的正是文学类型的发展面貌和趋势。从文学实践来看，"变体"的存在要多于"正体"，显示出文学的生命力在于"变体"。葛红兵他们就认为："小说的变体则更具有现实已然性。"因为"小说类型的自我发展不是直线性的，并没有一个最终的理想和完美的模式等着人类去'发现'和'获取'。否则的话，小说就和自然科学无异，找到类型模态，然后按照模态复制，创作就万事大吉了"。②

文学类型的"变体"是文学发展和生命力的所在，从这个意义上来考察中国古代海洋文学，我们或许就会拥有一个较新的观察和研判视角。作为一种类型文学的海洋书写，相对比较纯粹的涉海叙事作品可以看作是它的"正体"，而一些笔记著作、实地考察报告、地方性文献等，则可以看作是它的"变体"。它们不但与"正体"一起构成了中国海洋书写的文本基础，而且从发展的眼光和古代海洋文学作品的实际存在来看，这些"变体"性的海洋文学作品，显得更丰富、更灵活，从而也更生动、更全面地反映了古人对于海洋的认知和体验感受。

二、中国古代海洋文学史研究的学术基础

多年来，国内学术界对于中国古代海洋文学已经作了许多开拓性的研究，取得了比较丰富的学术成果。

早在 1989 年，阮忆、梅新林在《"海洋母题"与中国文学》一文中，就已经对中国海洋文学从古到今的发展脉络进行了简明扼要的梳理，并进行了初步而又比较深刻的研判。他们认为，明清时期的海洋文学作品尽管面目各有不同，但都呈现出了一个共同特征：其一是以商路开拓、海上冒险、海外创业为其基本主题。人们不再将视线束缚于小生产者的狭隘境域，而是以开放的眼光、开拓者的胸怀、冒险者的胆略，将视线投向广阔的海洋，并以向其索取财富为荣为乐；其二表现出了追求金钱、追求财富的强烈欲望，体现了传统价值观的变异。这是资本主义商品经济发展的萌芽。这是包括西方在内的初期海洋文学止于物质功利层面的

①② 张永禄、葛红兵：《类型学视野下小说类型的正体与变体》，《当代文坛》2015 年第 5 期。

共同特征；其三是中世纪的神异色彩仍然十分浓烈，都有"神怪"的影子或命运感，表现了两种不同层次文化交融的两重性。但不管如何，古代中国毕竟首次出现了以新的主题、新的审美旨趣、新的艺术表现为特征，迥异于传统文学的以海洋为母题的新型文学。可惜限于当时种种历史文化条件，中国的海洋文学未能像同时代以及后来的西方海洋文学迅猛发展，蔚为大观。① 这个观点是很深刻的。

王凌和黄平生也是比较早地进入了海洋文学史角度的研究。在 1992 年发表的《中国古代海洋文学初探》一文中，他们梳理了从《山海经》到明末的海洋文学发展脉络。他们认为，"从唐末五代到宋、元期间，随着海上丝绸之路的逐步发展，中国与东南亚等海洋国家联系的逐步加强，国内经济中心的逐步南移，东南沿海地区及其海港的逐步开发，作家、诗人与海洋的接触面也逐步扩大，了解也逐步深入，从而使海洋文学作品不仅在数量上有很大增加，而且作品中的现实主义成份有了很大加强，这可说是这一时期海洋文学的最大特点。"另外他们还对明朝海洋文学作品里的"海商"因素进行了较多关注。他们认为明朝是我国古代海洋文学的一个重要转折点。"此时，随着生产力的发展，造船和航海技术的提高，海上丝绸之路已逐步代替了陆上丝绸之路。我国与东北亚的日本国、东南亚各国、南亚的印度以及阿拉伯、北非、欧洲等国家的海上联系大大加强，出现了郑和七次下西洋的壮举。尤其是我国东南沿海地区商品经济发展，海外贸易发达，资本主义萌芽产生，以中小商人、手工业者为主体的城市平民地位日渐提高，其生活际遇和悲欢离合，进一步引起作家的关注。在这种社会经济条件下，真正的较为严格意义上的海洋文学产生了，它既具有传统的浪漫主义精神，又散发出越来越浓郁的现实主义气息。不仅题材较前有进一步扩展，而且体裁也从诗歌为主发展到小说等多种形式。"② 这些判断都是比较准确的。

王庆云的《中国古代海洋文学历史发展的轨迹》也是以文学史的意识考察中国海洋文学。文章认为，先秦的海洋文学，是由先民的神话传说开始的，包括四海海神的传说，海中奇异之事的传说，海外远国异民的传说，以及一些人类与海洋相互作用的传说。秦汉魏晋南北朝时期的海洋文学成就非常突出，主要体现在，一是史家大书中的涉海人物、涉

---

① 阮忆、梅新林：《"海洋母题"与中国文学》，《浙江师范大学学报（社会科学版）》1989 年第 2 期。

② 王凌、黄平生：《中国古代海洋文学初探》，《福建论坛》1992 年第 3 期。

海生活、涉海事件；二是神仙家、博物家、小说家创造的海洋文学。文章认为，这个时期海洋文学的繁荣是由文字统一、沿海地区开始比较发达和朝廷重视海洋开发等因素形成的。文章对于唐朝海洋文学的评价比较高，认为这是一个"繁荣的高峰期"，因为唐诗中出现了大量的海洋内容和海洋意象。但是这篇文章的历史梳理只到唐宋为止。①

赵君尧也试图进行海洋文学史的描述，他在《中国海洋文化历史轨迹探微》一文中认为，中国海洋文化经历了三个历史阶段：一为中国海洋文化的萌芽与发展阶段；二为中国海洋文化的两次高潮及衰落阶段；三为中国海洋文化的第三次高潮——海洋中国的崛起阶段。他还认为中国海洋文化具有对外和平的开放性、对外扩展的探险性和恢宏的"拓边精神"。② 他说的虽然是中国海洋文化，但是其立论的材料依据主要也是海洋文学作品。后来他还先后发表了《先秦海洋文学时代特征探微》《论隋唐海洋文学》《汉魏六朝海洋文学刍议》和《宋元时代的海洋文学特征》等文章。③ 2009年11月，赵君尧在上述研究的基础上，形成了专著《天问·惊世——中国古代海洋文学》（海洋出版社2009年版）。全书分为天问、觉醒、狂飙、超迈和惊世这样五个部分，每部分再分列若干章节。这是一本具有海洋文学史意识的研究专著。

另外还有大量对于单个历史时期和单篇海洋文学作品的研究文章。

总的来看，这方面的研究成果还是比较突出的，但是对于中国海洋文学史的整体考察和描述，尚有待于进一步的深入和系统化。正如有学者所指出："相对于断代、区域与比较视野下的局部研究，对中国传统海洋文学的整体观照尤其亟待展开。仅就专著论，学界既有的成果或侧重于就某类单一文体立说而史体意识不足，如王青《海洋文化影响下的中国神话与小说》、高莉芬《蓬莱神话——神山、海洋与洲岛的神圣叙事》；或虽带有初步整合性质，但难称是真正意义上的中国古代海洋文学史，如赵君尧《天问·惊世——中国古代海洋文学》一书具有勾勒中国古代海洋文学史发展脉络的明确意图，但其论述多集中于外围的社会、经济与文化背景，对海洋文学作品本身的掘发反居次席，且多停留于赏析层

---

① 王庆云：《中国古代海洋文学历史发展的轨迹》，《青岛海洋大学（中国海洋大学）学报（社会科学版）》1999年第4期。

② 赵君尧：《中国海洋文化历史轨迹探微》，《职大学报》2000年第1期。

③ 赵君尧：《先秦海洋文学时代特征探微》，《职大学报》2008年第2期；《论隋唐海洋文学》，《广东海洋大学学报（社会科学版）》2009年第5期；《汉魏六朝海洋文学刍议》，《职大学报》2006年第3期；《宋元时代的海洋文学特征》，《福建师范大学学报（社会科学版）》2002年第1期。

面，而其对清代、近代这两个海洋文学重要发展阶段的论析亦付诸阙如。又张放《海洋文学简史》一书文笔生动，属史话类著述，然其熔古代与现当代海洋文学为一炉而又论说极简，致使全书对古代海洋文学仅能列举若干名篇。"① 可见对于中国古代海洋文学史的研究确有进一步深入和系统化的必要。

三、中国古代海洋文学研究的文学史维度

中国海洋文学是一种类型文学，而对类型文学是可以而且也需要从文学史维度进行研究的。

陈平原在《小说史：理论与实践》一书中谈到小说类型研究的时候，曾经指出：这种类型文学研究，是一种古老的研究方法，中外古今都有。他进而指出，研究类型小说"必须根据某种理论原则将作品进行分类编组"，而分类编组的依据则可以多种多样，如都市小说（以题材分）、唐人小说（以时代分）、剑侠小说（以人物分）、创造社小说（以流派分）、浪漫主义小说（以时期风格分）等。②

葛红兵在《小说类型理论与批评实践——小说类型学研究论纲》一文中也认为："把具体本文放到相应的类型长河中，用该类型的基本叙事语法尺度考察其艺术规范性和创造性，使文学批评具有更严格的学术性和规范性。"另外，类型文学研究还可以"为中国小说史研究提供新的向度，提高文学史的阐释功能。小说史作为体裁史，主要考察小说形式的变化及影响该变化的各种内、外因素。类型学把小说发展的历时性与共时性统一，把内容的形式化与形式的内容化统一，把类型的共同风貌和典型文本的个案性统一，可以提高小说史阐释的有效性"。③

可见从文学史的角度研究类型文学，不失为一种切实可行的研究方法。20世纪90年代末，原国家教委古籍整理研究委员会倡导、出版了一套"中国小说史丛书"。丛书共十八种，分四个单元。其中第二单元为题材史，计四种：《历史小说史》（陈熙中著）；《世情小说史》（向楷著）；《神怪小说史》（林辰著）；《侠义公案小说史》（曹亦冰著）。这说明在学术界，不但承认一种题材文学的存在，而且也承认可以进行题材文学史

---

① 张平：《从边缘到活力——中国古代海洋文学研究的拓新之路》，《广东海洋大学学报（社会科学版）》2017年第2期。

② 陈平原：《小说史：理论与实践》，北京：北京大学出版社1993年版，第139、144页。

③ 葛红兵、肖青峰：《小说类型理论与批评实践——小说类型学研究论纲》，《上海大学学报（社会科学版）》2008年第5期。

的研究和著述，实际上也涌现出了许多这方面的成果。2004 年北京大学出版社出版的邱绍雄的《中国商贾小说史》，也属于题材类型文学史专著。

那么中国古代海洋文学具备文学史特质吗？可以从文学史的维度对之进行梳理和描述吗？

"文学史有两个使命：一个是正确地记叙文学发展的轨迹；另一个是无所遗漏地网罗历代著名的作家和作品。"[①] 对于中国古代海洋文学这样的类型文学而言，如果要构成"史"的形态，必须具备如下几个要素：一是这种文学类型必须是在很长的历史阶段内连续存在的；二是这种文学类型还呈现出相当程度的历史传承的趋向，即形成了某些母题的规律性传承发展；三是这种文学类型的发展是与整个社会的发展紧密相关的。

如果把这三条揆之于中国古代海洋文学，那么可以发现，中国古代海洋文学已经基本具有了文学史的内质。

首先，中国海洋文学具有长时间发展的历史。

自先秦至晚清，中国海洋文学一直在书写着自己的"历史"。虽然它的历史之迹有时候淡如草蛇灰线，甚至还经常性断裂，许多发展时期还充满了空白，可是它又始终没有灭绝，在断裂了一段时间后，它又逶迤而来。因此它就有了自己的"历史"，而"历史"是需要阐释和描述的。当然，"历史只能参照不断变化的价值系统来写，这些价值系统则应当从历史本身中抽象出来"。[②] 因此非常需要关注中国海洋文学"历史"本身，并借此来窥探中国古代的海洋文化密码、古人的海洋心理、海洋精神脉络，以及审美智慧和叙事原则，并进而构建具有中国特色的海洋文学体系。

其次，中国古代海洋文学呈现出相当程度的历史传承趋向，即形成了某些规律性现象。

为了从整体上来把握中国海洋文学的发展属性，这里不妨借用西方文学史家的"文学史三种模式"理论。该理论认为文学史有三种存在形态，可以用三个隐喻来表述，那就是"植物模式""万花筒模式"和"白天黑夜模式"。所谓"植物模式"是指"文学机体也像一个有生命的机体一样诞生、开花、衰老并且最终死亡"；所谓"万花筒模式"是假设"构成文学作品的各种要素是一次给定的，而作品变化的关键在于这些同样的要素的新组合"；而"白天黑夜模式"则把文学变化"看作昔日的文学与

---

① （日）前野直彬主编，骆玉明、贺圣遂等译：《中国文学史》，上海：复旦大学出版社 2012 年版，第 1 页。

② （美）韦勒克、沃伦：《文学理论》，刘象愚等译，北京：生活·读书·新知三联书店 1984 年版，第 296 页。

今日的文学之间的对立运动"。① 第一种"植物模式"和第三种"白天黑夜模式"有相似处，即都认为文学的发展是进化的、历时的，而第二种"万花筒模式"则认为文学是一种变化而非发展，虽然有时间的流逝而实质上乃是一种"共时"而非"历时"。中国古代海洋文学的"发展史态"应该是历时和共时的共同存在，也就是说，在先秦至晚清的长达数千年的海洋文学历史中，"植物模式""万花筒模式"和"白天黑夜模式"都实际存在着。这在叙事类作品中体现得尤为明显。譬如"海上神仙"叙事，从《山海经》的"海神"、汉魏时期的海洋神仙岛想象到列代笔记小说中的各种奇异岛屿故事，明显呈现出一种"萌芽—发展—衰落（神仙越来越凡人化）"的趋势，这是符合"植物模式"的形态的。又譬如"大鱼"叙事，《山海经》里的"大鳊""大蟹"、干宝《搜神记》中的"数见大鱼"、冯梦龙《情史》中的"大鱼"，一直到袁枚《子不语》中的"吞舟大鱼"和慵讷居士《咫闻录》里的"海中巨鱼"，虽然历经上千年，可是其对"大鱼"的描述基本上没有什么变化，变化的只是时间、地点等一些次要性元素，显然是符合"万花筒"模式的。而"人鱼叙事"，则完全符合"白天黑夜"模式：《山海经》中的人鱼为女性，《搜神记》和《博物志》中的鲛人性别不明，而到了清人沈起凤《谐铎》中的"鲛奴"，则发展成为男性，呈现出对立状，可见中国海洋文学的发展是有自己的某种传承性规律的，另外如"遇风暴船毁漂流至岛叙事"等，也呈现出一种母题叙事的传统。

最后，中国古代海洋文学的发展是与整个中国社会对于海洋的认识和利用的发展是紧密相关的。

梁二平、郭湘玮合著的《中国古代海洋文献导读》一书，把中国古代的海洋人文记载和书写分成先秦秦汉时期的"朦胧期"、魏晋南北朝时期的"起步期"、隋唐五代时期的"成熟期"和两宋以后的"繁荣期"等几个阶段，并得出了"面海而居的先民们，从没有背弃过海洋，但也从没有读懂海洋"，而是懵懵懂懂走过了"望洋兴叹三千年"的结论。②

这种判断，既有一定的合理性，又有某些认知偏差。在中国社会发展的早期，古人对于海洋的情感是复杂的。鲁迅曾经指出过："在昔人智未辟，天然擅权，积山长波，皆足为阻。递有刳木剡木之智，乃胎交通；而桨而帆，日益衍进。惟遥望重洋，水天相接，则犹魄悸体栗，谢不敏

---

① 转引自陈平原：《小说史：理论与实践》，北京：北京大学出版社 1993 年版，第 104 页。
② 梁二平、郭湘玮：《中国古代海洋文献导读》，北京：海洋出版社 2012 年版，第 2 页。

也。"① 所以面对海洋，古人更多的是望洋兴叹。反映在海洋文学上，呈现出鲜明的"望""观"特征。这在诗歌中更是如此。如曹操《观沧海》、沈约《登碣石》、刘峻《登郁洲山望海》、祖珽《望海》、虞世基《奉和望海》、吴筠《登北固山望海》、独孤及《观海》等等，都可以证明这一点。

但是说古人"从没有读懂海洋"，则显得较为武断。因为从唐宋时代开始，中国进入了海洋开发的时期，认识海洋，利用海洋，既是朝廷的政策，也是许多人的追求，反映在对于海洋的描述和记载上，逐渐从"想象海洋""虚拟海洋"走向了"现实海洋"。随着海洋贸易等实践性海洋活动的日益展开，到了宋元明时代，更有大量的写实性、记录性作品出现，就可以有力地证明这一点。所以这个时候，古代海洋文学中无论是对于海洋生物的记载、海洋交通的把握、海洋经济贸易活动的描述，还是对于海洋人居社会的叙写，古人的海洋认识都是比较到位的。纵然其中还有一些超现实的"志怪海洋"的描写和叙述，虽然看起来荒诞不经，其实更多的是象征和寓言化写作，并非古人不理解海洋的表现。

四、中国古代海洋文学史的研究方法、主要内容

"文学史即是对文学的发展、源流、演变的记载。虽然中国已有漫长的文明史，但是我国历史上并没有独立的文学史书写传统。自 19 世纪末 20 世纪初'文学史'概念西舶而来，近代中国才开始写作文学史，至今经过一个多世纪的发展，成果已丰硕累累。"② 百年多的中国文学史（主要以古代文学为代表）书写实践，形成了许多珍贵的研究方法。

就古代文学而言，研究的方法曾经经历了"社会学—政治学批评""拨乱反正、多元发展""美学热、新方法热与文化热""重写文学史"和当前的"文献集成、跨界融合、文本回归、技术支撑、理论自觉"等五大趋势。③

中国古代海洋文学史研究，还是一个比较空白的研究论域。但是它的研究方法和撰写体系，与一般的中国文学史并无根本性的区别，不过也有自己的特点。

---

① 鲁迅：《月界旅行·辨言》，《鲁迅全集》第 10 卷，北京：人民文学出版社 1981 年版，第 152 页。

② 林东东：《宇文所安重写中国文学史的方法与策略》，《文艺评论》2019 年第 2 期。

③ 梅新林：《中国古代文学研究 70 年发展特征与总体趋势》，《河北学刊》2019 年第 3 期。

本研究主要的方法有：

一是"溯源法"，借用"发生学"理论，尽量梳理某种涉海叙事现象的形成和发展脉络。把发生学方法应用于文学研究，是目前文学研究的趋势之一。1981 年翻译引进的瑞士皮亚杰《发生认识论原理》在这方面起了很大的推动作用。他在该书的"引论"中说："发生认识论的目的就在于研究各种认识的起源，从最低级形式的认识开始，并追踪这种认识向以后各个水平的发展情况，一直追踪到科学思维并包括科学思维。"王先霈在为王齐洲著《中国古代文学观念发生史》所写的"序"中，在引述了皮亚杰的这段话后指出，皮亚杰所倡导和实践的发生学方法，不只要研究对象的"起源"，还要研究对象的"发展"。"发生学视角对于文学史研究和文论史研究十分重要。……要论古人之文，就要知古人之文心，知古人的文学观念，知古代文学观念的起源和演变。发生学视角的介入，有助于文学史研究和文论史研究避免以今例古，而把从今天理论立场的审视和对于对象本来的真实的考察恰当地结合起来。"[1] 而要"知古人"，就要追溯一些涉海叙事现象的产生和发展脉络。譬如在分析《山海经》时，我们非常关注它对后世"海洋母题"方面的影响，并对"海洋神仙岛""君子国""大人国"等具有传承和变化的叙事类型进行追溯式梳理和考察。

二是宏观和专题相结合研究法。所谓宏观研究指把一定时期的文学现象当作一个整体进行系统化的研究和描述。它曾经是古典文学研究的一种主要方法。20 世纪八九十年代还形成一个热点，"1987 年 3 月，《文学遗产》等单位在杭州举行全国首届'古典文学宏观研究讨论会'。至此，中国古代文学研究的新方法热和宏观研究已逐渐由分而合，成为新时期……中国古代文学研究的第二波学术主潮"。[2] 中国古代海洋文学时间跨度长达数千年，进行宏观描述是必不可少的。另外，由于中国古代海洋文学的发展与历代朝廷的海洋政策和人文环境密切相关，有些还与地域文化有直接关联，也需要从宏观的角度进行把握。

但是仅仅从宏观上描述古代海洋文学的发展脉络，那是不够的，还需要对一些海洋文学母题的系列性作品，还有如南海书写和钱塘潮诗歌传统等，进行专题性探讨。

三是文学、历史、文化等相结合的综合研究法。古代海洋文学不是

---

① 王齐洲：《中国古代文学观念发生史》，北京：人民文学出版社 2014 年版，第 4 页。
② 梅新林：《中国古代文学研究 70 年发展特征与总体趋势》，《河北学刊》2019 年第 3 期。

一种单纯的文学现象，它与古代海洋人文交流、海洋交通、海洋经济、海洋人居等海洋人文现象非常紧密地结合在一起，因此除了文学研究本身，还需要与社会学、文化学等相结合，进行一种跨界的综合性研究。而要做到这一点，就必须要有强大的文献基础。中国古代海洋文学史的研究，首先确立在大量的文献整理研究的基础之上。经过十多年的艰苦努力，目前搜集到的古代海洋文学文献，仅以涉海的叙事文献而言，就有从《山海经》至晚清老骥氏《大人国》等一百多部、四百多篇作品。这些文献虽然还不敢说是穷尽了古代海洋文学作品，但基本上已经比较完整。它们为中国古代海洋文学史的发生学考察，提供了比较扎实的文献支持。

另外，对于古代海洋文学现象和作品的分析和描述，本书还努力运用理论进行支持。虽然海洋文学研究没有自身的理论体系可以予以支持，但是作为文学体系中的一种类型文学，基本的文学理论还是可以阐释许多海洋文学现象。本书在阐释一些海洋文学现象和作品时，就较多地利用了叙事学和文本细读法等理论。

上述研究方法，构成了中国古代海洋文学史研究的主要方法。

在具体的撰述结构上，本书采用纵横结合的文学史一般性结构法。因为中国古代海洋文学是一种从先秦至晚清的历时性存在，同时也与时代的变迁紧密相连，因此又呈现为断代性的显示。在每个断代层面，又以叙事小说、纪事散文和抒情性赋体文及诗歌组成一个综合性海洋文学形态。这既需要对古代海洋历史发展进行纵向描述，又需要对它们在同一时间段所呈现的文学生态面貌进行横向的考察。

这种对于古代海洋文学的梳理、叙述和分析所采用的综合性、立体型的结构方法，其实古人早就提供过范例。唐人徐坚编撰的《初学记》，就采用了"叙事""事对""赋"和"诗"相结合的综合性撰述方式。在"海第二"部分中，他先是用"叙事"介绍"海洋"含义的历史演变："《释名》云：海，晦也，主引秽浊。其水黑而晦。《博物志》云：天地四方，皆海水相通，地在其中，盖无几也。七戎六蛮九夷八狄，形类不同。总而言之，谓之四海。言皆近于海也。四海之外，皆复有海云。按：东海之别有渤澥（出《说文》），故东海共称渤海，又通谓之沧海。《博物志》云：沧海之中，有蓬莱、方丈、瀛洲三神山，金银为宫阙，仙人所集。《列子》称渤海之东有大壑，名曰归塘（《庄子》所云尾闾），其中有岱舆、员峤、方壶、瀛洲、蓬莱五山。《十洲记》曰东海之别又有溟海、员海。《山海经》有歧海、幼海、少海。"接着又用"事对"详细列举"委输朝宗""丛挂扶桑""负石乘桴""蜃楼鲛室"等海洋典故的出处和用法。在"赋"和"诗"部分，他又辑录了王粲《游海赋》、木华《海赋》和唐太宗《春日望海诗》等唐及以前的各种海洋诗文作品，从而构建了一个立体型的海洋文学谱系。①

具体而言，本书叙述的主要内容有：

其一"绪言"。中国海洋文学和文学史书写，是一个比较特殊的文学类型和研究对象，其定义、论域、学术基础和研究方法等，都需要一个纲要式的阐释和梳理，本书"绪言"就承担了这个任务。

其二"起源"。从文学发生学的角度而言，中国古代海洋文学史的第一笔必须从"源头"写起。本书第一章主要考察主要形成于先秦时代的《山海经》和《列子》《庄子》的海洋文学渊源因素，尤其对《山海经》的考察是重点。我们认为《山海经》是中国海洋文学之祖，它包含了多种海洋文学的叙事母题。

其三"繁荣"。汉魏时期是中国海洋想象性文学非常发达的时代。本书第二章重点描述东方朔《神异经》《海内十洲记》中的海洋想象与张华《博物志》、王嘉《拾遗记》、刘敬叔《异苑》、任昉《述异记》中的海洋书写，以及魏晋时期其他涉海叙事；海赋方面有班彪《览海赋》、王粲《游海赋》、曹丕《沧海赋》以及木华及两晋海赋和南朝张融《海赋》等；海洋诗歌方面主要有曹操《观沧海》等海洋诗歌创作。我们认为这个时期的海洋文学和海洋抒情，主要体现为一种"海边观望"的写作立场，并未进入海洋之中，所以无论是海洋虚构、海洋想象和海洋抒情，都是作者站在海边眺望大海、借助海洋意象表达作者情怀的"借景"之作。

其四"发展"。本书第三章考察唐代海洋文学。唐代实行了比较开放和务实的海洋政策，海洋贸易等海洋实践活动开始蓬勃发展，因此这个时期的海洋文学开始在继承志怪文学的基础上，向"传奇海洋"并进而向"现实转化"发展。叙事方面有段成式《酉阳杂俎》中的海洋叙事和戴孚《广异记》、李肇《唐国史补》、张读《宣室志》等中的海洋叙写以及唐代和五代时期的其他海洋书写；散文方面有韩愈《南海神庙碑》、柳宗元《招海贾文》、陈子昂《禜海文》以及其他唐代海洋赋文；诗歌方面主要考察唐朝海洋诗歌中"深入海洋"的"在场"歌咏、对于"海洋人"的深切关注和聚焦"精卫填海"等的寄寓之作。

其五"转化"。宋代的海洋政策更加开放，海洋贸易、海洋航海等实

---

① ［唐］徐坚：《初学记》，清光绪孔氏三十三万卷堂本，第100—104页。

践活动更加频繁，因此宋代海洋文学的现实性得到了进一步的强化。本书用两章篇幅予以描述。第四章重点考察了李昉等编《太平广记》、朱彧《萍洲可谈》、洪迈《夷坚志》、周密《齐东野语》和《癸辛杂识》等以及李石《续博物志》、徐铉《稽神录》、钱易《南部新书》、刘斧《青琐高议》、杨亿《杨文公谈苑》、张邦基《墨庄漫录》和郭彖《睽车志》等著作中的涉海叙事。第五章重点论析宋代的海洋散文和海洋诗歌。海洋散文主要有徐兢《宣和奉使高丽图经》中的"航海"纪实、周去非《岭外代答》中的"南海"叙写以及沈括《梦溪笔谈》中的"屯罗岛"、庞元英《文昌杂录》中的"诸蕃"和周煇《清波杂志》中的海洋考察记；海洋诗歌方面主要有柳永的"鬻海歌"、苏轼的海洋诗作、陆游的海洋诗咏、杨万里的《南海集》以及宋代其他诗人的海洋诗作。

其六"传承和过渡"。金元时代虽然是游牧民族主政时期，但是元代统治者继承了唐宋的海洋政策，海洋经济活动和海洋文化都比较繁荣。本书第六章重点描述元好问《续夷坚志》、姚桐寿《乐郊私语》、陶宗仪《南村辍耕录》和孔齐《至正直记》等著作中的涉海叙事作品；宋濂等《元史》中对于"海运"的历史性记叙、罗愿《尔雅翼·释鱼》中的海洋生物记载、汪大渊《岛夷志略》对域外海洋世界的考察纪实和吴莱《甬东山水古迹记》对舟山群岛的考察纪实等涉海散文作品；以及元初的海洋政治诗、宋无航海诗歌专集《鲸背吟集》和元代的"普陀山诗"等海洋抒情作品。

其七"全面发展"。明代的海洋文学比较繁荣，又比较复杂，本书也用了两章的篇幅予以考察和描述。第七章重点考察明代的叙事作品，主要包括三个方面，一是都穆《都公谭纂》、陆粲《庚巳编》、黄瑜《双槐岁钞》、顾起元《客座赘语》、陆容《菽园杂记》和朱国桢《涌幢小品》等笔记著作中的海洋叙述；二是冯梦龙和凌濛初小说集中的海洋小说；三是《西游记》《三宝太监西洋记通俗演义》《上洞八仙传》等长篇神魔小说里的涉海部分。第八章重点考察记叙散文和海洋诗赋作品。散文方面主要有马欢《瀛涯胜览》、费信《星槎胜览》和巩珍《西洋番国志》等"西洋三书"中的海洋题材叙写，还有黄衷《海语》和屠本畯《闽中海错疏》等作品中的"海洋地域"记叙，另外张岱的海洋散文、王慎中《海上平倭记》、屠隆《补陀洛伽山记》及尹应元《渡海纪事》等作品也在重点考察之中。海赋方面主要有萧崇业《航海赋》和谢杰《海月赋》等。海洋诗歌方面重点论析明代的"望海"诗和"戍海"诗。

其八"回波"。清代历史一般分为前期和后期（即晚清）两个阶段。

其海洋文学也呈现出不同的特质，本书各以一章予以描述。第九章重点考察晚清以前的海洋文学作品。叙事方面主要有蒲松龄《聊斋志异》、王椷《秋灯丛话》、袁枚《子不语》、沈起凤《谐铎》、陆寿名《续太平广记》、陈伦炯《海国闻见录》、屈大钧《广东新语》、梁章钜《浪迹丛谈》和朱翊清《埋忧集》等小说和散文著作中的海洋书写；海赋方面主要有王诒寿《海运赋》、盛庆瑺《海熬波出素赋》等作品。海洋诗歌方面主要考察海氛诗和海错诗。第十章主要考察和描述晚清海洋文学，主要有王韬的海洋小说、慵讷居士《咫闻录》中的海洋书写和《镜花缘》《常言道》和《老残游记》里的涉海叙事以及老骥氏《大人国》里"海洋霸权"想象和《狮子吼》里的"海洋政治"想象等。

其九"中西方海洋文学的比较考察"。本部分属于全书的"余论"，或者说是另外一种意义上的"结论"。中西方海洋文学各有自己不同的诗学传统，呈现出"用智力和想象力重回大海"的不同路径。但是它们也有相同点，也曾经经历过相同的"观海文学"阶段，而且也有比较相似的"海洋升华"的追求。

总的来看，一部中国古代海洋文学史的基本图谱是这样的：《山海经》是海洋题材母库，《太平广记》是海洋文本摇篮。汉魏六朝是海洋想象和海洋志怪的高点，唐宋海洋文学转向现实主义，明代是中国古代海洋文学全面发展的高峰，清代的海洋文学是整个海洋书写的一个回波。而晚清时期的海洋文学，则开始与政治深度结合。

另外，虽然中国古代海洋文学内容丰富、存在形态多样，而且它们都是在独立的环境里发展的，自有其独特的价值。但是如果要对其进行科学衡量和评价，还需要将之放在世界海洋文学和海洋文化的坐标下进行审视。为了不影响中国古代海洋文学史的主体叙述，这方面的相关内容，主要放在结尾的"余论"中进行表述。

五、一些术语说明

本书的论述中使用了海洋书写、海洋叙事、海洋叙述（记叙）和海洋抒情等多种概念性术语。这里略作说明：

"海洋书写"实际上就是"海洋文学"的意思，台湾地区文学界喜欢使用这个概念。我们在这里主要使用"海洋文学"术语，但在具体论述时，会偶尔使用"海洋书写"。一方面是为了使叙述显得多样化，但更主要的原因是"海洋书写"显示一种构建和施为的因素，要比一般意义上的"海洋文学"来得内涵具体一些。

"海洋叙事"主要用于虚构性文本，主要指海洋小说。

"海洋叙述（记叙）"主要用于纪实性海洋散文、海洋考察等文本的介绍和评价。

"海洋抒情"主要用于海洋赋文、海洋诗歌等抒情文本。

第一章　先秦先声：中国海洋文学的瑰丽起笔

　　海洋文学源于海洋活动。中国古代海洋文学是古人认识、体验和想象海洋的记录。它伴随海洋生活和海洋活动的产生而产生、发展而发展。在遥远的古代，也就是远祖时代，我们的一些先民们就已经聚集、生活在沿海地区，开始接触海洋、认识和利用海洋。现代考古发现的中国沿海地区（尤其是渤海湾一带）大量的贝丘遗存可以证明这一点。但是文学的产生总是要稍稍迟缓于生活，海洋的贝丘时代并没有产生任何得以流传至今的海洋文学（也许有歌谣等但已湮灭）。到了商代，开始有甲骨文"舟"字出现，这个字形结构意味着有比较复杂的造船技术的形成，远不是独木舟这样简单的渡水工具所能相比的，或许表明先祖们已经可以由内河进入近海地区，因而开始有某些海洋意识的产生和形成。"到了先秦时期，随着生产力的发展和社会的进步，中国古代的哲人们，在建立古代宇宙理论的过程中，通过对海洋与陆地关系的思考与探索，逐渐对海洋产生了一些早期的理性认识。先哲们面对苍茫晦暝、水天相连、辽阔无垠的海洋，认为中国国土四周环海，从而有'四海说'，……进而萌生出海洋支撑整个大地的思想，再联系到海洋的博大浩瀚，只有'天'才能与之相合，于是形成了'浑天说'。"①

　　先秦时期的古人，对于海洋已经有了初步的认识和思考。这在文学上也有了相应的反映。先秦时期的海洋文学，虽然还未形成比较成熟的文本，大多呈现为片言只语式的碎片化状态，但其所包涵的海洋文学元素却已经相当丰富。正如有学者所指出，"先秦时期的海洋著述尽管不成熟，存在缺陷，但其意义和价值仍是巨大的。先秦海洋文献记录了古代地理知识积累和渐渐形成一门学科的情况。……《禹贡》《职方》《山海经》超脱诸侯割据、列国相争的局面，以全局的眼光描写天下地理，促成中国政治从来就是统一的、疆域从来就是广大的、各族从来就有共同祖先

_____

① 徐鸿儒：《中国海洋学史》，济南：山东教育出版社 2004 年版，第 43 页。

的文化传统及信念，对统一的多民族国家的形成，意义极为重大。"①

先秦时期的海洋文学主要体现在《山海经》和《列子》《庄子》这样的经典文本中。《山海经》所包含的海洋元素，孕育了众多海洋文学的叙事母题，因此被称为"中国海洋文学之祖"。另外，这些作品，基本上都是"观海想象"之作。作者们站在海边，眺望大海，展开了丰富而瑰丽的想象，他们一起营造了一个与现实海洋具有巨大差异的奇异的海洋世界。

总而言之，从文学美学角度而言，先秦时代的海洋文学构建了中国海洋文学史的瑰丽起笔。

第一节 《山海经》：中国海洋文学的母题摇篮

"吾国古籍，瑰伟瑰奇之最者，莫《山海经》若。"在《〈山海经〉校注》的自序中，袁珂先生用这样的美词来赞颂《山海经》。他说的主要是《海经》部分。"其中《海经》部分，保存神话之资料最夥。"② 神话是《山海经》最瑰丽的部分，也是使它成为研究热点的重要原因。甚至连端木蕻良这样的作家，都称它为中国"最古的宝典"，曾经对它进行过深入的研究。③

《山海经》里的神话大多与海洋有关。无论《山海经》的作者是谁，《海经》部分的书写者对于海洋肯定怀有深切的热情。《海经》部分包含了丰富的海洋文学的元素，虽然它们大多仅仅为一些叙事片段，并不是那些具有"过程性"的故事，也就是说，在《山海经》中，"海洋文学元素"还不是作为一个叙事文本的构成元素出现的，所以它们本质上还不能被称为一种文学叙事。然而恰恰就是这些碎片式海洋文学元素，却为中国后世的海洋文学发展提供了非常珍贵的叙事母题。中国海洋文学，无论是叙事文学还是抒情文学，有许多都从《山海经》中得到启发和汲取思想、艺术养料的。因此对于中国古代海洋文学而言，《山海经》具有"海洋母题"的意义，因而也就成了中国海洋文学的逻辑起点，成为文学发生学意义上的"中国海洋文学之祖"。

---

① 梁二平、郭湘玮：《中国古代海洋文献导读》，北京：海洋出版社 2012 年版，第 2—3 页。
② 袁珂：《〈山海经〉校注》，北京：北京联合出版公司 2014 年版，第 4 页。
③ 见（美）夏志清：《中国现代小说史》，上海：复旦大学出版社 2005 年版，第 381 页。

一、《山海经》的"海洋文学之祖"定位

对于《山海经》文体归属的看法，曾经有过一个发展变化的认识过程，这反映出人们对于它文学价值认知的不断深化。《汉书·艺文志》把它列入形法类；《隋书·经籍志》则将之归入史部地理类；到了清代《四库全书总目》里，它的文学价值得到了重新审视，结果它被归入子部小说家类，从此它的"小说家类"性质再也没有动摇过。

《山海经》的"小说"属性主要体现在充满了绚丽海洋想象的《海经》部分。《海经》中的《海外经》《海内经》和《大荒经》等 13 篇，蕴含有极为丰富的海洋文化和海洋文学元素。"由于与《山经》的体裁、记叙形式均不相同，因此《海经》的成书背景与时间被认为与《山经》相异。虽然其内容芜杂、缺少连贯性，而且其中一部分包含着神话的世界，但主要探讨的对象是存在于中国世界之外的非中国的异族世界。"① 这里所指出的"形式"特别、神话因素、海外世界想象，其实恰恰就是一种虚拟海洋性质的文学性海洋世界的最初建构。

明代著名学者胡应麟论《山海经》，认为"《山海经》乃古今语怪之祖"。② 清乾隆年间编纂《四库全书》的四库馆臣们采纳了胡应麟的意见，认为《山海经》虽然自"《隋志》以来皆列地理之首，然侈谈神怪，百无一真，是直小说之祖耳，入之史部未允也"，③ 于是将其移入子部小说家类异闻之属。其提要有云："书中序述山水，多参以神怪，故《道藏》收入太元部兢字号中。究其本旨，实非黄、老之言。然道里山川，率难考据，按以耳目所及，百不一真，诸家并以为地理书之冠，亦为未允。核实定名，实则小说之最古者尔。"④ 有学者指出这是古代小说观念演变所致。《四库全书总目》将《山海经》等书归入子部小说家类，"这对小说的故事性、琐碎性、虚构性、民间性特点都是有意无意地加强"。⑤

由此可见，将《山海经》纳入文学的范畴，已经成为学界许多人的共识。如果从海洋叙事的角度而言，《山海经》的意义就更为巨大。因

---

① （日）伊藤清司：《中国的神兽与恶魔：〈山海经〉的世界》，北京：商务印书馆 2019 年版，第 4 页。

② ［明］胡应麟：《少室山房笔丛》，明万历刻本，第 135 页。

③ 永瑢等：《四库全书简明目录》卷十四子部十二小说家类，上海：上海古籍出版社 1985 年版，第 551 页。

④ 永瑢等：《四库全书总目》卷一百四十二子部小说家类三，北京：中华书局 1965 年版，第 1205 页。

⑤ 王齐洲：《从〈山海经〉归类看中国古代小说观念的演变》，《天津社会科学》2018 年第 2 期。上述有关《四库全书简明目录》对于《山海经》的评述资料，皆转引自此文。

为它构成了中国海洋文学的逻辑起点。"研究必须返回本体，返回所研究对象的本原和本性，才能原原本本地恢复我国小说发展的真实过程，而不是被某些外来观念肢解、割裂的过程。换言之，中国小说研究必须进行自身的本体认定，才有可能形成切切实实属于它的博大精深的学术体系，这就是文化原我意识。"① 中国古代海洋文学的"文化原我"，就在这《山海经》之中。《山海经》是中国"海洋文学之祖"。

二、《山海经》里的海洋叙事母题

母题原型的理论基础是心理学上的"集体潜意识"。所谓"集体潜意识"是指"并非由个人获得而是由遗传所保留下来的普遍性精神机能，即由遗传的脑结构所产生的内容。这些就是各种神话般的联想——那些不用历史的传说或迁移就能够在每一个时代和地方重新发生的动机和意象"。也就是说，"集体潜意识"是指人类自原始社会以来世世代代的普遍性的心理经验的长期积累。"它既不产生于个人的经验，也不是个人后天获得的，而是生来就有的。"荣格赋予这种"集体潜意识"以专有名词"原型"，并进而将这些原型理论从心理学扩展到文艺领域。②

心理学的"集体潜意识"后来发展为文学的母题原型理论。意大利著名文学理论家弗莱（1912—1991）认为原型的核心是"文学原型"。在他看来，原先的原型是一些零碎的、不完整的文化意象，是投射在意识屏幕上的散乱的印象。这些意象构成信息模式，既不十分模糊，又不完全统一，但对显示文化构成却至关重要。一个原型就是"一个象征，通常是一个意象，它常常在文学中出现，并可辨认出作为一个人的整个文学经验的一个组成部分"。③

所以从比较宽泛的要求来看，母题原型包括了"民族（群体）的历史记忆纬度"和"叙事上内容和形式的继承性或一贯化纬度"。前者是哲学意味上的，后者是文学意味上的。它们互为本末和表里，可是又紧密地结合在一起。

《山海经》里包含着众多的海洋叙事母题原型。它们或许是海洋群体（即《山海经》里众多的海洋方国）活动和想象"集体记忆"的一种曲折反映，更是一种文学母题的早期形态。

---

① 杨义：《中国古典小说史论》，北京：中国社会科学出版社 2004 年版，第 2 页。

② 参见朱立元：《当代西方文论》，上海：华东师范大学出版社 2003 年版，第 167 页。

③ 参见朱立元：《当代西方文论》，上海：华东师范大学出版社 2003 年版，第 171 页。

1. "神仙岛"母题叙事

《山海经》营构了众多海神形象。这些海神都生活在海岛上，这就形成了"海洋神仙岛"的最初雏形。"东海之渚中，有神。""南海渚中，有神。""北海之渚中，有神。""列姑射在海河州中。射姑国在海中，属列姑射，西南，山环之。"① 这寥寥几段想象性记叙，却成为"神仙岛"叙事系列的文学源头。譬如这神人所居的海洋群岛"射姑国"意象，就分别被庄子《逍遥游》和《列子》"列姑射山"所传承和发展。更有《列子》的"渤海五山"和东方朔的《海内十洲记》等对于海洋神仙岛意象的大力描述。以后《神异经》"鹄国"、晋王嘉《拾遗记》中的"宛渠国"、宋秦再思《洛中纪异·归皓溺水》中的无名岛、宋张君望《缙绅脞说》里的"巨浸中楼台参差"的岛屿和从岛中而来的"二童"，清《聊斋志异》中的《安期岛》《仙人岛》，等等，都是在"神仙岛"思维影响下产生的古代海洋想象。它们一起构成了蔚为大观的海洋神仙岛叙事系列。

2. "人鱼"母题叙事

《山海经》中"人鱼"形象体现为两个系统。一个是生物学意义上的指涉：《海内北经》："陵鱼人面手足，鱼身，在海中。"这里出现的"陵鱼"，其形状如鱼而人面，会发出鸳鸯一般的叫声，与《南山经》"又东三百里，曰青丘之山。……英水出焉，南流注于即翼之泽。其中多赤鱬，其状如鱼而人面，其音如鸳鸯，食之不疥"中的"人鱼"，是很接近的，学者们都倾向于认为是一种纪实性描述，指的是后世所谓的娃娃鱼；另一个是文学和文化意义上的建构，主要体现在下面两节文字中：《海内南经》："氐人国在建木西，其为人人面而鱼身，无足。"这里的"人鱼"已经不同于娃娃鱼的"像人的鱼"，而是一种"像鱼的人"，主体从鱼转化为人了。但对涉海叙事中的"人鱼"故事影响巨大的是《大荒西经》里的这段记叙："有鱼偏枯，名曰鱼妇。颛顼死即复苏。风道北来，天及大水泉，蛇乃化为鱼，是为鱼妇。颛顼死即复苏。"袁珂对此解释说："据经文之意，鱼妇当即颛顼之所化。其所以称为鱼妇者，或以其因风起泉涌，蛇化为鱼之机，得鱼与之合体而复苏，半体仍为人躯，半体已化为鱼，故称鱼妇也。"② 这里有风雨泉涌的环境，有蛇化鱼、颛顼与鱼结合转化为半鱼半人，而且竟然还因此改变了性别等传奇因素，已经是一个比较完整的叙事故事了。

---

① 本节引述《山海经》原文，皆来自袁珂：《〈山海经〉校注》，北京：北京联合出版公司2014年版。

② 袁珂：《〈山海经〉校注》，北京：北京联合出版公司2014年版，第351页。

颛顼转化为鱼妇的故事，虽然没有明确说是否发生在海岛上，但是这一种"人鱼"叙事，却对后世的海洋"人鱼"小说产生了巨大的影响。从历时性的角度来看，主要有晋张华《博物志》里的《鲛人》："鲛人从水出，寓人家积日，卖绡将去，从主人索一器，泣而成珠满盘，以与主人。"宋聂田《徂异记》里的《人鱼》："待制查道，奉使高丽，晚泊一山而止。望见沙中有一妇人，红裳双袒，髻发纷乱，肘后微有红鬣。查命水工以篙扶于水中，勿令伤。妇人得水，偃仰复身，望查拜手，感恋而没。水工曰：'某在海上未省见此，何物？'查曰：'此人鱼也。能与人奸处，水族人性也。'"另外还有明冯梦龙《情史》中的《鱼》、清沈起凤《谐铎》里的《鲛奴》、清王椷的《秋灯丛话》卷十八里《梦与鱼交》等。

在这些作品中，"人鱼"叙事主要呈现为两种面貌：一是"鱼妇型"，二是"鲛人型"，两者的差别是，前者基本上以"妇人鱼"的面目出现，后者主要以"男性人鱼"的面目出现。而它们共同的最早的源头，则显然都来自《山海经》的"人鱼""鱼妇"意象。

3. "大人国""君子国"母题叙事

在《山海经》的《海外东经》《大荒东经》和《大荒北经》中，数次出现了"大人国""君子国"的记述。《海外东经》："大人国在其北，为人大，坐而削船。……君子国在其北，衣冠带剑，食兽，使二大虎在旁，其人好让不争。"《海内南经》："大人之市在海中。"《大荒东经》："东海之外，大荒之中，有山名曰大言，日月所出。有波谷山者，有大人之国。有大人之市，名曰大人之堂。……有东口之山。有君子之国，其人衣冠带剑。"《大荒北经》："有人名曰大人。有大人之国，厘姓，黍食。"

在上述的记述中，"大人国"指的是"人体高大"，"君子国"指的是"文明程度极高"。一个是身形外貌，另一个是内质禀赋，两者显然是不同的。但是如果仔细体会《海经》的这些记叙，那么可以发现，它的作者似乎又有意将两者联系在一起。因为在《海经》中，它们总是成对成双地出现，成为一种孪生或互文式语境设置。或许在《海经》作者的心中，向往着一种身材高大威武而又品质优良道德高尚的"理想海洋人"的存在。

但是《山海经》里的这种"大人国""君子国"部落方国，到了后来却被发展成完全不同的两类意象。有人从正面继承了"君子国"意象，将之发展为寓言性叙事。其主要代表作有清李汝珍《镜花缘》里的"君子国"。《镜花缘》里的君子国"好让不争"，城门上高悬"惟善为宝"，里面的人个个具有君子风度，完全又是一个世外桃源。这里的"君子国"显然是对《山海经》"君子国"意象的正面传承和发扬光大。

但是"大人国"意象的传承，却显示出分裂的倾向。《列子》里的"龙伯之国"，还有《神异经》中出现的"长二千里"的巨人，都是从身形极其高大的层面继承了《山海经》的"大人"意象。而清代落魄道人《常言道》里的"大人国"，则从品德层面上继承了《山海经》"大人国"的隐含品质。落魄道人的《常言道》是一部讽刺小说，对"小人国"里的钱士命之流进行了辛辣的嘲讽。为了与之对照，小说又描写了一个大人国，"那大人国的风土人情，与小人国正是大相悬绝：地土厚，立身高，无畏途，无险道。蹊径直，无曲折，由正路，居安宅。人人有面，正颜厉色；树树有皮，根老果实。人品端方，宽洪大量，顶天立地，冠冕堂皇。重手足，亲骨肉，有父母，有伯叔，有朋友，有宗族，存恻隐，知耻辱，尊师傅，讲诵读。大着眼，坦着腹，冷暖不关心，财上自分明。恤孤务寡，爱老怜贫。广种福田留余步，善耕心地好收成。果然清世界，好个大乾坤"。可见在《常言道》语境里，"大人国"与"君子国"已经没有什么区别。

但是在另外一些人的笔下，"大人国"却被他们演绎成"巨型食人族"叙事。宋洪迈《夷坚志》中的《长人国》首开其端。这个海岛巨人部落的人，食杀漂流至岛上的人类。清袁枚《子不语》中的《海中毛人张口生风》也持此种叙事立场。此类作品还有很多。清末中国老骥氏（马仰禹）创作并发表于光绪三十三年（1907）上海《月月小说》第6、7、8号的小说《大人国》，也具有这种倾向。

4."精卫填海"诗咏母题

"精卫填海"的故事与海洋有关，而且还是一个比较完整的海洋叙事文本。令人深思的是，这个涉海故事却并非存在于《海经》中，而是出现在《山经》的《北山经》里。"又北二百里，曰发鸠之山，其上多柘木。有鸟焉，其状如乌，文首、白喙、赤足，名曰精卫，其鸣自詨。是炎帝之少女，名曰女娃。女娃游于东海，溺而不返，故为精卫，常衔西山之木石，以堙于东海。"一般论者，常常忽视这个故事的海洋背景，所以皆从"精卫精神"方面予以阐释。虽然从"发鸠之山"与"东海"的地理位置距离、"炎帝之少女"的身份认同、"衔西山之木石，以堙于东海"的不合理取材以及这个故事为什么会出现在《山经》而不是《海经》等，都值得深入分析。但是"精卫填海"的主要内涵还是"精卫精神"，它对后世巨大的影响力，也主要显示在这个方面，这在海洋诗咏方面体现得特别明显。到了唐朝，甚至还形成了一个以"精卫填海"为题材的歌咏高潮。韩愈《学诸进士作精卫衔石填海》、王建《精卫词》、岑参《精卫》等都极力颂扬"精卫精神"，甚至连李白，也在《江夏寄汉阳辅录事》一诗中说："报国有壮心，龙颜不回春。西飞精卫鸟，东海何由填。"

5. 未被很好继承的"海洋家园"母题叙事

《山海经》构建了一系列的"海洋陆地"即岛屿空间。这些空间除了上述的"仙人岛"空间外，还包含了许多普通型岛屿和岛屿上的普通型岛民。

《山海经》勾勒出了原始"渔民"的最初形象。《山海经·海外南经》记载说："讙头国……其为人，人面，有翼，鸟喙，方捕鱼。""讙头国"是《山海经》所记载的成百个海洋"方国"之一。"方国"是部落国的意思，地位在诸侯国之下，更多的时候类似于现在社会的"社区"群落。《山海经·海外南经》说，海洋的南部方向，有一个"讙头国"，其人长相有点特别，是人的脸型，鸟的嘴形，身上长有翅膀，他们正在海中捕鱼。"方捕鱼"说明是记录者的一种观察所得，那么这"人面，有翼，鸟喙"，显然也是作者所看到的情景。那么或许不是长相奇特，而是观察有误，鸟嘴，有翅膀云云，或许是捕鱼人身上的捕鱼装备：嘴巴里含着（或许是头上绑缚着）可以刺鱼的锐利的工具，身上穿着可以漂浮于水面不至于被海水冲走的某些特殊服装，因为他们正在捕鱼呢。这似乎可以理解为中国"第一代"海洋渔民形象的塑造。

类似的描写在《大荒南经》也出现过。"有人焉，鸟喙，有翼，方捕鱼于海。大荒之中，有人名曰驩头。……人面，鸟喙，有翼，食海中鱼，杖翼而行。"这里描述的渔民（包括与讙头国类似但有补充内容增加的驩头人），也有鸟的嘴巴，也有能够滑翔飞行的翅膀。这样的描述，其对象与其说是渔民，还不如说海鸟。但是《海外南经》和《大荒南经》都明确说是"人"。这就引发一种有趣的想象：是不是在海洋文明发轫的早期，存在着一种模仿海鸟的捕鱼形式？

《山海经·海外南经》还有一条记载："长臂国在其东，捕鱼水中，两手各操一鱼。一曰在周饶东，捕鱼海中。""长臂国"也是《山海经》所记载的海洋方国之一。这段文字所描述的海洋捕鱼情景，要比前面那条记载更加生动具体。"长臂"并非真的是很长的手臂的意思，而是暗示手里操着有长柄的捕鱼工具，估计是鱼叉，或者是用竹竿组合的推网之类，这些都是古代早期的捕鱼设备。文章里没有说到船，说明他们是站立在海水中捕鱼（这又是早期渔业岸边或浅海捕鱼的特征），"捕鱼水中"表达和描述的就是这个情景。"两手各操一鱼"描述他们捕到鱼的细节。"操"有"抓住""刺中"鱼的意思，刚好符合用鱼叉或推网捕鱼所得的形状：无论是鱼叉刺中鱼，还是小小的推网网到鱼，鱼都会扭动、跳跃、挣扎，这就需要去"操"也就是紧紧抓住它！

　　在勾勒渔民形象的基础上，《山海经》进而还描述了海洋渔业社区的最初雏形。《山海经·大荒南经》记载："有人名曰张宏，在海上捕鱼。海中有张宏之国，食鱼，使四鸟。"

　　这个"张宏之国"位于"海中"，说明它是一个"海洋方国"，也就是一个海岛型群居社区。这个"海洋方国"的居民靠捕鱼为生，以鱼为食，说明它是相对比较成熟的海岛群居社区了。因为能够从茫茫大海里捕到鱼，不但需要有渔船和渔网，而且还需要有相当高超的海洋活动能力，这些都是海洋文明进入比较发达时期的标志。而能够对鱼类进行加工，使之成为果腹的食品，也是海洋文明发展到一定阶段的体现。

　　至于"张宏之国"名称本身，也是很有意思的。"张"为张开，可以理解为"张网捕捉"，中国沿海一带都有"张网"作业，这是一种最为古老的捕鱼形式之一。"宏"的本义是指"屋子宽大而深"。远古时代的房子，很多都是"棚"的形式，渔岛人称之为"厂"，这个"厂"字与草棚很像，是很形象的一种称呼。而张网的网具又深又长，前面用毛竹搭成的部分，渔民叫它为"窗"，有"三角窗"和"四角窗"两种形式，分别以四至七支毛竹搭成。"窗"显然与房子有关系，而用数支毛竹搭成的张网框架，的确也很像棚屋。说明这个"张宏"很可能是在描述一种张网作业，所以这"张宏之国"，其实就是一个以从事张网为主要作业形式的海岛渔民群落。这是中国海洋渔业社区的最初雏形。

　　"捕鱼"和"食鱼"是海洋渔业社会的基本形态。除了这个"张宏之国"，《山海经》还有多处描述。《海经·大荒北经》记载说："又有无肠之国，是任姓。无继子，食鱼。""有人方食鱼，名曰深目民之国，盼姓，食鱼。"这里的"无肠国"和"深目民之国"，都以鱼为食，而要做到这一点，必须以捕到鱼为前提。因此很显然，这两个方国，也是以海洋渔民为主体的部落群居地。还需要指出的是，这两个"海洋方国"里的人，都有自己的姓氏，一是任姓，另一个是盼姓，更具有部落的特质了。

　　以上的"岛人海民"，都是普通的渔民形象。这些"非仙化"的普通型岛屿空间和岛人，照理应该与"神仙岛""人鱼"和"君子国（大人国）"叙事的发展一样，成为构建后世海洋文学"海岛／海民"叙事思维和题材的基本元素，从而形成自己的叙事系统。可是由于在中国古代海洋小说所构建的"海洋世界"里，海洋只是被当作一种遥望、探险、寻宝、猎奇或想象的空间世界，而很少将它当作"生活之场"而予以反映和审美，这个海洋家园的母题原型，并没有得到很好继承，这是很可惜的。究其原因，一是古代中国完全是一个内陆国家，陆地（土地）家园意识深深地左右着文化构成和人们的日常思维，对海洋家园则没有予以足够的重视；二是古代海洋文学的作者，基本上都是内陆型的知识分子，他们的海洋书写，多是"海洋观望者"的体验，没有深入于海洋之中，而真正的岛民，这些海洋家园的主人，绝大多数都是"文盲"，无法把自己对海洋家园的感受诉诸文字，或许可能有以民间歌谣、民间故事的形式予以描述和抒发的情况，但岁月苍苍，大海茫茫，这些远古时代的海洋歌谣，没有能够流传下来。

第二节 《列子》中的海洋书写

对于列子其人是否真实存在和《列子》一书的真伪，多年来学界一直就有争论。《汉书·艺文志》著录《列子》八篇，班固注云："名圄寇，先庄子，庄子称之。""圄"是"御"的通假字。刘向《列子书录》言"列子者，郑人也"；说他是郑国人，又《列子·天瑞》说"列子居郑圃四十年"，故今传其故里在河南郑州。大概是根据这些记载，现在郑州市东部方向，建有一座列子墓，还有列子祠。

但对其存在真实性的质疑，从唐代就已经开始。柳宗元就是其中一个。他专门写了一篇《辨列子》，对刘向把列子说成郑穆公时人感到奇怪，认为"其书亦多增窜，非其实"。这不但是怀疑其人，更是怀疑其书了。宋代高似孙《子略》说司马迁不记列子，就怀疑此人是否真的存在；还说《列子》与《庄子》有很多重合的内容，所以认为《列子》是"出于后人荟萃而成之耳"。南宋叶大庆《考古质疑》也持这种观点。但是这些质疑往往多为推测，缺乏有力的根本性证据。尤其《列子》是《汉书·艺文志》所著录，而《汉书》是权威的官方著作，刘向《列子书录》整个文字是西汉官方文牍的口吻，想伪造也相当困难。所以也有人认为，质疑者提出的种种臆断，基本不能成立，有些甚至相当可笑。《列子》文本首先就不是御寇亲笔，刘向以前已经通过许多人的增删润色，刘向以后这种现象仍然会持续，有不少后世的内容存在，不足为怪；因为这是许多古籍的通病，并不能据以定为伪书，说"真书杂以伪者"也有些过分。[1]

---

① 冯广宏：《〈列子〉真伪疑辨》，《文史杂志》2016 年第 2 期。

其实虽然关于列子其人和《列子》一书，学界的讨论尚未形成一致意见，但是《列子》中有许多涉海叙事，则是一种不争的文学存在。所以我们暂且先把列子其人其书是否真正存在的争论搁置一旁，而是围绕现存《列子》里的涉海叙事，展开分析论述。

一、《列子》塑造了海洋神人形象

《列子》的海洋叙事，呈现出多方面的成就。"海洋神人"形象的塑造，就是其中之一。

《列子·黄帝第二》："列姑射山在海河洲中，山上有神人焉，吸风饮露，不食五谷；心如渊泉，形如处女。不偎不爱，仙圣为之臣；不畏不怒，愿悫为之使；不施不惠，而物自足；不聚不敛，而己无愆。阴阳常调，日月常明，四时常若，风雨常均，字育常时，年谷常丰；而土无札伤，人无夭恶，物无疵厉，鬼无灵响焉。"[①]

列姑射山是《山海经》所勾勒的海洋空间。《山海经·海内北经》："列姑射在海河州中。射姑国在海中，属列姑射。"

有人认为这列姑射在朝鲜半岛东边，而且姑射在古音读 kuyi 或 wuyi，可能指的是库页岛和日本群岛一带，甚至还有人认为它即为现今的钓鱼岛，但这些说法都缺乏有力的证据支撑。其实也没有必要把这"列姑射"实体化，还不如把它看成是纯粹海洋文学意象而不是具体的地理名字，更为恰当。

在文化渊源上，《列子》的"列姑射"与《山海经》的"列姑射"之间，显然存在着内在的传承关联。至于谁传承了谁，由于《山海经》作者和成书年代的不可确考，也由于列子本身的存在也存疑，因此"列姑射"形象的构成，究竟是《列子》早还是《山海经》早，已无法得出定论。但是如果从叙事文本的角度而言，是可以将两者进行比较的。《山海经》中的"列姑射"，仅仅是海中的一座山，也就是一座普通的岛屿，《山海经》并没有赋予它更多的人文涵义。但是到了《列子》里，"列姑射"却成了一个文学形象（神人）不可或缺的环境存在，是一种高度美学化的文化空间。所以凭此而言，或许是《山海经》的"列姑射"在先，《列子》则是继承了《山海经》的海洋空间思想，但有新的美质注入的可能性比较大。

在《列子》中，"列姑射"从一座普通的海岛或列岛，发展成神人

---

① 《列子》，北京：中华书局 1985 版，第 16 页。

栖居的美丽海域。而这个神人形象，也大大丰富了《山海经》等所营构的"神圣海洋"的内涵。《山海经》描述了"其人衣冠带剑"的"君子国"，这还是凡俗世界的营构；而到了《列子》的"海上神人"，更多是把一种哲学概念具象化的角度予以描述和塑造。这个哲学符号式的神人超凡脱俗，形象高洁，品德宏达，具有无与伦比的文化影响力。这样的"完人"和"圣人"，诞生在海洋之中，所以可以理解为是将"神圣海洋"向"美丽海洋"的拓展。还需要指出的是，这样的海洋神人，又不同于《山海经》等所塑造的海洋神仙，它是人格和神格的有机结合，所以其美学价值更为巨大。

二、《列子》继承和发展了"海洋神仙岛"的思想

海洋神仙岛意象源自《山海经》"东海之渚中有神""北海之渚中有神""南海之渚中有神"等四海海神的想象，《列子》则将海神发展为海上神仙，海神所居之渚就变成了海洋神仙岛。

《列子·汤问》描述了"岱舆"等五座海洋神仙岛："渤海之东不知几亿万里，有大壑焉，实惟无底之谷，其下无底，名曰归墟。八纮九野之水，天汉之流，莫不注之，而无增无减焉。其中有五山焉：一曰岱舆，二曰员峤，三曰方壶，四曰瀛洲，五曰蓬莱。其山下周旋三万里，其顶平处九千里。山之中间相去七万里，以为邻居焉。其上台观皆金玉，其上禽兽皆纯缟。珠玕之树皆丛生，华实皆有滋味，食之皆不老不死。所居之人皆仙圣之种；一日一夕飞相往来者，不可数焉。"[1]

这是非常绚丽的海上神仙和神仙岛想象，它在相当程度上推动了秦汉海上仙道文化的发展。"渤海"即今渤海湾一带，也就是古代海洋文化中所说的"北海"，这是仙道文化最为发达的海洋地区。文中所说的"大壑"，也来自于《山海经》。《山海经·大荒东经》："东海之外大壑，少昊之国。少昊孺帝颛顼于此，弃其琴瑟。有甘山者，甘水出焉，生甘渊。"晋郭璞注《山海经》说，这"大壑"，"《诗含神雾》曰东注无底之谷谓此壑也。《离骚》曰降土大壑。"[2] 可见它是一个非常古老的海洋文化意象。在《山海经》里，这个地方是非常崇高又纯洁的"文化之邦"。因为颛顼是上古时代三皇五帝之一，根据司马迁《史记·五帝本纪》记载，颛顼"静渊以有谋，疏通而知事"，创下大业，成为中华民族人文共祖之一。这样

---

① 《列子》，北京：中华书局 1985 版，第 61—62 页。
② ［晋］郭璞撰：《山海经传》，《四部丛刊》景明成化本，第 63 页。

的大人物把自己钟爱的琴瑟"弃"在这"大壑"中，可见这"大壑"具有非同一般的历史文化地位。因为这琴瑟，据说为华夏文明始祖伏羲所发明，弹奏琴瑟可以用来纯洁人心，是文化中的圣物。

在《山海经》里，位于"大壑"中的"少昊之国"，已经具有神仙岛的雏形，而《列子》则将这海洋神仙岛意象，无论是数量还是内涵，都进行了大幅度拓展。

《列子》将"大壑"这个海洋文化意象发展为道家哲学上的"清虚"之场。文化史上一般都将列子归入道家行列，《列子》也因此与《老子》《庄子》一起成为道家典籍，《老子》为《道德真经》，《庄子》为《南华真经》，《列子》则被称为《冲虚真经》。"虚"是《列子》的核心思想。"列子贵虚"是先秦时代先贤们对于列子的几乎一致的评价。西汉刘向整理《列子》一书时，也说它充满"秉要执本，清虚无为"的思想。①

《列子》将《山海经》里的"大壑"，命名为"归墟"，"归墟"又叫"归虚"，终极之意。归到原点，也说归到终点，这就是"虚"，这就将"大壑"意象发展到道家的文化系统中，这个转向对后世影响很大，因为自那以后，"海上神仙岛"基本上就成为道家思想的一种文化符号了。

《列子》说，就在这样的"归墟"之所，却有岱舆、员峤、方壶、瀛洲和蓬莱五座神仙岛的存在。《列子》赋予神仙岛的内涵是这样的：

一是广袤无比。每一座神仙岛周长有三万里，仅仅一个山顶的周长，就有九千里。

二是极其遥远。彼此之间相隔七万里，这样五座岛构成一个体系，却又相互独立。

三是极为富有。这是神仙岛意象的核心内容。每一座神仙岛上，凡是建筑物都是金玉砌成，凡是禽兽等生物，都是异常圣洁。珠玉之树长得密密麻麻，花朵与果实的味道都很鲜美，吃了它可以长生不老，永远不会死亡。

四是岛上神仙神技非凡。居住在这些岛上的，都是神仙，他们会在空中飞翔，彼此之间虽然相隔七万里，可是他们一天一夜之间就可以来回无数次。

《列子》所创造的海洋神仙岛意象，有三点因素对后世影响很大。一是神仙岛上的不死之药，这在相当程度上催生了秦汉统治者对于长生不老思想的实践性探求。二是海洋神仙的飞翔姿势，几乎成为后世对于

———————

① 冯广宏：《〈列子〉真伪疑辨》，《文史杂志》2016 年第 2 期。

神仙想象的定格化形象，而列子也被塑造成一个神通广大的飞翔者。《庄子·逍遥游》说："夫列子御风而行，泠然善也，旬有五日而后反。彼于致福者，未数数然也。此虽免乎行，犹有所待者也。"说他可以乘风而行，利用风力，在空中可以连续飞翔半个月。梁任昉《述异记》说，列子常在立春日乘风而游八荒，到了立秋日就反归风穴，风至则草木皆生，去则草木皆落。三是海洋神仙岛上的金银财宝思想，后世许多有关神仙岛的叙事，几乎都涉及这一海洋财富主题。

三、《列子》里比较完整的海洋叙述文本

如果《列子·汤问》对于海洋神仙五岛描述的主要内容，只是神仙岛的美丽和富饶，那么它仅仅是提供了一个海洋世界的"神仙岛"文化意象而已，严格来说，还没有形成一种文学上的叙事文本。但是到了这段叙述的后半部分，故事有了变化，情节有了发展，《列子》里的海洋神仙岛终于成了一个比较完整的叙述文本。

"而五山之根无所连著，常随潮波上下往还，不得暂峙焉。"《列子》说，这五座神仙岛，并不是牢牢地扎根于海床，而是漂浮在海面上的。这样的情景设置为后面的故事发展铺平了情节逻辑的演进道路。由于神仙岛漂浮不定，居住其上的那些神仙们睡不好觉，每天提心吊胆，担心漂走，更担心沉没，所以"仙圣毒之，诉之于帝"。这是故事发展的第一次转折。

"帝恐流于西极，失群仙圣之居。"天帝也很担心。他倒不是担心这些神仙岛会沉没，而是担心它们会漂移到"西极"去，这样就会导致那些失去神仙家园的群仙没有地方可以安置了。这段情节是很有意思的。它反映出《列子》中华文化中心论的观念。为了防止神仙岛这个海洋领土的消失，天帝"乃命禺强使巨鳌十五举首而戴之，迭为三番，六万岁一交焉。五山始峙而不动"。禺强形象也来自于《山海经》。《山海经·大荒北经》："北海之渚中，有神，人面鸟身，珥两青蛇，践两赤蛇，名曰禺强。"可见禺强乃为北海海神。《列子》里的神仙五岛，位于渤海外，而渤海与北海，在文化意义上是相同或相邻的，所以天帝把这任务交给禺强，是非常合理的。天帝命令禺强给那五座神仙岛加固，禺强就让十五条巨鳌用自己的头顶住神仙岛，不让它们漂移。这些巨鳌分三批轮换，每六万年轮换一次，这样这些岛屿就再也不会漂走了。这是故事发展的第二次转折。

《列子》神仙岛叙事的精彩之处在于它还有第三次转折。神仙岛本已经稳定，神仙们也不需要再有任何担忧，天帝也放心了，可是却有捣乱

者来进行破坏。"而龙伯之国有大人，举足不盈数步而暨五山之所，一钓而连六鳌，合负而趣，归其国，灼其骨以数焉。岱舆、员峤二山流于北极，沉于大海，仙圣之播迁者巨亿计。"所谓的"大人"即是"巨人"，这个形象也与《山海经》有关。《山海经·大荒东经》"东海之外，大荒之中，有山名曰大言，日月所出。有波谷山者，有大人之国。"晋郭璞引述古籍《河图玉版》的记载注释说："从昆仑以北九万里，得龙伯国人，长三十丈，生万八千岁而死。"①

郭璞认为《山海经》中的"大人之国"，与《列子》里的"龙伯之国"是有关联的，指的都是"巨人"。这就很有意思了。因为破坏这五座神仙岛稳定并最终导致岱舆和员峤二山消失的，并非海洋世界里的巨人，而是远在昆仑山的龙伯国巨人，这个巨人跨了几步就来到了海里，一钓就钓上了六只大鳌，合起来背上就回到了他们国家，然后焚烧大鳌，用它们的骨头来占卜吉凶。于是岱舆和员峤二山便流到了最北边，沉入了大海，神仙和圣人流离迁徙，多得要用亿数来计算。这是故事的第三次转折。

消息传到天庭，天帝大怒。"侵减龙伯之国使阨，侵小龙伯之民使短。至伏羲神农时，其国人犹数十丈。"意思就是天帝认为这龙伯国所辖的地方太大了，龙伯国人太高大了，对邻国和别人形成了威胁，就逐渐压缩了其领土和身高，但是一直到了伏羲、神农时，那个国家的人还有几十丈高。这是故事的尾声和结局。

所以《列子》的神仙岛故事，是非常完整的叙事。这种很完整的海洋叙事，《列子》里还有一篇。

《列子·黄帝第二》："海上之人有好沤鸟者，每旦之海上，从沤鸟游，沤鸟之至者百住而不止。其父曰：'吾闻沤鸟皆从汝游，汝取来，吾玩之。'明日之海上，沤鸟舞而不下也。"② 这篇海洋叙事想象奇特，画面感极强，人鸥友好相处化为一体的主题异常深刻。"其父"却对鸥鸟起了一种"玩弄"的邪念，鸥鸟因此"舞而不下"，无情地拒绝了他，这是很有寓意的。另外比较难能可贵的是，这是一篇"在场"的小说。纵观中国海洋文学史，绝大部分都是"观海"的视角，或者是"岛屿故事"，像这种发生于"海上"的叙事相当少见。

---

① ［晋］郭璞撰：《山海经传》，《四部丛刊》景明成化本，第63页。
② 《列子》，北京：中华书局1985版，第24页。

第三节 《庄子》中的海洋叙事

庄子（约前369—前286，或说前275），战国中期伟大的思想家、哲学家和文学家。姓庄，名周，字子休（或说子沐），宋国蒙（今河南商丘东北一带）人。《庄子》对于中国古代叙事文学发展的贡献是多方面的。他在《外物篇》中"小说"一名的提出，虽然与后世的小说概念有很大的不同，但是"饰小说以干县令，其于大达亦远矣"的表述，却也涉及了小说的动机和社会影响功能，值得重视。另外《庄子》中的大量寓言故事，都非常具有小说叙事的美学价值，所以有人认为："庄子以其异于史学传统的创作理念和极富艺术精神的文学实践，对中国古代小说的发展作出了重大的贡献。"①

《庄子》包含了丰富的海洋叙事文学因素。它既有对海洋神人形象的进一步丰满，又有对海洋意象的壮观描述，它是先秦时期海洋文学的重要组成。

一、海洋神人形象的进一步丰满

在《山海经》和《列子》"藐姑射"意象和"神女"形象勾勒的基础上，《庄子·逍遥游》进一步塑造了海洋神人形象："藐姑射之山，有神人居焉。肌肤若冰雪，淖约若处子，不食五谷，吸风饮露，乘云气，御飞龙，而游乎四海之外。其神凝，使物不疵疠而年谷熟。"②

宋人林希逸撰《庄子口议》，解释庄子笔下的神女形象说："藐姑射，山名也。冰雪，莹洁也。所养者全阳气，伏而不动，故凝然若冰雪。……淖约者，柔媚可爱也。处子，处女也。不食五谷以下四句，言其神妙也。"③林希逸没有提到这个神女与海洋的关系。明代焦竑《庄子翼》、沈一贯《庄子通》、清人郭庆藩《庄子集释》等，或认为这神人即是人之心的象征，或认为神人指的是圣人，但都不提神女的诞生与海洋的关系。清代王夫之撰《庄子解》，虽看到了神女与海洋的内在联系，却语焉不详："藐

---

① 孙敏强：《试论〈庄子〉对我国古代小说发展的重要贡献》，《浙江大学学报（人文社会科学版）》2002年第4期。

② ［清］王先谦集解：《庄子》，上海：上海古籍出版社2009年版，第6页。本节有关《庄子》引文，皆来自于此书，不再注明。

③ ［宋］林希逸撰：《庄子口议》，明正统道藏本，第5页。

姑射山在寰海外。"① 这句话既可以理解为这藐姑射山位于海上，也可以
理解为位于海外，不过毕竟与海洋有了一点关系。而到了清人王先谦撰
《庄子集解》里，终于有了明确的表述。"姑射，山名，在北海中。"②

这就回到了晋人郭璞注《山海经》的说法："列姑射，山名也，山有
神人。河州在海中，河水所经者，庄子所谓藐姑射之山也。"③

由此可见，虽然庄子在《逍遥游》中并未明说这藐姑射之山位于海中，
但是从它的文化生成来看，当是源于海洋。因此庄子的"藐姑射山神人"，
也属于海洋叙事。④

与《山海经》的"射姑国在海中，属列姑射"的比较简单的海洋地
理的介绍和《列子》关于神女形象的描述相比，《庄子·逍遥游》中的神
人形象更加丰满，内涵更加丰富。

在文化传承上，庄子的神人继承了列子神女形象"吸风饮露，不食
五谷""形如处女"的特质，但增加了"肌肤若冰雪"这样的外形美和"淖
约"这样的内在气质。这样神女就成了内外皆修的高德之神。更加值得
注意的是，庄子还赋予神人"乘云气，御飞龙，而游乎四海之外"的逍
遥风采和"其神凝，使物不疵疠而年谷熟"的神奇本领。

从《列子》的神女到《庄子》的神人，叙事的主旨和指向，有了进
一步的拓展。《庄子》似乎有意淡化了"列姑射"原有的海洋背景，形象
的性别也从清楚的"女"性拓展为不明晰的"人"。这个"人"，是既包
含了女神，也包含了男神的。这样它的文化内涵就有了更广博的延伸。
但是它的文化渊源，仍然来自于《山海经》的"海洋射姑国"意象，这
是可以肯定的。

二、"海洋"意象的壮观描述

《庄子》里虽然没有独立和完整的"海洋"叙事文本构建，但是分散
在《逍遥游》等文章中的"海洋"形象，却有着比较一致的内质。

在《庄子·逍遥游》中，大海的壮观和宏伟的气势扑面而来。"北冥
有鱼，其名为鲲。鲲之大，不知其几千里也。化而为鸟，其名为鹏。鹏之背，

---

① ［清］王夫之撰：《庄子解》，清同治四年船山遗书刻本，第5页。
② ［清］王先谦撰《庄子集解》，清宣统元年思贤书局刻本，第4页。
③ ［晋］郭璞撰：《山海经传》，《四明丛刊》景明成化本，第60页。
④ 《庄子》的《逍遥游》还有一处提到了姑射山："尧治天下之民，平海内之政，往见四
子藐姑射之山，汾水之阳，窅然丧其天下焉。"历代学者都把"藐姑射之山，汾水之阳"视为同地，
即今天山西临汾一带。这属于另外一个文化语境了。

不知其几千里也。怒而飞,其翼若垂天之云。是鸟也,海运则将徙于南冥。南冥者,天池也。"冥,亦作溟,就是大海的意思。"北冥"意为北边的大海。"南冥"指的是南方的大海。宋代林希逸《庄子口议》:"北冥,北海也。……海运者,海动也。今海滨之俚歌犹有'六月海动'之语。海动必有大风,其水涌沸自海底而起,声闻数里。"① 清人郭庆藩《庄子集释》:"溟犹海也。取其溟漠无涯,故为之溟。东方朔《十洲记》记云:溟海无风而洪波百丈。"②

庄子《逍遥游》里的大海,无边无涯,洪波滔天,意象极为壮观。如果说这个文本里的大海,突出的还是海洋自身雄壮的话,那么《庄子·秋水》里的海洋,则成了一种文学的构建。"天下之水,莫大于海。万川归之,不知何时止而不盈;尾闾泄之,不知何时已而不虚;春秋不变,水旱不知。"③"万川归之",既是一种写实,也是一种文化哲学的传承。《诗经·沔水》:"沔彼流水,朝宗于海。"一个"朝宗"概念,表达了大海崇高的帝王般的地位。大海永恒,不知有盈,不知有虚,不知春秋,不知旱涝,在庄子的笔下,海洋成了一种深刻的哲学存在,一种"大道"的物化喻证。

《庄子·外物》中的海钓故事,也是一种哲学化的叙事表述:"任公子为大钩巨缁,五十犗以为饵,蹲乎会稽,投竿东海,旦旦而钓,期年不得鱼。已而大鱼食之,牵巨钩,铭没而下,骛扬而奋鬐,白波若山,海水震荡,声侔鬼神,惮赫千里。"④ 在《庄子》的话语体系里,"钓者"是一个具有深刻含义的形象,所以这"任公子海钓"也是一种寓言化描述。气派宏达,意境高远,极富美学价值。另外还需指出的是,垂钓的地点是"会稽"。汉东方朔《海内十洲记》也说:"瀛洲在东海中……大抵是对会稽。"可见这个"会稽",在中国早期的海洋文献中,具有特殊的文化所指。

饶有意思的是,《庄子》对于海神和"海帝"的态度,有很大的差异。在《秋水》里,北海海神若是一个深明大道的哲学家,一个洞察宇宙奥秘的圣人,一个对于人生大彻大悟的智者:"计四海之在天地之间也,不似垒空之在大泽乎? 计中国之在海内,不似稊米之在大仓乎? 号物之数谓之万,人处一焉;人卒九州,谷食之所生,舟车之所通,人处一焉。此其比万物也,不似豪末之在于马体乎? 五帝之所连,三王之所争,仁人之所忧,任士之所劳,尽此矣! 伯夷辞之以为名,仲尼语之以为博。

---

① [宋]林希逸撰:《庄子口议》,明正统道藏本,第1页。
② [清]郭庆藩撰:《庄子集释》,清光绪思贤讲舍刻本,第2页。
③ 《庄子》,北京:中华书局2010年版,第259页。
④ 《庄子》,北京:中华书局2010年版,第458—459页。

此其自多也，不似尔向之自多于水乎？"但是到了《应帝王》中，对于北海之帝，还有南海之帝，《庄子》却毫不客气地进行了嘲讽："南海之帝为儵，北海之帝为忽，中央之帝为浑沌。儵与忽时相与遇于浑沌之地，浑沌待之甚善。儵与忽谋报浑沌之德，曰：'人皆有七窍以视听食息，此独无有，尝试凿之。'日凿一窍，七日而浑沌死。"① 在这段叙事里，北海之帝和南海之帝，都是愚蠢的代表，他们本想表达对于中央之帝的感恩之情，结果却把中央之帝给害死了。如果把这段叙事，放在海洋文明与内陆文明的关系来考察，或者再进一步，如果把它放在以华夏文明为代表的内陆文明与以东夷文明（北海）和古越文明（东海、南海）为代表的海洋文明的关系中来考察，那么这段叙事则更显得意味深长。

本章结语

先秦时代的海洋想象和书写，可以从海洋文学和海洋文化两个方面进行关注。

从海洋文学的角度而言，无论是《山海经》里的海洋世界，还是《列子》和《庄子》里的海洋意象，都采用一种"眺望"的视角。从文学发生学的视角而言，中国海洋文学起源阶段的"眺望"姿势，是有着它内在的逻辑的。王齐洲在考察中国古代"文学观念发生史"的时候，就非常重视刘勰《文心雕龙》里所表达的一个观点："观天文以极变，察人文以成化。"王齐洲指出，这是刘勰提出的观察文学的两个视角，"而在这两个观察视角中，观察'天文'比观察'人文'具有更为本原的意义。也就是说，在刘勰心目中，文学可以分为'天文'之学和'人文'之学两大块，它们是相互联系的，'天文'之学是'人文'之学的基础，'人文'之学是'天文'之学合乎逻辑的发展。或者可以说，中国古代文学观念本来就滥觞于'天文'之学。"②

大海是广义的"天文"组成，"眺望大海"也可以理解为"观天文"，所以海洋文学起源阶段的"眺望"姿势，是符合文学起源的一般性规律的。这也可以解释为什么这种"眺望"姿势会成为整个中国海洋文学的"恒定"式姿势。而且这种姿势也与西方海洋文学的早期阶段非常接近。在欧洲

---

① 《庄子》，北京：中华书局 2010 年版，第 133 页。
② 王齐洲：《中国古代文学观念发生史》，北京：人民文学出版社 2014 年版，第 29 页。

文明的早期，"陆地上的居民认为大海是空洞的，一种被神话了的恐惧所带来的空虚感。大海标志着事物的尽头，是生命结束和未知世界起始的地方。它是一部必不可少且能慰藉人类心灵的虚构作品。"① 这与鲁迅曾经描述的我国远祖对于海洋的感觉"遥望重洋，水天相接，则犹魄悸体栗，谢不敏也"，是非常一致的。

从海洋文化的角度而言，先秦海洋文学也具有海洋文化"起源"的价值。先秦时期是中国海洋文学孕育和发轫时期。《山海经》不但是中国海洋文学最古老的想象和叙述文本，而且还是多种叙述和抒情的母题资源。《列子》和《庄子》的海洋想象塑造丰富了海洋母题资源，它们是中华文明的有机组成。无论是华夏、东夷和苗蛮的"三元说"，还是"华夏、东夷、苗蛮和古越"的"四元说"，中华历史文化的构成都少不了海洋文明的存在。《山海经》以"山""海"并立的结构书写中华内陆和海洋，呈现的就是一种宏大的文化观视野。

但是中华历史文明的"山""海"发展是不平衡的。体现在文学书写中，内陆华夏文明已经孕育出伟大的诸子哲学和《诗经》等，而海洋文明还处于神话传说性质的"想象海洋""虚拟海洋"阶段。

先秦时期的海洋文学和海洋文化是如此紧密地结合在一起，其实它正是整部中国海洋文学史的一个写照。在古代的海洋书写中，文本的文学色彩和文化内涵，很多时候是无法分离的。譬如《山海经》中的"大鱼"形象，它既是一种写实性的文学记叙，又是一种象征性的文化隐喻。这种现象到了晚清时期，仍然如此。刘鹗《老残游记》开头的那条海船，就是写实与象征的结合。

---

① （英）乔纳森·拉班《沿岸航行》，见约翰·迈克《海洋：一部文化史》，冯延群、陈淑英译，上海：上海译文出版社 2018 年版，"介绍"篇，第 1 页。

第二章　汉魏峰浪：海洋想象与海洋仙道文学的发展

汉魏时期的海洋文学，是对先秦想象性海洋书写传统的进一步传承和发扬。

进入汉魏六朝后，古人对于海洋的认识，与先秦时候相比，已经有了巨大的区别。汉朝政权建立后，中央集权统治逐渐巩固，海疆意识得到了进一步的强化。班固《汉书·地理志》在概述州郡四至时，就非常明确地描述了中国的海洋疆界：东北至日本海，西至越南的万里海疆。此外，东汉初年的《越绝书》，也为后世保存了许多关于海洋文化的历史信息。古代吴、越是以擅长舟楫而著称海内的。它们的国都附近都设有舟室、船宫，船有舟师、大船军、习流等；越王勾践曾自称其民是"水行而山处，以船为车，以楫为马，往若飘风"；而吴国也被称为是"不能一日废舟楫之用"的国家。再则汉朝的海洋文化描绘的区域已经很大，在东汉杨孚撰写的《异物志》中，可以看到当时东南亚古国的情况。书中记述扶南国和南海航道的情况，这对研究汉代海外交通贸易有重要价值。[①]

但是在海洋文学表现上，总的来看，想象海洋、虚拟海洋仍然是汉魏时期海洋书写的主流。东汉刘熙在《释名》中，对于海洋是这样定义的："海，晦也。主承秽浊水，黑如晦也。""晦"的基本意思是"昏暗"，这里的"昏暗"，一方面反映出人们面对大海浩淼无垠而产生的渺茫感和对于海上航行和捕捞等海洋活动的某种恐惧心理；另一方面，刘熙似乎又赋予海洋某种人文的喻意，"主承秽浊水"，暗示大海有容纳一切、承载苦难的品德。再者，刘熙说海洋为"晦"，似乎还可以作进一步的理解，那就是大海是深邃的象征，因为"晦"的另外一层意思就是指义理深微，隐晦，含蓄。

---

① 梁二平、郭湘玮:《中国古代海洋文献导读》，北京：海洋出版社 2012 年版，第 3 页。

如果这样的理解可以成立的话，那么刘熙《释名》"海，晦也"的定义和描述，反映的恰恰就是古代早中期时候古人有关海洋的一种人文意识和思想：海洋的本来形象是深不可测的；海洋的引申形象具有君子的品质；海洋的转折形象具有哲学一般的玄妙和可供无限阐释的广阔空间。

总的来看，汉魏六朝时期，中国开始有了比较明确的海洋意识，并且开始对海洋进行了多方面的探索。这就为海洋的书写提供了比较厚实的海洋社会活动和海洋人文基础。另外由于汉魏时期神仙思想和方士文化非常活跃，因此这个时期的海洋文学书写，仍然具有鲜明的传承自先秦时代的海洋仙道文学特质。

第一节 《神异经》《海内十洲记》中的海洋想象

《神异经》和《海内十洲记》的作者，都署名为东方朔。东方朔是一个历史文化名人，却也是一个文化谜团。《史记》虽然在《滑稽列传》中列有《东方朔传》，却是褚少孙所补写，而非司马迁所亲撰，这就已经令人起疑。而传记中的描述，很多都近似文学夸张，如写他初入长安，一篇自荐性质的"奏牍"，就让汉武帝用了两个月时间才读完，这显然不是史家文笔了。但《史记》和《汉书》都承认他是实际存在的人物。《史记》说他是汉武帝时代的人，来自齐地。《汉书·东方朔传》说他字曼倩，平原厌次人。这个平原厌次，有人说为今山东德州陵城区神头镇，有人说为今山东惠民。虽然有争论，但说他是今山东半岛海边人，却是一致的。这与《史记》说他是"齐人"相符。据谭其骧主编《中国历史地图集》，这个平原厌次距当时的海岸约30公里。可以说，东方朔与自战国至西汉上层政治舞台上十分活跃的"燕齐海上之方士"们一样，曾经生活在同样以海洋为背景的文化生态圈之中。他的思想不可能不受到环渤海文化圈方术之学的影响。①

东方朔的海洋想象和书写，主要体现在《神异经》和《海内十洲记》中。由于后世对于这两部著作是否为东方朔所亲撰，一直持有怀疑，所以严格来说这里所讨论的海洋想象和书写，比较妥当的表达，或许应该是《神异经》和《海内十洲记》中的海洋书写，不一定非要落实为东方朔的海洋书写。

---

① 王子今：《论东方朔言"海上""仙人"事》，《南都学刊》2015年第4期。

《神异经》和《海内十洲记》都属于"地理博物志怪小说"，都深受《山海经》的影响。尤其是《神异经》，从内容到形式都是仿照《山海经》的，这充分证明《山海经》在古代尤其是秦汉时期海洋书写中的母题地位。

一、《神异经》中的海洋书写

《神异经》一卷，旧题汉东方朔著，晋张华注。由于《汉书·东方朔传》没有把此书列入东方朔的著作表中，有人就认为这是后人伪托。但唐朝孔颖达在疏《左传》时，曾经有过一句"服虔按：《神异经》云……"，而这服虔是东汉人，说明《神异经》必定产生于东汉之前。另外东汉许慎的《说文解字》和东汉郭宪的《汉武洞冥记》都引用过《神异经》里的内容，也都可以证明此书为汉代作品。所以《神异经》是汉代作品是没有问题的，但是不是东方朔作撰，则无法确定。不过在没有进一步证据出现之前，还是把它列在东方朔名下较妥。

《神异经》模仿《山海经》而作，里面有许多涉海书写，这是《山海经》海洋叙事母题影响力的一个体现。从海洋文学的发展而言，《神异经》对《山海经》的小说因素进行了很好的传承和发扬，使得《山海经》的小说因素得以充分地凸显，从而还影响到了后代如《西游记》《镜花缘》的创作。[①]

但是《神异经》对于《山海经》的模仿并非简单的复制，与《山海经》的涉海叙事相比，《神异经》有多方面的突破。

首先，《神异经》塑造了三个"海洋人物形象"，这是《山海经》的"海洋人物形象系列"所没有的。

《神异经》中的第一个海洋人物形象出现在《西荒经》中："西海水上有人，乘白马，朱鬣，白衣玄冠，从十二童子，驰马西海水上，如飞如风，名曰河伯使者。或时上岸，马迹所及，水至其处，所之之国，雨水滂沱。暮则还河。"[②]

在先秦汉魏时代，"西海"是一个模糊的海洋空间概念，后世的解释也多有分歧，因此不妨视为一个文学上的海洋空间而不必落实为具体的哪个海域。文中出现的西海"河伯使者"，白衣白马，朱鬣玄冠，驰马海上，如飞如风，极具美感。他的形象打扮似乎很接近道家。后面跟随一群

---

① 叶舒宪、萧兵、（韩）郑在书：《山海经的文化寻踪："想象地理学"与东西文化碰撞》，武汉：湖北人民出版社 2004 年版，第 312 页。

② ［汉］东方朔：《神异经》，《汉魏六朝笔记小说大观》，上海：上海古籍出版社 1999 年版，第 55 页。

徒弟童子，也符合老道的身份，但是他又与一般炼丹修道的道家人士不同。他来往于大河和大海之间，虽然名为"河伯使者"也就是一般所说的黄河河神的使者，但是他一旦上岸，则会带来滂沱大雨，则又有民间海龙王的属性。所以这是一个兼通河海属性又身具仙家风范的综合性形象。

《神异经》中的第二个（群）海洋人物形象，仍然出现在《西荒经》中："西海之外有鹄国焉。男女皆长七寸。为人自然有礼，好经纶拜跪。其人皆寿三百岁。其行如飞，日行千里，百物不敢犯之，唯有畏海鹄。过辄吞之，亦寿三百岁。此人在鹄腹中不死，而鹄亦一举千里。"①

这里的"鹄国人"，是一个奇异的"海洋生存者"的形象。他们身形极为矮小，才"七寸"长。这也是传承自《山海经》"小人国"人物意象的。《山海经·大荒东经》："东海之外，大荒之中……有小人国，名靖人。"可是鹄国人虽然矮小，禀赋却迥异常人，他们的文明修为程度极高，"为人自然有礼，好经纶拜跪"。这显然也是继承了《山海经》的意象。《山海经·海外东经》："君子国在其北，衣冠带剑……其人好让不争。"但是《山海经》里的靖人和君子，都没有高寿的内容，更不会飞一般奔跑。而"鹄国人"却是男女皆寿三百岁，就算被海鹄吞噬，也能在海鹄肚里存活很久。他们还个个其行如飞，可以日行千里。具有这样本事的人，是《山海经》里的海洋人物中所没有的。他们纵横大海，几无敌手，但是却有天敌海鹄。海鹄是以鱼为食的海鸟，它们或许是把"鹄国人"误认为是海鱼了吧。

《神异经》中的第三个海洋人物形象，出现在《西北荒经》中："西北海外有人，长二千里，两脚中间相去千里，腹围一千六百里。但日饮天酒五斗，不食五谷鱼肉，唯饮天酒。忽有饥时，向天仍饮。好游山海间，不犯百姓，不干万物，与天地同生，名曰无路之人，一名仁，一名信，一名神。"②

这篇记载描述了一个"海洋大人"的形象。这显然也是继承了《山海经》的意象。《山海经·海外北经》："无肠之国在深目东，其为人长而无肠。"这里出现了"长人"的形象。《山海经·海内北经》："明组邑居海中。蓬莱山在海中。大人之市在海中。"《山海经·大荒东经》："东海之外……有波谷山者，有大人之国。有大人之市，名曰大人之堂。"这里的"大人

---

① ［汉］东方朔：《神异经》，《汉魏六朝笔记小说大观》，上海：上海古籍出版社1999年版，第55页。
② ［汉］东方朔：《神异经》，《汉魏六朝笔记小说大观》，上海：上海古籍出版社1999年版，第56页。

之市""大人之国""大人之堂"里的"大人"以及"长人"，指的就是与小靖人相反的体型巨大之人。但是《神异经》所塑造的"海洋大人"，不仅身材异常高大，而且品行高洁，超然世外，成了"仁""信""神"的具象化符号。这样的高洁人物，东方朔却为他取了一个"无路之人"的名号，说明《神异经》所描述的海洋世界，并非为了"奇谈"，而是赋予了"海洋人物"深刻的文化和哲学含义。

除了上述的三个海洋人物形象（意象）塑造，《神异经》还描述了种种神异岛屿。这与秦汉时期盛行的海上神仙岛观念是一致的，也与《海内十洲记》里的描述相吻合。例如在《神异经·东荒经》中出现的鬼符山、臂沃椒山："大荒之东极，至鬼符山、臂沃椒山，脚巨洋海中，升载海日。盖扶桑山有玉鸡，玉鸡鸣则金鸡鸣，金鸡鸣则石鸡鸣，石鸡鸣则天下之鸡悉鸣，潮水应之矣。"这既传承自《山海经》有关日出于海的思想，又赋予这些日出之岛金鸡、玉鸡和石鸡等奇异宝物的元素，说这些岛上的众鸡鸣叫引领天下之鸡的司晨功能，与"日出天下白"的观念是一致的。《东荒经》里还有一则神岛描述："东海沧浪之洲，生强木焉，洲人多用作舟楫。其上多以珠玉为戏物，终无所负。其木方一寸，可载百许斤，纵石镇之，不能没。"《东南荒经》里也有一则类似记载："东南海中有炟洲，洲有温湖，鮒鱼生焉。其长八尺，食之宜暑而辟风寒。"岛上都是珠宝和奇物，这都是典型的海上神仙岛意象的再表述。

《神异经·东荒经》中的焦炎岛，其内涵构成则比较特殊："东海之外荒海中，有山焦炎而峙，高深莫测。盖禀至阳之为质也。海中激浪投其上，噏然而尽，计其昼夜，噏摄无极，若熬鼎受其洒汁耳。"[1] 这或许指的是正在爆发或爆发不久的火山岛，如果真的是这样的话，那么它那就有纪实的性质，并且具有相当的科学资料的价值。从文学上而言，这焦炎岛还成了海洋小说的叙事空间背景。明冯梦龙《情史》中有一则《焦土妇人》，描述海上焦土岛，就有《神异经》焦炎岛的影子。

此外，《神异经·北荒经》还描写了一种神奇的海洋大鸟："北海有大鸟，其高千尺，头文曰天，胸文曰候，左翼文曰鹜，右翼文曰勒。头向东正海中央捕鱼。或时举翼而飞，其羽相切如风雷也。"[2] 这是古代海洋文学中海洋生物叙事的体现。这种海洋生物叙事，自《山海经》"大蟹在

<hr />

① ［汉］东方朔：《神异经》，《汉魏六朝笔记小说大观》，上海：上海古籍出版社1999年版，第50页。

② ［汉］东方朔：《神异经》，《汉魏六朝笔记小说大观》，上海：上海古籍出版社1999年版，第57页。

海中"等记叙开始，一直到清代的海洋笔记小说，都源源不绝。

二、《海内十洲记》中的海洋神仙岛想象

《海内十洲记》一卷，旧题汉东方朔著，《汉书·东方朔传》也没有提及它，所以它的情形与《神异经》一样，有人认同是东方朔的著作权，有人则不认同，而且似乎还是不认同的比较多。因为除了《汉书》没有把它列入，还有一个重要的证据是，它的书名题目过于多样了。有《十洲记》《海内十洲记》《十洲三岛记》《十洲仙记》《十洲经》《海内十洲三岛记》六种。题《十洲记》者，唐宋有《隋书》《艺文类聚》《旧唐书》《太平御览》《册府元龟》《新唐书》《海录碎事》《类说》《直斋书录解题》《齐东野语》《小学绀珠》《文献通考》等，元明清有《宋史》《说郛》《少室山房笔丛》《山堂肆考》《遵生八笺》《管城硕记》《千顷堂书目》《御定佩文斋广群芳谱》《格致镜原》《御定渊鉴类函》《四库全书总目提要》等；题《海内十洲记》者，有《说郛》《山堂肆考》《千顷堂书目》《四库全书总目提要》等（以上书目有时也题《十洲记》）；题《十洲三岛（记）》者，有《云笈七签》《宋史》《记纂渊海》；题《十洲经》的比较罕见，仅见于宋代尤袤的《遂初堂书目》；题《十洲仙记》者，有《证类本草》《御制本草品汇精要》。① 很难想象，如果此书是为同一个作者所撰，怎么会有那么多异名？

不过《海内十洲记》的作者是谁或许有争论，但它的文学属性则得到了相对比较一致的认同。鲁迅甚至还直言它为小说："现在所有的所谓汉代小说，却有称东方朔所做的两种：一、《神异经》；二、《十洲记》。"② 可见鲁迅是把《海内十洲记》当作虚构叙事文本看待的。

《海内十洲记》对汉及以后的海洋神仙文化影响非常巨大。海上神仙岛概念，在《山海经》中已经出现，在《列子》中得到了强化，《海内十洲记》则在这样的基础上进行了大规模的拓展书写，神仙岛数量大为增加，神仙岛的具体内涵也大为丰富，形成了洋洋大观的"十洲"系列。

所谓的"十洲"，指的是祖洲、瀛洲、玄洲、炎洲、长洲、元洲、流洲、生洲、凤麟洲和聚窟洲。东方朔托借王母之口，说这十洲都在"八方巨海之中"。这样"十洲"意象就被框定在海洋神话的话语体系之中。这"十洲"的共同点是：其一，都在远离大陆的"人迹所稀绝处"，这样

---

① 彭凤琴：《〈海内十洲记〉研究》，华中师范大学 2017 年硕士论文。
② 鲁迅：《中国小说的历史的变迁》，《鲁迅全集》（第九卷），北京：人民文学出版社 1981 年版，第 304 页。

就有了距离感和陌生感；其二，岛上都有不死之草、神芝草、金芝玉草、甘液玉英等仙草灵药，这样就对奉行长寿的西汉时人产生了强大的诱惑力；其三，岛上还有大量的奇异珍宝神物神兽，在上面居住的都是"仙家"，这就迎合了西汉时处于主流地位的道家思想的文化要求。

十洲之外，东方朔还想象出众多的其他海洋道家圣地。有沧海岛，上面住着九老仙和其他数万仙官；有方丈岛，它既是群龙所聚之所，又是"不欲升天"的群仙所停留之处，有仙家数十万；还有扶桑岛，上有太帝宫，太真东王父所治处；还有蓬莱山，处于唯飞仙才能到达的"冥海"，上有九老丈人九天真玉宫，盖太上真人所居。最后东方朔得出结论说："是以仙都宅于海岛。"①

《海内十洲记》勾勒了一个异彩纷呈的海洋神仙和神仙岛的文学世界，很有意思的是东方朔自己对此却并不是十分相信。《资治通鉴》记述了元封元年他谏言劝止武帝"自赴海求蓬莱"的事情："天子既已封泰山，无风雨，而方士更言蓬莱诸神若将可得，于是上……欲自浮海求蓬莱，群臣谏，莫能止。东方朔曰：'夫仙者，得之自然，不必躁求。若其有道，不忧不得；若其无道，虽至蓬莱见仙人，亦无益也。臣愿陛下第还宫静处以须之，仙人将自至。'上乃止。"② 这条记载表明，东方朔自己对于海上神仙并非持十分肯定的看法。这或许可以从另外角度证明，《海内十洲记》真的有可能是别人托名东方朔所撰。

《海内十洲记》的产生，与当时浓郁的方士文化环境有密切的关系。在汉魏时期的古燕齐地一带，已经有一种比较浓郁的海洋神仙思想文化氛围。学界对此早就予以关注和研究。20 世纪 20 年代开始，许地山先生的《道教史》、潘雨廷先生的《道教史丛论》等道教文化早期研究成果，以及顾颉刚先生的《秦汉的方士与儒生》等讨论方士活动的研究，通过对蓬莱、方丈、瀛洲海上三神山以及仙人和不死之药的溯源，阐述了早期道教神仙信仰的产生与燕齐一带海洋文化的渊源关系，都认为海洋是仙道文化产生和发展的重要因素。③

还有吕思勉也持此态度。他认为道教文化的核心因素之一，便是有关"神仙家"的内容，神仙思想的具体构建者，那就是燕齐一带的方士。吕思勉指出，早在春秋战国时候，这些方士就已经非常活跃。这些方士

---

① ［汉］东方朔：《海内十洲记》，《汉魏六朝笔记小说大观》，上海：上海古籍出版社1999 年版，第 64—71 页。
② ［宋］司马光：《资治通鉴》卷 20，中华书局 1956 年版，第 680 页。
③ 马树华：《道教神仙谱系与海洋信仰》，《中国社会科学报》2015 年 7 月 9 日第 2 版。

以神仙不死的思想来蛊惑国君的，而那些国君也很相信，甚至聪明如秦始皇、汉武帝者，根据《史记·封禅书》的记载，对此尤其相信。这是为什么呢？"以我推测，因燕齐一带，多有海市。古人明见空中有人物、城郭、宫室，而不知其理，对于神仙之说，自然深信不疑了。"[①] 可见所谓"十洲"云云，其实是一个时代思潮的投射而已。

第二节　张华《博物志》中的海洋叙事

《博物志》十卷，晋张华撰。张华（232—300），字茂先，范阳方城（今河北固安）人。曾先后在曹魏和西晋中任职。西晋时拜中书令、度支尚书，官至司空。永康元年（300），赵王司马伦发动政变，张华受牵累惨遭杀害，年六十九岁。

张华有很高的史学和文学修为。据王嘉《拾遗记》载，张华曾把完稿的《博物志》四百卷呈给晋武帝司马炎看，司马炎认为内容太庞杂，建议删减，于是成了十卷本。

虽然从四百卷浓缩成了十卷，但《博物志》的内容仍然非常丰富，除了山川地理、飞禽走兽、草木虫鱼，还有不少神话传说。其中涉及海洋的内容和故事多达十六则，呈现出多方面的海洋形象和面貌。

由于张华是真实的历史人物，后人也从未对他的《博物志》的著作权表示过质疑，而且以"志"作为书名，说明尽管书中有许多超现实的神话和传说等志怪性内容，但张华或许是把它们当作真实的事实和现象来予以记载的，所以《博物志》的海洋书写所反映的当时人的海洋认识及海洋形象和面貌，还是显得比较接近于现实的。

一、清醒的"海疆"意识

《博物志》卷一记叙山川地理。作者在"卷首语"中说："余视《山海经》及《禹贡》《尔雅》《说文》《地志》，虽曰悉备，各有所不载者，作略说。出所不见，粗言远方，陈山川位象，吉凶有征。诸国境界，犬牙相入。春秋之后，并相侵伐。其土地不可具详，其山川地泽，略而言之，正国十二。"说明张华撰写《博物志》中"地理志"的初衷，是为了补《山海经》等先人所书内容的不够详尽。其中"诸国境界"也属于不够详尽的内容，

---

① 吕思勉：《中国文化史》，北京：新世界出版社 2008 年版，第 269 页。

所以"国界"是《博物志》首先予以关注的重点。

"中国之城，左滨海，右通流沙，方而言之，万五千里。东至蓬莱，西至陇右，右跨京北，前及衡岳。"① 这是当时整个"中国"的地理位置，在东西南北的空间描述中，张华清晰地表达了滨海海疆的边界意识。这可以说古代较早对海疆边界的明确描述。虽然中国古代很早就有"四海"的概念，可是"四海"既不是确指，更不是专指海疆边界。《史记·五帝本纪》："南抚交阯、北发，西戎、析枝、渠廋、氐、羌，北山戎、发、息慎；东长、鸟夷。四海之内咸戴帝舜之功。"② 似乎描述的是"四边"疆域，但是这里的"四海之内"指的"中国"全部疆域，并非海疆。只有张华的《博物志》中的"右滨海""东至蓬莱"，指的是东部以海为界的意思，具有海疆边界的含义。

不仅如此，《博物志》还突出了东海和南海的"边界海疆"："南越之国，与楚为邻。五岭已前至于南海，负海之邦，交阯之土，谓之南裔。""东越通海，处南北尾闾之间。三江流入南海，通东治，山高海深，险绝之国也。"③南越和东越，都为古越族的分支。他们分别生活在南海和东海的沿海地区。而南海的南越人，更位于与交阯交界的地方。

正因为海疆意识明确，《博物志》也就有了"内"和"外"即海内外的交流认识，从而为后人保留了许多珍贵的海洋对外交流的信息。如《博物志》开卷就有这样的记载："南海短狭，未及西南夷以穷断。今渡南海至交阯者，不绝也。"④ 卷二还专门列有"外国"条，其中记载说："毋丘俭遣王颀追高句丽王宫，尽沃沮东界，问其耆老，言国人常乘船捕鱼，遭风吹，数十日，东得一岛，上有人，言语不相晓。"⑤ 说明早在晋代，中国不但已经有了海疆意识，而且还十分频繁地通过海域进行对外交流。

二、对《山海经》《神异经》等海洋书写的传承

《山海经》海洋叙事的母题内容，在张华《博物志》中也有比较显著

① ［晋］张华：《博物志》，《汉魏六朝笔记小说大观》，上海：上海古籍出版社1999年版，第184页。

② ［汉］司马迁：《史记》，《二十四史全译》，上海：汉语大词典出版社2004年版，第10页。

③ ［晋］张华：《博物志》，《汉魏六朝笔记小说大观》，上海：上海古籍出版社1999年版，第185页。

④ ［晋］张华：《博物志》，《汉魏六朝笔记小说大观》，上海：上海古籍出版社1999年版，第187页。

⑤ ［晋］张华：《博物志》，《汉魏六朝笔记小说大观》，上海：上海古籍出版社1999年版，第192页。

的体现。虽然《四库全书总目提要》将《博物志》与南朝梁任昉《述异记》、唐段成式《酉阳杂俎》等归入子部小说家琐语类，而将《山海经》《神异经》《海内十洲记》等归入子部小说家异闻类，似乎虽然都属于小说，但类别不同。其实《博物志》与《山海经》有许多联系。它直接使用了大人国、结胸国、羽民国等《山海经》里出现的方国名称（尽管实际内容不一样），在海洋书写和海洋人文思想方面，也是多有传承。

首先是对海洋"君子国"理想世界思想的传承。"君子国，人衣冠带剑，使两虎，民衣野丝，好礼让，不争……故为君子国。"① 张华《博物志》中的海洋君子国，无论是文明程度、君子修为标准，乃至基本的叙述语言，都深受《山海经》的影响。在《山海经·大荒东经》"东海之外……有君子之国，其人衣冠带剑"和《山海经·海外东经》"君子国在其北，衣冠带剑，食兽，使二大虎在旁，其人好让不争"中，"衣冠带剑""好让不争"是君子的标配，君子的文明修为甚至可以让猛虎也得到熏陶从而失去暴戾之性。张华《博物志》不但全盘继承了这一理念，而且还增添了"民衣野丝"的服饰文化内容，进一步提高了海洋君子国的文明程度。

其次是海神思想的继承和发挥。《山海经》中有四海海神形象的描述和塑造，它所勾勒的君子国、大人堂又隐含了海上神仙岛的意味。东方朔的《神异经》和《海内十洲记》强化了这一意象，在与道家思想结合后发展成为海上神仙岛这样的海洋道家乐园。张华的《博物志》继承了这些思想。"《史记·封禅书》云：威宣、燕昭遣人乘舟入海，有蓬莱、方丈、瀛州三神山，神人所集。……其鸟兽皆白，金银为宫阙，悉在渤海中。"② 虽然用的是引述《史记》的方法，但也间接地表明了《博物志》对于海洋神仙岛思想是持肯定态度的。

再次是对神奇海洋思想的继承。《神异经》和《海内十洲记》中的海岛宝物等神奇因素比比皆是自不待言，早在《山海经》里就已经蕴含了神奇海洋的意识。除了海神、海洋异人，《山海经》还记载和描述了人面鱼身的陵鱼、奇大无比的大鳢大蟹等，张华《博物志》继承了这一思想。它描述了非常神奇的海洋神物夔："东海有牛体鱼，其形状如牛，剥其皮

---

① ［晋］张华：《博物志》，《汉魏六朝笔记小说大观》，上海：上海古籍出版社1999年版，第190页。

② ［晋］张华：《博物志》，《汉魏六朝笔记小说大观》，上海：上海古籍出版社1999年版，第187页。

悬之，潮水至则毛起，潮去则毛伏。"① 还有神奇的草和鱼："海上有草焉，名蒒。其实食之如大麦，七月稔熟，名曰自然谷，或曰禹余粮。"② "东海有物，状如凝血，从广数尺，方员，名曰鲊鱼。无头目处所，内无藏，众虾附之，随其东西。人煮食之。"③ 神奇海洋生物和植物都源自《山海经》，张华的《博物志》继承了这些海洋想象和书写传统。

最后，《博物志》还继承了《山海经》的海洋方国和海洋家园的思想。它记载和描述了奇异的海洋女儿国的信息。"有一国亦在海中，纯女无男。又说得一布衣，从海浮出，其身如中国人衣，两袖长二丈。又得一破船，随波出在海岸边，有一人项中复有面，生得，与语不相通，不食而死。其地皆在沃沮东大海中。"④ 它还记录了海洋家园的民俗文化。"东南之人食水产，西北之人食陆畜。食水产者，龟蛤螺蚌以为珍味，不觉其腥臊也；食陆畜者，狸兔鼠雀以为珍味，不觉其膻也。"⑤ 众所周知，《山海经》的海洋家园叙写是非常简单的，其他先秦古籍叙写的更多为海洋神仙家园，对于凡俗的海洋家园几乎没有涉及，但是张华《博物志》的上述记叙，则不但丰富生动多了，而且已经相当贴近海洋社会的现实实践。

三、瑰丽奇幻的"八月槎"

"八月槎"是张华《博物志》中一篇重要的海洋叙事文本。《隋书·经籍志》将《博物志》与《吕氏春秋》《淮南子》《论衡》《抱朴子》等同归子部杂家类。而所谓"杂家"，其特点是"杂错漫羡"。从文学叙事的角度而言，《博物志》似乎缺乏文学故事性，曾经担任过长史官职的张华，可能也真的并没有将《博物志》当作"小说"来写。但是"八月槎"却是一篇非常具有艺术性的涉海叙事小说。

张华的"八月槎"故事是这样营构的："旧说云天河与海通。近世有人居海渚者，年年八月有浮槎去来，不失期。人有奇志，立飞阁于查（槎）

① ［晋］张华：《博物志》，《汉魏六朝笔记小说大观》，上海：上海古籍出版社 1999 年版，第 197 页。

② ［晋］张华：《博物志》，《汉魏六朝笔记小说大观》，上海：上海古籍出版社 1999 年版，第 198 页。

③ ［晋］张华：《博物志》，《汉魏六朝笔记小说大观》，上海：上海古籍出版社 1999 年版，第 197—198 页。

④ ［晋］张华：《博物志》，《汉魏六朝笔记小说大观》，上海：上海古籍出版社 1999 年版，第 191—192 页。

⑤ ［晋］张华：《博物志》，《汉魏六朝笔记小说大观》，上海：上海古籍出版社 1999 年版，第 188 页。

上，多赍粮，乘槎而去。十余日中，犹观星月日辰，自后茫茫忽忽，亦不觉昼夜。去十余日，奄至一处，有城郭状，屋舍甚严。遥望宫中多织妇，见一丈夫牵牛渚次饮之。牵牛人乃惊曰：'何由至此？'此人具说来意，并问此是何处。答曰：'君还至蜀郡，访严君平则知之。'竟不上岸，因还如期。后至蜀，问君平，曰：'某年月日有客犯牵牛宿。'计年月，正是此人到天河也。"①

或许张华是很想把它当作真实事情来写的。"旧说"是为了证明故事有来源，不是自己编造的。"君还至蜀都，访严君平则知之"云云，都是为了提供"证人"以便可以"证实"该事情的客观存在。但是这些手法与其说是为了"证实"，倒不如说是通过故弄玄虚的掩饰，反而凸显出这个故事瑰丽奇幻的超现实性文学特质。

这个故事的核心自然在于"牛郎织女天河相遇"的民间传说，但是从海洋文学的角度而言，故事中的重点不是牛郎织女，而是一种"槎"从"海"中浮升而起最终消失于天空的奇幻想象。这是非常值得重视的想象。"天河与海通"，这已经是一种非常深邃的文化视野，体现出海空一体的宇宙意识。上天入海的工具，居然是一具木槎，这种想象真是非同小可。那是仙家升天的另一种形态了。但在这个故事语境中，升天的不是仙家，而是"居海渚者"，也就是生活于海洋中的普通岛民。所以神奇的不仅是升天的工具，还有升天的人。"槎"即是木头，或者是独木舟。一槎纵横波涛之中，是何等的豪迈；而且这个人竟然还在槎上建起飞阁，更是潇洒之极了。八月正是海洋风暴叠起的季节，仙槎选择在这个季节，很有规律性地来往于海天之间，奇幻的场面描写中，显示出了非常瑰丽的海洋世界的文学意象。

四、"南海鲛人"开启了"鲛人"书写的先河

张华《博物志》里还有一则不到 20 字的叙事，却开拓了古代海洋文学中"鲛人叙事"系列的先河。

"南海外有鲛人，水居如鱼，不废织绩，其眼能泣珠。"② 《说文·鱼部》："鲛，海鱼也，皮可饰刀。"段玉裁注："今所谓沙鱼。"沙鱼即鲨鱼。所谓"鲛人"，即是人形的鲨鱼，或是鲨鱼状的人，所以这是一则"人鱼"

---

① 〔晋〕张华：《博物志》，《汉魏六朝笔记小说大观》，上海：上海古籍出版社 1999 年版，第 225 页。

② 〔晋〕张华：《博物志》，《汉魏六朝笔记小说大观》，上海：上海古籍出版社 1999 年版，第 192 页。

形象的叙事。这种人鱼形象的文化源头也来自于《山海经》。《山海经·海内北经》："陵鱼，人面，手足，鱼身，在海中。"这里的"陵鱼"有人说是娃娃鱼，但是它却生活"在海中"。或许早期的娃娃鱼也曾经在海洋中生活，后来上了岸；或许这是另外一种形如娃娃鱼的海洋生物。由《山海经》的"娃娃鱼"发展为张华《博物志》里的"鲛人"，不但形象有了根本性的改变，而且文本的故事性因素也大为丰富。这里的"鲛人"重点不再是"人形的鱼"，而是能纺织更能"流泪成珠"的鱼精。"珠"意象的出现，反映出时人已经意识到海洋所具有的巨大的财富价值属性，从此"珠泪"成为一种绵绵不绝的海洋书写题材和文化传统。

除了这条"鲛人"记载，《太平御览·珍宝部二·珠下》还引述了张华《博物志》的另外一条记载："鲛人从水出，寓人家积日，卖绡将去，从主人索一器，泣而成珠满盘，以予主人。"这条记载比起前一条来，"鲛人"故事相对更加完整，更富有叙事效果。虽然整个故事只有30个字组成，比起前面的那则"鲛人"故事仅仅多了11个字，仍然非常简略，但却是一则完整的叙事。它有开头："鲛人由水出"；有过程："寓人家积日，卖绡将去，从主人索一器，泣而成珠满盘"；有结果："以予主人"，分别而去。从叙事美学的角度来看，这里的"鲛人"形象不再是一种静态图案，而是一种首尾连贯的动态线性叙事构建了。

张华《博物志》中的这种"鲛人"海洋叙事，不但塑造了"鲛人"这个独特的海洋人物形象，而且还不经意间开拓了一种叙事模式，从此以后"鲛人"就成了一种系列性的海洋叙事模式。比张华晚50年左右的干宝《搜神记》卷十二"鲛人"，就完整引述了张华《博物志》"南海外有鲛人"的记载。《太平御览》所引述《博物志》"泣而成珠满盘，以予主人"的故事，则显然直接启发了清代作家沈起凤《谐铎》中的《鲛奴》写作。

张华《博物志》所开启的"鲛人"叙事，其核心内容除了"珠"以外，还有"织绡"，即有绢（绡）纱意象。"泪"和"绢"的意象紧紧结合在一起，从此构成了一个具有深厚文化意蕴的海洋话语符号。古人常以"鲛绢"来指拭泪的手帕，虽然这鲛绢实际上或许是一尺见方的素绢制成的手帕而已，但从素绢手帕衍化为"鲛绢"，当为一种诗化意象，因此古人还非常喜欢在这"鲛绢"上面题诗寄情。汉乐府诗中就有"尺素如残雪，结成双鲤鱼，要知心中事，看取幌中书"。渐渐地，尺素就成为爱人之间书信的代称，于是"鲛绢"也就从一种绢丝升华为情书符码了。

第三节 《拾遗记》《异苑》和《述异记》中的海洋书写

魏晋以降，进入南北朝时期后，在海洋仙语思想还未完全衰落的文化背景下，涉海叙事文学继续繁荣。前秦王嘉《拾遗记》、南朝刘敬叔《异苑》和南朝任昉《述异记》中都有许多涉海叙事。这些涉海书写，有的是对前人海洋叙事传统的继承，更多的是创造性构建。它们的出现，使得魏晋南北朝时候的想象性海洋文学，显得更加丰富多彩。

一、王嘉《拾遗记》中的海洋意象

王嘉，字子年，陇西安阳（今甘肃渭源）人。据说他有方术，长年隐居，不与世人交往。他生活在东晋十六国时期的前秦。前秦国主苻坚屡次征召他而未果，可见他的隐居，是一种政治态度，与一般的遁世修道不同。最终也因此被后秦的姚苌杀害。

《拾遗记》是王嘉的主要作品，又名《王子年拾遗记》。原书19卷，因战乱等原因，散佚较多。南朝梁代的萧绮辑集残文，合为10卷。内容多为历史传说、神话故事和奇闻逸事，想象力极为丰富，而且颇有科幻文学的成分。这在涉海叙事中体现得尤为突出。王嘉的生活和活动空间远离海洋，所以他所构建的海洋，基本上都是想象性的海洋世界，而且想象的程度很高。

著名的"贯月槎"故事就是如此。"尧登位三十年，有巨查（槎）浮于西海。查上有光，夜明昼灭。海人望其光，乍大乍小，若星月之出入矣。查常浮绕四海，十二年一周天，周而复始，名曰贯月查，亦谓挂星查。羽人栖息其上，群仙含露以漱，日月之光则如瞑矣。虞、夏之季，不复记其出没。游海之人，犹传其神伟也。"[①]

显然，这个"贯月槎"是对"八月槎"故事的创新性传承。在张华《博物志》中，"八月槎"仅仅是上天的一个工具，故事的重点是天上的牛郎织女。但是在王嘉《拾遗记》中，这个"槎"却成了叙事的主体。它从海中升起，通体焕发出耀眼的亮光，而且还能大小变换。如果说将"八月槎"与后世的飞碟联系在一起，尚属于联想的话，那么王嘉《拾遗记》

---

① ［前秦］王嘉：《拾遗记》，《汉魏六朝笔记小说大观》，上海：上海古籍出版社1999年版，第498—499页。

中的"贯月槎"，与后世传说中的飞碟，真的是非常相似了。它的瑰丽奇幻远远超过"八月槎"。不仅如此，王嘉还继续想象，说这个"贯月槎"上面，还有"羽人栖息其上"，这"羽人"，简直就是"外星人"的早期雏形了。

除了"贯月槎"，王嘉还创造了另外一个非常具有科幻意味的"沦波舟"的故事："始皇好神仙之事，有宛渠之民，乘螺舟而至。舟形似螺，沉行海底，而水不浸入，一名沦波舟。"① 这个在海底潜行的奇特的船和海底行走的描述，要比法国作家儒勒·凡尔纳创作的长篇小说《海底两万里》，约早了 1500 年。

王嘉《拾遗记》中创造的"贯月槎"和"沦波舟"故事，都很有科幻作品的属性。如果说这"贯月槎"很像飞碟或宇宙飞船的话，那么这"沦波舟"则简直就是世上最早的"潜水艇"想象了。

王嘉似乎对"海洋之光"特别感兴趣。《拾遗记》还写道："西海之西，有浮玉山。山下有巨穴，穴中有水，其色若火，昼则通晥不明，夜则照耀穴外，虽波涛灌荡，其光不灭，是谓'阴火'。当尧世，其光烂起，化为赤云，丹辉炳映，百川恬澈。游海者铭曰'沉燃'，以应火德之运也。"② 这里的"阴火"为"应火德之运"的说法当然属于虚诞之论，但那海岛洞穴喷射火光照耀海面的景象，还是非常壮观美丽的。

王嘉生活的东晋时代，距离方士盛行的秦汉时期已经过去了数百年，海洋神仙岛的传说已经不再有当年的影响力。但是由于他本身的方士志趣以及他隐世的生活方式，海洋神仙岛话语在他的《拾遗记》中仍然占有相当的地位。王嘉描述了蓬莱山、方丈山、瀛洲、员峤和岱舆这样五座海上神山。它们的名字在东方朔《海内十洲记》中多有出现。或许在秦汉魏晋时代，这是一个比较普遍的海洋文化话语体系。但是如果将它们进行比较，那么可以发现，王嘉对于海上神仙岛的叙事，还是有很多创造的。

除了《海内十洲记》等所描述的珠宝金玉、神药奇草等海洋神仙岛原有的元素，王嘉《拾遗记》还提供了许多新的想象。蓬莱山上有郁夷国，时有金雾弥漫。其山顶犹若活动的架楼，门都朝北开，而窗牖则向着明处，等到金雾消失，则又是另外一番景象了。岛上还居住着一个叫"含

---

① 〔前秦〕王嘉：《拾遗记》，《汉魏六朝笔记小说大观》，上海：上海古籍出版社 1999 年版，第 520 页。

② 〔前秦〕王嘉：《拾遗记》，《汉魏六朝笔记小说大观》，上海：上海古籍出版社 1999 年版，第 499 页。

明国"的部落，其人"缀鸟毛以为衣，承露而饮，终天登高取水，亦以金、银、仓环、水精、火藻为阶"，似乎是仙人，又似乎是凡人。更有意思的是，它还描述了一种名裸步的海螺，平时负其壳露行，一转冷则复入其壳。生产的卵，依附礁石而生，看着很软，取之则坚。如果有"明王出世"，这种大螺就会浮于海际，这样普通的海洋生物立即转换为一种政治图谶符号。"含明国"人和裸步螺，都是《海内十洲记》不曾出现的，而赋予它们某种政治图谶，更是《拾遗记》"突破性"的一种"价值拓展"。

方丈山也有新奇的海洋意象增加，那就是所谓的"龙膏"。《拾遗记》还说燕昭王曾经在通霞台，以这种龙膏为灯，"光耀百里，烟色丹紫，国人望之，咸言瑞光，世人遥拜之"。后世也有人描写过一种取之于鲸鱼的鱼膏，也可以用来点灯，或许是受此启发。

其他如瀛洲岛、员峤山和岱舆山，也都有新鲜的海洋神仙岛文化元素出现。可以说王嘉《拾遗记》丰富了秦汉时期的海洋神仙岛叙事。《拾遗记》之后，虽然也时时有海上神仙岛叙事出现，但是再也没有被集中书写过。从这个意义而言，王嘉《拾遗记》是这方面的又一个高峰或者是绝唱。

二、刘敬叔《异苑》中的涉海书写

《异苑》是南朝刘敬叔撰述的一部志怪小说集。刘敬叔其人，史书无传。到了明代万历年间，浙江海盐的文学家和藏书家胡震亨，从各种古籍中搜集资料，补作《刘敬叔传》，说他是彭城（今江苏徐州）人，做过中兵参军、司徒掌记的小官，东晋安帝义熙中拜南平国郎中令，因事忤刘毅免官。宋初召为征西长史，文帝元嘉三年（426）入为给事黄门郎，明帝泰始期间（465—471）卒于家中。

《异苑》一书得以流传至今，也全赖于胡震亨的发现。此书最初出现于《隋书》，其"经籍志"记载："《异苑》十卷，宋给事刘敬叔撰。"《旧唐书》以下史志均无目录，估计该书那时起已经失传。胡震亨于临安意外获得该书的宋刻本，刻入《秘册汇函》中，终于得以重新流传。《四库全书》将此书收入子部小说家类异闻之属。

《异苑》的文学成就很高。《四库总目提要》称赞其"词旨简澹，无小说家猥琐之习"。

《异苑》全书共十卷三百多篇，其中涉及海洋的有三篇。虽然所占比例很低，但是内容新奇，很有特色和价值。

《异苑》卷四有《海凫毛》："晋惠帝时，人有得一鸟毛，长三丈，以示张华。华惨然叹曰：'所谓海凫毛也。此毛出，则天下土崩矣。'果如其言。"① 海凫是一种海鸟，不知其真正的名称，但其毛长达三丈，那当属于海洋大鸟了，非普通海鸥之类，估计可以与东方朔《神异经》中那种可以吞噬鹄国人后还可以飞翔千里的"海鹄"相媲美。张华即《博物志》的作者，他认识此海鸟羽毛，却说此毛一出，天下就要大乱了，从此形成了"海凫出天下乱"的传说。这种将海洋生物的自然现象附会成某些政治符号，普通的海洋生物书写变成了政治图谶式叙事，也是古代海洋文学的一种模式。干宝《搜神记》在描述大海频出大鱼现象时，引用《京房易传》的话说："海数见巨鱼，邪人进，贤人疏。"也是属于这种叙事思维。

《异苑》卷九还有《黄金傲船》："扶南国治生，皆用黄金。傲船东西远近雇一斤。时有不至所届，欲减金数，船主便作幻，诳使船底砥折，状欲沦滞海中，进退不动。众人惶怖，还请赛，船合如初。"② 扶南国，又作夫南国、跋南国，是曾经存在于古代中南半岛上的一个古老王国名。其辖境大致相当于当今柬埔寨全部国土以及老挝南部、越南南部和泰国东南部一带。"傲船"的意思是租船。故事是说扶南国这个海洋国家，平时计算交易报酬时，都使用黄金。租船运输东西，无论远近，都以一斤黄金作报酬。如果有某种原因没有到达目的地，雇主提出减少黄金数，船主就会故意使诈，让船在海中漂移，显示出沦滞的样子，直到雇主付足了黄金，船就继续行驶。这个故事实际上反映的是一种海洋运输的情景，是描述早期东南亚海洋经济活动的一则海洋叙事作品。

《异苑》卷十还有《管宁思过》："管宁字幼安，避难辽东，后还，泛海遭风，船垂倾没，宁潜思良久，曰：'吾尝一朝科头，三晨晏起。今天怒猥集，过恐在此。'"③ 管宁是东汉末年至三国时期的文化名士，本篇有《世说新语》的意蕴。故事说管宁在避难辽东半岛泛海时，不幸遭遇海难，所坐的船竟然垂直沉没于海中。他虽然得救，却反思自己经常早晨起来，不戴冠帽，裸露头髻；有时候还要晚起，所以今天落海，是老天对自己的惩罚和提醒啊。故事的本意是颂扬管宁的人品道德，但是将海洋与管宁这样的名流联系在一起，也是很有意思的。另外人掉海

---

① ［南朝］刘敬叔：《异苑》，《汉魏六朝笔记小说大观》，上海：上海古籍出版社1999年版，第623页。

② ［南朝］刘敬叔：《异苑》，《汉魏六朝笔记小说大观》，上海：上海古籍出版社1999年版，第681页。

③ ［南朝］刘敬叔：《异苑》，《汉魏六朝笔记小说大观》，上海：上海古籍出版社1999年版，第684页。

中得到启迪也有"洗心洁身"的隐喻。《西游记》中写被逐后又将要回到师父身边的悟空，在东海里洗身子，说离开师父好多天了，自己已经不干净了，现在要用东海之水洗干净，才能去见师父，传递的也是这种意思。

三、任昉《述异记》中的海洋书写

任昉（460—508），字彦升，乐安郡博昌（今山东寿光）人。南朝文学家、方志学家、藏书家。他的著作《述异记》内容非常丰富，神话传说、山川地理、古迹遗址、民间故事、历史掌故、奇禽珍卉等，几乎无所不记。其中也包含了较多的海洋题材。寿光位于渤海莱州湾西南岸，距海很近，所以任昉对于海洋并不陌生。

任昉《述异记》中的海洋叙事，还与梁武帝萧衍积极开展海外贸易活动有密切关系。任昉与萧衍的关系很好，萧衍封任昉为骠骑记室参军，后来拜黄门侍郎，迁吏部郎中，寻以本官掌著作，且梁初的禅让文诰，多出自任昉之手。① 所以任昉在梁武帝时代是深度参与朝廷大事的。梁朝积极开展海外贸易，势必带来大量的海洋活动信息，这就为任昉《述异记》中的涉海叙事提供了丰富的材料。另外，由于《述异记》多从它书中取材，正如《四库全书总目》所指出，《述异记》"大抵剽剟诸小说而成。如开卷'盘古氏'一条，即采徐整《三五历记》，其余'精卫'诸条，则采《山海经》，'园客'诸条，则采《列仙传》，'龟历'诸条，则采《拾遗记》，'老桑'诸条，则采《异苑》"。因此它书中的一些涉海叙事，也被采录。如"精卫填海"故事，还有"鹄国人"故事，就分别来自《山海经》和《拾遗记》。但是任昉《述异记》提供了许多前人所不曾记载和描述的海洋故事。

《述异记》记载了大量的海洋珠宝，进一步宣扬了海洋财富的思想。海洋宝物中有传统的"龙纱"："鲛人即泉先也，又名泉客。南海出鲛绡纱，泉先潜织，一名龙纱，其价百余金，以为服，入水不濡。"又说："南海有龙绡宫。泉先织绡之处，绡有白之如霜者。"② 海洋鲛人形象最初由干宝《搜神记》和张华《博物志》所创造。他们哭泣的时候，眼泪会化为珍珠。他们还善于织绩，所产之布即为鲛绡。任昉《述异记》继承了这一文学意象，并且还有用鲛绡做成的衣服入水不濡这样的创造性发挥。

---

① 刘晓丽：《任昉〈述异记〉研究》，西北师范大学 2011 年硕士论文。
② ［南朝］任昉：《述异记》，明程荣汉魏丛书本，第 2 页。

海洋宝物中还有珊瑚。《述异记》描述了一个"珊瑚市"："郁林郡有珊瑚市。珊瑚树碧色，生海底。一株十枝，枝间无叶。大者高五六尺，至小者尺余。鲛人云：'海上有珊瑚宫。'汉元封二年郁林郡献瑞珊瑚。"①郁林郡即今广西贵港一带。说明在南北朝时期，这里曾盛产珊瑚。珊瑚很早就被视为财富的代表，著名的西晋时期石崇王恺比富故事，其中讲到的就是宫里收藏的一株两尺多高的海洋珊瑚。而《述异记》中的珊瑚，高达五六尺，远远超过王恺向晋武帝借来而被石崇一击毁之的那棵才两尺多高的珊瑚了。

《述异记》还另有一则"珊瑚女"故事："光武时，南海献珊瑚妇人。帝命植于殿前，谓之'女珊瑚'。一旦柯叶甚茂。至灵帝时，树死，咸以谓汉室将亡之征也。"珊瑚形状长得如同一个女性，已经是极其罕见的珍品，但这则叙事还把珊瑚记载转化为政治图谶式叙事，这与前述的"海凫毛"思维是一致的，可见《述异记》的海洋叙事已经具有了象征性的"政治海洋"的因素。

《述异记》所记的海洋宝物中最多的当属珠宝。书中专门记载了"珠市"："越俗以珠为上宝。生女谓之珠娘，生男谓之珠儿，吴越间俗说，明珠一斛贵如玉者。合浦有珠市。""越"即古越，其族属范围主要在东海和南海一带，所以这里所说的视海洋珍珠为珍宝的"越俗"观念，是东南沿海地区非常广泛的一种价值认同。在众多的海洋珠宝中，最贵重的是"龙珠"："凡珠有龙珠，龙所吐者。蚖（蛇）珠，蚖所吐者。南海俗谚云：'蚖珠千枚，不及玫瑰。'言蚖珠贱也（玫瑰亦是美珠也）。越人谚云：'种千亩木奴，不如一龙珠。'"木奴即柑橘。千亩柑橘不值一颗龙珠，可见龙珠价值之高。

任昉《述异记》蕴含了丰富的古代海洋人文信息，绝大部分信息具有很高的认识价值，但对其中有些信息则需要进行辩证判定，如令人惊奇的"懒妇鱼"的记载，就显示出一种具有偏见性的海洋人伦观念："在南有懒妇鱼。俗云昔杨氏家妇为姑所溺而死，化为鱼焉。其脂膏可燃灯烛。以之照鸣琴博弈，则烂然有光；及照纺绩，则不复明焉。"②

这段叙事，虽然表面上不能断定这鱼是海鱼还是淡水鱼，但唐段成式《酉阳杂俎》有类似记载："非鱼非蛟，大如船，长二三丈，色如鲇，有两乳在腹下，雄雌阴阳类人，取其子著岸上，声如婴儿啼。顶上有孔

---

① ［南朝］任昉：《述异记》，明程荣汉魏丛书本，第2页。
② ［南朝］任昉：《述异记》，明程荣汉魏丛书本，第3页。

通头，气出吓吓作声，必大风，行者以为候。相传懒妇所化。杀一头得膏三四斛，取之燃灯，照读书纺绩辄暗，照欢乐之处则明。"① 这段记载的前后内容，都是写海洋生物的，可见段成式也把"懒妇鱼"视为海鱼来写的（其实它的原型就是鲸鱼）。

任昉《述异记》中的"懒妇鱼"，其实是一个凄惨的人间悲剧。小媳妇被姑下毒手害死于水中，化而为鱼。人死化鱼，《山海经》的"鱼妇"已经有此说法，但问题在于，《述异记》中的小媳妇惨死于水中，化作了一条非常诡异的鱼。它的鱼油用作纺绩劳作的照明灯，则很是暗淡；而用作鸣琴博弈等娱乐活动照明时，则烂然有光。"懒妇"之"懒"，原来是指不喜劳作只爱快乐，暗指姑溺死小媳妇，是情有可原的了。所以这是一则人伦价值观有严重偏差的故事。

从涉海叙事传统的传承而言，任昉《述异记》的这则"人死化鱼"故事，对于《山海经》"鱼妇"叙事，没有继承其积极的一面，属于"负面"传承。这在"精卫"叙事母题的传承中也有体现。《述异记》说："昔炎帝女溺死东海中，化为精卫，其名自呼。每衔西山木石填东海。偶海燕而生子，生雌状如精卫，生雄如海燕。今东海精卫誓水处，曾溺于此川，誓不饮其水。一名鸟誓，一名冤禽，又名志鸟，俗呼帝女雀。"② 与《山海经》所记的"精卫填海"故事相比，《述异记》增加了发誓不饮其水和繁殖生育等内容，已经沦为庸俗，最后精卫鸟竟然成为麻雀的一种，格调更是大为降低了。

四、魏晋时期其他涉海叙事

魏晋南北朝时期的涉海叙事，是比较丰富多彩的。除了上述的这些代表性作家和作品，其他零星的作品还有许多，它们一起构成了汉魏时代蔚为壮观的想象性海洋文学的绚丽风景。

干宝《搜神记》是中国小说诞生的标志性作品。干宝（约282—351），字令升，新蔡（今河南新蔡）人，后迁居海宁盐官之灵泉乡（今属浙江）。东晋文学家、史学家。鲁迅说："宝……性好阴阳术数，尝感于其父婢死而再生，及其兄气绝复苏，自言见天神事，乃撰《搜神记》二十卷，以'发明神道之不诬'。"③ 死而再生、气绝复苏，其实是一种正常的"假死"即晕死现象，但干宝却认为里面大有"神道"在，就用小说的形式来描

---

① ［唐］段成式：《酉阳杂俎》，四部丛刊景明本，第89页。
② ［南朝］任昉：《述异记》，明程荣汉魏丛书本，第2页。
③ 鲁迅：《中国小说的历史的变迁》，《鲁迅全集》（第九卷），北京：人民文学出版社1981年版，第45页。

述之。此书不传，现在我们看到的《搜神记》，系后人从其他类书中辑录而成。

干宝长期在海盐生活，后来还一度求补山阴（绍兴）令。而这两个地方，都在海边，可见干宝对于海洋，还是比较了解的。所以他的《搜神记》，也有涉海故事，虽然数量不多，而且都很短暂，但也具有海洋小说的美质。

其中一篇《东海君》说："陈节访诸神，东海君以织成青襦一领遗之。"① 东海君是海神，却以青襦这样凡俗世界物件作为礼品送人，人情味很浓。还有一篇《雨鱼》："……至永始元年春，北海出大鱼，长六丈，高一丈，四枚。哀帝建平三年，东莱平度出大鱼，长八丈，高一丈一尺，七枚。皆死。灵帝熹平二年，东莱海出大鱼二枚，长八九丈，高二丈余。《京房易传》曰：'海数见巨鱼，邪人进，贤人疏。'"这些记载只是对于一些海洋生物现象的简单记叙，缺乏过程，似乎很难说有小说因素，但它把大海鱼出现与"邪人进，贤人疏"这样的政治形态放在一起叙述，反映了海洋现象是人类社会预兆这样的思维，这就有了阐释空间。《鲛人》："南海之外有鲛人，水居如鱼，不废织绩，其眼泣则能出珠。"② 这是对张华《博物志》海洋"鲛人"书写的传承。

崔豹（字正雄，西晋渔阳郡即今北京密云人）的《古今注》重在记载和解释自然现象、典章制度和社会习俗，但其中也有两则故事涉及海洋。"乌贼鱼，一名河伯度事小吏。《本草》作由事小吏。""鲸鱼者，海鱼也。大者长千里，小者数十丈。一生数万子，常以五月六月就岸边生子。至七八月，导从其子还大海中，鼓浪成雷，喷沫成雨，水族惊畏，皆逃匿莫敢当者。其雌曰鲵，大者亦长千里，眼为明月珠。"③ 乌贼的形象在古代涉海叙事里经常出现，《古今注》却给了它"河伯度事小吏"这样的世俗身份职务，饶有趣味。鲸鱼也是涉海叙事中经常被描述的对象，《古今注》对它的描述，既突出了它的生物性，又赋予了它"眼为明月珠"这样的社会人文的因素，这是对"鲛人泪珠"意象的拓展性发展。

北魏郦道元（？—527，字善长，河北涿州人）的《水经注》，其"濡

---

① ［晋］干宝：《搜神记》，《汉魏六朝笔记小说大观》，上海：上海古籍出版社1999年版，第290页。

② ［晋］干宝：《搜神记》，《汉魏六朝笔记小说大观》，上海：上海古籍出版社1999年版，第324页，第374页。

③ ［晋］崔豹《古今注》，《汉魏六朝笔记小说大观》，上海：上海古籍出版社1999年版，第242页。

水"条也涉及了海洋内容:"始皇于海中作石桥,非人工所建,海神为之竖柱。始皇感其惠,通敬其神,求于相见。海神答曰:'我形丑,莫图我形,当与帝会。'乃从石塘上入海三十余里相见,左右莫动手,巧人潜以脚画其状。神怒曰:'帝负我约,速去!'始皇转马还,前脚犹立,后脚随崩,仅得登岸,画者溺于海。"① 这个人类欺骗海神的故事非常富有创造性。之所以会与秦始皇附会在一起,可能与秦始皇数次沿海岸巡视有关。秦始皇二十八年(前219),他东巡海上,沿渤海南岸,航经黄(今山东龙口)、腄(今烟台东)、成山(今山东荣成成山角)等古代航海港口,四年后又游渤海北岸碣石。后来他还从江乘(今镇江)坐船航行五六百海里北归,秦始皇的航海路线,成为我国目前有文字可考的较早而又记载较详的海上实践活动。② 山东半岛东部海边至今还有与秦始皇有关的文化遗迹。这样大规模的海洋活动,在文学中必然会有所反映。郦道元这则"始皇于海中作石桥"就是一例,尽管距离秦始皇东巡活动已经过去了七百来年。

这个故事在六朝梁国殷芸(471—529,字灌蔬,陈郡长平即今河南西华人)的《殷芸小说》中也有过叙述:"始皇作石桥,欲过海观日出处。时有神人能驱石下海,石去不速,神人辄鞭之。皆流血,至今悉赤。阳城十一山石尽起东倾,如相随状,至今犹尔。秦皇于海中作石桥,或云:非人工所建,海神为之竖柱。始皇感其惠,乃通敬于神,求与相见。神云:'我形丑,约莫图我形,当与帝会。'始皇乃从石桥如海三十里,与神人相见。左右巧者潜以脚画神形,神怒曰:'速去。'即转马,前脚犹立,后脚遂崩,仅得登岸。"③ 殷芸与郦道元几乎是同时代人,但一是河北人,一是河南人,而且都是在远离海洋的内陆地区,说明这则秦始皇海中造桥的故事,当时流传很广,而且有多个版本。

南朝刘义庆(403—444,字季伯,彭城即今江苏徐州人)《幽明录》则描述了一座富丽堂皇的海上金台。"海中有金台,出水百丈,结构巧丽,穷尽神工,横光岩渚,竦曜星汉。台内有金几,雕文备置,上有百味之食,四大力神常立守护。有一五通仙人来,欲甘膳,四神排击,延而退。"④

---

① [北魏]郦道元:《水经注》,杭州:浙江古籍出版社2001年版,第231页。

② 徐鸿儒:《中国海洋学史》,济南:山东教育出版社2004年版,第52页。

③ [梁]殷芸:《殷芸小说》,《汉魏六朝笔记小说大观》,上海:上海古籍出版社1999年版,第1016页。

④ [南]朝刘义庆:《幽明录》,《汉魏六朝笔记小说大观》,上海:上海古籍出版社1999年版,第692页。

这是对秦汉时期海上神仙岛意象的传承，但它描述的不是一座海岛，而是一个楼亭台阁，所以也有可能是对一种海市蜃楼现象的记叙。

总之，汉魏时期涉海叙事，继承了先秦海洋神话叙事的精华，以极为丰富的海洋想象力，描述和构建了各种海洋人文意象，无论是主题的深刻性，想象的瑰丽性，故事的奇异性，还是海洋形象的丰满性，都达到了很高的成就。这个时期，可以说是中国古代海洋想象性书写的第一个高峰时期。

第四节　汉魏六朝时期的海洋抒情

海洋抒情指的是海洋题材类的诗词歌赋。这种海洋抒情的元素，早在《诗经》里就已经有所体现。其《沔水》开篇就是："沔彼流水，朝宗于海。""海"以万水之宗的地位入诗。乐府诗《有所思》里的"有所思，乃在大海南"，形容极其遥远的地方，已经有"天涯海角"之意。不过这些都是凤毛麟角之句，尚不能称为完整的海洋抒情文本。但是汉魏时期大量涌现的各篇"海赋"和以曹操《观沧海》为代表的海洋诗歌，则是非常成熟的海洋抒情作品。它们与汉魏六朝的涉海叙事作品一起，共同构筑了这个时期丰富多彩的海洋文学华章。

汉魏六朝时期，涌现出了众多"海赋"文，有班彪《览海赋》、王粲《游海赋》、曹丕《沧海赋》、木华《海赋》、潘岳《沧海赋》、庾阐《海赋》、孙绰《望海赋》、顾恺之《观涛赋》、曹毗《观涛赋》、伏滔《观涛赋》和张融《海赋》等，形成了蔚为大观的"海赋"文学现象。

究其原因，有人认为："汉魏六朝江海赋兴盛的原因大要有二：一是源于传统文化对水意蕴的阐发与重视，先民们习惯于把水和人的品性相比拟，到秦汉之际发展出'君子必观大水'的文化观念，是为江海赋产生的内因之一；二是由于六朝时人们地理知识的丰富，对江海水系认识的加深，对江海赋的创作，具有直接的推动作用。"[①] 还有人认为："汉代辞赋的发达，和武帝的提倡有很大的关系。从武帝到宣帝，都曾奖励作赋，辞赋的发展达到了一个高潮。"[②]

但除此之外，我们认为还有另外一个深刻的原因，那就是赋体作家

---

① 王允亮：《汉魏六朝江海赋考论》，《北方论丛》2012 年第 1 期。
② 牟翔：《明清前海赋研究》，中国海洋大学 2015 年硕士论文。

的艺术追求与大海之间的内在契合。《西京杂记》里有一则司马相如答盛览问的记载，司马相如说"赋家之心，苞括宇宙，总览人物"，非常讲究赋文的气势和格局。王世贞《艺苑卮言》里也说："作赋之法……大抵须包蓄千古之材，牢笼宇宙之态。其变幻之极，如沧溟开晦；绚烂之至，如霞锦照灼。"① 王世贞将汉赋的文势与海洋联系在了一起，这是很有见地的一种观点。因为汉赋所追求的文章气势与大海的磅礴和壮观，的确具有内在的一致性。

汉代众多的海洋赋文，洋洋洒洒，生动地描述了大海的壮观气势，表达出多种对于海洋的寄寓情怀。赋体文章的气势与海洋的壮观构成了它们之间奇妙的内在联系，从而成了古代海洋文学的一个奇葩，充分反映出海赋作家对于海洋热情拥抱的亲海近海思想。

在这些众多的海洋赋文中，有人认为，众多的海赋文章都很优秀，其中以木华的《海赋》成就最高，影响最大，张融赋次之。②

诗歌方面，有曹操《观沧海》、谢灵运《游赤石进帆海》、谢朓《和刘西曹望海台》、沈约《临碣石》、刘峻《登郁洲山望海》和祖廷《望海》等，其中以曹操《观沧海》最具代表性。

一、班彪《览海赋》、王粲《游海赋》和曹丕《沧海赋》

班彪（3—54），字叔皮，扶风安陵（今陕西咸阳东北）人，《汉书》作者班固的父亲。他的《览海赋》，是中国文学史上较早的一篇海赋，比曹操的《观沧海》要早一百七十年，所以具有开拓性的价值。其文如下：

> 余有事于淮浦，览沧海之茫茫。悟仲尼之乘桴，聊从容而遂行。驰鸿濑以漂骛，翼飞凤而回翔。顾百川之分流，焕烂熳以成章。风波薄其裔裔，邈浩浩以汤汤。指日月以为表，索方瀛与壶梁。曜金璆以为阙，次玉石而为堂。蓂芝列于阶路，涌醴渐于中唐。朱紫彩烂，明珠夜光。松乔坐于东序，王母处于西厢，命韩众与岐伯，讲神篇而校灵章。愿结旅而自托，因离世而高游。骋飞龙之骖驾，历八极而回周。遂竦节而响应，勿轻举以神浮。遵霓雾之掩荡，登云涂以凌厉。乘虚风而体景，超太清以增逝。廛天阍以启路，辟阊阖

① 转引自许结：《汉代文学思想史》，北京：人民文学出版社 2010 年版，第 14 页。
② 谭家健：《汉魏六朝时期的海赋》，《聊城师范学院学报（哲学社会科学版）》2000 年第 2 期。

而望余。通王谒于紫官，拜太一而受符。①

　　虽然总的来看，班彪"其赋作亦文亦史，具有强烈之征实性"，"班彪以史才著称，其赋作亦具有历史征实性"。② 但是本篇《览海赋》的核心词语是"茫茫"，核心内容是由海上之景致联想到海上的神仙世界，所以其基本风格是属于浪漫主义的海洋想象，与那个时代的海洋想象文学倾向是一致的。

　　《览海赋》以"览"入题，开头说"余有事于淮浦，览沧海之茫茫"。这里的"淮浦"当泛指海滨，无需确指为某一具体的地方。当然此文的写作缘由，或许与当时作者前去滨海的徐县（今江苏泗洪一带）赴任有关。对于出生于陕西咸阳、一直生活在内陆的班彪来说，平生第一次见到大海的浩渺博大，当然大有触动。

　　《览海赋》由览海落笔，第二句即借用当年孔子"道不行，乘桴浮于海"的感慨和向往，由此入"海"。那么班彪究竟"觅"到了海的什么呢？他觅到了大海的雄伟和壮观：分流的百川汹涌入海，海波烂熳，美丽灿烂；而远处的海洋，洪波涌起，浩浩荡荡；在那极目之处，海天一色，是日月升起的地方；更远处，是神奇的海洋群仙的世界。《览海赋》对秦汉时代形成的海洋神仙岛思想，进行了尽情发挥。

　　班彪对于壮观的海洋和海洋神仙世界的描绘，并不是简单的写景和想象，而是一种内心向往的隐喻。正如有学者所指出，"班彪这里所写的神游幻境，是他人生境况的一种反映，折射出他对自由人生的强烈渴求。班彪一生处在两汉交替的动乱之际，目睹了'旧室以丘墟'的现状，饱受着社会战乱之痛苦，造就了他那'既才高而好述作，遂专心史籍之间'的志趣，不慕仕途，既称病辞去徐县令，又屡次辞谢'三公之命'。由此不难看出，赋文所展示的神游幻境，正是作者对人生自由公正理想追求

―――――――――

　　① ［汉］班彪：《览海赋》，［唐］欧阳询等《艺文类聚》，清文渊阁四库全书本，第122页。有人认为，《文选·潘岳西征赋》"生有修短之命……圣智弗能豫"下李善注引班固《览海赋》曰："运之修短，不豫期也。"但《艺文类聚》中见不到这两句话，所以这"运之修短，不豫期也"这两句，既有可能是班彪《览海赋》中结尾部分文字。从《艺文类聚》所录班彪《览海赋》中文字看，其末尾言"乘虚风而体景，超太清以增逝。鹰天阁以启路，辟阊阖而望余。通王谒于紫官，拜太一而受符"，正表现超脱尘凡的意思。那么，全赋的结尾中明确表现命运不可掌握的思想，说出"运之修短，不豫期也"这样的话，也是很自然的。见赵逵夫：《班彪〈览海赋〉》，《文学遗产》2002年第2期。

　　② 彭春艳：《班彪赋研究》，《贵州师范大学学报（社会科学版）》2015年第4期。

的形象再现。"①

班彪《览海赋》之后，有王粲《游海赋》出现。王粲（177—217），字仲宣，山阳郡高平县（今山东微山）人。东汉末年文学家，"建安七子"之一。《游海赋》中有"集会稽而一睨"之句，会稽（绍兴）临海，可见他是在会稽看到的大海，深受震撼，创作了《游海赋》，其文如下：

> 含精纯之至道兮，将轻举而高厉。游余心以广观兮，且彷徉乎四裔。乘兰桂之方舟，浮大江而遥逝。翼惊风以长驱，集会稽而一睨。登阴隅以东望兮，览沧海之体势。吐星出日，天与水际。其深不测，其广无臬。寻之冥地，不见涯洟。章亥所不极，卢敖所不届。怀珍藏宝，神隐怪匿。或无气能行，或含血而不食，或有叶而无根，或能飞而无翼。鸟则爱居孔鹄，翡翠鹔鹴，缤纷往来，沉浮翔翔。鱼则横尾曲头，方目偃额，大者若丘陵，小者重钧石。乃有贲蛟大贝，明月夜光，蠵鼊玳瑁，金质黑章。若夫长洲别岛，旗布星峙，高或万寻，近或千里。桂兰丛乎其上，珊瑚周乎其趾。群犀代角，巨象解齿，黄金碧玉，名不可纪。洪洪洋洋，诚不可度也。处嵎夷之正位兮，同色号于穹苍。苞纳污之弘量，正宗庙之纪纲。总众流而臣下，为百谷之君王。洪涛奋荡，大浪踊跃。山隆谷窊，宛亶相搏。②

王粲的《游海赋》与班彪的《览海赋》相比较，各自的侧重点是不一样的。班赋着眼于"觅"，是一种对"海"的寻觅和发现，是一种文化审视的角度；而王赋则聚焦于"游"，是一种体验式书写。虽然这种体验其实并不是深入海洋之中，也是站在海边的眺望，但是王赋还是比较接近于现实的海洋，文中出现的大海的盛大无涯广阔无垠和丰富奇异的物产，如游鱼、贲蛟、大贝、蠵鼊、玳瑁等，相对都是比较现实的。赋末有"总众流而臣下"等句，说明王粲《游海赋》更多继承的是《诗经·沔水》中"沔彼流水，朝宗于海"那种大海为众流之宗的观念，而不是《山海经》中那种虚拟的海洋人文传统。

在赋体艺术上，王赋比较接近于楚辞的形式，文中保留的众多的"兮"字，就是其中很明显的痕迹。

---

① 章沧授：《览海仙游　感悟人生——班彪〈览海赋〉赏析》，《古典文学知识》2003年第1期。

② ［汉］王粲：《游海赋》，［唐］欧阳询等《艺文类聚》，清文渊阁四库全书本。

王粲《游海赋》之后，有曹丕《沧海赋》问世。曹氏父子对于海洋都特有感情。曹操有《观沧海》，曹丕有《沧海赋》。现存的《沧海赋》很简短，只有一节，没有汉赋通常的开头、结尾，如果不是残篇，那当是曹丕对于汉赋文本的创新了。其文如下：

> 美百川之独宗，壮沧海之威神。经扶桑而退逝，跨天涯而托身。惊涛暴骇，腾踊澎湃。铿訇隐邻，涌沸凌迈。于是鼋鼍渐离，泛滥淫游；鸿鸾孔鹄，哀鸣相求；扬鳞濯翼，载沉载浮；仰唼芳芝，俯漱清流；巨鱼横奔，厥势吞舟。尔乃钓大贝，采明珠；搴悬黎，收武夫。窥大麓之潜林，睹摇木之罗生；上塞产以交错，下来风之泠泠；振绿叶以葳蕤，吐芬葩而扬荣。①

曹丕《沧海赋》的气场很大，既写大海的雄壮气势，也显露出作者自己的气势。无论是哪方面的描述，都突出一个"独宗"天下的主旨。表面一层是大海"百川之独宗"的地位，在大海的气势之下，海洋万物都匍匐服从，哀鸣相求；而隐潜的一层则是统领天下的"人主"气概。有人认为："此赋可能作于随其父东征乌桓之时，所以得意洋洋地有百川独宗气概。联系曹丕的《浮淮赋》《述征赋》，多有颂扬乃父功德和表达自己豪情壮志之语。此赋也可能包括这方面的内容，惜乎已不得而详。"②这个看法是有道理的，澎湃壮观的海洋暗合了曹丕的政治雄心，所以《沧海赋》实际上乃是曹丕的借海述志之作。

二、木华及两晋海赋

木华，字玄虚，生卒年不详。在晋武帝、惠帝时，曾任太傅杨骏府主簿，擅长辞赋。收入《昭明文选》的《海赋》，虽然是他至今仅存的一篇作品，却颇负盛名，被文学史家认为是赋史上同类题材的扛鼎之作。

木华之前的各篇"海赋"，篇幅都不长，但木华《海赋》全文有 232 句，1200 多字，属于长篇巨赋了。写法也有很大的不同。木华从传说中的大禹治水导百川归海写起，由河而海，从深层意义上来说，也可以理解为黄河内陆文明向海洋文明的延伸。开篇第一段的末三句："其为广也""其

---

① ［魏］曹丕：《沧海赋》，［唐］欧阳询等《艺文类聚》，清文渊阁四库全书本。
② 谭家健：《汉魏六朝时期的海赋》，《聊城师范学院学报（哲学社会科学版）》2000 年第 2 期。

为怪也"“其为大也"，加上前面的一句"其为状也"，为全篇结构上的文眼所在。全文围绕"大海之状"“大海之广"“大海之怪"和"大海之大"展开。文章非常具有逻辑性。

从文中内容来看，木华笔下的大海，并不是他看到的实景大海，而是心中想象的大海，也是文化意象上的大海。木华对这个心中的大海充满了感情。他用深情的语言来描述这片心中之海的"形状"："于是鼓怒，溢浪扬浮，更相触搏，飞沫起涛，状如天轮，胶戾而激转；又似地轴，挺拔而争回。"这是一个充满生气的海洋整体形象，木华笔下的大海，不是静海死海，而是动荡激昂的伟大力量。由整体的海洋转而聚焦海浪，写出了惊心动魄的海浪的情态："惊浪雷奔，骇水迸集，开合解会，濈濈湿湿。"但是木华并不是只写海浪的动态，它还写了风力稍弱，海浪渐渐走向平静的状态："若乃霾曀潜销，莫振莫竦；轻尘不飞，纤萝不动；犹尚呀呷，余波独涌；澎濞灪礐，碨磊山垄。"这表现出了大海形态的多样性和丰富性。

描绘"大海之状"之后，接着的抒写围绕"其为广也"展开。在《山海经》等典籍的描述中，大海远离内陆，距离都以千万里计，生活在海上的人，因而也被称为"夷"，也就是边缘人群。木华《海赋》吸收了这些观念。"乖蛮隔夷，迥亘万里，若乃偏荒速告，王命急宣，飞骏鼓楫，泛海凌山。"可见这里的"广"，不仅仅是指海面广阔，还指国家幅员辽阔，海洋也是国土的有机构成。所以木华虽然也以"蛮"“夷"称之，但其中暗蕴了"海陆并重"的国土观念，这是应该值得肯定的。

继"大海之广"后，叙写和抒情的笔锋转向对"大海之怪"的叙写。因广而迷，因迷而觉得怪，而神奇海洋、怪异海洋，是《山海经》以来一直存在的传统海洋认知，木华的《海赋》秉承了这一观念，这显示了古代海洋文学的历史传承性。但是木华的"海洋之怪"，另有认识角度，他说如果航海者身负重罪入海，而对海洋又不诚不敬，祭海祈祷时不虔诚，对海神的敬畏虚假敷衍，那么海洋神怪就会予以惩罚。"若其负秽临深，虚誓愆祈，则有海童邀路，马衔（传说中一种龙形海洋怪物）当蹊，天吴乍见而仿佛，蛧像暂晓而闪尸。群妖遘迕，眇溰冶夷。决帆摧幢，戕风起恶。廓如灵变，惚怳幽暮。气似天霄，煖靅云步。倏昱绝电，百色妖露。呵嚱掩郁，曈昽无度。"这种惩罚从海况大变到海途渺茫不可辨识，亵渎海神者会受到多方面的惩罚。"飞涝相磢，激势相沏。崩云屑雨，浤浤汩汩。踔湛湛藻，沸溃渝溢。濯洴濊渭，荡云沃日。于是舟人渔子，徂南极东，或屑没于黿鼍之穴，或挂胃于岑崿之峰。或掔掔泄泄于裸人之国，或泛泛悠悠于黑齿之邦。或乃萍流而浮转，或因归风以自反。"总之就会遭遇海难大灾，后果非常严重。从中可见，木华《海赋》所谓的"海之怪"，其实是一种对于海洋自然力量的畏惧，同时也可以理解为对于海洋神威的尊敬，是尊重海洋的一种体现，这与后世"敬海"思想是一致的。

从"大海之怪"继续铺陈，进入"尔其为大也"的层次。这里的"大"，并非仅仅是指大海的无边无际，而且还指大海珍宝财富的无穷无尽。"尔其为大量也，则南溢朱崖，北洒天墟，东演析木，西薄青徐。经途瀴溟，万万有余。"这里写大海的无垠，其目的是指出辽阔的大海，蕴含着无穷的财富。"吐云霓，含龙鱼，隐鲲鳞，潜灵居。岂徒积太颠之宝贝，与随侯之明珠。将世之所收者常闻，所未名者若无。且希世之所闻，恶审其名？故可仿像其色，壖瞷其形。尔其水府之内，极深之庭，则有崇岛巨鳌，岝崿孤亭。擘洪波，指太清。竭磐石，栖百灵。飔凯风而南逝，广莫至而北征。其垠则有天琛水怪，鲛人之室。瑕石诡晖，鳞甲异质。若乃云锦散文于沙汭之际，绫罗被光于螺蚌之节。繁采扬华，万色隐鲜。阳冰不冶，阴火潜然。熺炭重燔，吹炯九泉。朱焰绿烟，腰眇蝉蜎。鱼则横海之鲸，突扤孤游，戛岩嵍，偃高涛，茹鳞甲，吞龙舟。嗡波则洪涟踧踖，吹涝则百川倒流。或乃蹭蹬穷波，陆死盐田，巨鳞插云，鬐鬣刺天，颅骨成岳，流膏为渊。若乃岩坻之隈，沙石之嵌，毛翼产殼，剖卵成禽。凫雏离褷，鹤子淋渗。"真是珠宝异物，无所不有，连一棵树，一只鸟，都非常名贵。这是对《山海经》等"财富海洋"思想的继承。

最后，《海赋》还表达了"纯洁海洋"的观念。它先是写了传统的海洋神仙岛："群飞侣浴，戏广浮深。翔雾连轩，泄泄淫淫。翻动成雷，扰翰为林。更相叫啸，诡色殊音。若乃三光既清，天地融朗。不泛阳侯，乘跷绝往。觌安期于蓬莱，见乔山之帝像。群仙缥眇，餐玉清涯。履阜乡之留舃，被羽翮之襂缅。翔天沼，戏穷溟，甄有形于无欲，永悠悠以长生。"但是木华并没有到此结束，而是进一步歌颂了海洋的伟大和纯洁。"且其为器也，包乾之奥，括坤之区。惟神是宅，亦祇是庐。何奇不有，何怪不储？芒芒积流，含形内虚。旷哉坎德，卑以自居。弘往纳来，以宗以都。品物类生，何有何无！"

木华的《海赋》，写尽了大海的壮美和多方面的文化喻意①，是一篇

---

① ［晋］木华《海赋》，［唐］欧阳询《艺文类聚》，清文渊阁四库全书本。据陈元龙《历代赋汇》，木华《海赋》全文有 232 句，1200 多字，《艺文类聚》却只选录了其中的 400 余字。

大海的赞歌，对后人"亲海"情感的培养，极富价值。[①]

《海赋》的艺术成就更是得到了高度评价。南朝刘宋时傅亮在其《文章志》中说："广川木玄虚为《海赋》，文甚隽丽，足继前良。"（见李善《文选注》引）明人孙月峰说："气概宏壮，居然有吞云浴日之势，不拘拘垛堆装点，固是高手。"俞犀月说："海非铺陈可尽，首尾突兀浑沦，牢笼有无，正其留不尽之地，为无尽之藏也。"方伯海说："按海水之奇，全在遇风。凡作文结构，必有所归重之意，若不从此着想，铺陈珍错，焉能令人目骇心怖？"（均见《文选集评》）有人还把稍后的东晋郭璞《江赋》拿来比较。孙月峰认为郭赋"典丽有之，不及《海赋》之壮"。[②]

与木华《海赋》大约同时产生的，还有潘岳的《沧海赋》。潘岳（247—300），又名潘安，字安仁，河南中牟人，西晋著名文学家、政治家。他赋文的代表作是《西征赋》《秋兴赋》和《闲居赋》，《沧海赋》虽然不能代表他赋文的最高成就，但就海赋文学而言，却很有特点。它写得非常简洁，开头就说"徒观其状也"，直接写海洋形状，没有任何铺垫，显得很突兀。但是它所描写的大海形象，同样很有气势。"汤汤荡荡，烂漫形成，流传千里，悬水万丈，测之莫量其深，望之不见其广，无远不集，靡幽不通。群溪俱息，万流来同。"继写大海变化多彩："阴霖则兴云降雨，阳雾则吐霞曜日。"又接着写海之岛、海之鱼虫鸟兽等，更有种种神异灵物，"怪体异名，不可胜图"，没有突破一般"海赋"文章的习惯性思维。最后说："详察浪波之来往，遍听奔激之音响，力势之所回薄，下泽之所称广，普天润之极大，横率土而莫两。"把海洋纳入王国疆域的观念，显得非常有价值。

进入东晋时代，还有庾阐《海赋》的出现。此文较短，只有 28 句，100 多个字，却也从大禹治水写起，说明这也是一篇文化梳理性质的海赋文："禹启龙门，群山既凿……灌注百川，抗清引浊。始乎滥觞，委输大壑。"思路同于木华《海赋》，但气势和笔力逊色许多。接着写海洋之壮之美。"映晓云而色暗，照落景而俱红。"突出朝曦晚霞的色彩之美，较有特色。

---

① 据廖志明《50 年前毛泽东曾倡读〈海赋〉》（《天津市工会管理干部学院学报》2014 年第 3 期）披露，20 世纪 60 年代，毛泽东曾要求石油部的同志"看看《海赋》这篇文章"，此事还与中国人民解放军军事学院有关联。在笔者看来，毛泽东或许是想借木华《海赋》，来启发引导海上工作者要有对大海的热爱之心，要热爱大海，敬畏大海。

② 转引自谭家健：《汉魏六朝时期的海赋》，《聊城师范学院学报（哲学社会科学版）》2000 年第 2 期。

东晋时代还有孙绰《望海赋》一文，也不长。重点写了海中珍宝、草木、鳞禽之类，文笔和意境没有什么突破。

三、南朝张融《海赋》

进入南朝后，有张融《海赋》诞生。张融（444—497），字思光，吴郡（今江苏苏州）人。在南朝的宋、齐都做过官。《南齐书·张融传》记载说，张融曾任交州武平郡封溪县令，地在今之越南，须渡海而至。"浮海至交州，于海中遇风，终无惧色，方咏曰：'干鱼自可还其本乡，肉脯复何为者哉。'又作海赋，文辞诡激，独与众异。"如此说来，他的《海赋》与这次海上航行遭遇风暴有直接的关系。他在《海赋序》说："吾远职荒官，将海得地，行关入浪，宿渚经波，傅怀树观，长满朝夕，东西无里，南北如天，反覆悬乌，表里菀色。壮哉水之奇也，奇哉水之壮也。"正由于置身于海洋之中，激发了他写《海赋》的激情。"吾问翰而赋之焉。"虽然有木华《海赋》横亘在前，但"木生之作，君自君矣"，他决心要写出可以与木华一较高下的《海赋》来。

张融的《海赋》的确有创新之处。首先它的篇幅是当时所有海赋中最长的，共 293 句，约 1500 字。其次它的写法与其他"海赋"不同。张融不着力于海洋神话和海洋物产等排比铺陈，而是将重点放在描绘不同气候条件海洋的丰富"表情"以及置身于大海之中的航海者在不同海情下的多种感受，这就有了"在海"写作的独特价值。

大风时候的海洋，显示出它壮观乃至肆意妄为的本色："浮天振远，灌日飞高。纵撞则八纮摧聩，鼓怒则九纽折裂……湍转则日月似惊，浪动而星河如覆。既裂太山与昆仑相压而共溃，又盛雷车震汉破天以折毂。"

而当风去浪平，大海又显出它温柔娴静的一面："夜满深雾，昼密长云，高河灭景，万里无文。……长寻高眺，唯水与天。……增云不气，流风敛声，澜文复动，波色还惊。……合日开夜，舒月解阴。……笼丽色以拂烟，镜悬晕以照雪。"写出了宁静海洋的绝美景象。

无论哪种形态的大海，都能触动人的情怀，所以海洋种种，实际上是内心感怀种种。《海赋》最后一段，写的就是从大海中得到的感悟乃至佛性。"尔乃方员去我，混然落情，气暄而浊，化静自清。心无终故不滞，志不败而无成。既载舟而覆舟，固以死而以生。"[①]

———————————

① ［南朝］张融：《海赋》，［唐］欧阳询《艺文类聚》，清文渊阁四库全书本，第 124 页。

总之张融的《海赋》也达到了很高的成就，"总体上看，在某些境界、构思和语句锤炼上确有创新和贡献，还是被认为赶不上木华。正如钱钟书先生指出的：张虽'我用我法，不人云亦云。顾刻意揣称，实无以过木华赋也'"①，这种评价是非常中肯的。

此外，晋代庾阐《海赋》、孙绰《望海赋》和顾恺之《观涛赋》，都以华丽的文字，从不同的侧面，表达了对于大海的深厚情感。

四、曹操《观沧海》等海洋诗歌创作

魏晋六朝时期的海洋诗歌，非常富有成就。扛鼎之作当是曹操的《观沧海》，其他还有谢灵运《游赤石进帆海》、谢朓《和刘西曹望海台》、沈约《临碣石》、刘峻《登郁洲山望海》和祖廷《望海》等。它们都达到了很高的艺术水平。

曹操（155—220），字孟德，沛国谯县（今安徽亳州）人。东汉末年杰出的政治家、军事家和文学家。建安十二年（207）五月，曹操率军北征乌桓。乌桓是中国古代部落之一，亦作"乌丸"，活动范围为大兴安岭山脉南端、科尔沁草原以及现今内蒙古锡林郭勒盟的中东部、赤峰市北部、河北省北部、辽宁省北部地区一带。经过四个多月的激战，曹操获胜，九月班师南归。路过渤海湾时，触景生情，写下了著名的《观沧海》一诗：

> 东临碣石，以观沧海。水何澹澹，山岛竦峙。树木丛生，百草丰茂。秋风萧瑟，洪波涌起。日月之行，若出其中。星汉灿烂，若出其里。幸甚至哉，歌以咏志。

《观沧海》一诗，本系乐府歌辞《步出夏门行》的一章（前有艳曲，后有三章，分别为《冬十月》《土不同》《龟虽寿》），诗中通过高山大海的自然景物的描写，实乃诗人内心的壮志豪情的抒发。《观沧海》不仅是曹操写景抒怀的代表作，也成为中国文学史上流传千古的名篇，更是中国海洋文学的经典之作。

"东临碣石，以观沧海。水何澹澹，山岛竦峙。"诗篇的开头四句，首先点明了诗人所处的具体位置，即濒临渤海的"碣石"。这个"碣石"

---

① 谭家健：《汉魏六朝时期的海赋》，《聊城师范学院学报（哲学社会科学版）》2000 年第2 期。

的具体位置，各有说法。①　其实理解为广义的"海边岩石"也可，不必落实于实处。四个月前，他出征乌桓时途经此地。乌桓人骁勇善战，马上技术独步天下，能否取胜，曹操心里也没有底，所以途经碣石山，他无心赏玩。而今大获全胜，北部已经稳定，再经此地，曹操内心的感受自然完全不同了。

由"碣石"而及"沧海"，呈现出诗人登山临海、居高望远的特定视角：极目眺望，远处是一望无际的浩淼大海；脚下所登，则是雄奇挺拔、巍然峙立的碣石山。这样层次分明地绘"水"描"山"，远近结合，交相辉映。

曹操《观沧海》的感人之处，不仅在于对于海景、海况的描述，更在于对于海洋人命运的隐含关怀。"树木丛生，百草丰茂。秋风萧瑟，洪波涌起。"这里虽然没有看到人和船，但我们又分明能感受到出没风浪的海洋人的艰辛。正因为此，毛泽东《浪淘沙·北戴河》这首以曹操《观沧海》为基础的著名词作，才会有"秦皇岛外打鱼船。一片汪洋都不见，知向谁边"的挂念出现。

总之，《观沧海》一诗，虽然通篇写景，堪称为古来描写山海风光的佳作，却又处处透露出诗人豪迈的气概和广阔的胸怀，具有明显的咏怀特征。它在生动描绘海洋深秋景象的同时，深刻地蕴含着一种开朗乐观、奋发昂扬的精神风貌，寄寓着诗人比大海更加宽阔的胸怀，从而将主观情志与客观物象融为一体，真正达到了情景交融、主客统一的境界，不仅给人以审美的陶冶，也给人以情志的激发。②

还有人从古代哲学的高度，评价曹操的《观沧海》确为旷世杰作。认为这首诗人海合一、山海合一、虚实合一、情境与情景合一、艺术与内容合一，达到了极高的艺术成就。"诗中描述作者观望沧海的感受，从对于无比壮阔自然景象的描绘中，抒发了作者囊括四海的豪迈气概，而'日月之行'四句，以观海时所产生的玄想，尽致地形容出水天空阔浩淼无比的景象，是对大海的极妙形容。"③

谢灵运《游赤石进帆海诗》，也是优秀的海洋抒情诗。谢灵运（385—

---

① "碣石"究竟在何处？众说纷纭，傅金纯、纪思《曹操何处"观沧海"》（《辽宁师范大学学报》1991 年第 4 期）和宋苍松《曹操东临"碣石"究竟在哪》（《中华读书报》2015 年 4 月 8 日第 5 版）对此都有详细介绍。本书折中表述为"渤海湾"。

② 郭杰：《眼观风波浩荡　胸怀日月运行——读曹操的〈观沧海〉》，《古典文学知识》2008 年第 2 期。

③ 胡国瑞：《魏晋南北朝文学史》，武汉：武汉大学出版社 2013 年版，第 8 页。

433），原名公义，字灵运，以字行于世，小名客儿，世称谢客。南北朝时期杰出的诗人、文学家。他曾任永嘉太守。而永嘉位于海边，所以谢灵运对于海洋有切身的感受。

谢灵运《游赤石进帆海诗》："首夏犹清和，芳草亦未歇。水宿淹晨暮，阴霞屡兴没。周览倦瀛壖，况乃陵穷发。川后时安流，天吴静不发。扬帆采石华，挂席拾海月。溟涨无端倪，虚舟有超越。仲连轻齐组，子牟眷魏阙。矜名道不足，适己物可忽。请附任公言，终然谢天伐。"

赤石山和进帆山，都是温州永嘉附近的两座海岛。谢灵运登岛而游，所以说是在"海"中，这就与一般的海边赏海的抒情视角有所不同。"扬帆采石华，挂席拾海月"两句，都是身处海中才有的情景。这里的"石华"乃为礁石边上生活的海洋生物，只有扬帆深入海岛才可以采拾得到这里的"海月"，有人也认为是海洋生物，说它"大如镜，白色，正圆形"。其实把它直接理解为"海上明月"也许更确切。"挂席"即扬帆之意。扬帆海中，月在海中，所以也可"拾"，这与"捞月"的意象是一致的。"采石华"是实，"拾海月"是虚，由实而虚，所以下文的发展就是进一步"趋虚"。"溟涨无端倪，虚舟有超越。"触景生情，进而引向更加深刻的人生感悟。"仲连轻齐组，子牟眷魏阙。矜名道不足，适己物可忽"，由赏海景而内倾于人生思考，最终"物我合一"，物已经完全可以忽视，唯留心灵的欢愉了。

虽然谢灵运或许因有时候过于纵情山水而荒废职务，但其实这是他对时政不满的一种曲折反映，是他"对刘宋王朝表示对立的一种方式，……他乃将其精神寄托于对山水的纵情游赏，并以其瑰艳的才华，极精致地描绘出秀奇的山水状貌"[①]。他的这首《游赤石进帆海诗》充分体现了这一点。

谢灵运之外，谢朓《和刘西曹望海台》、沈约《临碣石》、刘峻《登郁洲山望海》和祖廷《望海》等，都从"望海"的角度，对浩森壮阔的海洋进行了多方面的歌颂，表达了乱世之时对于相对安全和纯洁的"海洋世界"的"羡"往之情；有的还以大海的壮美进行自我激励，抒发了"骥老心未穷"的雄心壮志。

---

① 胡国瑞：《魏晋南北朝文学史》，武汉：武汉大学出版社 2013 年版，第 94 页。

本章结语

汉魏时期，海洋仙话文化极其盛行。"就汉代人来说，只有死去才成为神，他们难以完全接受，而是希望活着就是神，……于是仙话随之产生。"① 这种文化环境造就了汉魏时期海洋文学的超现实主义生态。海洋神仙和海洋神仙岛故事就是在这种时代氛围下形成、发展而又反过来促进了它繁荣的。

汉武帝就是一个典型的海洋仙语文化的崇信者，也是一定程度上的受害者。虽然他与秦始皇一样，曾经有过亲自参加海上航行而且是多次入海的实践经历：汉元封元年（前110）他第一次"东巡海上"；第二年他再次巡视东莱沿海；元封五年（前106），他自长江入海，第三次巡视海上；元封六年（前105），他第四次"巡狩海上"；太初三年（前102）他第五次"东巡海上"，后来还有第六次、第七次，他在短短的10年左右的时间里，竟然七次航行海上。他对于现实海洋有切身的体会，但浓郁的海洋仙语文化环境深刻地影响了汉武帝，使之对于海洋神仙岛、不死之药等有深度的迷信。司马迁《史记》说他即位后"尤敬鬼神之祀"，而方士则乘机而入："少君言上曰：'祠灶则致物，致物而丹砂可化为黄金，黄金成以为饮食器则益寿，益寿而海中蓬莱仙者可见。……安期生仙者，通蓬莱中。'……于是天子始亲祠灶，而遣方士入海求蓬莱安期生之属。"②

在这种文化环境下形成的汉魏海洋文学，自然具有鲜明的"虚拟海洋"的特色了。从文化渊源来说，它是对于先秦时代想象海洋、虚拟海洋文化传统的顺理成章的继承，所以从海洋文学史角度而言，不妨将先秦海洋文学和汉魏海洋文学看作是一个整体，只不过汉魏海洋文学的海洋想象和叙述来得更加丰富和更有成就。

如果将这种海洋想象和虚构的文学现象放置于世界海洋文化和海洋文学的历史坐标中来考察，我们或许会有另外一种认识的视角。在早期的西方海洋文化中，"海洋"也是一种想象层次上的产物。"毫无疑问，海洋的一些识别性特征——礁石、浅滩、沙洲或岛屿、潮汐和潮流甚至

---

① 黄震云、孙娟：《汉代神话史》，长春：长春出版社2010年版，第22页。
② ［汉］司马迁：《史记》，北京：中华书局1959年版，第455页。

海水本身，连同那些引人注目的海洋生物——都被认为是在先祖时代即被创造出来并保留了他们的情感特征。"这里的"先祖"，实际上也包含了海洋神灵。"据说，不论是真人还是神话人物，他们的灵魂就居住在某些遥远的岛屿上，在岛上的洞穴中。"① 这与汉魏时期的海洋神仙岛想象何其相似。

由此可见，形成于先秦、繁荣于汉魏时期的想象海洋、虚拟海洋书写，实际上是一种具有世界海洋文明共性的文学现象。它们都是海洋浪漫主义文学的早期形态。汉魏时期的海洋文学，既是中国海洋浪漫主义文学的一个高峰，在某种意义上，也是一种"后退"的开始，因为从此以后，中国海洋文学开始转向现实主义海洋书写的演变和发展。②

---

① （英）约翰·迈克：《海洋：一部文化史》，冯延群、陈淑英译，上海：上海译文出版社2018年版，第91页。

② 陈克标认为："从总的趋势上来看，（汉晋）海洋神话色彩越来越淡，写实的成分越来越浓，表明汉晋之际人们的海洋意识有了根本性的转变，逐渐从对海洋的神话般的美好想象转变为对海洋的认识与开发。这种转变与人们生活环境的变化、航海技术的进步以及对外交流是分不开的。"（陈克标《从汉晋海洋文学作品看汉晋人海洋意识的转变》，《华中学术》2016年第4期）其实这种转变是汉晋以后发生的。

第三章 大唐气象：中国海洋文学"传奇海洋"的多方面构建

　　唐朝奉行海洋开放政策，它的海洋活动，不但相当活跃，而且还具有全球性视野。在东亚海域，唐初征朝鲜半岛，龙朔三年（663）平百济，于白江口海战大胜日军，建立以中国为中心的东亚国际秩序，使得日本学习唐朝制度和文化的遣唐使活动更加主动和频繁。在西亚海域，唐初开辟"广州通海夷道"，远洋航线甚至延伸到了波斯湾及非洲东海岸。为了更好地进行海洋国际贸易，唐朝创设市舶使，管理外国商船来华贸易，接纳朝鲜、越南、日本、南洋诸国及印度、波斯、阿拉伯的"蕃商"和航海人员。朝廷还设置有专门的蕃坊，允许外国海商长期在中国居留，其中一部分蕃商，在长期定居后，逐渐汉化，成为中华海商利益群体的一部分。南方汉人的商船利用蕃商提供的信息，也不断地前往南海诸国和印度、斯里兰卡各港口贸易，唐代福建诗人黄滔"大舟有深利"和"利深波也深"的感叹，道出海商贾客出海的利益与艰险。唐朝与室利佛逝（即马来半岛一带的三佛齐王国）、阿拉伯三大海洋文明在亚洲海域的和平相遇共处、和谐互动吸引，共同建造亚洲海洋世界秩序，中华海洋文明从室利佛逝、阿拉伯海洋文明中汲取了新的能量和活力。[①]

　　总之，唐朝时期，中国海运发达，海洋贸易活动十分活跃。"唐朝奋发向上的创新风气和对外开放的远大气魄，使得这个时期的海洋活动展示出更多的活力。人们一步步靠近海洋、认识海洋、探索海洋、开发海洋，由此培养出华夏本土前所未涉及的海洋文明。"[②]

　　这种"前所未涉及的海洋文明"，在唐朝的海洋文学中多有体现，尤其在海洋叙事上，到了唐代发展为传奇性叙事，这与整个唐代传奇小说保持了一致性发展，所以这个时期的海洋书写，如段成式《酉阳杂俎》中的涉海作品，也多体现为对"异事异物异人"的构建，呈现出一种很

---

① 杨国桢：《中华海洋文明的时代划分》，《海洋史研究（第五辑）》2013年。
② 王赛时：《唐朝人的海洋意识与海洋活动》，《唐史论丛》（辑刊）2006年。

特殊的"传奇海洋"的文学特质。活跃的海洋活动甚至还吸引了韩愈、柳宗元和陈子昂这样的大家对于海洋的关注，写出了别具一格的海洋散文。诗歌是唐朝的代表性文学，唐朝的海洋诗歌也取得了较高的成就，其中一些深入海洋、体验海洋和对于"海洋人"的描述的诗歌，是以前的海洋抒情中所未曾出现过的。而在海赋方面，也是佳作纷呈，成为海赋史上一个非常辉煌的时期。

第一节　段成式《酉阳杂俎》中的海洋异事异物异人书写

唐代是中国小说的发展期，与魏晋六朝小说相比，小说艺术有了明显的进步，出现了许多卓越的小说家和作品。鲁迅《中国小说史略》指出，"小说亦如诗，至唐代而一变，虽尚不离于搜奇记逸，然叙述宛转，文辞华艳，与六朝之粗陈梗概者较，演进之迹甚明，而尤甚者乃在是时则始有意为小说"。①

段成式的《酉阳杂俎》就是其中"有意为小说"者之一。

段成式（803—863），字柯古，东牟（今山东烟台牟平）人。唐代著名志怪小说家。他的《酉阳杂俎》在小说史上具有相当的地位。《四库全书总目》誉之为"自唐以来，推为小说之翘楚"。② 学界对之也有较多的研究。③ 但是对于《酉阳杂俎》里的海洋叙事，却尚未有专论出现。

《酉阳杂俎》里与海洋内容有关的作品，共有《长须国》等十多篇。这在所有的唐人作家作品中，是比较多的。这说明作为胶东半岛人，段成式给予海洋以相当大的关注。他的这些海洋作品，描写和塑造了许多海洋异事、异物和异人形象。鲁迅在评价《酉阳杂俎》时，曾经指出：它"或录秘书，或叙异事，仙佛人鬼以至动植，弥不毕载，以类相聚，有如类书，虽源或出于张华《博物志》，而在唐时，则犹之独创之作矣"。④ 鲁迅用"独创之作"这样的褒词，高度肯定了《酉阳杂俎》的文学成就。这种"独创"性，在它的涉海作品中也多有体现。

---

① 鲁迅：《中国小说史略》，《鲁迅全集》第九卷，北京：人民文学出版社1981年版，第70页。
② ［清］永瑢、纪昀等：《四库全书总目》，北京：中华书局1995年版，第1415页。
③ 韩钉钉：《近二十年段成式〈酉阳杂俎〉研究综述》，《柳州师专学报》2010年第6期。
④ 鲁迅：《中国小说史略》，《鲁迅全集》第九卷，北京：人民文学出版社1981年版，第93页。

一、《酉阳杂俎》涉海"域外"异事

独特题材的选择是小说作品"独创性"的体现之一。《酉阳杂俎》里的涉海故事，多设置在"异域"海洋空间，而且是一些真实的"异域"空间，这在题材上就有了突破。因为尽管《山海经》里有大量的"海外"诸国描述、《海内十洲记》里也有海洋异邦想象，但这些异域异邦基本上都是虚无缥缈的文学想象，并不是真实的存在。但《酉阳杂俎》不一样，其卷四《境异》条里有一则发生在"新罗"的故事，而这"新罗"国是真实存在的。

> 近有海客往新罗，吹至一岛上，满山悉是黑漆匙箸。其处多大木。客仰窥匙箸，乃木之花与须也，因拾百余双还。用之，肥不能使，后偶取搅茶，随搅而消焉。[1]

新罗是公元前 57 年至 935 年在朝鲜半岛上存在的政权。中国通过海路与朝鲜半岛进行人文和经济交往的历史非常悠久，是古代北段海上丝绸之路的主要航线之一。这则故事叙述海客前往新罗途中遭遇风暴，被风吹到了一个荒岛上，从而得以见识一种非常特殊的筷子形状的岛上植物。由于海洋环境的独特性，海岛上经常有大陆上所没有的动植物存在。秦汉时代的海洋神仙岛叙事，突出了想象中的"不死之草"等，本篇则去掉这种想象夸张性，着眼于植物的本性。虽然这种筷子形状植物非常奇特，但明确说它们乃是"木之花与须也"，没有什么神奇的。这是唐代海洋文学开始正视客观海洋的现实主义书写的一个体现。

但当时的"域外海洋"活动毕竟不是十分普遍，人们对于遥远、陌生的海洋空间仍然具有浓郁的"想象"兴趣。对于"仙佛人鬼"等异人异事情有独钟的段成式自然也不例外，他的《长须国》[2] 故事就继承了《山海经》"海洋志怪"的传统。故事的基本框架仍然是与前面新罗"黑漆匙箸"一样的海上遭遇风暴漂流至荒岛故事。"有士人随新罗使，风吹至一处"，这与上述海岛"筷子树"的叙事构思是一样的。这也是后来古代海洋小说经常使用的一种故事框架，但段成式却是早期的开拓者。这类框架的故事的不同或异质，都出现在"上岛后"的不同发展。这次出现在士人前面的不是荒岛，而是一个人声鼎沸的热闹处，叫"长须国"，因

---

① ［唐］段成式：《酉阳杂俎》，《四部丛刊》景明本，第 26 页。
② ［唐］段成式：《酉阳杂俎》，《四部丛刊》景明本，第 70—71 页。

为岛上的人，不分男女老少，人人都有胡须。除了这长须，"栋宇衣冠，稍异中国"，"语与唐言通"，说明与中华文化属于同一个文化圈。这些交代，再加上一开头所说的时间"（唐）大足初"，煞有介事，都是极力想"证明"故事的真实性。这也是古代笔记文学的惯用手法。

故事的主体是"虾"。原来这"长须"是海虾的表征。海虾组成了自己的一个部落方国，"其署官品，有正长、戢波、目役、岛逻等号"，政权结构很是成熟。作者显然是模拟现实衙门的形式撰述的。这个漂流至岛的士人，后来成了长须国的大官，还被招为驸马。在岛上生活了十多年，与虾女妻子生育了一儿二女，乐不思蜀，更不知道这是虾国。直到有一天，他被长须国王委派为前往龙宫的使者，才明白长须者全是虾变的。他也感恩虾王的恩情，向龙王求情，为他们免除了被龙王当食物之厄。这个"海上奇遇"故事想象力丰富，还具有人性的温情感。

《长须国》是对海洋虾类世界的一种拟人化叙写，超现实的故事构架，其实暗示着弱肉强食的丛林法则在海洋世界里也普遍存在，这是具有现实意义的。

二、《酉阳杂俎》里的海洋异物

海洋生物故事是古代海洋文学的一大源流。这种海洋生物书写，除了对于海洋生物的自然记录，文学性处理体现为两大倾向：一是海洋生物的夸张叙写，二是对于海洋生物进行变异性处理，或者以符图谶纬的形态出现，被赋予了某种政治等迹象的外在体现功能，这两大倾向共同造就了唐朝海洋生物书写的传奇性特质。《酉阳杂俎》里的海洋生物叙写，也是如此。

《酉阳杂俎》卷十七单独列有《鳞介篇》①，该书的海洋生物故事基本上都集中于此。虽然其中很多生物都是现实主义的客观描述，反映出唐代对于海洋生物的认识已经达到了较高的水平，但也有许多篇什是文学性的构建，众多海洋生物被赋予某些文化内涵，呈现出变异性的文学趣味。

如写"井鱼"，说它"脑有穴，每翕水辄于脑穴蹙出，如飞泉散落海中，舟人竞以空器贮之。海水咸苦，经鱼脑穴出反淡，如泉水焉。成式见梵僧菩提胜说"。这似乎是鲸鱼的喷水现象，"井鱼"也可以理解为"鲸鱼"的谐音。但是作者却说本是咸的海水，从鱼脑中喷出后，竟变成了一种泉水一般的淡水。这种说法当然不符合事实，但是其中说到"舟人竞以

---

① ［唐］段成式：《酉阳杂俎》，《四部丛刊》景明本，第88－89页。

空器贮之"，这种"喷水"成为航海者的生命之水，则隐隐然反映出航海者对于淡水的珍惜和渴望，这是符合海洋生存实际的。

又如"东海渔人言，近获鱼，长五六尺，肠胃成胡鹿刀矟之状，或号秦皇鱼"和"乌贼，旧说名河伯度事小吏，遇大鱼，辄放墨，方数尺，以混其身。江东人或取墨书契以脱人财物，书迹如淡墨，逾年字消，唯空纸耳。海人言，昔秦王东游，弃算袋于海，化为此鱼，形如算袋，两带极长。一说乌贼有碇，遇风，则蚪前一须下碇"。这两条记载，本是描述墨鱼等海洋鱼类的，却都与秦始皇牵连在一起，这就构成了一种独特的海洋人文思想。在古代众多的帝王中，秦始皇是与海洋关系最为密切的，显然这与他东巡、南巡时都是沿着海边走的经历有关。

《酉阳杂俎》还记载了一种"印鱼"，说它"长一尺三寸，额上四方有印，有字。诸大鱼应死者，先以印封之"。印鱼在东海中也可捕捉得到，鱼头正面的确有一个鲜明的"鞋印"状的印痕。这本是大自然的巧夺天工，是海洋生物外形上的特殊现象，但是《酉阳杂俎》却把它描述成一种符图谶纬现象，就不免牵强附会了。

《酉阳杂俎》对于海洋生物叙事进行变异性处理，非常典型的当属"懒妇鱼"的描述。它说，有一种海洋生物，"非鱼非蛟，大如船，长二三丈，色如鲇，有两乳在腹下，雄雌阴阳类人，取其子著岸上，声如婴儿啼。顶上有孔通头，气出吓吓作声，必大风，行者以为候。相传懒妇所化。杀一头得膏三四斛，取之燃灯，照读书纺绩辄暗，照欢乐之处则明"。这里的"欢乐之处"暗指性器官。这种由"懒妇鱼"演化而来的海洋生物，不但生理特征奇特，而且还很"色"。虽然它取材于南朝任昉《述异记》中《懒妇鱼》"在南有懒妇鱼。俗云昔杨氏家妇，为姑所溺而死。化为鱼焉，其脂膏可燃灯烛。以之照鸣琴博弈，则烂然有光；及照纺绩，则不复明焉"的记载，但是它将"鸣琴博弈"，改变为"欢乐之处"，这就使得这种鱼的传奇性具有民间故事的色彩了。

另外它在记载描述一种名为"系臂"的海洋生物时，也采用了文学变异的手法。故事说，如果渔民捕到系臂，一定要"必先祭。又陈所取之数，则自出，因取之。若不信，则风波覆船"，把这种海洋生物叙说得具有通灵之性，很是玄乎了。

《酉阳杂俎》还记载了一种"海术"，也是玄之又玄的。"南海有水族，前左脚长，前右脚短。口在胁旁背上，常以左脚捉物，置于右脚，右脚中有齿嚼之，方内于口。大三尺余，其声术术，南人呼为海术。"① 从它描述的生物形状及进食方式来看，说的似乎是某种螃蟹，但它偏不说生物名，而是用了一种很玄奥的"海术"之名，其使用的艺术手法上也体现为变异性叙事。

三、被誉为"中国版灰姑娘"的"异人叶限"

《酉阳杂俎》涉海叙事作品，除了上述的域外异事叙写和海洋异物记叙外，还有一篇非常美妙的海洋传奇小说《叶限》。

小说将故事的时间背景设置在秦汉时代之前；故事的空间为南海的海边。这样的时空设置是意味深长的。秦汉之前的南海，几乎处于华夏文明边缘中的边缘，这种故事时间和空间设置的遥远性，可以大大增加小说的传奇色彩。故事说，遥远的秦汉时代之前，南海海边有洞（峒）主吴氏，与前妻育有一个女儿叫叶限。叶限"少慧，善淘金，父爱之"。但不幸父亲去世后，她"为后母所苦，常令樵险汲深"。海洋世界中的"淘金"一般指潜海采珠，所以文中后母迫害她的行为中有"汲深"之说，也就是潜入深海中去采珠。有一次叶限在海中潜水时捉到了一条二寸大的金黄色的小鱼。叶限非常喜欢，偷偷地把它养在盆子里。不想这鱼很是奇特，"日日长，易数器，大不能受"。再也没有任何盆子能装得下这鱼了，叶限只好把它"投于后池中。女所得余食，辄沉以食之。女至池，鱼必露首枕岸，他人至不复出"。这条鱼成了叶限最为亲密的朋友。后母得知后，想把它占为己有，但它却无论如何都不肯露面。于是后母欺骗叶限说："你每天劳动太辛苦了，我为你做了一件新衣服，奖励你。"让她脱掉旧衣服，穿上新衣服，去百里外的地方挑水。她自己偷偷穿上叶限的旧衣服，假扮叶限来到水池边，诱骗金鱼露出水面。这个后母用这个欺骗手法捕捉了金鱼，并残忍地把它杀害了，还吃掉了鱼肉，把鱼骨埋葬在厕所下面。叶限取水回来，不见了金鱼，大哭不止。"忽有人披发粗衣，自天而降，慰女曰：'尔无哭，尔母杀尔鱼矣！骨在粪下，尔归，可取鱼骨藏于室，所须第祈之，当随尔也。'"叶限依其指点操作，真的想要啥就有啥，"金玑衣食随欲而具"。

到了"洞节"那一天，叶限穿上"翠纺上衣"（翡翠鸟羽毛织成的上衣），又穿上金履，偷偷地前去参加。到会后不久，害怕被后母发现，只好急忙返回，却不小心弄丢了一只金鞋子。

---

① ［唐］段成式：《酉阳杂俎》，《四部丛刊》景明本，第152页。

　　叶限生活不远处的海中，有一个海岛，是陀汗国的所在地。唐朝南方海外有"陀洹国"，这个陀汗国的素材显然来自于此。陀汗国很强大，管辖了周围几十个海岛，面积有数千平方里。叶限所丢失的那只金鞋子，被人卖到了陀汗国。陀汗国主得之，非常好奇，很想知道它的主人是谁。"命其左右履之，足小者，履减一寸。乃令一国妇人履之，竟无一称者。其轻如毛，履石无声。"于是陀汗国王"乃以是履弃之于道旁，即遍历人家捕之，若有女履者，捕之以告"。这样陀汗国王终于得知这鞋的主人是叶限，他上门求婚，两人幸福地结了婚。①

　　这就是中国版的"灰姑娘"故事，被认为"是现存世界上最早的关于灰姑娘故事的完整记载"。② 鲁迅赞誉《酉阳杂俎》具有"独创"性。这篇《叶限》就是独创。虽然类似的故事在世界各地也有存在，但从时间上而言，《叶限》是最早的。

第二节　唐和五代时期其他海洋书写

　　唐代的涉海叙事文学是比较繁荣的，除了《酉阳杂俎》里内容丰富的涉海叙事外，还有众多的与海洋有关的其他叙事作品。另外唐之后的五代时期，虽然政局动荡，社会极度不安，但在文学上秉承唐代文学传统，余波涟漪，也出现了多篇涉海叙事作品。这个时期的许多海洋作品为《太平广记》所采录，对后世有较大影响。

一、戴孚《广异记》里的涉海叙述

　　戴孚，谯郡（今安徽亳州）人，生平事略不见史传。据顾况所作《戴氏广异记序》（《文苑英华》卷七百三十七），戴孚于唐肃宗至德二年（757）与顾况同登进士第，任校书郎，终于饶州录事参军，卒年大约六十岁不到。他编撰的《广异记》，是著名的唐代笔记小说，内容多为各类神仙鬼怪故事，对六朝志怪叙事传统有较好的传承和发扬光大。虽然原书已经亡佚，但尚有多篇小说保存在《太平广记》等类书中，后人根据这些类书，重新将《广异记》汇编成书。此书还引起了西方汉学界的注意，英国汉学家杜德桥就著有《广异记初探》及《唐代中国的宗

---

　　① ［唐］段成式：《酉阳杂俎》，《四部丛刊》景明本，第108-109页。
　　② 刘晓春：《多民族文化的结晶——中国灰姑娘故事研究》，《中国文化研究》1997年第1期。

教体验与世俗社会——读戴孚〈广异记〉》等，对《广异记》从文献学和人文内涵等角度进行了比较深入的研究。①

《广异记》里涉海叙事有《径寸珠》《海州猎人》《南海大蟹》《南海大鱼》《慈心仙人》《鲸鱼》和《徐福》等七篇作品，内容广泛，情节曲折，信息量大，为中国的海洋书写增添了新的话语题材。其中有多篇作品后来被宋人的《太平广记》所采录转载。

《广异记》也具有鲜明的传奇性。戴孚的《广异记》……内容涉及豪侠、法术、公案、异遇、情缘、世态、因果、士流等诸多方面。这些作品大多具有较高的艺术水平，或人物性格鲜明，或情节曲折多变，或场景描写细腻，或语言风趣幽默，总之，作者堪称传奇志异的高手。《广异记》的出现，为唐人传奇小说的高度繁荣奠定了坚实的基础。② 书中的《径寸珠》等涉海作品，也非常具有传奇性，它大大丰富了唐代"传奇海洋"文学的书写成就。

《径寸珠》的故事非常精彩："近世有波斯胡人，至扶风逆旅，见方石在主人门外，盘桓数日。主人问其故，胡云：'我欲石捣帛。'因以钱二千求买，主人得钱甚悦，以石与之。胡载石出，对众剖得径寸珠一枚。以刀破臂腋，藏其内，便还本国。随船泛海，行十余日，船忽欲没。舟人知是海神求宝，乃遍索之，无宝与神，因欲溺胡。胡惧，剖腋取珠。舟人咒云：'若求此珠，当有所领。'海神便出一手，甚大多毛，捧珠而去。"③

这则叙事有两点值得关注。一是"扶风"这个故事发生的地理空间，二是"波斯胡人"这个故事人物。扶风位于陕西，一个远离海洋的内陆地区，可是一块与海洋珠宝有关的石头却出现在这里，这是否可以理解为那时候就算是内陆地区，也与海洋有比较紧密的关系？但毕竟距离海洋过于遥远，扶风人不认识这块"海石"的价值，被主人随意放在大门外面。长年经营海洋贸易的波斯商人以诈骗手段得到了它里面的珠宝，以为可以携带回家，不料却在海上被海神索了回去。

唐朝实行全方位海洋开放，国际贸易和人文交流十分频繁。许多来自西域和南洋的商人纷纷来到中华从事商业活动，他们都被称为"胡人"。《广异记》里有许多类似《径寸珠》这样的"胡人与宝"类叙事。有人进

---

① 参见许浩然：《英国汉学家杜德桥对〈广异记〉的研究》，《史学月刊》2011 年第 7 期。

② 石麟：《论戴孚〈广异记〉中的传奇之作》，《湖北师范学院学报（哲学社会科学版）》2003 年第 1 期。

③ ［唐］戴孚：《广异记》，呼和浩特：远方出版社 2005 年版，第 150 页。

行了仔细的统计,发现《广异记》描写"胡人与宝"题材的故事多达十一则,分别是《句容佐史》《破山剑》《成弼》《青泥珠》《径寸珠》《宝珠》《紫䄺羯》《凉州人牛》《阆州莫傜》《南海大蟹》和《至相寺贤者》。有论者认为,"胡人与宝"故事背后,蕴含着丰富的文化心理寄蕴,也体现了胡人非凡的识宝技能。①

《南海大蟹》也出现了"胡人"的形象,而且是以一种见多识广的"知者"的面貌出现的。故事说有人经常往返于中华与波斯、天竺等沿海地区之间,做海洋贸易。有一次他遇上了风暴,船被大风刮到了一个不知名的海岛,发现了一个以草叶遮身的波斯胡人。胡人说他也是海商,也不幸遭遇了风暴,同船的其他人都死了,只有他漂到了这个岛上,靠吃草根木实维持至今。岛上有许多大家不认识的东西,胡人说它们都是砗磲、玛瑙、玻璃等宝物,多得不可胜数。于是这些人就纷纷丢掉了自己原来准备用于与人交易的土特产品,装上这些珍宝。胡人提醒他们快走,否则一旦岛神来临,就走不了了。原来所谓岛神,乃"赤物如蛇形"的怪物。它急速追来,大家觉得无路可逃。正在这时,"俄见两山从海中出,高数百丈"。这并不是海岛突然从海中冒出。而是两个巨型的海洋生物,大家不知其为何物,只有胡人认识,说它们是"大蟹螯也。其蟹常好与山神斗,神多不胜,甚惧之。今其螯出,无忧矣"。果然不久,大蟹战胜了岛怪,"船人因是得济也"。这个故事本也属于段成式《酉阳杂俎》式的海洋异物叙写,但由于出现了"无所不知"的"胡人"形象,因而其内涵更加丰富。

《径寸珠》和《南海大蟹》里的"波斯胡人",都是长年在海上从事海洋贸易的海商,他们具有丰富的海洋知识,这在一定程度上反映出作者对于海洋活动的肯定。

《海州猎人》的故事也与海蛇、珠宝有关:

> 海州人以射猎为事,曾于东海山中射鹿。忽见一蛇,黑色,大如连山,长近十丈,两目成日,自海而上。人见蛇惊惧,知不免死,因伏念佛。蛇至人所,以口衔人及其弓矢,渡海而去,遥至一山,置人于高岩之上。俄尔复有一蛇自南来,至山所,状类先蛇而大倍之。两蛇相与斗于山下,初以身相蜿缠,久之,口相噬。射士知其求己助,乃敷药矢欲射之。大蛇先患一目,人乃复射其目,数矢累

---

① 杜卓文:《论〈广异记〉中"胡人与宝"的文化蕴含》,《牡丹江大学学报》2017年第4期。

中，久之，大蛇遂死，倒地上。小蛇首尾俱碎，乃衔大真珠瑟瑟等数斗，送人归之本所也。①

在旷远的时代，绝大部分汪洋之中的海岛都是无人岛，所以多有大蛇等异物存在。古代涉海故事中多有这种大蛇故事。由于蛇是龙的前身，而龙多有"含珠"的传说，所以这类大蛇故事也往往与"珠"的想象联系在一起。这《海州猎人》就是一例。

《南海大蟹》和《海州猎人》里出现的海岛，充满了由于陌生而引发的神奇性海岛想象。《广异记》里这种"海岛想象"的文学构建呈现出多种形态，有的把海岛想象成拥有无数宝藏的地方，如《南海大蟹》；有的把海岛想象成上面有神奇的生物，如《海州猎人》；还有则想象岛上生活着"神仙"，如《慈心仙人》。它们显然都有秦汉时期海洋神仙岛想象的余韵，但都有了很大的变化。

关于海洋神仙，在东方朔《海内十洲记》里，岛上的"仙家"还多是一个比较模糊的概念，但是《广异记》里的这篇《慈心仙人》，则对海洋神仙形象的刻画，有了很大拓展，显得十分清晰丰满。故事以唐广德年间临海人袁晁起事为背景。有一天，袁晁手下的一艘船，遭遇了风暴，被刮到了数千里外的一座岛上。该岛"青翠森然，有城壁，五色照曜"，岛上还有"精舍，琉璃为瓦，玳瑁为墙"，显得不同凡响。这伙人在屋内发现了大量黄金做的物件。这些人认为屋内无人，"乃竞取物"，纷纷往自己口袋里装。就在这时，一个女人出现了。这个女子"长六尺，身衣锦绣，上服紫绡裙"，身材异常高大，着装异常华美，显然不是常人。她斥责这些人的偷盗行为，提醒他们大祸将临，督促他们速速离去，从而挽救了这些人的生命。原来这个岛叫镜湖山，它是慈心仙人修道处，不是普通凡人可以来的地方。在古代海洋叙事中，海洋神仙往往是道家形象的另外一种表述，这篇《慈心仙人》也不能免俗，但是这个女子形象，却高大、美丽又富有人情味。

《徐福》写的也是"海岛传奇"，不过这次的主角却不是珠宝、奇物或神仙，而是"凡人"徐福，只是这个徐福后来也成了"仙语"的一部分。故事说，当年徐福奉命率三千童男童女入海，"寻祖洲不返，后不知所之"。后来有人在非常偏远的海岛上，看到了一个"中心床坐，须鬓白"的老者，岛上人说，此"徐君也"。这个时候的徐福，已经成了可治百病的神仙医

---

① ［唐］戴孚：《广异记》，呼和浩特：远方出版社2005年版，第211页。

家。故事反映了士人对于徐福的怀念和对于他结局的美好想象。

《南海大鱼》和《鲸鱼》写的都是大鱼故事。前者写"大"，后者写"勇"。自《山海经》开始，涉海叙事中一直有"大鱼书写"的传统。《广异记》中的"南海大鱼"则极力渲染其鱼之大，说这条大鱼，可以横在相距六七百里的两座海湾的山里，大鱼嘴里吐出的唾沫，犹如下大雨，它发出的声音，犹如天上打雷云云。这种极力写鱼之大的构思，其实很普通，并无什么新意，倒是《鲸鱼》一文写得很有气势。故事说，唐开元末年的一天，雷州半岛上发生了一场雷公与鲸鱼的恶斗。鲸鱼浮出海面，数十个雷电"在空中上下，或纵火，或诟击，七日方罢"。恶斗终于平息下来，海边居住的人前往察看，看不出谁赢谁输了，"但见海水正赤"，也不知道是鲸鱼的血，还是雷公的血。

雷电在天空，鲸鱼在海里，未闻有什么古籍文献记载过它们之间有什么恩怨交接。这个故事说的可能是一场发生在海上的雷击事件，但被想象成雷电与鲸鱼的搏斗。故事叙述声势浩大、场面壮观，结尾有意蕴，虽然很短，但很有章法。

二、李肇《唐国史补》和张读《宣室志》等中的海洋叙写

李肇，字里居，生卒年不详。早年为监察御史。唐元和十三年（818），升迁为翰林学士。长庆元年（821）十二月被贬为澧州（今湖南常德一带）刺史。他对历史人文掌故比较熟悉，著有《唐国史补》《翰林志》等。

《唐国史补》又称《国史补》，是一部记载唐代开元至长庆之间百年时事，涉及当时的社会风气、朝野轶事及典章制度等各个方面。全书共有三百余条。宋《太平广记》征引其内容竟达一百多条，超过全书的三分之一内容，可见它在历史和人文方面的重要价值。

《唐国史补》中涉及海洋内容的叙事虽然不多，只有四条，但都比较有特色和价值。

一是提供了"南海舶者"的信息，具有国际海洋贸易和海洋交通史的文献价值。"南海舶者，外国船也。每岁至安南、广州。师子国舶最大，梯而上下数丈，皆积宝货。至则本道奏报，郡邑为之喧阗。有番长为主领，市舶司籍其名物，纳舶脚，禁珍异，蕃商有以欺诈入牢狱者。舶发之后，海路必养白鸽为信。舶没，则鸽虽数千里亦能归也。"① "师子国"即今斯里兰卡。唐朝实行全方位的对外开放，与东南亚一带海洋贸易活跃，

---

① ［唐］李肇：《唐国史补》，明津逮秘书本，第27页。

南洋诸国已经取代日本、朝鲜半岛诸国，成为唐朝海洋贸易的主要对象，因此南海一跃成为海洋热点。这篇"南海舶者"提供了许多这方面的信息。有"师子国"这样有代表性的贸易对象；有对于商业欺诈的严厉处罚；还有茫茫大海航行中的"白鸽"联系方法等。这些对于研究中国古代海洋经济史和海洋人文交流史极具价值。

二是记载了海市蜃楼现象，具有海洋科学研究价值。"海上居人，时见飞楼如缔构之状甚壮丽者；太原以北，晨行则烟霭之中，睹城阙状如女墙雉堞者，皆《天官书》所说气也。"[①] 这段叙事记载了海上和陆地的两个海市蜃楼现象，并且说这都是"气"造成的，是一种自然气候现象，反映出作者实事求是的科学态度。

三是记载了一些海洋异常现象并对此持比较现实、科学的态度，具有古代海洋人文价值。其中一条说的是船上老鼠的异常活动："舟人言鼠也有灵。舟中群鼠散走，旬日必有覆溺之患。"还有一条记载的是超常规的海洋风暴现象："南海人言，海风四面而至，名曰飓风。飓风将至，则多虹霓，名曰飓母。然三五十年始一见。"[②] 海船上老鼠出没，是普遍现象，但是如果有一天老鼠忽然乱窜，就暗示可能有海洋风暴将至。另外一条说的也是风暴的事情。海上航行最怕突遇风暴，所以有关风暴的故事就比较多。《唐国史补》的这条叙事，描述的是一种罕见的几十年才一遇的"飓风"。这种"飓风"来临时有一种奇异的先兆，天空多见彩虹，名曰"飓母"。这里所说的是特大台风，而所谓"飓母"，显然是指后世所说的"台风眼"现象了。可见《唐国史补》对此的记载和描述，是比较写实的。

《唐国史补》的书名意为对于历史正史的一种"补充"，以上的这些写实记载，反映出作者比较务实的创作态度。所以《唐国史补》虽然名为小说，其实也是一种特殊的民间野史记载。

张读《宣室志》中也有一则涉海传奇故事《陆颙》。张读，字圣用，具体生卒年不详，深州（今河北衡水深州一带）人。他出生在一个小说家辈出的家族之中，高祖、祖父都是有成就的小说家，外祖父牛僧孺更是有名。[③] 其著作《宣室志》的正本已经不存，但它的主要内容还是可以从《太平广记》等各种辑本中寻觅。今人陈周昌编选有《唐人小说选》

① ［唐］李肇：《唐国史补》，明津逮秘书本，第 27 页。
② ［唐］李肇：《唐国史补》，明津逮秘书本，第 27 页。
③ 萧相恺：《唐代小说家张读及其小说〈宣室志〉》，《东南大学学报（哲学社会科学版）》2002 年第 6 期。

一书，这篇《陆颙》就在其中。①

《陆颙》的主要内容，也是"胡人与宝"的传奇故事。叙事布局颇具艺术匠心，这在古代早期小说中是不多见的。故事叙说吴郡人陆颙，自幼喜欢吃面食，而"为食愈多而质愈瘦"，虽然如此，仍然嗜面不止。后来他来到京城长安，入太学学习。有一天忽然来了一群"胡人"，带着酒食礼品来拜访他，自我介绍说他们是"南越人，长蛮貊中"，听闻"唐天子网罗天下英俊，且欲以文物化动四夷"，所以就千里迢迢，坐船横渡大海来到了中华。他们说"陆颙峨焉其冠，庄然其容，肃然其仪，真唐朝儒生也"，希望与他交个朋友。几个月后他们又携带重礼来为陆颙祝寿。太学中诸生提醒他，这些胡人都是商人，商人逐利，怎么会无端送你重礼？肯定是有所图谋。于是陆颙就移居到一个偏僻的地方躲起来，"杜门不出"，不想再与这些胡人有什么来往。

不料仅仅过了一个月，这些胡人竟然又找上门来。胡人的态度非常诚恳，说他们的确是"有求于君耳"，还说他们所求的东西，对于陆颙是毫无用处，对于他们却是"大惠"。原来陆颙之所以如此喜欢吃面而且越吃越瘦，就在于他的肚子里有"虫"。这些胡人准备用药物引出此虫。陆颙既惊又好奇，答应了他们的要求。于是胡人用一粒"其色光紫"的药丸让他吞下，不久后果然吐出了一条"长二寸许，色青，状如蛙"的虫子。胡人说："此名'消面虫'，实天下之奇宝也。"第二天胡人"以十辆重辇，金玉缯帛约数万献于颙，共持金函而去"。

陆颙的身体从此日渐健壮，不过故事并没有到此结束，最核心的内容，在后半段与海洋有关的地方。一个多月后，胡人邀请陆颙共游大海。因为胡人准备用这条"消面虫"为工具，"欲探海中之奇宝以耀天下"。这强烈地吸引了陆颙，他欣然"与群胡俱至海上"。小说自此转以陆颙的视角，见证胡人的海洋探宝实践。他目睹胡人"置油膏于银鼎中，构火其下，投虫于鼎中，炼之，七日不绝燎"。到了第八天的时候，大海中忽然冒出了一个"分发，衣青襦"的孩童，只见他"捧白月盘，盘中有径寸珠甚多，来献胡人"。可是胡人不感到满足，"大声叱之。其童色惧，捧盘而去。僮去食顷，又有一玉女，貌极冶，衣霞绡之衣，佩玉珥珠，翩翩自海中而出，捧紫玉盘，中有珠数十，来献胡人"。胡人还不满足，仍然大骂之，"玉女捧盘而去。俄有一仙人，戴碧瑶冠，帔霞衣，捧绛帕籍，籍中有一珠，径二寸许，奇光泛空，照数十步。仙人以珠献胡人"。这个

---

① 陈周昌编选：《唐人小说选》，长沙：湖南文艺出版社1986年版，第163页。

时候，胡人才笑而接受了，这就是海洋中的"至宝"。他们熄掉了火，放出了那条"消面虫"，而虫子仍然"跳跃如初"。

如果叙事到此为止，那么这则故事就已经很有特色，比较成功了，因为海中珠宝虽然是比较传统的海洋文学话语，但是用火"烤虫"方式索取海珠，是前人所从未写过的情节，此文具有独创性。但是这篇故事并没有到此结束，而是展开了更为绚丽的想象，张读将故事继续推向传奇。胡人邀请陆颙潜入大海去探险。这种"潜海作业"的情节，其他海洋作品也都未曾写过的。原来这颗海洋"至宝"，是"辟易珠"，海水及鳞介之族，"俱辟易回去"。他们在大海深处尽情探索，"珍宝怪珠，随意择取"，获取了无数的财宝。①

张读《宣室志》中的这则《陆颙》，故事情节曲折有趣，有人认为它仅具有传奇性和可读性，并无其他价值，"作者写作时似乎并无深意，……（它）反映了什么？却难于让人措词。作者只是在情节结构的幻异上下功夫"，小说的构想颇出人意表，"让人读后，意兴益然"②。其实这篇小说，集海洋财富、"胡人与宝"和海洋探险于一体，既有对海洋财富传统叙事的继承，也有"胡人与宝"这类叙事的发扬光大，更有"海底探险"这种新领域的开拓，而文中出现的"辟易珠"意象，也为古代涉海叙事提供了新的文学资源。

三、唐代其他涉海叙事作品

唐代小说中涉及海洋内容的，还有封演《封氏见闻记》中一则、李亢《独异志》中五则、苏鹗《杜阳杂编》中一则和牛僧孺《玄怪录》中一则，显示了唐代涉海叙事文学的丰富性和广泛性。

封演，生卒年不详，渤海蓨（今河北景县）人，大约生活在唐天宝年间。其所撰《封氏闻见记》，为研究唐代人文社会现象的重要资料。里面有一则叙事，记载了海潮涨落的情景：

> 余少居淮海，日夕观潮，大抵每日两潮，昼夜各一。假如月出潮以平明，二日三日渐晚，至月半，则月初早潮翻为夜潮，夜潮翻为早潮矣。如是渐转，至月半之早潮，复为夜潮，月半之夜潮，复

---

① ［唐］张读：《宣室志·陆颙》，转引自陈周昌选注：《唐人小说选》，长沙：湖南文艺出版社 1986 年版，第 163 页。

② 萧相恺：《唐代小说家张读及其小说〈宣室志〉》，《东南大学学报（哲学社会科学版）》2002 年第 6 期。

为早潮。凡一月旋转一匝，周而复始，虽月有大小，魄有盈亏，而潮常应之，无毫厘之失。月阴精也，水阴气也，潜相感致，体于盈缩也。①

"淮海"指江苏淮阴与海州（连云港）一带滨海地区。此则笔记是古代对于海洋潮汐水文情况的较早记载。封演以自己的长期观察，得出了潮汐一天两次涨退、日潮夜潮各以月半为线进行转移、潮汐情况与月亮盈亏有关等结论。这个观察和结论是符合科学实际的。这也体现出了唐代涉海文学写实性的一面。

李亢《独异志》也对海洋有所关注和反映。李亢唐咸通六年（865）出任明州刺史。根据《新唐书·艺文志》和《宋史·艺文志》中的记载，《独异志》的著作权属于他。1937 年商务印书馆编修的《丛书集成》中的《独异志》和 1983 年中华书局点校本都从"李冗"一说。②

《独异志》体例近于六朝志怪，篇幅短小，大多仅为寥寥数语，至多不过百余字，内容兼收志怪、志人小说，杂叙见闻，又录古事。其中涉及海洋的，共有五篇，分别是《乘槎至天津》《始皇见海神》《任公子钓鱼》《逐臭之夫》和《海人狎鸥》，分别从张华《博物志》和《列子》等古籍中辑录。但那则《逐臭之夫》则不见于他人著作，当可理解为李亢《独异志》所原创：

> 《吕氏春秋》曰：有人臭者，父母兄弟妻子道路皆恶之，此人无所容足，乃之海上。海上有人悦其臭，昼夜随之，不能抛舍。③

内陆的"臭人"，却为海上人所接纳甚至是崇拜，虽然显得难以置信，但海上人多捕鱼为生，鱼虾腥臭，海上人习以为常，并不觉得其臭，所以这则故事还是以海洋生活为基础的。它反映出一种海上人独有的生活习俗。更为重要的是，这种"审臭"思维还激发了后来类似题材的象征化和寓言化书写。清人沈起凤《谐铎》中《蜣螂城》的香臭颠倒构思和蒲松龄《聊斋志异》中《罗刹海市》里的美丑混淆书写，或许都受到了

① ［唐］封演：《封氏见闻记》，［清］董诰等人编《全唐文》，上海：上海古籍出版社1990 年版。

② 刘泽华、王俊德：《〈独异志〉作者及其版本源流考辨》，《齐鲁师范学院学报》2016 年第 6 期。

③ ［唐］李冗：《独异志》，北京：中华书局 1983 年版，第 41 页。

这篇《逐臭之夫》的影响和启发。

《海上狎鸥》的题材,来源于《列子》的"黄帝第二"篇。但是《独异志》的作者,在几乎全文移植的情况下,却有一个意义重大的改动,那就是把《列子》原文中的"好"改成了"狎",这使得人与鸥鸟的亲近关系,增加了许多情感因素。

苏鹗《杜阳杂编》里有一篇《神蛤》,也很有意思:"上好食蛤蜊,一日,左右方盈盘而进,中有擘之不裂者。上疑其异,乃焚香祝之。俄顷自开,中有二人,形眉端秀,体质悉备,螺髻璎珞,足履菡萏,谓之菩萨。上遂置之于金粟檀香盒,以玉屑覆之,赐兴善寺,令致敬礼。至会昌中毁佛舍,遂不知所在。"[1]

苏鹗,字德祥,陕西武功人。生卒年不详,约唐昭宗大顺初前后在世。他的这篇《神蛤》虽然表达的是"好生"这样的观念,但由于蛤蜊属于海洋生物,"上好食蛤蜊"反映出唐代人对于贝类海鲜的喜爱,所以还是具有一定的海洋人文价值。这篇故事在很多古人笔记中都有反映,究竟谁为原创者已经很难考定。

牛僧孺是唐代著名的政治家和小说家。他的《玄怪录》在小说史上具有相当的地位。他是甘肃安定人,一直在北方内陆生活,似乎也没有什么海洋经历,但是《玄怪录》中有一篇《卢公焕》,故事发生地为象山半岛,所以就与海洋有关系了。需要指出的是,这个故事后来收入《太平广记》,故事空间从象山半岛改为舟山岛上,海洋因素越发突出了。

故事极富传奇性。故事说一群盗墓贼在象山半岛的一条溪流边,发现了一座古墓。为了便于挖掘,他们伪装开荒,"遂种麻,令外人无所见"。可是掘墓很不顺利,墓道上有石门阻挡。盗墓贼使用咒语打开了石门,却又被墓中的黄衣人、青衣人所劝阻。他们不听,强行闯入,结果被突然涌入的海水所淹没。古墓也因此消失,再也没有人见过。[2]

这则故事由于涉及盗墓,被誉为中国第一篇盗墓文学作品。这场盗墓发生在海边,似乎反映出浙东一带的海洋文明在唐代甚至唐代以前就已经是相当发达。因为在小说中,这个古墓非常气派,墓主必定大富大贵,如果那时候海边是荒蛮之地,是不可能有这种规模的古墓存在的。

赵自勤有《崔元综》:"崔元综,则天朝为宰相。令史奚三儿云:'公从今六十日内,当流南海,六年三度合死,然竟不死。从此后发初,更

---

① [唐]苏鹗:《杜阳杂编》,清文渊阁《四库全书》本,第14页。
② [唐]牛僧孺:《玄怪录》,明丛林陈应祥刻本,第32页。

作官职，后迁于旧处坐，寿将百岁，终以馁死。'经六十日，果得罪，流
放南海之南。经数年，血痢百日，至困而不死。会赦得归，乘船渡海，
遇浪漂没。同船人并死，崔公独抱一板，随波上下，漂泊至一海渚，入
丛苇中。板上有一长钉，刺脊上，深入数寸。其钉板压之，在泥水中，
昼夜难忍，痛呻吟而已。忽遇一船人来此渚中，闻其呻吟，哀而救之。
扶引上船，与踏血拔钉，良久乃活。问其姓名，云是旧宰相。众人哀之，
济以粮食。随路求乞，于船上卧。见一官人著碧，是其宰相时令史，唤
与语，又济以粮食，得至京师。六年之后，收录乃还，选曹以旧相奏上，
则天令超资与官。几过，谢之日，引于殿廷对。崔公著碧，则天见而识之，
问得何官，具以状对。乃昭吏部，令与赤尉。及引谢之日，又敕与御史。
自御史得郎官，累迁至中书侍郎，九十九矣。子侄并死，唯独一身，病
卧在床，顾雇令奴婢取饭粥，奴婢欺之，皆笑而不动。崔公既不能责罚，
奴婢皆不受处分。乃感愤不食，数日而死矣。"①

　　赵自勤，生平事迹不详。其著作《定命录》也佚。幸赖《太平广记》
等多有引录。《崔元综》记载了一起海上航行遭遇风暴的灾难事故。古代
海上航行风险极大，所以此类遭遇风暴的故事很多，但大多偏于被风浪
吹刮到荒岛却有惊人奇遇的想象构建，但这篇《崔元综》却是非常现实
主义的写法，抱着漂木随波逐流，木板钉子伤害的细节，倒卧泥涂中听
天由命的无奈，被路过船只救援的不幸中的有幸等，都是海洋活动中非
常现实的内容，所以这篇小说具有很强的海洋社会认知价值。

　　唐人小说中，还有一则王璿《张骑士》："张骑士者自云：幼时随英
公李绩出海，遇风十余日，不知行几万里，风静不波，忽见二物黑色，
头状类蛇，大如巨船，其长望而不极。须臾至船所，皆以头绕船横推，
其疾如风。舟人惶惧，不知所抗。已分为所唉食，唯念佛求速死耳。久之，
到一山，破船如积，各自念云：'彼人皆为此物所食。'须臾，风势甚急，
顾视船后，复有三蛇，追逐亦至，意如争食之状。二蛇放船，回与三蛇
斗于沙上，各相蜿嬗于孤岛焉。舟人因是乘帆举帆，遂得免难。后数日，
复至一山，遥见烟火，谓是人境。落帆登陵，与二人同行。门户甚大，
遂前款关，有人长数丈，通身生白毛，出见二人，食之。一人遽走至船所，
才上船，未即开，白毛之士走来牵揽。船人各执弓刀研射之，累挥数刀，
然后见释。离岸一里许，岸上已有数十头，戟手大呼，因又随风飘帆五六日。

遥见海岛，泊舟问人，云是清远县界，属南海。"①

王璿，字希琢，唐武则天时曾任宰相。《张骑士》描述的是海中航行遭遇异物的故事，很有惊悚小说的味道。"海洋异物"是古代海洋文学中经常出现的叙事题材，但本篇小说叙写几条体型巨大的海蛇相斗的奇异场面，甚是新奇。后半部分叙写遭遇另外一种食人生物，很是惊悚。显然它不是现实主义书写，而是属于幻想型的海洋虚构叙事。

卢求的《贩海客》篇中，还讲述了一个从事海外贸易的商人受到歹人谋害的故事：唐有一富商，恒诵《金刚经》，每以经卷自随。尝贾贩外国，夕宿于海岛，众商利其财，共杀之，盛以大笼，加巨石，并经沉于海。平明，众商船发。而夜来所泊之岛，乃是僧院，其院僧每夕则闻人念金刚经声，深在海底。僧大异之，因命善泅者沉于水访之，见一老人在笼中读经，乃牵挽而上。僧问其故，云："被杀，沉于海，不知是笼中，忽觉身处宫殿，常有人送饮食，安乐自在也。"众僧闻之，悉普加赞叹，盖金刚经之灵验。遂投僧削发，出家于岛院。② 这则故事的主旨是宣传佛教思想，但却包含了许多深刻的海洋社会和海洋经济活动认知价值。把被害人放入木笼或竹笼沉入海底，为了不让尸体上浮，还在笼里放置了大石块。这样的海洋谋杀是惊心动魄的，而且加害的人是一个从事国际贸易的海商，这也从一个特殊的角度透露出唐代海洋贸易的繁荣。

牛肃所写的《李邕》，也是一篇涉海小说："唐江夏李邕之为海州也，日本国史至海州，凡五百人，载国信，有十船，珍货数百万。邕见之，舍于馆，厚给所须，禁其出入。夜中，尽取所载而沉其船。既明，讽所馆人白云：'昨夜海潮大至，日本国船尽漂失，不知所在。'于是以其事奏之。敕下邕，另造船十艘，善水者五百人，送日本使至其国，邕既具舟及水工，使者未发，水工辞邕。邕曰：'日本路遥，海中风浪，安能却返，前路任汝便宜从事。'送人喜，行数日，知其无备，夜尽杀之，遂归。邕又好客。养亡命数百人，所在攻劫，事露则杀之。后竟不得死，且坐其酷滥也。"③

牛肃，约唐德宗贞元前后在世。事迹不详。根据《新唐书·艺文志》，他撰有唐代第一部小说集《纪闻》十卷。可惜原书已逸，部分作品散见于《太平广记》等类书。本则小说即来自于《太平广记》第二四三卷。

---

① 李时人编校：《全唐五代小说》，北京：中华书局 2014 年版，第 3739 页。
② 李时人编校：《全唐五代小说》，北京：中华书局 2014 年版，第 3849 页。
③ 李时人编校：《全唐五代小说》，北京：中华书局 2014 年版，第 3630 页。

《李邕》具有真实的历史背景。海州即今江苏连云港，在唐代是对接日本的重要国际港口。李邕身为海州地方官，其所作所为，表明他实际上是一个血债累累的海盗。他敢于谋杀和抢劫代表日本官方的使者和商船，说明此类勾当他不知已经干过多少次。更为严重的是，对于这种人，朝廷竟然视而不见，坐视其"酷滥"。这从一个侧面反映出唐朝虽然比较重视海洋贸易，但对于海洋安全问题，还是不够重视的。

四、五代时期的海洋书写

公元 907 年，唐朝灭亡。但是唐朝文学余波未息，涉海叙事文学也是如此。进入五代时期，仍然不时有涉海叙事作品出现。晚唐与五代时间相连，涉海书写类似，为叙述方便暂系于此。

杜光庭《录异记》中就有两则与海洋有关的笔记小说。一则是《海龙王宅》："海龙王宅在苏州东，入海五六日程。小岛之前，阔百余里，四面海水粘浊，此水清，无风而浪高数丈，舟船不敢辙近。每大潮水没其上，不见此浪，船则得过。夜中远望，见此水上红光如日，方百余里，上与天连。船人相传，龙王宫在其下矣。"

另一则是《异鱼》："南海中有山，高数千尺，两山相去十余里，有巨鱼相斗，鬐鬣挂山，半山为之摧折。"①

杜光庭（850—933），字圣宾，号东瀛子，浙江缙云人，唐末五代道士，著名文人。他在静修道学之余，却还关注海洋世界，而且关注的还是海洋的奇异性内容，是很有意思的。他的这两则涉海故事，一则描述海龙王宅地，说海龙王就居住在距离苏州五六日路程的东海里。还说这个地方，海水特别清澈，海面特别平静。但是到了夜里，海面上空则红光如日，想象力丰富，意象美丽。《异鱼》则描述了一场惊心动魄的海洋大鱼搏斗，激烈到海中的岛都被大鱼的鱼鳍给甩崩塌了。古代涉海故事中，多有海龙王种种传奇故事，但这篇《海龙王宅》写的却是龙王宅第，而且还把它描述得那么美好，是有一定新意的。古代涉海叙事中也多有夸张性描写大鱼的，但是写大鱼之间搏斗的，却很罕见，所以杜光庭《录异记》里这两则涉海故事，为中国古代海洋文学提供了新的话语资源。

五代王仁裕《开元天宝遗事》中也有一则《馋灯》与海洋有关。王仁裕（880—956），字德辇，秦州上邽（甘肃天水）人，唐末五代著名政治家、文学家。《馋灯》勾勒了一则海洋奇事："南（海）中有鱼，肉少

---

① ［五代］杜光庭：《录异记》，《杜光庭记传十种辑校》，北京：中华书局2013年版，第71页。

而脂多，彼中人取鱼脂炼为油，或将照纺辑机杼，则暗而不明；或使照筵宴、造饮食，则分外光明。时人号为馋灯。"①

这则笔记的基本情节显然来源于南朝任昉《述异记》和唐代段成式《酉阳杂俎》中的"懒妇"故事，但是有所发展。在《述异记》和《酉阳杂俎》中，那条"懒妇"变成的鱼，仍然体现出"懒妇"负面性的一面：用它的油脂来点灯，照游玩享乐的东西，总是特别"明亮"，而一见是与劳作有关的，则黯然无色，体现出的还是"懒惰"的人性附加。但是《开元天宝遗事》中的《馋灯》，完全隐去了有关"懒妇"的因素，直接描述为"鱼"的自身。这样其体现出来的照纺辑机杼则暗、照筵宴饮食则明的懒性，也是鱼之懒，与人无关了。它实际上用故事情节的取舍否定了原故事中对于女性的负面性描述，所以是值得肯定的。

五代尉迟偓《中朝故事》中的《神卜者》，其内容也与海洋有关。"西明寺中有僧名德真，过海欲往新罗。舟至海中山岛畔避风，与同舟一道流行其岛屿间，见泉水一泓，中有赤鲤一头，道士取之不得，乃念咒禹（语）步（捕）获之。僧云：'海中异物不可拘也。'道士曰：'海神吾无惧。'僧苦求免之，投于波内，乃往海东……"②

尉迟偓，生卒年不详，五代南唐时人，官给事中，据说还曾经预修国史，他的《中朝故事》，就是他担任史官时候的作品，流传来下的有《四库全书》本、《历代小史》本等。《中朝故事》分上、下两卷。上卷多载君臣事迹及朝廷制度，下卷则杂录神异怪幻之事。也就是说上卷是"史书"，下卷是"文学"。《神卜者》出现于下卷。这则故事写得很是飘逸。故事的核心内容在前半部分，其中心句是"僧云：'海中异物不可拘也。'道士曰：'海神吾无惧。'"

这则故事还有一点值得关注，那就是文首第一句"西明寺中有僧名德真，过海欲往新罗"。这隐含着中华文化向朝鲜半岛传播的信息，很有价值。

五代孙光宪《北梦琐言》卷二"高骈开海路"则记载了南海海路的信息："安南高骈奏开本州海路。初，交趾以北距南海，有水路，多覆巨舟。骈往视之，乃有横石隐隐然在水中，因奏请开凿以通南海之利。……乃召工者，唉以厚利，竟削其石。交广之利民至今赖之以济焉。或言骈

---

① ［五代］王仁裕：《开元天宝遗事》，明顾氏文房小说本，第4—5页。
② ［五代］尉迟偓：《中朝故事》，北京：中华书局1985年版，第10页。

以术假雷电以开之，未知其详。"①

孙光宪（901—968），字孟文，陵州贵平（今四川仁寿）人。这里的"交趾"即今越南一带，说明早在晚唐五代时期，中越之间就已经有比较密切的海上交往，所以本则笔记很为研究海洋交通史的学者所重视。

《北梦琐言》卷十三还有一则"张建章泛海遇仙"，也与海洋有关，但不再是写实的，而是具有想象传奇性。"……曾赍府戎命往渤海，遇风涛，乃泊其船，忽有青衣泛一叶舟而至，谓建章曰：'奉大仙命请大夫。'建章乃应之，至一大岛，见楼台岧然，中有女仙处之，侍翼甚盛，器食皆建章故乡之常味也。食毕，告退，女仙谓建章曰：'子不欺暗室，所谓君子人也。忽患风涛之苦，吾令此青衣往来导之。'及还，风涛寂然，往来皆无所惧。……"② 这是一则"海洋艳遇"类传奇，双方都彬彬有礼，显示了较高的品德情操，或许在孙光宪的意识中，"海上世界"也是文明发达之区，非蛮荒之地。

第三节　唐代海洋散文和辞赋

唐代散文，经过古文运动的推动，达到了很高的成就。海洋散文也是唐代散文的有机组成，韩愈、柳宗元和陈子昂等著名作家，都有涉海散文作品出现。这使得唐朝的海洋文学书写，显示出独特的"大家"气象。韩愈有《南海神庙碑》，柳宗元有《招海贾文》，陈子昂有《祭海文》。这些作品，虽然不是严格意义上的文学叙事或抒情作品，但是祭海、海神信仰和海商及海洋贸易，都是鲜活的海洋活动内容，对此的描述、记载和评价，都属于广义的涉海叙事的范畴，因此也可以进入海洋文学史的视野来予以考察。

除了海洋散文外，唐代还出现了许多海洋赋文，有近40篇之多。无论是数量还是质量，都毫不逊色于汉魏六朝的海赋，它们创造了中国古代海赋文学的又一高峰期。

一、韩愈《南海神庙碑》

韩愈（768—824），字退之，河南河阳（今河南孟州）人。由于他

---

① ［五代］孙光宪：《北梦琐言》，北京：中华书局1960年版，第9页。
② ［五代］孙光宪：《北梦琐言》，北京：中华书局1960年版，第112页。

自称"郡望昌黎",故世称"韩昌黎""昌黎先生"。唐代杰出的文学家、思想家、哲学家、政治家。《南海神庙碑》一文是反映其海洋文化意识的珍贵文献。

韩愈与南海神庙所在的广东颇有渊源,他先后到过三次。第一次是他10岁那年,父亲早亡的他跟随被贬为韶州刺史的兄长韩会,来到了广东韶州(今韶关)。第二次是大约在贞元二十年(804)那年,他被贬到广东阳山。第三次是元和十四年(819),51岁的他因上《谏迎佛骨表》而被贬为潮州刺史,开始与海洋发生密切关系。当时滨海的潮州深受鳄鱼之苦,他写了一篇《祭鳄鱼文》,说"潮之州,大海在其南,鲸鹏之大,虾蟹之细,无不归容,以生以食,鳄鱼朝发而夕至也"。他限令鳄鱼"率丑类南徙于海",否则"必尽杀"。而南海神庙虽位于广州,但潮州临近广州,他的这篇《南海神庙碑》当写于这个时候。

入唐以后,海洋活动大规模发展,祭海活动也日益得到重视。"除了确立以五郊迎气日、腊日等常祀祭海活动外,唐廷中央还不断派遣官员前往祭海。……从功能的角度考察,唐代祭海活动的类型多样,包括祈求航行平安,祈雨(晴)或报谢,祈求风调雨顺,或其他重大事件昭告海神灵等等。……明确四海分祭之制,确立于山东半岛的莱州建立海神祠以祭拜东海神,于岭南沿海的广州建立南海祠以祭拜南海神。"① 所以韩愈前往广州祭祀海神,可以理解为一种政府行为,是他作为潮州刺史的职责体现。

南海神庙位于现广州市黄埔区庙头村一带,也就是韩愈《南海神庙碑》开头所说的"在今广州治之东南,海道八十里,扶胥之口,黄木之湾"。它是古代岭南地区最重要的祭海场所。其创建时间,一般以清代学者范端昂的《粤中见闻》和《隋书》卷七《礼仪志》为依据,被认为创建于隋开皇十四年(594)。明人陈兰芝《南海庙记》说:"唐天宝中始册封(南海海神)为广利王,此膺王号之始。元和十二年,刺史孔戣以岁大稔,表称神绩,册封为广利洪圣昭明威灵王,昌黎韩愈作记以彰神之功,而庙祀于是赫彪显宇内。"② 这说明当时朝廷已经册封南海海神为"王",韩愈因此撰写了这篇《南海神庙碑》。③

"海于天地间为物最巨。"这是韩愈对于海洋的基本认识,这是符合

① 鲁玉洁:《唐代祭海相关问题研究》,陕西师范大学2017年硕士论文。
② 参见陈典松:《广州南海神庙始建年代考》,《广东史志》2001年第1期。
③ [唐]韩愈撰《韩愈集》,长沙:岳麓书社2000年版,第348页。

实际判断的。"自三代圣王，莫不祀事，考于传记，而南海神次最贵，在北东西三神、河伯之上。"这里韩愈提出了一个很新颖的观点，四海海神中，"南海神次最贵"。这与《山海经》中的海神谱系构成有较大的出入，也与海洋文明的发展事实不符。在《山海经》中，四海海神地位是一样的，而海洋文明的发展轨迹是由北而南，先北海，后东海，其次才是南海。但是韩愈的观点又并非信口开河，因为到了唐朝，以南海为代表的海洋对外贸易开始发展，南海的经济地位和人文价值陡然上升，所以说其地位在其他三海之上，也是有道理的。

《南海神庙碑》对于南海海神祭祀的仪式和主要内容，作了比较详尽的描述，这对于研究海洋宗教文化是有价值的。文章说自己作为朝廷使臣，专门从潮州出发，前去广州祭祀。可是到了出发那一天，恰逢大风大雨，"吏以风雨白，不听"，他不听手下的劝阻，坚持要按既定时日祭祀。"于是州府文武吏士，凡百数，交谒更谏，皆揖而退。"冒着大风雨，从海上坐船前去广州，这是有生命危险的，但韩愈坚持前往，正是出于对海神的尊重和敬畏。"公遂升舟，风雨少弛，棹夫奏功，云阴解驳，日光穿漏，波伏不兴。"幸好途中风雨稍息，一路顺利，来到了海神庙前。"省牲之夕，载阳载阴；将事之夜，天地开除，月星明概。五鼓既作，牵牛正中，公乃盛服执笏，以入即事。文武宾属，俯首听位，各执其职。牲肥酒香，樽爵净洁，降登有数，神具醉饱。"一场声势浩大的祭祀海神的活动终于成功举行。这里，祭祀的时辰、形式、规格等各种内容，无不一一得到了详细的描述，使后人可以一窥唐朝时候祭祀海神的场景。

传统上，朝廷命官如广州刺史、岭南节度使等前往南海神庙的祭海活动，大多是以祈求海上平安为主。如高骈在平定岭南群蛮造反前，曾至南海神祠，还赋诗曰："沧溟八千里，今古畏波涛。此日征南将，安然渡万艘。"即明确提出了希望得到南海神护佑，祈求海上平安。[1] 但韩愈的这篇《南海神庙碑》的诉求范围，却很是广泛："南海之墟，祝融之宅。即祀于旁，帝命南伯。吏隋不躬，正自今公。明用享赐，右（佑）我家邦。惟明天子，惟慎厥使。我公在官，神人致喜。海岭之陬，既足既濡。胡不均弘，俾执事枢。公行勿迟，公无遽归。非我私公，神人具依。"从一般意义上的保护海上平安，深化到了"保佑家邦"的高度，这是韩愈海疆意识的体现。

《南海神庙碑》是一篇骈体文，但是写法却很有创新之处。明人林希

元《批点古文类钞》认为它属于"变体",即不遵循某类文体固有模式的束缚,突破常规,自辟蹊径。"此碑自'黄木之湾'以下,皆言刺史之祭祀,及其政令,于立庙之事全忽略焉。此与《滕王阁》、《丞厅记》大略相似。此昌黎之家数,柳子厚便不同矣。其文字之美不待言也。"这里的"昌黎之家数"虽没有明确指出,实即是指韩文多用"变体"。《南海神庙碑》一改碑体之文详述立碑之事的模式,反而花大篇幅去写刺史如何祭祀,因而即是一种"变体"。

韩愈写过多篇类似碑文,有《处州孔子庙碑》《柳州罗池庙碑》《黄陵庙碑》《衢州徐偃王庙碑》等,但《南海神庙碑》的艺术成就最高,得到了后人的高度评价。宋人楼昉《崇古文诀》对韩愈《南海神庙碑》中的"公遂升舟,风雨少弛,棹夫奏功,云阴解驳,日光穿漏,波伏不兴。省牲之夕,载阳载阴,将事之夜,天地开除,月星明概",又"牲肥酒香,樽爵净洁,降登有数,神具醉饱。海之百灵秘怪,慌惚毕出,蜿蜿轻魅,来享饮食。阖庙旋舻,祥飙送驳,旗纛旌麾,飞扬晻蔼,铙鼓嘲轰,高管嗷噪,武夫奋棹,工师唱和,穿龟长鱼,踊跃后先,乾端坤倪,轩豁呈露",此两处也是字字加"点"。① 在古代的评点式文学批评中,"字下加点"是表示高度肯定和赞赏的意思,韩愈《南海神庙碑》一文有整大段的"加点",可见评论家对此文的艺术成就是高度认可的。

二、柳宗元《招海贾文》和陈子昂《祭海文》

柳宗元(773—819),字子厚,河东(现山西运城永济一带)人。唐代著名文学家。世称"柳河东""河东先生",因官终于柳州刺史,又称"柳柳州"。

柳宗元写过一种文笔犀利的文章,有《乞巧文》《骂尸虫文》《宥蝮蛇文》等。《招海贾文》属于其中之一。

唐朝时期,海洋贸易发达,大量海商从海洋贸易活动中赚取了惊人的财富。但风波里搏财富,也充满了风险。柳宗元似乎对这种生活方式和经济状态,是不赞同的。他通过《招海贾文》,委婉地表示了自己的看法。

文章起笔就说:"咨海贾兮,君胡以利易生而卒离其形?"这里的"咨",既是询问,也是叹息。柳宗元将"以利易生"和"卒离其形"置于一种对立之中。老子《道德经》曾经提出过这个命题,"名与身孰亲?身与货孰多?得与亡孰病"?物质利益和生命保全,自古就是生存的不

---

① 姜云鹏:《韩愈古文评点整理与研究》,复旦大学 2013 年博士论文。

同追求，何况那些海商，日夜拼搏于大海之中，而在柳宗元笔下，这大海实质上就是"危险"的同名词。"大海荡泊兮，颠倒日月。龙鱼倾侧兮，神怪瞙突。沧茫无形兮，往来遽卒。阴阳开阖兮，氛雾瀚渤。君不返兮逝恍惚。舟航轩昂兮，下上飘鼓。腾趋嶕峣兮，万里一睹。辠入泓坳兮，视天若亩。奔螭出忦兮，翔鹏振舞。"柳宗元从大海的茫茫无际、气候难测、风高浪急、鬼灵出没等各个角度，描述了大海种种惊心动魄的风险。在这些风险之外，还有各种海怪海神，随时可能作祟："天吴九首兮，更笑迭怒。垂涎闪舌兮，挥霍旁午。"这天吴就是《山海经》中所描述的"水伯"。据说它有八首、八足、八尾，背青黄，人面，经常兴风作浪，危害在海上活动的人和船。

　　总之，大海是凶险的，柳宗元反复呼吁那些"海贾"快快上岸，否则随时都有可能成为大海之"虏"。行文至此，柳宗元开始极力想象和渲染掉入海中可能遭遇的种种灾难：各种海洋生物都争先恐后露出白乎乎的牙齿会咬你的肉，把你吞噬一空。就算你侥幸未被风暴打落海中，那么航行途中，还随时可能会碰上"弱水"。"弱水"是古人想象出来的没有浮力的海域，任何船只到了这里，都会陷落下去。"弱水蓄缩，其下不极。投之必沉，负羽无力。"就算你又侥幸逃离了"弱水"去，那么还有暗礁密布的海区呢，还有"八方易位"辨不清方向的迷区呢，更还有海水沸腾无法航行的"汤谷"呢！就算你大难不死过了上述种种险恶海域，那么还有可以让船只解体的"风雷""巨鳌"等待着你，最终会让你粉身碎骨，葬身大海！

　　柳宗元笔下的海洋"险情"，虽然有夸张之嫌，但其实也是一定程度的海商搏击海洋的真实写照。但是海商们还是纵情大海，不肯回归，他们从与大海的搏斗中，体味到了独特的人生乐趣。对此柳宗元是不以为然的。他继续发问和感叹："咨海贾兮君胡乐，出幽险而疾平夷？恼骇愁苦而以忘其归！"他劝告海商还是回到陆地上为好，因为陆地上样样货物都有，根本不需要通过海洋贸易来获取。"上党易野恬以舒，蹈蹂厚土坚无虞。歧路脉布弥九区，出无入有百货俱。周游傲睨神自如，撞钟击鲜恣欢娱。"他提醒历史上真正的经商成功者都是"陆商"。"胶鬲得圣捐盐鱼，范子去相安陶朱，吕氏行贾南面孤，弘羊心计登谋谟，煮盐大冶九卿居。禄秩山委收国租，贤智走诺争下车，逍遥纵傲世所趋。"柳宗元再次呼吁，"君不返兮欲谁须"？回来吧，你如果还不从海中回来，"君不返兮谥为愚"。很可能成为《汉书·司马相如传》中所说的那种人了："身死无名，谥为至愚"。

最后，柳宗元再次亮明了对于海商和海洋贸易的态度："咨海贾兮，贾尚不可为，而又海是图。死为险魄兮，生为贪夫。亦独何乐哉？归来兮，宁君躯。"①

对于柳宗元这篇《招海贾文》，章士钊认为，"此子厚仿骚经招魂之所为作也。晁无咎有说如下：'昔屈原不遇于楚，徬徨无所依，欲乘云骑龙，遨游八极，以从己志而不可。犹惝然念其故国。至于将死，精神离散，四方上下，无所不往，又有众鬼虎豹怪物之害，故大招其魂而复之，言皆不若楚国之乐者。《招海贾文》虽变其义，盖取之于此也。宗元以谓：崎岖冒利，远而不复，不如己故乡常产之乐，亦以讽世之士行险侥幸，不如居易以俟命云。'无咎此论，善为说解，恰道着子厚心影。"②

章士钊认为，柳宗元对于海商的劝说，是真诚的。他表面上"招"的是海商之魂，实际上反映出他对于生命的珍重。

我们认为，章士钊的这个评价是非常中肯的。柳宗元反对的其实不是海洋贸易本身，而是那种为了牟利而不惜以命相搏的营商方式。

柳宗元还写有一篇寓言体散文《东海若》，里面有"今夫大海，其东无东，其西无西，其北无北，其南无南，旦则浴日而出之，夜则滔列星，涵太阴，扬阴火珠宝之光以为明，其尘霾之杂不处也，必泊之西澨。故其大也深也洁也光明也"③ 之句，显示出柳宗元对于海洋的一种比较正面的观念。

唐代的海洋散文中，还有陈子昂的《禜海文》，也显得非常重要。

陈子昂（659—700，一作661—702），字伯玉，梓州射洪（今四川遂宁射洪）人，初唐诗文革新人物之一。因曾任右拾遗，后世称陈拾遗。

陈子昂以诗为主，文并不多。他的主要职业生涯是在内地和边塞地区度过，与海洋地区没有直接的关联。但是武周万岁通天二年（697），唐廷发兵渡海北伐在现今东北一带沿海地区活动的鲜卑。兵船拔锚前，陈子昂代清边军海运度支大使虞部郎中王元珪撰写了一篇《禜海文》。"禜海"即"祭海"。《禜海文》是祭祀海神的一篇骈文。其文如下：

> 万岁通天二年月日，清边军海运度支大使虞部郎中王元珪，敢以牲酒驰献海王之神，神之听之：我国家昭列象胥，惠养戎貊，百

---

① ［唐］柳宗元：《柳宗元集》，北京：中国书店2000年版，第276页。

② 章士钊：《柳文指要》，北京：中华书局1971年版，第580页。

③ ［唐］柳宗元：《东海若》，［清］董诰《全唐文》，清嘉庆内府刻本，第5913页。

蛮率职，万方攸同。鲜卑猖狂，忘道悖乱，人弃不保，王师用征。故有渡辽诸军，横海之将，天子命我，赢粮景从。今旌甲云屯，楼船雾集，且欲浮碣石，凌方壶，袭朔裔，即幽都。而涨海无倪，云涛洄潏，胡山远岛，鸿洞天波。惟尔有神，肃恭令典，导鹢首，骑鲸鱼，呵风伯，遏天吴，使苍兕不惊，皇师允济，攘厉剿虐，安人定灾，苍苍群生，非神何赖？无昏汩乱流，以作神羞，急急如律令。①

这里的"海"即北海，也就是渤海湾。在陈子昂的笔下，渤海湾波澜壮阔，"涨海无倪，云涛洄潏，胡山远岛，鸿洞天波"，非常具有气势。文中碣石、方壶、风伯、天吴等海洋文化元素信手拈来，说明陈子昂对于北海一带的海洋文化是非常熟悉的。全文气势不凡，对河伯、海神等使用了"惟尔有神，肃恭令典"和"呵""遏""使"等祈使语句，充分反映了大唐威临天下的盛世气势。

三、唐代的海洋赋文

赋体文是唐朝文学的有机组成。由于那时进士考试有试赋的规定，赋成了文人谋求进身的必修课，再加上帝王的亲躬其事和整个文学创作大环境的活跃，唐朝的辞赋创作在汉魏六朝长期发展和积累的基础上，也出现了繁荣的景象。②

唐朝的海赋文学也是如此。清人董诰编的《全唐文》里保留有多篇唐代海赋作品，它们是卢照邻《穷鱼赋》、高迈《鲲化为鹏赋》、梁洽《海重润赋》、姜公辅《白云照春海赋》、独孤授《蟠桃赋》《北溟有鱼赋》《海上孤查赋》、张何《早秋望海上五色云赋》、仲子陵《珊瑚树赋》、韦执中《海人献冰纨赋》、张友正《钓鳌赋》、李君房《海人献文锦赋》、令狐楚《珠还合浦赋》、陆复礼《珠还合浦赋》、徐晦《海上生明月赋》、樊阳源《江汉朝宗赋》、樊阳源《众水归海赋》、尹枢《珠还合浦赋》、冯宿《鲛人卖绡赋》、蒋防《登天台山望海日初出赋》《任公子钓鱼赋》、纥干俞《海日照三神山赋》《登天台山望海日初出赋》、韦充《鞭石成桥赋》、卢肇《海潮赋》、吴融《沃焦山赋》（其一、其二）、黄滔《狎鸥赋》、徐寅《鲛人室赋》、张随《海客探丽珠赋》、常晖《舟赋》《大舟赋》以及石岑《海水不扬波赋》等30余篇海赋。另外宋李昉编的《文苑英华》中，还保留有熊曜《琅琊

---

① ［唐］陈子昂：《陈子昂集》，北京：中华书局1960年版，第147页。
② 曹明纲：《赋学论稿》，上海：上海古籍出版社2012年版，第147页。

台观日赋》、张良器《海人献冰蚕赋》、王起《蜃楼赋》、杨涛《水母目虾赋》以及阙名的《登天台山望海日初出赋》等五篇海赋作品。清人陈元龙所编《历代赋汇》中，还保留有《全唐文》和《文苑英华》所未收的王起《登天台山望海日初出赋》和杨涛《巨鳌冠灵山赋》二文。三部类书所收唐朝海赋作品，将近40篇之多，可见唐朝的海赋文学，是非常繁荣的。

姜公辅《白云照春海赋》① 聚焦春季海洋，视角和取材都非常特别。春天里的海洋特别美丽，特别纯洁。一篇海赋，专门聚焦于一个季节的海情海况，这在以前是没有的。"白云溶溶，摇曳乎春海之中。纷纭层汉，皎洁长空。"这是"春海"的整体美丽。接着从天明写起，"细影参差，匝微明于日域；轻文磷乱，分炯晃于仙宫。始而乾门辟，阳光积。"作者没有明写旭日东升景象，而是写微明，写细影，写光线加强，最后才写万道霞光照耀门庭。明媚阳光普照大海，构成了春海最绚丽的风情，"海映云而自春，云照海而生白。或杲杲以积素，或沉沉以凝碧。圆虚乍启，均瑞色而周流；蜃气初收，与清光而激射。云信无心而舒卷，海宁有志于潮汐。"只有这纯洁美丽的春天里的大海，才会让"孤屿冰朗，长汀云净"，才可以映照三山宫阙、瀛台琼树，才可以让海面充满了无限的生机。"鸟颉颃以追飞，鱼从容以涵泳"，使天下万物"莫不各得其适，咸悦乎性"，但是这美丽无比的春海春色，并非作者书写的全部内容，透过这春海的美丽，作者要突出的是"嘉夫藻丽，白云清贞"的内涵本质。一个"清贞"，美词，既写春海纯洁，更含作者所要褒扬的政治品德和人格高洁。

姜公辅（730—805），字德文，爱州日南（今越南清化）人。曾经做过唐朝宰相，后被贬泉州别驾。泉州是著名海滨港口，姜公辅得以时时欣赏大海的风致。此赋写的是春海，实际上是以春海的美丽纯洁自喻，隐晦地表达了对于自己遭受不公正贬谪的不满和对自己政治品德的自信。

徐晦《海上生明月赋》② 则聚焦夜间特殊时刻的海洋明月景象，借明月来明志，所以也是一篇借景抒怀之作。徐晦（760—838），福建晋江人。唐德宗贞元十八年（802）状元及第，系福建省历史上第一位状元。为官清正刚直，晚年辞官归居老家晋江湾。徐晦对于海洋是比较熟悉的。"海上生明月，天涯共此时"本是唐代诗人张九龄（678—740）的五律诗歌《望月怀远》中的名句，但比张九龄晚生近百年的徐晦并没有重复

① ［唐］姜公辅：《白云照春海赋》，［清］董诰《全唐文》，清嘉庆内府刻本，第4541页。
② ［唐］徐晦：《海上生明月赋》，［清］董诰《全唐文》，清嘉庆内府刻本，第6160页。

张九龄诗作的原意，而是另辟蹊径。"巨浸不极，太阴无私。"开头首句以大海的浩淼无比和明月的无私大德落笔，全文就围绕海上明月的纯洁无私展开。歌颂明月"皓皓天步，苍茫地维"的气派，赞美它"泱漾崩腾，助金波玉浪之势"、"继倾曦以对越，擅浮光而在兹"和"空阔之容若彼，清明之状如此"的美丽。而且徐晦还特地歌颂海上明月"晶荧激射，当三五二八之期。……盖进必以道，岂出非其时"这样进退有节的特质，赋予它深刻的政治品德。作者还赞扬明月给大海万物带来了生机和活力，"水族将蟾影交驰，浪花与桂枝相送"。大海如此气象万千，更何况是海边赏月之人呢，当不是凡俗之辈了。"凝目是远，赏心斯众。苟佳景之必存，孰良辰之不共。"面对如此"滔滔节宣，冉冉徂迁。循彼万流，差广纳而观海；推夫两曜，候久照而得天"的海上明月美景，赏客自然"有吟想此夜，淹翔有年。感浮桴而偶圣，庶乘槎而逢仙"。最后作者说，海上明月陶冶了他的情操和情感，让他明白了人生真正的价值。能在海边终老，"亦将览孤景，盥洪涟"，将是多么美好，何必"追羡鱼以临川"，那么在意追求名利呢？

独孤授《海上孤查赋》[①] 也是一篇寄寓之作。独孤授，一作独孤绶。唐代著名辞赋家，《全唐文》存其文二十四篇。但是从《海上孤查赋》来看，他不仅是个文人，而且实际上也是一个有远大政治抱负的人，只是无人赏识提拔，犹如这根孤零零被遗弃在海浦的孤木，所以这是借景抒怀之作。"何遭遇于圣日，独埋没于重土？岛屿云深，风尘岁古。"这本是一根栋梁之木，"可为万乘之器"，可惜没有机缘遇上良工使之可以成器；它也是一根美好纯洁的"浮海之桴"，可是没有人看出它的崇高品质。"不取其材，又无良媒"，它一直没有机会！结果被人遗弃于孤岛荒野。波涛灌注，钓客登顿，渔瓮往来，多少年风尘侵蚀，浑身长满了绿苔。"自然形变为枯木，心成于死灰"，它简直是屈原的命运啊，什么时候可以"彰周公之圣，则大木斯拔；表宣帝之兴，则枯柳还起"？作者表达的有才不被赏识擢用的心酸是显而易见的。一直到了文末，作者还在希望君王不要以为它是"枯查（槎）"，委之泥沙。其实它可以"斩为仙枕，荐于公寝，必能梦华胥之神国，安苍生之庶品"。它也可以"剖为牺樽，登诸庙门，必能缩包茅之醴酒，降重天之渥恩"。作者最后呼吁"愿君无弃于海上，乘以登天朝至尊"。

---

① ［唐］独孤授《海上孤查赋》，［清］董诰《全唐文》，清嘉庆内府刻本，第4652页。

石岑写有《海水不扬波赋》①。石岑,生平事迹不详。他的《海水不扬波赋》以大海喻君王,赋予大海帝王般的气度和美德。"伊海之为德,有王之法象。故量纳群川,而道尊百谷,功配乾络,运回坤轴,气蒸混于灏元,潮动襄乎山陆,示惩恶则鼓怒见夫群怪,将瑞圣则不波介以景福。"他认为大海的无边无际,与滔滔皇恩皇德是一致的。"唐兴百三十有四载,湛恩溢乎荒外,倬五圣之在天,奄六合而称大,赫吾君之光赞,敷至道而允泰。政符纯德,昭千古而惟新;泽体上仁,同万类而咸赖。"他祝愿大唐继续繁荣大治,海洋一片祥和。"鲲将化,鹏欲征;蚌且剖,珠其明,谁能一借扶摇便,为君衔之贡王城。"这几句点出了全文的宗旨。这篇《海水不扬波赋》,表层上是在歌颂皇恩皇德浩荡无比,实际上也可以理解为在歌颂唐代开放的海洋政策。"为君衔之贡王城",他认为海洋开放政策为朝廷和社会带来了无限的财富。作者这种赞颂海洋贸易和海洋活动的态度,是值得肯定的。

石岑《海水不扬波赋》对后世的海洋生活具有很大的影响。他那句"海得一则波不惊",后来浓缩为"海不扬波",表达出了海洋人共同的愿望。自那以后,凡是海上捕捞和海上航行的船只上面,几乎都有"海不扬波"的彩旗,高高飘扬在船头。

在唐朝众多的海赋文中,还有内容比较特殊的卢肇《海潮赋》②,它是专门描述海洋潮汐现象的。卢肇(生卒年不详),字子发,宜春(今属江西)人。历任歙、宣、池、吉四州刺史等职。他并非海滨之人,却非常关注海洋水文等情况。"夫潮之生,因乎日也;其盈其虚,系乎月也",开篇就科学地探讨潮汐问题,所以这是一篇非常现实的海洋赋文,典型地体现出了唐代海洋文学的现实主义倾向。文章以主客对答的形式,论述了潮汐现象的产生原理。虽为赋文,实际上可以理解为一篇科学论文。他在文中表达的科学原理,还被后人称之为"日水相激论"。这篇《海潮赋》虽为文学作品,其实也是一篇海洋水文考察报告,具有较强的海洋水文科学价值。

卢肇《海潮赋》很长,有近5000字。卢肇不但为它写了《前序》,还为它写了《后序》,申明了"以海潮之事,代或迷之。今于赋中,尽抉疑滞"的写作初衷,而且还写了《进海潮赋状》,送进宫里去了。传说唐懿宗读了后,赞扬说:"卢肇文学优瞻,时辈所推。穷测海潮,出于烛见,

---

① 〔唐〕石岑:《海水不扬波赋》,〔清〕董诰《全唐文》,清嘉庆内府刻本,第9946页。
② 〔唐〕卢肇:《海潮赋》,〔清〕董诰《全唐文》,清嘉庆内府刻本,第7975页。

征引有据，图象甚明，足成一家之言。"还说要把这篇《海潮赋》放入史馆永久保存。①

大概也是由于皇上赞扬的原因，后来邱光庭写有《海潮论》《论潮汐由来大略》《浙潮论》等，这些文献都保存在《全唐文》中。

第四节　唐朝的海洋诗歌

作为中国文学史上最伟大的诗歌时代，唐朝，其海洋抒情自然不会缺位；不仅没有缺位，而且还非常繁荣，许多名家都将自己的抒情触角伸向海洋，创作了许多与海洋有关的杰出诗篇。

与秦汉魏晋时期大量的"望海诗""观海赋"不同，唐朝的海洋诗歌体现出了自己的特色。张说《入海二首》、宋务光《海上作》和孟浩然《岁暮海上作》等诗篇，都呈现出"深入海洋"这种"在场"写作的姿态。张籍《夜到渔家》、王建《海人谣》、元稹《采珠行》和施肩吾《岛夷行》等诗篇还直接描述了渔家和海洋采珠人等"海上人"的现实生活，这是难能可贵的。唐诗中还有一路是聚焦"精卫填海"的寄寓之作，反映出对于"海洋精神"的一种追求。另外韩愈《海水》和白居易《海漫漫》等诗，则是从不同角度，反映和描述了海洋。凡是这些，都折射出唐代海洋人文思想的多样性。

总之，唐朝的海洋诗歌，题材丰富，而且富有现实性，与整个唐代海洋文学的风貌相一致，呈现出较为显著的现实主义倾向。

一、唐诗中"深入海洋"的"在场"歌咏

唐以前的海洋诗歌，大多都是曹操《观沧海》这样的"观望"视角的海洋抒情。诗人站在海边，望洋兴叹，很少有进入海洋的"在场"之作。唐朝的海洋诗歌，在一定程度上也继承了这个传统，但是唐代海洋诗歌中出现了许多深入海洋、感受海洋的"在场"作品。张说《入海二首》、宋务光《海上作》和孟浩然《岁暮海上作》等作品就是其中的代表。

张说《入海二首》带来一股"入海"的清新诗风。张说（667—730），字道济，一字说之，河南洛阳人，唐朝政治家、文学家。《旧唐书·张说传》载，因得罪武则天宠臣张易之，张说"坐忤旨配流钦州，在岭外

---

① 转引自徐波：《中国古代海洋散文选》，北京：海洋出版社 2006 年版，第 101 页。

岁余"。钦州即今广东钦县一带,位于南海之滨。张说在海边生活了一年多,对于海洋有切身的体会。因此他的《入海二首》乃真正的"在海"之作。

其一:"乘桴入南海,海旷不可临。茫茫失方面,混混如凝阴。云山相出没,天地互浮沉。万里无涯际,云何测广深?潮波自盈缩,安得会虚心?"这是"现实海洋"之吟。茫茫南海,无法分辨东西南北,无法认清云山天地,这是真正的"无涯"啊,这是不可测的"广深"啊。可是大海不自我炫耀,充分体现出伟大的"虚心"。大海呈现为一个得道者的形象,又隐隐然有作者比喻的暗示。

其二:"海上三神山,逍遥集众仙。灵心岂不同,变化无常全。龙伯如人类,一钓两鳌连。金台此沦没,玉真时播迁。问子劳何事,江上泣经年。隰中生红草,所美非美然。"① 这是对海洋神仙岛文化的传承之作,却也是作者自叹自慰之咏。海岛上本是众仙逍遥的地方,"问子劳何事,江上泣经年",你怎么也来到了这里?天天流泪一年多?犹如海涂上的红色海草,美或不美,都在诗人的眼中和心中了。

张说的《入海》诗,人在海里,海在人心里,海景、海洋人文历史和作者自身的遭遇与感叹体会完美地结合在一起。

宋务光《海上作》也是一首"入海"的"在场"之作。"旷哉潮汐池,大矣乾坤力。浩浩去无际,沄沄深不测。崩腾歕众流,泱漭环中国。鳞介错殊品,氛霞饶诡色。天波混莫分,岛树遥难识。汉主探灵怪,秦王恣游陟。搜奇大壑东,竦望成山北。方术徒相误,蓬莱安可得?吾君略仙道,至化乎淳默。惊浪晏穷溟,飞航通绝域。马韩底厥贡,龙伯修其职。粤我遭休明,匪躬期正直。敢输鹰隼执,以间豺狼忒。海路行已殚,辀轩未皇息。劳歌玄月暮,旅睇沧浪极。魏阙渺云端,驰心附归冀。"②

宋务光生卒年不详,字子昂,唐汾州西河(治所今山西汾阳)人,进士及第后,先后担任过洛阳尉、右卫骑曹参军和殿中御史等。唐神龙年间,宋务光曾奉诏巡察河南道。这河南道管辖的范围,东至海,西距函谷,南滨淮水,北临黄河,相当于今山东省、河南省全境,江苏省北部和安徽省北部地区。由于河南道的东面临海,所以宋务光是有机会来到海边的。此诗题为《海上作》,说明他还曾经进入过海洋。诗篇以大海的壮观落笔,作者进入海洋,环顾四周,"旷哉""大矣""浩浩""沄沄""崩腾""泱漭"等描述大海壮观的形容词纷至沓来。后由景而史,作者勾勒

---

① 陈贻焮:《增订注释全唐诗》(第1册),北京:文化艺术出版社2001年版,第613页。
② 陈贻焮:《增订注释全唐诗》(第1册),北京:文化艺术出版社2001年版,第732页。

由汉主、秦王、方士等人构建的"蓬莱神话"体系，但一句"安可得"表明了作者还是倾向于现实，否定那些虚诞性海洋想象的。"海路行已殚，辎轩未皇息"，说明这一次海上活动规模还是比较大的。作者从大海和大海的人文历史进而想到了自己。"粤我遭休明，匪躬期正直"一联显得比较难懂，有人认为粤通曰，匪通非，意思是说我赶上了好时候，希望自己做一个做正直的人。这样的解释是比较合理的，因为紧接着下面两句是"敢输鹰隼执，以间豺狼式"，表达出一种与邪恶的斗争精神，这与大海的精神和气概是相配的。所以这首《海上作》，作者是借大海来观照自己，也体现出一种"人在海中，海在心中"的思想和艺术境界。

创作过"入海"诗的，还有著名诗人孟浩然。

孟浩然（689—740），襄州襄阳（今湖北襄阳）人，世称"孟襄阳"。著诗二百余首，与另一位山水田园诗人王维合称为"王孟"。唐开元十七年至十九年（729—731）期间，孟浩然曾经长期漫游吴越，在江浙一带会友作诗。江浙濒临东海，孟浩然因此有机会体验海洋。他写过好几首与钱塘江有关的诗，如《与颜钱塘登樟亭望潮作》，描述了"惊涛来似雪，一坐凛生寒"的气势。他还有一首《渡浙江问舟中人》，写的是横渡钱塘江的感觉。钱塘江潮在入海口，渡江位置也在入海口，所以这两首写钱塘江的诗也可以理解为与海洋有关。

孟浩然真正的海洋诗当为《岁暮海上作》："仲尼既云殁，余亦浮于海。昏见斗柄回，方知岁星改。虚舟任所适，垂钓非有待。为问乘槎人，沧洲复谁在？"[①] 诗中说，我追随圣人乘槎入海的脚步而来，我来到了大海之中。大海茫茫，星空辽阔，我让自己的小船随意漂动，我再也不需要有别的追求，大海是真正的仙乡啊！孟浩然也是在大海中看到了自己，人海合一，从而彻底释放了自己，解脱了自己。

二、对于"海洋人"的深切关注

唐朝海洋诗歌的现实主义倾向，还体现在对于在海洋中谋生的"海洋人"的深切关注上。张籍《夜到渔家》和《送海南客归旧岛》、王建《海人谣》、元稹《采珠行》、施肩吾《岛夷行》等诗篇还直接描述了渔家和海洋采珠人的生活。另外李白的《侠客行》、李商隐《海客》、刘眘虚《越中问海客》和黄滔《贾客》等作品还对"海客""海贾"等特殊"海洋人"，同样表达了深切的关注。

---

① 陈贻焮：《增订注释全唐诗》（第 1 册），北京：文化艺术出版社 2001 年版，第 1233 页。

张籍（766？—830？），字文昌，唐代诗人，吴郡（今江苏苏州）人，也有人说是和州乌江即今安徽和县乌江镇人。张籍的诗，多以现实题材为主，其诗比较广泛深刻地反映了各种社会矛盾，同情人民疾苦，另外他还创作了许多描绘农村风俗和生活画面的诗篇。他的这两首与海洋人生活有关的诗作，就属于后者。张籍为韩愈大弟子，韩愈有好几篇诗文作品与海洋有关，或许受老师的影响，张籍没有忽视海洋的存在。

张籍《夜到渔家》和《送海南客归旧岛》，直接关注海洋渔家和海岛生活，是对源自《山海经》的海洋家园传统的一种艺术继承。《山海经》里出现了众多的海洋渔家元素，但是汉魏和六朝的海洋文学，几乎没有出现什么渔家生活书写，海洋家园书写一度出现了断裂。唐朝的涉海叙事存在着海洋家园题材的缺位现象，但是张籍的海洋诗歌，却对此表示了关注，这是非常值得重视的。

"渔家在江口，潮水入柴扉。行客欲投宿，主人犹未归。竹深村路远，月出钓船稀。遥见寻沙岸，春风动草衣。"① 这首《夜到渔家》虽然写的是"江口"，但是有会涨落的"潮水"存在，而江浙沿海的人，一般也将岛屿中的巷道称之为"江"，如舟山本岛的"三江"、岱山的长涂江等，因此本诗所描述的渔家，当可理解为沿海江口的渔家。这个渔家居住在水边，以钓鱼为生。这也符合唐代渔业多在海边或近海浅海处作业的情景。作者没有直接书写渔家的艰辛和苦难，而是进行了审美化描述，从而将滨海渔家生活也纳入了山水田园的文化范畴之中。

张籍的第二首海洋诗《送海南客归旧岛》则是直接地描述了想象中的渔岛渔家的生活情景。"海上去应远，蛮家云岛孤。竹船来桂浦，山市卖鱼须。入国自献宝，逢人多赠珠。却归春洞口，斩象祭天吴。"② 海客携带海洋珠宝入长安献宝，惊动了京城人。作者送海客归去，想象海客所生活的遥远孤独海岛，虽然属于蛮荒之地，但是"竹船来桂浦，山市卖鱼须"却富海洋渔家特有的生活情趣，作者对此表露了自己的赞赏之情，仍然将渔家生活了进行了审美处理。

章孝标《归海上旧居》也展现了海岛人们的生活场景："乡路绕蒹葭，萦纡出海涯。人衣披蜃气，马迹印盐花。草没题诗石，潮摧坐钓槎。还归旧窗里，凝思向余霞。"③ 此诗生动地展现了迷人的海滨田园风光：岛

① 陈贻焮：《增订注释全唐诗》（第 2 册），北京：文化艺术出版社 2001 年版，第 1872 页。
② 陈贻焮：《增订注释全唐诗》（第 2 册），北京：文化艺术出版社 2001 年版，第 1877 页。
③ 陈贻焮：《增订注释全唐诗》（第 3 册），北京：文化艺术出版社 2001 年版，第 1048 页。

上小路在蒹葭中延伸，小路的尽头是茫茫的大海。岛上长年云雾笼罩犹如仙境，地上铺满了白色的盐化沙粒。但如果我们进一步细细品味，那么还可以感觉到，这首诗表面赞美优美的海岛风光，实际上隐含着居住环境恶劣、生存艰难等海岛生活信息。

艰难的"向海而生"的海洋人生，也是特殊的海洋采珠人具有的。海珠是古代珍贵的宝物。涉海叙事中有许多篇写到了海珠，往往采用传奇的笔法。现实中的海珠生长于海底，需要人潜水采集，非常危险，所以采珠是一种高危的职业。王建《海人谣》、元稹《采珠行》、施肩吾《岛夷行》等诗，则反映了一种特殊的海洋人即"采珠人"的人生情态。

王建（766？—835？），字仲初，颍川（今河南许昌）人。出身寒微，一生潦倒，所以他对下层人民的生活，充满了同情。"海人无家海里住，采珠役象为岁赋。恶波横天山塞路，未央宫中常满库。"① 他的这首《海人谣》对采珠人表达了深深的同情和关怀，对采珠人以生命换来的海珠堆满了朝廷的库房这种不合理的现象，进行了深刻的揭露。

元稹的《采珠行》则直接以"采珠"为题。"海波无底珠沉海，采珠之人判死采。万人判死一得珠，斛量买婢人何在？年年采珠珠避人，今年采珠由海神。海神采珠珠尽死，死尽明珠空海水。珠为海物海属神，神今自采何况人？"②

元稹（779—831），字微之，鲜卑族后裔，世居京兆（西安），曾经出任唐朝宰相、著名诗人。他的这首涉海诗关注底层海人生活，充满了人性关怀。诗中的"判死"即"拼死"的意思。采珠人不顾生命安危，往往才采得一颗或数颗明珠，而当年石崇用数斛明珠去买下爱妾一人，这是何等的不公！就算让海神去采珠，也采不了那么多珠了，何况是普通的采珠人！本诗表达了元稹对于采珠人命运更为深厚的同情和关爱。

施肩吾《岛夷行》也反映了海岛人尤其是采珠人的悲惨命运："腥臊海边多鬼市，岛夷居处无乡里。黑皮年少学采珠，手把生犀照咸水。"③ 施肩吾（780—861？），字希圣，睦州分水（今浙江桐庐）人。"岛夷"指的是遥远海岛，一般指海南岛一带。"黑皮年少"，形容长年赤膊在海上讨生活的人，皮肤被风吹日晒得非常黝黑。"生犀"据说是指活杀犀牛而取得的犀角，一种采珠工具。《岛夷行》描述了少年采珠人的命运，这

---

① 陈贻焮：《增订注释全唐诗》（第2册），北京：文化艺术出版社2001年版，第1010页。
② 陈贻焮：《增订注释全唐诗》（第3册），北京：文化艺术出版社2001年版，第189页。
③ 陈贻焮：《增订注释全唐诗》（第3册），北京：文化艺术出版社2001年版，第946页。

是王建和元稹等人所不曾涉及的。

除了渔民和采珠人，唐朝的诗人们还关注了"海客""海贾"这些特殊的在海洋中活动的"海洋人"。

"海客"与"海贾"都是指的从事海洋运输或海洋贸易的商人，但似乎又有所区别。"海客"还有在海上漂荡之意。刘眘虚《越中问海客》："风雨沧洲暮，一帆今始归。自云发南海，万里速如飞。初谓落何处，永将无所依。冥茫渐西见，山色越中微。谁念去时远，人经此路稀。泊舟悲且泣，使我亦沾衣。浮海焉用说，忆乡难久违。纵为鲁连子，山路有柴扉。"这里的"海客"更接近于海上漂荡无法归家的游子。而末句引用了鲁仲连的典故，据说鲁仲连最后归隐于东海，所以这个"海客"还有海洋中避世的隐含之意。

而李商隐的《海客》，描述的则是海上神仙之类了，不过也有人认为"海客"指的是出任桂管观察使的郑亚，所以诗中有关切、提醒之意："海客乘槎上紫氛，星娥罢织一相闻。只应不惮牵牛妒，聊用支机石赠君。"①

黄滔和苏拯的《贾客》写的都是海商。黄滔《贾客》："大舟有深利，沧海无浅波。利深波也深，君意竟如何？鲸鲵齿上路，何如少经过。"②黄滔，生卒年不详，字文江，泉州莆田人。泉州是海洋贸易重镇，海商很多。他这首《贾客》指向就是海商。苏拯《贾客》："长帆挂短舟，所愿疾如箭。得丧一惊飘，生死无良贱。不谓天不祐，自是人苟患。尝言海利深，利深不如浅。"③苏拯，生平事迹不详。黄滔和苏拯都对从事海洋贸易的商人们的生命安危，表达出了深深的担忧，并奉劝他们尽早上岸回家。这与柳宗元《招海贾文》所表达的观念是一致的。

三、聚焦"精卫填海"等的寄寓之作

"精卫填海"是《山海经》中的经典故事，后来成为海洋文学的母题性创作资源。唐诗中的"精卫填海"歌咏，甚至还形成了一个颇具规模的文学现象。不过由于自身的立场和情感的不同，诗人们对于精卫的态度也有显著的差别，有的赞赏，有的惋惜，有的还带讽喻之意。"精卫填海"成了诗人们用来浇自己心中块垒的"借题"。

韩愈《学诸进士作精卫衔石填海》满腔热情地歌颂了精卫的精神：

---

① 陈贻焮：《增订注释全唐诗》（第 3 册），北京：文化艺术出版社 2001 年版，第 1476 页。

② 陈贻焮：《增订注释全唐诗》（第 4 册），北京：文化艺术出版社 2001 年版，第 1331 页。

③ 陈贻焮：《增订注释全唐诗》（第 4 册），北京：文化艺术出版社 2001 年版，第 1446 页。

"鸟有偿冤者，终年抱寸诚。口衔山石细，心望海波平。渺渺功难见，区区命已轻。人皆讥造次，我独赏专精。岂计休无日，惟应尽此生。何惭刺客传，不著报仇名。"① 韩愈认为，精卫以"寸诚"之心和极其顽强的意志，日日夜夜衔石填海而不问是否能够成功，这本身就是意义所在。在韩愈看来，精卫的价值在于它的意志，而非它的成效。他高度肯定了认准目标不放松的坚强意志和为达到目标而奋斗不息的执着精神。这与韩愈一生坚持的儒家进取精神是相符合的。

王建《精卫词》所表达的情感，则有所不同。"精卫谁教尔填海，海边石子青磊磊。但得海水作枯池，海中鱼龙何所为？口穿岂为空衔石，山中草木无全枝。朝在树头暮海里，飞多羽折时堕水。高山未尽海未平，愿我身死子还生。"② 诗人认为，精卫为填海报仇，纵然自己伤痕累累、数次羽折而堕水也不肯放弃，这种坚持和精神，的确让人感动，诗人甚至还表示，如果有可能，他愿意用自身去换取精卫的生还。但是诗人又担心，如果精卫真的把东海填平了，汪洋大海变成了枯池，那么那些鱼虾海洋生灵怎么办呢？精卫的报仇愿望岂不是要以无数的生命作为代价？这说明唐朝的诗人们，已经开始对精卫填海的故事进行了理性反思。

岑参的《精卫》就直接表达出对精卫填海徒劳的悲叹："负剑出北门，乘桴适东溟。一鸟海上飞，云是帝女灵。玉颜溺水死，精卫空为名。怨积徒有志，力微竟不成。西山木石尽，巨壑何时平。"③ 岑参（718？—769？），荆州江陵（今湖北江陵）人或称南阳棘阳（今河南南阳）人。诗中所用的"空""徒""竟"等字眼都透出诗人对精卫填海的不可能成功的无奈。其实岑参是在借题发挥。本诗属于岑参的中期作品，这个时候，他已经从早期的写景、抒怀及赠答创作，转向感伤不遇、嗟叹贫贱的忧愤抒发。尤其是六年边塞生活所产生的许多边塞诗，既热情歌颂了唐军的勇武和战功，也委婉揭示了战争的残酷和悲惨。他说精卫填海属于徒劳，其实正是他这种心情的体现。

李白的《江夏寄汉阳辅录事》也是类似的笔法，其中说："报国有壮心，龙颜不回眷。西飞精卫鸟，东海何由填。"④ 表面上写的是精卫故事，实际抒发的是自身的遭遇情绪。

用寄寓手法书写的海洋题材，除了"精卫填海"，还有其他各种海洋

---

① 陈贻焮：《增订注释全唐诗》（第2册），北京：文化艺术出版社2001年版，第1422页。
② 陈贻焮：《增订注释全唐诗》（第2册），北京：文化艺术出版社2001年版，第1006页。
③ 陈贻焮：《增订注释全唐诗》（第1册），北京：文化艺术出版社2001年版，第1618页。
④ 陈贻焮：《增订注释全唐诗》（第1册），北京：文化艺术出版社2001年版，第1379页。

传说，这些都成了诗人们寄托情感的对象。

白居易《题海图屏风》："海水无风时，波涛安悠悠。鳞介无小大，遂性各沉浮。突兀海底鳌，首冠三神丘。钩网不能制，其来非一秋。或者不量力，谓兹鳌可求。赑屃牵不动，纶绝沉其钩。一鳌既顿颔，诸鳌齐掉头。白涛与黑浪，呼吸绕咽喉。喷风激飞廉，鼓波怒阳侯。鲸鲵得其便，张口欲吞舟。万里无活鳞，百川多倒流。遂使江汉水，朝宗意亦休。苍然屏风上，此画良有由。"① 从诗句内容来看，该屏风画的当为"钓鳌图"。白居易认为鳌兴风作浪，破坏了本来安静的大海，此诗显然是有所暗喻的。

白居易还有一首《海漫漫》诗："海漫漫，直下无底傍无边。云涛烟浪最深处，人传中有三神山。山上多生不死药，服之羽化为天仙。秦皇汉武信此语，方士年年采药去。蓬莱今古但闻名，烟水茫茫无觅处。海漫漫，风浩浩，眼穿不见蓬莱岛。不见蓬莱不敢归，童男丱女舟中老。徐福文成多诳诞，上元太一虚祈祷。君看骊山顶上茂陵头，毕竟悲风吹蔓草。何况玄元圣祖五千言，不言药，不言仙，不言白日升青天。"② 该诗的副标题就是"戒求仙也"。诗中对秦皇汉武的海洋求仙活动进行了无情讽刺，其实是为了告诫时人要"不言药，不言仙，不言白日升青天"，不要妄信成仙之说。盖因唐朝皇帝和权臣，也多有信道家方士之说的，白居易借讽刺秦皇汉武的海洋求仙来讽喻当世，也是一种寄寓手法的运用。

李颀的《鲛人歌》则借鲛人传说来歌颂感恩和情谊："鲛人潜织水底居，侧身上下随游鱼。轻绡文彩不可识，夜夜澄波连月色。有时寄宿来城市，海岛青冥无极已。泣珠报恩君莫辞，今年相见明年期。始知万族无不有，百尺深泉架户牖。鸟没空山谁复望，一望云涛堪白首。"③ 李颀，生平事迹不详，久居河南登封。鲛人传说出现于汉魏六朝笔记，故事中鲛人为报人恩，把自己的眼泪变成了海珠，这种"泣珠报恩君莫辞，今年相见明年期"的情谊，诗人给予了高度的评价，显然也是借鲛人泪珠故事来表达对于人间真情的呼吁和渴望。

韩愈的《海水》将"海水"与"邓林"并咏，显示出一种独特的韵味，其实也是借题寄寓之作。"海水非不广，邓林岂无枝。风波一荡薄，鱼鸟

① 陈贻焮：《增订注释全唐诗》（第2册），北京：文化艺术出版社2001年版，第233页。
② 陈贻焮：《增订注释全唐诗》（第3册），北京：文化艺术出版社2001年版，第265页。
③ 陈贻焮：《增订注释全唐诗》（第1册），北京：文化艺术出版社2001年版，第977页。

不可依。海水饶大波，邓林多惊风。岂无鱼与鸟，巨细各不同。海有吞舟鲸，邓有垂天鹏。苟非鳞羽大，荡薄不可能。我鳞不盈寸，我羽不盈尺。一木有余阴，一泉有余泽。我将辞海水，濯鳞清冷池。我将辞邓林，刷羽蒙笼枝。海水非爱广，邓林非爱枝。风波亦常事，鳞鱼自不宜。我鳞日已大，我羽日已修。风波无所苦，还作鲸鹏游。"[①] "邓林"即"桃林"，典出神话"夸父逐日"。《山海经·海外北经》："夸父与日逐走，入日，渴欲得饮。饮于河渭，河渭不足，北饮大泽，未至，道渴而死，弃其杖，化为邓林。"陶潜《读山海经十三首》之八："余迹寄邓林，功竟在身后。"可见"邓林"是非常庄严、高洁的意象。大海深广，鱼儿可以藏匿，邓林有枝，鸟儿可以傍依。我是鱼，我也是鸟，所以我无法离开海，犹如无法离开林。虽然海有大波，林有大风，但是"我鳞日已大，我羽日已修"，所以"风波无所苦，还作鲸鹏游"，表达了作者创大业、成大事的雄心壮志。

四、唐诗中的其他海洋歌咏

唐诗中的海洋诗歌，题材广泛，佳作纷呈，名家纷纷参与，形成了蔚为壮观的诗歌现象。

唐太宗李世民以一首《春日望海》，表明了自己对于海洋的态度。"披襟眺沧海，凭轼玩春芳。积流横地纪，疏派引天潢。仙气凝三岭，和风扇八荒。拂潮云布色，穿浪日舒光。照岸花分彩，迷云雁断行。怀卑运深广，持满守灵长。有形非易测，无源讵可量？洪涛经变野，翠岛屡成桑。之罘思汉帝，碣石想秦皇。霓裳非本意，端拱是图王。"[②]

唐太宗李世民多次征伐辽东，这就需要跨海或沿着海岸运兵。他的《伤辽东战亡》诗中有"凿门初奉律，仗战始临戎。振鳞方跃浪，骋翼正凌风"之句。而这首《春日望海》，则是他直接面对海洋的抒情骋怀之作，从中可以一窥他的海洋认识和情怀。开头以"地纪""天潢"的宇宙大格局视野来认识海洋的存在，接着引述"三山"等海洋仙语传说来突出海洋的文化品质，但又不忘描述"拂潮云布色，穿浪日舒光"这样现实性的海洋风光，显得很有文化平衡感。但全诗的重点在后面。他用"怀卑运深广，持满守灵长"来表述海洋给他的哲学启迪，又从秦皇汉武的海洋实践和文化书写来鞭策自己的海洋志向。

周繇《望海》："苍茫空泛日，四顾绝人烟。半浸中华岸，旁通异域船。

---

① 陈贻焮：《增订注释全唐诗》（第2册），北京：文化艺术出版社2001年版，第1443页。
② 陈贻焮：《增订注释全唐诗》（第1册），北京：文化艺术出版社2001年版，第8页。

岛间应有国，波外恐无天。欲作乘槎客，翻愁去隔年。"① 周繇（841—912），字为宪，池州至德（今安徽东至）人。站在一个港口，眺望远处大海苍茫，近看港口樯帆停泊，而且还有外国船只。"中华岸""异域船"的情景组合，是很有意思的。

薛据《西陵口观海》描述了东海的沧溟浩荡："长江漫汤汤，近海势弥广。在昔胚浑凝，融为百川决。……东南际万里，极目远无象。山影乍浮沉，潮波忽来往。孤帆或不见，棹歌犹想象。"② 曹松（828—903），字梦徵，舒州（今安徽安庆）人。无边无际的大海，无法望到尽头，也无法描绘，只能凭借想象了。

贯休《南海晚望》和曹松《南海》则勾画了南海奇异风情。《南海晚望》："海上聊一望，舶帆天际飞。狂蛮莫挂甲，圣主正垂衣。风恶巨鱼出，山昏群獠归。无人知此意，吟到月腾辉。"③ 贯休（832—913），婺州兰溪人，唐朝著名诗僧。南海远离唐朝的政治中心，所以贯休用了"蛮""獠"这些词语。但是结尾一句"无人知此意，吟到月腾辉"，还是表达了他对搏击于环境恶劣的南海中的海洋人的尊重。

曹松《南海》也出现了"蛮"字，"倾腾界汉沃诸蛮，立望何如画此看"，南海一带的人被称为"诸蛮"，可见这些词语是当时普遍使用的名词，并非恶意蔑称。"无地不同方觉远，共天无别始知宽"，"万状千形皆得意，长鲸独自转身难"，还是充满了赞美之意。④

唐代海洋诗歌中，还有一些是描述和反映对外海洋文化交流内容的。王维《送秘书晁监还日本国》："积水不可极，安知沧海东？九州何处远，万里若乘空。向国唯看日，归帆但信风。鳌身映天黑，鱼眼射波红。乡树扶桑外，主人孤岛中。别离方异域，音信若为通。"⑤ 晁衡，日本人，原名阿倍仲麻吕。唐开元五年（717），随日本第九次遣唐使团来中国求学，学成后留在唐朝廷内做官，历任左补阙、左散骑常侍、镇南都护等职。与当时著名诗人李白、王维等友谊深厚，曾有诗篇唱和。天宝十二载，晁衡以唐朝使者身份，随同日本第十一次遣唐使团返回日本。王维作诗送行，将海洋风光和对日本友人的情感完美地结合在一起。

李白《哭晁卿衡》写的也是晁衡。晁衡返回日本途中遇大风，传说

① 陈贻焮：《增订注释全唐诗》（第4册），北京：文化艺术出版社2001年版，第666页。
② 陈贻焮：《增订注释全唐诗》（第2册），北京：文化艺术出版社2001年版，第585页。
③ 陈贻焮：《增订注释全唐诗》（第5册），北京：文化艺术出版社2001年版，第612页。
④ 陈贻焮：《增订注释全唐诗》（第4册），北京：文化艺术出版社2001年版，第1441页。
⑤ 陈贻焮：《增订注释全唐诗》（第1册），北京：文化艺术出版社2001年版，第917页。

被溺死。李白听闻后极度悲伤，写下了这首诗："日本晁卿辞帝都，征帆一片绕蓬壶。明月不归沉碧海，白云愁色满苍梧。"诗以"哭"为标题，表现了诗人失去好友的悲痛和两人超越国籍的真挚感情。

贾岛《送诸山人归日本》："悬帆待秋水，去入杳冥间。东海几年别，中华此日还。岸遥生白发，波尽露青山。隔水相思在，无书也是闲。"①表达了中日人民文化交流的真挚情感。

最后还有必要关注隋炀帝的《望海诗》和《秋季观海诗》，隋朝短暂，文化上往往将"隋唐"联系在一起讲。因此将这两首海洋诗放在这里，也不算是唐突。

隋炀帝《望海诗》："碧海虽欣瞩，金台空有闻。远水翻如岸，遥山倒似云。断涛还共合，连浪或时分。驯鸥旧可狎，卉木足为群。方知小姑射，谁复语临汾。"隋炀帝《秋季观海诗》："孟轲叙游圣，枚乘说愈疾。逖听乃前闻，临深验兹日。浮天迥无岸，含灵固非一。委输百谷归，朝宗万川溢。分城碧雾晴，连洲彩云密。欣同夫子观，深愧玄虚笔。"②隋炀帝是一个具有多方面才华的人，但写诗并非他的特长。这首《秋季观海诗》在隋唐文学中显得一般，但是从海洋文学的角度而言，却特有价值。一者以帝王之尊来歌咏海洋，实属罕见，本身就显得不同凡响；二者这首诗所描述的"浮天迥无岸"的大海气象，"朝宗万川溢"的大海气概，以及"深愧玄虚笔"的海洋敬畏意识，都显示出该诗独有的写海、颂海、敬海的海洋人文立场，可以说在众多的海洋诗歌中独树一帜。

本章结语

唐代的海洋实践活动广泛而又深入，这主要体现在海上丝绸之路的进一步开拓。"自汉朝以来开辟的海上丝绸之路，由中国航海前往阿拉伯以及非洲沿岸国家，唐朝时已由过去的分段航行进而转为直航全程，不需中转，而能由国内港口直接抵达。"与之相适应的是造船技术的日趋先进。唐船在造船技术上进行了一系列的改正，"使中国的海船因体积大、载货多、抗沉性能优良、稳定性好，而驰名海外，得到各国商旅信任。

---

① 陈贻焮：《增订注释全唐诗》（4册），北京：文化艺术出版社2001年版，第149页。
② ［隋］隋炀帝：《望海诗》《秋季观海诗》，《初学记》，清光绪孔氏三十三万卷堂本，第104页。

当时，各国经海路来唐朝经商（的人），都愿乘坐中国的海船"。① 造船技术的提高和海外航路的畅通，为唐代海洋文学的发展和繁荣提供了扎实的基础。

在文学上，唐代的传奇小说具有巨大的文本进步意义。"中国小说，由于（唐）传奇的出现，终于脱离对史传的依附，获得了文体的独立。"② 所以唐代的涉海叙事，也带有了一种传奇的色彩。虽然与唐宋传奇话本小说中主要是历史事件和历史人物的传奇不一样，但它们也呈现出一定的"海洋传奇"的特点。

这种"海洋传奇"主要体现在以下几个方面：

第一是"航海传奇"的初步书写。段成式《酉阳杂俎》描述的航行至新罗的两则叙事，就体现了这一点。虽然与西方海洋小说的"航海传奇"叙事相比，段成式的叙述重点并非"航海"本身，而是船员在海难后漂流至岛上后的遭遇。这似乎与西方海洋文学的航海叙事形成了鲜明的差异。美国学者玛格丽特·科恩在其著作《小说与海洋》中，专列有"航海异事与小说"一章。她写道："现代小说之父丹尼尔·笛福熟知各类海洋书籍。他的私人图书馆藏有 49 卷航海旅行文学作品。他的写作也一直受到这类作品的启发。在《暴风雨：海陆暴风雨中的惊险异事与灾难集》（1704）一书中，笛福展示了海陆灾难中的天意难违，这让人想起詹姆士·简韦在《致友人》（1674）一书中加尔文主义式的船难描述。1725年笛福创作的想象小说就直接盗用了丹皮尔的纪实名作《新环球游记》的书名，只不过加了一个副标题'沿着一条从未开发过的航线'。"③ 在笛福等西方海洋小说作家中，航海、航线本身就是叙事的主体，而段成式等中国作家则把它当作一种叙事的缘起和背景，叙事的核心内容在于上岛后的种种奇异遭遇和经历，但它们毕竟也是一种中国式的"航海传奇"书写。

第二是对传奇性海洋生物的文学构建。海洋生物的传奇性源自于《山海经》。《山海经》中的大鱼、大蟹记叙并非纪实性的，而是夸张和变形的，这就为海洋生物的传奇性书写奠定了母题基础。汉魏时期的海洋文学中也有许多海洋生物的记叙，但是到了唐代，这种海洋生物题材成了海洋传奇书写的热门话题。戴孚《广异记》中就有神奇的《南海大鱼》

① 徐鸿儒：《中国海洋学史》，济南：山东教育出版社 2004 年版，第 72—74 页。

② 韩进廉：《中国小说美学史》，保定：河北大学出版社 2004 年版，第 45 页。

③ （英）约翰·迈克：《海洋：一部文化史》，冯延群、陈淑英译，上海：上海译文出版社 2018 年版，第 105 页。

和《南海大蟹》。段成式《酉阳杂俎》中虽然不乏《鲛鱼》《鲎》这样比较客观的海洋生物记载，但更多的是"秦皇鱼""印鱼"和"海术"之类的志怪传奇性海洋生物勾勒。而杜光庭《录异记》中"南海中有山，高数千尺，两山相去十余里，有巨鱼相斗，鬐鬣挂山，半山为之摧折"这样的描述，则更具传奇色彩了。唐人海洋传奇小说，除了传承自《山海经》外，也与距离它不远的汉魏志怪小说文学传统有关，所以它的"海洋传奇"很多时候具有志怪的意味。这在海洋生物的书写中显得尤为突出。

唐代海洋散文许多具有政治色彩。柳宗元《招海贾文》隐晦反映出朝廷上下对于海洋经济的矛盾态度，韩愈《南海神庙碑》也折射出朝廷对于面向海外的海洋国际贸易的某种态度，而陈子昂《祭海文》更是一种海洋军事行动的直接描述。

唐代的海洋赋文，意象瑰丽奇异，情感奋发向上，基本上都表达了对于海洋深厚的感情，作者们赋予海洋某些情感乃至政治和思想寄托，说明海洋已经成为唐朝赋家的重点抒情对象。

唐代的海洋诗歌，是古代海洋抒情文学高原之一。不但白居易、孟浩然、王维、李商隐等伟大诗人都有佳作，而且连唐太宗李世民也以一首《春日望海》，亲自参与了这个海洋大合唱。至于一般性的诗人，他们的海洋诗咏作品更是出现在初唐、盛唐、中唐和晚唐的整个时期。海洋诗风与唐朝国运也隐然相连。国运昌盛，海洋以蓬勃面貌入诗。局势动荡艰难，诗人们又纷纷想起精卫填海的故事，对精卫的坚毅和顽强赋予极高的评价。

总的来看，唐代的海洋政策是开放的，对于海洋贸易是支持的，所以反映在海洋文学上，对于海洋还是正面歌颂的比较多。这在海洋抒情里体现得特别明显。唐代的海赋和海洋诗歌，大多慷慨激昂，抒发出对于海洋磅礴力量的由衷赞叹。这种海洋歌颂和赞美，与整个唐朝蓬勃向上的时代气势，是完全一致的。

第四章　大宋海谣：海洋文学书写的现实性发展（上）

宋代继承唐代的海洋开放政策，海洋活动非常活跃。尤其是指南针被广泛应用于航海，大大促进了海运和海洋捕捞的繁荣，海洋事业更加快速发展。进入南宋以后，由于长期的宋金之争导致朝廷军事开支急剧增加，海洋经济成了朝廷重要的收入来源。因此在整个南宋时期，海洋活动几乎成了日常性的事务。正如有学者所指出："入宋以后，随着江南社会发展的飞跃和统治政策的调整，形成了多层次的对外开放格局。……主导性口岸、辅助性口岸、补充性口岸和前沿腹地、核心腹地、附属腹地相结合，构成了完整的开放体系。……开放对象并不局限于与宋政府有政治关系的东亚高丽等国，而是扩大到东南亚、南亚、西亚的众多国家和地区。……对外开放的全面展开和不断深入，既是江南社会日益突破以中原地区为核心的高度统一的农耕文明体系的反映，也标志着中国社会开始从中原主导的内陆型社会转向由江南引领的海陆型社会。"[1]

宋代的海洋活动有力地促进了宋代海洋文学的繁荣，而且文本形式和叙事内容都有了进一步的改变和扩大。《太平广记》包含了非常丰富的海洋叙事文学资源，可以说是秦汉至宋的海洋叙事文学集大成之作。宋代众多的个人著作中，也有大量的涉海文学作品存在。另外一些地方文献中，也蕴藏了多方面的海洋记叙材料。它们有力地推动了地域特质显著的海洋文学区块的形成和发展。

宋代的海洋文学，不但呈现出多途径发展趋势，而且还显示出许多现实主义文学的特质。它是对唐代现实主义海洋文学传统的进一步传承和发扬光大。

---

[1]　陈国灿、吴锡标：《走向海洋：宋代江南地区的对外开放》，《学术月刊》2011 年第 12 期。

第一节 《太平广记》中的海洋叙事

《太平广记》是宋代一部卷帙浩繁的类书，由李昉等人奉宋太宗之命编纂而成。因成书于宋太平兴国年间，与《太平御览》同时编纂，所以叫作《太平广记》。全书 500 卷，引书 300 多种。鲁迅对它的文学价值评价很高，认为它是"不特稗说之渊海，且为文心之统计矣"。①

《太平广记》是古代小说之渊薮，也是古代海洋文学摇篮式渊源之一。在它众多的篇什中，涉及海洋的作品多达七十余篇，这在古籍中可谓是"海洋文学之最"。如果把这七十多篇涉海叙事作品辑为一集，则完全可以成为一本海洋文学作品专集。它引述文献丰富，内容广泛，叙事风格多样，充分反映出先秦至北宋的中国海洋文学和海洋文明发展的基本面貌。同时它也可以证明，至少在北宋之前，中国文人的文化视野，基本上都是"山海并重"的，"海洋"并没有处于文化的边缘位置。

一、《太平广记》海洋叙事的主要内容

《太平广记》中海洋叙事作品所涉及的内容异常广博，包括海洋神仙、海洋神话、海洋民间信仰、海洋民俗、海洋交流、海洋异物、海洋活动、海洋奇遇等等。可以说《太平广记》里的"海洋"，是一个综合性的海洋世界，是一种多层次的海洋文化结构。

1. 海洋仙道叙写

"海洋仙道"是贯穿于周秦汉魏唐时期传统的海洋意识。《太平广记》所辑录的涉海叙事，多有这方面的内容。

《太平广记》中有《鬼谷子》一文，出自唐末五代时期杜光庭的《仙传拾遗》。"鬼谷先生，晋平公时人，隐居鬼谷，因为其号。……秦皇时，大宛中多枉死者横道，有鸟御草以覆死人面，遂活。有司上闻，始皇遣使赍草以问先生。先生曰：'巨海之中有十洲，曰祖洲、瀛洲、玄洲、炎洲、长洲、元洲、流洲、光生洲、凤麟洲、聚窟洲，此草是祖洲不死草也。生在琼田中，亦名养神芝。其叶似菰，不丛生，一株可活千人耳。'"② 这

---

① 鲁迅：《中国小说史略》，《鲁迅全集》第九卷，北京：人民文学出版社 1998 年版，第 99 页。
② ［宋］李昉等：《太平广记》，民国景明嘉靖谈恺刻本，第 16 页。

个记叙的基本内容显然来自于秦汉海洋神仙岛想象,但是通过素有"智谋"之称的鬼谷子之口说出来,则显得很有"权威"性了。《太平广记》辑录了这个故事,表明李昉等人也是尊重这种海洋神仙岛文化想象的。

《太平广记》中还有《徐福》一文,也是出自《仙传拾遗》。这篇作品是《鬼谷子》海洋神仙岛思想的进一步发挥。它叙写秦始皇相信了鬼谷子关于海洋神仙岛和不死之药的说法,派遣徐福及童男童女各三千人,乘楼船入海寻找。徐福因此在海里"得道",不但成了海洋神仙,而且还成了神医,治愈了登州海边很多得怪病的人。①

古人一直以为,神仙岛隐藏在茫茫汪洋大海之中,凡人是看不到也找不到的,除非"天意"使然。而这种"天意",在古代涉海叙事里,往往是以被"风暴刮至"的形式表现的。《太平广记》卷二十五《元柳二公》就是如此。这个故事也是出自《仙传拾遗》,叙述元彻、柳实两个人,本住在内陆衡山,但他们有一个叔叔"为官浙右","浙右"就是东海边上了。于是他们一起来到海边,"登舟而欲越海",结果遇上了风暴,被大风大浪刮到了一个遥远的孤岛上。这个孤岛除了一个供奉天王尊像的庙宇,别无他物,本以为很清净,也很安全。不料他们刚刚在岛上坐下休息,就见海面上露出了一个巨兽,伸长脖子四顾,若有察听,牙森剑戟,目闪电光,良久又沉入海中。可是仅仅过了一会儿,复有一朵紫云自海面涌出,漫衍数百步。紫云之中,包含有五色大芙蓉。它高百余丈,绽开的叶子里,还搭建有帐幄。这些帐幄若绣绮错杂,耀夺人眼。就在他们惊讶之时,又看见有一道虹桥从海上徐徐展开,直抵于岛上。俄顷有双鬟侍女,捧玉盒,持金炉,踏着莲叶来到了天尊所在的庙宇,易其残烬,炷以异香。这一番情景让元彻、柳实明白他们是遇见仙人了,于是立即"前告叩头,辞理哀酸,求返人世"。双鬟侍女不答应,两个人反复求告。双鬟侍女最后才说:"少顷有玉虚尊师当降此岛,与南溟夫人会约。子但坚请之,将有所遂。"② 原来这是一个道教圣地。两人经历了种种奇遇,思想起了巨大的变化。文中出现了"南溟夫人","南溟"是对"北溟"的一种文化对称式构想。"北溟"是一个海洋文化内涵非常丰富的概念,因此"南溟"和"南溟夫人"一说大有可以阐释的空间,可惜故事没有就此形象进行进一步刻画。一个很有可能发展为精彩海洋故事的构想,就这样被"一笔带过"了。

---

① [宋]李昉等:《太平广记》,民国景明嘉靖谈恺刻本,第16—17页。
② [宋]李昉等:《太平广记》,民国景明嘉靖谈恺刻本,第106—108页。

2. 海洋财富叙写

如果说《鬼谷子》和《徐福》主要反映古人那种海上神仙岛上有不死之药意识的话，那么《王母使者》所反映的则是神仙岛上有"海洋异宝"的思想。故事说汉武帝巡东海，祠恒山，王母遣使献灵胶四两，吉光毛裘。武帝以付外库，不知胶、裘二物之妙。后来才知道它们都是海中神物。其中"胶"出自凤骐洲，岛上多凤骐，数万为群。"煮凤喙及骐角，合煎作胶，名之'集弦胶'，一名'连金泥'。弓弩已断之弦，刀剑已断之铁，以胶连续，终不脱也。"①

这种海洋异宝叙写在《太平广记》中有较多的存在。《鲸鱼目》和《珠池》，反映的就是海洋珠宝。《鲸鱼目》说："南海有珠，即鲸目瞳。夜可以鉴，谓之夜光。凡珠有龙珠，龙所吐也。蛇珠，蛇所吐也。"②《珠池》说："廉州边海中有洲岛，岛上有大池，谓之珠池。……池在海上，疑其底与海通，又池水极深，莫测也。珠如豌豆大，常珠也，如弹丸者，亦时有得。径寸照室之珠，但有其说，不可遇也。"③ 珠宝是海洋财富的代表，现实海洋中的确有"海珠"的存在，这又为海洋异宝叙事增添了一种事实的基础，所以这种叙写源源不绝，一直到明清时期还多有出现。

除了珠宝，海洋异宝还体现为珊瑚、香草等各种物品。《珊瑚》一文写了一棵高一丈二尺，有三根主枝、四百六十三条分支的"烽火树"珊瑚。到了夜里，它还能放光。这种珊瑚在郁林郡经常可以看到。郁林郡即今广西贵港，是北部湾一个著名的港口。郁林郡还形成了珊瑚市，"海客市珊瑚处也"。这里买卖的珊瑚都非常珍贵漂亮，"珊瑚碧色，一株株数十枝，枝间无叶。大者高五六尺，尤小者尺余。蛟人云，海上有珊瑚宫"。④《千步香草》记载："南海出百步香，风闻于千步也。今海隅有千步香，是其种也。叶似杜若，而红碧间杂。"⑤ 这些记载和描述都体现出一种根深蒂固的观念：广袤的海洋蕴藏着无穷的、各种各样的财宝。

---

① ［宋］李昉等：《太平广记》，民国景明嘉靖谈恺刻本，第 17 页。
② ［宋］李昉等：《太平广记》，民国景明嘉靖谈恺刻本，第 1807 页。
③ ［宋］李昉等：《太平广记》，民国景明嘉靖谈恺刻本，第 1807 页。
④ ［宋］李昉等：《太平广记》，民国景明嘉靖谈恺刻本，第 1813 页。
⑤ ［宋］李昉等：《太平广记》，民国景明嘉靖谈恺刻本，第 1839 页。

3. 中日韩海上交通往来的记载

《太平广记》里还有非常珍贵的有关中国与东北亚诸国海洋交流的信息。如第四百八十一卷中的《新罗》一文，从《纪闻》《酉阳杂俎》和《玉堂闲话》等文献中辑录了六则与朝鲜半岛和日本海上交通有关的故事。如"又天宝初，使赞善大夫魏曜使新罗，策立幼主"，这说明早在唐朝天宝初年，中国就已经是新罗（古代朝鲜国名）的宗主国了。"永徽中，新罗、日本皆通好，遣使兼报之。使人既达新罗，将赴日本国，海中遇风。""又六军使西门思恭，常衔命使于新罗。风水不便，累月漂泛于沧溟，罔知边际。"① 这说明，那时候中、日、新罗之间的海上交通往来是非常频繁的。

这些记载可以证明，"唐代中国人在东北亚海域活动较多，反映出唐朝与新罗、日本等国之间频繁的往来和相互认知"②，对于研究海洋交通史、中国与东北亚诸国文化交流史等都具有巨大的价值。

4. 海洋人居生活的写实性描述

《太平广记》涉海叙事所呈现的海洋世界，既有神仙精怪等超现实内容，也有许多是对海洋渔猎生产的直接描述。在文化渊源上，可以说是对《山海经》早期渔民世界记载的一种间接传承。如《吴馔》一文，详细描述了吴地"海鲩干鲙"的生产制作过程：去掉鲩鱼皮骨，取其精肉，切成一条一条的鱼肉丝，边切边晒。晒干后，再放进新白瓷瓶里密封。吃的时候，取出鱼干条，以布裹之，"大瓮盛水渍之，三刻久出，带布沥却水，则皭然"。虽经多日，仍然新鲜白嫩，犹如刚出海的一样。另外，"海虾子""鲈鱼鲙""蜜蟹"等的做法，也极具海洋社会特色。③ 这种生活气息浓厚的海洋现实内容的叙写，在古代海洋文学里是不多见的，值得高度肯定。

另外，《太平广记》还辑录了多篇涉及海鸟、海鱼等海洋生物的作品，它们基本上也是写实的，对于帮助人们认识海洋、亲近海洋，具有巨大的认知价值。

---

① ［宋］李昉等：《太平广记》，民国景明嘉靖谈恺刻本，第2183—2184页。
② 刘永连、刘家兴：《从漂流人故事看唐代中外海上交通和海外认知——以〈太平广记〉资料为中心》，《陕西师范大学学报（哲学社会科学版）》2015年第5期。
③ ［宋］李昉等：《太平广记》，民国景明嘉靖谈恺刻本，第1024—1025页。

二、《太平广记》海洋叙事的文学艺术价值

《太平广记》是先秦至北宋时期海洋叙事的集大成者。它的文史价值和海洋文化价值，一直受到后人的高度评价。其实，从海洋文学的角度而言，它的文学艺术价值也有独到之处。

1.《太平广记》是海洋叙事文学的集中体现，具有巨大的海洋小说史价值

《太平广记》的小说史价值主要体现在文献价值上。它是古代规模最宏大、内容最广博的笔记小说类书，历来被视为"小说家之渊海"。正如明人胡应麟在《少室山房笔丛》中所言："今六代、唐人小说、杂记存者，悉赖此书。"① 宋代之前，大量的海洋文学文本散见在各种典籍中，而由于种种原因，它所引述的许多古籍，后来都失传了，因此其文献价值不可估量。如果没有《太平广记》辑录了这七十多篇海洋文学作品，那么后人对于先秦至北宋的中国海洋文学的整体把握和认知，将会失去厚实的文献基础。

2.《太平广记》显示比较成熟的海洋叙事艺术水平

《太平广记》之前，《山海经》的海洋叙事是非常碎片化的，秦汉魏晋六朝时期的海洋小说，虽然其个别作品也达到了较完整的程度，但毕竟数量有限，不成规模。而《太平广记》一下子提供了七十多篇作品，这使得那个时期的海洋文学呈现出蔚为大观的喜人局面。更为主要的是，这七十多篇作品中，很多都显示出了较高的叙事艺术水平。如《鬻饼胡》，情节曲折，叙述角度和节奏都非常讲究。故事叙写一个书生在京城居住，邻居是一位卖饼为生的外国人。这个外国人没有妻子，数年不回故国。有一天生病了，临死前，对照顾他的书生说，他原是一位大富翁，因战乱，逃难离开了自己的国家，来到中国。他曾经与一位同乡约定，来此地会合，谁知那个老乡，不知何故，一直没有来。现在他要死了，有一件事相托。原来他逃难的时候，为了防止被人搜去，他将一颗价值连城的海洋珠宝，藏在他手臂的皮肉内。他现在准备把它取出来，托付给那个中国书生，嘱咐他说，如"有西国胡客至者，即以问之，当大得价"。说完就死了。那个重情义的中国书生厚葬了他，并忠守所托，整整等待了三年，可是那个"西国胡客"始终没

---

① 转引自余丹《〈太平广记〉的编纂体例及其小说史意义》，《宁波大学学报（人文科学版）》2018年第1期。

有出现。终于有一天，他听说有"胡客"到城里来了，就急忙拿着珠去见他。胡人一见大惊，询问珠之来由，书生以实相告。胡人流泪说：他的确是我的同乡啊，本来我们约好"同问此物"，没想到我来时海上遇风，流转数国，所以迟到了五六年。到此方欲追寻，不意他已经去世了。"遂求买之。生见珠不甚珍，但索五十万耳。胡依价酬之。生诘其所用之处。胡云：'汉人得法，取珠于海上，以油一石，煎二斗，其则削。以身入海不濡，龙神所畏，可以取宝。'"① 这个故事时间跨度几十年，空间跨度是西国和中国，人物是胡商和中国书生，可是一颗海洋宝珠将这些元素紧密结合在一起。故事结尾揭示谜底，给读者一个明确的"最后答案"，显示出了比较成熟的叙事艺术。

更为精彩的故事，当属《甾丘诉》。故事说周朝的时候，东海里有个海洋人叫甾丘诉，"以勇闻于天下"。有一天，他骑马路过一处神泉，他让马去饮水。仆人说："这水池里有怪物盘踞着，马喝了池里的水，必死。"甾丘诉说："有我在怕什么呢？听我的话好了。"马喝了水，果然死了。毒性如此厉害，可是甾丘诉一点也不怕。他脱掉衣服，拿着剑跳入水中。经过三日三夜的搏斗，他杀死了水中的二蛟一龙，安然回到岸上。这下不得了了，雷神追着击他，竟然击了十日十夜，还击不死他，只是打瞎了他的左眼而已。他的好朋友要离听到消息后，就去看望他，当着许多人的面，斥责甾丘诉说："雷神击打你，十日十夜，把你的眼睛打瞎了。俗话说天怨不过日，人怨不过时。你眼睛被打瞎已经好多天了，你还不去报仇，你算什么勇者啊？浪得虚名罢了！"回到家里，要离对家人说："甾丘诉，是天下有名的勇士，今天被我当众斥责，如何受得了？肯定要来杀我的。"于是，天黑了不关门，睡了不关窗，专等他的到来。这天夜里，甾丘诉果然来了，用剑触着要离的脖子说："我有三条理由可以杀你。当众侮辱我，这是第一条；天黑了还不关门，这是第二条；睡了不关窗，这是第三条！"要离说："你说的话非常对，但是能不能等我说完几句话，你再杀我呢？你也有三错。第一错，你上我家来却不通报；第二错，你已经拔剑了却不刺杀我；第三错，你先出兵器后说话。所以你不能用剑杀我，你还是用毒药毒死我好了。"甾丘诉说："嘻，天下只有你不怕我啊，我不能杀你的。"收起剑就回去了。②

这个故事，情节生动曲折，场景历历在目，形象栩栩如生，是一个

---

① ［宋］李昉等：《太平广记》，民国景明嘉靖谈恺刻本，第1811页。
② ［宋］李昉等：《太平广记》，民国景明嘉靖谈恺刻本，第828页。

非常优秀的叙事文本。

3.《太平广记》对海洋小说的人物形象塑造，达到了较高的成就

人物形象塑造成功与否，是衡量一部叙事作品艺术成就的主要标准。《太平广记》在海洋人物塑造方面，显示出了很高的艺术成就。这主要体现在两个方面。一个方面是塑造了各色各样的海洋人物，构建起丰富多彩的海洋人物艺术画廊。他们之中，有的是具有很高智慧的海洋人物，如《韩稚》中的"海洋道士"。故事说汉惠帝时，有一个道士叫韩稚，他从大海中来，自称是"东海神君之使"，对天下事无所不知，而且还能说多国语言；有的是海洋异人，如《韩稚》中的来自"东极扶桑之外"大海深处的"泥离国"人。异人的形貌极为骇人："其人长四尺，两角如蜼，牙出于唇，自腰已下有垂毛自蔽，居于深穴，其寿不可测也。"汉惠帝指派韩稚去与他沟通。韩稚问他"人寿几何，经见几代之事"？他回答说："五运相因，递生递死，如飞尘细雨，存殁不可论算。"韩稚见他居然说出"不可论算"这样的大话来，就问比女娲更早的时期，不料对方也能对答："蛇身已上，八风均，四时序。不以威悦，搅乎精运。"① 听了韩稚的汇报，汉惠帝对这个人很是佩服，说："悠哉杳昧，非通神达理者难可语乎斯道矣。"在他面前，本以为"无所不知"的韩稚也惭愧地避走了，不知所终。这些海洋人物形象的塑造，显示《太平广记》海洋小说高超的写人成就。

另一个方面，便是其塑造人物的艺术手法，也是很有水准的。如《朱廷禹》一文，它叙写"江南内臣"朱廷禹所遭遇的一段海上奇遇故事。故事说朱廷禹泛海遇风，舟船几次要倾翻了。小说一开始就将人物置身于危险中，这就形成情节的特殊环境和紧张气氛。船员说这是海神有所求。"可即取舟中所载，弃之水中。"小说提供了特异的破解之法，这种方法是只有海洋里才有的。故事继续说朱廷禹他们听从了船员的指点，就将船上能丢的东西全都丢入海中。但风浪仍然没有平息，似乎"行贿"之法失灵了。故事出现了转折，从叙事的角度而言，下面开始进入核心情节了。这时，"有一黄衣妇人，容色绝世，乘舟而来，四青衣卒刺船，皆朱发豕牙，貌甚可畏"。气势汹汹，来者肯定不善，读者被作者制造的情景带入了一个紧张的时刻，自然会猜测他们都是什么人？想干什么？没有想到妇人一跃跳上了船，问的却是："有好发髲吗？可以给我吗？""发髲"就是假发，来人怎么会要这种东西？航海的船上怎么会有这种假发？这完全是出乎读者意料的，小说情节的一波三折展示出迷人的诱读魅力。

① ［宋］李昉等：《太平广记》，民国景明嘉靖谈恺刻本，第321—322页。

船上人说没有，所有的东西都给你了，哪里还有什么假发。妇人云："在船后挂壁篚中。"果然在那里找到了假发。这又是出乎读者意料的情节设置。这个人怎么会知道挂壁篚中有她要的假发？这简直是一个神灵的本事了。可是作者却在她"持髢而去"之前，又加了一笔："船屋上有脯腊，妇人取以食四卒。视其手，乌爪也。"① 让这个神灵又增加了俗人的因素。这样的海神或海怪，是以前所有海洋小说中从未出现过的，因此有"新鲜感"。而她提出的索要假发的要求，更是闻所未闻，进一步增加了作品的"陌生感"。更值得注意的是，作品最后都没有提供为什么会索要假发、这个假发有何用等答案，似乎很有后世现代小说结尾时往往不揭示答案的味道了。

4.《太平广记》的海洋小说还能非常细腻地从心理角度进行叙写，显示出较高的艺术水准

《太平广记》中的《韦隐》，写了一个海洋航行者的心灵之梦，整个情节都是围绕主人公的心理感觉展开的。故事说，唐代宗大历年间，新婚不久的韦隐被派遣出使新罗。海路漫漫，他非常想念妻子，途中做了一梦："行及一程，怆然有思，因就寝。乃觉其妻在帐外，惊问之，答曰：'愍君涉海，志愿奔而随之，人无知者。'隐即诈左右曰：'俗纳一妓，将侍枕席。'人无怪者。及归，已二年，妻亦随至。隐乃启舅姑，首其罪，而室中宛存焉。及相近，翕然合体，其从隐者乃魂也。"② 这个故事表面怪异，超出了现实可能性，实际上反映的就是海洋人对于亲人的思念和希望与亲人早日团聚的心情，很有点后世心理小说的迹象了。

而《海人鱼》则显示出细腻、注重细节的艺术特色。文中描写说："大者长五六尺，状如人，眉目、口鼻、手爪、头皆为美丽女子，无不具足。皮肉白如玉，无鳞，有细毛，五色轻软，长一二寸。发如马尾，长五六尺。阴形与丈夫女子无异，临海鳏寡多取得，养之于池沼。交合之际，与人无异，亦不伤人。"③ 这简直是工笔描述，非常细腻、生动和形象。

---

① ［宋］李昉等:《太平广记》，民国景明嘉靖谈恺刻本，第 1393 页。

② ［宋］李昉等:《太平广记》，民国景明嘉靖谈恺刻本，第 1590 页。

③ ［宋］李昉等:《太平广记》，民国景明嘉靖谈恺刻本，第 2110 页。

第二节　《萍洲可谈》《夷坚志》中的海洋叙事

朱彧《萍洲可谈》和洪迈《夷坚志》，都是宋代著名的笔记小说集，两书中都有多篇涉海叙事作品。这些作品中，有的比较写实，较为客观地记叙了海洋贸易活动的大量历史细节；有的虚构，情节生动曲折，生动塑造了从事各类海洋活动的"海洋人"形象。这些作品不同于《太平广记》对于前代典籍的辑录，而都是朱彧或洪迈的个人创造。它们的大量出现，充分体现了宋时人们对于海洋的深度关注。

一、朱彧《萍洲可谈》中的广州"市舶司""海舶"和"蕃人"

朱彧，生卒年不详，字无惑，湖州乌程（浙江湖州）人。其父朱服，历知莱、润诸州，曾使辽，后为广州帅。《萍洲可谈》所记，多为他随父亲游宦各地时的所见所闻。后来他来到了广州，还曾特地渡海去海南拜访被贬谪的苏轼，所以他对南海很是熟悉。这就为他撰写《萍洲可谈》第二卷有关广州市舶司的职能及对外贸易情况，打下了坚实的基础。他的这部分涉海书写，为后人研究古代海洋国际贸易和海洋交通史提供了非常珍贵的资料。

市舶司是宋元及明初朝廷在各海港设立的管理海上对外贸易的官府，相当于现在的海关。在福建泉州、浙江明州和广东广州三地的市舶司中，广州市舶司历史最为悠久。早在唐玄宗开元年间（713—741），广州就已经设有市舶使，它便是市舶司的前身。

但是长期以来，对于市舶司的运转等情况，一直没有清晰详细的记载，而朱彧《萍洲可谈》中的相关描述，则填补了这一空缺，所以很受海洋史研究专家的重视。《萍洲可谈》虽为笔记文学，但是它继承了唐朝海洋文学中的写实风格，在一定程度上具有"野史"的价值。有关市舶司的描述和记载，即是如此。

《萍洲可谈》卷二《广泉明杭州皆设市舶司》一文，提供了北宋时期朝廷设置市舶司的许多珍贵详实的史料。"广州市舶司旧制：帅臣漕使领提举市舶事，祖宗时谓之市舶使。福建路泉州，两浙路明州、杭州，皆傍海，亦有市舶司。崇宁初，三路各置提举市舶官，三方唯广最盛，官吏或侵渔，则商人就易处，故三方亦迭盛衰。朝廷尝并泉州舶船令就广，商人或不便之。"① 朱彧指出,虽然福建泉州、浙江的明州(宁波)和杭州,都设有市舶司,但"唯广最盛"。然而由于管理市舶司的官员从中侵吞牟利,害得那些海商不敢到市舶司来交易,这些市舶司就渐渐由盛而衰,几乎难以维持了。朝廷一度想把泉州与广州的市舶司合并,但如果真的撤销泉州市舶司,朱彧认为"商人或不便之",对于海洋贸易,是很不利的。这表明朱彧对于海洋国际贸易,是持肯定态度的。

《萍洲可谈》卷二《广州市舶司泊货抽解官市法》②,详细描述了广州市舶司的管理和运营情况。"广州自小海至溽州七百里,溽州有望舶巡检司,谓之一望,稍北又有第二、第三望,过溽州则沧溟矣。商船去时,至溽州少需以诀,然后解去,谓之'放洋'。"这是离开广州码头前往南洋的航行情况,说明对于海洋贸易的管理,不仅管理着进港的商船,还管理着出港的商船,而且是三层管理,查核是非常严格的。"还至溽州,则相庆贺,寨兵有酒肉之馈,并防护赴广州。"商船刚刚入港,"三望"的官兵就赠送酒肉等生活物质予以慰劳,他们还亲自护送商船进港。进入广州港口后,"泊船市舶亭下,五洲巡检司差兵监视,谓之'编栏'"。朝廷官员对商船严格监控,这是为了防止商人们私下交易,逃避关税。"凡舶至,帅漕与市舶监官莅阅其货而征之,谓之'抽解',以十分为率,真珠、龙脑凡细色抽一分,玳瑁、苏木凡粗色抽三分,抽外官市各有差,然后商人得为己物。象牙重及三十斤并乳香,抽外尽官市,盖榷货也。商人有象牙稍大者,必截为三斤以下,规免官市。"这里详尽描述了关税的收取及官方强行收购的情况,是珍贵的海洋经济史资料。在朱彧看来,关税收取过高,官方强行收购,对海商利益的侵害较大,"凡官市价微,又备他货与之,多折阅,故商人病之"。所以商人们想方设法予以逃避,但是如果"舶至,未经抽解,敢私取物货者,虽一毫皆没其余货,科罪有差,故商人莫敢犯"。在《广泉明杭州皆设市舶司》一文中,朱彧已经指出,朝廷官员肆意"侵渔"商人,商人不得已只好逃避。这篇《广州市舶司泊货抽解官市法》为"侵渔"现象提供了详细的证据。

市舶司管理的主要对象是海商,这些海商既有中国人,也有大量的外国海商,即所谓的"蕃人"。《萍洲可谈》以写实的笔法,对此进行了多方面的记叙。

① [宋]朱彧:《萍洲可谈》,《宋元笔记小说大观》,上海:上海古籍出版社2000年版,第2308页。

② [宋]朱彧:《萍洲可谈》,《宋元笔记小说大观》,上海:上海古籍出版社2000年版,第2308页。

海船是海商的核心资源，《萍洲可谈》专门有《舶船蓄水就风法》一文描述了海船的补给情况。"广州市舶亭枕水有海山楼，正对五洲，其下谓之小海，中流方丈余，舶船取其水，贮以过海，则不坏。逾此丈许取者并汲井水，皆不可贮，久则生虫，不知此何理也。舶船去以十一月、十二月，就北风，来以五月、六月，就南风。船方正若一木斛，非风不能动。其樯植定而帆侧挂，以一头就樯柱如门扇，帆席谓之'加突'，方言也。海中不唯使顺风，开岸就岸风皆可使，唯风逆则倒退尔，谓之使三面风，逆风尚可用矴石不行。广帅以五月祈风于丰隆神。"① 海上航行最珍贵的生活物资是淡水，该文主要写的就是淡水补给。文章说一般的淡水，储存日期不能过长，否则会变质，而海上航行往往需要数月之久，因此淡水保质非常重要，好在广州湾附近，有一个"小海"，"舶船取其水，贮以过海，则不坏"。其实这是海岛人经常饮用的"半咸水"，这种水的水源，往往与海水有一定的沟通，涨潮时，海水会通过地下的泥沙缝隙灌入。此水苦涩，但可以饮用，而且不易变质。广州湾外这个"小海"里的水，或许也属这种情况。

《萍洲可谈》中还有一篇《舶船航海法》②，记载和描述的是海商船队的组织情况，非常具有海洋航运史价值。作者介绍说，"海舶大者数百人，小者百余人，以巨商为纲首"。这里的"纲首"不仅是一条船的船长，而且还是一个船队的负责人。2018 年 12 月，位于韩国西部的忠清南道泰安郡马岛海域发掘出 113 件文物，包括中国宋元时期的陶瓷、北宋钱币元丰通宝、朝鲜半岛高丽时期的青瓷，以及用于停靠船舶的工具等。其中的陶瓷虽然在海水中浸泡了很长时间，但底部的汉字，尤其是"纲"字仍然清晰。韩国国立海洋文物研究所的专家分析称，"纲"应该是当时贸易商团的标志。这个分析是对的，以若干条商船组成一个船队，当时的名称叫作"纲"，"纲首"是船队的首领。《萍洲可谈》说，这个船队首领，一般是财力最为雄厚的海洋"巨商"担任。除了"纲首"，还有"副纲首""杂事"等为首者。可见从事海洋贸易船队的规模是很大的。这里也有原因。《舶船航海法》写道，那些南洋国家，虽然不对海商征收税赋，但是往往明目张胆地索贿。这种索贿，"谓之献送，不论货物多寡，一例责之，故不利小舶也"。被索贿得厉害，必须用大船多装货，才能盈利，所以"舶船

---

① ［宋］朱彧：《萍洲可谈》，《宋元笔记小说大观》，上海：上海古籍出版社 2000 年版，第 2309 页。

② ［宋］朱彧：《萍洲可谈》，《宋元笔记小说大观》，上海：上海古籍出版社 2000 年版，第 2309 页。

深阔各数十丈，商人分占贮货，人得数尺许，下以贮物，夜卧其上。货多陶器，大小相套，无少隙地"。另外，从事海洋贸易，风险极大。"海外多盗贼，且掠非诣其国者，如诣占城，或失路误入真腊，则尽没其舶货，缚北人卖之，云：'尔本不来此间。'"所以海商们只有"船大人众则敢往"，这从一个侧面反映出从事海洋贸易者的艰苦和心酸。

但船大人众，又会带来管理上的困难。因此朝廷赋予纲首以很大的特权，"市舶司给朱记，许用笞治其徒，有死亡者籍其财"。所以一条海船似乎就是一个小型社会，"纲首"承担的责任大，需要船员们绝对服从，这也是情理之中的。

海商们组成了力量雄厚的船队，既可以用来对付海盗，也有底气来拒绝贪官污吏的欺凌索贿，但海商们还要时刻担忧海上航行自身所产生和可能遇到的安全问题。这体现在四个方面。第一个担忧是触礁搁浅。"海中不畏风涛，唯惧靠阁，谓之'凑浅'，则不复可脱。"船触礁搁浅后，船体漏水，无法继续航行，又不可能把船拖上岸进行修补，只好请"鬼奴"，也就是精通水性的船员潜水"持刀絮自外补之"。

第二个担忧是迷失航行的方向。"舟师识地理，夜则观星，昼则观日，阴晦观指南针，或以十丈绳钩，取海底泥嗅之，便知所至。"凭借的是多年的海上航行的经验。文中出现的"观指南针"，是中国历史文献中第一次对于指南针应用于航海的明确记载，非常珍贵。

第三个担忧是船员发病死亡。途中发病，无药可治，"舟人病者忌死于舟中，往往气未绝便卷以重席，投水中，欲其遽沉，用数瓦罐贮水缚席间，才投入（海）"。看起来虽然很冷酷，但那是没有办法的事情。

第四个担忧是船员们碰上无法理解的海洋现象，他们会认为是海怪作祟。"舶行海中，忽远视枯木山积，舟师疑此处旧无山，则蛟龙也，乃断发取鱼鳞骨同焚，稍稍投水中。凡此皆危急，多不得脱。商人重番僧，云度海危难祷之，则见于空中，无不获济，至广州饭僧设供，谓之'罗汉斋'。"只好用超自然的办法予以应对了。

当然海上航行，有时候也能享受到一些独特的乐趣。"商人言舶船遇无风时，海水如鉴。舟人捕鱼，用大钩如臂，缚一鸡鹜为饵，使大鱼吞之，随其行半日方困，稍近之，又半日，方可取，忽遇风，则弃。或取得大鱼不可食，剖腹求所吞小鱼可食，一腹不下数十枚，枚数十斤。海大鱼每随船上下，凡投物无不噉。……群鱼并席吞去，竟不少沉。有锯鲨长百十丈，鼻骨如锯，遇舶船，横截断之如拉朽尔。"这样的海上奇景和海上奇遇，也只有长年在海上航行的人，才会有幸遇见。

除了海船、海商的描述，《萍洲可谈》还记载了许多"蕃人"的资讯，充分说明北宋时期外国海商在广州的经营和生活情况。《住蕃住唐》记载说，"北人过海外，是岁不还者，谓之'住蕃'；诸国人至广州，是岁不归者，谓之'住唐'"。文章还说广州人与他们相处得非常友好，很信任他们。"广人举债总一倍，约舶过回偿，住蕃虽十年不归，息亦不增。"①

《蕃坊蕃商》还详细描述了对于"蕃人"的管理情况。朝廷采用了"以蕃治蕃"的方式。"广州蕃坊，海外诸国人聚居，置蕃长一人，管勾蕃坊公事，专切招邀蕃商入贡，用蕃官为之，巾袍履笏如华人。"如果蕃人有罪，经广州衙门核实后，也采用特殊的方法惩治。"缚之木梯上，以藤杖挞之，自踵至顶，每藤杖三下折大杖一下。盖蕃人不衣裈袴，喜地坐，以杖臂为苦，反不畏杖脊"，但如果犯的是重罪，"徒以上罪广州决断"，说明朝廷完全掌控了对于这些蕃人的管理。文章还说，这些长期生活在广州的外国商人，生活习俗已经逐步中国化了。"蕃人衣装与华异，饮食与华同"，但他们坚持自己的宗教习俗，"云其先波巡尝事瞿昙氏，受戒勿食猪肉，至今蕃人但不食猪肉而已。又曰汝必欲食，当自杀自食，意谓使其割己肉自啖，至今蕃人非刃六畜则不食，若鱼鳖则不问生死皆食"。他们的穿戴装饰也保留了自己的习惯。"其人手指皆带宝石，嵌以金锡，视其贫富，谓之指环子，交阯人尤重之，一环直百金，最上者号猫儿眼睛，乃玉石也，光焱动灼，正如活者，究之无他异，不知佩袭之意如何。"②

南海海神庙是广州著名的海洋民间宗教文化场所，《萍洲可谈》记载了一座东海神庙，说它"在莱州府东门外十五里，下瞰海咫尺，东望芙蓉岛，水约四十里。岛之西水色白，东则色碧，与天接。岛上有神庙，一茅屋，渔者至彼则还。屋中有米数斛，凡渔人阻风，则宿岛上，取米以为粮，得归，便载米偿之，不敢欺一粒。稍北与北蕃界相望，渔人云，天晴时夜见北人举火，度之亦不甚远。一在蓬莱阁西，后枕溟海"。③ 从描述情形来看，这座"东海神庙"估计不是韩愈曾经撰文写过的南海海神庙，为了加以区别，以"东海海神"命名。但它所反映出来的广州海边渔人对于海神

---

① ［宋］朱彧：《萍洲可谈》，《宋元笔记小说大观》，上海：上海古籍出版社2000年版，第2310页。

② ［宋］朱彧：《萍洲可谈》，《宋元笔记小说大观》，上海：上海古籍出版社2000年版，第2310—2311页。

③ ［宋］朱彧：《萍洲可谈》，《宋元笔记小说大观》，上海：上海古籍出版社2000年版，第2320页。

的敬畏心，则是完全符合渔民祈望得到海神保佑的心理。

二、洪迈《夷坚志》中的海洋人形象

洪迈（1123—1202），饶州鄱阳（今江西鄱阳）人，字景卢，号容斋，又号野处，南宋著名作家，主要作品有笔记著作《容斋随笔》和志怪笔记小说《夷坚志》。

洪迈生活的时代，海洋活动已经非常频繁，从而为海洋文学想象提供了丰富的资料。以真人真事的史料为主要内容的《容斋随笔》，也有一些涉海随笔，如《四海一也》："海一而已。地之势，西北高而东南下，所谓东、北、南三海，其实一也。北至于青、沧，则云北海；南至于交、广，则云南海；东渐吴、越，则云东海；无由有所谓西海者。《诗》《书》《礼》经所载四海，盖引类而言之。《汉书·西域传》云支蒲昌海，疑亦淳居一泽尔。班超遣甘英往条支，临大海，盖即南海之西云。"[①] 以求实的态度指出中国只有三海，四海云云只是一种笼统的说法，并非实指。

作为宋代志怪小说代表性作品的《夷坚志》，则包含了丰富的涉海叙事作品。这些作品以不同的角度、深度塑造了各式海洋人物形象。洪迈在记载和叙述这些涉海人事时，每每在文末注明诸如"张昭时为县令，为大人言"（《昌国商人》）、"徐兢明叔云尝见之。何德献说"（《长人国》）、"赵振甫屡见之"（《海岛大竹》）等内容，以增加故事的可信度。这也是宋代海洋叙事文学现实主义特质的鲜明体现。

1.《夷坚志》所塑造的海商形象

宋代海洋贸易繁荣，《夷坚志》出现了许多海商影子，虽然大多为碎片化描述，但也构成了相对比较丰富的海商队伍形象。有人统计，《夷坚志》中涉及海商活动的叙事作品多达16篇，出现的海商主要有泉州僧的表兄（《夷坚甲志》卷七《岛上妇人》）、明州昌国人某氏（卷十《昌国商人》）、明州人某（《夷坚乙志》卷八《长人国》）、密州板桥镇人某氏（《夷坚丙志》卷六《长人岛》）、广州估客及部官纲者凡二十有八人（卷十三《长乐海寇》、泉州杨客（《夷坚丁志》卷六《泉州杨客》）、山阳海王三之父（《夷坚支甲》卷十《海王三》）、临安人王彦太（《夷坚支乙》卷一《王彦太家》）、温州巨商张愿《夷坚支丁》卷三《海山异竹》）、海商某（《夷坚支戊》卷二《海船猴》）、福州福清海商杨氏（《夷坚支戊》卷四《鬼国续记》）等。海商叙事涉及海商的活动、心理、信仰以及家庭，反映出宋

---

① ［宋］洪迈：《夷坚志》，清修明崇祯马元调刻本，第15页。

代海商独有的生活情态。而且从《夷坚志》所反映的内容来看，有关宋代的泉州、广州和明州等城市的海商记载要远远多于其他城市。从中还可以看出，由于这一时期福建经济的发展以及地理条件的优势，福建海商发展迅速，在海外贸易中占有重要地位。①

虽然《夷坚志》里出现的海商形象，大多并非主角人物出现，其海商活动，也并非叙事的主体，但还是从一个侧面反映出宋代海洋贸易的活跃情况。《夷坚乙志》卷八《无缝船》一文，可以说是这方面的代表。

故事说，南宋绍兴年间，有一天，福州甘棠港东南方向海面，漂来了一条海船。船上有三名男子，一名女子，还装载有数千斤非常珍贵的沉檀香。故事采用倒叙形式，说其中一名男子，是福州本地人，家在南台。多年前"入海失舟，偶值一木浮行，得至大岛上"。这个人平素喜吹笛子，每天把笛子置于腰间，虽然人落海了，笛子也没有遗失。不想这个岛的岛主，也"夙好音乐"，一见他的笛子，"大喜，留而饮食之，与屋以居，后又妻以女"。一条笛子就这样改变了他的命运。虽然与岛人言语不相通，也不知这里究竟是何国，但他一住就是十三年，过得倒也平稳。而岛上有人却知道他是"中国人者"，有一天他们"具舟约同行"，离开了该岛。经过两个多月的海上颠簸，终于来到了福州甘棠港。从这里开始，故事又进入顺叙。地方官员上船检查，见这条船极为奇特，"其舟刳巨木所为，更无缝罅，独开一窍出入"。船上的人，除了这个福建本地的海商，另外三人是三兄妹。妹妹最小，两个男子都是她的兄长。他们生活习俗很特别，"（男子）以布蔽形，一带束发，跣足。与之酒则跪坐，以手据地如拜者，一饮而尽。女子齿白如雪，眉目亦疏秀，但色差黑耳"。② 装扮与生活习俗显示他们似乎是日本人。这个故事反映出海商颠簸流离不可预知的人生命运，同时也反映出当时的海洋贸易主要在福建的"东南方向"的海洋诸国。宋朝海商们与他们联系密切，往来频繁，几乎没有国界的限定。

《夷坚丁志》卷六《泉州杨客》则聚焦于中国海商本身。它塑造并鞭挞了一个见利忘义不讲诚信的海商"泉州杨客"形象。故事说这个泉州杨客从事海洋贸易十多年，积攒了千万财产。这个人在海上航行时，"每遭风涛之厄，必叫呼神明，指天日立誓，许以饰塔庙，设水陆为谢"。然而一旦终于平安上岸，"则遗忘不省，亦不复纪录"，早把刚才的"许愿"

---

①　李孟圆、陈思瑞：《从〈夷坚志〉看宋代海商活动》，《九江学院学报（社会科学版）》2015 年第 13 期。

②　［宋］洪迈：《夷坚乙志》卷八，清十万卷楼丛刻本，第 142 页。

抛之脑后。结果有一天,船行海上,他在船中睡觉,梦见有神灵来"责偿"。杨客说先让他把货运到临安(杭州),然后回到泉州后,再来酬答神佑。船到了钱塘江下,"幸无事,不胜喜"。把所有的货物藏在临安一户姓唐的商户家里,却准备偷工减料随便应付神灵,结果第二天,一场突然而来的大火烧光了他所有的货物,而且他自己也"自经于库墙上,暴尸经夕。仆告官验实,乃得稿葬云"。① 故事赋予他恶有恶报的最后结局,显示出鲜明的是非观。

2.《夷坚志》所塑造的海商家属形象

海商长年在海上奔波,数月数年甚至十数年不回家,因此那些海商家属的生活就显得很是特别。《夷坚志》中的《王彦太家》对此有所反映。故事说临安富人王彦太,听说海洋贸易利润巨大,于是也准备"航南海,营舶货"。他告别妙年美妍的妻子方氏,扬帆南下。这一去就是好几年,没有任何音讯。妻子方氏独自在家。她严守门规妇德,结果不幸被妖人缠占,"自是晓去暮来,无计可脱"。这个妖人很有妖术,方氏"心所欲物,未尝言,不旋踵辄至"。但方氏心中只有丈夫,"念彦太殊切"。后来丈夫回来,方氏没有隐瞒,一五一十告诉他实情。丈夫没有责怪她,而是设法惩处了这"山精木魅"。鬼祟彻底灭绝后,"王夫妇相待如初"。② 清陆寿名《续太平广记》有《王彦大》一文,当出自此处。这个故事很温馨,妻子的忠贞和丈夫的信任谅解,反映了海洋人特有的人伦道德规范和要求。古代海洋小说中很少写到海商家属,因此《夷坚志》这方面的叙事显示出它独有的价值。

3.《夷坚志》所塑造的"海岛妇人"形象

《夷坚甲志》卷七《岛上妇人》和《夷坚支甲》卷十《海王三》等作品中的主角,都为"海岛妇人"。她们构成了古代海洋文学中特殊的海洋人形象。她们遭遇和结局都很特别,因此这些形象给人留下异常深刻的印象。

《岛上妇人》说的是有个泉州海贾,运货前往三佛齐(今马来半岛一带)途中,遭遇海难,"一舟尽溺。此人独得一木,浮水三日,漂至一岛畔"。他在这个岛上遇见了一个处于原始生活状态的女人。这个女人"举体无片缕,言语啁啾不可晓,见外人甚喜,携手归石室中,至夜与共寝"。就这样他被这个女人强留岛上七八年,还与她生育了三个子女。直到有一天,

① [宋]洪迈:《夷坚丁志》卷六,清十万卷楼丛刻本,第333页。

② [宋]洪迈:《夷坚志》,重庆:重庆出版社1996年版,第353页。

他在岸边看到了一条前来避风的船，船上都是他的泉州老乡，于是他准备搭船离开该岛。女人见他要离开，"奔走号呼恋恋，度不可回，即归取三子，对此人裂杀之"。① 这里既有女人对男人的深情眷恋，也有孤独者对于伴侣离去的深度绝望，因为"其岛甚大，然但有此一妇人耳"。好不容易遇到了一个男人，怎能让他离去？女人"裂杀"三子，可见是何等的绝望和哀痛！

《夷坚支甲》卷十《海王三》也叙述了类似故事。故事说海王三的父亲当年从泉州出发南航，途中为"风涛败"。同船的人都落海溺死，只有他"得一板自托，任其簸荡"，漂到了一个岛上。被岛上的一个女人所留，后与女人生儿育女，最终也乘机逃离了该岛。与《岛上妇人》不同的是，这个故事的结局稍好，他把子女带回了老家。但是岛上女人的悲痛绝望则是一样的。眼见男人离去，这个女人"呼王姓名而骂之，极口悲啼，扑地气几绝"。这种悲绝使"王从篷底举手谢之，亦为掩涕"，回到家后，他还把儿子养大成人，使故事多少带上了一点人性的温情。②

在《夷坚志》中，该类叙事还有《鬼国续记》（《夷坚支癸》）《鬼国母》（《夷坚志补》）和《猩猩八郎》（《夷坚志补》）。有人认为，"海岛妇人"源自于佛教释典。钱钟书先生也认为是"释典以贾客漂入鬼国为常谈"，这类故事的叙述类型不外乎为"海商出海遇风暴——流落至光怪陆离鬼国——与鬼国女子婚配——逃难"，刘守华将释典中的此类型故事命名为"海岛妇人"系列故事，并视之为海岛历险型下的亚型故事。③ 这当然有一定的道理，但其实这类故事还不妨从现实海洋生活的角度去理解。海商的遭遇固然是他们动荡颠簸生涯的写照，岛上女人何尝不是现实海岛人生的体现？古代海上活动风险极大，男人死亡率很高，岛上留下的往往是女人。女人们在岛上孤独顽强地生存，所以"荒岛女人"的存在并非仅仅是一种释典资源或文学想象，而是严酷的海洋现实生活的血泪折射。

　4.《夷坚志》所塑造的"海岛长人"形象

所谓"长人"指的是身材特别高大的异人。这种形象源自于《山海经》里的"大人"意象。但是《夷坚志》中的"长人"，更多倾向于现实性而非《山海经》中的一种文学虚拟想象。

---

① ［宋］洪迈：《夷坚甲志》卷六，清十万卷楼丛刻本，第33页。

② ［宋］洪迈：《夷坚志》，重庆：重庆出版社1996年版，第353页。

③ 司聘：《简述宋代"海岛妇人"类小说对释典故事的继承与流变——以〈夷坚志〉为中心》，《贵州社会科学》2016年10期。

《夷坚乙志》卷八《长人国》描述说，有一个明州（宁波）海商，随船入海，因浓雾迷失了方向，被风刮至一座海岛。两名船员上岛，本想砍点柴薪，却望见百步外有竹篱，篱笆内是一个菜园子。海航途中最需要的就是新鲜蔬菜，于是他们就"蹲踞摘菜"，谁知刚蹲下，忽然听到有人拊掌警告，同时看见一个高达三四丈（约10米）的"长人"，向他们飞奔而来。两人急忙逃走，可是其中一人行动稍慢，被"长人"抓住了。"长人"用藤蔓穿透他的肩胛骨，把他绑在一棵大树上，然后离去了。转眼间又回来，头顶上还顶着一口铁锅。船员料知他要用铁锅来煮烹自己，大恐。忽然想起自己腰间有砍柴用的刀子，急忙取刀斫断藤蔓逃回船上，斩断船缆逃命。等到"长人"追至，船已经离岸很远了。可是"长人入海追之，如履平地"，竟然被他追上。船员急忙"发劲弩射之"，他也不退。船员只好用斧头砍落了他三根手指，每根手指都有椽那么粗。① 这篇作品用艺术夸张的手法，叙述了一个航海奇遇故事，曲折地反映了航海生涯的艰辛和传奇性。

《夷坚丙志》卷六《长人岛》叙述的也是类似的故事。故事说山东半岛的密州有个人从事海洋贸易活动。有一次，他航海去广州，途中遭大风雾而迷航，"不知东西，任帆所向"，结果来到了一个陌生的岛屿。那时他们急需补充淡水，见到此岛，都急忙上岛找水。岛上果然有甘泉，他们把所有的储罐都装满了水，准备运回船里。他们还发现岛上有枣林，"朱实下垂"，他们大喜，"又以竿扑取，得数斛，欲储以为粮"。他们高兴得过头，"眷眷未忍还，共入一石岩中憩息"。就在这时，有四个巨人，"身皆长二丈余，被发裸体，唯以木叶蔽形"，走进石洞。一见这些船员，巨人非常吃惊。他们互相商量一下，留下一巨人看管，其他巨人飞奔离去。船员乘隙逃回船上，解缆离岛。那个巨人飞奔追来，"跳入水，以手捉船。船上人尽力撑篙，不能去，急取搭钩钩止之，奋利斧断其一臂，始得脱"。这个巨人的手臂"长过五尺"，几乎与一个普通人的个子差不多。②

在上述两个故事中，这些"长人"，除了个子特别高大，其他方面与常人无异。他们对于蔬菜和淡水特别珍视，也符合海岛生活常情。作者还故意用某某见之等叙述予以"证实"。

5.《夷坚志》所塑造的"海盗"形象

海上航行风险重重，除了不测的风暴，还有凶残的海盗。《夷坚志》

---

① ［宋］洪迈:《夷坚甲志》卷十，清十万卷楼丛刻本，第48页。
② ［宋］洪迈:《夷坚丙志》卷六，清十万卷楼丛刻本，第236页。

里记载和描述了众多海盗的形象。

甲志卷十《昌国商人》涉及的就是海盗内容。故事说南宋宣和年间，明州（宁波）昌国（舟山）某海商的商船，有一次临时停靠陌生海域中的某大岛。他与几个船员一起上岛砍柴伐薪，为岛人追赶逃回，但是有一个船员来不及跳到船上，被岛人抓去。这些岛人用铁链锁住他的脚，让他每天下田耕耘劳动，这样整整三年。三年后虽然不再戴脚镣了，但是这些岛人，每当饮酒时，就会用铁箸灼其屁股，见他每顿足号呼，则哄堂大笑，以此取乐。他后来侥幸逃回，但屁股和大腿上，全是烙印，密密麻麻，犹如龟壳。① 这个故事里虽然没有直接出现"盗"字，但是这些岛人的所作所为，完全是强盗所为。这个昌国海商登的岛，极有可能是一个海盗窝。

《夷坚丙志》卷十三《长乐海寇》②，则是直接出现"海寇"了。"绍兴八年，丹阳苏文瓘为福州长乐令，获海寇二十六人。"一举擒获了26名海盗，可见当时海盗之多，而海盗猖獗，从一个侧面反映出当时海洋经济活动的繁荣。"广州估客及部官纲者，凡二十有八人，共僦一舟。"这里出现的"纲者"，指的是当时担任海商船队首领的人物，这也是宋代海洋贸易繁荣的一个体现。这28个人共坐一条船，而舟中篙工柂（舵）师，也有二三十人，而且个个"劲悍不逞"。他们见乘客"所赍物厚"，就起了谋害之心。用酒将他们灌醉，然后加以杀害，抛尸入海，企图灭迹。故事说，这些人本来就是海盗，经常"登岸为盗，且掠居人妇女入船"，无恶不作，最终被人告发，落入法网。

《夷坚志》中还有一则《莆田海船》，反映的也是茫茫海路中的遇盗遭遇。故事说福建莆田士人守官广右，因事得罪仆人，被仆人勾结海盗，遭害于海途中。"全家遇害，抛尸水中。唯一老兵，既受刃而推堕板下。贼凿破其船，弃于淖，别易船行。兵伤处不致要害，经宿复苏，忍痛升岸。去乡里只数程，扶杖乞食，归报主家。"不料族人以为，"一门尽死，安得独存，是必与为囊橐者，执而诉于县"。县衙用尽各种办法审讯，终得不到口供，只好移送司理院审理。移送途中，刚巧碰见那三个海盗，"着商贾服，相随游观"。老兵立即指认说："此三个正是杀人贼。"案件终于得以大白。③

①　[宋]洪迈：《夷坚乙志》卷八，清十万卷楼丛刻本，第140—141页
②　[宋]洪迈：《夷坚丙志》卷六，清十万卷楼丛刻本，第2272页。
③　[宋]洪迈：《夷坚志》，重庆：重庆出版社1996年版，第213页。

6.《夷坚志》所构建的海洋异物形象

宋代时期，虽然海洋活动日益广泛，秦汉时期所描述的奇异海洋，正在逐渐退去其神秘性，但是深邃浩淼的大海，还是给人以丰富的想象，因而各种超现实的海洋异观，还是在涉海叙事中多有描述。《夷坚志》中就多有"海马""大鳍""大竹""异竹"等超现实形象出现。

《夷坚甲志》卷八《海马》说，绍兴八年的一个月夜，广州西边海滨名叫上弓弯的地方，来了一匹海里上来的海兽。其形状如马，蹄鬣皆丹，闯入海边的村民家，被民聚众杀之。谁知到了天亮的时候，海上传来阵阵噪音，"如万兵行空中，其声汹汹，皆称寻马"。有人意识到将有大灾来临，急忙迁移他处。第二天果然海水倒灌，把整个村子夷为平地，"环村百余家尽溺死"。① 这则故事记载的可能是一种海啸现象，但是作者却塑造了一匹奇异的"海马"形象，反映出时人对于奇特海洋水文现象的超现实解释。

《夷坚乙志》卷十六《海中红旗》所描述的海洋奇观，虽然看起来更加奇特，其实却属于一种对于海洋生物的变形叙事，是古代海洋生物叙事的常用手法，《太平广记》里多有体现。故事说赵丞相居住朱崖（海南）时，桂林帅遣使臣前往问候。使臣往自雷州浮海往南，三天后的一个早晨在海上遇到了奇异景观，只见海面洪涛间，"红旗靡靡，相逐而下，极目不断"。使臣以为碰上了"海寇或外国兵甲"，就去询问船工。却见船工脸色大变，"摇手令勿语，愁怖之色可掬"。船工急急入船舱里，只见他"被发持刀，出篷背立，割其舌，出血滴水中。戒使臣者，使闭目坐船内"。使臣闭目坐舱里，丝毫不敢动，整整过了约两顿饭工夫，才听见船工在喊他。船工告诉他，刚才所谓的"红旗"，其实是巨鳍的鳞鬣。这种大鳍，世间所传吞舟鱼也无法相比。而且这种鱼速度极快，就算它与船相距十数里，"身一展转，则已沦溺于鲸波中矣"。他刚才的割舌出血入海，是一种对它表示敬畏从而得以免灾之法。②

《夷坚乙志》卷十三《海岛大竹》则是一则传奇叙事，由于其发生在海岛上，更具有传奇意味。故事说有个乞丐，在明州（宁波）行乞，手持的一根竹子，非常奇特，"径三尺许，血痕渍其中"。乞丐说他以前是山东海商，有一次海上遭遇风暴，被刮至一座海岛。这座岛上长满竹子，"翠色欲滴"，他正在惊讶赏玩时，被两名皂衣人抓住，他们

---

① ［宋］洪迈:《夷坚甲志》卷十，清十万卷楼丛刻本，第40页。
② ［宋］洪迈:《夷坚乙志》卷十六，清十万卷楼丛刻本，第179页。

把他"夹捽以前，满路崭峭，如棘针而甚大，刺足底绝痛，不可行"，原来它们竟然都是牛角。他被带到了岛主面前，岛主斥责他平时喜欢吃牛肉，所以现在当受牛角之苦。他非常恐惧，乞求饶命，表示以后再也不敢吃牛肉了。这根浑身都是血迹的竹子，就是他发誓不再食牛的证物。他持竹回家后，"即弃妻子，辞乡里他适，而溷迹丐中"。①这个故事的主旨有点费解。耕牛是农业社会重要的劳动资源，古代曾经有过不食牛肉的民间禁忌，违反者要受到惩罚。《夷坚乙志》卷一里就有一则《食牛梦戒》，说有个叫周阶的江苏泰州人，喜欢食牛肉，有一天夜里做梦，梦里被官衙里的人抓去，严厉斥责他爱吃牛肉，并狠狠地拷打他。梦醒后再也不敢吃牛肉。这个故事的主旨与《海岛大竹》是一致的。但《海岛大竹》的情节设计为被海岛的岛主惩罚，初一看有点匪夷所思，但是如果将"血色竹子"与紫竹联系起来，则可以解释了。紫竹是普陀山观音道场上具有特定含义的宗教意象。《夷坚志》中的《海山异竹》，就是专写紫竹的。故事叙说温州巨商张愿，世世代代世为海贾，数十年来一直很顺利，但是到了绍兴七年的一天，"遭风暴，其船不知所届"，一直在海上漂流了五六天，终于靠上了一座海岛。岛上"修竹戛云，弥望极目"。他们上岸，砍伐了十竿竹，准备为篙棹之用。正在这时，一个白衣翁出现了，警告他们速速离去，否则有大祸，并指点了他们航行的方向。回去途中，十竹用其九，只剩下一根了。刚上码头，有"倭客及昆仑奴"，拊膺大叫"可惜"，并争欲求买那一根竹，而且绝不论价。张愿故意出价五千缗，本想吓唬他们，不料昆仑客仍然大喜，"如其数，辇钱授之"。后来他才说明，这根竹子，"乃宝伽山聚宝竹，每立竹于巨浸中则诸宝不采而聚。吾毕世舳游，视鲸波拍天如平地。然但知竹名，未尝获睹也。虽累千万价，亦所不惜"。②这则故事显然与普陀山观音道场的确立有某种联系。可见《海岛大竹》和《海山异竹》的主旨是一致的。

"洪迈撰写《夷坚志》花去大半生时间，使之成为古代文言小说史上一部相当重要的作品，前人有'文人之能事，小说之渊海'（陆心源序）之誉。……洪迈著《夷坚》是颇富意味的，可称为'洪迈现象'或'《夷坚志》现象'。这个现象包含着诸如小说观念、创作方法、风格流派、时代习尚等方面的丰富内容，可以说把握了它也就可以把握南宋文人小

---

① ［宋］洪迈：《夷坚乙志》卷十，清十万卷楼丛刻本，第167页。
② ［宋］洪迈：《夷坚志》，重庆：重庆出版社1996年版，第107页。

说创作的一般规律和特征。"① 《夷坚志》里上述涉海叙事，也充分证明洪迈对于小说艺术的追求。他的这些涉海作品，在整个古代海洋文学史上具有重要的地位。

第三节　周密《齐东野语》《癸辛杂识》中的海洋书写

周密（1232—1308），字公谨，号草窗，又号霄斋、弁阳老人、四水潜夫等，祖籍济南，长期留寓吴兴（今浙江湖州）。宋理宗时，周密曾任临安府幕属，又曾任义乌县令。宋亡入元后，周密离开官场，寓居杭州，专心著述。《齐东野语》和《癸辛杂识》为其笔记文学代表作，其中尤以《癸辛杂识》最为著名。该书被称为"百科全书式的笔记体著述"，认为它"以广阔的视野对当时宋人社会生活进行了全面勾勒。书中展示的宋人社会生活的诸多场景，为后世学者所重视。《癸辛杂识》是了解两宋社会政治、经济、文化、宗教等方面的生动资料"。② 这里所说的"全面勾勒"，其中也包含了周密对于海洋题材的关注、对于海洋的想象和塑造。

一、《齐东野语》中的海洋书写

《齐东野语》的写作宗旨，周密在自序中有清晰的说明，"参之史传诸书，博以近闻脞说，务事之实，不计言之野也"，说他在《齐东野语》中写的都是国史国事，宏大题材，这一选择导致该书中与海洋活动有关的内容极少，似乎只有卷十八《莫子及泛海》一文。

《莫子及泛海》说吴兴人莫汲（字子及），才华出众，解试、省试、廷对，皆居前列，一时名声大振，但后来被任命为学官后，"以语言获罪"，被贬谪到石龙（广东东莞一带）这个南部海边之地。"及素负迈往之气，暇日具大舟，招一时宾友之豪，泛海以自快。"真是纵情大海，放飞自我。结果他们的船居然一直漂到了"北洋"附近。茫茫大海，波涛汹涌更甚，"舟人畏敢进。子及大怒，胁之以剑，不得已从之"。来到了北洋地区后，"四顾无际。须臾，风起浪涌，舟掀簸如桔槔"。这个时候，出现了三条鱼，"皆长十余丈，浮弄日光"。所有的人都害怕得"战栗不能出语"，只有子

① 李剑国：《〈夷坚志〉成书考——附论洪迈现象》，《天津师大学报（社会科学版）》1991年第3期。

② 赵明海：《宋代生活管窥——读周密〈癸辛杂识〉》，《商丘师范学院学报》2007年第8期。

及"命大白连酌，赋诗数绝，略无惧意，兴尽乃返"，表达出了对于大海无所畏惧的豪迈气概。这篇笔记描述的"大海勇者"的形象，与真实的莫子及是比较相符的。莫子及来到石龙后，经常扬帆纵情大海，他的《石龙泛海作》可以为证："一帆点破碧落界，八面展尽虚无天。柁啸海波阔，今夕何夕吾其仙。"① 这里的"柁啸海波阔，今夕吾其仙"境界，与《莫子及泛海》中的"略无惧意，兴尽乃返"境界是一致的。

二、《癸辛杂识》中的海洋书写

周密《癸辛杂识》的撰述追求与《齐东野语》迥然不同。这是一部记载朝野逸事和社会风俗为主的笔记文学作品，虽然也坚持写实性和史料性，但毕竟具有更多的文学想象性内容，所以对于海洋题材就有较多的描述和反映。

《癸辛杂识》的涉海叙事，可以分为两大类，一类是现实题材，主要有《蔡陈市舶》和《倭人居处》。《蔡陈市舶》由两个故事合成，"一为报恩，一为复怨"，而这两件事的发生地，都在海洋之中或沿海地带。"报恩"说的是永嘉人蔡起莘，在宋末时为"海上市舶"，管理海洋贸易的。宋亡后一度参加过抗元斗争。他有个部属叫张曾二，几次因犯事差点被严罚，却都被他保了下来。后来他的家被元朝政府抄没，他携带家眷投奔杭州的亲友，路过张家浜，得知那个张曾二已经成为大富翁，他去拜访，得到了张的倾情报答，为他"造宅置田，造酒营运"，蔡起莘也终于又成了富人。另一个报仇的故事说的是蔡起莘之后继任市舶工作的天台人陈壁的事情。他在处理世居海上、为人老实谨慎而"因事至官"的方元时，过于严厉，竟然"槌折方手足，弃之于沙岸"。入元后，这个方元成为元朝政府管理海上漕运的官员。有一次他"因部粮船往泉南，至台境值大风不行，遂泊舟山下"，上岸取薪水补充时，得知那个害他的陈壁就迁居在这里，于是这天夜里，"三鼓后，方哨百人秉炬挟刃而来，陈氏一家皆不得免焉"。②

这由两则故事构成的"复合型"叙事，虽然突出的是恩怨相报，但其实深刻体现了海上活动及生活的复杂性和残酷性，它是"现实海洋"的曲折反映。

---

① ［宋］周密：《齐东野语》，《宋元笔记小说大观》，上海：上海古籍出版社2000年版，第5652—5653页。

② ［宋］周密：《齐东野语》，《宋元笔记小说大观》，上海：上海古籍出版社2000年版，第5813—5814页。

《倭人居处》则生动详细地描绘了南宋时期"倭人"的形象和他们在中国的生活情形。"倭人"是那时候国人对日本人的称呼。[①] 在周密笔下,这些日本人的衣食住行显得与中华文明迥然不同。他们住的房子,都用自己老家运来的新罗松建成,屋顶和地板,铺的也是松木,而且还"复涂以香",所以他们的居室都是"芬郁异常"。他们的穿着也很奇特,男人"其衣大袖而短,不用带(子)",而裤子都是裙子形状,"虽暑月亦服至数重";女人"人体绝臭,乃以香膏之,每聚浴于水,下体无所避,止以草系其势以为礼"。这在理学开始盛行的南宋时期,这种习俗是很让人震惊的。这些倭人,无论男女,所穿的鞋子,"则无跟,如罗汉所著者,或用木,或以细蒲为之"。他们吃饭的样子也很特别,"食则共置一器,聚坐团食,以竹作折折取之"。他们的行为举止显得野蛮,尤其在对待女性方面,显得禽兽一般。他们平时还喜欢使用扇子,"其聚扇用倭纸为之,以雕木为骨,作金银花草为饰,或作不肖之画于其上"。[②] 周密的这些描述,与现代日本人的生活习俗也非常近似,显示出周密现实主义叙事的强大观察力和生动的现场感。

《癸辛杂识》涉海叙事的第二类,看起来都是超现实的叙写,但作者似乎并不承认它们的虚诞性。他在"自序"中说,他不赞成苏东坡"姑妄言之"的随意为文态度,更批评洪迈《夷坚志》写得那么多那么杂,是"贪多务得,不免妄诞"。他认为这些都是"好奇之过"。他回忆自己写作《癸辛杂识》的缘起:"余卧病荒闲,来者率野人畸士,放言善谑,醉谈笑语,靡所不有,可喜可噩,以警以惧,或献一时之笑,或起千古之悲,其见绐者固不少,然求一二于千百,当亦有之。"因而"暇日萃之成编",其态度是很认真的,他还认为,"信史以来,去取不谬、好恶不私者几人,而舛伪欺世者总总也",所以他在《癸辛杂识》中的一些超现实叙写,"岂不犹贤于彼哉?"[③] 可见他认为里面的一些"虚诞"内容,其实并不虚诞,他自己是很认真地予以对待的。

《海船头发》说澉浦杨师亮航海至大洋时,突然天昏地暗,模糊中有一青面鬼跃入船中,接着来的还有一个美妇人。这个女人向船员讨要头发,

---

① 根据《旧唐书》"日本传"的记载,"倭国"变为"日本"大约发生在贞观二十二年(648)至长安三年(703)的 50 多年之间。也就是说 7 世纪前为"倭国",7 世纪后为"日本"。参见川胜平太:《文明的海洋史观》,上海:上海文艺出版社 2014 年版,第 119 页。

② [宋]周密:《癸辛杂识》,《宋元笔记小说大观》,上海:上海古籍出版社 2000 年版,第 5811 页。

③ [宋]周密:《癸辛杂识》,《宋元笔记小说大观》,上海:上海古籍出版社 2000 年版,第 5696 页。

"舟人皆辞以无，妇人顾鬼自取之，即于船板下取一笼，启之，皆头发也。妇人拣数束而去"。①

类似故事在徐铉《稽神录》的《朱廷禹》中也有描述。此文被《太平广记》转录，故事细节更加生动。这类叙事令人费解，在古代的海洋人文中，"头发"并非一种文化密码，没有什么象征意义。这个故事或许是想表明大海遭遇的复杂性。

《海神擎日》描述的也是海洋鬼神现象。故事说扬州有个赵都统，号赵马儿，曾经"提兵船往援李璮于山东"，可见故事是以海上抗金为背景的。他们的兵船到了山东半岛外海的登、莱一带时，受到金兵阻扰，"殊不可进，滞留凡数月"。有一天，他们正在观赏"日初出海门"时，忽然看见有一人，"通身皆赤，眼色纯碧，头顶大日轮而上，日渐高，人渐小"。这个海上灵异不但随着太阳而出，而且还"凡数月所见皆然"。② 或许这是一种海洋气候造成的幻觉，但周密却是把它当作真实而神奇的海洋现象来写的。

《海鳅兆火》《海蛆》和《乌贼得名》诸篇，描述的都是变异或谶语预兆性海洋生物。《海鳅兆火》记述了一条大鱼海鳅，在江浙海边的潮沙上搁浅，"恶少年皆以梯升其背，脔割而食之，未几大火，人以为此鳅之示妖"。作者还记述说，在辛卯岁十二月二十二、三日间，又有海鳅复大于前者，死于浙江海边的沙滩上，结果又发生了火灾，"火作于天井巷回回大师家，行省开元宫尽在煨烬中，凡毁数千家"。作者还引用《五行志》说："海鱼临市，必主火灾。"③

然而《海蛆》的记叙，则是超现实描述中又包含了现实性的话语。故事说（江苏）张家浜至盐城，有十八个浅海沙滩，运输的海船经常搁浅。"凡海舟阁浅沙势，须出米令轻。如更不可动，则便缚排求活，否则舟败不及事矣。"所以撑船的"舵梢之木"一定要异常结实，方可让船避开沙滩。这种"舵梢之木"名曰铁棱，一般都用乌婪木，非常珍贵，"凡一合直银五百两"。此外，"凡海舟必别用大木板护其外，不然则船身必为海蛆所蚀"。船体被海水腐蚀，是自然现象，但是时人却说这是被"海蛆"咬烂的。这与当时对于海洋腐蚀现象缺乏科学认识有关，但文中的沙滩、

① ［宋］周密：《癸辛杂识》，《宋元笔记小说大观》，上海：上海古籍出版社 2000 年版，第 5773 页。

② ［宋］周密：《癸辛杂识》，《宋元笔记小说大观》，上海：上海古籍出版社 2000 年版，第 5774 页。

③ ［宋］周密：《癸辛杂识》，《宋元笔记小说大观》，上海：上海古籍出版社 2000 年版，第 5797 页。

铁锚等，都是写实的。尤其值得重视的是，这篇叙事结束时还有一句这样的记载："凡运粮则自莱州三神山再入大洋，七日转沙门岛，可至直沽，去燕止百八十里耳。"① 这里包含了南宋时期海上漕运的信息，是很珍贵的史料。

《乌贼得名》也是奇异中包含了现实性因子。故事说墨鱼之所以被称为乌贼，是由于其"腹中之墨可写伪契券，宛然如新，过半年则淡然无字"。这种习性往往为"狡者专以为骗诈之谋"，所以墨鱼就被称为"贼"了。② 这其实是冤枉了墨鱼，因为墨鱼喷墨是自然生理现象，而被人用以作伪，是人之狡，非墨鱼之过。

《癸辛杂识》中还有一篇内容比较奇特的超现实叙事《海井》。故事极具传奇性：华亭县闹市中有个小卖铺，铺里有一物，"如小桶而无底，非竹，非木，非金，非石，既不知其名，亦不知何用"。这样过了许多年，从来没有人意识到它有什么特殊价值。直到有一天，"有海舶老商见之，骇愕，且有喜色，抚弄不已"。询问价值，店主见其如此喜欢，就故意出了一个五百缗的高价，最终以三百缗出售。海商拿到手后，才说："此至宝也，其名曰海井。寻常航海，必须载淡水自随，今但以大器满贮海水，置此井于水中，汲之皆甘泉也。平生闻其名于番贾，而未尝遇，今幸得之，吾事济矣。"③ 这个故事看起来很荒诞，其实也是海洋活动中淡水极为珍贵、海洋人渴望有聚集淡水神器出现这种愿望的曲折体现。

第四节　宋代其他海洋叙事

宋代海洋叙事文学的繁荣，除了上述代表性的作家作品外，还体现在李石《续博物志》、徐铉《稽神录》、章炳文《搜神秘览》、钱易《南部新书》、杨亿《杨文公谈苑》、秦再思《洛中纪异》、张师正《倦游杂录》、刘斧《青琐高议》、王辟之《渑水燕谈录》、聂田《祖异志》、伯温《河南邵氏闻见前录》、洪皓《松漠纪闻》、陆游《老学庵笔记》、张邦基《墨庄

---

① ［宋］周密：《癸辛杂识》，《宋元笔记小说大观》，上海：上海古籍出版社2000年版，第5798页。

② ［宋］周密：《癸辛杂识》，《宋元笔记小说大观》，上海：上海古籍出版社2000年版，第5834页。

③ ［宋］周密：《癸辛杂识》，《宋元笔记小说大观》，上海：上海古籍出版社2000年版，第5775页。

漫录》和郭彖《睽车志》等著作中。这些著作的涉海文本，虽然在每部作品中所占的比例不高，一般只有一则或数则，但是它们都从不同的角度反映了当时海洋活动，包含了丰富的海洋人文信息。

一、李石《续博物志》中的涉海书写

李石《续博物志》中有四则涉海作品。李石的生平事迹不详，有晋人、唐人、宋人之说。《四库全书》考证李石为宋人，从此基本上成为定论。他应该属于跨朝代的人，生活于唐末宋初。但是对于他是《续博物志》的作者这一点，则没有任何存疑。

《续博物志》中有四则涉海作品。它们分别记载了一条海鱼、两座海岛和一件海物。鱼指鲸鱼，说鲸鱼乃“海鱼也，大者长千里，小者数千丈”，这已经是很夸张了。其“一生数万子，常以五月、六月就岸生子，七月、八月导从其子还大海中”，既有写实的鲸鱼习性描述，又有所夸大。但“鼓浪成雷，喷沫成雨，水族惊畏，莫敢近”，则是比较写实的了。①

两座海岛分别写的是度朔山和蓬莱山。前者为鬼岛，后者为神仙岛，都是超现实书写。《续博物志》说：“海中有庭朔山。上有桃木，蟠屈三千里。枝东北鬼门，万鬼所出入也。荼与郁垒居其门，执苇索以食鬼。故十有二月岁竟，腊之夜，遂以荼垒并挂苇索于门。”② 古人写神仙岛的多，写鬼岛的很罕见，本篇可以说是一种题材上的开拓。

蓬莱山是秦汉时期产生的海洋仙语文化意象，但其究竟位于何处，则是模糊的，然而《续博物志》却明确说，“其岛属昌国县。其上平广，可以种莳”。但后来这座岛找不到了，“岛人云：‘蓬莱三仙山，越弱水三万里，不应指顾间便见。’此外不复见山”。③

有一物更为奇特罕见。“海州有人持一束黑物，形如竹箴。其人云：‘海鱼腮中毛。’可作屏风贴。色似水牛角，头似猪鬃，长三四寸，广可一寸。”④ 这根来自于所谓海鱼鱼腮里的毛发，现实中是不可能存在的。所以总体来看，李石《续博物志》还有很浓郁的海洋志怪色彩，正如其书名所示，源自张华《博物志》，说明《续博物志》是对汉魏海洋志怪文学

---

① ［宋］李石《续博物志》，明古今逸史本。
② ［宋］李石《续博物志》，明古今逸史本。
③ ［宋］李石《续博物志》，明古今逸史本。
④ ［宋］李石《续博物志》，明古今逸史本。

的一种传承。这与宋后来的比较倾向现实主义的海洋文学书写，有很大的不同。

二、徐铉《稽神录》和钱易《南部新书》的涉海叙事

徐铉（916—991）是五代至北宋初年的文学家，扬州广陵（今江苏扬州）人。初仕吴，后仕南唐，随李煜一起降宋。曾参与《太平广记》等丛书的编撰。

《稽神录》是一部志怪小说集，多记灵异神怪之事。鲁迅《中国小说史略》评价其书为"其文平实简率"。其中有一则涉海叙事《姚氏》，也体现出这种平实的写作态度："东州静海军姚氏率其徒捕海鱼，以充岁贡。时已将晚，而得鱼殊少。方忧之，忽网中获一人，黑色，举身长毛，拱手而立。问之不应。……姚曰：'此神物也，杀之不祥。'乃释而祝之曰：'尔能为我致群鱼，以免阙职之罪，信为神也。'毛人却行水上数步而没。明日，鱼乃大获，倍于常岁矣。"① 这则叙事的海洋人文信息是比较丰富的。用捕鱼来"充岁贡"，说明当时的海洋税赋已经是普遍现象。姚氏捕获到了一个鱼人，这是自《山海经》以来的海洋鱼人叙事的传承，但这个鱼人不同于鲛人，不会产珠，却能为姚氏驱鱼入网，所以又有海洋民间的渔神信仰成分了。

《太平广记》有一则转录自《稽神录补遗》"海上人"，记叙的故事有点类似："近有海上人，于鱼脔中得一物，是人一手，而掌中有面，七窍皆具，能动而不能语。传玩久之，或曰：'此神物也，不当杀之。'其人乃放置水上，此物浮水而去，可数十步，忽大笑数声，跃没于水。"海洋浩瀚无比，海洋生物不可尽数，此类"海洋怪灵"形象层出不穷，反映出时人对于海洋的认知是逐步发展的。

北宋钱易《南部新书》中也有一则涉海故事。"大历八年，吴明国进奉。其国去东海数万里，经挹娄、沃沮等国。其土宜五谷，多珍玉，礼乐仁义，无剽劫。人寿二百岁，俗尚神仙。常望黄气如车盖，知中国有土德君王，遂贡常然鼎，量容三斗，光洁类玉，其色纯紫。每修饮馔，不炽火常然，有顷自熟，香洁异常。久食之，令人反老为少，百疫不生。"②

钱易（968—1026），字希白，临安（杭州）人。五代吴越国王钱俶

---

① ［宋］徐铉：《稽神录》，《宋元笔记小说大观》，上海：上海古籍出版社 2001 年版，第 185 页。

② ［宋］钱易：《南部新书》，《宋元笔记小说大观》，上海：上海古籍出版社 2001 年版，第 371 页。

之侄。入宋后，潜心国史。《南部新书》就是一部以记载唐代朝野掌故内容为主的笔记作品，对研究唐代历史颇具价值。而书中还有不少有关唐代文学家的故事，对于文学史研究也有裨益。

《南部新书》中的这则"吴明国"涉海笔记，为后人提供了宝贵的海洋交流的史料。文中所说的挹娄等都在北海一带。《三国志·魏书·乌丸鲜卑东夷传》载："挹娄在夫余东北千余里，滨大海。"那么这个吴明国当也在北海地区了。但是这则笔记作品却是抄袭唐代苏鹗《杜阳杂编》的文章，只不过把原文的"贞元八年"（792）改成了"大历八年"（773），他把时间往前推了约20年，是不是觉得这个美好的海洋国家与中国的交往应该更早一些呢？但是他还漏掉了原文的后半部分："鸾蜂蜜，云其蜂之声，有如鸾凤，而身被五彩。大者可重十余斤，为窠于深岩峻岭间，大者占地二三亩。国人采其蜜，不逾三二合，如过度，即有风雷之异。若螫人生疮，以石上菖蒲根傅之，即愈。其色碧，贮之于白玉碗，表里莹彻，如碧琉璃。久食令人长寿，颜如童子，发白者应时而黑。逮及沉疴眇跛，无不疗焉。"[1] 这部分主要写了吴明国的一种特产鸾蜂蜜，钱易加以删除，也许是认为这属于俗物，缺乏前面所说的"礼乐仁义"的高境界吧。

三、刘斧《青琐高议》和杨亿《杨文公谈苑》等中的涉海叙事

《青琐高议》是宋代著名笔记作品集。作者刘斧，北宋中叶人，生卒年及生平事迹均不详。其中的《巨鱼记》和《异鱼记》，分别描述了一条海洋大鱼和异鱼。《巨鱼记》说，这年的八月十七日，"天气忽昏晦，海风泯泯至，而雨随之。是夜潮声如万鼓，势若雷动，潮逾中堰，卒闻阴风海水中，若有数千人哭泣声。及晓，有巨鱼卧堰下，长百余丈，望之隆隆然如横堤。困卧沙中，喘喘待死，时复横转，遂成泥沼，然或有气，沙雨交飞，后三日乃死。额有朱书尚存焉。此地人莫有识此鱼者，身肉数万斤，皆不可食，但作油可照夜"。[2] 这显然是鲸鱼搁浅现象，说明北宋时期，河北海边曾经有鲸鱼进港搁浅。

《异鱼记》描述了一条奇异而可爱的"诗鱼"。说是有一天，广州滨海一个渔民，夜里海上捕鱼时网得一鱼，重百斤，第二天天亮后一看，

---

① ［唐］苏鹗：《杜阳杂编》，清文渊阁四库全书本，第8页。
② ［宋］刘斧：《青琐高议》，《宋元笔记小说大观》，上海：上海古籍出版社2001年版，第1106页。

这鱼非常奇特,"人面龟身,腹有数十足,颈下有两手如人手。其背似乎鳖,细视项有短发甚密,脑后又有一目,胸腹五色,皆绀碧可爱"。围观的渔民没有一个人认识此鱼。这似乎又是一个传统的人鱼故事了,但是后面的发展却是一种崭新的情节设置。这个渔民意识到"杀之不祥",就用荷叶和败席覆盖,放置于屋墙根下。半夜里他听到鱼发出声音,这个渔民"蹑足附耳听之",听见鱼在自言自语:"因争闲事离天界,却被渔人网取归。"听起来很像是诗句,渔民大为吃惊,不自觉发出了声音。这声音惊动了鱼,鱼便"不复言"。渔民把这怪事告诉了别人,结果有一个叫蒋庆的人把它买了去,"以巨竹器荷归,复致于轩楹间,以物覆之",到了夜里"潜足往听之",果然听到鱼又在吟诗:"不合漏泄闲言语,今又移来别一家。"这下蒋庆也大为吃惊了,天亮后他有事外出,回来后听到妻子说刚才鱼在说"渴杀我也",蒋庆"汲井水以沃之",又用海水养之。结果这天夜里,他和妻子听到鱼说:"放我者生,留我者死。"原来这条鱼竟然是"龙之幼妻",因与龙王怄气,"忿然离所居至近岸",结果被渔民捕获了。蒋庆用小船"载入海,深水而放之",半年后这条"鱼"派人送给蒋庆一颗美珠表示报答。① 这条人鱼有诗才,有性格,是非常罕见的一个人鱼形象。这个故事也涉及龙王,可见这个时期,海洋龙王信俗已经在海洋社会广泛流传。

杨亿《杨文公谈苑》中的《张洎见龙》也是一则涉海叙事:"张洎使高丽,方泛舟海中,因问舟人:'龙可识乎?'对曰:'常因云起,多见垂尾于波澜间,动摇舒缩,良久,雨大作,未尝见其全体及头角也。'洎因冠带焚香,祝以见真龙。时天清霁,忽有龙见于水际,少顷渐多,以至弥望,蠢然无数,洎甚震骇,良久而没。"②

杨亿(974—1020),字大年,建州浦城(今福建浦城)人。《杨文公谈苑》是由杨亿口述、黄鉴笔录、宋庠整理而成的一部笔记著作。内容包罗万象,而且涉及五代十国、唐、日本、高丽等。《张洎见龙》的故事背景即为宋朝特使出使高丽。他的这则笔记则反映出宋代时期民间对于海洋龙王崇拜的心理。其实从文中的描述来看,这所谓的真龙现身,很可能就是那种后世民间称为"龙吸水"的海洋自然水文现象。而文中"张洎使高丽"则反映出北宋时期与高丽交往的信息,值得重视。

---

① [宋]刘斧:《青琐高议》,《宋元笔记小说大观》,上海:上海古籍出版社2001年版,第1106—1107页

② [宋]杨亿:《杨文公谈苑》,杨亿口述、黄鉴笔录、宋庠整理、李裕民辑校:《宋元笔记小说大观》,上海:上海古籍出版社2001年版,第544页。

　　宋代类书《分门古今类事》卷四中，还有一则录自秦再思《洛中纪异》的《归皓溺水》。它叙述了原籍钱塘后移居海外的归皓带领众人泛海来朝贡的经历。他们的船在途中遇到风暴，船毁人亡，只有归皓抱得一木，经过三天三夜漂流，来到一个岛上。他在岛上随道士进入水中拜见海龙王，但海龙王说死者簿里没有归皓的名字。而两百多个跟随归皓泛海的人都死了，都有名字，但归皓没有。后来他被送到莱州岸边获救。这个故事里有龙王，有海洋仙道，更有海难，多方面折射出宋代时期海洋活动和海洋人文的信息。

　　张师正《倦游杂录》中的《采珠》一文，记载了疍民采珠的信息："《岭南杂录》云：'海滩之上，有珠池。居人采而市之。'予尝知容州，与合浦密迩，颇知其事。珠池凡有十余处，皆海也，非在滩上。自某县岸至某处，是某池，若灵渌、囊村、旧场、条楼、断望，皆池名也。悉相连接在海中，但因地名而殊矣。断望池接交趾界，产大珠，而蜑往采之，多为交人所掠。海水深数百尺已上，方有珠，往往有大鱼护之，蜑亦不敢近。"①

　　张师正，字不疑，襄国（今河北邢台）人，生卒年不详。他留下了《括异志》和《倦游杂录》两部著作。《括异志》主要记述北宋时期的各种奇闻逸事，篇末多注明材料来源，以显示其可信，说明虽然所记内容多为超现实的，但是其写作态度，却颇为务实。《倦游杂录》并非一部旅游考察文录，书名中的"倦游"指的是官场经历，所以《倦游杂录》多记官场黑暗。张师正多年在南方为官，书中记载了许多南方各地的风俗、特产，《采珠》就体现出了这一点。

　　南海盛产海珠，甚至有"珠池"之说，这在古代文献中多有记载和描述。这则笔记的可贵之处，不仅在于它反映了珠池的存在，而且在于保存了采珠人主要是蜑（即疍民）这个特殊的海洋人群的珍贵信息。

　　王辟之（1031—？），字圣涂，临淄（今山东临淄）人。《渑水燕谈录》是他的主要著作。"渑水"是古水名，源出今山东临淄西北，可见此书主要完成于临淄，内容涉及时政、管制、文儒逸事等，大多比较可信。

　　《渑水燕谈录》里也有数则涉海笔记。其中一则记载了与高丽文化和经济交流的珍贵信息："高丽，海外诸夷中最好儒学，祖宗以来，数有宾客贡士登第者。自天圣后，数十年不通中国。熙宁四年，始复遣使修贡。

---

　　① ［宋］张师正：《倦游杂录》，《宋元笔记小说大观》，上海：上海古籍出版社2001年版，第750页。

因泉州黄慎者为向道，将由四明登岸。比至为海风飘至通州海门县新港。先以状致通州谢太守云：'望斗极以乘槎，初离下国。指桃源而迷路，误到仙乡。'词甚切当。"① 这则笔记的本来用意是赞扬高丽人的"好儒学"，但是里面透露了通高丽海上的航线改变这个信息，这是很珍贵的海洋交通史资料。

聂田《祖异志》一书已经亡佚，其文散见于各选本文集，其中的一篇《人鱼》就被辑录于宋曾慥所编《类说》一书中。"待制查道，奉使高丽，晚泊一山而止。望见沙中有一妇人，红裳双袒，髻鬟纷乱，肘后微有红鬣。查命水工以篙扶于水中，勿令伤。妇人得水，偃仰复身，望查拜手，感恋而没。水工曰：'某在海上未省见，此何物？'查曰：'此人鱼也。能与人奸处，水族人性也。'"② 聂田的籍贯和生卒年均不详，不知这条笔记的材料来自于何处，但是它所描述的海洋人鱼形象，在古代海洋文学中显得很突出。因为自《山海经》开始的海洋人鱼叙事，虽然故事大多稀奇古怪，超越现实，但把人鱼描述成品行不端的"放浪"女性形象，这篇笔记是第一篇，它在相当程度上对于后世的此类叙事有所影响。

邵伯温在他的《河南邵氏闻见前录》中，记载和描述了一种海岛"巨人"的形象："康节先公见一道人，言尝泛海遇风，泊岸，与数人下采薪。有巨人数十，长丈余，相呼之声如禽兽，尽捉以去，用竿竹鱼贯之，食以荐酒。道人偶在竹末，巨人醉睡，走登船得脱。因解衣出其所穿迹在胁下。康节先公曰：'四海之外，何所不有？但人耳目不能及耳。'"③ 邵伯温（1055—1134），字子文，洛阳人。他这篇笔记所写的这种海岛巨人，以前已经有多人叙写，本不足为奇，需要引起重视的是文末康节公那句"四海之外，何所不有？但人耳目不能及耳"，这里包含了对于浩瀚博大的海洋世界的敬畏之情，表达了对于海洋世界探索不已的精神。

章炳文《搜神秘览》中的《张都纲》，也是一篇涉海叙事。章炳文，字虎叔，京兆人，祖籍福建浦城，生卒年不详，约北宋后期时人。《搜神秘览》是一部志怪小说，《宋史·艺文志》著录"章炳文《搜神秘览》三卷"，但到元代以后便亡佚了。它的宋刻本传到了日本，后来又传回了中国。《张都纲》说的是柳州张都纲，在一次海上航行时遭遇风暴，船遭损坏，但幸好没有沉没，全船数十人扶趴于船顶，漂荡至一个海岛。岛上全是妇女，

① ［宋］王辟之：《渑水燕谈录》，《宋元笔记小说大观》，上海：上海古籍出版社2000年版，第1297—1298页。

② ［宋］曾慥编：《类说》，清文渊阁四库全书，第307页。

③ ［宋］邵伯温：《河南邵氏闻见前录》，北京：中华书局1985年版，第145页。

形貌装束特异，见到他们，一拥而上，"拍裂人而啖之"，可见是女妖一类形象。只有张都纲哀祷而免，被带到了岛主面前。岛主也是一个女妖，就留他在身边服侍为佣，但禁止他外出。一直到了某一天，张都纲听到这些女妖在说什么"来日柳州张都纲宅，设天地冥阳大醮，拜请诸女"，估计说的就是自己家的事情，就委婉恳求携他一起前去。女妖就把他放置在布袋里，"使一女揽其首而背之，相与腾空而去"。顷刻间就到了柳州，张都纲发现果然是自己家里。"见家人环匜一撮而哭。夜半，将召呼诵《净天地咒》。"那些女妖一听见经文，立即逃避，连张都纲都不管了。一家人终于得以相见。家人说听闻他的船已经沉没，以为他必死无疑，就在家里设置灵堂，为他烧香念经超度呢。① 这则故事充满了超现实的志怪意味，但其实也包含着海洋活动生死叵测充满风险这样的现实因素。超现实的叙事形态包含的是海洋现实的严酷性。

四、张邦基《墨庄漫录》和郭象《睽车志》等中的涉海叙事

张邦基，生卒年不详，字子贤，江苏高邮人，长期定居明州（宁波），高邮和明州都是滨海之地，所以张邦基对于海洋比较熟悉，他的涉海描述，比较细腻。

张邦基《墨庄漫录》里的两则笔记，分写蓬莱岛和宝陀山，一为虚，一为实；一为道，一为佛。叙写蓬莱岛的故事说，明州士人陈生，早期赴京赶考，想在京城发展，但失败了，回到家里后，"乃于定海（现镇海）求附大贾之舟，欲航海至通州而西焉"。说明当时进行海洋贸易，是一项十分有利可图的事情，连读书人也参与其中了。但第一次出海就遭遇了风暴，整个船队都"覆溺相继也"，只有陈生所在的那艘船，船员"人力健捷，张篷随风而去"，虽然也危机重重，"欲葬鱼腹者屡矣"，最终还是安全躲过了风暴的袭击，但"凡东行数日，风方止，恍然迷津，不知涯涘"，船员们都说这片海域他们从来没有到达过。就在这时，远处传来悠扬的钟声，他们循声而去，来到一个浦潋海湾。上岸后发现这里佳木荟蔚，珍禽鸣弄，还有一座金碧明焕的"天宫之院"。堂上一老人据床而坐，庞眉鹤发，神观清癯，环侍左右约三百余人，个个都是白袍乌巾，原来这个岛名字也叫蓬莱岛，但是岛上之人并非神仙，而是唐丞相裴休及部属，为避唐末之乱，集体移居到这里。岛上遍地都是良金美玉，还有很多野人参。他们认为秦始皇遣徐福求三山神药是可笑的，所以在岛上极顶处

---

① ［宋］章炳文：《搜神秘览》，续古逸书丛景宋刻本，第12页。

建了一个亭子，名叫"笑秦"。但是他们又指着远处那突兀干霄、峰顶积雪的海岛说："此蓬莱岛也。山脚有蛟龙蟠绕，故异物畏之，莫可犯干也。"他们笑秦始皇求药却不否认蓬莱岛的存在。他们还送陈生上了蓬莱岛。"时夜已暝，晓见日轮晃曜，傍山而出。波声先腾沸，汹涌澎湃，声若雷霆，赤光勃郁，洞贯太虚。顷之天明，见重楼复阁，翬飞云外，迨非人力之所为。但不见有人居之，唯瑞雾葱茏而已。同来处士云：'近世常有人迹至此，群仙厌之，故超然远引鸿蒙之外矣。唯吕洞宾一岁两来，卧听松风耳。'"① 这里出现了吕洞宾的名字，说明当时吕洞宾已经从道教大宗师发展为神仙类人物。这篇笔记中还写到了避难海岛云云，透露出南宋时期大量内陆人士进入海岛避难的社会现实。这是有历史依据的。舟山群岛的黄龙、嵊山和花鸟诸岛，几乎都是南宋初期由从大陆（主要是宁波、台州一带）涌入的移民开发的。

张邦基《墨庄漫录》另外一则涉海笔记，则基本是写实的，为作者所亲闻。作者说当年他在四明（宁波）时，听去往昌国县宝陀山观音洞祷雨归来的市舶局官员说，宝陀山不甚高峻，山下居民百许家，以渔盐为业，亦有耕稼。山上有一寺，有僧人五六十人。他还重点写了一个细节："佛殿上有频伽鸟二枚，营巢梁栋间，大如鸭颏。毛羽绀翠，其声清越如击玉。每岁生子必引去，不知所之。"另外则详细描述了据说有观音显灵的那个潮音洞。"山有洞，其深罔测，莫得而入。洞中水声如考数百面鼓鼙，语不相闻。其上复有洞穴，日光所射，可见数十步外，菩萨每现像于其中。"那个官员来到潮音洞，"密祷愿有所睹"，他果然也见到了观音，"于（洞）深远处见菩萨像，但见下身如腰，而上即晦矣，白衣璎珞，了了可数，但不见其首。寺僧云：顷有见其面者，乃作红赤色，今于山上作塑像，正作此色，乃当时所现者。"作者还写道，"三韩外国诸山在杳冥间，海舶至此，必有祈祷。寺有钟磬铜物，皆鸡林商贾所施者，多刻彼国之年号，亦有外国人留题颇有文采者"。② 《墨庄漫录》这则笔记信息量极大，一是南宋初期，尚未成为观音道场的普陀山只有一个寺庙，而且岛上还有很多世俗百姓定居，这与后来完全不一样；二是那时潮音洞已经成为普陀山最重要的崇信之所，这为后来史浩、史弥远父子在此见到观音的传说打下了传承的基础；三是反映出普陀山在海上丝绸之路上的重要地位，

---

① ［宋］张邦基：《墨庄漫录》，《宋元笔记小说大观》，上海：上海古籍出版社 2000 年版，第 4664—4667 页。

② ［宋］张邦基：《墨庄漫录》，《宋元笔记小说大观》，上海：上海古籍出版社 2000 年版，第 4694—4695 页。

南宋时期这里是外国使者和商船出海前的必到之处，而且岛上还多有"外国人留题"等国际交往的历史痕迹。

南宋时期是普陀山观音道场的形成时期，张邦基《墨庄漫录》里透露出当时观音文化的生成机制，而宋孝宗乾道年前后在世的郭彖《睽车志》中的一则笔记，也涉及了这个问题，而且还更进了一步。

郭彖，生卒年不详，和州（今安徽和县）人。《睽车志》中的那则涉海故事说，南宋绍兴辛未岁的一天，四明有巨商泛海行，十余天后，抵达了一个海岛。恰逢连日风涛，船不能行，他就登岛观光，岛上"绝无居人，一径极高峻。乃攀蹑而登，至绝顶，有梵宫焉，彩碧轮奂，金书榜额，字不可识"。这样的岛上居然还有如此辉煌的梵宫，自然引起了海商的好奇。他推门而入，室内"阒然无人，惟丈室一僧独坐禅榻"。海商上前作礼，还主动希望"饭僧五百，以祈福佑"。斋毕，老僧带他来到了一个地方，这里有竹数个，"干叶如丹"，非常奇特。海商坚求，终于得到了一根。后有老叟见之惊曰："君何自得之？请易筭珠。"原来这竹乃是"观音坐后旃檀林紫竹也"。① 中国的普陀山观音道场也有紫竹林。这个故事通过"紫竹"这个意象，努力营造普陀山与观音信仰发源地古印度南部海边普陀落伽山之间的渊源关系，显然是对普陀山观音道场的进一步打造。

郭彖《睽车志》中还另有一则涉海笔记，叙写的是海岛"巨人"，透露出海岛"食人族"的信息。"建炎间，泉州有人泛海，值恶风，漂至一岛。其徒数人登岸，但见花草甚芳美，初无路径。行入一大林，有溪限其前，水石清浅。众皆揭涉，得一径，入大山谷间。俄见长人数十，身皆丈余，耳垂至腹，即前擒数人者，每两手各挈一人，提携而去，至山谷深处，举大铁笼罩之。长人常一人看守，倦即卧石上，卷其耳为枕焉。时揭罩取一人，褫去其衣，众共裂食之。内一人窃于罩下抔土为窟，每守者睡熟，即极力掘之，穴透得逸。走至海边，值番舶得还。言其事，莫知其何所也。"② 这则笔记属于道听途说类志怪笔记，此类故事别人也写过，所以没有提供什么新的价值，但是遭遇者的身份是"泉州海商"，说明南宋时期海洋贸易的重地是泉州一带。另外故事还说这个巨人居住的海岛"花草甚芳美""有溪限其前，水石清浅"，这样美丽宁谧的环境与食人恶习

---

① ［宋］郭彖：《睽车志》，《宋元笔记小说大观》，上海：上海古籍出版社2000年版，第4105—4106页。

② ［宋］郭彖：《睽车志》，《宋元笔记小说大观》，上海：上海古籍出版社2000年版，第4108页。

形成强烈对比，艺术上还是有一定特色的。

著名诗人陆游《老学庵笔记》也有一则涉海笔记，虽然非常简短，但信息量也不少："洪驹父窜海岛，有诗云：'关山不隔还乡梦，风月犹随过还身。'"① 洪驹父本名洪刍，豫章（今江西南昌）人，黄庭坚的外甥。绍圣元年（1094）进士，靖康（1126—1127）中为谏议大夫。金兵入汴后被朝廷认为有"失节"，遭贬废，被流放沙门岛，最终死在岛上。沙门岛是北宋时期开始形成的罪犯发配流放之所。《水浒传》中，玉麒麟卢俊义和铁面孔目裴宣都有"刺配沙门岛"的经历。其具体位置，《中国古今地名大辞典》说："沙门岛，在山东蓬莱县西北六十里。"南宋人周辉《清波杂志》有一则笔记《沙门岛罪人》："旧制：沙门岛黥卒溢额，取一人投于海。殊失朝廷宽贷之意。乞后溢额，选年深至配所不作过者移本州。神宗深然之。著为定制。乃马默知登州日建明也。"② 这里反映的有关流放地沙门岛的信息更多，如果罪犯过多，安置不下了，就随意把囚徒扔入海。这种处置真是残酷无情。而陆游《老学庵笔记》中的这则沙门岛笔记，并非一则叙事，而是一条简单的记载，但文中用一个"窜"字来代替表述他被发配沙门岛，有变被动为主动之意，包含了作者对于洪驹父遭遇实乃"自己造孽"这样一个价值判断。

本章结语

宋代的海洋书写，是中国古代海洋文学发展史上一个高原式的繁荣时期，而且也有不少高峰式作品的出现，这在叙事类海洋作品中显得尤为突出。

本章主要考察宋代的涉海叙事作品。《太平广记》虽然是一部类书，并非个人创作，但是由于其辑录保存了70多篇涉海作品，内容涉及与海洋有关的各个方面，使得它与《山海经》同样具有中国古代海洋文学"摇篮式题库"的崇高地位。而且由于它所辑录的作品的原著，很多后来已经湮灭，所以更显得意义重大。

朱彧《萍洲可谈》中出现了有关"指南针"（即罗盘）的记载，这

---

① ［宋］陆游：《老学庵笔记》，《宋元笔记小说大观》，上海：上海古籍出版社2000年版，第3466页。

② ［宋］周辉：《清波杂志》，《宋元笔记小说大观》，上海：上海古籍出版社2000年版，第5029页。

不但是中国航海史上的大事，也是世界航海史上的大事。从朱彧《萍洲可谈》的记叙中可知，宋代的航海家们对于指南针是抱着非常积极的欢迎态度的，这种务实的科学精神，与西方在指南针刚引进时的"恐惧"表现形成了鲜明对比。"在中世纪的印度洋地区，尽管海图和罗盘已被人们熟知并完全可能成为印度洋贸易船只的标配设备，但是，在当时印度洋地区的航海文献中，却几乎不曾提及海图和罗盘。"同样，一篇后来被证明是写于19世纪初的作者为布鲁内托·拉蒂尼的文章这样写道："没有船长胆敢使用罗盘，唯恐自己被人说成是变戏法的人。再说，水手们也不敢在带着罗盘的船长指挥下出海，因为他们觉得，罗盘看起来就像是由某种来自地狱的灵魂打造出来的东西。"① 这从一个侧面反映出宋代对于海洋的现实主义态度，也折射出宋代航海活动的技术水准已经处于世界的前列。

洪迈《夷坚志》、周密《齐东野语》和《癸辛杂识》以及刘斧《青琐高议》等，都是著名的宋代笔记文学著作。他们不约而同地都对海洋表示了多方面的关注，在自己的创作中，都有海洋题材的佳作出现，显示出了他们非常广阔和立体的海陆文化视野。这在周密身上体现得尤为明显。《齐东野语》以史家立场和笔法，如实记叙了一次"泛海"经历；《癸辛杂识》是文学作品，里面的涉海篇章都是以文学叙事的笔法写就的，但作者又赋予它们不同的文化特质。里面的涉海故事，既有严谨的《蔡陈市舶》《倭人居处》等写实性记载，又有《海神擎日》《海鳅兆火》《海蛆》等海洋想象色彩比较浓厚的浪漫主义书写。

当然我们也必须清醒地认识到，宋人海洋叙事中关注的焦点，还不是航海本身。上述众多作品中，几乎没有人去描述航海线路、海船、遭遇风暴后的灾难处理等"航海技术性"内容，这与西方海洋文学中以"以技术回归海洋"的现实主义叙事追求，有巨大的差异。这种差异一直到明清时代仍然没有改变。虽然徐兢《宣和奉使高丽图经》有对于航线和海船的比较详细的记载，但那属于纪实，而且也缺乏航海的主体"水手"，可以说中国古代从来没有诞生过真正意义上的航海书写。

最后还需要指出的是，宋代的叙事文学中，较多地涉及了"海盗"这一特殊形象。在宋以前和以后，这一种形象也经常出现，说明海盗题材也是古代海洋文学的"基本题材"。但是几乎所有的海盗形象，都是罪

① （英）约翰·迈克：《海洋：一部文化史》，冯延群、陈淑英译，上海：上海译文出版社2018年版，第134页。

恶的化身，作家们都毫不留情地予以负面性刻画，这与西方海洋文学的海盗书写形成了鲜明的对比，西方的海盗，有许多都是正面描述的对象，就连拜伦也曾经写过《海盗船》，赞颂海盗在全世界自由穿梭："在暗蓝色的海上，海水在欢快地泼溅，我们的心如此自由，思绪辽远无比。"这是由于在拜伦笔下，这些海盗事实上就是海洋殖民者的化身，而在中国古代作家笔下，海盗就是强盗，毫无品德、信念可言。

第五章 大宋海谣：海洋文学书写的
现实性发展（下）

宋代海洋文学的现实性转向，除了虚拟性叙事作品中的现实性因素增强外，更主要地体现在大量海洋纪实性散文作品的出现。这些纪实性作品，既有徐兢《宣和奉使高丽图经》这样海洋亲见亲历之作，也有周去非《岭外代答》这样的海域性地方文献，其他还有庞元英《文昌杂录》、周煇《清波杂志》等对海洋"诸番"和海塘建设等信息的记录，它们共同构成了宋代"现实海洋"散文的话语体系。

第一节 徐兢《宣和奉使高丽图经》中的"航海"纪实

徐兢(1091—1153)，字明叔，号自信居士，建州瓯宁（今福建建瓯）人。这个来自海边的人，后来完成了一次航海壮举。宋宣和五年（1123），他以国信所提辖人船礼物官身份随从出使高丽，归国次年，以亲身经历见闻为依据，稽考有关资料，写成了《宣和奉使高丽图经》（以下简称《图经》）一书。他在"自序"里说："因耳目所及，博采众说，简汰其同于中国者而取其异焉，凡三百余条，厘为四十卷，物图其形，事为之说。"他根据亲身经历和实地考察写成的这本《图经》，对于研究宋代海洋史具有很高的价值，譬如卷三十四记载的"若晦冥则用指南浮针，以揆南北"，证明北宋时期指南针就已经应用于航海，尤为后世所重视。

一、《宣和奉使高丽图经》中的"海道"

在徐兢之前，已经多有跨海航行者出现，但是以考察报告的形式详细记录航海实践，徐兢应是第一人。《图经》以客观的态度和纪实的笔法，记载了许多非常珍贵的海洋人文信息。其中的海道和海船信息比较具有代表性。

"海道"是徐兢非常关注的对象。海道即航道,它是航海水平发展的一个重要测度。他在《图经》以"海道一""海道二""海道三""海道四""海道五"和"海道六"的形式分叙对于海洋的基本认识、内洋(中国海)和外洋(公海及高丽海域)航道的种种情形。这里主要分析"海道一"和"海道二",即对于海洋的基本认识和内洋及内外洋交界海道诸岛的部分。

"海道一"其实是前人对于海洋的一部认识简史。徐兢梳理说,《山海经》以为海洋是"海鳅出入穴之度";佛教浮屠书以为海洋是"神龙宝之变化";窦叔蒙《海峤志》已经认识到海水"随月之盈亏";卢肇《海潮赋》则认为"日出入于海,冲击而成";王充《论衡》认为海洋"水者地之血脉,随气之进退";还有"海母众水,而与天地同为无极,故其量犹天地之不同测度。若潮汐往来,应期不爽,为天地之至信"等等,在徐兢看来,这些说法绝大部分都是"特臆说,执偏见,评料近似而未之尽"。

徐兢认为海洋无非是一种客观自然的水域存在,潮汐起伏遵循严格的时间规律,毫不奇怪。就算海中真的有所谓鱼兽,杀之取皮晒干后,至潮时则毛皆起,似乎很怪异,其实"岂非气感而类应,本于理之自然也"。排除了上述海洋志怪部分后,徐兢对于海洋的认识,更取现实主义和客观科学的态度。"至若波流而漩伏,沙土之所凝,山石之所峙,则又各有其形势。如海中之地,可以合聚落者,则曰洲,十洲之类是也。小于洲而亦可居者,则曰岛,三岛之类是也。小于岛则曰屿,小于屿而有草木,则曰苫,如苫屿。而其质纯石,则曰焦。"这里对于洲土岛屿岩礁的辨析,至今仍然很有认识价值。接着徐兢又以科学介绍和诗意描述相结合的方法,绘制了一幅壮观的海洋航行图:"凡舫舶之行,既出于海门,则天地相涵,上下一碧,旁无云埃。遇天地晴霁时,皓日中天,游云四敛,恍然如游六虚之表,既不可以言喻。及风涛间发,雷雨晦冥,蛟螭出没,神物变化,而心悸胆落,莫知所说。故其可纪录者,特山形潮候而已。"又说到了高丽海道:"古犹今也。考古之所传,今或不睹。"最后点明他写作《图经》的意图:"而今之所载,或昔人所未谈。非固为异也,盖航舶之所通,每视风雨之向背而为之节。方其风之牵乎西,则洲岛之在东者,不可得而见,惟南与北亦然。今既论潮候之大概详于前,谨列夫神舟所经岛洲苫屿,而为之图。"①

循着出使高丽的航海线图,徐兢详尽而扼要地记载和描述了沿途各

---

① [宋]徐兢:《宣和奉使高丽图经》,北京:中华书局1985年版,第115页。

岛，为后世提供了丰富的海洋交通信息。在徐兢此行之前，中国与高丽的海上交通航线主要为北方航线，可从山东登州和密州板桥镇启航赴高丽。但后来由于宋辽处于敌对状态，为避免辽军在海上骚扰，熙宁七年（1074）朝廷封闭登州港，改由南方航线，即由明州（宁波）港启航。所以徐兢对于航道的记载，实际上是对于"南方航行"的最初记载，意义非同小可。

《图经》记载说他们的船队是宣和五年（1123）五月十六日自明州港出发，十九日达定海县（今镇海）招宝山。明州港与招宝山之间的距离，就是甬江入海的河道距离，船队竟然走了整整三天。而二十四日自招宝山起航，二十五日就抵达沈家门，也就是说才走了一天时间，说明不是船队速度慢，而是北宋时期的甬江河道可能比现在更曲折更难行。

二十五日船队抵达沈家门后，第二天即二十六日入梅岑（普陀山）候风两天。就在这三天时间里，徐兢在《图经》中记载了两件非常重要的事情。一是详细而生动地记载了北宋时期沈家门这个后来成为世界著名渔港的地形地貌和渔村风情："其门山与蛟门相类。而四山环拥。对开两门，其势连亘，尚属昌国县。其上渔人樵客，丛居十数家，就其中以大姓名之。"还有沈家门渔民祭祀海神的活动，这是早期渔民海洋崇信的珍贵资料："申刻，风雨晦暝，雷电雨雹欲至。移时乃止。是夜，就山张幕，扫地而祭。舟人谓之祠沙，实岳渎主治之神，而配食之位甚多，每舟各刻木为小舟，载佛经糇粮，书所载人名氏，纳于其中，而投诸海。盖禳厌之术一端耳。"[1]

徐兢还记载了另一则重要的信息，那就是有关梅岑山的情况。因为到了南宋，梅岑山成为了观音道场，改名为普陀山。徐兢详细描述了岛上宝陀院供奉灵感观音和使团成员礼拜观音的情形，说"僧徒焚诵歌呗甚严，而三节官吏兵卒，莫不虔恪作礼"。结尾更不忘补上一句"至中宵，星斗焕然，风幡摇动，人皆欢跃，云：风已回正南矣"，彰显出观音的法力无边。[2]

二十八日抵达蓬莱山，即现今的衢山岛。普陀山距离衢山岛很是遥远，船队居然一天就到达了，证明徐兢他们的船队航行速度快得惊人。徐兢说蓬莱山"前高后下，峭拔可爱。其岛尚属昌国封境。其上极广，可以种莳，岛人居之"。在徐兢看来，这蓬莱山只不过是一座普通的海岛罢了，

---

①　［宋］徐兢：《宣和奉使高丽图经》，北京：中华书局1985年版，第119页。

②　［宋］徐兢：《宣和奉使高丽图经》，北京：中华书局1985年版，第119页。

古人所谓"仙家三山中，有蓬莱，越弱水三万里乃得到。今不应指顾间见。当是今人指以为名耳"。这里再一次显示出了徐兢客观认识海洋的科学态度。他还说："过此则不复有山，惟见连波起伏，喷眩汹涌。舟楫震撼，舟中之人，吐眩颠仆，不能自持，十八九矣。"① 他是第一次走这条"南方航线"，却能清楚知道，出了衢山岛，就要进入大洋了，这说明他对于海洋水文等有过深入的研究。

由衢山岛而至半洋焦，船队继续往西北方向行驶。这半洋焦在现今嵊泗黄龙岛附近，海路茫茫，方向难辨，于是徐兢有了这样极其重要的记载："是日午后，南风益急，加野狐帆。制帆之意，以浪来迎舟，恐不能胜其势。故加小帆于大帆之上，使之提挈而行。是夜，洋中不可住，维视星斗前迈，若晦暝，则用指南浮针，以揆南北。入夜举火，八舟皆应。"② 这里不但出现了船员与风浪搏斗驾船航行的惊险而生动的情形，更出现了有关指南针的记载，这是研究海洋交通史的重要资料。

离开半洋焦后，就从东海进入黄海，不久后又将进入渤海了。海水由白（青白色）转向黄色，进而转向黑色（即深绿色），《图经》对于海道的记载也从"海道一"进入"海道二"。这里徐兢重点记载和描述了夹界山岛。该岛即如今的小黑山岛，位于山东半岛的东面，现在隶属于山东省烟台市长岛县黑山岛乡。"正东望一山如屏，即夹界山也，华夷以此为界。"

二、《宣和奉使高丽图经》中的"海船"

《图经》在记载海道的同时，还详细记载和描述了大宋外交使团所乘船只的情况，为后世提供了丰富的北宋时期海船的信息。

《图经》说，为了遣使高丽，宋神宗皇帝曾经特地下诏有司建造两艘巨舰，一艘叫"凌虚致远安济神舟"，另一艘叫"灵飞顺济神舟"，两艘船的规模都"甚雄"。现在为了再次荐使绥抚高丽，继续显示大宋"熙丰之绩"，同时表示朝廷对于高丽的"恩隆礼厚"，朝廷又特地另造两艘大船，分别命名为"鼎新利涉怀远廉济神舟"和"循流安逸通济神舟"。它们都极为雄壮，"巍如山岳，浮动波上，锦帆鹢首，屈服蛟螭"，它们的形象是大宋的象征，"晖赫皇华，震慑海外，超冠今古"。③

① ［宋］徐兢：《宣和奉使高丽图经》，北京：中华书局 1985 年版，第 120 页。
② ［宋］徐兢：《宣和奉使高丽图经》，北京：中华书局 1985 年版，第 120 页。
③ ［宋］徐兢：《宣和奉使高丽图经》，北京：中华书局 1985 年版，第 116 页。

这则记载说明北宋时期，中国的造船业已经非常发达，可以建造远洋巨船了。

《图经》详细记叙了这种大船的规模和建造过程，为中国古代造船史提供了珍贵的第一手资料。《图经》说，朝廷当时已经形成了制度，外交使团乘坐的官船，"先期委福建两浙监司，顾募客舟，复令明州装饰"。这就证明当时福建和宁波是中国最重要的两大海船建造基地。其船"长十余丈，深三丈，阔二丈五尺，可载二千斛粟。其制皆以全木巨枋挽叠而成。上平如衡，下侧如刃，贵其可以破浪而行也"。《图经》还详细记录了海船的内部结构：一共分为三仓。前仓不安艎板，惟于底安灶与水柜，位置在两樯之间，它的下面即是兵甲宿棚。中仓又分成四室。后仓最为考究，"高及丈余，四壁施窗户，如房屋之制，上施栏楯，朱绘华焕"，还用美丽的绸布幕增饰，这是使节等官员的舱位。其他还介绍了舵、橹、帆、矴等船上构件。"每舟十橹，开山入港，随潮过门，皆鸣橹而行。蒿师跳踯号叫，用力甚至，而舟行终不若驾风之快也。大樯高十丈，头樯高八丈，风正则张布帆五十幅。稍偏则用利篷，左右翼张，以便风势。大樯之颠，更加小帆十幅，谓之野狐帆，风息则用之。"气势着实不凡。

然而好船还需要有好船员，《图经》高度评价了使船上的船员："海行不畏深，惟惧浅阁。以舟底不平，若潮落、则倾覆不可救。故常以绳垂铅锤以试之。每舟蒿师水手，可六十人。惟恃首领熟识海道，善料天时人事，而得众情。故若一有仓卒之虞，首尾相应如一人，则能济矣。"① 这些海员兢兢业业，不畏风暴，航海经验非常丰富，并且熟知天文地理，彼此之间精诚团结，上下一心。可以说这是古代一篇很珍贵的对于海员的颂歌。

总之，徐兢《宣和奉使高丽图经》以严谨的态度、详实的资料和细腻的写实笔法，既为中国海洋史提供了许多极其珍贵的史料，同时也多方面地丰富了纪实性海洋散文的话语资源。

第二节　周去非《岭外代答》中的"南海"叙写

在先秦和魏晋六朝等海洋仙道文化盛行的时代，"南海"尚未成为海洋文化的热点地区，但是自唐代在广州设立海洋贸易机构开始，"南海"

---

① ［宋］徐兢：《宣和奉使高丽图经》，北京：中华书局 1985 年版，第 117 页。

就频繁进入海洋书写的范畴。到了宋代尤其是南宋时期，海洋经济和文化活动更加活跃，"南海"一跃成为中国最繁华热闹的海洋经济和海洋人居区域，从而形成了特殊的"南海"书写传统。

周去非《岭外代答》就是专写南海的一部地域文化散文作品。

周去非（1134—1189），字直夫，永嘉（今浙江温州）人。他虽然不是南海人，但曾任位于北部湾的钦州地方教职官和静江府（今桂林）所属古县县尉，在两广沿海地区任职前后长达六年。在此期间，他勤访博问，通过舶商或译者之口，积累了大量"南海"资料，然后模仿、参考范成大《桂海虞衡志》形式，撰成《岭外代答》一书，其中记载了南海及印度洋周围约40余国的诸多情况，是中外学术界公认的研究宋代中西海上交通的经典著述。①

由于周去非完全是围绕南海一带展开，所以《岭外代答》也就成为了早期"南海"书写的代表性著作。

《岭外代答》的"南海"书写主要分成两部分，即书中所列的"（海洋）地理门"和"（南洋）外国门"。

一、《岭外代答》中的南海"地理门"

"（海洋）地理门"记叙的是南海航行的海洋通道。南海海域水文复杂，航海有"畏途"之称，清代出现的南海特有的航海"更路簿"，也可证明这一点，因此《岭外代答》有关南海地理方面的记载，是非常珍贵的。

南海"地理门"第十八则"天分遥"记叙的就是一种海流分叉信息："钦（即钦廉地区，也就是今合浦县、钦县、灵山县和防城县一带）江南入海，凡七十二折。南人谓水一折为遥，故有七十二遥之名。七十二遥中，有水分为二川。其一，西南入交阯海。其一，东南入琼廉海。名曰天分遥。人云，五州昔与交阯定界于此，言若天分然也。今交阯于天分遥已自占，又于境界数百余里吴婆灶之东以立界标，而采捕其下。钦人舟楫少至焉。"② 周去非曾经供职的钦州位于北部湾。北部湾是南海的重要地区，是前往东南亚南洋的主要海道始发港之一。海流也就是俗称的"洋流"，是海洋航行必须熟悉的水情，它会直接威胁到航行的安全，尤其在海流分流处，多水下漩涡，凶险异常，因此周去非首先予以记载和描述。

---

① 参见林澜：《北部湾经典著述〈岭外代答〉海外学者研究略评》，《钦州学院学报》2015年第6期。

② ［宋］周去非：《岭外代答》，清文渊阁四库全书本，卷一第14页。

南海"地理门"第十九则"三合流"，记叙的仍然是海流，充分说明周去非对于海洋水情的关注。"海南四郡之西南，其大海曰交阯洋。中有三合流，波头溃涌而分流为三：其一南流，通道于诸蕃国之海也。其一北流，广东、福建、江浙之海也。其一东流，入于无际，所谓东大洋海也。南舶往来，必冲三流之中，得风一息，可济。苟入险无风，舟不可出，必瓦解于三流之中。传闻东大洋海，有长砂石塘数万里，尾闾所泄，沦入九幽。昔尝有舶舟，为大西风所引，至于东大海，尾闾之声，震汹无地。俄得大东风以免。"① 此处三股洋流分道，海底又充满大面积的砂石暗礁，绝对是南海的凶险绝地，周去非自然要详细予以记叙了。

海洋中除了海流和暗礁外，凶险之处还有广袤的水下流沙地区，它们忽聚忽散，变化多端，经常造成海难事故，所以《岭外代答》南海"地理门"第二十则"象鼻砂"记叙的便是暗沙地貌。"钦廉海中有砂碛，长数百里，在钦境乌雷庙前，直入大海，形若象鼻，故以得名。是砂也，隐在波中，深不数尺，海舶遇之辄碎。去岸数里，其碛乃阔数丈，以通风帆。不然，钦殆不得而水运矣。尝闻之舶商曰：'自广州而东，其海易行；自广州而西，其海难行；自钦廉而西，则尤为难行。'盖福建、两浙滨海多港，忽遇恶风，则急投近港。若广西海岸皆砂土，无多港澳，暴风卒起，无所逃匿。至于钦廉之西南，海多巨石，尤为难行，观钦之象鼻，其端倪已见矣。"②

海流、暗礁和暗沙，都处于水下，在缺乏科学勘察设备的古代，对于航海者来说，自然凶险异常。其实水上的凶险也无所不在，潮汐就是其中之一。《岭外代答》南海"地理门"第二十一则"潮"，描述的就是潮汐现象了。"江浙之潮，自有定候，钦廉则朔望大潮，谓之先水，日止一潮。二弦小潮，谓之子水，顷刻竟落，未尝再长。琼海之潮，半月东流，半月西流。潮之大小，随长短星，初不系月之盛衰，岂不异哉！"③ 南海的潮汐不同于钱江潮那样有规律，它们涨退无序，似乎不是与通常认为的月亮而是与星星有关，真的是异常之极了。

二、《岭外代答》中的南海"外国门"

《岭外代答》"南海"书写的另外一个重要贡献就是有关海洋诸国的

---

① ［宋］周去非：《岭外代答》，清文渊阁四库全书本，卷一第15页。
② ［宋］周去非：《岭外代答》，清文渊阁四库全书本，卷一第15页。
③ ［宋］周去非：《岭外代答》，清文渊阁四库全书本，卷一第16页。

记载。宋代海洋外贸远比前代发达。唐代开始就设互市监，后又改设市舶司，对海洋贸易进行管理。北宋则于浙、闽、广三路都设立了专门的市舶司。到了南宋时期，更增加到五所，而南海方向则是海洋贸易的重中之重。可是有关南洋一带国家的情况，在周去非以前，却一直无人作有系统而详确之记述，现在周去非补上了这重要的一笔。在《岭外代答》中，他记述了几十个海洋国家的位置、国情和通达线路。"内容几及二卷，无抄袭前人之迹，成就实属空前。所记涵盖之地域，北起安南（越南），南至阇婆（爪哇），东至女人国（在今印尼东），西出印度洋、红海、地中海沿岸而达木兰皮（今摩洛哥），涉地甚为广远。由于其间许多国家，历史上发展较迟，史料缺乏，《代答》所记，恰能作些填补，其资料之可贵，就可想而知了。"①

《岭外代答》"外国门"的第二则记载为"海外黎蛮"，叙写的是在海南岛黎母山上生活的"生黎"和"熟黎"。他们都属于中国少数民族中的黎族，不属于"外国"。虽然在南宋时期，海南属于遥远的"海外"，内地对于黎族人的生活了解非常贫乏，因此本则记载叙写的黎族这些少数民族岛民奇特的生活习俗等文化现象，就具有重大的文化价值，但是放在"外国门"里显然不合适。其实有关海南岛民生活习俗的记载，《岭外代答》中有关"蜑蛮"的记载更具有海洋人文价值。"蜑蛮"即疍民，是古代生活在海南和广州海边一带的特殊人群。《岭外代答》记载说，他们"以舟为室，视水如陆，浮生江海者，蜑也。钦之蜑有三：一为鱼蜑，善举网垂纶；二为蚝蜑，善没海取蚝；三为木蜑，善伐山取材。凡蜑极贫，衣皆鹑结。得掬米，妻子共之。夫妇居短篷之下，生子乃猥多，一舟不下十子。儿自能孩，其母以软帛束之背上，荡桨自如。儿能匍匐，则以长绳系其腰，于绳末系短木焉，儿忽堕水，则缘绳汲出之。儿学行，往来篷脊，殊不惊也。能行，则已能浮没。蜑舟泊岸，群儿聚戏沙中，冬夏身无一缕，真类獭然。蜑之浮生，似若浩荡莫能驯者，然亦各有统属，各有界分，各有役于官，以是知无逃乎天地之间。广州有蜑一种，名曰卢停，善水战"。② 这段记载后来为研究海洋社会和海洋民俗的学者所广泛引用，史料价值极高。

《岭外代答》真正的"外国门"，是从"海外诸蕃国"开始的。这则

---

① 杨武泉：《周去非与〈岭外代答〉》，《中南民族学院学报（哲学社会科学版）》1994年第2期。

② ［宋］周去非：《岭外代答》，清文渊阁四库全书本，卷三第7—8页。

笔记开篇就说："诸蕃国大抵海为界限，各为方隅而立国。"这就明确表示了《岭外代答》所描述的"蕃国"，都是海洋国家。而第二句"国有物宜，各从都会以阜通"，则表明他对于这些海洋国家的记叙原因，是它们与中国有海洋贸易往来。他对这些海洋国家的地理位置、物产、生活习俗和它们与中国的关系等进行了多方面的记载和描述。如写占城国："地产名香、犀、象。土皆白砂，可耕之地绝少，无羊豕蔬茄，人采香为生。国无市肆，地广人少，多买奴婢，舶舟以人为货。"位于马来半岛的古三佛齐国，是中国海商经常前往的地方，相关记载就更为详尽："国无所产，而人习战攻，服药在身，刀不能伤。陆攻水战，奋击无前，以故邻国咸服焉。蕃舶过境，有不入其国者，必出师尽杀之，以故其国富犀象、珠玑、香药。其俗缚排浮水而居。"它与中国的关系也很是密切，很早就"遣使来贡方物。二年五月复遣使进贡。三年三月又来贡，十二月又贡方物。至神宗元丰二年七月，遣詹卑国使来贡。哲宗元祐三年闰十二月又遣使入贡，五年复来贡。慕义来庭，与他国不侔矣"。又如记叙故临国："广舶四十日到蓝里住冬，次年再发舶，约一月始达。其国人黑色，身缠白布，须发伸直，露头撮髻，穿红皮履，如画罗汉脚踏者。好事弓箭，遇斗战敌时，以彩缯缠髻。国王身缠布，出入以布作软兜，或乘象。国人好奉事佛。其国有大食国蕃客，寄居甚多。每洗浴毕，用郁金涂身，欲象佛之金身也。监篦国递年贩象、牛，大食贩马，前来此国货卖。国王事天尊牛，杀之偿死。中国舶商欲往大食，必自故临易小舟而往，虽以一月南风至之，然往返经二年矣。"记叙得非常详细，说明它们都是当时中国海商经常光临之地。其他对阇婆国（今印尼一带）、注辇国（印度半岛一带）、大秦国（古罗马）等国及东南海上诸杂国，都有各种程度的记载，充分反映了《岭外代答》巨大的"南海"书写的历史和人文价值。①

由于上述海洋诸国都是与大宋有密切贸易往来的国家，因此《岭外代答》在"外国门"部分快要结束的时候，特地写了一则"航海外夷"，记载海洋贸易有关信息。"今天下沿海州郡，自东北而西南，其行至钦州止矣。沿海州郡，类有市舶。国家绥怀外夷，于泉、广二州置提举市舶司，故凡蕃商急难之欲赴诉者，必提举司也。"这说明当时朝廷对于海洋贸易进行政府管理，不容许私下交易。"岁十月，提举司大设蕃商而遣之。"每年农历十月，是举行外国海商大会的时节，说明这个时候，海洋贸易活动最为活跃。"其来也，当夏至之后，提举司征其商而覆护焉。诸蕃国

---

①　［宋］周去非：《岭外代答》，清文渊阁四库全书本，卷二第10—15页。

之富盛多宝货者，莫如大食国，其次阇婆国，其次三佛齐国，其次乃诸国耳。三佛齐者，诸国海道往来之要冲也。三佛齐之来也，正北行，舟历上下竺与交洋，乃至中国之境。其欲至广者，入自屯门。欲至泉州者，入自甲子门。阇婆之来也，稍西北行，舟过十二子石而与三佛齐海道合于竺屿之下。大食国之来也，以小舟运而南行，至故临国易大舟而东行，至三佛齐国乃复如三佛齐之入中国。其他占城、真腊之属，皆近在交阯洋之南，远不及三佛齐国、阇婆之半，而三佛齐、阇婆又不及大食国之半也。"这里介绍了海外各国与中国贸易的不同规模，是研究海洋经济史的重要资料。"诸蕃国之入中国，一岁可以往返，唯大食必二年而后可。大抵蕃舶风便而行，一日千里，一遇朔风，为祸不测。幸泊于吾境，犹有保甲之法，苟泊外国，则人货俱没。"这里透露出海洋贸易的艰辛和海途的遥远，还涉及对于那些滞留广州等港口的海洋外商的管理等信息。①

总之，周去非《岭外代答》以北部湾为"原点"，在当时资讯有限的条件下，详细地记载和描述了南海和南洋及印度洋沿线国家的诸多航线、商业和文化往来以及异国风俗，充分反映了宋代海洋开发的盛况，从而为"南海书写"奠定了非常扎实的基础，并多方面影响和启发了后来黄衷《海语》等书的写作。

第三节 《梦溪笔谈》《文昌杂录》《清波杂志》等中的海洋纪实

宋代的海洋散文，呈现出鲜明的现实主义风格。除了徐兢《宣和奉使高丽图经》和周去非《岭外代答》，其他如沈括《梦溪笔谈》、庞元英《文昌杂录》和周煇《清波杂志》，也都包含有一些纪实性海洋散文作品。它们从不同的角度反映了宋代人对于海洋的认知、体验和理解。

一、沈括《梦溪笔谈》中的高丽屯罗岛人

沈括（1031—1095），字存中，号梦溪丈人，钱塘（浙江杭州）人，北宋著名科学家。他的《梦溪笔谈》集前代科学成就之大成，被称为中国科学史上的里程碑。其中有一篇"杂记"，描述了一群来自高丽屯罗岛的人，海上航行时被风浪刮送到昆山海上的故事。

---

① ［宋］周去非：《岭外代答》，清文渊阁四库全书本，卷三第 11—12 页。

文章不长，非常精炼。"嘉祐中，苏州昆山县海上，有一船桅折，风飘抵岸。船中有三十余人，衣冠如唐人，系红鞓角带，短皂布衫。见人皆恸哭，语言不可晓。试令书字，字亦不可读。行则相缀如雁行。久之，自出一书示人，乃唐天祐中告授屯罗岛首领陪戎副尉制；又有一书，乃是上高丽表，亦称屯罗岛，皆用汉字。盖东夷之臣属高丽者。船中有诸谷，唯麻子大如莲的。苏人种之，初岁亦如莲的，次年渐小，数年后只如中国麻子。时赞善大夫韩正彦知昆山县事，召其人，犒以酒食。食罢，以手捧首而鞯，意若欢感。正彦使人为其治桅，桅旧植船木上，不可动，工人为之造转轴，教其起倒之法。其人又喜，复捧首而鞯。"[①]

古代笔记中多有中国海商等人被风浪刮送至异国荒岛的故事，这篇则叙述高丽人遭遇海难漂浮至中国沿海而受到善待。其中描述的高丽人"复捧首而鞯"的形象非常生动，而中国人帮助他们修理桅杆、使桅杆从固定改为可以转轴活动的细节，反映出北宋时期中国的造船和航海技术已经大大领先于高丽等国家。

二、庞元英《文昌杂录》中的"诸蕃"

庞元英，生卒年不详，字懋贤，单州成武（今属山东菏泽市成武县）人。据说他是北宋宰辅庞籍之子，还是欧阳修次女婿。元丰五年（1082）出任主客司郎中，一干就是四年。该司专管诸蕃，所以庞元英对这方面情况比较熟悉。他又是能文之人，根据任职主客司郎中期间的所见所闻，撰成《文昌杂录》一书，其中第一卷里所记有关诸蕃内容，要比周去非《岭外代答》有关内容的记载早百年左右，因而可以说《文昌杂录》为最早一批"南海书写"的纪实性作品之一。

庞元英在《文昌杂录》中写道："主客所掌诸番，东方有四：其一曰高丽，出于夫余氏。殷道衰弱，箕子去之朝鲜，是其地也。在汉为乐浪郡。其二曰日本，倭奴国也。自以其国近日所出，故改之。其三曰渤海靺鞨，本高丽之别种。其四曰女贞，渤海之别种。"这高丽、日本和渤海国及女贞（即后世女真），都是当时的海洋或沿海国家、部落。庞元英注重从文化渊源的角度予以梳理和介绍，或许其中一些观点学界会有不同看法，但从文化渊源角度审视与中国相邻的国家或部落，是具有比较深广的文化视野的。

不过这些国家和部落都位于北海地区，而《文昌杂录》主要的贡献

---

① ［宋］沈括：《梦溪笔谈》，四部丛刊续编景明本，第100页。

在于"南海书写"。在该书中，他逐一记载了 15 个南海国家。"南方十有五：其一曰交趾，本南越之地，唐交州总管也。其二曰渤泥，在京都之西南大海中。其三曰拂菻，一名大秦，在西海之北。其四曰注辇，在广州之南，水行约四十万里，方至广州。其五曰真腊，在海中，本扶南之属国也。其六曰大食，本波斯之别种，在波斯国之西。其人目深，举体皆黑。其七曰占城，在真腊北。其八曰三佛齐，盖南蛮之别种，与占城为邻。其九曰阇婆，在大食之北。其十曰丹流眉，在真腊西。其十一曰陀罗离，南荒之国也。其十二曰大理，在海南，亦接川界。其十三曰层檀，东至海，西至胡卢没国，南至霞勿檀国，北至利吉蛮国。其十四曰勿巡，舟船顺风泛海二十昼夜至层檀。其十五曰俞卢和，地在海南。"① 虽然只是对这十五个海洋国家和地区的简略记载，而且里面也有一些错误，如说"大理在海南""真腊在海中""阇婆在大食之北""三佛齐与占城为邻"、注辇"水行约四十万里方至广州"等。但这些个别差错都是由于当时海洋资讯极度匮乏所造成的，《文昌杂录》毕竟是早期有意识地记载和介绍了这些南洋诸国，它对"南海书写"具有开拓性的贡献。

三、周辉《清波杂志》中的海洋纪实

周辉《清波杂志》也是一部纪实性散文著作，其中有多篇涉及海洋。周辉，字昭礼，泰州（今属江苏）人。生卒年不详，南宋前期在世。晚年定居杭州清波门，《清波杂志》书名即来自于此。

《清波杂志》涉及海洋的作品有《沙门岛罪人》《倭国》《李宝海道立功》《使高丽》和《捍海堰》。《沙门岛罪人》前已述及。《倭国》记叙了宋代时期的日人形象："辉顷在泰州，偶倭国一舟飘泛在境上，一行凡三二十人，至郡馆谷之。或询其风俗，所答不可解。旁有译者，乃明州人，言其国人遇疾无医药，第裸病人就水滨杓水通身浇淋，面四方呼其神请祷，即愈。妇女悉被发，遇中州人至，择端丽者以荐寝，名'度种'。他所云，译亦不能晓。后朝旨令津置至明州，趁便风以归。"② 周辉用亲眼所见的写实态度，记下了随风浪漂浮而至的日本人在泰州的生活情形，其中"度种"的资讯，非常意味深长，是古代其他笔记所不曾记录的。《清波杂志》的这篇《倭国》与上述沈括《梦溪笔谈》里的"高

① ［宋］庞元英：《文昌杂录》，清学津讨原本，第 2 页。

② ［宋］周辉：《清波杂志》，《宋元笔记小说大观》，上海：上海古籍出版社 2000 年版，第 5057 页。

丽屯罗岛人”有异曲同工之妙，反映出宋朝时期中国文明程度远远超出日本和高丽的事实。

《李宝海道立功》则记载了一次海战的经过和结果："李宝海道与虏人战，见其舟皆以油缬为帆，舒张如锦绣。未须臾，喷涛怒浪，卷聚一隅。此以火箭环射之，箭之所及，烟焰随发。既败，走捷以闻。遣使锡赉甚渥，赏功建节，御书'忠勇李宝'四字于金缠乾旗上以宠之。"① 周辉生活于北宋末南宋初，当时大宋与金不仅在陆地上长期对抗，而且还经常发生海战。而有关海洋军事活动的作品，在古代涉海叙事中比较少见，因此本则笔记显得比较珍贵。海上驾船作战，火攻是常用的方法，李宝海道立功，依仗的也是火攻。

周辉《清波杂志》中的《使高丽》一文，则提供了徐兢撰述《图经》的珍贵信息："宣和奉使高丽，诏路允迪、傅墨卿为使介，其属徐兢，仿元丰中王云所撰《鸡林志》为《高丽图经》，考稽详备，物图其形，事为其说，盖徐素善丹青也。宣和末，先人在历阳，虽得见其图，但能抄其文，略其绘画。乾道间刊于江阴郡斋者，即家间所传之本，图亡而经存，盖兵火后徐氏亦失元本。"这则笔记还有一条信息值得关注："《鸡林志》四十卷，并载国信所行遣案牍，颇伤冗长。时刘逵、吴拭并命而往，是行盖俾面谕高丽国王颙云：'女真人寻常入贡本朝，路由高丽。如他日彼来修贡，可与同来。'颙云：'明年本国入贡时，彼国必有人同入京也。'海上结约，兹为祸胎。"② 当时大宋与高丽和渤海湾的女真部落形成了比较特殊的关系。高丽和女贞都是大宋的属国，大宋很警惕它们之间形成同盟，一个工作上的失误结果真的造成了高丽和女贞的"结约"，周辉认为这是灾祸的开始。说明周辉虽然是一个普通读书人和下层官员，但很有战略眼光。

周辉《清波杂志》的写实性还体现在《捍海堰》一文中。"熬波之利，特盛于淮东，海陵复居其最。绍兴间，岁支盐三十余万席，为钱六七百万缗。于以佐国用，其利博矣。自增置真州一仓，遂稍损旧数。捍海置堰，肇自李唐。国朝范文正公稍移其址，叠石外固。厥后刓缺不常，随即补治。淳熙改元，复圮于潮汐。时待制张公守郡，益加板筑，不计工费，唯取坚实。

① ［宋］周辉：《清波杂志》，《宋元笔记小说大观》，上海：上海古籍出版社2000年版，第5067页。

② ［宋］周辉：《清波杂志》，《宋元笔记小说大观》，上海：上海古籍出版社2000年版，第5094页。

官赀不足，阴以私帑益之，迄今是赖。"① 这则笔记记叙了海盐的生产销售和堰塘的筑建。南宋军费开始巨大，朝廷对于海洋经济的依赖性非常强，而海盐的经济效益极高，为朝廷带来了巨大的税收。为了保持盐田，朝廷还构筑了坚固的海塘。周煇还特别强调，本文的记叙是非常可靠的，因为"侍御史李粹伯记其成"，他自己"是年适在乡里，乃得其实"。周煇还觉得不够，又加了一条注："盐席、钱缗之数见《吴陵志》。"其严谨认真的著述态度，由此可见一斑。

第四节　宋代的海洋诗赋

宋代海洋诗歌的艺术特点，与同时代的海洋叙事保持了现实主义风格上的一致性。虽然个别诗作仍然沿袭浪漫主义的传统，书写"想象海洋"和"抒情海洋"，但以柳永《鬻海歌》、苏轼和陆游及杨万里的海洋诗作为代表的宋代海洋诗歌，由于很多作者都有在海边和海岛任职或贬谪的近海亲海的经历，因而呈现出鲜明的现实主义书写和纪实特性，它们与海洋叙事一起，构建起宋代"现实海洋"的文学形态。

一、柳永的《鬻海歌》和苏轼的海洋诗作

柳永（约984—1053），原名三变，字景庄，后改名柳永，字耆卿，福建崇安人，北宋著名词人。他的作品后来都被收集在《乐章集》一书中。他的诗作不多，但元代冯福京编撰的《大德昌州图志》卷六中却收有他一首《鬻海歌》，署名为柳永。宋人祝穆《方舆胜览》卷七"庆元府（宁波）记载："名宦柳耆卿，尝鉴（监）定海（镇海）晓峰盐场，有题咏。"② 可证此作的存在。钱钟书先生把它选入《宋诗选》并给予了很高的评价："这里选的一首诗（指《鬻海歌》）表示《乐章集》并不能概括柳永的全貌，也能使我们对他的性格和对宋仁宗的太平盛世都另眼相看了。柳永这一首跟王冕的《伤亭户》可以说是宋元两代里写盐民生活最痛彻的两首诗。以前唐代柳宗元的名作《晋问》里也有描写盐池的一段，刻划得很精致，

① ［宋］周煇：《清波杂志》，《宋元笔记小说大观》，上海：上海古籍出版社2000年版，第5119页。

② ［宋］祝穆：《方舆胜览》，清文渊阁四库全书本，第80页，题为《煮海歌》，北京大学古文献研究所编《全宋诗》（第三册）有收，这里依据的版本即为此。《全宋诗》，北京：北京大学出版社1991年版，第1840页。

可是只笼统说'未为民利'，没有把盐民的痛苦写出来。"① 说明钱钟书不但也认定此诗为柳永所作，而且认为它写盐民痛苦的深刻性还在柳宗元的《晋问》之上。

昌国即今浙江舟山，宋时的昌国主要指舟山本岛，当时归明州（宁波）管辖，所以祝穆《方舆胜览》中有"定海（镇海）晓峰盐场"之说。这里的"定海（镇海）"指的就是这层关系，因为定海（镇海）就是明州直接管辖的。而晓峰盐场就在舟山本岛西部方向的晓峰岭外（今盐仓一带）。柳永在晚年曾经担任过这个晓峰盐场的主管，目睹了盐民煮盐的艰辛。他以博大的人性关怀写出了与风花雪月风格迥异的《鬻海歌》，表达了对盐民这样的底层劳苦大众的深切同情。清代的朱绪曾在他编撰的舟山地方文献《昌国典咏》卷五中也极称其"洞悉民瘼，实仁人之言"。《昌国典咏》还以《晓峰盐场》为题为柳永写了一首诗："积雪飞霜韵事添，晓风残月图画兼。耆卿才调关民隐，莫认红腔昔昔盐。"《大德昌州图志》还因此把柳永归入"名宦"之列。

"鬻海之民何所营？妇无蚕织夫无耕。""鬻海之民"即盐民，他们无田可耕无布可织，没有生产和生活资料。"衣食之源太寥落，牢盆鬻就汝输征。年年春夏潮盈浦，潮退刮泥成岛屿。风干日曝咸味加，始灌潮波溜成卤。"他们只好为官府煮海晒盐。他们的盐民生涯还充满风险。"卤浓盐淡未得闲，采樵深入无穷山。豹踪虎迹不敢避，朝阳出去夕阳还。船载肩擎未遑歇，投入巨灶炎炎热。晨烧暮烁堆积高，才得波涛变成雪。"煮海水成盐需要大量的木柴，他们就需要到深山去打柴，而当时的山上多有豺狼虎豹等凶兽，他们进山打柴是具有生命危险的。他们用命换回柴禾，再船载肩挑万般辛苦运回海岛，日夜投柴入灶煮沸海水，结晶后才变成雪白的盐。"自从潴卤至飞霜，无非假贷充糇粮。秤入官中得微直，一缗往往十缗偿。周而复始无休息，官租未了私租逼。驱妻逐子课工程，虽作人形俱菜色。"他们每年为官府提供堆积起来像岛屿一般高的海盐，可是他们仍然过着极其贫困的生活。因为盐成之前，他们只能靠"借一还十"的高利贷买粮生活下去。煮成盐后又被强迫全部交给官家。所得无几，人人面如菜色，生活极其艰辛。这样的盐民生活，似乎永无尽头，而且世代相袭。盐民为了完成官府颁布的定额，不得不全家动员，不分昼夜地砍柴、煮盐，日复一日，年复一年，十分憔悴。因此柳永向朝廷发出呼吁："鬻海之民何苦辛，安得母富子不贫？本朝一物不失所，愿广

---

① 钱钟书：《宋诗选注》，北京：人民文学出版社1958年版，第29页。

皇仁到海滨。甲兵净洗征输辍，君有余财罢盐铁。太平相业尔惟盐，化作夏商周时节。"自汉以来，许多朝代都把食盐当作国家的专卖品。这就是所谓"榷盐"制度。宋朝更把"榷盐"看作是政府的重要财源，对食盐的生产、运输和销售各个环节，都实行全面的垄断，对全国人民特别是对盐民进行敲骨吸髓的剥削。官家征盐时，多方克扣，有时甚至分文不给，《宋刑统》卷十三对此多有记载。"白令纳盐而又日日鞭挞之"，盐民有敢于"走投别场煎盐，即各杖八十，押归本场，承认元额，煎趁盐课"，"违期不充者，以拾分论，一分笞四十，一分加一等"。如果逃亡，又有"捕亡律"对付，更加残酷。柳永的《鬻海歌》对盐民表示了深切的同情。诗中说"牢盆煮就汝输征"，牢盆就是煮盐的锅盆，一般都由官家专卖给盐民。《史记·平准书》说："愿募民自给费，因官器作煮盐，官与牢盆。"在这里，柳永把官家称作"汝"，可见其立场是站在盐民方面的。①

柳永在舟山晓峰盐场大概待了三年左右，离开时还写了一首《留客住》词，宋人张津《乾道四明图经》卷七记载："晓峰场，在（昌国）县西十二里。柳永字耆卿，以字行，本朝仁庙时为屯田郎官，尝监晓峰盐场，有长短句，名《留客住》，刻于石，在廨舍中。后厄兵火，毁弃不存。今词集中备载之。"

柳永把《留客住》刻在官舍的石墙上，本以为可以长久保存，不料被兵火所毁，不过《乐章集》收录了此词："偶登眺。凭小阑、艳阳时节，乍晴天气，是处闲花芳草。遥山万叠云散，涨海千里，潮平波浩渺。烟村院落，是谁家绿树，数声啼鸟。旅情悄。远信沉沉，离魂杳杳。对景伤怀，度日无言谁表。惆怅旧欢何处，后约难凭，看看春又老。盈盈泪眼，望仙乡，隐隐断霞残照。"② 深情表达了对于舟山海山风情和温暖人情的赞美及留恋。

苏轼也有多首海洋诗咏作品传世。苏轼（1037—1101），字子瞻，又字和仲，号东坡居士，世称苏东坡、苏仙，眉州眉山（今四川眉山）人，北宋著名文学家、书法家和画家。苏轼的经历与海洋颇有渊源，他先后任职近海的密州和杭州，后来还一度被贬谪到海南岛，所以他的作品中就多有海洋因素出现。

宋熙宁七年（1074）秋，苏轼调往密州（山东诸城）任知州，一直到熙宁十年（1077）调任徐州知州，他在山东半岛待了三年左右。山东

①　世英：《柳永的〈煮海歌〉》，《浙江学刊》1982 年第 3 期。

②　[宋] 柳永：《乐章集》，清劳权抄本，第 14 页。

半岛和渤海湾一带，是秦汉时期海洋仙语文化的流行和发达地区。关于这段任职和生活，他在《过莱州雪后望三山》中有所反映："东海如碧环，西北卷登莱。云光与天色，直到三山回。我行适冬仲，薄雪收浮埃。黄昏风絮定，半夜扶桑开。参差太华顶，出没云涛堆。安期与羡门，乘龙安在哉。茂陵秋风客，劝尔麾一杯。帝乡不可期，楚些招归来。"①

诗中的"三山"，宋人王十朋转引莱州地方志说："三山在海之南岸。《史记》封禅书：秦始皇东游海上，行礼祠名山川及八神，其四曰阴主，祠三山。其后武帝也祠三山八神。"说明这里的"三山"，指的就是蓬莱山等海上神仙岛，安期与羡门都是传说中的所谓隐居海岛的仙人，苏轼以此为题材，表达一种对于秦始皇等人的"求仙"之举的讽喻之情。

北宋神宗元丰八年（1085），苏轼一度知登州，但到任仅仅五天后，就接诰命，调为礼部郎中，所以有"五日登守"之说。就那么短短的几天时间，他却两度登上蓬莱阁，并作《登州海市》一诗，寓意深邃，神采飞扬，成为传世名篇。"东方云海空复空，群仙出没空明中。荡摇浮世生万象，岂有贝阙藏珠宫。心知所见皆幻影，敢以耳目烦神工。岁寒水冷天地闭，为我起蛰鞭鱼龙。重楼翠阜出霜晓，异事惊倒百岁翁。人间所得容力取，世外无物谁为雄。率然有请不我拒，信我人厄非天穷。潮阳太守南迁归，喜见石廪堆祝融。自言正直动山鬼，岂知造物哀龙钟。伸眉一笑岂易得，神之报汝亦已丰。斜阳万里孤岛没，但见碧海磨青铜。新诗绮语亦安用，相与变灭随东风。"前面还有一段小序："予闻登州海市久矣。父老云：'尝出于春夏，今岁晚，不复见矣。'予到官五日而去，以不见为恨，祷于海神广德王之庙，明日见焉，乃作此诗。"②

从这小序中可以看出，所谓的"登州海市"，其实就是海市蜃楼。渤海和山东半岛外海，是海市蜃楼经常出现的地方，民间有种种传说，认为那是群仙所住的贝阙珠宫，但苏轼认为这只不过是一种幻影罢了，它的变化都将随风而去。他的这种现实主义态度，与前诗《过莱州雪后望三山》对秦始皇等人迷信海洋神仙进行讽刺的思想是一致的。

苏轼在山东半岛期间，还写过一首题目很长的海洋诗。实际上可以将这长题目理解为小序："文登蓬莱阁下石壁千丈，为海浪所战，时有碎裂淘洒，岁久皆圆熟可爱，土人谓此弹子涡也。取数百枚以养石菖蒲。且作诗遗垂慈堂老人。"诗曰："蓬莱海上峰，玉立色不改。孤根捍滔天，

---

① ［宋］苏轼：《东坡诗集注》，王十朋集注，四部丛刊景宋本，第173页。
② ［宋］苏轼：《东坡诗集注》，王十朋集注，四部丛刊景宋本，第738页。

云骨有破碎。阳侯杀廉角，阴火发光彩。累累弹丸间，琐细成珠琲。阎浮一沤耳，真妄果安在。我持此石归，袖中有东海。垂慈老人眼，俯仰了大块。置之盆盎中，日与山海对。明年菖蒲根，连络不可解。倘有蟠桃生，旦暮犹可待。"① 该诗更为鲜明地体现出苏轼对于海洋现象的现实主义态度。大海千万年的海浪拍岸，使岸边的岩石碎裂成圆滑可玩的小鹅卵石，即诗中所说的"阳侯（波神）杀廉角"现象。苏轼把这些鹅卵石捡回家里，用来为盆景所材料。苏轼说他每天面对它们，似乎是天天看海。"袖中有东海""日与山海对"，表达了苏轼对于大海和大海之物的钟爱欣赏之情。

苏轼非常喜欢这种海洋小石子，离开登州后，他还特地写过一篇精致散文《北海十二石记》：

> 登州下临大海，目力所及，沙门、鼍矶、牵牛、大竹、小竹凡五岛。惟沙门最近，兀然焦枯。其余皆紫翠巉绝。出没涛中，真神仙所宅也。上生石芝、草木皆奇玮，多不识名者。又多美石，五采斑斓，或作金色。

> 熙宁己酉岁，李天章为登守，吴子野往，从之游。时解贰卿致政退居于登，使人入诸岛取石，得十二株，皆秀色粲然。适有舶在岸下，将转海至潮。子野请于解公，尽得十二石以归，置所居岁寒堂下。

> 近世好事能致石者多矣，未有取北海而置南海者也！元祐八年八月十五日，东坡居士苏轼记。②

这篇文章写于北宋元祐八年（1093）八月，当时苏轼以端明侍读二学士知定州，因要求调任越州，留居京师礼部，未赴任。就在这个时候，他追忆八年前登州海石印象，而这个时候离吴子野游登州也有二十四年之久，可见其对这种海石喜爱之深。

宋元祐四年（1089），苏轼在经历了一番仕途坎坷后，出任龙图阁学士、知杭州。杭州在钱塘江出海口边上。钱江潮名闻天下。苏轼在中秋节这天，也是钱塘江大潮最为壮观的时刻，来到江北观赏大潮，又惊又有所感，一气写下了《八月十五看潮五绝》。③

---

① ［宋］苏轼：《东坡诗集注》，王十朋集注，四部丛刊景宋本，第 211 页。
② ［宋］苏轼：《苏文忠公全集》，明成化本第 1333 页。
③ ［宋］苏轼：《东坡诗集注》，王十朋集注，四部丛刊景宋本，第 715 页

"定知玉兔十分圆，化作霜风九月寒。寄语重门休上钥，夜潮流向月中看。"这第一首写钱江潮的天文因素。玉兔指月亮。古人通过观察早就知道海潮的涨落与月亮的盈亏有关系。苏轼一开篇就将钱塘江大潮与月盈联系在一起，再次显示出苏轼海洋书写的现实主义态度。

"万人鼓噪慑吴侬，犹似浮江老阿童。欲识潮头高几许？越山浑在浪花中。"这第二首描写钱江潮的气势。苏轼借用了两个典故。钱江潮呼啸而来，气势极其壮观，有如万人呐喊。"吴侬"一词说明他用的是春秋吴越战争中的一个典故。鲁哀公十七年（前478），越军深夜进攻吴军，万军呼喊前进，使吴军惊慌之余，一败涂地。"浮江老阿童"又用了当年西晋名将王濬（小名阿童）统率楼船千艘，浮江东下，一举攻下吴都建业（南京）的典故。

"江边身世两悠悠，久与沧波共白头。造物亦知人易老，故叫江水向西流。"这第三首抒写观潮时的联想和感慨。作者由眼前滔滔海潮，联想到自己由京城调任在外，曲折坎坷，犹如大海潮去潮来起落不定。

"吴儿生长狎涛渊，冒利轻生不自怜。东海若知明主意，应教斥卤变桑田。"这第四首包含两层意思：一是含蓄批评钱塘江边的弄潮人冒生命危险在海潮到来时还在从事捕捞等作业；二是自己作为杭州地方官，从眼前大潮想到如何更好地兴修水利，从而做到"斥卤变桑田"，造福于人民。

"江神河伯两醯鸡，海若东来气吐霓。安得夫差水犀手，三千强弩射潮低。"第五首借用河伯见大海感到自己渺小的典故，表达对大海的赞美崇敬之情。后面两句却意思一转，感叹如此强悍雄壮的海潮如何制服？到哪里去寻找当年横行江上的夫差和拥有三千射潮强弩的钱武肃王（钱镠）这样的人物？说明苏轼在赏潮之余，一直在思考如何不让这钱塘江大潮危害地方，再次显示出他对于海洋现象的现实主义态度。

苏轼与海洋的关系还没有到此结束。宋绍圣四年（1097），陷于残酷的政治斗争漩涡中的苏轼，被发配到遥远荒凉的海南岛。这年他已经六十二岁了。海南处于南方汪洋大海之中。这与海边的密州和杭州完全不一样，苏轼还能不能继续保持对于大海和海岛的赞美和欣赏之情？

他的"海南诗作"提供了确切的答案。

他在《吾谪海南，子由雷州被命即行，了不相知。至梧乃闻其尚在藤也，旦夕当追及，作此诗示之》一诗中说："……莫嫌琼雷隔云海，圣恩尚许遥相望。平生学道真实意，岂与穷达俱存亡。天其以我为箕子，要使此意留要荒。他年谁作舆地志，海南万里真吾乡。"① 其时苏辙被贬雷州，苏轼与弟弟在广西匆匆会面后便各赴贬所。此系给子由的赠诗，因此这首诗既是对弟弟的劝慰，其实也是对于自己的自勉。诗中"海南万里真吾乡"，回荡的是其新生涯开始的号角。

《六月二十日夜渡海》则属于"人在海中"之作。"参横斗转欲三更，苦雨终风也解晴。云散月明谁点缀？天容海色本澄清。空余鲁叟乘桴意，粗识轩辕奏乐声。九死南荒吾不恨，兹游奇绝冠平生。"② 这年的农历六月二十日夜，他在雷州半岛的合浦廉州镇登上了前往海南岛的海船。从此开始离开陆地，进入真正的海洋之所。一句"天容海色本澄清"表明了他对于自己政治道德清白的坚信。正因为坚信自己没有错，所以纵然遭受仅比满门抄斩罪轻一等（宋太祖赵匡胤尝于誓碑中言不得杀士大夫，所以文人遭贬谪就成了宋代普遍的处罚形式）的放逐海南的政治处罚，但他很坦然，"九死南荒吾不恨"。不仅如此，他还准备"兹游奇绝冠平生"，这与前诗中的"海南万里真吾乡"思想是一脉相承的。后来他还真做到了在海南一展抱负。

到了海南后，苏轼又写了多首与海洋有关的诗词作品。《轼于文登海上得白石数升，如芡实，可作枕。闻梅丈嗜石，故以遗其子子明学士。子明有诗次韵》："海隅荒怪有谁珍？零落珊瑚泣季伦。法供坐令微物重，色难归致孝心纯。只疑薏苡来交趾，未信蚌珠出泗滨。愿子聚为江夏枕，不劳挥扇自宁亲。"③ 他曾经在山东密州，捡拾海边鹅卵石用来养花养草，这次到了海南，他仍然如此。他捡拾海边白石子数升，这次是用来作枕头用了。以石子作枕头之物，暗含磨砺之意，说明苏轼到了海南后，绝对没有意志消沉。

《澄迈驿通潮阁二首》："倦客愁闻归路遥，眼明飞阁俯长桥。贪看白鹭横秋浦，不觉青林没晚潮。余生欲老海南村，帝遣巫阳招我魂。杳杳天低鹘没处，青山一发是中原。"④ 前一首似乎尚有"倦客担忧归路遥远无期"之意，但下面马上说"余生欲老海南村"，明确表明他不属于"倦客"，他希望在海南永久生活下去直到老死呢。或许有人认为这是苏轼的反话，但他的确把海南儋州这个发配地当成了自己的第二故乡。儋州文化落后，他在这里办起了学堂，以致许多人不远千里，追至儋州，跟从

① ［宋］苏轼：《东坡诗集注》，王十朋集注，四部丛刊景宋本，第21页。
② ［宋］苏轼：《东坡诗集注》，王十朋集注，四部丛刊景宋本，第23页。
③ ［宋］苏轼：《东坡诗集注》，王十朋集注，四部丛刊景宋本，第212页。
④ ［宋］苏轼：《东坡诗集注》，王十朋集注，四部丛刊景宋本，第23页。

他学习。在宋代一百多年里，海南从没有人进士及第。但苏轼北归不久，这里的姜唐佐就举乡贡。为此苏轼题诗："沧海何曾断地脉，珠崖从此破天荒。"

海南岛人一直把苏轼看作是儋州文化的开拓者、播种人，对他怀有深深的崇敬。据说至今儋州还有东坡村、东坡井、东坡田、东坡路、东坡桥、东坡帽等遗迹，连语言都有一种"东坡话"留存。由此看来，苏轼还真兑现了他横渡琼州海峡时所说的"兹游奇绝冠平生""海南万里真吾乡"的诺言。

二、陆游的海洋诗咏和杨万里的《南海诗集》

陆游（1125—1210），字务观，号放翁，越州山阴（今浙江绍兴）人，南宋爱国诗人。陆游生逢北宋灭亡之际，感触良多。"国家灾难"催生了他大量的作品，仅诗歌方面，他自己手定的《剑南诗稿》就有85卷，收诗9000余首。其中，就有多首诗作涉及海洋。

陆游的海洋创作与他在福州的任职有关。绍兴二十八年（1158），34岁的陆游初入仕途，任福州宁德县主簿。宁德位于福建东北翼沿海，东临东海，与台湾隔海相望。陆游有机会近距离感受海洋，海洋题材入诗，自然也在情理之中了。

他有一首《航海》诗："我不如列子，神游御天风。尚应似安石，悠然云海中。卧看十幅蒲，弯弯似张弓。潮来涌银山，忽复磨青铜。饥鹘掠船舷，大鱼肆虚空。流落何足道，豪气荡肺胸。歌罢海动色，诗成天改容。行矣跨鹏背，弭节蓬莱宫。"[1] 此诗写于他的一次海上之行。诗中充满欣然之色，还以列子御风自喻，可知是他的初次海上航行体验，大海给了他自由和温暖的良好感觉。

他的《海中醉题时雷雨初霁天水相接也》也写于他任职宁德期间的一次海游。夏天多雷雨，海上气象十分壮观，令陆游诗兴大发："羁游哪复恨，奇观有南溟。浪蹴半空白，天梁无尽青。吐吞交日月，澒洞战雷霆。醉后吹横笛，鱼龙亦出听。"[2] 雨后大海，奇景叠出，陆游感受到了一种深刻的海况之美。

任职宁德期间的数次海上漫游，肯定给陆游留下了深刻的印象和美好的记忆，在他刚离开宁德不久就写《三月十七日夜醉中作》诗回忆：

---

[1] ［宋］陆游：《剑南诗稿》，清文渊阁四库全书本，第6页。

[2] ［宋］陆游：《剑南诗稿》，清文渊阁四库全书本，第6页。

"前年脍鲸东海上，白浪如山寄豪壮；去年射虎南山秋，夜归急雪满貂
裘。今年摧颓最堪笑，华发苍颜羞自照。谁知得酒尚能狂，脱帽向人时
大叫。敌人未灭心未平，孤剑床头铿有声。破驿梦回灯欲死，打窗风雨
正三更。"① 诗中说"前年"，说明他离开福州宁德两年不到。诗中他自
比鲸鱼在海中遨游，豪情满腔，他将自己的"闯海"体验与抗金北伐的
雄心壮志联系在一起，可见他对大海充满感情，实际上是他政治抱负的
一种间接抒发。直至晚年，他还念念不忘当年的海上行，再以《航海》
一诗予以深情回顾："我老卧丘园，百事习慵惰，惟有汗漫游，未语意
先可。或挂风半帆，或贮云一舸，趁潮乱鸣橹，过碛细扶柁，近轸凌烟
海，自笑一何果。邂逅得奇观，造物岂付我？古湫石蜿蜒，孤岛松磊砢。
湘竹阂娥祠，淮怪深禹锁，鬼神骇犀炬，天地赫龙火。瑰奇穷万变，鲲
鹏尚么麽。纷纭旋或忘，追记今亦颇。作诗配齐谐，发子笑齿瑳。"②
诗人说如今我老了久卧老家病榻，可是我是多么向往能再次挂风半帆，
贮云一舸，凌波纵情！他的这种豪情与当年脍鲸东海的壮举完全是一脉
相承的。

陆游的海洋诗歌中，值得一提的还有他对台湾岛的关注。

绍兴二十九年（1159），陆游在福州时曾经乘船至台湾海峡，他的
《航海》，记叙的就是台湾海峡行。十七年后于淳熙三年（1176）冬天在
成都时写下《步出万里桥门至江上》，里面有"常忆航巨海，银山卷涛头，
一日新雨霁，微茫见流求"之句，并自注云："在福州泛海东望，见流求
国"。到了晚年蛰居故乡山阴时，又于嘉泰四年（1204）作《感昔》五首，其一云：
"行年三十忆南游，稳驾沧溟万斛舟。常记早秋雷雨霁，柁师指点说流求。"
回忆的仍然是那次台湾海峡之行。

诗中的"流求"指的是台湾而非琉球。台湾在三国时称为"夷州"或"夷
洲"。隋朝开始称为"琉球"或"琉求"。《隋书》中的《东夷传》记载说："流
求国，居海岛之中，当建安郡东，水行五日而至。"宋代泉州市舶司赵汝
适的《诸蕃志》记载："流求国，当泉州之东，舟行约五、六日程。""泉
有海岛曰彭湖，隶晋江县，与其国密迩，烟火相望。"由是可知"流求"
所指为台湾。陆游 30 多岁航行台湾海峡，51 岁及 80 岁时两度回忆提及，
此乃中国诗歌史上首见描述台湾的诗歌，同时陆游也因此成为历史上第

---

① ［宋］陆游：《剑南诗稿》，清文渊阁四库全书本，第 50 页。
② ［宋］陆游：《剑南诗稿》，清文渊阁四库全书本，第 696 页。

一位注意到台湾的诗人。①

在宋代的海洋诗歌中，杨万里的《南海诗集》以"海洋诗专集"的形式，在海洋文学史上，享有很高的地位。

杨万里（1127—1206），字廷秀，号诚斋，吉州吉水（今江西吉水）人。南宋著名文学家，与陆游、尤袤、范成大并称"南宋四大家"，又称是"中兴四大诗人"。因宋光宗曾为其亲书"诚斋"二字，故被称"诚斋先生"，他的诗集也名为《诚斋集》。

杨万里与海洋地区似乎很是有缘。早在宋淳熙元年（1174）正月，他就要出任漳州知州。后来虽然因故未到任，但五年后的淳熙六年（1179）正月，52 岁的他还是被指派为提举广东常平茶盐公事，来到了广东。两年后的淳熙八年（1181）二月，他改任广东提点刑狱，仍然留在了广东。同年冬，闽"盗"沈师进入梅州，他率兵平定。福建漳州、广东东莞常平和梅州都是海滨地区，杨万里因此对海洋有较多的接触和体验，他的海洋诗作大多写于这段任职经历有关。他还把这些海洋诗集放置在《诚斋集》中的《南海诗集》里。淳熙十三年（1186），60 岁的他编定了《南海诗集》，并在这年的六月十八日，写下了《南海诗集序》，说："自庚子至壬寅，有诗四百首，……每举似友人尤延之，延之必击节，以为有刘梦得之味。予未敢信也。潮阳刘涣伯顺为清远宰时，尝为予求所谓南海集四百首者，至再见于中都，伯顺复请不懈，乃克与之。嗟乎，予老矣，未知继今诗犹能变否？"② 说明这《南海诗集》有诗 400 首，其艺术成就曾经得到过朋友们的高度肯定。

与他的整个诗歌创作"诚斋体"风格一样，杨万里的海洋诗，语言上也浅近明白、清新自然。如他的《过金沙洋望小海》："海雾初开明海日，近树远山青历历。忽然咫尺黑如漆，白昼如何成暝色。不知一风何许来，雾开还合合还开。晦明百变一弹指，特地遣人惊复喜。海神无处逞神通，放出一斑夸客子。须臾满眼贾胡船，万顷一碧波黏天。恰似钱塘江上望，只无两点海门山。我行但作游山看，减却客愁九分半。"③ 该诗描述了瞬息万变的海洋气候，本是海雾初开旭日初升，近树远山，碧海万里，忽然乌云聚集，白昼成暝；又一忽儿一缕阳光破雾而出，似乎是海神在逞能儿逗人玩呢。

---

① 廖一瑾：《陆游在闽时的海洋游历与台湾诗缘》，《福州大学学报（哲学社会科学版）》2015 年第 6 期。

② 萧东海：《杨万里年谱》，上海：上海三联书店 2007 年版，第 193 页。

③ ［宋］杨万里：《诚斋集》，四部丛刊景宋写本，第 164 页。

他还有一首《潮阳海岸观望》:"地动惊风起海陬,为人吹散两眉愁。身行岛北新春后,眼到天南最尽头。众水更来何处着,千峰赴此却回休。客间供给能消底,万顷烟波一白鸥。"① 描述了大风来临时的海洋风貌,显示出不惧海洋风暴希望能成为万顷烟波中翱翔的白鸥的雄心壮志。

他的《海岸沙行》,真切地写出了海洋风沙扑面而来的感受:"海滨半程沙上路,海风吹起成烟雾。行人合眼不敢觑,一行一步愁一步。步步沙痕没芒屦,不是不行行不去。若为行到无沙处,宁逢石头啮足拇。宁蹈黄泥贱袍裤,海滨涉路莫再度。"② 生动地描述了在沙滩上行走的姿势和体会。只有亲身体验过沙地上行走的人,才会写出"一行一步愁一步"这样深切的体会。

《泊流潢驿,潮风大作二首》写的也是经历海洋风暴的体会:"忽看草树总离披,记得沙行昨日时。除却潮来无别事,海风动地亦何为。""潮来潮去有何功,费尽辛勤辨一风。若使无风潮自至,信他海伯有神通。"③ 这是身处海中船上感受潮涌波动切身体会之作。作者嘲笑海潮"有何功",如果没有大风推动,海伯也没有神通让潮来潮去,显示出作者无惧海浪潮流的勇气。

《登大鞋岭观海》则属于传统的登高赏海视角:"杖屦千崖表,波涛万顷前。琼天吹不定,银地湿无边。一石当流出,孤尖卓笔然。更将垂老眼,何许看风烟。"④ 与其他一般性的登高望海诗不同,该诗集中聚焦波涛万顷的大海中那屹然耸立的海中巨石。结句自谦是"老眼"所看,其实这卓然而立的波涛中的巨石形象,是有作者自己的影子在里面的。

《晨炊叱驭驿,观海边野烧》也是一首海洋赏景之作:"南海惊涛卷玉缸,北山野烧展红憧。山神海伯争新巧,并慰诗人眼一双。"⑤ 野烧即野火。作者将海中白色惊涛与北山红色野火,巧妙地联系在一起,在诗人眼里,它们都是自然的绝美之色。

《海岸七里沙二首》则聚焦海洋风暴的威力:"大风吹起翠瑶山,近岸还成白雪团。一浪挽先千浪怒,打崖裂石与君看。""行人莫近岸边行,便恐波头打倒人。若道岸高波不到,玉沙犹湿万痕新。"⑥ 热情歌颂千浪

① [宋]杨万里:《诚斋集》,四部丛刊景宋写本,第165页。
② [宋]杨万里:《诚斋集》,四部丛刊景宋写本,第166页。
③ [宋]杨万里:《诚斋集》,四部丛刊景宋写本,第167页。
④ [宋]杨万里:《诚斋集》,四部丛刊景宋写本,第167页。
⑤ [宋]杨万里:《诚斋集》,四部丛刊景宋写本,第167页。
⑥ [宋]杨万里:《诚斋集》,四部丛刊景宋写本,第168页。

拍打山崖的雄伟气势，表达了对于海洋风景的喜爱之情。

杨万里的海洋诗中还有一些是反映海洋社会日常生活的，如《鲜鱼浑登舟》："船阁寒沙待晚潮，行人舟子各相招。银山一朵三千丈，隔海飞来对面销。"① 描述的是渔民销售渔获的场面。

在歌颂海洋风情和描述海洋生活的同时，杨万里也没有忘记反映海洋民间的疾苦，如《蜑户》："天公分付水生涯，从小教他蹈浪花。煮蟹当粮哪识米，缉蕉为布不须纱。夜来春涨吞沙觜，急遣儿童劚荻芽。自笑平生老行路，银山堆里正浮家。"② 这是很有意思的。蜑即蜑民，是生活在广东沿海和海南岛海里的"水上居民"，张师正《倦游杂录》中的《采珠》和周去非《岭外代答》"海外黎蛮"均有记载和描述，但他们主要反映蜑民生存状态的艰难，而杨万里却是以欣赏和赞美的态度，塑造了蜑民矫健出没海浪中的勇敢者形象，这是难能可贵的。

杨万里的海洋诗中，竟然还有好几首民间文学意味浓郁的海错诗，每一首都饶有趣味。《食车螯》："珠宫新沐净琼沙，石鼎初燃沦井花。紫壳旋开微滴酒，玉肤莫熟要鸣牙。柈拖金线成双美，姜擘糟丘并一家。老子宿醒无解处，半杯羹后半瓯茶。"车螯是蛤蜊的一种，肉洁白细嫩，非常鲜美。《食砺房》："蓬山侧畔屹蠔山，怀玉深藏万岳间。也被酒徒勾引着，荐他尊俎解他颜。"砺房即牡蛎，它们的壳又大又厚，所以称之为"房"。《食蛤蜊米脯羹》："倾来百颗恰盈妆，剥作杯羹未属厌。莫遣下盐伤正味，不曾着蜜若为甜。雪揩玉质全身莹，金缘冰钿半缕纤。更渐香秔（粳）轻糁却，发挥风韵十分添。"描述了将蛤蜊肉与米脯一起煮成的一种羹，这也是只有海边才可以吃到的美食。《乌贼鱼》："秦帝东巡渡浙江，中流风紧坠书囊。至今收得磨残墨，犹带宫车载鲍香。"汉魏笔记中有乌贼（墨鱼）由书囊变化而来的传说故事，该诗借用了这一说法。③

总的来看，在古代海洋诗歌中，杨万里的海洋诗作是比较丰富多彩的。他是有意识地将海洋和海洋生活，纳入自己的审美系统中。

三、宋代其他诗人的海洋诗作

在宋代诗群中，涉及海洋的还有杜子民等人的作品。

---

① ［宋］杨万里：《诚斋集》，四部丛刊景宋写本，第168页。
② ［宋］杨万里：《诚斋集》，四部丛刊景宋写本，第150页。
③ ［宋］杨万里：《诚斋集》，四部丛刊景宋写本，第166页。

　　杜子民有《望瀛亭》："拥传来观海，危亭一振衣。云晴千怪出，浸大百川归。日月遭吞吐，乾坤入范围。群鸥不须避，禅寂久忘机。"①

　　杜子民生卒年不详，根据《续资治通鉴长编》（卷二三一）、《宋会要辑稿》（职官五八之一四）等的零星记载，他在神宗元丰元年（1078）担任过详断官。哲宗元符三年（1100），担任过为朝散郎。徽宗崇宁元年（1102），出任通判常州。常州离海边不远，他的《望瀛亭》可能就写于这个时期。《望瀛亭》中的一个"望"字，表明这是站在海边的"观望"之作，传承的是"观海""望海"的汉魏海洋诗歌传统。

　　编撰过《东坡诗集注》的王十朋（1112—1171），字龟龄，号梅溪，南宋著名诗人，他的作品都在《梅溪先生全集》里。里面就有一首《次韵宝印叔观海》："载地浮天浩莫穷，气营楼阁耸虚空。道人妙得观澜术，万里沧溟碧眼中。"这也是一首"观望"之作。诗人站在海边，眺望茫茫大海，似乎看到了变幻无穷的海市蜃楼，还想起了《孟子·尽心》篇里所写的"观水有术，必观其澜"，感受万里沧溟不但浩淼无边，而且是深不可测。

　　苏轼的弟弟苏辙，也写过《沂潮二首》。其一："潮来海若一长呼，潮去萧条一吸余。初见千艘委泥土，忽浮万斛沂空虚。映山少避曾非久，借势前行却自如。天地尚遭人意料，乘时使气定麤踈（粗疏）。"其二："疋（匹）练萦回出海门，黄泥先变碧波浑。初来似欲倾沧海，正满真能倒百源。流枿飞腾竟何在，扁舟睥睨久仍存。自惭不作山林计，来往终随万物奔。"② 描述的当也是杭州钱塘江的潮水。由于苏轼出仕杭州，苏辙经常去杭州，有机会观赏钱塘江大潮。与苏轼对于钱江潮水患的担忧相比，苏辙的这两首观潮诗，主要在惊叹海潮的磅礴气势以及对弄潮儿"扁舟睥睨久仍存"顽强精神的赞美，这又与苏轼讽刺"吴儿"为利而不顾惜性命的态度有所不同。

　　围绕钱塘江大潮而创作的"咏潮"诗，是宋代海洋诗的一种类型诗，有众多诗作诞生。除了苏轼苏辙的诗作，还有米芾的《咏潮》、范仲淹的《和运使舍人观潮》二首、陈师道的《十七日观潮》《十八日观潮》《月下观潮》等。他们都以绘画一样的笔，生动地描述了"天排云阵千家吼，地拥银山万马奔"（米芾）的钱江潮气势，而范仲淹"伍胥神不泯，凭此发威名"，则借歌咏海潮来表达对于有"潮神"之称的伍子胥等忠贞之士的怀念。

---

① ［清］厉鹗:《宋诗纪事》，清文渊阁四库全书本，第 634 页。
② ［宋］苏辙:《栾城集》，四部丛刊景明嘉靖蜀藩活字本，第 136 页。

四、宋代的海洋赋文

宋代的海赋文学呈现出一种很是奇怪的现象。本来，"北宋初年，文人沿袭晚唐五代的传统，作赋之风盛行不衰。很多文人，以赋作受到最高统治者的青睐和时人的传诵。"① 另外，宋代还以诗赋考试，诗与赋相比较，更看重赋，连王安石也说"圣世选才终用赋"②，所以宋代的辞赋文章并不少，许多人还成为辞赋大家。如刘克庄有《止酒赋》《吊小鹤赋》等 11 篇赋文。方大琮写有《孔子登泰山小天下赋》等 16 篇赋。薛季宣更多，写有《风赋》《灵芝赋》等 20 篇之多。但是这些人的赋文中，却没有一篇涉及海洋内容。

遍稽曾枣庄、刘琳主编《全宋文》、清人陈元龙《历代赋汇》等，只找到吴淑《海赋》、范成大《望海亭赋》、张侃《石首鱼赋》和李纲《乘槎浮于海赋》等寥寥数篇作品，与唐朝海赋的洋洋大观相比，实在无法取得"唐诗宋词"般并列的地位。

另外，宋代海洋活动非常频繁，宋代朝野从海洋中获取了巨大的经济等利益。所以无论是海洋生活基础还是"感恩"海洋，宋代照理应该有大量的海赋出现，不至于只有这寥寥数文。

这种不正常现象的出现，既与宋代辞赋文章的创作环境有关，也与宋人对于辞赋文章美学风格追求的转变有关。

从辞赋创作的时代环境而言，宋代远不是可以进行"海洋抒情"的时候。无论是北宋还是南宋，宋人的生存环境都不是很好，强邻窥境，战乱频仍，《全宋文》里面大多数都是应用性、对策性文章，折射出宋代文化人的焦虑和痛苦，所以没有心情面对海洋产生轻松愉快的抒情之感，而无论是汉魏海赋还是唐代海赋，虽然也有其他类型的海赋作品，但基本上都是豪迈愉快的歌咏海洋之作，内容上也多灵奇瑰怪之物，表达上多虚幻夸张之语。宋代人活得太"实在"，浪漫主义色彩浓郁海赋失去了他们发展的环境。

正因为环境严酷，生活沉重，所以宋代的辞赋，大多体现为文赋、律赋等比较平实死板的赋体。"在辞赋体式的发展史上，北宋是一个终结期。其原因在于赋的各类体式，如古文体、骚体、诗体、骈体、律体和新文体的演变，至此都已完成；以后南宋至清代，赋的体式再也没有出现过任何实质性的变化。""总之，崇尚议论和散文化，是北宋辞赋创作

① 霍旭东：《两宋赋述略》，《社科纵横》1999 年第 5 期。
② 曾枣庄：《论宋代辞赋》，《清华大学学报（哲学社会科学版）》2003 年第 5 期。

的两大主要特色；而内容以描写朝廷典章礼仪、京都宫殿楼宇及士大夫的生活情趣为主，又是这一时期作品题材的相同之处。"① 其实不仅北宋如此，南宋也是如此。所以尽管整个宋朝也有很多辞赋，但是涉及海洋的很少。

吴淑的《海赋》是宋代海赋文中的佼佼者。虽不长，但很有气势："于廓灵海，百川委输。浮天无岸，含形内虚，浃天墟而浮析木，薄碣石而荡之罘。峙以沃焦，泄之尾闾，黑齿裸人之国，聂耳穷发之区，瀛洲蓬岛，员峤方壶，鲲鹏之所变化，神仙之所宅庐。若夫耸榑桑于碧津，鼓洪波于沧澳，或浮槎而泛斗，或敖波而出素。齐景忘归，秦皇欲渡，祖莹望之而赋诗，王粲游之而作赋，想慕容之涉水，仰仲连之辞组。尔乃鹿浑阳池，蒲昌勃鞮，百谷之所总集，万穴之所会归。悯波臣之在辙，骇马衔之当蹊。陈茂拔剑以息波，鲍靓煮石而疗饥。见遁世之姜肱，识乘桴之仲尼。观夫控清引浊，荡云沃日，望彼幼少，观兹朝夕。耸黄金之宫，开紫石之室。怪精卫之衔木，惊徐衍之负石。时清而虽不扬波，彗坠而曾闻决溢。至若叹朝宗之美，考善下之言，尝窥鲛室，屡见桑田。子牟倾驰而恋阙，管宁危殆而思愆，亦有觌阴火于波中，采石华于山际。罗珊瑚之的砾，蒸云雾之荟蔚，祭在礼而先河，波有时而动地。人君法之而成大，百川学之而则至。是知略群山、涸九州，非宜让水，当须积流。既驾鼋以为梁，亦吐蜃而成楼，搴芳林于聚窟，访琼田于祖洲。井蛙见拘，成视听之非广；河伯自视，知小大之不侔也。"②

吴淑（947—1002），润州丹阳（今江苏丹阳）人，预修《太平御览》《太平广记》《文苑英华》等大型类书，宋代著名辞赋家，著有《海赋》《江赋》《河赋》《山赋》《水赋》等。他的《海赋》大量吸收木华《海赋》等前人成果，许多海洋类传说故事等典故，都巧妙地被写入了文章。"从本质上来说是历代经史子集之中谈海写海的菁英之作的收采与考据，这些零碎的资料被作者对声律格式进行调整之后成为一篇朗朗上口、文辞华丽的赋作。……文中罗列了晋木华《海赋》、庄子《秋水》《逍遥游》、唐徐坚《初学记》中的大量语词及齐景公、秦始皇等人的典故。"正如钱钟书所指出的："左思之旨，文献须有'本实'，吴淑之作，故实能成为文章。"③

① 曹明纲：《赋学论稿》，上海：上海古籍出版社 2012 年版，第 188、189 页。
② ［宋］吴淑：《海赋》，曾枣庄、刘琳主编《全宋文》，上海：上海辞书出版社 2006 年版，第 170—171 页。
③ 参见王红杏《宋代涉海韵文研究》，吉林大学 2016 年博士论文。

范成大有《望海亭赋》。范成大（1126—1193），字致能，号称石湖居士，平江吴县（今属江苏苏州）人。他是著名的田园诗作家，海洋自然也在他的关注之中。他在《望海亭赋》的"序"中说：会稽太守参政魏公，于卧龙之巅建造了一座望海亭，他就"拟赋一首以寄"。所以这是一篇"望"的角度写的对于大海的赞美之作，因而文辞非常优美："尝试登兹而望焉；沃野既尽，遥见东极。送万折之倾注，艳寒光之迸射。浸地轴以上浮，荡天容而一色。珠辉具芒，矗竦横霓。快宇宙之清宽，怅百年之逼仄。当其三星晓横，万境俱寂。浴日未动，晨光先激。波鳞鳞而跃金，天晃晃而半赤。颓轮腾上，东方皆白。烟消尘作，栖鸟振翼。俯群动而纷起，寄一笑于遐观。永我暇日，苒其将夕。钱斜晖于孤嶂，候佳月于沧浦。沉沉上下，杳无处所。惊玉池之破碎，漾银盘而吞吐。忽褰云而涌雾，献霜影于庭宇。夜色既合，初闻钟鼓。觞屡至而不辞，诗欲成而起舞。又若潮生海门，万里一息。浮光如线，涛头千尺。方铁马之横溃，倏银山之崩坼。气平怒霁，水面如席。吴帆越樯，飞上空碧。此亦天下之伟观，然犹未及乎目力。"① 真是笔力雄健，写出了大海洋的万千气象。

张侃有《石首鱼赋》。张侃，字直夫，本居扬州，后徙吴兴。生卒年均不详。他的《石首鱼赋》，是一篇难得的用赋的形式，来表达对于大黄鱼这种珍贵优品的海洋鱼类的赞歌："江南有鱼，冠冕鲤鲂。丰上锐下，金玉其相。鱼之初来，随波低昂。导自东海，游乎长江。什什伍伍，前不可当。或抑其势，摧舫败樯。小立待定，拾块盈箱。凡物之生，其生不穷。因是而见，天地全功。且夫鱼水类也，秋化为雀，冬化为凫。又不止于一生二。或云鱼首有石，厥状棋子，为凫之首，石亦相似。既不同胞，又不同体，雀入水而成蛤，蜂祝虫而类己。信物理之循环，吾有感而赋此。"②

石首鱼即大黄鱼，因其头部有"结石"而得名。它浑身金黄色，很有富贵相。"鱼之初来，随波低昂。导自东海，游乎长江。"长江入海口外的洋山岛海域，是早期捕捞大黄鱼的主要渔场，说明作者对于大黄鱼的繁殖洄游习性和渔场，都是比较熟悉的。

李纲有《乘槎浮于海赋》文。李纲（1083—1140）字天纪，一字

① ［宋］范成大：《望海亭赋并序》，曾枣庄、刘琳主编《全宋文》，上海：上海辞书出版社 2006 年版，第 224 册，第 237 页。

② ［宋］张侃：《石首鱼赋》，曾枣庄、刘琳主编《全宋文》，上海：上海辞书出版社 2006年版，第 147 页。

伯纪，本为邵武（今福建邵武）人。自其祖李赓迁居梁溪（今属江苏无锡），纲随父李夔寓居于此，故自号梁溪居士。建炎元年（1127）为宰相，主张抗金。他同时又是一位文学家，有《梁溪集》传世。其中包含了古赋 18 篇，律赋 5 篇，另有《归去来辞》《秋风辞》《答宾劳》《蓄猫说》等杂体赋 6 篇。《乘桴浮于海赋》大概写于建炎元年（1127）秋罢相至建炎四年之间。《宋史》记载，当时"京师大水，纲上疏言阴气太盛，当以盗贼外患为忧。朝廷恶其言，谪监南剑州沙县税务"。南剑州即今福建南平市延平区一带。这里虽然属于山区，但离海也比较近，属于《乘槎浮于海赋》所说的"海涯"了。因此他的《乘桴浮于海赋》表现的是政治苦闷的作品。篇名出自《论语•公冶长》"道不行，乘桴浮于海"。在赋中，他表达了对于自身不公正遭遇的愤慨，同时又表达出矢志报国的坚定信念。"夫子游焉，吾道穷也，盖抱德以行藏，岂留情于用舍。去圣既远，余风未休，鲁连感时而高蹈，管宁避世而长浮。风浪喧豗，未若谗波之险；鱼龙出没，尚宽寇盗之忧。爰有羁臣，远投瘴海，短发白而早衰，寸心丹而不改，荷三朝之眷知，虽万死而何悔，仰圣哲之风流，庶兹诚之有在。"①

在赋文艺术上，李纲有自己的追求。"李纲是南、北宋之际创作赋数量最多、成就最高的作家，他的辞赋颇能反映一个有良知的文人在世事纷扰之时对社会人生的彷徨与思索，表现国运转关之时文风的嬗变之迹。"② 他的这篇《乘桴浮于海赋》不过于追求辞藻的华丽，在注重赋文形式的同时，更注重自己情感的抒发和哲理性的思考。

本章结语

徐兢《宣和奉使高丽图经》是一种"航海"纪实，周去非《岭外代答》中的南海"地理门"和"外国门"也都是纪实性的，庞元英《文昌杂录》中的"诸蕃"和周煇《清波杂志》中的涉海叙述也是如此；就连海洋诗歌，柳永的《鬻海歌》和杨万里的《南海诗集》，也都是面向海洋现实的情感抒发，可见宋代的海洋文学，现实主义成了它的主要基调。或许也

---

① ［宋］李纲：《乘槎浮于海赋》，［清］陈元龙《历代赋汇》，清文渊阁四库全书本，第1786 页。

② 刘培：《国运转关与文风趋新——以李纲辞赋为中心的考察》，《山东大学学报（哲学社会科学版）》2009 年第 6 期。

正因为如此，以瑰丽想象和激情澎湃为主要特色的海洋赋文，到了宋代，不但数量极其有限，而且也以思考和议论见长的文赋为主。

以想象海洋和抒情为主要内容的浪漫主义海洋文学，进入宋代后，发展为以现实海洋为主要审视对象的现实主义写作。宋代海洋文学的这种转变，既与宋代严酷的政治和生存环境有关，也与蓬勃发展的海洋经济活动的全面展开有关，很多时候也与作者的自身经历和遭遇有密切关系。《宣和奉使高丽图经》是徐兢的亲身航海记录。《岭外代答》是周去非的采访所得，《文昌杂录》和《清波杂志》中各有一个"录"和"志"字，说明它们都是作者根据自己的耳闻目睹写成。柳永的《鬻海歌》是他亲自在舟山的盐场体验了盐民的艰辛后诞生的，杨万里之所以有《南海诗集》，根源在于他在福建漳州、广东东莞等滨海地区任职，对海洋有切身的体验。

宋代这种现实主义文学追求，反映在以海洋抒情为主要特色的海洋赋文上，就显得风格上不一致，宋代现实海洋叙事、海洋纪实散文、海洋现实性诗歌繁荣发达而海赋作品寥寥，或许与此不无关系。

第六章　金元涟漪：现实性海洋文学的 进一步繁荣

元朝的统治者虽然来自大漠草原，但对海洋却并不排斥（这与后来的清朝政府形成鲜明对照）。整个元代秉承宋朝海洋开放精神，海洋活动十分活跃，海洋贸易也是相当繁荣。如果不是元初几次跨海攻打日本均因海洋气候等因素而失败导致对于海洋有某种"畏惧"心理影响，元代的海洋活动可能还要进行得更加深广。在这种海洋政策背景下，元代的海洋书写，仍然呈现为现实主义倾向。虽然相比于宋代，金元时期海洋题材作品的数量相对较少，但是元好问《续夷坚志》、姚桐寿《乐郊私语》、陶宗仪《南村辍耕录》和孔齐《至正直记》中仍有不少作品涉及海洋。纪实性文学的现实主义特质更加深厚，罗愿《尔雅翼》、宋濂等《元史》中的"海运"记叙、吴莱《甬东山水古迹记》和汪大渊《岛夷志略》等著作中，均有涉及海洋活动的多方面叙述。海洋诗歌涉及的海洋活动内容和抒情形式也显得丰富多彩，既有产生于政权更迭之际的海洋政治诗，又有"普陀山诗"这样聚焦特定文化海岛对象的类型化诗，更出现了宋无《鲸背吟集》这样的海洋诗歌专集，它与杨万里的《南海诗集》一起构成了中国古代海洋诗歌的两大专集经典。

第一节　金元笔记中的涉海叙事

金元时期的叙事文学并不发达，笔记文学也是如此，数量上无法与宋代笔记和后来的明清笔记相比。但是不多的笔记文学著作，却并没有忽视海洋题材，它们从不同的审美角度和主旨追求，反映和描述了海洋这个特定的文学和文化对象。

一、元好问《续夷坚志》中的涉海作品

元好问（1190—1257），字裕之，号遗山，世称遗山先生。太原秀容（今山西忻州）人。他主要生活在金代，是宋金时期北方文学的主要代表作家，有"北方文雄"之称。

《续夷坚志》是元好问仿宋人洪迈《夷坚志》编撰而成的志怪小说集。虽为志怪体，作者却采用"以小说存史"的笔法进行写作，所以具有相当高的文史价值。

《续夷坚志》中有一则《麻姑乞树》："宁海昆仑山石落村刘氏，富于财。尝于海滨浮百丈鱼，取骨为梁，构大屋，名曰鲤堂。堂前一槐阴蔽数亩，世所罕见。刘忽梦女官，自称麻姑，问刘乞树槐修庙。刘梦中甚难之。既而曰：'庙去此数里，何缘得去？'即漫许之。及寤，异其事，然亦不之信也。后数十日风雨大作，昏晦如夜，人家知有变，皆入室潜遁。须臾开霁，惟失刘氏槐所在。人相与求之麻姑庙，此树已卧庙前矣。"①这则笔记虽然看起来比较怪诞，但有具体地名"宁海昆仑山石落村"和人名"刘氏"，可见作者是把它当作真人真事郑重其事予以记录的。从海洋文学的角度而言，这则故事的核心不在于"麻姑乞树"，而在于刘氏"尝于海滨浮百丈鱼，取骨为梁，构大屋，名曰鲤堂"。古代涉海叙事中多有大鱼记载，但都仅限于"大"，本篇却以大鱼之骨建造房屋，这就很有新意了。鱼骨如此之大，显然不可能是淡水的鲤鱼，而当是鲸鱼之类，然而刘氏名其屋为"鲤堂"，可能与民间"鲤鱼跳龙门"的传统思想有关。《太平广记·龙门》记载，"龙门山，在河东界。禹凿山断门一里余，有黄鲤鱼，自海及诸川，争来赴之。一岁中，登龙门者不过七十二。初登龙门，即有云雨随之，天火自后烧其尾，乃化为龙矣。"这条笔记说鲤鱼也有从海里来的，所以刘氏将海鱼骨建造的房子命名为"鲤堂"，以寄寓自己的某种期望，也可以理解。

《续夷坚志》中还有一则涉海叙事《碑子鱼》，记叙了一种形状甚为奇特的怪鱼："海中有鱼，尾足与龟无异。背上聚一壳，如碑石植立之状，潮退则出岸上曝壳，十百为群。闻人声则爬沙入海。海滨人谓之碑子鱼。或鱼或兽，未可必也。旧说蒲牢海兽，遇鲸跃则吼，其声如钟。今人铸钟作蒲牢形，刻撞钟槌为鲸，于二者有取焉。盖古人制器象物，如舟车、弧矢、杵臼之属，初不漫作，特后人不尽能知之耳。然则碑表之制，将

---

① ［金］元好问：《续夷坚志》，清刻本，第27页。

亦有所本耶。抑人见鱼形似，傅会为名也。"① 这种似龟似鱼的海洋生物的形状和习性，虽然不同于普通海鱼，但作者并没有以怪说怪，而是试图从现实和客观的角度予以解释。他还进而指出，古人制造器具，纵然有些形状非常奇怪，并非古人随意而为，只不过后人不认识罢了。就像这种鱼，发现它与石碑很相似，就附会为碑子鱼。或许多年后人们再也看不到这种鱼的实体，也会觉得这种名字怪怪的吧。

《续夷坚志》中的《海岛妇》，则是对海岛艰难人生的一种曲折反映："王内翰元仲集录：近年海边猎人航海求鹘，至一岛。其人穴居野处，与诸夷特异，言语绝不相通。射之中，则扪血而笑。猎者见男子则杀之，载妇人还。将及岸，悉自沉于水。他日再往，船人人执一妇，始得至其家。（妇）至此不复食，有逾旬日者，皆自经于东冈大树上。元仲，黄华老人也。"② 故事记叙说，有一群猎人，深入海中荒岛打猎，发现岛上居住着一群穴居野处的原始人。猎人们射杀了岛上的男性，把女性抢掠回来。没有想到这些女性性子非常刚烈，宁可跳海自杀也不肯服从。第二次猎人们再次上岛的时候，采用了阴险的方法：各人对付她们中的一人，用分别控制之法，把她们带回了家，但仅仅过了十多天，这些女人或绝食而死，或都自尽于树下。《海岛妇》的叙述题材很像是那种"荒岛蛮人"类叙写，但是元好问提供了一种非常独特的"贞节海岛女"的形象，她们宁死不从，以决绝的方式捍卫了自己的尊严。古代海洋小说中如此刚烈贞节的集体"海岛妇"形象，是第一次也是唯一的一次被塑造，所以这篇小说非常值得重视。

二、姚桐寿《乐郊私语》中的"海盐海事"

姚桐寿，字乐年，生卒年不详，睦州桐江（今浙江桐庐）人。约元惠宗至元末在世。至正十三年（1353），移居海盐。以读书自娱，著有《乐郊私语》一卷，多为海盐一地之事。海盐为滨海之地，所以书中多有涉及海洋的内容，甚至连《乐郊私语》的书名，也与海洋有关。他在"自序"中说，"天下土崩，余犹得拈弄笔墨如此，海上真我之乐郊也"。于是成《乐郊私语》。他把海洋地区视为自己的"乐郊"，这种对于海洋的情感，是很难得的。

《乐郊私语》中有多则与海洋关系密切的作品。《澉浦市舶》记载了

---

① ［金］元好问：《续夷坚志》，清刻本，第31页。

② ［金］元好问：《续夷坚志》，清刻本，第37页。

有关澉浦市舶司的珍贵信息："澉浦市舶司，前代不设，惟宋嘉定间置有骑都尉监本镇，及鲍郎盐课耳。国朝至元三十年，以留梦炎议置市舶司。初议番舶货物十五抽一，惟泉州三十抽一，用为定制。然近年长吏巡徼上下求索，孔窦百出，每番船一至，则众皆欢呼，曰：'呕治厢廪，家当来矣。'至什一取之，犹为未足。昨年番人愤愤，至露刃相杀，市舶勾当，死者三人，主者隐匿不敢以闻。射利无厌，开衅海外，此最为本州一大后患也。"① 元朝政府先后在泉州、庆元（宁波）、澉浦（海盐）、广州、温州和杭州开设了市舶司，其数量之多和规模之大，都超过了唐宋，这也可证元朝政府对于海洋经济的重视。但有关澉浦市舶司的记载历来不多，本篇不但详细记载了澉浦市舶司"十五抽一"的政府收税制度，而且还详尽地描述了市舶司的管理者私设"什一取之"对"番商"进行苛刻盘剥终于引发"番商"武装反抗的事，具有较高的史料价值。

　　《也先不花》则是一则非常生动有趣的"海惊"故事："本州达鲁花赤也先不花，本北人，以至正三年至海上。时方八月，秋涛大作，潮声夜吼，震撼城市。不花初至，闻此夜不敢卧，起问门者。门者熟睡，呼之再三，始从梦中答曰：'潮上来也。'及觉，知是官问，惧其答迟，连声曰：'祸到也，祸到也。'狂走而出。不花误听，逢惊跳入内。呼其妻曰：'本冀作达鲁花赤，荣耀县君，不意今夕共作此州水鬼。'遂夫妇号泣，合门大恸。外巡徼闻哭传报，州正佐官皆颠倒衣裳来救，以为不花遭大变故也。因急扣门，不花愈令坚闭，庶水势不得骤入。同寮益急，遂破扉倒墙而入，见不花夫妇及奴婢皆升屋大呼'救我'，同寮询知，不觉共为绝倒，乃知唐人'潮声偏惧初来客'为真境也。不花今为参知政事。"② 为了增加这个故事的真实性，作者还在文首特地说明："潘从事泽民尝为余言。"可见其是真人真事。这个来自大漠草原的蒙古人，从来没有见识过大海潮水，但耳闻过钱塘江入海口八月秋涛大潮的威名，结果因误听了门卫"潮上来也"变成了"祸到也"，而误以为从此要丧身大海潮之中，结果大哭大叫，演变成一场大事件。这个故事一方面衬托了钱江八月大潮的威力，另一方面也暗讽元朝统治者蒙古人的浅陋无知，其中包含了些许"汉人抗元"的意味。

　　《陈彦廉》的内容也相当奇特："州诗人陈彦廉好作怪体，兼善绘事。

---

① ［元］姚桐寿：《乐郊私语》，《宋元笔记小说大观》，上海：上海古籍出版社 2000 年版，第 6105 页。

② ［元］姚桐寿：《乐郊私语》，《宋元笔记小说大观》，上海：上海古籍出版社 2000 年版，第 6106 页。

其母庄，本闽人，父思恭，商于闽，溺死海中。庄誓不嫁，携彦廉归本
州，抚育遂成名士。彦廉有才名，交往多一时高流，最与黄公望子久亲昵。
彦廉居碛石东山，终身不至海上，以父溺海故也。子久岁一诣之。至则
必到海上观涛，每拉彦廉同往不得。已偕至城郭，黄乞与同看，陈涕泣曰：
'阳侯吾父仇也，恨不能如精卫以木石塞此，何忍以怒眼相见？'子久亦
为之动容，不看而返，因为作《仇海赋》以纪其事。"① 这是一则"仇海"
的故事。古代涉海叙事中，多赏海、亲海、对海洋寄托情感等主题，至
多也是"惧海"，但"恨海""仇海"的极少。如果说"精卫填海"的"仇
海"带有某种政治寓言的含义的话，那么这篇《陈彦廉》所记叙的因亲
人遭遇海难而终生"恨海"，则主要体现为一种情感的表露，而非其他政
治或文化冲突的隐喻。

三、陶宗仪《南村辍耕录》中的海洋纪实

陶宗仪，字九成，号南村，生卒年不详，浙江黄岩（今属台州）人，
元末明初文学家、史学家。元末兵起，陶宗仪避乱松江华亭，耕作之余，
随手札记。元至正末，由其门生加以整理，得其中精萃五百八十余条，
分类汇编成《南村辍耕录》30卷，该书的史料价值和学术价值都很高。
尤其由于其包含了许多元代时期的方言，得到了语言学家的高度重视。

《南村辍耕录》中有多篇作品涉及海洋题材。其中的《乌蜑户》向世
人介绍了蜑民深海采珠的悲惨细节："广海采珠之人，悬縆于腰，沉入海
中，良久得珠，撼其縆，舶上人挈出之。葬于鼋鼍蛟龙之腹者，比比有焉。
有司名曰乌蜑户。蜑，音但。仁宗登极，特旨放免。"② 广海位于广东海
滨台山市，也是蜑民的聚居之处。周去非《岭外代答》等人的著作中都
写过蜑民高超的潜水本事，也写到过他们潜水捕鱼时命丧海底的悲哀命
运。本则笔记则描述他们深海潜水采珠，只有一根细细的绳索维系着他
们的生命，因而各种意外丧生者，"比比有焉"。不仅如此，他们还受到
种种歧视，管理他们的机构，竟然命名他们为"乌蜑户"。因为他们长年
累月赤膊潜水，浑身皮肤乌黑，艰辛生涯造成的人体特征遭到官方无情
的嘲弄。陶宗仪在此表达出他对于蜑民的深切同情。

《南村辍耕录》里的《海运》，记载了有关海上漕运的珍贵信息："国

---

① ［元］姚桐寿：《乐郊私语》，《宋元笔记小说大观》，上海：上海古籍出版社2000年版，
第6111页。

② ［元］陶宗仪：《南村辍耕录》，上海：上海古籍出版社2000年版，第6269页。

朝海运粮储,自朱清、张瑄始,以为古来未尝有此。按杜工部《(后)出塞》云:'渔阳豪侠地,击鼓吹笙竽。云帆转辽海,粳稻来东吴。'又《昔游》云:'幽燕盛用武,供给亦劳哉。吴门持粟帛,泛海凌蓬莱。'如此,则唐时已有海运矣,朱、张特举行耳。"① 漕运是一项国家战略性运输行动,自隋朝开凿大运河后,漕运一般都通过内河进行。但是大运河这样的内河,河道狭窄,桥梁众多,一次漕运数量有限,而且速度缓慢,海上漕运则可以使用大船进行,而且没有桥梁等障碍限制。但是海上风大浪高,水文情况复杂,航行技术要求较高。能够进行海上漕运,是海洋航行技术高度发达的标志。本文不但记载了元代的海上漕运,而且引经据典梳理海上漕运历史,指出海上漕运早在唐朝就存在了,这从一个侧面反映出唐朝时候海洋航运技术的发达程度。

《南村辍耕录》里还有一则《浙江潮候》,专门介绍钱江潮水文特点和在航运上的地位:"浙江,一名钱塘江,一名罗刹江。所谓罗刹者,江心有石,即秦望山脚,横截波涛中。商旅船到此,多值风涛所困而倾覆,遂呼云。"接着详细地介绍了钱塘江大潮的水文规律,最后说"杭之为郡,枕带江海,远引瓯闽,近控吴越,商贾之所辐辏,舟航之所骈集,则浙江为要津焉。而其行止之淹速,无不毕听于潮汐者。或违其大小之信,爽其缓急之宜,则必至于倾垫底滞。故不可以不之谨也"。② 这条笔记表明,宋元时期钱塘江曾经是非常重要的水上运输要道。南宋定都杭州,其主要物资供应,都是通过这条水上要道获得的。

四、孔齐《至正直记》中的海洋人工养殖记载

孔齐,字行素,号静斋,曲阜人,生卒年和生平事迹均不详,约元惠宗至正末年间(大约为1367年前后)在世。他把自己的著作命名为《至正直记》。开头篇《杂记直笔》说:"杂记者,记其事也。凡所见闻,可以感发人心者;或里巷方言,可为后世所戒者;一事一物,可以传闻多识之助者,随所记而笔之。"可见"直记"就是忠实记录的意思,表达了他写实的创作态度。

《至正直记》里涉海内容不多,但是有一篇《海滨蚶田》:"海滨有蚶田,乃人为之。以海底取蚶种置于田,候潮长。育蚶之患,有班螺,能

---

① ［元］陶宗仪:《南村辍耕录》,上海:上海古籍出版社2000年版,第6282页。
② ［元］陶宗仪:《南村辍耕录》,上海:上海古籍出版社2000年版,第6292页。

以尾磨蚶成窍而食其肉。潮退，种蚶者往视，择而剔之。"① 这篇笔记提供了非常珍贵的人工养殖毛蚶的信息。毛蚶等贝类是古人最早从海洋中获取的食物。辽东半岛、山东半岛以及中国沿海大量的贝丘遗存说明贝类在中国海洋文明发展中的重要地位。这些贝类都是野生的，丰富的贝类资源保障了海洋先民的食物，不需要他们去进行人工养殖，原始的生产水平也无法让他们进行人工养殖。然而《至正直记》里的这则《海滨蚶田》证明，至迟到了元末的时候，中国部分沿海地区已经拥有了人工养殖毛蚶的技术。这则笔记把这种养殖技术记载得非常详细，而"田育法"至今仍然是蛏子、泥螺等贝类海洋生物养殖的基本形态。

第二节　金元时代纪实性海洋散文

金元时代活跃的海洋贸易等海洋活动，促使人们进一步了解和熟悉海洋。因此金元时代有很多海洋纪实性作品出现。它们中既有宋濂等《元史》中对于"海运"的历史性记载，也有罗愿《尔雅翼·释鱼》这样的科学性专著对于海洋生物的专门性介绍，还有汪大渊《岛夷志略》这类考察性文章和吴莱《甬东山水古迹记》等海洋游记作品问世。它们都从不同的角度，丰富和夯实了中国古代的海洋纪实性书写传统。

一、宋濂等《元史》中对于"海运"的历史性记叙

《元史》是正史著作。正史中涉及海洋的记载，能不能纳入海洋文学的范畴，或许会有争论。但是古代中国历来有"文史合一"的观念和实践。《左传》《国语》和《战国策》，都是文学和史学相结合的佳作，《史记》中的传记部分，更是达到了"无韵之《离骚》"的文学高点。因此不妨从海洋文学的角度来理解《元史》的"海运"记载。当然，《元史》中的"海运"，指的海上漕运。写的是"事"，而非"人"，因此其文学性是相对不足的，但是它是元代海洋活动的真实记录，从一个特殊的侧面反映出古代海洋活动的生动画面，具有海洋史研究的价值。因此如果从海洋的纪实性书写这个角度予以审视，它仍然可以纳入海洋散文的范畴。

《元史》的"海运"记载说，当初元朝宰相巴延（伯颜）攻占南宋的江南后，曾经命令张瑄和朱清等人，将宋都杭州中的地图和图书资料等，

---

① ［元］陶宗仪：《南村辍耕录》，上海：上海古籍出版社2000年版，第6660页。

通过自崇明至天津的海路，运抵京师北平。但这不是后来的漕运，元初的漕运，仍然继续沿用内河运输的老办法。可是内河漕运费时费劲、非常不便的弊端，开始逐渐显现，在相当程度上已经影响到了京师的日常生活。到了至元十九年（1282），巴延想起当初通过海道运载宋图书资料之事，"以为海运可行"。于是请示朝廷后，命令上海总管罗壁及张瑄和朱清等人，建造平底海船六十艘，运载粮食四万六千余石，通过海道，运抵京师。这支海上漕运运输船队，沿着海岸一路北上，可是半途遇上风暴，长时间在海湾躲避，到了第二年仍然没有到达目的地天津大沽港口。朝廷认为海上漕运有风险，不可行，第二年又恢复了内河运输。这次为了运输方便，还特地开挖了新河，结果"船多损坏，民亦苦之"。就在这个时候，漕运官得知去年海上漕运的船队，已经平安抵达天津港口了，而且几乎没有遭受什么损失。这下朝廷上下都相信海上漕运要远远好于内河运输。于是朝廷任命张瑄、朱清为千户，专门负责海上运输。到了至元二十四年（1287），还特地建立了行泉府司，"专掌海运"。

关于张瑄、朱清负责海上漕运的事情，陶宗仪《南村辍耕录》里的《海运》曾经有所记载，但非常简略。而《元史》的"海运"，不但详细记载了海上漕运的形成过程，还对于海道等进行了仔细的记叙。它介绍说，元代海上漕运的具体运输海道，有过几次变动。起初是"自平江刘家港入海，经扬州路通州海门县黄连沙头、万里长滩开洋，沿山岙而行，抵淮安路盐城县，历西梅州、海宁府东海县、密州、胶州界，放灵山洋投东北"。但这条海道"路多浅沙"，海况不佳，而且路途遥远，"计其水程，自上海至杨村码头，凡一万三千三百五十里"，一趟漕运下来，需要费时一个多月。于是开辟了第二条海道，自刘家港开洋，经扬子江，又过万里长滩，放大洋至清水洋，又经清水洋至山东半岛外面的沙门岛，放莱州大洋，最终进入天津港。路程大为缩短。到了后来还开辟了第三条海道，更加便捷。总之，海上漕运，虽然有时候因为遭遇海洋风暴，会有船毁人亡漕粮沉海的损失，但是比起内河运输，则是又方便又可大为节约费用了。

《元史》的"海运"还生动地记叙了一个海上漕运细节。这次负责漕运的是张士诚和方国珍。这两个人物后来都成为赫赫有名的推翻元朝统治义军的主要领袖。张士诚为太尉，方国珍为平章政事。可是他们之间互相猜疑，一个猜疑对方不把粮食运往京城而私吞，另一个怀疑对方会趁机袭击自己的船队。最终在更高领导的蒙古人的斡旋和指令下，还是乖乖会合于嘉兴海盐澉浦港，完成了一次计粮十数万石之巨的漕运任务。

二、罗愿《尔雅翼·释鱼》中的海洋生物书写

罗愿（1136—1184），字端良，号存斋，安徽歙县人，年轻时候以荫补承务郎，南宋乾道二年（1166）进士，做过鄱阳知县等地方官。入元后继续仕途通达，在鄂州等地做过知府，有治绩。生平精博物之学，长于考证，文章醇实谨严，很为人所推重。其所著《尔雅翼》三十二卷里有"释鱼"五卷，共涉及数十种鱼，其中大多数为海洋鱼类。

罗愿"释鱼"最大的特点是知识性和文献性的结合。罗愿之前，对于鱼类等海洋生物的记载也不乏其人，《太平广记》所辑录的涉海文献里，就有许多海洋鱼类的生物性记载。但是罗愿的"释鱼"，一方面介绍鱼的基本生物特性，另一方面又广泛引述各种文献和传说，予以佐证，从而使他的每一条"释鱼"，几乎都带有"鱼文化史"的味道。

如介绍乌鲗（乌贼）："乌鲗，状如算囊，两带极长。海人云：秦王东游，弃筹（算）囊于海，化为此鱼。腹中有墨，见人及大鱼，常吐墨方数尺，以混其身。人反以是取之。其墨能已心痛。江东人或取以书契，以脱人财物，书迹状如淡墨，逾年字消，唯空纸耳。背上独一骨，厚三四分，形如樗蒲子而长，轻脆如通草，可刻，名'海螵蛸'。此鱼乃鸒乌所化。鸒盖水鸟之似鸦者，今其口足并目尚存，犹相似，且以背上之骨验之也。又曰匹乌化之。《月令》：'九月有寒乌，入水化为乌鲗。'（唐韵云）故其名为乌或曰乌鲗。常自浮水上，乌见以为死，便往啄之，乃卷取乌，故称乌贼。其实乌所化，又能吐墨，自宜名乌。云'卷取乌'似无是理也。俗谓是海若白事小吏。鲗字在《说文》从则，盖以其有文墨可法则。"[①] 这条有关乌贼（墨鱼）的解释，从墨鱼须子"极长""常吐墨方数尺，以混其身"的生理特征，到乌贼墨为"算囊"所变的古人所记，又引述《月令》有关乌贼前身的记载和说它"常自浮水上，乌见以为死，便往啄之，乃卷取乌"的民间故事（这个乌贼设计吞吃乌鸦的故事，至今仍然在东海地区流传），最后引述《说文》解释"鲗"字的本义，真是洋洋洒洒一篇有关乌贼鱼的"文化全书"。

又如对"鲛"的释述。"鲛"是古代涉海叙事中经常出现的一个文化意象或形象。罗愿却是这样介绍和解释的："鲛，出南海，状如鳖而无足，圆广尺鱼，尾长尺许，皮有珠文而坚劲，可以饰物，今总谓之沙鱼。大而长，喙如锯者，名'胡沙'，性良而肉美。小而皮粗者，曰'白沙'，肉强而

---

① ［元］罗愿：《尔雅翼》，清文渊阁四库全书本，第198—199页。

小有毒。南人皆盐为脯，刮皮去其沙，靷以为脍，可寄千里，食味之珍者。至用为器物之饰，则从古以然。"① 这里明确指出神秘的"鲛"，其实就是沙（鲨）鱼。罗愿介绍了沙鱼的种类和特性，以及渔民等海边人食用沙鱼的方法和对于沙鱼皮的利用。这是从自然科学的角度予以介绍的。但接着罗愿开始引经据典地解释"鲛"的文化含义。他引用《史记》"礼记一"中对于沙鱼威风的描述，又引述了《诗经》"楚人鲛革"的记载，还有《荀子》和《后汉书》中的相关资料，然后由"鲛"转向"鲛人"，说："以其皮有珠，故水中织网泣而出珠者，亦谓之鲛人。"然后又全文引述了南北朝时任昉《述异记》中的记载："南海中有鲛人，室水居如鱼，不废机织，其眼能泣，泣则出珠。"以上内容已经非常丰富了，但罗愿还不想停住，他继续引述晋木玄虚《海赋》和《淮南子》中有关"鲛"和"鲛人"的描写和记叙，从而又构成了一篇内容极其丰富的"鲛"文化全书。

其他对于鲸、鲵、虾、蟹等海洋生物的"释述"，皆是如此。其中一些解释，现今看来虽然明显不符合生物科学原理，但是也很有海洋文化价值。如对于"蜃"的解释。"蜃"，最早的本义是一种蛤蜊，即《国语·晋语》中所谓"小曰蛤，大曰蜃。皆介物，蚌类也"，但很早因海市蜃楼现象的存在，转化为一种海洋传说文化现象。罗愿说："蜃，大蛤也。"这是从蜃的本原开始介绍的，可是第二句却是："冬月雉入水所化盖。雀入淮为蛤，雉入海为蜃，比雀所化为大，故称大蛤。"竟然用传说来解释这个"大蛤"的"大"。后面的部分，虽然都以传说资料为依据解释"蜃"现象，却形成了内涵非常丰富的"蜃"文化专条。其中还专门提到了海市蜃楼现象："蜃虽无可观，然其吐气象楼台，海中春夏间，依约岛溆常有此气所为。"还说一些画家常"取此气以为饰"。②

总之，罗愿的"释鱼"文章，实际上是一种具有创新性的叙事现象。它包罗万象，内涵丰富，非常具有可读性。

三、汪大渊《岛夷志略》对域外海洋世界的考察纪实

汪大渊（1311—？），字焕章，江西南昌人。元朝时期的民间航海家。他的《岛夷志略》是元代中外海上交通地理名著。关于此书的写作，吴鉴在《岛夷志·序》中说："顾以海外之风土，国史未尽其蕴，因附舶以浮于海者数年，然后归。其目所及，皆为书以记之。"汪大渊自己

① ［元］罗愿：《尔雅翼》，清文渊阁四库全书本，第 201 页。
② ［元］罗愿：《尔雅翼》，清文渊阁四库全书本，第 212—213 页。

在《岛夷志后序》里说："大渊少年尝附舶以浮于海，所过之地，窃尝赋诗以记其山川、土俗、风景、物产之诡异，与夫可怪、可愕、可鄙、可笑之事，皆身所游览，耳目所亲见。传说之事，则不载焉。"可见此书是汪大渊亲身经历的考察纪实，具有很高的可信度和史料价值。而从海洋纪实文学的角度而言，《岛夷志略》上承南宋周去非的《岭外代答》，下启明初马欢《瀛涯胜览》、费信《星槎胜览》和黄衷《海语》等书，具有重大的海洋文学传承意义。

《岛夷志略》开篇就是对彭湖的介绍。"岛分三十有六，巨细相间，坡陇相望，乃有七澳居其间，各得其名。"这是对澎湖列岛总的介绍。"自泉州顺风二昼夜可至。有草无木，土瘠不宜禾稻。泉人结茅为屋居之。"这说明澎湖最初的居民都是从福建泉州一带迁移过去的。"气候常暖，风俗朴野，人多眉寿。男女穿长布衫，系以土布。"说明这个地方非常适宜人居住，而且文明程度较高。"煮海为盐，酿秫为酒，采鱼虾螺蛤以佐食，爇牛粪以爨鱼膏为油。"可见此地具有浓郁的海洋文化因素。"地隶泉州晋江县。至元间立巡检司，以周岁额办盐课中统钱钞一十锭二十五两，别无科差。"① 这句话更表明澎湖自古以来就是中华领土和领海的一部分。

《岛夷志略》第二篇是对琉球的介绍。"地势盘穹，林木合抱。山曰翠麓，曰重曼，曰斧头，曰大崎。其峙山极高峻，自彭湖望之甚近。"这表明此处的琉球，指的是台湾，而非现今的冲绳，因为它距离澎湖"甚近"。"余登此山则观海潮之消长，夜半则望旸谷之日出，红光烛天，山顶为之俱明。土润田沃，宜稼穑。气候渐暖，俗与彭湖差异。水无舟楫，以筏济之。男子妇人拳发，以花布为衫。煮海水为盐，酿蔗浆为酒。知番主酋长之尊，有父子骨肉之义。他国之人倘有所犯，则生割其肉以啖之，取其头悬木竿。地产沙金、黄豆、黍子、硫黄、黄蜡、鹿、豹、麂皮。贸易之货，用土珠、玛瑙、金珠、粗碗、处州磁器之属。海外诸国盖由此始。"② 这里汪大渊在介绍琉球（台湾）风俗、物产等的同时，还说"他国之人倘有所犯"和"海外诸国盖由此始"，这表明在元代，台湾与大陆之间联系和交往已经开始紧密，台湾"岛夷"地位开始转变。

《岛夷志略》对南洋诸国的考察和记叙，不但注重于交趾、占城、三佛齐和爪哇等在周去非《岭外代答》中曾经被详细介绍和描述过的大岛大国，还非常注重一些小岛小国。如对"龙涎屿"的考察和描述："屿方

---

① ［元］汪大渊：《岛夷志略》，清文渊阁四库全书本，第1页。
② ［元］汪大渊：《岛夷志略》，清文渊阁四库全书本，第1页。

而平，延衮荒野，上如云坞之盘，绝无田产之利。每值天清气和，风作浪涌，群龙游戏，出没海滨，时吐涎沫于其屿之上，故以得名。涎之色或黑于乌香，或类于浮石，闻之微有腥气。然用之合诸香，则味尤清远，虽茄蓝木、梅花脑、檀、麝、栀子花、沉速木、蔷薇水众香，必待此以发之。此地前代无人居之，间有他番之人，用完木凿舟，驾使以拾之，转鬻于他国。货用金银之属博之。"① 显然这是一个无人荒岛，但出产一种非常奇特的"吐涎沫"，可以用以制香。虽然附近海岛人都说这是龙所吐的口水，但龙本就不存在，所谓"吐涎沫"估计是某种海洋生物所分泌之物，类似"燕窝"。海岛多异常之物，这种"吐涎沫"的出现和存在，也并不奇怪。

又如对"蒲奔"的记载。蒲奔即渤盆国。渤盆国是古国名。其故地一般都认为是在今加里曼丹岛东南部一带，正当南海入爪哇海要冲，海洋地理位置十分重要。这个古国在唐朝时存在，后来消亡，历史文献记载甚少。《岛夷志略》补上了重要一笔："地控海滨，山蹲白石，不宜耕种，岁仰食于他国。气候乍热而微冷。风俗果决。男女青黑，男垂髫，女拳髻，白缦。民煮海为盐，采蟹黄为鲊。以木板造舟，藤篾固之，以绵花塞缝底，甚柔软，随波上下荡，以木而为桨，未尝见有损坏。有酋长。地产白藤、浮留藤、槟榔。贸易之货，用青瓷器、粗碗、海南布、铁线、大小埕瓮之属。"② 这段记载信息量非常大。蒲奔人皮肤黝黑，行事果断，造船技术虽然落后但富有创造力。使用的生活器材中，有青瓷器和"海南布"，说明与中华文明有相当紧密的联系。

除了岛人岛国，《岛夷志略》还非常关注对于海路海情的记载。如"昆仑"："古者昆仑山，又名军屯山。山高而方，根盘几百里，截然乎瀛海之中，与占城东西竺鼎峙而相望。下有昆仑洋，因是名也。舶泛西洋者，必掠之。顺风七昼夜可渡。谚云：'上有七州，下有昆仑，针迷舵失，人船孰存。'"③ 这个位于海道要冲的孤岛，是航海人的噩梦，多年来毁船害人无数，《岛夷志略》特地加以记录，对于海洋安全航行，是非常有价值的。

又如对于"急水湾"的记载："湾居石绿屿之下，其流奔骛。舶之时月迟延，兼以潮汐，南北人莫能测，舶涧漩于其中，则一月莫能出。昔有度元之舶，流寓在其中二十余日，失风针迷舵折，舶遂阁浅。人船货物，

① ［元］汪大渊：《岛夷志略》，清文渊阁四库全书本，第 2 页。
② ［元］汪大渊：《岛夷志略》，清文渊阁四库全书本，第 11 页。
③ ［元］汪大渊：《岛夷志略》，清文渊阁四库全书本，第 12 页。

俱各漂荡。偶遗三人于礁上者，枵腹五日，又且断舶往来，辄采礁上螺蚌食之。当此之时，命悬于天。忽一日大木二根，浮海而至礁旁。人抱其木，随风飘至须门答剌之国，幸而免溺焉。"① 显然这也是异常险峻的特大漩涡所在，所以《岛夷志略》特地予以记载，以提醒各航海者。

《岛夷志略》对于海底"万里石塘"的记叙，也是出于这种考虑。"石塘之骨，由潮州而生。逶迤如长蛇，横亘海中，越海诸国。俗云'万里石塘'。以余推之，岂止万里而已哉……观夫海洋泛无涯涘，中匮石塘，孰得而明之？避之则吉，遇之则凶，故子午针人之命脉所系。苟非舟子之精明，能不覆且溺乎！吁！得意之地勿再往，岂可以风涛为径路也哉！"② 这条所谓的"万里石塘"，其实就是现在的南沙群岛。这是南沙群岛自古以来属于中国的文献铁证。

四、吴莱《甬东山水古迹记》对舟山群岛的考察纪实

吴莱（1297—1340），字立夫，浦阳（今浙江浦江）人，元代著名理学家和学者。明代文豪屠隆《补陀洛迦山志》卷三录入他这篇《甬东山水古迹记》时，在其篇名下，还有一个小注："吴莱，字立夫，门人私谥为'渊颖先生'。"他的主要作品就是《渊颖吴先生集》。可见屠隆很看重吴莱这篇《甬东山水古迹记》。

元泰定元年（1324）六月，吴莱实地游览了舟山本岛和普陀山等，根据亲身经历和观察，写成《甬东山水古迹记》③ 一文。文章内容详实，文笔生动细腻，是海洋散文中不可多得的佳作。

甬东为舟山古称，元时称为昌国。

"昌国，古会稽海东洲也。东控三韩日本，北抵登莱海泗，南到今庆元城三五百里。"《甬东山水古迹记》对于舟山岛位置的介绍，非常具有海洋大视野意识。文章是以考察游记的线索组织结构的。在给了舟山一个海洋战略位置定位后，作者从宁波桃花渡上船出发，进入海洋赴舟山写起："泰定元年夏六月，自庆元桃花渡觅舟而东。"庆元即宁波，桃花渡是宋元时候宁波前往舟山等海岛的主要港口。出甬江后，进入了位于镇海招宝山海口。"东逼海有招宝山，或云他处见山有异气，疑下有宝；或云东夷以海货来互市，必泊此山。山故有炮台，曾就台跐弩射夷

---

① ［元］汪大渊：《岛夷志略》，清文渊阁四库全书本，第13页。
② ［元］汪大渊：《岛夷志略》，清文渊阁四库全书本，第19页。
③ 文见［明］屠隆：《补陀洛伽山志》，武锋点校本《普陀山历代山志》，杭州：浙江古籍出版社2014年版，第35—36页。

人，矢洞船犹入地尺。又别作大筒曳，铁锁江水，夷舟猝不得入。"本文题目有"古迹"二字，所以对于招宝山的描写，也不弃历史传说和发生在此地的海战遗迹。"前至峡口，惟石嵌险离立，南曰金鸡，北曰虎蹲。又前则为蛟门，峡东浪激，或大如五石斗瓮，跃入空中，却堕下碎为零雨。或远如雪山水岸，挟风力作声势崩，拥舟荡荡与之上下。"招宝山外为出海口，浪涛汹涌，多暗流漩涡，作者以切身体会，进行了生动的描述。唯恐读者还不能领略海涛之威，文章还引述了同船前往普陀山的一位僧人的话："此特其小小者耳。秋风一作，海水又壮，排空触岸杳，不辨舟楫所在，独帆樯上指。潮东上，风西来，水相斗，舟不能咫尺，一撞礁石，且糜解不可支持。"可见此处不但风浪大，而且还有暗礁，是非常凶险之处，所以民间对此有"蛟口"之称。

船进入舟山本岛地界后，吴莱细腻地描绘了一幅元代时期舟山海岛的人居图："昌国中多大山，四面皆海，人家颇居篁竹芦苇间，或散在沙墺，非舟不相往来。……入海中捕鱼，蝤蛑水母，弹涂杰步，腥涎亵味，逆人鼻口。"舟山各岛人口大量涌入是从南宋开始的，到了元代，舟山已经是海洋渔业非常发达之处，但生活艰苦，居住条件非常简陋。

《甬东山水古迹记》的重点在于对于普陀山的介绍。自从南宋时候开始，普陀山正式成为观音道场，但吴莱之前，还没有人进行过详细介绍和生动描述。"东到梅岑山。梅子真炼药处，梵书所谓补怛落迦山也。唐言小白花山。"这是对普陀山总的介绍。然后文章重点描述了潮音洞："洞瞰海外，大石壁紫黑，旁罅而两枝，乱石如断圭，积伏蟠结，怒潮舂击，昼夜作鱼龙啸吼声。又西则为善财洞，峭石啮足，泉流渗滴，悬缨不断。前入海数百步有洞。土人云曾有老僧秉烛行洞穴且半里，山石合一窍，有光，大如盘盂。侧首睨之，宽弘洁白，非水非土，遂不辨厓际。又自山北转得盘陀石山，粗怪益高，垒如垤。东望窅窅，想象高丽日本界，如在云雾苍莽中，日初出，大如米，篷海尽赤，跳踊出天末，六合翕然鲜明。及日光照海，薄云掩蔽，空水弄影，恍类铺僧伽黎衣，或现或灭。"传说潮音洞是观音显形之处，香火极为旺盛。吴莱不但详细描述了潮音洞本身，而且还笔锋荡开，写了在潮音洞观日出的胜景。从此潮音洞就成了普陀山观日出的最佳处所之一。

以普陀山为圆心，吴莱又根据目光所及，记叙了周围的桃花岛、马秦山（朱家尖）、东霍山等岛。他甚至还写到了遥远的洋山，说它"中多大鱼"。洋山是宋元时期著名的渔场，所以吴莱的记叙是真实可信的。他还说普陀山的北面为"为胊山（衢山）、岱山、石兰山（秀山），鱼盐者所聚"，说明元代时期，岱山一带已经有大量的渔民聚居。

文章最后一节，又回到了舟山岛的开发历史，"夫昌国本禹贡岛夷，后乃属越，曰甬句东。越王句践欲使故吴王夫差居之。然不至也。海中三山。安期、羡门之属。或避秦乱至此，方士特未始深入。或云三山在水底。或云山近则风引舟去，盖妄说也。东土人士每爱会稽山水，故称入会稽为入东海。《抱朴子》亦云：'古仙者之药，登名山为上，海中大岛屿如会稽之东翁洲者次之。'今昌国也。"这几句记载表明，舟山岛的人文历史非常悠久，而且还说舟山是仙语文化的重要地区。

吴莱《甬东山水古迹记》是对以普陀山为核心的舟山群岛的一次文化塑造。在吴莱之前，舟山群岛是作为偏远、荒凉的海岛地区存在的。但是吴莱赋予了舟山一个文化形象，使得它成为一种历史悠久、风景美丽、文化底蕴深厚的海洋文化之地。这不但大大提高了舟山群岛的人文形象，实际上也可理解为对于海洋社会地区的一种文化肯定。

吴莱这种"海洋山水古迹"考察，是一种有意的作为。不但关注东海，他还关注过南海。在游览了舟山群岛后，他还游览考察了广东南海地区，写下了《南海山水人物古迹记》，述及南海历史区划沿革、方位、地理、古迹、传说等，与《甬东山水古迹记》的构思与立意，几乎完全一致。

第三节　元杂剧《张生煮海》中的海洋爱情演绎

杂剧是元代的代表性文学形态。作为"一朝之文"的杂剧，如果缺席了海洋因素。那将是非常遗憾的事情。李好古《张生煮海》整个剧情都在海洋中展开，使得中国古代海洋文学中，终于有了"海洋戏剧"这样一种新类型。

李好古，生卒年不详。东平（今属山东）人，一说西平（今属河南）人，又一说保定（今属河北）人。曾经官至南台御史。他擅写神话剧，撰有杂剧《巨灵神劈华岳》《赵太祖镇凶宅》《张生煮海》等。今仅存《张生煮海》留世。

一、《张生煮海》中的海洋因素

《张生煮海》，全名《沙门岛张生煮海》，是元杂剧中一个著名的神话剧。剧作写潮州书生张羽，寄读于海岛石佛寺。清夜抚琴，美妙的琴声吸引了龙女琼莲，两人一见倾心，约定在中秋夜相会。张羽如期赴会，却只见海水茫茫，琼莲了无踪影。正彷徨间，忽遇东华仙姑，赐给他银锅一只、金钱一文、铁勺一把，令舀海水煮之。大海于是为之沸腾，虾兵蟹将都成了热锅上的蚂蚁。龙王无奈，只好请石佛寺长老为媒，将琼莲许配张羽。

剧作写爱情的力量可以煮沸大海，逼龙王就范，显得相当有趣。"愿普天下旷夫怨女，便休教间阻，至诚的一个个皆如所欲。"这便是这个美丽的神话爱情故事最后点出的主题。

爱情主题，是人们理解《张生煮海》的一个基本途径。而它的大海背景，却一直被忽视。① 其实剧中故事，如果撇开海洋因素，则非常简单，甚至还有些不合正统道德。书生张羽，借宿古庙石佛寺看书备考，因感到孤寂，抚琴寄情。不料琴声悠远，随风进入一个来此游玩的小姐耳中，情有所动，循声而往，两人得以相见，并立即喜欢上了。张羽邀请小姐进房，三言两语之后就开始求婚，小姐同意了他的求婚，但拒绝了他想立即求欢的非分要求，提出让他八月十五日去她家求亲。所以这是一个简单的"私订终身"的故事，可是由于这小姐是东海龙王之女，她住在大海深处的龙宫里，张羽无法前去求亲。因此海洋因素是这个爱情故事最主要的情节元素。离开了海洋因素，这个故事将会成为无数个才子佳人故事中的一个老套故事。

可以说，《张生煮海》的情节魅力，主要来自于海洋，而不单单是男女交往本身。显然作者李好古对此是有清醒认识的，因此剧情从一开始到结束，始终都在海洋背景下展开。

第一折开头，东华仙上台来，张口就说："海东一片晕红霞，三岛齐开烂熳花。秀出紫芝延寿算，逍遥自在乐仙家。"② 这里"海东"的海洋位置，"一片晕红霞"的海洋景色，"三岛"的海洋神仙岛文化传统，还有"乐仙家"的海洋人文定位，基本上都是自《山海经》以来发展而成的海洋文学和文化传统；接着剧中主要人物出现，张生自我介绍是"潮州人"，小姐说自己是"东海龙神第三女"，还送给张生只有海洋传说里才有的定情信物"鲛绡手帕"；潮州本是滨海之地，更不要说龙女生活的龙宫了，凡这些，无一不是鲜明的海洋人文元素。

---

① 只有刘明金《张生煮海所反映的海洋精神》(《浙江海洋学院学报》2007 年第 4 期) 注意到了它的海洋因素，可是作者从中得出的该剧反映出"藐视神权的大无畏气概和反潮流思想""敢于同强大的恶势力作斗争的战斗精神"等观点，是值得商榷的。

② 本节所引《张生煮海》原文，皆来自姜丽华整理：《元人杂剧选》，上海：复旦大学出版社 2013 年版，第 149－160 页。

二、《张生煮海》中的"古老"海洋认知

戏剧是在舞台上演出的，虽然我们不知道元人是如何在舞台上展示这些海洋因素的，但是我们在阅读这个剧本的时候，这些海洋因素是可以强烈感受到的。虽然在剧中，这个具体的海洋空间有些"模糊"。沙门岛在黄海边上，第二折开头张生也唱"望黄河一股儿浑流派"，似乎这海域就在黄海。可是也在第二折开头，张生一路寻找小姐，感觉疲倦，就说："这盘陀石上，我且歇息。"这"盘陀石"肯定指的是普陀山磐陀石，而普陀山处于东海之中，而且小姐也说自己是东海龙王的女儿，第四折龙王出台，也说"吾神乃东海龙王是也"，可见这海域为东海无疑。那么剧中的海洋，究竟指的是黄海还是东海？其实这涉及的正是海洋文化的一个重要知识：古时候的东海是包括现在的黄海部分的，而这个"古时候"指的是先秦至汉魏时期，可见《张生煮海》里的海洋，是一种"古老"的海洋认知。

"古老"海洋认知中的"海洋"，是一种美丽、富裕、和谐的海洋，与唐宋元"现实海洋"有很大的不同，对此，《张生煮海》也有很好的体现。剧中类似"万朵彩云生海上，一轮皓月映波中""势汪洋无岸无涯，出许多异宝奇哉。看看看，波涛涌，光隐隐，无价珠玑；是是是，草木长，香喷喷长生药材"等赞美海洋的句子，比比皆是。"煮海"是剧中最"反海洋"的情节，但是"煮海"过程却很短暂，矛盾很快得到解决，大团圆高潮马上到来，而不是发展成你死我活的激烈斗争。剧中赞美龙王说："你道是白茫茫如天样，越显得他宽洪海量。"凡是这些，都显示出作者对于海洋和海龙王的正面描述和热情歌颂。

剧中张生与小龙女见面的地方为沙门岛，而此岛是古代著名的罪犯发配流放地，有人因此认为这是作者将人物的爱情"置之死地而后生"的故意安排。其实这是"过度解读"了。沙门岛是山东半岛深入大海的一个海岬，作者将此地设计为他们爱情的萌发之地，看中的当是此地的海洋地理环境，而不是"流放地"因素，所以这沙门岛的出现，与整个剧中的亲海、颂海立场并不矛盾。

三、《张生煮海》"煮"海情节的象征意义

《张生煮海》的核心情节是"煮"海。这是一个崭新的富有创意的情节设计，从《山海经》以来的涉海叙事和记叙中，都没有"煮"海这样的桥段。有人认为这与早期盐民用"煮"的方法来提炼海盐有关，宋代

大文豪柳永反映盐民生活的《鬻海歌》，里面所说的"鬻海"，指的就是"煮海"。也有人认为，"煮"海的情节可能来自于古印度"抒海索宝"的故事。他们认为唐朝小说作家将"胡人识宝"情节与此一故事结合，创作出"炼珠索宝"故事。这以后，由于"抒海"与"煮海"音近，在元杂剧中完成了从"炼珠索宝"到"煮海求婚"的本土化转变。

我们觉得这些解释过于勉强。盐民"煮海"取盐是一种现实谋生手段。而从"抒海索宝"到"煮海求婚"的联系又过于主观。我们认为张生"煮"海是一种源于生活同时也源于海洋人文传统的一种象征性情节设计手法。

且看这"煮"海的工具，剧中是怎样写的："仙姑云：这鲛绡手帕果是龙宫之物，眼见的那个女子看的你中意了。只是龙神躁暴，怎生容易将爱女送你为妻？秀才，我如今圆就你这事，与你三件法物。降伏着他，不怕不送出女儿嫁你。张生做跪科，云：愿见上仙法宝。仙姑取砌末科，云：与你银锅一只，金钱一文，铁勺一把。张生接科，云：法宝便领了，愿上仙指教，怎生样用他才好？仙姑云：将海水用这勺儿舀在锅儿里，放金钱在水内。煎一分，此海水去十丈；煎二分，去二十丈；若煎干了锅儿，海水见底。那龙神怎么还存坐的住？必然令人来请，招你为婿也。"

这里的"银锅一只，金钱一文"看起来奇异，其实也可以理解，因为在海洋世界里，历来把金黄色的大黄鱼称作"金鱼"，把银白色的鲕鱼称作"银鱼"，渔谚也有"前港一桶金，后港一桶银"之说，所以架锅煮海水，海族会感到疼痛。龙王也会托神传话答应张生的求婚。

至于舀一瓢海水放进锅里煮，锅里的海水沸了，大海的海水也同时会沸腾，锅里之水与大海之水相连相通，这就更好理解了。古代历来有"弱水三千，我取一瓢饮"的说法，《张生煮海》第三折里也有"仙境有弱水三千丈""休提弥漫弱水三千丈"等句，其实已经点明了这一层关系。

第四节　金元时代的海洋诗歌

金元时代的诗歌创作，如果从数量上看，堪称"洋洋大观"，仅清人顾嗣立所编的《元诗选》，就收诗数万首之多。其实元代诗歌创作的总量远远超过这个数目，只是难以完全统计。但是在唐宋诗歌辉煌成就的掩映下，金元时代诗歌历来不被重视，关于元诗的研究寥寥无几，且难见全貌。①

然而金元时代的海洋诗歌，虽然数量不多，却显示出许多独特的倾向，如元初出现的大量与政治有关的海洋诗，又如宋无《鲸背吟集》这样的中国古代第一部航海诗集。此外，还有集中涌现的"普陀山诗咏"等。总之元代的海洋诗歌创作，相比于其同时代的涉海叙事和纪实性散文，其实还是比较繁荣的。

一、元初的海洋政治诗

宋亡元兴后，出于传统的"正朔"和"节操"等文化理念和立场，此时的海洋诗歌带有较浓郁的政治色彩。

文天祥是这方面的代表性诗人。文天祥（1236—1283），字履善，又字宋瑞，自号文山、浮休道人，吉州庐陵（今江西吉安）人，宋末大臣。宋亡后，坚持依托海洋进行抗元斗争，因此他的许多诗作，既与海洋有关，更与政治有关。《过零丁洋》就是其家喻户晓的代表作。"辛苦遭逢起一经，干戈寥落四周星。山河破碎风飘絮，身世浮沉雨打萍。惶恐滩头说惶恐，零丁洋里叹零丁。人生自古谁无死？留取丹心照汗青。"② 惶恐滩是南海的一处海滩，零丁洋是南海的一处海域，可是它们既是文天祥个人命运的象征，也是南宋朝廷的一种隐喻。这种借海洋喻政治形势和个人命运的表达方法，深刻地影响了后世众多海洋诗歌的创作。另外他的《南海》《海上》等诗，也是这种风格。当然作为一个具有诗人气质的政治家和军事家，文天祥的一些海洋诗歌的政治含义，还是比较隐晦的，而更多的是则是突出诗歌本身的艺术意象。如《乱礁洋》："海山仙子国，邂逅寄孤蓬。万象画图里，千崖玉界中。风摇春浪软，礁激暮潮雄。云气东南密，龙腾上碧空。"前面还有小序："自北海渡扬子江至苏州洋，其间最难得山，仅得蛇山、洋山大小数山而已。自入浙东，山渐多，入乱礁洋，青翠万叠，如画图中。在洋中者，或高或低，或大或小，与水相击触，奇怪不可名状。其在两旁者，如岸上山，丛山实则皆在海中，非有畔际。是日风小浪微，舟行石间，天巧捷出，令人应接不暇，殆神仙国也。孤愤愁绝中，为之心旷目明，是行为不虚云。"③ 这乱礁洋在浙东象山半岛涂茨镇外面。1276 年，被元军扣留的文天祥侥幸逃出，从海路南下寻找抗元队伍时路

---

① 张晶：《元代诗歌发展的历史进程》，《吉林大学社会科学学报》2005 年第 5 期。

② ［宋］文天祥：《文山集》，四部丛刊景明本，第 310 页。

③ ［宋］文天祥：《文山集》，四部丛刊景明本，第 307 页。

过。在《乱礁洋》诗和"序"中，有"孤愤愁绝"和"云气东南密"等句，暗示政治、军事形势严酷，其他简直是赏海美文美诗。

或许是由于临近南宋都城临安（杭州）的缘故，浙东文人都有忠宋抗元的倾向，这在诗歌中多有流露。宁海人舒岳祥（1219—1298）的海洋诗歌，也体现出了在平静的海滨生活描述中却包含着激荡的政治色彩的特点。他创作的田园诗《海村绝句》，抒发了对于海洋田园的赞美感情，如《海上口占》诗云："近闻海戍移屯去，渔火滩头万点红。""远眺沧洲十里强，朝潮举网夜鸣榔。"但舒岳祥生活于宋末元初，深切感受到战乱造成的对于海洋田园的破坏，因而多有这方面的反映，如《冬日过良坑冈，东望沧海，隐隐见渔村有感，时避地者多浮海云》："平陆人烟险，渔舟家口肥。青天围箬笠，白雨浣蓑衣。静钓鸥分石，寒归雪满扉。"可如此美好的家园却被战乱破坏，所以结尾句有"磻溪有恨事"了。其他如《七月十五日竟传有铁骑八百来屠宁海，人惧瞿仙居祸，蹴船入海，从鸥夷子游》也是如此。元兵铁骑南下，大祸临头，只好避祸于海上，这种情形下产生的诗歌，必然会有对政治的批评之意。

谢翱（1249—1295）也是浙东著名的遗民诗人，他的海洋诗作多有政治隐喻，如《侠客吴歌立秋日海上作》："潮动秋风吹牡荆，离歌入夜斗西倾。伙飞庙下蛇含草，青拭吴钩入匣鸣。"深远浩淼的海洋成了抗元斗争的一种政治象征。

元代著名学者和诗人黄溍（1277—1357），字晋卿，世称金华先生，浙江义乌人。少年时候师从南宋遗民方凤，受老师影响，一直隐居，远离元代政治。因此他的海洋诗，也有隐晦的政治色彩、如《秋至宁海二首》："地至东南尽，城孤邑屡迁。行山云作路，累石海为田。蜃炭村村白，棕林树树圆。桃源名更美，何处有神仙。""缥缈蛟龙宅，风雷隔杳冥。人家多面水，岛屿若浮萍。煮海盐烟黑，淘沙铁气腥。停骖方问俗，渔唱起前汀。"宁海多海湾，多海岛，多渔村，海洋文化积累深厚，黄溍是把宁海人的海洋生活，直当作"桃源"来赞美的了。①

黄溍还有一首《洋山夜发》："萧萧洋山暮，仓忙拜水神。吹嘘端有力，漂泊竟无津。黑夜鱼龙界，皇天虮虱臣。生还如偶隧，敢惮历微辛。"②此诗的政治色彩已经基本隐去，主要感叹茫茫大海中个体生命的渺小和

---

① 本节舒岳祥、谢翱、仇远、黄溍和吴莱的诗作，都转引自张如安：《元代浙东海洋文学初窥——以宁波、舟山地区为中心》，《浙江海洋学院学报（人文科学版）》2006年第3期。

② 杨镰：《全元诗》，北京：中华书局2013年版，第262页。

自身命运的不可掌控。

元代海洋诗歌的政治含义，甚至到了元末诗人戴良的"渡海"诗里也有所体现。戴良（1317—1383），字叔能，元代著名诗人，浦江建溪（今浙江诸暨马剑镇）人。曾任淮南江北等处行中书省儒学提举。后至吴中，依张士诚。张士诚失败后，他不愿意出来为朱元璋的明朝做官，又复泛海至登莱，拟归元军。他的五首"渡海"诗就写于这个时候。

这是互有关联自成一体的入海政治避难组诗，既是感时抒怀，也是海洋经历的写实。

戴良《泛海》："仲夏发会稽，乍秋别勾章。拟杭（航）黑水海，首渡青龙洋。南条山已断，北界水何长。远近浪为国，周围天作疆。川后偶安恬，天吴亦屏藏。荡桨乘月疾，挂席逐风扬。零露拂蟠木，旭日耀扶桑。我行无休隙，此去何渺茫。东海蹈仲连，西溟遁伯阳。轻名冀道胜，重已企时康。孰谓情可陈，旅念坐自伤。"[①]

这首《泛海》是戴良"入海"组诗的第一首。"拟杭（航）黑水海"，表明他还未入大洋。他想象大海波浪为国，天际作疆，前程茫茫，但是自己丝毫也不感到恐惧害怕。因为他觉得自己选择的正如鲁仲连归隐于东海、老子李聃归隐关外这些前贤的政治选择之路，"轻名冀道胜"，个人安危无所谓，只希望天下太平，正道浩荡。

他还有《自定川入海》："乍离东海郡，又上北溟船。红见波中日，青窥水际天。乡关千里隔，身世一帆悬。乡信何从达，归鸿落照前。"[②]从内容上来看，这是戴良"入海"组诗的第二首。写于从东海近海即将进入黄海大洋之际。浙东故乡是越来越远了，"身世一帆"入海，不知何年能成为回家的归鸿。

他还有一首《渡黑水洋》："舟行五宵旦，黑水乃始渡。重险讵可言，忘生此其处。紫氛蒸作云，玄浪蹙为雾。柂底即龙跃，橹前复鲸怒。掀然大波起，倏与危樯遇。入水访冯夷，去此特跬步。舟子尽号泣，老篙亦悲诉。呼天天不闻，委命命何据。川后幸戢威，风伯并收驭。偶济固云喜，既往益增惧。居常乐夷旷，蹈险忧覆坠。出处愧宿心，祸福昧前虑。皎皎乘桴训，持用慰情素。"[③] 这是戴良"入海"组诗的第三首。"入海"组诗中共有两首《渡黑水洋》，这是第一首。黑水洋是东海与黄海交界

---

① 戴良：《九灵山房集》，四部丛刊景明正统本，第75页

② 戴良：《九灵山房集》，四部丛刊景明正统本，第79页。

③ 戴良：《九灵山房集》，四部丛刊景明正统本，第75页。

的一处海域，因海水青黑而得名。北宋徐兢《宣和奉使高丽图经》中记载过黑水洋。戴良经过了五天五夜的近海航行后，开始进入黑水大洋。这里风高浪急，"舟子尽号泣，老篙亦悲诉"。完全是搏命之行了。但是自己乘桴入海远离动乱时局的政治志向是不会改变的。

他的入海越走越远，进入远洋了。第二首《渡黑水洋》："自行沧海上，魂断黑波前。好似星沉夜，仍逢雨至天。鲸迷川后国，龙触佑胡船。强起推篷看，惟应发欠玄。"① 这是戴良"入海"组诗中的第二首《渡黑水洋》。细品内容，当写于初步经历了黑水洋的险恶风暴后渐渐进入正常航行之时。此刻船还在黑水洋海域航行，但已经度过了"魂断黑波前"的惊心动魄了。戴良说自己惊魂未定，只敢偷偷从风篷的缝隙里往外看海面，觉得自己头发都一夜变白了。

他还有一首《渡海》："结屋云林度半生，老来翻向海中行。惊看水色连天色，厌听风声杂浪声。舟子夜喧疑岛近，估人晓卜验潮平。时危归国浑无路，敢惮波涛万里程。"② 这首诗似乎描述的是即将到达目的地海岛的心情，也是对前几天航程的一个总结。"惊看"震惊于大海的浩淼无比，"厌听"说明他不适海中风浪。由于是夜航，海况海情都不明朗，所以才有"疑""验"等感觉和行为出现。这是一首只有对于海洋有亲身体验而且处于"逃难"状态才可以写就的海洋诗。

他把最后一首入海诗留给了《黑水洋》："涉海才经五日期，深洋一望黑淋漓。波滔月夜人先见，船过雨天龙未知。险胜吕梁漂鹢处，悲同巫峡泣猿时。平生一段乘桴意，莫为微躯到此疑。"③ 这黑水洋肯定给戴良留下了异常深刻的印象，以致他一写再写。这首《黑水洋》是戴良"入海"组诗中的最后一首，带有总结和重新审视的意味。戴良以此表明自己经历海上航行的重重困难，但自己的政治选择的志向没有丝毫的动摇。"平生一段乘桴意，莫为微躯到此疑"，就是他最后也是最明确的宣言。

二、宋无航海诗歌专集《鲸背吟集》

《鲸背吟集》是一部元代出现的描述海上漕运的诗歌专集。关于其作者，学界颇有争议，但根据赵孟頫《〈翠寒集〉序》《说郛》本《鲸背吟集》等有关文献资料，可以考定《鲸背吟集》的作者为朱晞颜，也就是元代

---

① 戴良：《九灵山房集》，四部丛刊景明正统本，第79页。
② 戴良：《九灵山房集》，四部丛刊景明正统本，第81页。
③ 戴良：《九灵山房集》，四部丛刊景明正统本，第81页。

著名诗人宋无。但为什么在《鲸背吟集》中出现"朱晞颜"的署名而不是"宋无"，还不得而知。

宋无（1260—1340），字子虚，号晞颜，苏州人。《鲸背吟集》的创作与宋无漕运经历有直接的关联。至元二十八年（1291），宋无全程参与了该年的海洋漕运活动。据《元史·食货志》记载，该年度漕粮数量达到1527250石，这在当时可以说是盛况空前。船队规模壮观，数百艘海船组成船队北上。漕舟船体宏伟，装载量大，载重已达千石以上（后来最高可达九千石）。《鲸背吟集》最早以专题诗集的形式对元代海运进行全景式的艺术再现，洋溢着积极无畏的开拓精神和浪漫奔放的海洋情怀，堪称元代海运和海洋文化的诗意百科。[①]

有关元代海上漕运的资讯，前面元代涉海叙事部分已经有所涉及，但是《鲸背吟集》却是一部海上漕运的诗歌专集，而且作者还是亲身参与者，宋无自己也在《鲸背吟集》"序"中说："今将所历海洋山岛与夫风物所闻、舟航所见，各成诗一首。"因此无论从海洋漕运史还是海洋文学史的角度，《鲸背吟集》都极富有价值。

宋无参与的漕运的始发港是江苏盐城，因此《鲸背吟集》的第一首便是《盐城县》："茅亭数户日烧盐，一角荒城浸海尖。忆似扬州三二月，春风十里卷珠帘。"[②]

盐城东临黄海，自古就是著名的盐地，而今却成了海上漕运的起点之一。作者即将从此地上船入海。他的心情很愉快，有扬州三月春风十里之感。

但是海上漕运其实十分辛苦，第二首《梢水》就描述了这一点："拔碇张篷岂暂停，为贪薄利故轻生。几宵风雨船头坐，不脱蓑衣卧月明。"风雨交加，行行停停，还要日夜坐在船头看护漕粮，哪里还有扬州春风的快乐？真要怀疑那一点报酬值不值得了。这首诗非常具有漕运场面感，体会也写得十分深刻。

海船是漕运的基本保障，但是却并不是诗人重点关注的对象，第三首《海船》虽然以海船为题，聚焦的是漕运的趣味："轻装方解尽无遗，风挟双篷水面飞。却被沙头渔父笑，满船空载月明归。"风雨过后，作者赶紧脱下湿透的衣服晾干，这种狼狈的样子被岸边的老渔民看在眼里，

---

① 张世宏：《中国第一部航海诗集〈鲸背吟集〉考论》，《厦门大学学报（哲学社会科学版）》2016年第3期。

② ［元］朱晞颜：《鲸背吟集》，清文渊阁四库全书本。下面《鲸背吟集》引文都来自于此。

但他们嘲笑的可能不仅是这种狼狈，重点还在最后一句"满船空载"里。既然是空船，为什么还被风雨吹淋得如此狼狈呢？为什么还要跑得那么快呢？但其实渔夫们取笑错了。北上的漕运船是不可能有空船的，漕运的粮食都在船舱下面，站在沙岸上的渔夫们远望去，以为是空船。

第四首为《莺游山》："崖倚波涛顶接空，黄莺游处树成丛。莫言山上人希住，多少楼台烟雨中。"莺游山一作鹰游山，又作嘤游山，今江苏连云港东连岛，在距离江苏东海县东北一百多里的海中，说明漕运船队还在沿着江苏沿海往黄海进发。

第五首为《日出》："金乌摇上浪如堆，万象分明海色开。遥望扶桑岸头近，小舟撑出柳阴来。"海上日出是海洋最美的风景之一，作者有幸在海上船中看日出，自然心情愉快，要赋诗纪念了。

第六首《东洋》："东溟云气接蓬莱，徐福楼船此际开。应是秦皇望消息，采芝何处未归来？"表明船队已经进入黄海大洋海域。这里是秦汉仙语文化的发源地，作者自然联想到了秦皇、徐福等典故。

第七首《彭月》和第八首《海味》，记载描述的都是海洋珍品。"彭月怀沙小更肥，团脐风味颇相宜。菊花新酒何孤负，正是橙黄橘绿时。""海味新来数得餐，梢人收拾日登船。钱塘江下亲曾见，买得风流别一船。"彭月估计是一种沙滩中的贝类，是下酒的佳肴。《海味》记叙渔民登船销售刚捕捞来的海鲜，这让作者想起在钱塘江边曾经看到过的海鲜，觉得特亲切。

第十首《揍沙》："万乘龙骧一叶轻，逆风寸步不能行。如今阁在沙滩上，野渡无人舟自横。"万乘龙骧指大船，但是如果碰到沙滩，那就寸步难行了。江苏近海多流沙海床，对航海形成了比较严重的障碍。题目"揍沙"意思不明，可能是当地人对于船在沙滩上搁浅的一种方言表述。

第十一首《海鸥》歌咏了航海人的好朋友海鸥："群飞独宿水中央，逐浪随波羽半伤。莫去西湖花里睡，芰荷翻雨打鸳鸯。"海鸥是大海的精灵，就算羽翼半伤也要在波浪中起伏，而不要成为西湖里的鸳鸯。它同时也是航海者的一种比喻，本诗表达了作者对于搏海者的敬意。

第十二首《吐船》，写出了海洋中航行的艰辛："不知饥饱只思眠，无病清流口角涎。自笑先生独醒者，长留一瓮在头边。"这显然描述的是晕船呕吐的情景，如果没有切身的航海体会，是写不出"无病清流口角涎"这种细节的。

接下来的《乳岛》和《沙门岛》，记叙船队所经过的航线上的几个点。其中沙门岛是古代著名的罪犯发配的地方，作者自然在《鲸背吟》中要留下痕迹。

海上漕运自然不是游山玩水，在欣赏海上风情的同时，作者还写了一路上为了补给所付出的种种艰苦。如《讨水》："海波咸苦带流沙，岛上清泉味最佳。莫笑行人不风韵，一瓶春水自煎茶。"长期在海上航行，能喝到一口甜美的淡水，那真叫幸福。犹如《讨柴》："海树年深成大材，一时斧伐作薪来。山人指点长松说，尽是刘郎去后栽。"船行大海，淡水和柴禾都是不可或缺的物质，这是只有真正在海上航行过的人，才会高度关注这些在平常人看来是非常普通的东西。

最终漕运船队抵达目的地天津了。一首《直沽》反映出作者长舒一口气的喜悦心情："直沽风月可消愁，标格燕山第一楼。细问花名何处出，扬州十里小红楼。"

《鲸背吟集》的最后一首为《自题》："乘兴风波万里游，清如王子泛扁舟。早知鲸背推敲险，悔不来时只跨牛。"既点明了诗集名称的由来，也抒发了风波万里如泛扁舟的豪迈心情。虽然作者说有点后悔参加海上漕运，但是整体上还是乐观向上的。

作为一部专题式海洋诗歌集，《鲸背吟集》在海洋文学史上有它特别的地位。"中国古代的海洋诗歌作品，绝大多数是以散珠片玉的形态呈现在各家诗集之中，极少以专题、专集的形式问世传播。在这样的背景下，《鲸背吟集》凸显出不同寻常的意义：《鲸背吟集》是中国古代第一部航海诗集、第一部海洋诗歌专集，也是《四库全书》集部唯一具有海洋诗歌专集性质的作品，在中国海洋文学发展史上具有里程碑式的意义和地位。"[①]

但是，我们在高度评价《鲸背吟集》的同时，也遗憾地觉得，对于全方位记叙和描述海洋漕运而言，简略抽象的诗歌形态并非最佳的形式。如果作者在创作《鲸背吟集》之余，能用容量更大、内容更丰富的散文体来进行书写，那么其价值和信息量，或许更大。

虽然关于元代海上漕运的事情，在协助方国珍管理海上漕运的刘仁本的诗文集《羽庭集》里，也有所反映。不过刘诗涉漕运的，多为唱和之作，文也基本都是"报告"之类的应用文，如《江浙行省与复海道漕运记》，文学性虽然不足，但史料价值还是很大的。

---

① 张世宏:《中国第一部航海诗集〈鲸背吟集〉考论》,《厦门大学学报（哲学社会科学版）》2016 年第 3 期。

三、元代的"普陀山诗"和其他海洋诗作

自南宋时期确立了普陀山观音道场的地位后，普陀山迅速成为一座海洋人文的荟萃之岛，大量与普陀山有关的诗文开始涌现，到了元代，形成了一个集中喷发式的小高潮。

吴莱是其中的一个代表性人物。他的《甬东山水古迹记》是一篇重要的海洋考察和旅游散文。与此同时，他还写了许多与普陀山等有关的海洋诗歌。康熙《定海县志》收录有他的十一首诗作，包括《夕泛海东，寻梅岑山观音大士洞，遂登盘陀石望日出处及东霍山。回过翁浦，问徐偃王旧城》八首，《登岸，泊道隆观，观有金人闯海时斫柱刀迹，因听客话蓬莱山紫霞洞》两首，以及《望马秦桃花诸山，问安期山隐处》一首。另外明人屠隆撰述的《普陀山志》还收有他的《磐陀石观日赋》一文。

《夕泛海东，寻梅岑山观音大士洞，遂登盘陀石望日出处及东霍山。回过翁浦，问徐偃王旧城》是一组主题组诗。其一是总写："山月出天末，水风生晚寒。扁舟划然往，万顷相渺漫。星河白摇撼，岛屿青屈盘。远应壶峤接，深已云梦吞。蟠木系余缆，扶桑缨我冠。寸心役两目，少试鲸鱼竿。"主要突出普陀山宁静、悠远、纯洁和令人遐想的海洋环境。其二聚焦普陀山名胜之地千步沙："起寻千步沙，穿石塞行路。恐涛所撼击，徒以顽险故。卓哉梅子真，与世良不遇。上书空雪衣，烧药乃烟树。玄螭时侧行，缟鹤一回顾，从之招羡门，沧海昼多雾。"普陀山主要是佛教圣地，但是千步沙、百步沙则是凡人乐园。吴莱是从世俗角度赞美千步沙的出世之美。其三赞颂潮音洞："茫茫瀛海间，海岸此孤绝。飞泉乱垂缨，险峒森削铁。天香固遥闻，梵相俄一瞥。鱼龙互围绕，仙鬼惊变灭。舟航来旅游，钟磬聚禅悦。笑撚小白花，秋潮落如雪。"潮音洞是普陀山岩崖绝景，又是传说中的观音显灵之处，诗中"笑撚小白花"指的就是这个。但吴莱重点还是赞美潮音洞飞泉垂缨、险峒森然的自然风貌。其四是站在普陀山顶远眺大海："长啸山石裂，我今在东溟。游目出穷徼，搴衣穷绝陉。奇氛抱珥赤，远影摩空青，想象旸谷水，徘徊独龙形。晨昏相经络，稚耋不得宁。岂若柯斧烂，看棋了千龄。"视野极为开阔，意象非常壮观，表达了作者向往某种自由生活的思想。其六从普陀山联想到有关海洋的种种人文传说，表达出一种海洋文化方面的传承倾向："笑挥百川流，东赴无底壑。青天分极边，白浪屹为郭。卉裳或时来，椎髻亦不恶。投珠鲛人泣，淬剑龙子愕。海宫眩鳞缠，商舶丰贝错。盍不呼巨鹏，因风沂寥廓。"

吴莱这些诗篇的重点都在于海洋环境和文化意象。他似乎有意淡化了

普陀山观音道场的宗教色彩，而是聚焦于普陀山的海景、岛景、波涛、历史传说等等，这使得他的海洋诗成了一道内容异常丰富的海洋文化大餐。

元代著名的书画家赵孟頫也写过一首《游普陀》的诗："缥缈云飞海上山，挂帆三日上潺湲。两宫福德齐千佛，一道恩光照百蛮。洞草岩花多瑞气，石林水府隔尘寰。鲰生小技真荣遇，何幸凡身到此间。"赵孟頫（1254—1322），字子昂，浙江湖州人。这首诗被收录在元朝人盛熙明编撰的普陀山第一本山志《补陀洛伽山传》里，说明赵孟頫曾到过普陀山，并留下了礼佛观音的诗作。赵孟頫贵为宋太祖赵匡胤十一世孙、秦王赵德芳嫡派子孙，却自谦为"鲰生小技"，并说能到普陀山礼佛是何等的幸运，这也间接说明了元代统治者对于普陀山的尊敬态度。

盛熙明《补陀洛伽山传》专门列有"明贤诗咏"一卷，收录了许多元代时期的普陀山诗。其中就有他自己的两首诗作。其一是："缥缈蓬莱未足夸，海峰孤绝更无加。入门已到三摩地，携手同游千步沙。碧玉镜开金菡萏，珊瑚树宿白频迦。殷勤童子能招隐，共采芝英和紫霞。"其二是："惊起东华尘土梦，沧州到处即为家。山人自种三珠树，天使长乘八月槎。梅福留丹赤如橘，安期送枣大于瓜。金仙对面无言说，春满幽岩小白花。"在这两首诗的后面，盛熙明还有一句小注"时图秩八叶芝同游"，可见为盛熙明第一次与朋友们一起游普陀山时所写，诗里更多的是一个游客的心情和体验。但是作为未来的《补陀洛迦山传》的编纂者，他已经关注到普陀山文化的各个因素：既有"三摩地"这样的佛教因素，也有"梅福丹""安期枣""八月槎"这样的仙道文化，还有"千步沙""峰孤绝""芝英紫霞"这样的自然风光和"童子招隐"这样的隐士情怀。这些后来都在他的《补陀洛伽山传》里有很好的体现。

盛熙明还在《补陀洛伽山传》里存录了他朋友刘仁本的两首诗："金碧玲珑塔影双，绮霞香雾湿疏窗。蛟人织贝为华盖，龙女献珠持宝幢。震海云雷音缥缈，弥山潮汐响春撞。愿求示现将军相，一鼓群魔尽摄降。""一轮宝月海波澄，海上观音现大乘。剑佩鬼神来刿刿，烟霞楼观起层层。烧香使者天台客，说法高人日本僧。安得此身生羽翼，还从彼岸快先登。"

刘仁本的这两首诗，又是普陀山诗文的另外一种形态，那就是借普陀山的景和佛，抒发自己个人遭遇的感受。它的主观性更强，更富有个性色彩。

总之，相比较于叙事性海洋文学，金元时期的海洋诗歌还是比较丰富的。除了上述的海洋政治诗、海洋漕运诗和普陀山诗咏等特色海洋诗外，还有许多望海赏景诗、咏潮诗和一些反映金元时代海洋活动的诗篇。

望海赏景诗中赵秉文《连云岛望海》和仇远《招宝山观月》比较具有代表性。

赵秉文（1159—1232），字周臣，号闲闲居士，晚号闲闲老人，磁州滏阳（今河北磁县）人，是金代著名文学家。他的《连云岛望海》写的辽河口外的海景十分壮观："壮观天东第一游，晓披绝岛寄冥搜。烟中熊岳随潮没，天际辽江入海流。地绝四维哪辨树，风来万里忽通舟。我从析木西南境，回首中原四百州。"[①] 既望辽东大海，又望中原大地，这首望海诗包含了一些政治因素，这使得它不同于一般望海诗比较单纯的赏海视角。

仇远也有《招宝山观月》词。仇远（1247—1326），杭州人。有一年他从杭州来到镇海游览。他登上招宝山观望大海，深深被月下大海的美丽所感染，写下了《招宝山观月》词："沧岛云连，绿瀛秋入，暮景却沉洲屿。无浪无风天地白，听得潮生人语。擎空孤柱，翠倚高阁凭虚，中流苍碧迷烟雾。唯见广寒门外，青无数重。不知是水是山，不知是树，漫漫知是何处？倩谁问、凌波轻步？谩凝睇、乘鸾秦女。想庭曲、霓裳正舞。莫须长笛吹愁去。怕唤起鱼龙，三更喷作前山雨。"这首词虚实结合，情景交融，海雾漫漫，人情茫茫，月下大海那一幅"无浪无风天地白"的深邃宁静之美，直逼人的灵魂深处，所有"人语"其实都是多余的了。

元代还集中涌现出一批咏潮诗。它们有仇远《潮》、张舆《江潮》、谢宗可《江潮》和周权《浙江观潮》等。

身为杭州人的仇远，对于钱塘江大潮十分熟悉。他的《潮》对钱江潮的描述非常生动："一痕初见海门生，顷刻长驱作怒声。万马突围天鼓碎，六鳌覆背雪山倾。远朝魏阙心犹在，直上严滩势始平。寄语吴儿休踏浪，天吴罔象正纵横。"本诗从海门口大潮初现写起，一直写到滔天大潮从眼前轰然而起，非常生动而逼真。结尾"寄语吴儿休踏浪，天吴罔象正纵横"，提醒弄潮儿要注意安全，千万不要丧身于波神之口，反映出作者的人道主义精神。

元末明初的张舆也是杭州人，他的《江潮》则从海神肆虐的角度描述了钱江潮，结尾同样表达了对于海边人安全的担忧："罗刹江头八月潮，吞山挟海势雄豪。六鳌倒卷银河阔，万马横奔雪嶂高。自是乾坤通气脉，应非神物作波涛。吴儿弄险须臾事，坐看平流济万艘。"

---

① 此诗存《奉天通志》，转录自李越：《中国古代海洋诗歌选》，北京：海洋出版社2006年版，第136页。本节所引诗作，除注明的外，其他都来自于该书。

谢宗可《江潮》和周权《浙江观潮》，也都对钱江潮表示了衷心的赞叹。

元代还有一些诗歌，间接反映了元代的海洋活动情况，也值得重视。如王懋德《直沽海口》："极目沧溟浸碧天，蓬莱楼阁远相连。东吴转海输粳稻，一夕潮来集万船。"反映了元代海上漕运的情况。又如傅若金《直沽口》："远漕通诸岛，深流会两河。鸟依沙树少，鱼傍海潮多。转粟春秋入，行舟日夜过。兵民杂居久，一半解吴歌。"透露出元代漕运主要来自江浙，从事海上漕运的人主要也是江浙人等珍贵信息。

值得一提的还有杨维桢的《海乡竹枝词》。杨维桢（1296—1370），字廉夫，号铁崖，元末明初著名诗人、文学家、书画家和戏曲家。他的诗作风格近于乐府诗，其《海乡竹枝词》组诗充满了海乡的生活气息。"潮来潮退白洋沙，白洋女儿把锄耙。苦海熬干是何日？免得侬来爬雪沙。"写出了滨海盐人生活的艰难和漫长。"门前海坍到竹篱，阶前腥臊螃子肥。亚仔三岁未识父，郎在海东何日归？"海洋谋生充满危险，入海之后，家人便是在等待中煎熬，写得很有场面感。"海头风吹杨白花，海头女儿杨白歌。杨花满头作盐舞，不与斤两添铜铊。""颜面似墨双脚赤，当官脱袍受黄荆。生女宁当嫁盘瓠，誓莫近嫁宋家亭。"这两首诗，一写海女，一写海男，他们都在艰苦的海洋环境中顽强地生存。总之，这一组《海乡竹枝词》，虽然没有明确说写的是哪里的海乡，但是对于海乡人民生存状态的反映和描述，还是比较深刻的，这是那些赏海游海的作品所无法比拟的。

四、元代的海洋赋文

学界对于金元时代的辞赋，虽有牛海蓉《金元赋史》这样的专著进行了比较充分的研究，并给予了较高的评价。但总的来看，缺乏名家名作。一些元代文学史著作几乎都没有提及元赋，连专门的赋史研究专著，也匆匆带过。"在元代，诗文作家虽不少，但所作大都内容空虚，格调不高，至元末才出现了转机。辞赋的发展也是这样。"[1] 有人更是毫不客气地将元代辞赋，归入赋的"末流"，认为："金代虽偶有赋家，但作品率多粗朴平直。……元代辞赋承金代故习，亦乏精美之作。"[2]

在这样的文化环境下，元代的海赋也成就一般。不过也偶有佳作。著有《甬东山水古迹记》的吴莱，在登上普陀山后，触景生情，又创作

---

① 马积高:《赋史》，上海：上海古籍出版社 1987 年版，第 482 页。

② 高光复:《赋史述略》，长春：东北师范大学出版社 1987 年版，第 186 页。

了一篇《海东洲磐陀石上观日赋》。磐陀石位于普陀山西天顶峰，是观赏日出的最佳场所，但吴莱标题用"海东洲"而不用"普陀山"，使得这篇海赋显得更加空灵。

空灵是为了更好地抒情，吴莱采用骚体写赋，更是为了便于抒情。"登磐陀之叠石兮，路嵚崟以巍峨。天鸡号而夜半兮，曒欲出于重波。恍玄幕之沉黑兮，惚火轮之荡摩。缅羲和之有御兮，扶木煜其将花。"他从微微的晨曦写起，给人一个完整的"海上日出"图景。接着，光阴渐转，海阔澄明，变化多端的光泽和各种海洋典故纷至沓来，使得这篇赋文成了音色和历史的交响大曲。可是作者并不是单纯地歌咏日出，而是借日出的壮丽万象表达他的济世情怀。"诚旦昼之格亡兮，向晦昏而暂定。纷仕学之攘争兮，集农商之斗进。""划孤啸而涉降兮，撤蒙蔀以忻欢。顾秦越之邈不相及兮，又焉论夫远近于长安。"① 所以站在普陀山磐陀石上的那个人，与其说是一个观日者，倒不如说是一个目光深邃的思考者。

黄师郏也有《江汉朝宗赋》问世。黄师郏，广东兴宁人，生卒年不详，曾参加过元至正四年（1344）湖广乡试，考题的形式就是写一篇名为《承露盘赋》的赋文，他的乡试、会试都得了第一，可见是一个擅长写赋的高手。②

"江汉朝宗"的主旨源于《诗经·沔水》"沔彼流水，朝宗于海"。一个"朝宗"，突出了大海为江河之王的崇高地位。所以黄师郏说："譬万国之会同，咸疾趋于紫宸。兹江汉之东注，所以著朝宗之徽称者欤。"显然他这《江汉朝宗赋》，是用来颂圣的。"余于江汉之朝宗，安得不怅然而长喟。惟圣元之御极，总万国以来庭。虽海隅之遐陬，亦梯航而贡琛。"③ 从这结尾处的几句话可以看出，原来他称颂的是朝廷的海洋开放政策，这是很有见地的。

李原同也写过一篇《江汉朝宗赋》。这种同题写作在海赋中经常出现，但是侧重点各不一样。李原同生平事迹和生卒年都不详。他这篇《江汉朝宗赋》基本围绕"维百川之朝海"的自然现象展开，结尾说："汉之广矣，孰初沦之？江之永矣，孰其凿之？维江维汉，春朝夏宗。神禹之功，江汉无穷。"④ 仅仅从治理水利的角度论之，其立意和格局，明显低于黄

① ［元］吴莱:《海东洲磐陀石上观日赋》,［清］陈元龙《历代赋汇》,清文渊阁四库全书本,第46页。
② 李新宇:《元代考试题目及内涵》,《山西大学学报（哲学社会科学版）》2007年第2期。
③ ［元］黄师郏《江汉朝宗赋》,［清］陈元龙《历代赋汇》,清文渊阁四库全书本,第385页。
④ ［元］李原同《江汉朝宗赋》,［清］陈元龙《历代赋汇》,清文渊阁四库全书本,第386页。

师郯《江汉朝宗赋》一筹。

元代涉海赋文中，还有沈干《浙江赋》、陈樵《瑃瑁赋》以及蒲绍简、汤原和王廷扬的同题文章《登瀛洲赋》，但无论立意还是艺术性，都显得比较一般。

本章结语

元代的主要文学成就是"元曲"。关汉卿《窦娥冤》、王实甫《西厢记》、白朴《梧桐雨》、马致远《汉宫秋》和高明《琵琶记》等，光耀中国文学史和戏曲史。"戏剧和散曲所发射的光芒照耀着元代整个的文坛"，但是，我们也"不要小觑元代话本、文言小说及诗文"，元代"文言小说的成就虽不如唐宋，但也不容忽视。……笔记体小说也不乏佳作。诗词散文这些古老的传统文学样式也仍然吸引着一批作家。虽然用这些形式来反映生活而取得突出成就的人并不多见，但并不是说元代诗文微不足道"。①

这种对于元代文学的整体评价，也很适合用于对元代的海洋文学评价。虽然从数量上，或许还有从质量上，元代的海洋文学都无法超越它前面的秦汉唐宋海洋文学成就，也无法与它后面的明清海洋文学相媲美。但是必须看到，作为一个从草原上走来的统治集团，元代对于海洋持坚定的开发和开放政策，还是非常难能可贵的。正是在这样的海洋政策和海洋活动背景下，元代的海洋书写和抒情也取得了一定的成就。虽然海洋叙事文学水平一般，但是纪实性海洋散文和海洋诗歌，都各有成就。尤其是有关海洋漕运方面的记叙，显得很是珍贵，而《鲸背吟集》的出现，更是将海洋专题诗咏推向了一个很高的高点。另外在海赋方面，虽然无法与汉魏唐代的海赋相比，但是至少也不逊色于宋代海赋。另外还需要特别指出的是，李好古《张生煮海》是目前为止发现的唯一的一部古代海洋题材戏剧，具有特殊的文学史意义。

总的来看，金元时代的海洋文学相对比较一般。它夹在汉魏唐宋的海洋文学高潮与明代海洋文学全面繁荣的高峰之间，似乎既是前面一个绵长的海洋文学高潮的余波荡漾，又是后面一个海洋文学高峰来临之前的暗流涌叠。它似乎是中国海洋文学一段跋涉后的调整休息，也是在为未来海洋文学高潮的到来积蓄力量。

---

① 程千帆:《元代文学史》，武汉:武汉大学出版社 2013 年版，第 25 页。

第七章　明时海月：海洋文学的全面发展（上）

"小说和戏曲无疑是明代文学最有特色、最重要的内容。……这样说并不等于要把诗文从明代文学史上开除，她们也是明代文学的一个组成部分。"① 这是对于明代文学的基本判断。但是对于明代的海洋文学成就而言，情况却大有不同。

经过唐宋元历代海洋开发的持续推动和航海经验的叠加累积，到了明代，基本政治力量都来自于东部临海地区，海洋活动本来可以更加活跃，但事实却是相反，明朝的海洋政策充满了犹豫、矛盾和反复。这是由两个因素的影响导致的：一个因素是"海疆不靖"即倭患因素；另一个因素是"防张士诚、方国珍余党势力"。② 在明朝建立的最初一段时期里，这两个因素的影响力都是非常大的，尤其是张、方"余党"在海洋地区里有相当的势力。洪武二十年（1387），负责东南沿海防卫的信国公汤和，在巡视舟山群岛路过舟山本岛东北面秀山岛的时候，意外碰到了一起岛民的械斗事件。汤和发现参与械斗的岛民，个个强壮彪悍，其所持的武器，也不像是普通民众所有。经过一番仔细的调查审问后，汤和发现，这些岛民中有很多原来竟然是方国珍部属的"乱民"残余。这就引起了汤和高度的警惕。他马上向朝廷报告了此事，同时还以昌国（舟山）"悬居海岛，易生寇害"为由，奏请朝廷，对舟山群岛实行"清野之策，而墟其地"。朱元璋即刻采纳了汤和的建议，下令废除了昌国县的建置，还强行把几乎所有岛民，全部迁移于内地。所以朱元璋实行海禁，虽然其根本的出发点是为了海洋边防的安全，但是对大海一封了之，完全抛弃了唐宋以来的海洋开放政策，管理上走向了极端。

尽管如此，明代的海洋文学却呈现出全面发展的喜人局面，形成了汉魏唐宋以来的又一个海洋文学高峰。在叙事文学上，涉海笔记小说蓬

---

① 徐朔方、孙秋克：《明代文学史》，杭州：浙江大学出版社 2006 年版，"前言"第 1 页。
② 韩庆：《明朝实行海禁政策的原因探究》，《大连海事大学学报（社会科学版）》2011 年第 5 期。

勃发展；冯梦龙和凌濛初的涉海小说，质量上达到了一个很高的成就；另外明代特有的神魔小说，也大多与海洋有关，这使得明代的海洋叙事文学在题材拓展和叙事手法上，都有巨大的创造性。在纪实性海洋散文方面，由于郑和下西洋伟大海洋航海实践的强力推动，催育了以"西洋三书"为代表的多部经典作品的诞生。而黄衷《海语》等作品，又使得明代的海洋地域性书写达到了新的高点。

本章主要考察明代的涉海叙事文学。它们有笔记文学，也有比较正宗的中短篇小说和长篇神魔小说。有意思的是，它们中的作者，有许多都是江浙一带的"吴地"人。这些"吴地"作者群集体发力，把明代涉海叙事文学推向了中国古代海洋叙事文学的高峰。

第一节　明代笔记文学中的海洋记叙

明代笔记文学，虽然不是明代文学的主流，却多有可观的涉海作品。这些涉及海洋内容的笔记作品，其叙述形态也丰富多彩：有继承汉魏海洋志怪传统的，如都穆《都公谭纂》中的《定珠盘》、陆粲《庚巳编》中的《海岛马人》和《九尾龟》；有继承宋代历史笔记传统的，如黄瑜《双槐岁钞》中的《海定波宁》和《黄寇始末》、顾起元《客座赘语》中的《宝船厂》及陆容《菽园杂记》中的众多地方史文化记叙；而朱国桢《涌幢小品》中多达十多则的涉海叙事，则多是历史纪实与文学表述相结合的海洋书写佳作。

一、都穆《都公谭纂》和陆粲《庚巳编》中的海洋志怪

都穆（1458—1525），明代金石学家、藏书家，字玄敬，一作元敬，苏州人，据说曾经与唐寅交好。他的学术成就主要在金石学和诗学，著有《金薤琳琅》和《南濠诗话》。但他多才多艺，在研究金石学和诗学之余，他还从事小说创作。《都公谭纂》就是他编撰的一部笔记小说集。

许多人把《都公谭纂》认定为历史琐闻类笔记作品，文学艺术性不高，但其中涉及海洋内容的《定珠盘》，却是写得波澜迭起，非常具有文学章法。"毛某者，衢州人，精于医。一日骑驴行深山中，童子负药笼以随。至绝壁下，林木阴翳，有猴千余，以藤绕毛身，并取其药笼以上。童子得脱，驱驴归，皆以毛为必死矣。毛升石壁，高可千尺，上有平地数亩，架薪为屋，中卧老猿，若有病者。引毛手按脉上，毛脉之，投以小柴胡汤，猴病愈，

毛留四日，恳辞求归。老猴于床下出一小盘，非木非石，四周皆窍，置毛笼中，意似酬毛，复缒之下。毛还家，言其故，人皆惊叹，然莫辨盘为何物。未几，太监郑和以朝命将采宝西洋，毛以医生当从行，因献郑此器，欲祈其免。郑惊喜曰：'此定珠盘也，汝何从得之？'赏钞三百锭，仍免其行。郑往西洋，尝夜以盘浮海上，光明如也，海中之物皆吐珠盘中，郑急收盘得珠，不可胜数。其中有径寸者。郑后回，召毛见，复赠珠三升，其家因以致富，乡人呼胡孙毛云。"①

这则故事起初本是一个动物报恩的架构，往深里说也可理解为古人与动物之间的友好平等关系，但是作者却把它与郑和下西洋这样的海洋大事联系在一起。故事说，普天之下无人认得老猴送给恩人毛某的那个"非木非石"的"小盘"，只有郑和认得。原来这是专门用来收集大海珠宝的"定珠盘"，这个毛某不但靠它免于下西洋，还获得了郑和大量的赠赏，顿时成了地方大富。这样的情节设计和转折，又是先秦汉魏以来"财富海洋"思想的显著体现。所以《定珠盘》这篇笔记小说，以郑和下西洋作为背景，借鉴汉魏海洋志怪手法，吸收"海洋财富"的传统观念，糅合成了一篇内涵丰富又饶有情趣的海洋叙事佳作。

陆粲《庚巳编》中的《海岛马人》和《九尾龟》，走的也是海洋志怪的艺术道路。陆粲（1494—1552），字子余，一字浚明，与都穆一样，也是苏州人。他的笔记小说集《庚巳编》，据说是他十七岁至二十六岁十年间，根据所收集的吴地奇闻逸事，整理创作而成的。陆粲对这种类似"二度创作"的写法，有自己的追求和理解。他在创作观念上以"传记所无、前所未闻"为志怪准则，叙事上追求故事的新奇和风格上的个性化。②《庚巳编》的内容大多超越现实，志怪色彩非常浓厚，其中涉及海洋内容的《海岛马人》和《九尾龟》便是如此，但这些作品又并非浅薄的，为猎奇而志怪，而是在表层的荒诞怪异之下，蕴藏着相当深刻和丰富的现实性海洋活动信息。

《海岛马人》是一则"半真半虚诞"的叙事："数年前，有巨舶自海外漂至崇明，中有七人，巡检以为盗执之。七人云：'吾等广中海商，舟入西洋，为飓风飘至此耳，非盗也。'送上官验视，檄遣还乡。其人自言：在海中时，尝泊一岛，欲登岸取火。忽有异物四五辈，人形而马头，自

---

① ［明］都穆：《都公谭纂》，北京：中华书局1985年版，第22—23页。原文无题目，现《定珠盘》题目为著者所加。

② 周凯燕：《陆粲及其〈庚巳编〉研究》，苏州大学2009年硕士论文。

岛入水而洄，以头置船舷，作吁吁声。诸人中或举刀斫其一首，余悉奔去。吾等度其必呼同类来复仇，亟解维张帆行。未食顷，有马头者百余辈，立水滨，跳踉欲来擒执，而风利舟驶，莫能及。倘少迟，已落其口矣。"①

这则笔记的前半部分是"真"的内容，而且信息量很大。"巨艑"指的是大船，说明明代时期海上已经多有大船航行。这条被风刮至崇明岛的大船，原来是一条商船，船上的七个人，都是从事海洋贸易的海商，说明明代的海禁政策，主要是针对浙江及福建一带海域，朝廷对于正常的海洋贸易还是允许的。这些都是具有海洋历史价值的资料，属于"真"的记载。但是它的下半部分，却变成了一种虚诞的志怪性叙事。"真"与"虚诞"之间，用当事人"自言"的方式加以贯通。这些海商说，他们在途中曾经在某个海岛上遭遇过"人形而马头"的"异物"。从他们的自述来看，这些"马人"的相貌和作为看起来很怪异，其实可能是一种"观察角度"造成的认知偏差。他们只不过相貌与这些海商有较大的差异罢了。至于他们的行为，怪异中其实也可以理解。他们为同辈复仇，自在情理之中。前述宋人笔记中也多有此类形象的描述。这可以理解为海商进入异国他乡，初次见到外貌和习性都很奇特的外国人的一种强烈印象，然后用文学夸张等手法予以描述和表达。

陆粲《庚巳编》中的《九尾龟》也充满神奇性："海宁百姓王屠与其子出行，遇渔父持巨龟，径可尺余，买归系着柱下，将羹之。邻居有江右商人见之，告其邸翁，请以千钱赎焉。翁怪其厚，商曰：'此九尾龟，神物也，欲买放去。君从臾成此，功德一半，是君领取。'因偕往验之。商踏龟背，其尾之两旁露小尾各四，便持钱乞王，王不肯，遂烹作羹，父子共啖。是夕，大水自海中来，平地高三尺许，床榻尽浮，十余刻始退。及明午，翁怪王屠父子不起，坏户入视之，但见衣衾在床，父子都不知去向。人或云：害神龟，为水府摄去杀却也。吴人仇宁客彼中，亲见其事。"②

这则笔记与《都公谭纂》里《定珠盘》的立意刚好相反。《定珠盘》赞美由于关爱动物而得到好报的结果，而《九尾龟》则嘲讽由于戕害海洋生物而遭致命之祸。古代中国有悠久的对于神龟的崇拜理念，所以遇到龟鳖等，多有放生之善举。而九尾龟作为"海中神物"，更是不能亵渎的，但是王屠与其子却贪一时之口福，烹羹而食，结果当晚就遭到报应。这则笔记为研究明代的海洋民间信仰风俗文化，提供了一个很好的案例。

---

① ［明］陆粲：《庚巳编》，北京：中华书局1985年版，第150页。
② ［明］陆粲：《庚巳编》，北京：中华书局1985年版，第231—232页。

二、黄瑜《双槐岁钞》和顾起元《客座赘语》中的"历史影踪"

唐宋笔记有强烈的历史意识。很多作者并不认为自己是在创作小说，而是真觉得在用另外一种方式记载历史，他们的作品是对正史的一种补充手段。这种思想也深刻地影响到了明代的笔记文学，黄瑜《双槐岁钞》中的《海定波宁》及《黄寇始末》，顾起元《客座赘语》中的《宝船厂》等，都是以历史背景和事实为基础的"海洋历史"书写。

黄瑜（1426—1497），字廷美，香山（今广东中山）人，生卒年不详。《双槐岁钞》是他晚年的作品，是书完成之时，黄瑜已是七十高龄的老人，两年之后便撒手人寰。今本《双槐岁钞》，他的好友黄佐对其有所增补，并非全是出于黄瑜之手。①

黄瑜《双槐岁钞》中的《海定波宁》和《黄寇始末》都与海洋人文历史有关。《海定波宁》叙述了"宁波"地名的来历。文章说，洪武年间，鄞（宁波）人单仲友向朱元璋献了一首诗，得到了赞扬，留在京城"备顾问"。有一天他向朱元璋说："本府名明州，与国号同，请上易之。"朱元璋觉得有道理，一个州的地名怎么可以与大明朝共用一个"明"字？于是下令改名。

明州的确是在明代被改名为宁波的，这是历史事实，但是正史是不会有闲笔去记载这种改名的细节以及因由的，这就为笔记小说的创作提供了发挥空间。故事说，关于如何改名，单仲友进一步建议说："昌国县舟山之下，旧有状元桥，盖谶言，故云。而童谣谓'状元出定海'，此最为异。以臣观之，二邑素无颖异材，岂将有待邪？"朱元璋一听定海之名，"喜曰：'海定则波宁，是宜改名宁波。'时洪武十四年也"。故事如果到此结束，那是一个简单的地名来历的故事。但是从《海定波宁》的叙述处理来看，它仅仅是这段"历史书写"的一个引子。它的中心内容是围绕（昌国）舟山岛第一个状元张信的命运而展开。

《海定波宁》说，过了20多年后，昌国并入定海（今镇海）。昌国城关人张信考中状元，应了"状元桥"的谶言。历史上真实的张信（1373—1397），字诚甫，舟山城关人。明洪武二十六年（1393）中解元，次年中进士第一名，这是舟山历史上唯一的状元郎，授翰林院修撰。三年后，升侍讲。后来却被朱元璋下令腰斩弃市，其中原因，一直没有一个明确的说法，黄瑜《海定波宁》试图予以说明。故事说，状元张信

---

① 孙宇：《黄瑜〈双槐岁钞〉研究》，江苏师范大学2018年硕士论文。

接连犯了两个错误，一个是"乱写诗"。那时他担任朱元璋儿子韩王的老师，有一天朱元璋要考察一下每位儿子的学习成绩，命令他们各写一首诗。韩王呈递的诗是这样的："舍下笋穿壁，庭中藤刺檐。地晴丝冉冉，江白草纤纤。"这是衰落之景，朱元璋大怒，韩王说这是老师张信写的；二是"不肯增字"："（洪武）二十九年二月，同编修戴彝誊《敕谕女户百户稿》进呈，奉旨增二语。信还文渊阁写成，仍旧弗增。彝劝信改易，不从，谓曰：'事涉欺罔，祸可薮乎？'"

但黄瑜说，这"乱写诗"和"不肯增字"虽然惹怒了朱元璋，但还罪不至死。张信真正的"死罪"是与一次科举考试有关。洪武三十年（1397）二月会试，由学士刘三吾主考，录取者都是江、浙、闽考生，中原西北考生怨声四起，朱元璋大怒，命张信等六七位翰林复阅试卷。复卷时，有同僚主张调换几个，以迎合朱元璋心意。张信认为原取无错，坚持秉公办事。于是，彻底惹怒朱元璋，惨遭弃市。时年仅 25 岁。作者最后感叹说："乌乎！人臣事君以不欺为本，信之掇祸如此，岂足以贲山川、应谣谶也哉？"[1] 对张信坚持原则、秉公办事的耿直品性表示了肯定。

《双槐岁钞》中的另外一篇涉海笔记《黄寇始末》，记载描述了一位海盗形象。"南海贼黄萧养者，冲鹤堡人也，貌甚陋，眇一目，而有智数。"自唐朝开始，南海就是中国海洋贸易的热海。海洋贸易获利巨大，但也充满了风险，这除了难以预测的海上风暴，横行海上的海盗也是制造海洋风险的主要元凶。本故事描述的这个只有一只眼睛的海盗黄萧养，靠狡猾凶残成为大盗。故事没有描述他如何横行海上，却从一张竹床开始。黄萧养起初曾经因事坐牢，在监狱里待了一年多。他狱中所卧的竹床，有一天竟然"皮忽青色，渐生竹叶"，这种枯木逢春般的变化，让同监的一个江西商人认为是"祥瑞"，于是他们开始筹划越狱。一起越狱的有 19 人。他们"遂入海潜遁……啸聚群盗，赴之者如归市，旬月至万余人"，成了南海著名的大海盗。他们不但横行海上，还围攻郡城，同时招兵买马，一度聚众十余万。都指挥王清自高州引兵赴援，至广州城附近，所坐的船不幸搁浅。这时前面来了几只小船，装载柴及盐鱼者，"奔迸若避贼状，官军问萧养所在。言未脱口，伏兵出柴中，擒清，尽歼其军"。原来竟然是海盗所装扮。"贼既屡胜，遂僭称东阳王，改元，授伪官者百余人，据五羊驿为行宫，四出剽掠。"最终朝廷发重兵讨伐，才彻底剿灭。

但是故事并没有到此结束，作者将重点放在补叙中："景泰元年春，

---

[1] ［明］黄瑜：《双槐岁钞》，北京：中华书局 1999 年版，第 28 页。

兴等进兵，时天文生马轼随行，至江西，夜半闻鸡，兴问之曰：'此何祥也？'对曰：'鸡不以时鸣，由赏罚不明，愿公严军令。'及经清远峡，有白鱼入舟中，轼曰：'武王伐纣，有此征应，此逆贼授首之兆也。'时萧养聚船河南千余艘，其势甚张，众欲请兵。轼曰：'兵贵神速。若请兵，则缓不及事。以所征两广、江西狼兵，取胜犹拉朽耳。'兴从之。三月初五夜，有大星坠于河南，及旦，以所占告曰：'四旬内，破贼必矣。'四月十一日，兴帅官军至大洲头，与贼遇，果大破之。"看起来似乎神神秘秘故弄玄虚，其实包含着大军讨伐必须赏罚分明等深刻道理。临近结尾时，作者又补叙了一个细节，使故事更有文学性："时信民使人赏榜，谕贼使降。萧养曰：'杨大人，我父母也。当徐思之。'获巨鱼为献，信民受之，立斫数十段，颁于有司。贼出而叹曰：'势不佳矣。'叛萧养者渐多，留者不满一千。会信民中毒，卒，鉴乃益加招徕。萧养中流矢而卧，为官军所擒。于是奏捷于朝，萧养伏诛，余党悉平。"[1]

历史上黄萧养实有其人。他原名黄懋松，是广州府南海县冲鹤堡潘村人（今广东顺德），明朝正统年间广东农民军首领。这则叙事，虽然根据真人真事来记载，但人物有形象，情节有悬念，叙述注意技巧，显示出了很高的叙事文学水准。

顾起元《客座赘语》中的《宝船厂》，也是根据历史真实撰写的一则涉海笔记。顾起元（1565—1628），应天府江宁（今南京）人，明代金石家、书法家。《宝船厂》这则笔记详细记载了郑和宝船的规模："今城之西北有宝船厂。永乐三年三月，命太监郑和等行赏赐古里、满剌诸国，通计官校、旗军、勇士、士民、买办、书手共二万七千八百七十余员名。"如此庞大的队伍必须要建造大船，"宝船共六十三号，大船长四十四丈四尺，阔一十八丈；中船长三十七丈，阔一十五丈"。它还非常详尽地记载了船队所经过的地方，"所经国曰占城，曰爪哇，曰旧港，曰暹罗，曰满剌伽，曰阿枝，曰古俚，曰黎伐，曰南渤里，曰锡兰，曰裸形，曰溜山，曰忽鲁谟斯，曰哑鲁，曰苏门答剌，曰那孤儿，曰小葛兰，曰祖法儿，曰吸葛剌，曰天方，曰阿丹"。这些信息完全可以与马欢《瀛涯胜览》和费信《星槎胜览》有关内容相印证，在郑和下西洋所有官方资料后来被明朝政府销毁的背景下，它的史料价值显得非常可贵。

当然作为个人笔记，顾起元在作品中也给出了他对此事的个人评价，"视汉之张骞、常惠等凿空西域尤为险远。后此员外陈诚出使西域，亦足

---

① ［明］黄瑜:《双槐岁钞》，北京：中华书局1999年版，第125页。

以方驾博望，然未有如和等之泛沧溟数万里，而遍历二十余国者也"。他认为在文化对外交流方面，郑和此举的历史功绩当在张骞之上。

顾起元并没有亲自参与过郑和下西洋活动，但是他在本则笔记中却特地记了一句："和等归建二寺，一曰静海，一曰宁海。"郑和七次亲历大海大浪，深知海途慢慢，充满风险，希望航海者能够平安，国家能够稳定。两座谢佛寺庙，一名"静海"，一名"宁海"，是有深刻寓意的。顾起元记的这一笔，或许也隐含了他自己的海洋理念。①

三、陆容《菽园杂记》中的涉海叙事

陆容（1436—1497），字文量，号式斋，南直隶苏州府太仓（今属江苏）人，著有《世摘录》《式斋集》和《菽园杂记》等。

《菽园杂记》是陆容的代表作，共十五卷。书中有许多反映明代朝野掌故的史料内容，还有众多的有关作者故里太仓的人事、方言和风俗的记载和考辨。其中还有有关郑和下西洋的记载、梁山伯与祝英台的民间故事，以及明代浙江的银课数量、盐运情况等，总之《菽园杂记》一书的史料价值、文学价值和民俗学价值甚至是方言等语言学价值都很高。"在明代的笔记小说中，《菽园杂记》算得上是上乘之作。其中有些内容对后来的文史著述起到一定的影响作用。一些故实为一般的史学著作所采纳，有一些则为后来的通俗小说所取材。"②

《菽园杂记》中共有五篇作品与海洋有关。它们分别涉及郑和下西洋、妈祖民间信俗、普陀山观音信仰和温州滨海婚姻风俗及捕捞大黄鱼等海洋历史事件和海洋民俗文化，内容丰富，海洋历史人文价值很大。

关于郑和下西洋事件，该书是这样记叙的："永乐七年，太监郑和、王景宏、侯显等统率官兵二万七千有奇，驾宝船四十八艘，赍奉诏旨赏赐，历东南诸蕃，以通西洋。是岁九月，由太仓刘家港开船出海，所历诸蕃地面，曰占城国，曰灵山，曰昆仑山，曰宾童龙国，曰真腊国，曰暹罗国，曰假马里丁，曰交阑山，曰爪哇国，曰旧港，曰重迦逻，曰吉里地闷，曰满剌加国，曰麻逸冻，曰鬒坑，曰东西竺，曰龙牙加邈，曰九州山，曰阿鲁，曰淡洋，曰苏门答剌，曰花面王，曰龙屿，曰翠岚屿，曰锡兰山，曰溜山洋，曰大葛阑，曰阿枝国，曰榜葛剌，曰卜剌哇，曰竹步，曰木骨都东，曰阿丹，曰剌撒，曰佐法儿国，曰忽鲁谟斯，曰天方，曰琉球，

---

① ［明］顾起元：《客座赘语》，北京：中华书局1987年版，第31页。
② 吴道良：《陆容和他的〈菽园杂记〉》，《明清小说研究》2001年第2期。

曰三岛国，曰浡泥国，曰苏禄国。至永乐二十二年八月十五日，诏书停止。诸蕃风俗土产，详见太仓费信所上《星槎胜览》。"① 永乐七年（1409），为郑和第三次下西洋之年。这条笔记提供了官兵、船队数目和所经路线详细又确切的资料，非常珍贵。

关于天妃信俗，它记叙说："天妃之名，其来久矣。古人帝天而后地，以水为妃。然则天妃者，泛言水神也。元海漕时，莆田林氏女有灵江海中，人称为天妃。此正犹称岐伯张道陵为天师，极其尊崇之辞耳。或云：水，阴类。故凡水神皆塑妇人像，而拟以名人，如湘江以舜妃，鼓堆以尧后。盖世俗不知山水之神不可以形像求之，而谬为此也。"② 天妃信仰即妈祖信俗，形成于宋。到了明代，影响已经十分巨大。《菽园杂记》记载了此现象，但比较理性，叙述比较客观，显示了《菽园杂记》的现实主义特质。

《菽园杂记》还记载了有关普陀山观音道场的信息。"普怛落伽山，或作补陀落伽，在宁波府定海县海中，约远二百里余，世传观音大士尝居此。愚夫往往有发愿渡海拜其像者，偶见一鸟一兽，遂以为大士化身之应。《余姚志》中载贾似道尝至此山，见一老僧，相其必至大位而去。再求之，不复可得。亦以为大士应验。予谓自古奸邪，取非其有，未有不托鬼神协助，以涂人之耳目者。似道自知幸致高位，恐人议己，故诈为此说，以聋瞽愚俗耳。不然，福善祸淫，神之常道，设使不择是非，求即应之，岂正神哉？普怛落伽，华言'白花'，此山多生山矾，故名。今人于象设大士处，扁曰'补陀胜境'，特磔岛夷一白字耳，义安取哉！山矾，本名郑花，其叶可染，功用如矾，王荆公始以山矾名之。"③ 普陀山观音道场，源于唐，形成于宋，到了明代已经成为江南著名禅林。但《菽园杂记》的重点不在于道场本身，而在于对观音信俗的理性的分析和评价。这主要体现在两个方面，一是对于贾似道求拜观音的批评。贾似道被很多人视为奸相，所以陆容认为他不配得到观音指点。二是对于普陀山岛名的评论，认为普陀山的岛名，是一种梵文的译音，本意指"白花"。陆容认为这种"白花"指的是山矾，即郑花。有人认为陆容这个解释是不正确的。"白花"（或"白华"）指的是普陀山特产水仙花。普陀水仙至今仍然是水仙花名品。

《菽园杂记》不但记涉海信俗大事，也记海洋世界里的世俗小事。这

---

① ［明］陆容：《菽园杂记》，北京：中华书局1985年版，第23页。
② ［明］陆容：《菽园杂记》，北京：中华书局1985年版，第85页。
③ ［明］陆容：《菽园杂记》，北京：中华书局1985年版，第134—135页。

些海洋世俗小事也都具有海洋人文价值。譬如它记叙了一种奇特的温州地区婚姻习俗:"温州乐清县近海有村落,曰三山黄渡,其民兄弟共娶一妻。无兄弟者,女家多不乐与,以其孤立,恐不能养也。既娶后,兄弟各以手巾为记。日暮,兄先悬巾,则弟不敢入;或弟先悬之,则兄不入。故又名曰其地为手巾呑。成化间,台州府开设太平县,割其地属焉。予初闻此风,未信。后按行太平,访之,果然。盖岛夷之俗,自前代以来因袭久矣。弘治四年,予始陈言于朝,请禁之。有弗悛者,徙诸化外。法司议,拟先令所司出榜禁约,后有犯者,论如奸兄弟之妻者律。上可之,有例见行。"① 其实兄弟共妻,并非出于淫乐,而是由于家贫,无力各娶一妻。

《菽园杂记》还有一则海洋渔业方面的记载,是关于石首鱼的。"石首鱼,四五月有之。浙东温、台、宁波近海之民,岁驾船出海,直抵金山、太仓近处网之,盖此处太湖淡水东注,鱼皆聚之。它如健跳千户所等处,固有之,不如此之多也。金山、太仓近海之民,仅取以供时新耳。温、台、宁波之民,取以为鲞,又取其胶,用广而利博。予尝谓涉海以鱼盐为利,使一切禁之,诚非所便。但今日之利,皆势力之家专之,贫民不过得其受雇之直耳。其船出海,得鱼而还则已,否则,遇有鱼之船,势可夺,则尽杀其人而夺之,此又不可不禁者也。若私通外蕃,以启边患,如闽、广之弊则无之。其采取淡菜、龟脚、鹿角菜之类,非至日本相近山岛则不可得,或有启患之理。此固职巡徼者所当知也。"② 石首鱼即大黄鱼,为东海主要经济鱼类之一。本条笔记不仅记载了大黄鱼渔场所在和鱼鲞加工等信息,还透露出渔业被少数人所掌控、普通渔民沦为雇工的严酷现实,其中还包含了海盗抢劫、倭寇骚扰、海禁等信息,都是珍贵的史料。

四、朱国桢《涌幢小品》中的海洋叙述

朱国桢(1558—1632),浙江吴兴(今属湖州)人,字文宁,号平涵。明万历首辅大臣,一生著述甚丰,有《明史概》《大政记》《皇明纪传》等。从这些著作来看,朱国桢具有强烈的史学意识。《涌幢小品》虽然是一部文学性的笔记著作,但历史叙述的特色也十分显著。其中涉及海洋内容的十多则笔记,叙述简明扼要,多为纪实性的历史材料,价值很高。

---

① [明]陆容:《菽园杂记》,北京:中华书局1985年版,第129—130页。
② [明]陆容:《菽园杂记》,北京:中华书局1985年版,第134—135页。

《涌幢小品》第十四卷《两海运》非常值得关注："朱清、张瑄，太仓人，皆为元海运万户。国初则朱寿、张赫，怀远人，亦海运，皆封侯。何同姓乃尔。"① 朱清和张瑄是元朝海上漕运的官员，官职为"万户"，这是相当高的职位了。陶宗仪《南村辍耕录》对此曾有记载。而朱寿和张赫则都是明代时期人，他们也从事海上漕运，官至封侯。这说明明代对于海上漕运，仍然非常重视。

《涌幢小品》第二十六卷中的《海舟》，是一组涉及海船的多文本组合，内容相当丰富。第一则记叙一桩造船奇事："洪武五年，昌国县督造海舟。其最巨者，方求材为樯不可得。俄有大鱼一、铁梨木二，各长三丈五尺，漂至沙上。砍鱼取油七百觔。木置樯，恰如数。事闻，上曰：'此天所以苏民力、靖海寇也。'船至外洋，必遇顺风。出没波涛，远望如龙。后太祖崩，一夕风雨失去，而舟中人抛出，无所伤，如有提拉者。"② 昌国即今舟山，说明在明代，舟山的造船业比较发达。海船最要紧的部位是樯即主桅杆。这艘船的主桅杆得自海上漂木。船造好后具有灵性。这条笔记说明尽管朱国桢是一位严谨的历史学家，但面对海洋，他还是愿意采用一种非历史的手法来记叙超现实内容。

《海舟》中的第二则笔记则记叙了一群来自朝鲜半岛的海洋漂流者。"宋嘉祐中，海上一舟遭大风，樯折，信流泊岸。舟中三十余人，着短皂衫，系红鞓角带，类唐人。见人拜且恸哭，语言书字皆不可晓，步则相缀如雁行。后出一书示人，乃唐天祐中，告授新罗岛首领，陪戎副尉也。又有上高丽表，亦称新罗岛，皆用汉字。盖东夷之臣属高丽者。时赞善大夫韩正彦宰昆山，召至县，犒以酒食，且为修船造樯，教以起仆之法。其人各捧首，致谢而去。船中凡诸谷皆具，惟麻子大如莲磏莳，土人种之亦大，次年渐小，数年后，如中国者。"这个故事在宋人沈括《梦溪笔谈》中有记载，朱国桢加以转录，但删去了原来"正彦使人为其治樯，樯旧植船木上，不可动，工人为之造转轴，教其起倒之法。其人又喜，复捧首而鞑"这一节，信息量比原文有所减少。其实这一节记叙了中国造船先进的"活樯法"，非常有价值，删去很不应该。但该则笔记记载了一种高丽人带来的植物"麻子"，在本地种植后，因水土不服或种植不当失败的轶事，挺有意思。

《海舟》中的第三则笔记，记叙的也是海洋漂船故事。"边海有夷舶至者，多掩杀报功，或反为所掩者，即匿不以闻。近日惟交趾一船，以

---

① ［明］朱国桢：《涌幢小品》，北京：中华书局 1959 年版，第 303 页。
② ［明］朱国桢：《涌幢小品》，北京：中华书局 1959 年版，第 617 页。

舟中空无一物，且无器械得全。因检宋仁宗时，胡则在广南，有大船因风远至，食匮不能去，告穷于则。（则）出钱三百万贷之。谏者皆不听。后夷人卒至，输上十倍。在宋政宽，今则犯通海禁下狱矣。"抢劫海洋漂船，杀害其船员，以致造成空无一物的海船在海上漂浮的"鬼船"现象。而宋代时期，如果碰上这种事情，则多援手帮助。作者认为这是由海洋政策不同造成的。宋代海洋政策宽松，明代实行海禁，是不容许救助海上漂船的，否则就下狱坐牢。

《海舟》中的第四则笔记，则记叙了万历辛亥年五、六月中短短一段时间内，在浙江温州海面三次截获外国海洋走私船的情形。第一次截获裴暴等七十三名自供为"阿南国升华府河东县人"的海洋走私者。第二次再获武文才等二十五名，也是升华府河东县人，他们自称"往归仁府维远县贩卖，飘至海中，为盗所劫而被风者"。第三次又获弘连等三十七名，并瑞安县获解称文棱等五名，共四十二人，自称为升华府潍川县人，就富安府装载官粟并各物，回本营而被风。这个所谓的阿南果即安南国，也就是现今的越南。地方官府审问他们："问读何书？曰：孔、孟、五经、四书。念何佛？曰：南无阿弥陀佛。唱何曲？曰：张子房留侯传。"觉得他们与中国人没有什么区别，就"每人每日各给米鲞"救济。到了冬月严寒时节，还"令温州府查取贮库赃衣，各给棉衣御冷。遇病拨医调治，以保生全"，这些人非常感激，"皆叩头而去"。[①]

《涌幢小品》中还有一组特定海洋区域的纪实性介绍和描述。《琼海》描述地处大海中、广数千里的琼州（海南岛）的海神传说、奇特潮流和学子赴大陆赶考的种种艰难。《珠池》记叙了"蛋"（疍民）潜海采珠的艰苦与神奇。其中对于用麻绳系腰潜海的细节描写得尤为生动："蛋丁皆居海艇中采珠，以大船环池，以石悬大组，别以小绳系诸蛋腰，没水取珠。气迫则撼绳，绳动，舶人觉，乃绞取，人缘大组上。前志所载如此，闻永乐初尚没水取。人多葬沙鱼腹，或止绳系手足存耳。因议以铁为耙取之，所得尚少，最后所得今法：木柱板口两角队石，用本地山麻绳，绞作兜，如囊状，绳系船两旁，惟乘风行舟，兜重则蚌满。取法无逾此矣。"[②] 有关疍民潜海采珠的叙事，早在宋代张师正《倦游杂录》中的《采珠》一文中已经出现，但《涌幢小品》中的描述更为具体、生动，也较具现场感。

《涌幢小品》中的纪实性记叙较为详细的当属《普陀》一文。它接近

---

① ［明］朱国桢：《涌幢小品》，北京：中华书局 1959 年版，第 617 页。

② ［明］朱国桢：《涌幢小品》，北京：中华书局 1959 年版，第 621 页。

于元代吴莱《甬东山水古迹记》的书写风格。它先是介绍了"普陀"一词的来历："南海普陀山，梵云补怛落伽，或曰怛落伽，或曰补涅落伽。音虽有殊，而译以汉文，则均为小白华树山，实则一海岛也。"显示出它的地名文化价值。接着引述南宋宰相史浩在普陀山潮音洞奇遇观音显形的传说，渲染这个观音道场的神奇。文章自此进入"亲身经历"阶段，而其行程，与吴莱一样，也是从定海（镇海）出发写起，但关注点不同，朱国桢对于金塘岛的记叙很有意思："由定海棹舟，自北而东，过数小山，可三四十里，为蛟门。北直金堂山（即金塘岛），此处山围水蓄，宛然一个好西湖也。"金塘海湾曲折开阔，樯橹林立，朱国桢却以"宛然西湖"比喻之，突出了它的妩媚婉约。

一番跋涉后，终于来到了普陀山。朱国桢以非常细腻的笔触，绘出了普陀山岛的风貌："抵普陀之湾，步入一径。过二小山，即见殿宇。本山皆石，吐出润土。蜿蜒直下，结局宽平。可三百亩。即以二小山为右臂，一小山圆净为案；左一长冈，不甚昂。筑石台上，结石塔，为左蔽。殿三重，宏丽甚，乃内相奉旨敕建。"这里指的普陀山前寺的太子塔。接着又描述盘陀（磐陀）石、潮音洞、海潮寺和千步沙等，无不生动形象。

朱国桢的《普陀》一文，不仅仅描述普陀山，还非常在意周围诸岛的考察。"细讯东洋诸山，一老僧云：有陈钱山，突出极东大洋。水深难下椗，又无呑可泊，惟小渔舟荡桨至此。即以舟拖搁滩涂。采捕后，仍拖下水而回。"陈钱山即今嵊泗的嵊山，与普陀山距离遥远。朱国桢还记下了马迹山、大衢、长涂等普陀山周围岛屿，还有列港、黄歧港、梅港、长白港和蒲门、观门、乌沙门、桃花门等众多港口和海门。[①] 虽然其中一些记叙也有混乱不确切之处，但内容非常丰富。

上述作品证明，《涌幢小品》的海洋视野是非常开阔的，涉及了海洋的各个方面。不但如此，在《涌幢小品》的后面部分，朱国桢还把目光转向国际海洋。在卷三十、卷三十一和卷三十二中，分别有记叙朝鲜、高丽的《属国》、有与琉球有关的《差往海外》、与东南亚有关的《占城》等，其中对于日本的记叙最为详细，分别有《日本》《王长年》《马勇士》《县令讨贼》《振武兵变》《盗徽讹传》《倭官倭岛》《东涌侦倭》《御倭》《筹倭》和《平倭》等，共计11篇，形成了明代海洋文学中非常突出的"涉倭"叙事现象。

朱国桢的这些"国际海洋"叙事，一如《涌幢小品》中的其他作品，

---

① ［明］朱国桢：《涌幢小品》，北京：中华书局1959年版，第622—630页。

他都是以非常严肃认真的史家立场，在客观性叙述和记载的基础上，予以历史的评价。如《日本》一文，主要探讨对日关系，认为"元世祖征日本，固是好大喜功，却有深意"，给出了比较客观的评价。但是说到倭寇现象出现的原因时，却又说"倭寇之起，缘边海之民，与海贼通，而势家又为之窝主"，这是很武断的，也是不符合实际的。

由于倭寇对于明代时期中国沿海地区造成了极大的损害，是朝廷边患大事，因此朱国桢极为重视，在《倭官倭岛》《御倭》《筹倭》和《平倭》诸文中进行了多方面的记叙和探讨。在《倭官倭岛》中，作者指出，日本人本来对明人十分友好，"倭人伤明人者斩。倭王见明人，即引入座"。他还指出，当时明商在日本数量庞大，全日本估计有两三万人之多。这些都是很有价值的中日交往史资料。《东涌侦倭》是一次官兵与倭人海上相遇和平处置的记录，说明朝廷最初对于倭人并非一味讨伐。《御倭》开始动武了。《筹倭》则是对如何抗倭的建议，强调一定要好好启用海上经验丰富的渔民，也就是"军民结合抗倭"。《平倭》则是以史家笔法，简要而又比较完整地记叙了明朝抗倭的整个过程，简直是一部"抗倭简史"。

总的来看，明代涉海笔记作品还是非常丰富的，除了上述各作品外，还有乐天大笑生《解愠编》中的一则《但能言之》，也饶有趣味："儒者闻海岛石人能言，往叩之，石人问亲存否？对曰：存。石人曰：父母在，不远游，尔何至于此？儒者无以对。一道者闻斯，自谓吾亲不存，可以往见。石人问亲存否？道者曰：不幸二亲早世，因得远游。石人曰：吾闻家有北斗经，父母保长生，何为俱早逝？道者亦无以对。既而儒道相会，共议石人明道理，欲邀至中土示教诸人，石人叹而答曰：你不知，我但能言之，不能行之。"①

乐天大笑生，生平事迹不详。清初黄虞稷《千顷堂书目》卷十五类书类著录司马泰编《广说郛》八十卷，其卷二十七载《解愠编》，不著卷数，撰者为"乐天生"。这乐天生或为乐天大笑生的讹称或省称，此外，有学者认为，"过眼笑话书最古者"，提及《解愠编》："《解愠编》十四卷，题'乐天大笑生纂集，逍遥道人校刊'，前后无序跋，不知其刊于何时，大概为明嘉靖间物。"② 这是一部笑话性文学作品集。《但能言之》这篇涉及海

① ［明］乐天大笑生：《解愠编》，明逍遥道士刻本，第22页。
② 乔孝冬：《〈金瓶梅〉对〈解愠编〉的引用及"笑"学意蕴探析》，《陕西理工大学学报（社会科学版）》2018年第6期。

洋题材的笔记就很有喜剧效果。儒者是文化人，道者是得道者，都是有学问的人。可是他们在这个海岛上的石头人前面，却根本不堪一击。他们不甘心失败，又筹谋要把石人搬离海岛这个海洋环境，把它搬到中土内陆去会会中土高人。这隐隐然有点海洋文明和内陆文明争雄的味道了。可是结尾一句"石人叹而答曰：你不知，我但能言之，不能行之"，又使这个叙事变成了一种含义复杂的寓言，故事的张力很大。可见《解愠编》的笑话性，并非轻薄的插科打诨，而是比较严肃认真的讽喻性写作。

第二节　冯梦龙的海洋小说

冯梦龙（1574—1646），字犹龙，一字子犹，别署墨憨斋主人，苏州长洲（今江苏苏州）人，明代著名文学家。他最著名的作品为《喻世明言》《警世通言》和《醒世恒言》，合称"三言"。他还有一部短篇小说集《情史》。这些作品，虽然绝大部分都不是他的原创，但"如果没有他的热心收集和整理，其中至少有一部分不见得能流传到现在。……冯梦龙收集整理晚明通俗文学的卓越贡献是不可磨灭的"。①

在冯梦龙的代表性文学成就里，《情史》可能不在其列，但是从海洋叙事的角度而言，冯梦龙许多的涉海小说都集中在他这一著作中，因此，在中国古代海洋叙事文学历史长河中，《情史》具有非同一般的意义。

《情史》一名《情史类略》，又名《情天宝鉴》，系冯梦龙辑录历代笔记小说和其他著作中有关男女之情的故事编撰而成的一部短篇小说集，全书共870余篇。其中与海洋有关系的，共有7篇，依照《情史》编排次序，它们分别是《鬼国母》《蓬莱宫娥》《焦土妇人》《海王三》《猩猩》《虾怪》和《鱼》。它们与《喻世明言》中的《杨八老越国奇逢》一起构成了冯梦龙的海洋叙事系列。

一、《情史》中的超现实海洋书写

《情史》的《蓬莱宫娥》《虾怪》和《鱼》，都是海洋神仙和精怪类的超现实主义叙事。它们反映出《情史》海洋书写的多样性和丰富性。

在漫长的海洋文化的历史营构中，东海与"蓬莱"这个意象性空间被紧紧地维系在一起。虽然也有人力图考证证明这"蓬莱"的位置是在

① 徐朔方、孙秋克：《明代文学史》，杭州：浙江大学出版社2006年版，第394页。

渤海外面，但在文学性作品里，从《海内十洲记》开始，基本上都认为是在"东海"范围内的。冯梦龙《情史·蓬莱宫娥》即是其中的一例。故事一开始就说："嘉兴府治东石狮巷，有朱姓者，年二十余，训蒙为业，丰神颇雅。隆庆春，一日道经南城下。花雨濛濛，柳风袅袅。展转之间，神情恍惚，渐至海月楼西，竟迷去路。"

"嘉兴府"的临近海域是"东海"，那位朱姓蒙馆先生，步行来到海边"海月楼"，这"海"必定是"东海"无疑了。迷糊之中（其实是在梦境中，本文显然采用了"梦中世界"的叙事形式），他被两个女童引到了一座岛上："但见崇山峻岭，路极崎岖，夹道桃株，鸟音嘈杂。自念生长郡内，不意有此佳境。更进里许，入一洞内。遥望楼殿玲珑，金玉照耀，两度石桥，乃抵其处。屏后出一仙娥，霞帔霓裳，降阶而迎。登殿叙礼，引入内室。坐定，女童进茶讫。未几，问娥姓字。娥哂曰：'妾乃蓬莱宫中人也，邀君欲了宿世之缘，不烦骇问。'"

原来这仙娥是蓬莱宫里的人，那么这海岛也即是蓬莱岛了。"蓬莱"岛较早是在先秦典籍《列子》里出现的，在《列子》的"渤海五山"中就有了"蓬莱"岛，东方朔的《海内十洲记》和司马迁《史记》也多次郑重地提到了"蓬莱"，从此"蓬莱"与"瀛洲"一起成为海上仙岛中的代表性仙岛，其位置也逐渐南移，从渤海移至东海了。可是以前的文化典籍中对"蓬莱"只作文化意象上的抽象名词使用，几乎没有具体的描述，本篇小说第一次使"蓬莱"有了具体而丰满的肌理。

"顷间开宴，酒肴罗致。娥与朱促席畅饮，因制《贺新郎》一词，命女童歌以侑觞。其词曰：'花柳绕春城。运神工，重楼叠宇，顷刻间成。绿水青山多宛转，免教鹤怨猿惊。看来无异旧神京。虑只虑、佳期不定。天从人愿，邂逅多情。相引处，珮声声。　　等闲回首远蓬瀛。呼小玉，旋开锦宴，谩荐兰羹。须信是琼浆一饮，顿令百感俱生。且休道、尘缘易尽。纵然云收雨散，琵琶峡、依旧风月交明。念此会，果非轻。'"[①]

一首长词，使我们看到，除了传统的"仙气"，"蓬莱"仙子还具有横溢的诗才和典雅的诗情，诗性的注入大大地丰富了"东海蓬莱"意象的美学内涵。冯梦龙这种对于海上仙岛的诗化处理，在相当程度上影响了后人的同类型写作。蒲松龄《聊斋志异》中的《仙人岛》等作品，就大多采用这种叙述视角和文化立场。

在《情史》卷二十三"情通类"中的，有《鱼》一文，出现了"人鱼"

---

① ［明］冯梦龙：《情史》，长沙：岳麓书社 2003 年版，第 399 页。

形象："昔宗羡思桑娣不见，候月徘徊于川上，见一大鱼浮于水面，戏嘱曰：'汝能为某通一问于桑氏乎？'鱼遂仰首奋鳞，开口作人语曰：'诺。'宗羡出袖中诗一首，纳其口中。鱼若吞状，即跃去。"① 这里的"大鱼"，虽然是鱼的形貌，但是由于它能"开口作人语"，因此仍然可以将它归入"人鱼"形象中去。比较于《山海经》里的"鱼妇"、《博物志》里的"鲛人"和《祖异记》里的"人鱼"，这里的"人鱼"更具备了文学化形象特质：首先它是"鱼"，具有形象的"本我"性、基本性，其次它是鱼的"人"化，具有"超我"的形象拓展性。也就是说，在"人鱼"形象构建中，基本点应该是"鱼"，拓展点才是"鱼的人化"，《情史》里的"人鱼"，是符合这一要求的。其次，如果我们继续与上述的"人鱼"形象相比较，我们还可以发现《情史》里的"人鱼"形象的另外一个发展，那就是它的品质变得非常美好：它是爱情的使者，是人类真挚的朋友，因此它是对以前的"水性淫质"的"人鱼"和"以财报恩"的"鲛人"的一次超越，也积极推进了传统文化中"鱼雁传书"佳话的品德营构。

《情史》中的《虾怪》显然取自唐段成式《酉阳杂俎》里的《长须国》，用比拟的手法叙写一个"虾国"的故事，想象丰富，形象生动，饶有情趣。

二、《情史》中的海岛孤女书写

《情史》中的《焦土妇人》《海王三》《鬼国母》和《猩猩》等作品，都有一个共同的情节，那就是遭遇海难的男人漂浮到了一个海岛，被岛上女人"收"为丈夫的奇遇。故事情节看起来似乎荒诞，其实却是现实主义书写。

《焦土妇人》文本不长："泉州僧本称，言其表兄为海贾，欲往三佛齐：'法当南行二日而东，否则值焦土，船必糜碎。此人行时，遇风迅，船驶既二日半，意其当转而东，即回舵，然已无及，遂落焦土，一舟尽溺。此人独得一木，浮水三日，漂至一岛畔。度其必死，舍木登岸，行数十步，得一小径，路甚光洁，若常有人行者，久之，有妇人至，举体无片缕，言语啁啾不可解。见外人甚喜，携手归石室中，至夜与共寝，天明举大石窒其外。妇人独出，至日晡将归，必赍异果至，味珍甚，皆世所无者。留稍久，始由自便。如是七八年，生三子。一日，纵步至海际，适有舟抵岸，亦泉人，以风误至者，乃旧相识，急登之。妇人奔走，号呼恋恋，度不可回，即归取三人，对此人裂杀之。其岛甚大，然但此一女人耳。一岛只此一妇人，世间果有独民国乎？留三子，用胡法可传种成部落，裂杀何为？"①

"焦土"，是一个海洋空间的文学营构性概念。在托名东方朔的《神异经》中，它叫"焦炎山"。在郭璞的《玄中记》中它叫"沃焦"，而且位置都在"东海"里。所以从字义和空间位置分析，它们的所指都是一样的。但有变化。在《神异经》中，"焦炎山"类似火山，同时又是"至阳"之象征。在《玄中记》中的"沃焦"，继承了"焦炎山"类似火山的描述，没有别的发挥。但是到了《情史》中的"焦土"，"焦炎"之火已经变成了冷灰，适合人居住了。

所以这位泉州海商，看到的不是火山，而是一座普通的荒岛。他见其荒凉，无人救济，估计自己"必死"无疑，但求生的本能还是驱使他舍木登岸。

生路就在他上岛后展开了。才走了几步，就发现了一条小路，"路甚光洁，若常有人行者"，这让他非常兴奋，急切盼望能碰到"人行者"。可是他没有想到，来的"人行者"竟然是一个异类性的妇人，"举体无片缕，言语啁啾不可解"。这样的描写证明这个妇人是一个土著岛民。这个土著岛民形象的出现使得《焦土妇人》有了自己的价值。因为在以往的海洋小说中，"岛"上的生物，往往或者是神仙，或者是妖魔，或者是鬼怪，或者是植物精灵，很少看到"人"的影子，更看不到"土著妇人"的出现。

孤岛上只有她一个女人，没有其他伴侣，更没有男性。这个被海洋风浪送至岛上的男人，简直是天赐，所以女人欣喜若狂，立即上去一把抓住，"携手归"，当晚便"与共寝"，用世所罕见的异果供养他。她没有想到，这样幸福的生活仅仅过了七八年，在与他共同生育了三个孩子后，这个男人竟然离她而去，逃走了。结局是惨烈的。"妇人奔走，号呼恋恋"，可是她的呼号唤不回男人，她竟然对着男人"裂杀"三子。

《海王三》在文本形态和故事设置上，都与《焦土妇人》十分相似，但比《焦土妇人》更接近普通"人性"。海王三的父亲王某，长期在泉南也就是南洋一带经商。有一次在海上航行时不幸遭遇风暴，船被掀翻颠覆，船上数十人全都丧命，独"王得一板自托，任期（其）簸荡，到一岛屿旁。遂涉岸"。与《焦土妇人》里的荒岛情景不同，这个海岛"幽花异木，珍禽怪兽，多中土所不识，而风气和柔"。环境优美，但是空旷无人。于是王某憩于大树下，不知道怎么办才好。就在这个时候，忽见一个女子出

① ［明］冯梦龙：《情史》，长沙：岳麓书社2003年版，第477页。

现，问他："汝是甚处人？如何到此？"王某以"舟行遭溺"告之。女人说："然则随我去。"她与王某语言相通，而且"容貌颇秀美，发长委地"，也比"焦土妇人"美丽许多。然而她也"不梳掠，举体无丝缕朴叶蔽形"，一副蛮荒形象，因而王某一时不能断定其是人还是什么异物。可是又"默念业堕他境，一身无归，亦将毕命豺虎，死可立待"。于是"乃从而下山"。与《焦土妇人》一样，《海王三》也没有明写岛女如何强迫落岛男人同居，但还是清楚暗示她们是主动者、强势者。王某被带到了一个山洞里。山洞"深杳洁邃，晃耀常如正昼"。女人把他留在洞里同居，"朝夕饲以果实，戒使勿妄出。王虽无衣食可换，幸其地不甚觉寒暑，度岁余，生一子"。后来王某也逃走了，但是故事的结局要比《焦土妇人》温暖许多："迨及周晬，女采果未还。王信步往水涯，适有客舟避风于岸屿，认其人，皆旧识也。急入洞，抱儿至，径登舟。女继来，度不可及，呼王姓名骂之，极口悲啼，扑地，气几绝。王从篷底举手谢之，亦为掩啼。此舟已张帆，乃得归楚。儿既长，楚人目为海王三。"① 女人的绝望悲哀与"焦土妇人"完全相似，但故事的结局则要温和得多。他们的孩子得以保全，算是不幸中之大幸了。

《鬼国母》叙述建康巨商杨二郎，"数贩南海，往来十余年，累赀千万"。有一次却遇上了海盗抢劫（这对一般的遇风暴遭难模式有所突破），同舟者尽死，只有杨二郎坠水得免。他抱着一块船板，浮沉两日两夜，漂流到了一个海岛上。可见这又是同一种叙事模式的不同版本，但具体的情节又很不相同。杨二郎惊慌之余发现，他登上的这个岛不是荒岛，而是一个部落洞居所在地。在一个山洞中，他发现了许多"人"。他们"男女多裸形，杂沓聚观"。其中一个"最尊者，称为鬼国母"。原来这是一个"鬼国"。但是这个"鬼国"却一点也不令人恐惧，反而很有人情味。鬼国母见到落难至此的他，问的第一句话是"汝愿住此否"？用的是征求的口气，没有丝毫的暴力和强制意味。"杨无计逃出，应曰：'愿住。'母即命治室，合为夫妇。"杨二郎就这样成了这个岛屿"鬼国"的女婿。"饮食起居与世间不异"，他也渐渐习惯了。但是这些女人不是普通的海岛女子，而是鬼魂，有一次她们要去参加一个活动，杨二郎请求同去，结果发现这居然是他自己的家。家人以为他死于海难，正在为他举行祭祀仪式，这样他终于回到了家里。"鬼母在外招呼，继以怒骂，然终不能相近。少顷寂

---

① ［明］冯梦龙：《情史》，长沙：岳麓书社 2003 年版，第 478 页。

然。杨乃调药补治，数年始复本形。"① 鬼魂云云虽然是超现实现象，但是遭遇海难被人收留，后来得以回家的基本情节，还是有现实的基础。

《猩猩》叙说金陵商客富小二，泛海至大洋，遇暴风舟覆，富小二漂荡抵达一个海岛。仍然采用与前面诸文一样的叙事模式。所有的变化都在上岛后展开。原来这个岛非常特别，既不是"焦土"荒岛，也不是鬼国，而竟然是一个"海上女儿国"。岛上全是女人，只是这些女人"披发而人形，……遍身生毛，略以木叶自蔽，……言语极啁啾，微可晓解"，与《焦土妇人》和《海王三》里的"人"类似，不过更"非人"而已，后来富小二才知这里叫"猩猩国"。这些"猩猩女"一见到富小二，"皆喜挟以归"。"众共择一少艾女子以配富，旋生一男。"从故事内容来看，《鬼国母》和《猩猩》与《焦土妇人》和《海王三》是同一系列的，反映的是都是"孤岛女人"对"闯入男人"强抢为偶、利用其繁殖后代的"海上生活"。但是两者之间的确有区别，如果以《焦土妇人》和《海王三》里的女人为"正常人"标准的话，那么《鬼国母》和《猩猩》的"鬼女"和"猩猩女"可以视为"变异"，它们里面的主体是"鬼"和"猩猩"而不是"人"，"岛国居民"的形象有了变化。但其实这是一种变异性书写，"鬼"和"猩猩"身上体现出来的仍然是普通的人性。

三、《喻世明言·杨八老越国奇逢》中的涉倭叙事

《喻世明言》中的《杨八老越国奇逢》，以元代倭乱为背景，描述乱世中一个普通商人在海洋中的奇遇。海洋经济活动与倭乱相结合，使得它在中国古代海洋小说中具有特殊的意义。

元朝初年忽必烈对日本两次用兵，造成中日关系日趋紧张，倭寇现象开始在中国沿海地区出现。② 《杨八老越国奇逢》写道："那时元朝承平日久，沿海备御俱疏，就有几只船，几百老弱军士，都不堪拒战，望风逃走，众倭公然登岸，少不得放火杀人。"

《杨八老越国奇逢》的故事就在这种背景下展开。杨八老本生活在西安府，远离倭寇横行的滨海地区，但是他祖上曾经在闽、广一带从事过海洋贸易活动，有海商的基因。这个基因激发了他闯荡海洋的雄心，于是，"择个吉日出行，与妻子分别，带个小厮，叫做随童；出门搭了船只，往

---

① ［明］冯梦龙：《情史》，长沙：岳麓书社2003年版，第175页。
② 日本历史学者川胜平太就持这种观点："元军攻打日本以惨败告终，其结果如何？……元军侵日半世纪后，倭寇时代正式开始。元军意外地生出了倭寇这个逆子。"见其著《文明的海洋史观》，上海：上海文艺出版社2014年版，第122页。

东南一路进发"。他一路东南行，距离海洋地区越来越近了，最后来到了漳浦地区。

漳浦位于福建漳州境内，是一个滨海城镇。杨八老回到了他祖上经商过的老地方。他"下在檗妈妈家，专待收买番禺货物"。他开始进行海洋贸易活动。可以说杨八老这一海商形象在古代海洋小说中并不罕见，只不过冯梦龙对于这个形象描述的重点并非海洋贸易活动本身，因此对于他的海商因素并没有加以突出，而是将叙述的重点放在他遭遇倭寇的经历上，这篇作品也因此成了难得的涉倭叙事。

杨八老远离北方老家的亲人，孤身一人在南边的漳浦经商，生活多有不便，于是又娶了檗妈妈寡居中的女儿，入赘于檗家。"夫妻和顺，不上二月，檗氏怀孕。期年之后，生下一个孩儿，合家欢喜。"三年之后，杨八老思念故乡妻娇子幼，决意回去看望。就在他从漳浦动身的时候，却见衙门发布了文告，说近日"倭寇生发，沿海抢劫。各州、县地方，须用心巡警，以防冲犯。一应出入，俱要盘诘。城门晚开早闭"。沿海地区已经很不安宁了。杨八老怕来日更加不安全，就立即上路，结果就在路上碰到了倭寇。"又走了两个时辰，约离城三里之地，忽听得喊声震地。后面百姓们都号哭起来，却是倭寇杀来了。"杨八老急忙躲进了路边的林子，谁知林子里也有倭寇。"只见那倭子把海叵罗吹了一声，吹得呜呜的响。四围许多倭贼，一个个舞着长刀，跳跃而来，正不知那里来的。"这些倭寇非常凶残，又很狡猾。"原来倭寇逢着中国之人，也不尽数杀戮。掳得妇女，恣意奸淫。""其男子但是老弱，便加杀害；若是强壮的，就把来剃了头发，抹上油漆，假充倭子。每遇厮杀，便推他去当头阵。"

杨八老虽然没有被杀害，但却被当作战利品带到日本去了，成了日人的奴隶。"这杨八老在日本国，不觉住了一十九年。每夜私自对天拜祷：'愿神明护佑我杨复，再转家乡，重会妻子。'"这段为奴经历，小说匆匆几笔带过，并没有具体展开，这使得故事内涵的深刻性和复杂性得到了削弱。

这一年倭寇又来到中国沿海抢掠。他们还带上了杨八老同行。"原来倭寇飘洋，也有个天数，听凭风势：若是北风，便犯广东一路；若是东风，便犯福建一路；若是东北风，便犯温州一路；若是东南风，便犯淮扬一路。此时二月天气，众倭登船离岸，正值东北风大盛。一连数日，吹个不住，径飘向温州一路而来。"浙江沿海因此遭到了严重的破坏。"自二月至八月，官军连败了数阵，抢了几个市镇。转掠宁绍，又到余杭，其凶暴不可尽述。"

倭寇占据清水闸为巢穴。这清水闸位于绍兴。这也是本篇小说题目所说的"越国"所在了。后来官兵围剿清水闸，倭寇大败，杨八老与其他十二个与他有共同遭遇的中国人，被官兵抓住。他们被"捆缚做一团儿，吊在廊下"，他们极力辩解说自己不是真倭。官兵当中，有一个当年跟随过杨八老的小厮王兴，认出了杨八老，他们因此得救。

接下去的故事，有点离奇得过于凑巧了。冯梦龙安排审问杨八老的官员，居然是当年杨八老留在西安的儿子，而绍兴府檗太守，居然又是杨八老在福建漳浦的儿子。"杨八老在日本国，受了一十九年辛苦。谁知前妻李氏所生孩儿杨世道，后妻檗氏所生孩儿檗世德，长大成人，中同年进士，又同选在绍兴一郡为官。今日天遣相逢，在枷锁中脱出性命，就认了两位夫人，两个贵子，真是古今罕有！第三日，阖郡官员尽知奇事，都来贺喜。"这大团圆结局实在美好之极，但也在一定程度上损害了作品的深刻性。无论是"三言"，还是《情史》，冯梦龙都过于追求作品的"传奇"性。或许就是这个原因，让他只居于通俗小说家行列，而无法进入伟大作家之列。①

第三节　凌濛初的海洋叙事

凌濛初（1580—1644），字玄房，号初成，浙江乌程（今湖州吴兴）人，别号即空观主人，明代著名文学家。崇祯中，以副贡授上海县丞，并署海防事。这个"署海防事"还包括管理盐场，他清理盐场积弊，还颇有政声，可见凌濛初对于海洋并不陌生。明末时入军伍，在徐州抵抗李自成军，最后呕血而死。对于一个文人而言，这个结局是很特别的。

《初刻拍案惊奇》和《二刻拍案惊奇》，是凌濛初小说创作的代表作。文学史上一向把这"二拍"与冯梦龙的"三言"相媲美。但实际上，两者的"性质是不一样的，'三言'大多是文人改编汇辑的话本，总体上属集体创作，'二拍'则标志着文人拟话本的成熟。……可以看作拟话本末期的文人个人创作"。② 所以从这个意义上而言，凌濛初"二拍"的成就或许要超过冯梦龙的"三言"。

《拍案惊奇初刻》中的《转运汉遇巧洞庭红，波斯胡指破鼍龙壳》和

① 徐朔方、孙秋克《明代文学史》中这样评价冯梦龙："称他为大文学家，或许有人会不以为然。就他本人的作品而论，的确是没有一种可以当之无愧地居于第一流。"见徐朔方、孙秋克：《明代文学史》，杭州：浙江大学出版社2006年版，第393页。
② 徐朔方、孙秋克：《明代文学史》，杭州：浙江大学出版社2006年版，第408页。

《拍案惊奇二刻》中的《叠居奇程客得助，三救厄海神显灵》都涉及了海洋，都显示出很高的叙事艺术水平。尤其是前者，由于比较正面和完整地描述了国际海洋贸易的交易过程，很有现场感，而且对于海洋商业活动，持比较肯定的态度，所以在海洋文学史上，享有很高的声誉。

一、《转运汉遇巧洞庭红，波斯胡指破鼍龙壳》中的涉海叙写

《转运汉遇巧洞庭红，波斯胡指破鼍龙壳》（以下简称《转运汉》）是明代海洋小说的名作。与冯梦龙的小说作品一样，凌濛初的小说多为有底本的二度创作。《转运汉》的"本事"就来自明人周玄暐《泾林续记·苏和经商》和唐人皇甫氏《原化记·魏生》，但作者进行了多方面改写和提高。这与冯梦龙基本上都为原文照搬，又有很大的差别。

周玄暐《泾林续记·苏和经商》一文，虽然较长，但为了分析方便，还是全文引述如下："闽广奸商惯习通番，每一舶推豪富者为主，中载重货，余各以己资市物，往牟利恒百余倍。有苏和，本微，不能置贵重物，见福橘每百价五分，遂多市之。至泊处，用楪数十，各盛四橘，布舶面上。夷人登舟，竞取而食。食竟后，取置袖中，每楪酬银钱一文。苏意嫌少，夷复增一文。计所得殆万钱，每钱重一钱余，盖已千金矣。舟归遇风，泊山岛下。随众登陆，闲行至山坳，见草丛中有龟壳如小舟，长丈许。苏心动，倩人舁至舶。众大笑，谓：'安用此枯骨为？'苏不顾，日夕坐卧其内。及抵岸，主人出速客，置酒高会。苏摒居末席。明晨，主人发单令诸商各疏其货，明珠翠羽，犀象瑶珍，种种异品，炫耀夺目。苏愧怯，逊谢曰：'货微，不足录也。'主人按单细观毕，曰：'店有识宝胡，夜来望船中奇光烛天，意必载稀世异宝。今胡寥寥乃尔？岂诸君故秘之耶？'众谢无有。主人询诘再三，众谢如初。主遂携胡，同众登舶，逐舱验阅。至舟尾，得龟壳，惊曰：'此大宝也！胡埋没于此？'即命人抬至店，藏密室中。更设盛筵，延苏置上席，且谢曰：'君怀宝不炫，致令轻亵，幸勿见罪！'向者大贾，悉列其下。众益不测。酒阑，主请值。苏见其郑重，漫答曰：'一万。'主曰：'市中无戏言，幸以实告。'苏嗫嚅。旁有黠者更之曰：'三万。'主视苏尚泯没，坚询之，漫曰：'五万足矣！'胡商得定价，喜甚，约次日交银。尽醉而散。凌晨，已具银置堂中，如数交足，抬龟壳去，鼓舞不胜。众骇异，请于主曰：'交易已成，决无悔理，第未审枯骨何异，而酬直若斯？'胡笑曰：'尔辈自不识耳。此鼍龙遗蜕，非龟壳也。背有九节，各藏一珠。小者径寸，大者倍焉。光可照乘。每颗酬镒万，所酬未及一珠之半也。'众犹未信。胡遂求良工，剖其首节，得珠果如所

言。众始惊服。苏持银归，坐拟陶朱，不复航海矣。"①

周玄暐，字缄吾，万历十四年（1586）进士，年龄要比凌濛初年长许多。从《泾林续记·苏和经商》中可以看出，《转运汉》的核心情节"转售橘子"和"得鼍壳珍宝"已经基本具备，其第三个核心情节"论财产排座位"也已经初具雏形，不过还不够完整和具体，于是有人认为《转运汉》还有第二个故事来源，那就是唐人皇甫氏的作品《原化记·魏生》："唐安史定后，有魏生者，少以勋戚，历任王官，家财累万。然其交结不轨之徒，由是穷匮，为士族所摒。因避乱，将妻子入岭南。数年，方宁后归。舟行至虔州界，因暴雨息后，登岸肆目。忽于沙碛间，见一地气直上冲数十丈，从而寻之石间，见石片如手掌大，状如瓮片，又类如石，半青半赤，甚辨焉。试取以归，致之书箧。及至家，故旧荡尽，无财贿以求叙录，假屋以居。食肆多贾客胡人等，旧相识者哀之，皆分以财帛。尝因胡客自为宝会。胡客法，每年一度与乡人大会，各阅宝物，宝物多者，戴帽居于坐上，其余以次分列。召生观焉。生忽忆所拾得物，取怀之而去，亦不敢先言之，坐于席末。食讫，诸胡出宝，上坐者出明珠四，其大逾径寸，余胡皆起，稽首礼拜。其次以下所出者，或三或二，悉是宝。至坐末，诸胡咸笑，戏谓生：'君亦有宝否？'生曰：'有之。'遂出所怀以示之，而自笑。三十余胡皆起，扶生于座首，礼拜各足。生初为见谴，不胜惭悚，后知诚意，大惊异，其老胡见此石，亦有泣者。众遂求生，请市此宝，恣其所索。生遂大言，索百万。众皆怒之：'何故辱吾此宝？'加至千万乃已。潜问胡：'此宝何名？'胡云：'此是某本国之宝，因乱遂失之，已经三十余年。我王求募之，云获者拜国相。此归皆获厚赏，岂止于数百万哉！'问其所用，云：'此宝母也。但每月望，王自出海岸，设坛致祭之，以此置坛上。一夕明珠宝贝等皆自聚，故名宝母也。'生得财倍其先资也。"②

《原化记·魏生》的故事情节与《转运汉》的部分情节非常相似，《魏生》与《苏和经商》一起构成了《转运汉》的文本来源，这是显而易见的。需要重点关注的是，凌濛初是如何将《魏生》和《苏和经商》转化成故事更加完整、情节更加曲折、海洋背景更加突出、主旨更有时代特色的《转运汉》的？也就是说，凌濛初究竟为《转运汉》做了哪些叙事贡献？

---

① 《丛书集成初编》第2954册《泾林续记（及其他一种）》，北京：中华书局1985年版，第27—28页。转引自张进德《〈转运汉遇巧洞庭红〉本事补正》，《明清小说研究》2010年第1期。
② 吴曾祺编《旧小说（二）》，上海：上海书店1985年版，第17—18页。转引自张进德《〈转运汉遇巧洞庭红〉本事补正》，《明清小说研究》2010年第1期。

如果将《魏生》和《苏和经商》与《转运汉》放置在一起进行叙事学方面的分析，我们可以看出凌濛初《转运汉》的许多叙事成就。

其一，凌濛初改变了小说主人公的籍贯。在周玄暐《泾林续记·苏和经商》中，故事的主角苏和是明代当朝闽广一带人。在唐人皇甫氏的《原化记·魏生》中，故事主角魏生是中唐后期的内陆人，而在凌濛初的《转运汉》里，故事主角文若虚被设计成为明代当朝的苏州府长州县阊门外人。苏州与凌濛初的老家湖州很近，这样凌濛初在刻画文若虚形象的时候，就有了"老乡"的感觉，写起来更加顺手。

其二，凌濛初改造了小说主人公形象的人设。《泾林续记·苏和经商》中的苏和，长期从事"通番"事业即国际海洋贸易的。在故事的开头，是被当作一个"奸商"形象来刻画的。他从闽广收购福橘，再运往南洋销售，本就存着欺骗外国消费者的不良动机。《原化记·魏生》中的魏生，也是形象不佳。他原是一个败家子，走投无路，才远避岭南。而《转运汉》中的文若虚，"生来心思慧巧，做着便能，学着便会。琴棋书画，吹弹歌舞，件件粗通"。只是由于他"自恃才能，不十分去营求生产，坐吃山空，将祖上遗下千金家事，看看消下来。以后晓得家业有限，看见别人经商图利的，时常获利几倍，便也思量做些生意，却又百做百不着"，因此既不同于苏和的奸商形象，也不同于魏生的败家子作为。他起初慵懒不求上进，但后来及时醒悟，准备要好好作为一番。这样的素质改变，就为小说主人公进入海洋从事海洋贸易活动提供了合理的依据，使故事情节更加符合情理。

其三，凌濛初突出了海洋贸易的商业成果。虽然周玄暐《泾林续记·苏和经商》也有"闽广海商通番经营获益巨大"的暗示，但是在《转运汉》中，这条线索成了全文最重要的线索，也成了文若虚人生选择成功的核心标志。起初文若虚并没有想到要去从事海洋贸易。小说采用对比手法，在前面部分极力写他在陆上经商的种种不顺和倒霉。他去北京买卖扇子，亏了。其他生意也一塌糊涂。几年下来，不但"把个家事干圆洁净了，连妻子也不曾娶得"，而且还背负了一个"倒运汉"的恶名。陆上经商的失败与他后来从事海洋贸易的成功，不但形成了故事情节上的巨大反差，而且还暗含了对于海洋贸易活动的一种价值肯定。另外，凌濛初还将文若虚与一般的海商进行差别化处理。文若虚走投无路转而做起了海商，固然是一种被迫，可是小说却是这样写的："一身落魄，生计皆无。便附了他们航海，看看海外风光，也不枉人生一世。"凌濛初将文若虚设置成一个"儒商"，他的下海进行海洋贸易，除了经济目的，还有"看看海外风光"的期望，这就使得他的海洋贸易活动兼有了文化考察的美质。

其四，凌濛初对海洋贸易活动进行了具体细腻的描述，使得这篇《转运汉》成为了海洋贸易小说的经典之作。"开得船来，渐渐出了海日，只见银涛卷雪，雪浪翻银。湍转则日月似惊，浪动则星河如覆。"这番海上风光的描写，虽然有点笼统，但也渲染了海洋贸易活动的独特气氛。"三五日间，随风漂去，也不觉过了多少路程。忽至一个地方，舟中望去，人烟凑聚，城郭巍峨，晓得是到了甚么国都了。舟人把船撑入藏风避浪的小港内，钉了桩橛，下了铁锚，缆好了。船中人多上岸。打一看，元来是来过的所在，名曰吉零国。"这吉零国为凌濛初的杜撰，在马欢《瀛涯胜览》、费信《星槎胜览》和巩珍《西洋番国志》等书中都未曾出现过。文若虚他们的船在海上航行了三五日就到了那里，说明它离中国不远，估计就在南洋一带。这个海洋国家与中国的海洋贸易非常密切。"中国货物拿到那边，一倍就有三倍价。换了那边货物，带到中国也是如此。一往一回，却不便有八九倍利息，所以人都拼死走这条路。众人多是做过交易的，各有熟识经纪、歇家通事人等，各自上岸找寻发货去了，只留文若虚在船中看船。路径不熟，也无走处。"作者接着就详细描述了文若虚售卖洞庭红橘子的情形："摆得满船红焰焰的，远远望来，就是万点火光，一天星斗。"一番非常具有现场感的讨价还价后，洞庭红卖出了惊人的好价钱。文若虚仅仅依靠这几筐橘子，就赚了个盆满钵满。

其五，凌濛初塑造了一个海商团队，显示了明代时期中国海商的规模和职业风貌。海洋贸易是一个利润和风险都非常巨大的商业活动，单凭个人是无能为力的，必须依靠团队的力量，因此早从唐宋时期开始，大船大团队就成了海洋贸易活动的基本形态。文若虚跟随的就是这样一个船队。凌濛初详细描述了海商们互相帮助协力合作的职业风貌。当他们得知文若虚的橘子卖出了好价钱后，他们没有任何嫉妒，反而表示了衷心的祝贺，而且还积极为文若虚出主意，让它利上滚利。"且说众人领了经纪主人到船发货，文若虚把上头事说了一遍。众人都惊喜道：'造化！造化！我们同来，到是你没本钱的先得了手也！'张大便拍手道：'人都道他倒运，而今想是运转了！'便对文若虚道：'你这些银钱此间置货，作价不多。除是转发在伙伴中，回他几百两中国货物，上去打换些土产珍奇，带转去有大利钱，也强如虚藏此银钱在身边，无个用处。'"虽然文若虚由于被自己的"倒运"吓怕了，没有接受他们的建议，但大家的情谊是深厚的，船队的气氛是和谐的。这在商业世界里是很难得的。

因此《转运汉》是一篇珍贵的正面描述海商活动的海洋小说，而且在中国商贾小说史上也占有很高的地位。因为它突破了古代传统的"重义轻利"的义利观，表现了商人资本经营的新理念和守信用的契约精神。[①]还有人将凌濛初《初刻》与冯梦龙的"三言"进行比较，也是以这篇作品为例，"《初刻》对明代商业经济活跃情景的描写，比'三言'要充分而精彩得多。最为人称道的是首篇《转运汉遇巧洞庭红，波斯胡指破鼍龙壳》，这篇小说以文若虚泛海经商的奇遇，生动地表现了人们对钱财的欲望。小说所写明代商人与海外的经济交往，可说是古代民间外贸较早的反映"。[②]

《转运汉》的后半部分，进入了"得鼍壳珍宝"阶段，故事变成了一种海洋珍宝传奇，虽然热闹有趣，文学价值却有所减弱了。它只是传统的"财富海洋"观念的体现，充满了想象和传说的民间文学色彩。但里面的海商以财富论座次以及交易过程中体现出来的依靠契约信守诺言的商业精神，还是非常具有海洋人文价值的。

二、《叠居奇程客得助，三救厄海神显灵》中的涉海叙事

凌濛初《拍案惊奇二刻》中还有一篇《叠居奇程客得助，三救厄海神显灵》（以下简称《海神显灵》）。这篇小说的基本素材来源于明人蔡羽的《辽阳海神传》，冯梦龙《情史》中的《辽阳海神》也是同一个题材。

蔡羽，字九逵，自号林屋山人，又称左虚子。江苏吴县（今属苏州）人，主要生活于弘治、正德、嘉靖年间。《辽阳海神传》叙写徽商程宰与兄一起，远赴辽东半岛的辽阳经商。这里濒临渤海，故事的真正主角海神就诞生在这片海里。在海神的倾心帮助下，本已经潦倒的程宰"咸鱼大翻身"，获得了爱情和商业经营的双丰收。而且在南下返乡的路上，海神还帮他一次又一次地避开了灾祸。这个海神形象有情有义，非常具有人情味。这在古代海神形象塑造中，是比较少见的。

这个美丽感人的海洋故事受到了冯梦龙和凌濛初的高度肯定。冯梦龙在《情史》中转录了这个故事，情节和主旨方面几乎没有什么变动。凌濛初则大大拓展了这个故事，把四五千字的一个短篇拓写到了九千多字，几乎增加了一倍的容量。

凌濛初的扩写主要体现在背景介绍、细节刻画和场面的细腻描写上，从而使得文本更加扎实丰满起来。如对于程宰背景的交代，《辽阳海神传》

---

① 邱绍雄：《中国商贾小说史》，北京：北京大学出版社 2004 年版，第 132—136 页，

② 徐朔方、孙秋克：《明代文学史》，杭州：浙江大学出版社 2006 年版，第 410 页。

就寥寥"徽商程宰"几个字，而凌濛初则添加了许多："徽州商人姓程名宰，表字士贤，是彼处渔村大姓。世代儒门，少时多曾习读诗书。却是徽州风俗，以商贾为第一等生业，科第反在次着。"这就使程宰的商业行动有了时代的气息。又如写海神第一次与程宰相会，有一个关于头发的描写："美人徐解发绾，发黑光可鉴，殆长丈余，"而到了凌濛初笔下，则变为"美人卸了簪珥，徐徐解开髻发绺鬈，总绾起一窝丝来。那发又长又黑，光明可鉴"，增加了卸簪和绾丝的细节，使得海神的女性形象更加具体可感。

但凌濛初的改写也有败笔，那就是把原作中的精华删去了。蔡羽的《辽阳海神传》和冯梦龙的《辽阳海神》中，都有程宰和海神的这样一段对话："（程宰）又问：'美人姓氏为何？'曰：'吾既海神，有何姓氏？多则天下人皆吾同姓，否则一姓亦无也。''有父母亲戚乎？'曰：'既无姓氏，岂有亲戚？多则天下人尽吾同胞，少则全无瓜葛也。''年几何矣？'曰：'既无所生，有何年岁？多则千岁不止，少则一岁全无。'"这段对话充满哲理，显示了海神不但多情多义风情万种，而且非常睿智，的确具有"神"的美质。凌濛初却删去了这段对话，这就在一定程度上降低了海神的神格和人格品位。

第四节 《西游记》等神魔小说中的海洋叙事

明代"神魔小说"比较繁荣。主要作品有吴承恩《西游记》、罗懋登《三宝太监西洋记通俗演义》和吴元泰《东游记》等。鲁迅在《中国小说史略》中，曾对神魔小说有过八字评语："芜杂浅陋，率无可观。"神魔小说的文学艺术性的确不高，但如果从海洋文学和海洋文化的角度来考察，却自有其突出的价值。因为它们大多与海洋有关，可是说是古代海洋文学比较集中的体现。

明代涉海神魔小说，继承和发展了古代海洋神怪叙事传统。在人类文明社会的早期，海洋是阻碍人类发展的最大屏障。这在以农耕这样的内陆文明为主的中国古代，体现得尤为明显。面对浩瀚的汪洋大海，古人往往会以想象、虚构的揣摩去认识海洋、理解海洋，从而形成了"神话海洋""文学海洋"的传统。这种文学传统里的海洋世界里的基本成员，都是海神、海洋神仙岛、海洋神物和海洋人怪等。它们并不是描述和记载者所亲身经历、亲眼所见，而是站在海洋之岸，遥望海洋之后的想象虚拟建构之作。

因此在中国海洋叙事的逻辑起点上，想象和虚构是描述海洋的基本形态，而海洋神怪等超现实元素，则是描述的基本内容。这是中国海洋文学最为悠久的传统。这种传统一直被很忠实地继承，就算到了航海业渐趋发达的宋元和对海洋已经非常熟悉的明清，有些海洋小说基本上仍然是"神怪＋海洋"的叙述模式。所以说，古代海洋小说有着浓郁的神怪传统，明清神魔小说继承了这种传统。但是相较于志怪类的海洋小说，神魔小说又有着自己的思想和艺术品质，那就是其宗教性和史传性的有意结合。神话、宗教和史传的融合，构成了神魔小说的基本叙事范式。

一、吴承恩《西游记》中的海洋叙事

吴承恩，字汝忠，号射阳山人，淮安府山阳县（今江苏淮安）人，明代著名文学家。作为神魔小说主要的代表作品，他的《西游记》具有浓郁的海洋情结，许多方面都涉及海洋，而且这些海洋内容因素，是小说不可分离的内在内容。它们"既是故事展开的空间背景，也是作品主旨的寄寓体裁"。[①]

《西游记》的涉海叙事，主要表现在以下几个方面：

1. 孙悟空诞生于海洋

孙悟空是大海之子。"海中有一座名山，唤为花果山。此山乃十洲之祖脉，三岛之来龙，自开清浊而立，鸿蒙判后而成。真个好山！"非凡的海上之洲孕育出伟大的生命："那座山正当顶上，有一块仙石。其石有三丈六尺五寸高，有二丈四尺围圆。三丈六尺五寸高，按周天三百六十五度；二丈四尺围圆，按政历二十四气。上有九窍八孔，按九宫八卦。四面更无树木遮阴，左右倒有芝兰相衬。盖自开辟以来，每受天真地秀，日精月华，感之既久，遂有灵通之意。内育仙胞。一日迸裂，产一石卵，似圆球样大。因见风，化作一个石猴。五官俱备，四肢皆全。便就学爬学走，拜了四方。目运两道金光，射冲斗府。"[②] 作为一个颠覆传统威权秩序和人纲规范的叛逆人物，其恢弘的气度只有大海才能赋予。因此作者设计孙悟空诞生于海洋，绝对不是随意的设置，而是赋予生命以宏大和渊博。这是中国古代海洋小说中对海洋品质的高度礼赞。

---

① 参见张祝平：《西游记的海洋情节》，《南通师范学院学报》2004 年第 1 期；《郑和下西洋与明代海洋文学》，《南通大学学学报》2008 年第 3 期。

② 本节有关《西游记》原文的引述，都来自于岳麓书社 1987 年版《西游记》(劼父标点)。

2. 孙悟空的能力来自于海洋

孙悟空是"能力"的代表,《西游记》却让他几乎所有的能力都与海洋有关。首先,他第一次去西方拜师,是通过海路去的。"独自登筏,尽力撑开,飘飘荡荡,径向大海波中,趁天风,来渡南赡部洲地界。"其次,他的拿手兵器金箍棒来自于海洋。小说这部分写得非常有声色。除了金箍棒之外,大海还同时向他献上了"锁子黄金甲"和"凤翅紫金冠",也就是说孙悟空的一切穿戴"行头",都来自于海洋。再次,他的精神导师和力量依靠的观音,其道场也在海上。关于观音与悟空的关系,清人刘一明早在《西游原旨读法》中就已经点明了这一点:"《西游》每到极难处,行者即求救于观音,为《西游》之大关目,即为修行人之最要着。"① 但是刘一明没有关注到其中的海洋因素。观音的道场建在东海之岛普陀山是无法改变的事实,但是作者在涉及人物关系时可以改变一些关联,作者选择观音这个海洋保护神而不是别的神灵充当悟空的"靠山",不可能是随意的。最后,悟空的许多江湖朋友如四海龙王等,都在海上。可以说,如果没有海洋,孙悟空将完全是另外一个形象,是海洋成就了孙悟空。

3. 孙悟空的净身行为与海洋

《西游记》里有一段非常意味深长的描写,显示出作者对于海洋的特殊理解。《西游记》第三十一回:"那大圣才和八戒携手驾云,离了洞,过了东洋大海。至西岸,住云光,叫道:'兄弟,你且在此慢行,等我下海去净净身子。'八戒道:'忙忙的走路,且净什么身子?'行者道:'你哪里知道,我自从回来,这几日弄得身上有些妖精气了。师父是个爱干净的,恐怕嫌我。'八戒于此始识得行者是片真心,更无他意。"于是悟空真的下海去,用海水把自己洗了个干干净净,才上岸去见师傅。

此段情节寓意深刻。自《山海经》的海洋君子国和《列子》《庄子》的海洋神人意象开始,"圣洁海洋"就成了一种传统的海洋观念。《西游记》此段描写,是对这种高洁、纯净海洋人文思想的继承和突出。

4.《西游记》对海洋持高度赞美态度

《西游记》里出现的海洋非常雄壮和美丽,可以说是天下胜景。如对观音道场普陀山的描写:"祥光笼宇宙,瑞气照山川,千层雪浪吼青霄,万迭烟波滔白昼","水飞四野振轰雷,浪滚周遭鸣霹雳,五色朦胧宝迭山,红黄紫皂绿和蓝"。又如猪八戒眼里的花果山:"青如削翠,高似摩云,周回有虎踞龙蟠,四面多猿啼鹤唳,朝出云封山顶,暮观日挂林间。"

---

① 转引自张祝平:《西游记的海洋情节》,《南通师范学院学报》2004 年第 1 期。

山上"流水潺潺鸣玉佩，涧泉滴滴奏瑶琴"。还有那个水帘洞："乾坤结秀赛蓬莱，清浊育成真洞府。"总之这座海上之岛是"丹青妙笔画时难，仙子天机描不就"。另外还有对"蓬莱仙境""方丈仙山"和"瀛洲海岛"三座海上神仙岛极尽美词的描述。

总之，《西游记》里的海洋世界，是人间仙境，是精神的源泉，是正义的化身，也是力量的象征。而且正如有学者所指出，《西游记》里的海洋因素，是作者有意识强化的。"吴承恩在继承传统的基础上，创造性地发展和改造了两个重要的海洋神祇南海观音和东海龙王的形象，这使得小说带有浓郁的海洋气息，大大丰富了海洋文学。"另外"花果山"意象的构建也是如此。花果山之名在唐僧取经故事中出现很早，其地理位置大致应在西域。但是在《西游记》里，花果山被移植到了东海之中。而且，经过《西游记》作者的有意努力，"护法神、唐僧和猴行者出生地点均由内陆移往沿海"，从而大大强化了《西游记》海洋人文意识。①

5.《西游记》海洋人文意识的有意移植

《西游记》的故事底本是《大唐西域记》，已经有学者通过对《西游记》故事"底本"和写成本的比较，发现了一个非常有意思的现象，那就是《西游记》里所有的海洋元素，都来自于《西游记》作者的移植和创造，而并非"原本"所原有。"玄奘取经所循线路为西北丝绸之路，基本与海洋无涉，所以，此一事迹在后世的传述，起初依然保持着内陆故事的基本特征，并无海洋文化的痕迹。"但是"西天取经"的故事，在传播的过程中，逐渐从纪实走向虚构，从内陆故事演化为海陆同为背景和空间的全方位叙事。通过南宋《大唐三藏取经诗话》和元代杂剧《西游记》等文本的逐步改造，不但观音在故事中的地位越来越突出，而且连唐僧的出生地也从河南被改变为临海的"淮阴海州"，离海洋越来越近。

这个分析论据坚实，得出的结论非常可靠。这样的比较研究是非常有价值的。它可以证明，《西游记》的作者吴承恩（尽管有人表示质疑，但是在更可靠的结论出现之前，我们还是承认作者是吴承恩），在创作《西游记》的时候，脑海里肯定都是汹涌的大海波涛。吴承恩曾经为漕运总督唐龙的祖母祝寿写过《海鹤蟠桃篇》一诗："蟠桃西蟠几万里，云在昆仑之山瑶池之水。海波吹春日五色，树树蒸霞瑞烟起。倚天翠巘云峨峨，下临星斗森盘罗。开花结子六千岁，明珠乱缀珊瑚柯。彼翻知是

---

① 王青：《从内陆传奇到海洋神话——西游故事的海洋化历程》，《明清小说研究》2009年第1期。

辽东鹤，一举圆方识寥廓。八极孤抟海峤风，千年邀寄神仙药。……"① 根据古代传说，瑶池是西王母的驻地，在大西北的昆仑山上。可是吴承恩在描写瑶池仙境的时候，接连出现了两个"海"字。把瑶池之水比喻为"海波"，把八极之风想象成"海峤风"即海边之风，说明吴承恩对于海洋，是很有感觉的。根据现在可以见到的资料，吴承恩为淮安府山阳县（现淮安市淮安区）人。淮安市距离海边很近，所以吴承恩对于海洋，并不陌生。甚至还有学者考证认为，吴承恩就是在海边城市连云港创作《西游记》的。② 这与海洋的关系就更为紧密了。

另外，据孙楷第《日本东京所见小说书目》，明刊本《西游记》都没有原第九回《陈光蕊赴任逢灾，江流僧复仇报本》。"唐僧出身的这一段故事同小说主体并无必然的联系，所以（小说）写定者有意将它删去。……删了之后，写定者将第十、十一、十二回编为四回，填还第九回的空缺。但他却在第十一回的韵语中留下了删改前的痕迹：'出身命犯落江星，顺水随波逐浪泱。海岛金山有大缘，迁安和尚将他养。'"③ 这里直接出现了"海岛"一词。这说明，在作者的构想中，或许曾经也考虑过，要将唐僧也与海洋联系在一起。

二、《三宝太监西洋记通俗演义》中的海洋叙事

《三宝太监西洋记通俗演义》，又名《三宝开港西洋记》《三宝太监下西洋》（下称《西洋记》），是明代中叶以后出现的一部长篇神魔小说。作者罗懋登，字登之，主要生活于明万历年间，曾创作《香山记》传奇，注释过丘濬的《投笔记》，并替《西厢记》《拜月亭》《琵琶记》作过音释。有人认为他是陕西人，有人认为他是江西人。早年可能对道家学术有浓厚的兴趣。为了糊口，有过长期游历四海的生活，北走燕关，南到瓯越，东涉邹鲁，西游齐梁，万历二十一年（1593），七十多岁的罗懋登再也无力四处奔波，于是寓居于南京的三山街一带，做书坊的"披阅书记"。《西洋记》是罗懋登寓居南京期间完成的。④

《西洋记》以郑和下西洋为背景，叙事上模仿《西游记》。而郑和下

① 《吴承恩诗文集》第1卷，上海：古典文学出版社1958年版，第12页。转引自魏文哲：《论吴承恩的思想》，《明清小说研究》2012年第3期。

② 李洪甫：《吴承恩的〈西游记〉成书与连云港花果山》，《淮海工学院学报（人文社会科学版）》2003年第1期。

③ 徐朔方、孙秋克：《明代文学史》，杭州：浙江大学出版社2006年版，第121页。

④ 邹振环：《〈西洋记〉的刊刻与明清海防危机中的"郑和记忆"》，《安徽大学学报（哲学社会科学版）》2011年第3期。

西洋本是一场伟大的航海实践活动，因此从这个意义上而言，《西洋记》实际上是古代与海洋航行关系最为密切的一部长篇小说。

1.《西洋记》的创作动因与海洋有密切关系

鲁迅《中国小说史略》说："（《西洋记》）叙永乐中太监郑和、王景宏服外夷三十九国，咸使朝贡事。郑和者，……先后七奉使，所历凡三十余国，所取无名宝物不可胜计，而中国耗费亦不赀。自和后，凡将命海表者，莫不盛称和以夸外蕃，故俗传'三保太监下西洋'为明初盛事云。"鲁迅高度评价郑和下西洋的多方面意义，并不反对其为"明初盛事"的定位。这样伟大的航海实践活动如果能进入小说，中国或许就将诞生一部真正意义上的航海小说。但遗憾的是，罗懋登并没有将它写成海洋小说，而是成了一部神魔小说，鲁迅揭示了其原因："盖郑和之在明代，名声赫然，为世人所乐道，而嘉靖以后，倭患甚殷，民间伤今之弱，又为故事所囿，遂不思将帅而思黄门，集俚俗传闻以成此作。"① 鲁迅认为，此书撰写和出版于倭寇肆虐的时代，民众渴望有神通广大的海洋力量能够扫平倭寇。

鲁迅的这一见解是非常深刻的。也就是说，《西洋记》虽然是一部神魔小说，却有深刻的现实因素，而且这种"现实因素"，还分别在明代和清代出现过两次。"罗懋登生活在明朝日益走向衰弱、海事危机不断的时代，他有感于国势的衰微，欲借郑和下西洋的故事来激励君臣，把重振国威的期望写入自己的小说。明末清初的书坊书商重视、读书界热衷于《西洋记》，也是在于通过对这部小说的特别关注，表达'民间伤今之弱，于是便感昔之盛'，以重建被丢失的'郑和记忆'。晚清的海事危机更为严峻，再度催发了整个社会对异域知识的兴趣，另一方面，由于对现实社会统治者的失望，国人再度在旧书中寻求辉煌的历史，寻找心灵的安慰，《西洋记》便再度出现刊刻高潮。《西洋记》在晚清的多次重刻和流传，也反映出国人海权意识的觉醒，还为20世纪初梁启超为代表的文化人重构'郑和记忆'作了重要的文化铺垫。"②

罗懋登生活的年代，正是明朝日益走向衰弱的时代，而从海路来的倭寇非常猖獗，给沿海人民造成了极大的危害。长期寓居南京的罗懋登耳闻目睹这一切，对国事极为忧虑。正如他在《西洋记》"自序"中所说：

---

① 鲁迅：《中国小说史略》，《鲁迅全集》第9卷，北京：人民文学出版社1981年版，第173页。
② 邹振环：《〈西洋记〉的刊刻与明清海防危机中的"郑和记忆"》，《安徽大学学报（哲学社会科学版）》2011年第3期。

"今日东事侳偬……当事者尚兴抚髀之思乎？"想起郑和下西洋时代中国海洋力量的强大，奋起而作《西洋记》，既是对郑和时代辉煌的重温，也是对朝廷的一种隐形的鞭策和批评，他希望能够激励当局在海上有所作为，消除倭患，重振国威。因此从海洋叙事的角度去审视《西洋记》，它的价值将会得到重新评估。

2.《西洋记》中的海洋地理意识

中国虽然有漫长的海岸线和辽阔的海域面积，但在古代还是以内陆文明为主，海洋意识是不强的，所以文学作品里描述海洋地理等方面的内容极少。《西游记》里虽然也有大量的海洋因素，但是海洋地理意识并不突出，然而《西洋记》则不然。《西洋记》突破了传统的天地观念，非常强调海洋的存在。第九回中张天师就向永乐皇帝指出："天覆地载，日往月来，普天之下有四大部洲：一个是东胜神洲，一个是西牛贺洲，一个是南膳部洲，一个是北俱芦洲。陛下掌管的山河，就是南膳部洲。"这就是以海洋为中心的地理划分。第十四回中金碧峰长老历数将要经过的海洋地区："舟船往南行，右手下是浙江、福建一带，左手下是日本扶桑，前面就是大琉球、小琉球。过了日本、琉球，舟船往西走，右手下是两广、云贵地方，左手下是交趾……"① 这些都是清晰的海洋地理概念。日本学者川胜平太在他的《文明的海洋史观》一书中曾经指出："毋庸赘言，当今世界，各国间的相互依存日益增强。日本自不待言，美国、英国、印度、中国，无一国可孤立而自存。世界各国各自独立又互相依存。也就是说，各国正在成为类似岛屿的存在物。……世界各国不再固步自封，而是各自作为多岛海洋中的一个岛屿，以海洋为媒介展开交流。"② 从陆地史观发展到海洋史观，以海洋的眼光去注视世界，是非常现代的意识。《西洋记》呈现出有比较明确的海洋空间概念，这在当时是非常难能可贵的。

3.对海洋财富观念的独特展示

海洋里有无穷的财富，这是古代海洋文学给读者提供的根深蒂固的海洋观念，《西洋记》也反映了这一观念。它的海洋财富意识是通过龙王之"宝"来体现的。在第二回里，四海龙王在普陀山听观音菩萨宣讲时，佛祖刚巧也降临到了普陀山，也对龙王们有所点拨。龙王们为了表示感谢，献出了许多宝物。

---

① 本节有关《西洋记》原文的引述，都来自于上海古籍出版社 1985 年版《三宝太监西洋记通俗演义》（陈树斎、竺少华校点）。

② （日）川胜平太：《文明的海洋史观》，刘军等译，上海：上海文艺出版社 2014 年版，第 89—90 页。

　　东海龙王敖广献上的是一挂龙珠。东海龙王说："这就是小神海中骊龙项下的。大凡龙老则珠自褪，小神收取他的。日积月累，经今有了三十三颗，应了三十三祖之数。"这串龙珠功效奇大，竟然能够分离海水和淡水："小神海水上咸下淡，淡水中吃，咸水不中吃。这个珠儿，它在骊龙王项下，年深日久，淡者相宜，咸者相反。拿来当阳处看时，里面波浪层层；背阴处看时，里面红光射目。舟船漂海，用它铺在海水之上，分开了上面咸水，却才见得下面的淡水，用之烹茶，用之造饭，各得其宜。"

　　南海龙王敖钦献上的是一个椰子："这椰子长在西方极乐国摩罗树上，其形团，如圆光之象。未剖已前，是谓太极；既剖已后，是谓两仪。昔年罗堕阇尊者降临海上，贻与水神。"其用处也极大。它说："南中有八百里软洋滩，其水上软下硬。那上面的软水就是一匹鸟羽，一叶浮萍，也自胜载不起，故此东西南北船只不通。若把这椰子锯做一个瓢，你看它比五湖四海还宽大十分。舟船漂海到了软洋之上，用它取起半瓢，则软水尽去，硬水自然上升。却不是拨转机轮成廓落，东西南北任纵横？"这宝物后来帮助下西洋的三宝太监船队顺利通过了"八百里软洋滩"。

　　西海龙王敖顺献上的是一个琉璃："这琉璃是须弥山上的金翅鸟壳，其色碧澄澄，如西僧眼珠子的色。道性最坚硬，一切诸宝皆不能破，好食生铁。小神自始祖以来，就得了此物，传流到今，永作镇家之宝。"其作用也是极大："（西）海中有五百里吸铁岭，那五百里的海底，堆堆砌砌，密密层层，尽都是些吸铁石，一遇铁器，即沉到底。舟船浮海，用它垂在船头之下，把那些吸铁石子儿如金熔在型，了无滓渣，致令慈航直登彼岸。"它后来帮助船队安全通过了"五百里吸铁岭"。

　　北海龙王敖润献上的是一只鞋子："这禅履是达摩老爷的。达摩老爷在西天为二十八祖。到了东晋初年，东土有难，老爷由水路东来，经过耽摩国、羯茶国、佛逝国，到了小龙神海中，猛然间飓飙顿起，撼天关，摇地轴，舟航尽皆淹没，独有老爷兀然坐在水上，如履平地一般。小神近前一打探，只见坐的是只禅履。小神送他到了东土，求下他这只禅履，永镇海洋。……小神自从得了这禅履之后，海不扬波，水族宁处。今后舟船漂海，倘遇飓飙，取它放在水上，便自风恬浪静，一真湛寂，万境泰然。"

　　四海龙王所献宝物，并非一般意义上的珍贵之物，而是对于船队下西洋具有巨大的实际意义的"物质保障"。譬如长途航行，淡水补给是一个根本性问题，东海龙王的龙珠能分离海水中的淡水——而且这也不完全是神魔幻想，而是有一定的事实基础的。据说海洋科学考察证明，东海长江口外海域水底，的确存在着一条古长江入海的淡水河道。南海、西海所谓"软洋滩""吸铁岭"云云，似乎很玄怪，其实也是海洋中特殊的水文情形的体现。"吸铁岭"为一种磁场异常现象，在"好望角"一带客观存在，所以这种说法也是有事实作为基础的。而那只履水如平地的神奇鞋子，也是航海者对于平安航行的一种心理诉求。可见《西洋记》虽然是神魔小说，但并不是一味地展示怪诞，而是有相当的现实基础。

三、《东游记》中的"八仙闹东海"叙事

《东游记》，又名《上洞八仙传》或《八仙出处东游记传》，二卷五十六回，作者吴元泰，号兰江，里居及生卒年均不详，约明世宗嘉靖末前后在世。《东游记》主要叙述铁拐（姓李名玄）得道，度钟离权，再度吕洞宾，二人又共度韩湘、曹友，张果、蓝采和何仙姑则别有成道途径，是为八仙。八仙的故事，在民间有广泛的存在，可以说八仙故事本身便是民间演绎的产物。可是这个八仙闹东海的故事，在神魔小说的叙事框架下，却将八仙与海洋置于对立状态下，演绎成一出几乎有点莫名其妙的技能比赛。因此《东游记》的主题，是比较隐晦的，八仙所代表的文化价值和海洋所代表的文化价值，在作品中是非常模糊的。

八仙与东海的紧张关系，起因于他们参加王母的蟠桃会的归途中，要经过东海。虽然大海茫茫，但对于这些能够腾云驾雾的仙家而言，实在是小事一桩。可是八仙有意一试身手，不许腾空，而是要各竞绝技，在水面上渡过。

"停云观望。只见潮头汹涌，巨浪惊人。洞宾言曰：'今日乘云而过，不见各家本事。试以一物投之水面，各显神通而过如何？'众曰：'可。'铁拐即以铁拐投水中，自立其上，乘风逐浪而渡。钟离以拂尘投水中而渡。果老以纸驴投水中而渡。洞宾以箫管投水中而渡。湘子以花篮投水中而渡。仙姑以竹罩投水中而渡。采和以拍板投水中而渡。国舅以玉版投水中而渡。"[①] 八仙的这一番热闹，自是惊动了东海龙宫。太子立即前去查看。却只见一片玉板"照耀水晶诸宫，透明天地"，又犹如一条船，蓝采和踩踏玉板，在海面上迅捷掠过。这引起了龙太子强烈的觊觎之心："我在龙宫，万宝俱备，未见如此物之奇妙可爱者，求之决不可得，不如使人夺之。"乃命手下向前夺其玉板，导致蓝采和掉落水中。龙太子将采和囚在幽室，持宝归宫。一时宫殿光明，如添日月，龙王大喜，设宴庆贺，全然不知

---

① 本节有关《东游记》原文的引述，都来自于华夏出版社 1994 年版《四游记》。

道一场惊天动地的海洋大战即将爆发。

八仙岂能忍受失败？他们立即派出了吕洞宾作为交涉代表，来到了龙宫。吕洞宾向龙太子发出警告，要求立即释放蓝采和以及归还玉板。但是龙太子不知八仙厉害，一口拒绝，结果不但丢了性命，还害二弟失了左臂。

消息传到龙王耳里，龙王不责自己儿子之错，只记得两个儿子一伤一亡的仇恨，历来不可一世的龙王如何咽得下这口气？于是尽起海中十万精兵，亲自督战，要扫除八仙。可惜他根本不是八仙对手，不但这些由虾兵蟹将组成的所谓精兵几乎全军覆灭，而且自己的东海地盘，还被铁拐李、吕洞宾从葫芦里放出的神火，"烧干海水，烟焰腾天。钟离又以拂尘蘸水洒之四方，仙姑又以竹罩盛水灌于葫芦之内，须臾之间，东洋火炽，竟成一片白地"。

东海龙王只好逃命而去。八仙夺得龙宫，见其中富贵非常，珍宝满地。因此高兴不已，忘乎所以，却不知东海龙王已经鼓动其他龙王，集四海之水要淹死他们。"只见一声炮响，喊杀震天，四面潮头，如山似练，滚滚而来。八仙急欲登岸，并无去路，举火烧海，水气从上逼下，火皆无光，水溺至身，无计可脱。"是曹国舅"辟水犀"腰间宝带，将水分开一路，才得以登岸逃出。

四海龙王与八仙之战就这样愈演愈烈，最后连天帝也觉得八仙烧干东海，无数生灵涂炭，闹得实在有点过分了，下令征讨八仙。于是战争又变成了八仙与天之战。最后还是观音出面加以化解。八仙经此磨练，也终于有所收敛，不再跋扈。

《上洞八仙传》的八仙闹东海叙事，情节发展比较随意，八仙和龙王形象比较单薄，解决矛盾的手法也较为简单，但是其含义却具有阐释空间。这是古代海洋叙事中海洋遭受失败最严重的一次争斗，虽然不能武断地理解为对于海洋文明的一种打压，但是却也曲折地反映了时人对于海洋情感的一些微妙变化，这种变化或许与当时旷日持久的倭寇迟迟不能被彻底剿灭多少有些关系，因为倭寇基本上都来自于东海海域。

《上洞八仙传》所塑造的这个八仙闹东海故事至今还有社会影响。东海中心区域浙江嵊泗一带，无论是坐船（非交通航船）还是一起吃饭，如果刚好是七男一女，那是不会开船，酒席也不会开始的，一定要想方设法再等一位乘客或食客来。他们担心这样的坐船或吃饭会不吉利。

本章结语

明代涉海叙事文学有三点值得关注。一是"吴地作者群",二是海洋贸易商人形象,三是涉海神魔小说。

明代涉海叙事文学的作者,大多来自"吴地"。《都公谭纂》作者都穆是苏州人,《庚巳编》作者陆粲也是苏州人,《客座赘语》作者顾起元是应天府江宁(今南京)人,《菽园杂记》作者陆容是苏州府太仓人,《涌幢小品》作者朱国桢是浙江吴兴(今属湖州)人,"三言"和《情史》的作者冯梦龙是苏州长洲(今江苏苏州)人,"二拍"的作者凌濛初是浙江乌程(今湖州吴兴)人,《西游记》作者吴承恩是淮安府山阳县(今江苏淮安)人。也就是说,明代重要涉海叙事文学的作者们,几乎都生活在以苏州为中心的吴地及周围地区。这是很有意思的。如果再联系到南朝《异苑》的作者刘敬叔为彭城(江苏徐州)人,北宋《稽神录》作者徐铉为广陵(江苏扬州)人,明代纪实散文《星槎胜览》的作者费信为江苏昆山人,清代《续太平广记》的作者陆寿名也是江苏苏州人,连写有许多涉海小说的晚清作家王韬还是江苏苏州人,那么这个"吴地作者群"的现象就更值得重视了。文学作品作者的地理分布是文学地理学的研究角度之一。这"吴地作者群"的海洋文学现象,既与"吴地"毗邻东海的地理位置有关,也与苏州一带是明代的文学重镇有关。

海洋贸易商人形象的成功塑造,是明代海洋叙事文学的一大成绩,凌濛初在这方面作出了巨大的贡献。他笔下的文若虚闯荡南洋的经历,似乎类似于18世纪盛行的诸如库柏《领航者》这种西方海洋流浪汉小说所描述的海洋游历场景,但也有很大的不同。西方海洋流浪汉,是一种主动的海洋冒险者,而凌濛初所塑造的文若虚,虽然也是主动要求加入海洋贸易团队的,可是小说所呈现的故事情节,多是一种"巧合"和"运气"的简单演绎,在叙事的深度和人物塑造的丰满等方面,比不上西方海洋流浪汉小说,但是却也是充满了中国文化理念的海洋商业叙事作品,完全值得高度肯定。

明代神魔小说的海洋属性是比较明显的。有人认为,明代《西游记》《三宝太监西洋记通俗演义》和《东游记》等神魔小说,虽不属于真正意义上的海洋小说,但频频涉及海洋,有浓重的海洋情结。其海洋情结的叙事特征主要表现为以下三个方面:一是叙事形象的人情世俗化,二是叙事情感的矛盾性，三是叙事目的的寄寓性。① 这种归纳基本上是符合实际的。

　　这些神魔小说的海洋书写丰富了古代中国对于海洋的想象和塑造。上述几部长篇小说中的海洋因素的存在，至少可以说明，在一些作家的文学世界的构建中，"海洋"仍然是重要的构成。在这些作家的笔下，"海洋"不仅是一个文学题材空间，而且还是许多思想观念的寄寓体和象征物。尤其当"海洋"被作为"内陆"的观照对象出现的时候，"海洋"的各方面美质都显得要比"内陆"优秀许多。这些长篇小说都出现在明清时期，这个时期中国已经有了经济社会的萌芽，传统的社会价值观发生了巨大的变化，知识分子群体开始受到猛烈的冲击。所以这些长篇小说，一方面反映出人们对于"内陆社会"（也就是作家们所处的现实社会）的失望和不满，另一方面也表露出他们开始憧憬、向往甚至设想有新的社会空间的出现和存在。在这样的背景下，辽阔无比、充满传说，可以让人浮想联翩的"海洋"就成了很好的描述空间。这几部长篇小说的共同特点是"游历"性书写，而这种"游历"，正是寻找新空间、对新空间进行对比性考察和探求的"合理"形式。

　　但是我们不能回避一个比较冷酷的事实存在，那就是古代中国没有一部真正书写航海的长篇小说出现。"郑和下西洋"题材的丰富性和其所包含意义的深刻性，本来是完全可以据此诞生一部航海小说的，却被写成了一部水平一般的神魔小说，《三宝太监西洋记通俗演绎》虽然有对航线、航程的简单记叙，但这种记叙在神魔小说的叙述语境里，几乎都不是现实主义的客观描述。

---

　　① 陈美霞：《论明代神魔小说中海洋情结的叙事特征》，《内江师范学院学报》2010年第3期。

第八章　明时海月：海洋文学的全面发展（下）

　　明代海洋文学的繁荣是全方位的。上一章主要考察海洋叙事方面，我们认为，在一般性的笔记小说和话本小说以及拟话本小说之外，在明代还出现了比较独特的海洋神魔小说，这就显示出了它繁荣的一面。但是这仅仅是一个方面。明代海洋文学的繁荣，还体现在内涵和质量都很高的海洋散文和海洋抒情等方面。虽然郑和下西洋的伟大航海实践，被神魔小说当作一般性素材简单地处理了，并没有产生杰出的现实主义航海叙事文本，实在令人遗憾，但却催生了马欢《瀛涯胜览》、费信《星槎胜览》和巩珍《西洋番国志》这样的"西洋三书"杰作，从而构建起古代海洋报告文学和游记考察类书写的巍巍大厦。这是明代海洋文学的标志性成就。

　　此外，明代的海洋散文中，还出现了黄衷《海语》和屠本畯《闽中海错疏》这样的地域性海洋记叙文本。它们拓宽了海洋书写的原有格局，使得古人对于海洋的描述更趋于具体的对象，因而更细腻，也更具有海洋地方性特色。

　　另外还有张岱等人的海洋游记散文，注重亲历性和个人体验，能从地理、风俗、历史文化等多角度考察和描述海洋人文现象，也显示出了很高的艺术水准。

　　至于海洋诗歌和赋文等明代海洋抒情作品，虽然其成就无法与汉魏唐宋的海洋抒情相媲美，但有关海疆安全等明代特有题材的入诗和入赋，也使它们具有鲜明的时代价值。

第一节　"西洋三书"中的海外地区叙写

　　自明永乐三年（1405）到明宣德八年（1433），历时 28 年之中，郑和七下西洋，不但在中国是旷世之举，在世界范围内，也是耀眼的海洋实践活动。它直接催生了大量的海洋书写。其中多次追随郑和下西洋的马欢所撰《瀛涯胜览》、费信所撰《星槎胜览》，及最后一次跟随郑和下西洋的巩珍所撰《西洋番国志》三书，在纪实性方面的成就最为突出。后人将它们并称为"西洋三书"。它们既相互独立，又构成了一种奇妙的整体关系。

一、马欢《瀛涯胜览》中的海外地区叙写

马欢，字宗道，自号会稽山樵，浙江会稽（今绍兴）人。他是回族人，通晓阿拉伯文字。他在永乐七年（1409）、十一年（1413）、十九年（1421）和宣德六年（1431），四次跟随郑和下西洋，主要担任翻译工作。归国后撰写的《瀛涯胜览》详细记载了跟随郑和下西洋的经过及其所见所闻，因此极具史料价值。

关于此书的撰述动机，马欢在"自序"中说，"余昔观《岛夷志》，载天时气候之别，地理人物之异，慨然叹曰：普天下何若是之不同耶！永乐十一年癸巳，太宗文皇帝敕命正使太监郑和，统领宝船往西洋诸番开读赏赐。余以通译番书，亦被使末，随其所至，鲸波浩渺，不知其几于万里，历涉诸邦，其天时气候、地理人物，目击而身履之。然后知《岛夷志》所著者不诬，而尤有大可奇怪者焉。于是采摭各国人物之丑美、壤俗之异同，与夫土产之别，疆域之制，编次成帙，名曰《瀛涯胜览》。俾属目者一顾之顷，诸番事实悉得其要，而尤见夫圣化所及，非前代之可比。"① 《岛夷志》即元代汪大渊《岛夷志略》，马欢认为《岛夷志》所记的海外诸国情况，本来以为是已经足够让人惊讶了，但是自己几次下西洋所见所闻，内容之丰富精彩，"尤有大可奇怪者"，于是特撰《瀛涯胜览》一书予以传扬。可见马欢此书写作的基本原则是追求真实，务求内容的亲历可信，至于在文笔、结构等方面，倒并不怎么刻意修饰。"是帙也，措意遣词，不能文饰，但直笔书其事而已。览者毋以肤浅诮焉。"这种求实的态度保证了该书纪实内容的可靠性。

《瀛涯胜览》共记载了占城（越南一带）、爪哇（印尼一带）、旧港（印尼一带）、暹逻（泰国）、满剌加（马六甲）、苏门答剌等二十多个海洋岛国的地理位置、风土人情、所出特产和与中华文化的关系等。马欢的观察非常细腻。如占城，那是《岛夷志略》等书都曾详细记载和描述过的地方，但马欢或许认为它是与中国南海地区最近的海洋邻居，有必要进行更深入的考察和了解，因此介绍得非常详尽。"自福建福州府长乐

---

① ［明］马欢：《瀛涯胜览》，北京：中华书局1985年版，第1页。

县五虎门开船,投西南,好风行十昼夜到本国海南口,名新洲港,港岸有石塔为记,诸处船来到此湾泊登岸。"这是对于航线和码头的介绍。"去西南百里到王居之城,番名曰占城。其城以石垒,开四门,令人守把。"这是对于占城基本面貌的介绍。"国王系锁俚人,崇信释教,头戴三山玲珑撒花金冠,如中国付净者之样,身穿五色锦细花番布长衣,下围色丝手巾,跣足,出入骑象,或乘小车,以二黄牛前拽而行。其头目所戴之冠,用茭蔁叶为之,亦如其王戴者之样,但以金彩妆饰,内分官品高低。所穿颜色衣衫,长不过膝,下围各色番布手巾。"这是对于占城人风貌的介绍,形象又生动。"王居屋宇高大,上盖细小瓦,四围墙垣用砖灰妆砌甚洁净,其门以坚木雕刻兽畜之形为饰。居民房屋用茅草盖覆,檐高不过三尺,躬身低头出入,高者有罪。服色禁白,其白衣惟王穿用,民下玄黄、紫色并许穿,若穿白者罪死。国人男子蓬头,妇人撮髻脑后,身体俱黑,上穿秃袖短衫,下围色布手巾,赤脚而行。"① 这种对于占城风土人情的描述,已经到了细描的程度。

《瀛涯胜览》处处表露出对于异邦国家文化的尊重。如对爪哇国一种文化活动的记叙:"每月至十五、十六,月圆之夜,番妇二十余人聚集成队,一妇为首,以臂膊递相联挽不断,于月下随步而行,为首者口唱番歌一句,众皆齐声应和,到亲友富贵之家门首,则赠以钞帛等物,名为步月行。而又有一等人,以纸画为人物鸟兽鹰虫形状如手卷样,以三尺高二木为画干,止齐一头,其人蟠膝坐于地,以图画地上展出一段,朝前番语高声解说此段来历缘故,众人环坐而听之,或笑或哭,便如说平话一般。"这种舞蹈和绘画,或许比较原始和简单,但马欢丝毫没有轻蔑之意,而是显示出相当的欣赏和尊重。

马欢是一个穆斯林,他对阿拉伯诸国的文化有更深切的体会。如说天方国:"自秩达往西行一日,到王居之城,名默伽国。奉回回教门,圣人始于此国阐扬教法,国人悉遵教规,不敢违犯。其国人物伟壮,体貌颇黑,男子缠头,穿长衣,足着皮鞋。妇人俱戴盖头,卒莫能见。国王禁酒,民风和美。无贫难者,犯法者少,乃极乐之界。"② 这里的鞑鞳国即天方国,为阿拉伯国家。马欢说它"民风和美""乃极乐之界",高度评价其文明形态。马欢的这些记载,也可以充分证明中国与海湾国家的传统友谊。

---

① [明]马欢:《瀛涯胜览》,北京:中华书局1985年版,第7—9页。

② [明]马欢:《瀛涯胜览》,北京:中华书局1985年版,第87页。

更加难能可贵的是，马欢还记叙了许多华人与当地土著和睦相处的佳话。如写旧港国即古名三佛齐国："东接爪哇界，西抵满剌加国界，南连大山，北临巨海，诸处船来先至淡港，入彭家门里泊船。岸多砖塔，用小船入其港则至其国。国人多是中国广东漳、泉州人来居此地，人甚富饶。"广东漳州、福建泉州人在这里大量定居，他们已经与当地人融为一体。又如古里国："从柯枝国港口开船，往西北，行三日可到。其国边海，山之东有五七百里，远通坎巴夷国，西临大海，南连柯枝国界，北接狠奴儿国地面，西洋大国正此国也。永乐五年，圣朝命正使太监郑和等赍诏敕赐其王诰命银印，及升赏各头目品级冠带，统领大𩗿宝船到彼，起建碑亭，立石云：'去中国十万余里，民物咸若，熙皥同风，刻石于兹，永示万世。'"[①] 这"熙皥同风，永示万世"的愿望碑，正是中国和平海洋理念"和合"思想的生动体现。

二、费信《星槎胜览》中的海外地区叙写

费信，字公晓，号玉峰松岩生，江苏太仓人。他曾四次跟随郑和等人下西洋。第一次于永乐七年（1409）随郑和等往占城、爪哇、满剌加、苏门答剌、锡兰山、柯枝、古里等国，至永乐九年（1411）回京。第二次于永乐十年（1412）随奉使少监敏等往榜葛剌等国，至永乐十二年（1414）回京。第三次于永乐十三年（1415）随正使太监侯显等往榜葛剌诸番，直抵忽鲁谟斯等国，至永乐十四年（1416）回京。第四次于宣德六年（1431）随郑和等往诸番国，凡历忽鲁谟斯、锡兰山、古里、满剌加等二十国，至宣德八年（1433）回京，前后长二十余年。他每到一地，"辄伏几濡毫，叙缀篇章，标其山川、夷类、物候、风习诸光怪奇诡事，以备采纳"，于明英宗正统元年（1436）撰写成《星槎胜览》一书。

《星槎胜览》共分为两部分。第一部分为"前集"，为费信"亲览目识之所至"而形成的考察记录，分别记载描述了占城国、宾童龙国、灵山、昆仑山、交栏山、暹罗国、爪哇国、旧港、满剌加国、九州山、苏门答剌国、花面国、龙牙犀角、龙涎屿、翠蓝屿、锡兰山国、小㖵喃国、柯枝国、古里国、忽鲁谟斯国、剌撒国与榜葛剌国等二十二个南洋及阿拉伯半岛国家和地区的人文地理和风俗。第二部分为"后集"，非第一手资料，而是费信"采辑传译之所实"，计有真腊国、东西竺等二十三国情况的记叙。

---

① ［明］马欢：《瀛涯胜览》，北京：中华书局1985年版，第25页。

费信《星槎胜览》与马欢《瀛涯胜览》相比有一个很大的不同，那就是详细记叙了郑和船队的规模和航海路线等资讯，这恰是马欢《瀛涯胜览》所缺乏的。它为后世保留了非常可贵的航海史材料。如《占城国》篇："永乐七年己丑，上命正使太监郑和等统官兵二万七千余人，驾海舶四十八号，往诸番国开读赏赐。是岁秋九月，自太仓刘家港开船，十月到福建长乐太平港泊。十二月，福建五虎门开洋，张十二帆，顺风十昼夜，至占城国。"① 这里有 48 艘船组成的船队规模、九月开航的时间、从江苏太仓起锚到占城的航行路线以及途中费时约三个多月的航行时间等，都记载得清清楚楚。又如《榜葛剌国》篇："自苏门答剌顺风二十昼夜可至其国，即西印度之地。西通金刚宝座国，曰绍纳福儿，乃释迦得道之所。（永乐十年并）永乐十三年二次，上命少监侯显等统领舟师，赍诏敕，赏赐国王、王妃、头目。其国海口，有港曰察地港，立抽分之所。其王知我中国宝船到彼，遣部领赍衣服等物，人马千数迎接。"② 榜葛剌国即今孟加拉国，西汉时叫身毒国，东汉时叫天竺，一直与中国友好。费信在这里记载了船队两次经过该国港口受到欢迎的情景，印证了与中国友好的传统友谊。

费信在《星槎胜览》的"自序"中说，"臣闻王者无外，中天下而立，定四海之民，一视同仁，笃近举远，故视中国犹一人，而夷狄之邦，则以不治而治之。"③ 这种对于海外异邦的文化尊重的态度，处处体现在他的著述中，《星槎胜览》洋溢着对于海洋文明生活的由衷赞美。如说如苏门答剌"风俗颇淳。民网鱼为生，朝驾独木刳舟张帆而出海，暮则回舟"。④ 这种风里去浪里回的渔民生涯是艰难的，但是费信却说他看到了他们"风俗颇淳"的美好一面。还有记忽鲁谟斯国："其国傍海而居，聚民为市。地无草木，牛、羊、马、驼皆食海鱼之干。风俗颇淳。"⑤ 显然这也是一个渔民为主的邦国，费信也看到了他们淳朴美好的人性之美。

又如记古里国："当巨海之要峙，与僧伽密迩，亦西洋诸番之马头也。山广地瘠，麦谷颇足。风俗甚厚，行者让路，道不拾遗。法无刑杖，惟以石灰画地，乃为禁令。其酋富居深山；傍海为市，聚货通商。男子穿长衫，头缠白布。其妇女穿短衫，围色布，两耳悬带金牌络索数枚，其顶上珍珠、

---

① ［明］费信：《星槎胜览》，北京：中华书局 1991 年版，第 1 页。
② ［明］费信：《星槎胜览》，北京：中华书局 1991 年版，第 19 页。
③ ［明］费信：《星槎胜览》，北京：中华书局 1991 年版，第 1 页。
④ ［明］费信：《星槎胜览》，北京：中华书局 1991 年版，第 13 页。
⑤ ［明］费信：《星槎胜览》，北京：中华书局 1991 年版，第 22 页。

宝石、珊瑚连璎珞，臂腕足胫皆金银镯，手足指皆金厢宝石戒指，法堆脑后，容白发黑。"① 古里国，又作古里佛，是位于南亚次大陆西南部的一个古代王国，其境在今印度西南部，为古代印度洋海上的交通要冲。费信满怀感情地赞美他们"风俗甚厚，行者让路，道不拾遗，法无刑杖"，这简直就是中国古籍中的海洋君子国风貌了。而女子披金戴银，也间接反映出该国非常富有等社会形态信息。

再如记榜葛剌国："其国风俗甚淳，男子白布缠头，穿白布长衫，足穿金线羊皮靴，济济然亦其文字者。众凡交易，虽有万金，但价定打手，永无悔改。妇女穿短衫，围色布线锦，然不施脂粉，其色自然娇白，两耳垂宝钿，项挂璎珞，髻椎脑后，四腕金镯，手足戒指，可为一观。"②榜葛剌国即今孟加拉国一带。费信赞扬该国人一言千金，非常讲究信用。而女人追求美丽时尚，娇美可观。这些都是高度文明社会才有的景象。费信以一双善良的慧眼，看到了这些海洋国家的种种美好。

三、巩珍《西洋番国志》中的海外地区叙写

巩珍生平事迹不详，从《西洋番国志》的"自序"中。可略知他号养素生，南京人，是以从军身份而被选拔为幕僚的，其他事迹就无可考查了。

与马欢《瀛涯胜览》和费信《星槎胜览》的广为流传、版本众多不同，巩珍的《西洋番国志》一直少为人知。《四库全书》有该书的书目，却没有收录此书。一直到1948年前后，终于在天津发现有人珍藏此书。后来珍藏者将它捐献给了北京图书馆，它才被世人所知。

《西洋番国志》共记载了二十多个海外国家，其先后次序和文字内容，与马欢《瀛涯胜览》基本一致。巩珍在自序中说他所记的各国信息，都来自于"通事转译"所得。这个"通事"显然是指马欢，这说明《西洋番国志》与马欢《瀛涯胜览》有渊源关系。

从史料的角度而言，《西洋番国志》卷首保存了永乐至宣德敕书三通，这三封皇帝谕令不为《瀛涯胜览》和《星槎胜览》所收录，所以很有价值，从中可以看出，郑和下西洋是一种王朝意志，体现出一种国家海洋意识。

永乐皇帝即位之时，洪武年间的海禁影响还在延续，而海外许多西洋诸国，也因明朝内政的变化，渐渐失去了与明廷的联系。只有安南、

① ［明］费信：《星槎胜览》，北京：中华书局1991年版，第17页。
② ［明］费信：《星槎胜览》，北京：中华书局1991年版，第20页。

占城、真腊、暹罗、大琉球朝贡如故，因此永乐皇帝将注意力集中于东南、南海及西洋一线，屡遣郑和船队远航西洋各国，"开读诏敕"，恢复明廷与海外的关系。这种王朝海洋意识，在《西洋番国志》卷首所保存的三通敕书中有鲜明体现。

第一封敕书发布于永乐十八年（1420）十二月初十日。敕书说："敕：太监杨庆等往西洋忽鲁谟斯等国公干，合用各色纻丝纱棉等物，并给赐各番王人等纻丝等件。敕至即令各该衙门照依原定数目支给。仍令各门官仔细点检放出，毋得纤毫透漏。故敕。"① 这通敕书要求对于郑和船队物资提供保障，以便确保他们能够顺利完成对于西洋诸国的安抚慰问。

第二封敕书发布于永乐十九年（1421）十月十九日，第三封敕书发布于宣德五年（1430）五月初四日，也是有关船队物资保障的，但内容更加详尽，规定更加严格。这都充分说明大明王朝对于与海外诸国交往的态度是一致的。

从作者对于海洋情感的角度而言，《西洋番国志》显示出比较强烈的亲海性。巩珍在《西洋番国志》的"自序"中说："往还三年，经济大海，绵渺弥茫，水天连接。四望迥然，觉悟纤翳之隐蔽。惟观日月升坠，以辨西东，星斗高低，度量远近。皆斫木为盘，书刻干支之字，浮针于水，指向行舟。经月累旬，昼夜不止。海中之山屿形状非一，但见于前，或在左右，视为准则，转向而往。"这是只有深入大海航行者，才会有的茫茫涯涯不辨东西之感。巩珍还描述了航行途中的种种经历和遭遇：从"福建广浙选取驾船民梢中有经贯下海者称为火长，用作船师。乃以针经图式付与领执，专一料理，事大责重，岂容怠忽。其所乘之宝船，体势巍然，巨无与敌，篷帆锚舵，非二三百人莫能举动"。一路劳顿更不用说，缺水少食，更是常事。海上生活之艰难，远超陆地百倍："缺其食饮，则老困弗胜。矿海水卤咸，不可入口，皆于附近川泽及滨海港汊，汲取淡水。水船载运，积贮仓舱，以备用度，斯乃至急之务，不可暂弛。"海上航行，还要时时遭遇风暴危险："当洋正行之际，烈风陡起，怒涛如山，危险至极。"② 这种身在海洋，深切体验海洋的亲历性，比马欢《瀛涯胜览》和费信《星槎胜览》来得更加强烈，同时也更具有现场感。

总而言之，马欢《瀛涯胜览》、费信《星槎胜览》和巩珍《西洋番国志》，以郑和下西洋这一伟大海洋活动的亲历者的视角，详细、生动地记载和

---

① ［明］巩珍：《西洋番国志》，向达校注，北京：中华书局1961年版，第8页。
② ［明］巩珍：《西洋番国志》，向达校注，北京：中华书局1961年版，第6页。

描述了南洋、印度半岛和阿拉伯海湾地区的风土人情，从不同角度梳理了它们与中国的传统关系和友谊。虽然它们的篇幅都不长，每部书都只有两万字左右，但它们所包含的认识了解海外世界、对外文化交流、对各种海洋社会风土人情的充分尊重的意识和思想，都具有极大的超前意义。正如有学者所指出，"明初郑和船队七下西洋，随行的马欢撰《瀛涯胜览》、费信撰《星槎胜览》、巩珍撰《西洋番国志》。三书表达了明朝'宣德柔远'、加强中外联系、'共享太平之福'的意愿。书中大量记载了海外各国的天时气候、'土产之别，疆域之制'；记载了万里远航中'浮针于水，指向行舟'的行程；还从社会制度、文化习俗、经济活动等各个方面，向国人介绍海外诸国的社会面貌，用以开阔明朝观察世界的视野。三书说明了中外交流的历史成就和意义，以及中华文明在世界范围的重要地位，反映出鲜明的世界性意识"。①

第二节　黄衷《海语》和屠本畯《闽中海错疏》

中国自古就有"四海"之说，说明在古人的认识中，海洋与陆地一样，也是有地域性区别的。所以在古代海洋文学中，作者们往往都特地指明故事发生的地方是"东海""北海"和"南海"等，很少以笼统"大海"指代之，这样就逐渐形成了源远流长的地域性海洋书写传统。到了明代，这种地域性海洋书写有了进一步的发展，其中以"南海"书写尤为突出。因为自唐宋以来，南海一直处于海洋对外贸易的前沿，它在海内外的影响越来越大。明代黄衷《海语》，就是一部比较经典的"南海书写"著作，它的全部内容就是"南海之语"。《四库提要分纂稿》将《海语》归入"地志"："（《海语》）记海上风俗物廛之频，……入之地志。"② 而屠本畯《闽中海错疏》，则专门记叙闽海地区的海洋生物。这两部作品的出现，标志着地域性海洋书写进入了一个新的历史阶段。

一、黄衷《海语》的"南海书写"

《海语》作者黄衷，字子和，号铁桥公，广东南海人。其生卒年不详，根据目前的研究，大约为明成化至嘉靖年间人。他的父亲名琏，青

---

① 毛瑞方、周少川：《明代西洋三书的域外史记载与世界性意识——读〈瀛涯胜览〉〈星槎胜览〉〈西洋番国志〉》，《淮北煤炭师范学院学报（哲学社会科学版）》2007 年第 6 期。

② ［清］翁方纲等：《四库提要分纂稿》，上海：上海书店出版社 2006 年版，第 141 页。

壮年时可能当过官，后赋闲在家，对黄衷的教育督促非常严格。弘治丙辰（1496）十八岁的黄衷考中了进士，初授南京户部主事，后来在浙江、福建、广西、云南、湖北等地任职。后来因平定农民暴乱有功，最后官至兵部右侍郎。他的一生可以分为三个阶段：第一个阶段是十八岁以前，一直在家读书，奠定了做学问的基础；第二个阶段为十八岁至四十八岁，凡三十余年，为仕途阶段；第三个阶段为四十八岁至八十岁，大部分时间致仕家居，同时"日搜群籍，尝阅天下通志"。《海语》一书，就是在这个时候写就的。①

《海语》专记南海（包括南洋诸国）的"风俗物廛"。作者在"自序"中回忆《海语》的撰述过程时说："余自屏居简出，山翁海客，时复过从，有谈海国之事者则记之，积渐成帙，颇汇次焉。"

由此可见，虽然《海语》不是如"西洋三书"那样的亲历实地考察记录，却是一部"亲耳所闻"之作，而且作者所采访的对象，都是长期从事海洋航行和海洋贸易、无数次进出南洋的海员，因此其叙述的可信度还是非常高的。《四库全书总目提要》就这样评价说："所述海中荒忽奇谲之状，极为详备，然皆出舟师舵卒所亲见，非《山海经》《神异经》等纯构虚词、诞幻不经者比。每条下间附论断，词致高简，时寓劝戒，亦颇有可观。"所以从海洋资料的角度来看，正如有人所指出，"《海语》可以作为我们研究东南亚史、中外交通史、华侨史、广州地区海外贸易史的重要参考书"。②

《海语》分上、中、下三卷，分叙"风俗""物产"和"畏途"及"物怪"。"风俗"列于全文前段，可见作者对这方面内容的重视。其实这里的"风俗"，并非指一般的民风民俗，而是特指暹罗（泰国）和满剌加（马来西亚）等南洋国家的"海国之事"。《海语》把这种描述和记载异国风情的"海国之事"，放在全书的最前面，说明作者具有敏锐的海洋世界性开放意识。

《海语》的中卷"物产"，记叙了海犀、海马、海驴、海狗、海鼠、海鸥、海鸡、海鹤、海鹦哥、海燕等海洋生物和海洋飞鸟，基本是客观纪实的，但也有一些超现实的志怪性内容。如写海驴，说它的皮，"或以制卧褥，善人御之，竟夕安寝；不善人枕藉，魂乃数惊矣。岛夷诧其灵，不敢蓄也"。如此灵异，几乎可以与任昉《述异记》所写"懒妇鱼"脂膏"可燃灯烛。以之照鸣琴博弈，则烂然有光；及照纺绩，则不复明焉"相媲美了。

---

① 段力生《黄衷及其〈海语〉》，《东南亚》1984 年第 3 期。

② 段力生：《黄衷及其〈海语〉》，《东南亚》1984 年第 3 期。

这种现实性海洋生物内容与志怪性叙事相结合的方法，在《海语》的"物怪"部分，还有更多运用。但总体来看，《海语》的"物产"和"物怪"，显得比较一般。

从航海史的角度而言，《海语》的下卷"畏途"，则更有价值。在《海语》的结构逻辑上，可以说下卷是对上卷的对应性书写。因为上卷"风俗"写的是异乡"海国"，走的却是熟悉的"针路"，而下卷写的是不熟悉的南海的海路，是"畏途"。

"畏途"的字面意思非常清楚，指的是充满危险的海上陌生航道。黄衷在《海语》自序中说，"罗经指南，航海而尸其务者，为举舟之司命，毫末悬殊，利害生焉。"海洋航行，不能差之毫厘。《海语》专以"畏途"记之，为后人的航行提供珍贵而详细的资料。

"畏途"客观记叙了崑坉山、分水诸岛的位置，还有万里石塘这些明岛和暗礁群，以及万里长沙和铁板沙等流沙浅滩。凡是这些，有的形成海门激流，有的是暗藏杀机的暗礁，还有一些看起来平和实际上时刻都在变化的流沙浅滩，都是海客和渔民们具有生命之虞的凶险之处。"畏途"的信息，当也来自于那些"海客"的介绍。如果说前述的"针路"，反映的是一条"熟路"的话，那么"畏途"都是一些需要探索的陌生的海路，突出的就是一个未知的"畏"字。文中所记的崑坉山，虽然目前还不能确定具体所指究竟为何处岛礁，但是它们构成了众多的海门，使得这些陌生的海路，水下暗礁林立，十分凶险。"船欲樵苏，非百人不敢即往。""分水"海道在海南岛外侧，"东注为诸番之路，西注为朱崖（琼州）、儋耳（儋州）之路"。这条海道本已经"天地设险"，又加之"海中潮汐之变"，所以"惟老于操舟者乃能察而慎之"。万里石塘也是如此，"舵师脱小失势，误落石汉，数百躯皆鬼录矣"。万里长沙也是风险重重，"船误冲其际，即胶不可脱"。

漫漫"畏途"，由无数的生命铺就。在《海语》中，黄衷对于在"畏途"上进行探索和冒险的人充满了敬意。他因此对柳宗元《招海贾》中批评海商是为了利益而进行海上冒险的说法表示了不满，他在"自序"中说《招海贾》"似寓情于悯时愤俗，而轻生竞利者观之，亦足戒矣"。另外他还以"铁桥子"名义评论说："甚哉，利之戕贼也！穷荒绝徼，无不竞焉。二使衔命，远适异域，不幸而溺，厥职固在，诸众人者何为者哉？缘刀锥之末，蹈不测之渊，以饱鲸鳄，非溺海也，利溺焉耳。"作者实事求是地承认，闯海者的冒险，根本出发点是为了利益。但是黄衷与柳宗元不同的是，他并不是为了否定海客的逐利冒险，"予故纪之，以为犯险牟利者鉴之"。是为了给后来者提供借鉴，说明黄衷并不希望"畏途"变成人人望而却步的绝路，他还是希望有人继续探索下去，从而使陌生的"畏途"成为畅通的熟路。这种大无畏的海上探索精神，是值得肯定的。

《海语》不是游戏率性之作，黄衷的写作态度非常严肃认真。他在自序中说："夫列徼之外，东方曰夷，南方曰蛮。雕题左衽，鸟言而兽行，诸夏利害无与也。"① 对于这种不公正的文明偏见，黄衷认为这是不符合事实的。所以他要写一部书来为"南海"正名。这样的历史责任感和使命感，使得《海语》虽然是一部区域性海洋文化专著，其意义却是远远超出"南海"一隅的。

二、屠本畯《闽中海错疏》中的海洋生物记叙

屠本畯，生卒年不详，主要生活于明万历年间。他字田叔，又字幽叟，号汉陂，浙江鄞县（今属宁波）人，著有《闽中海错疏》《海味索引》等，可见他对海洋情有独钟。他的《闽中海错疏》专记闽海地区的海洋生物，形成了一种特殊的海洋地域文化书写。

《闽中海错疏》卷首，有一个以"鹾大夫"口气写的序："鳞介之品，山海错杂，先王以是任土作贡，贸迁有无，乃立冬官川衡，掌巡川泽之禁令而平其守，辨其品物腥臊珍异，以为祭祀燕享，奠其庶馐裁腊燔炙，以为鼎俎馈遗，所由来远矣。畯，鹾丞也，何预海错，第汉唐司农府隶于冬官，山泽之禁，亦所当领。作海错疏。"② 鹾即盐，文中说"畯，鹾丞也"，说明屠本畯曾经担任过福建的盐运司同知，所以对于福建沿海的海洋生物，他是非常熟悉的。他身为宁波人却记福建海物，其原因就在这里。

《闽中海错疏》成书于明万历二十四年（1596）。在《闽中海错疏》的文末，还有这样一段附记："鹾丞本畯将入闽，分陕使者曰：'状海错来。吾征闽越而通之。'丞入闽，疏鳞介二百有奇以复，且酬客问。分陕使者，今太常卿余君君房也。丙申岁，嵩溪三层阁上题。"可见屠本畯撰写此书，不仅出于个人喜欢，其实还是一项公务。

《闽中海错疏》全书分三卷，上、中两卷为鳞部，下卷为介部，所记鱼类（包括部分淡水鱼类）共有80多种（分属于40个科，20个目），

---

① ［明］黄衷：《海语》，北京：中华书局1991年版。
② ［明］屠本畯：《闽中海错疏》，清学津讨原本，第1页。本节有关《闽中海错疏》内容的引述，都来自于此版本，不再一一加注。

两栖类十种（分属于 3 个科）；另外，还有软骨动物的贝类，节肢动物的虾类。所记海洋生物动物的内容，包括名称、形态、生活习性、地理分布和经济价值，里面包含着非常丰富的海洋文化信息。

《闽中海错疏》记载了大量的海洋鱼类，其中有鲳鱼、鲨鱼、鲻鱼、石首鱼、鲥鱼、鳓鱼、黄梅鱼、比目鱼、鰈鱼、鳗鱼、鳍鱼、过腊（铜盆）鱼、墨鱼、马鲛鱼、带鱼等，多达数十种。这些都是东海里生产的主要鱼种，说明到了明代时期，海洋渔业已经发达到了可以根据鱼类繁殖洄游等规律捕捞各种鱼类的水平。

《闽中海错疏》还记叙了品种繁多的海洋贝类。自远古时代开始，海洋贝类就一直是沿海居民的食物来源之一。到了明代，这种状况也没有改变。《闽中海错疏》里面记载了大量的海洋贝类，主要有蚶、蛤蜊、蛎房壳菜（淡菜）、江珧柱、海月、石华、沙箸、龟脚、石磷、海胆、蛏等，几乎囊括了至今人们所认识的所有贝类。

《闽中海错疏》对于虾类海鲜的记叙，也非常丰富而生动。虾是海洋世界里的"小儿科"，数量众多但地位低微，民间所谓"虾兵蟹将"，就反映了人们对它们的看法。但是它们味道鲜美，营养价值高，所以也深受人们的喜爱。古代涉海小说里，有好多篇就是以海虾作为主角加以描写的。屠本畯《闽中海错疏》也没有忽视它们的存在，在书中记载了许多海虾，有虾魁（龙虾）、虾姑、白虾、草虾、梅虾、金钩子、芦虾、稻虾、对虾、赤尾、涂苗、海蜈蚣等。

《闽中海错疏》对于海洋生物的辨识非常细腻。海洋生物类型众多，同一种属下又可以细分为各种类型，这恰恰反映出人们对于海洋生物的认识程度。在这方面，《闽中海错疏》做得非常好，它的分类既详尽又很科学。譬如对于海洋鲨鱼，它细分为虎鲨、锯鲨、狗鲨、乌头、胡鲨、鲛鲨、剑鲨、乌髻、出入、时鲨、帽鲨、黄鲨。又如蛤蜊，它细分为赤蛤、海红、蝍蛦、蜞蟟、沙蛤、红栗、文蛤、海蛤、沙虮、红绿、土桃、白蛤、车螯、螯白等。这样细分，既反映出中国海洋生物的丰富性和多样性，也说明人们对于它们的认识既深刻又广博，这些都是珍贵的海洋渔文化信息。

《闽中海错疏》对于海洋鱼类、贝类和虾类等的记叙，不仅仅是一种纯自然性的记载，而且还经常从海洋人文的视角予以审视。如写石首鱼（即大黄鱼）："黄鱼首有二白石如棋子，医家取以治石淋，肉能养胃，鳔能固精，……四明（宁波）海上以四月小满为头水，五月端午为二水，六月初为三水，其时生者名洋生鱼。……《吴地志》云：石首鱼至秋化为冠凫，今冠凫头中犹有石也。"这突出了宁波一带对于大黄鱼的认识。

又如对于海洋鳗鱼的记叙，在描述了它的生理性特征后，作者又继续写道："《兴化志》云：鳗肉滑，鲔肉涩；鳗脊骨圆，鲔脊骨方。《埤雅》云：焚鳗骨可辟蠹鱼，有雌无雄，以影漫鳢而生子。《赵辟公杂说》曰：凡以咭抱者，鸼鹢鹳雀也，以影抱者龟鳖鼋也。有鳗鲡者，以影漫于鳢鱼，则其子皆附鳢之鬐鬣而生，故谓之鳗鲡也。"这样的引经据典，使得普通的海洋生物叙述升格为一种文化随笔的文本书写。

《闽中海错疏》对于海洋生物的民间传说故事的引述，更是大大增添了它的叙事美质。如写乌贼（墨鱼）："乌鲗，一名墨鱼，大者名花枝，形如鞋囊。肉白皮斑，无鳞。八足，前有二须极长，集足在口，缘喙在腹。腹中血及胆正黑，背上有骨洁白，厚三四分，形如布梭，轻虚如通草，可刻镂，以指剔之如粉，名海螵蛸。医家取以入药。"这些都是科学客观的描述和记载，但是到了后来，作者忽然笔锋一转，继续写道："古称是海若白事小吏，一名河伯从事。"这是《酉阳杂俎》里的记载，《太平广记》也予以转录的。"乌鲗遇风波，捉石浮身水上，见人及大鱼辄吐墨，方数尺，以混其身，人反以是得之。其墨能已心痛。小鱼虾过其前，辄吐墨涎致之。性嗜乌，每暴水上，乌见以为死，便往喙之，乃卷而食之。"这就具有浓郁的民间传说故事的味道了。这些鱼类的民间传说，正是海洋叙事的重要构成。

《闽中海错疏》的文末，还有两则附录。一则是记叙"海粉"："海粉出广南，亦名绿菜。……予往时闻闽人说，即海参吐出丝也。色有青黄不同者，以海参食海中青藻故吐丝青，食黄藻故吐丝黄。……其味甚清，可降痰火。"另一则是"燕窝"："燕窝出广南。……相传冬月燕子衔小鱼入海岛洞中垒窝，明岁春初，燕弃窝去，人往取之。……盖海燕所筑，衔之飞渡海中，翮力倦，则掷置海面，浮之若杯，身坐其中，久之复衔以飞，多为海风吹泊山澳，海人得之，以货，大奇大奇。《海语》载海燕大如鸠，春回，巢于古岩危壁葺垒，乃白海菜也。岛夷伺其秋去，以修竿执取而鬻之，谓海燕窝，随舶至广，贵家宴品珍之，其价翔矣。"这海粉和燕窝，都是海洋的神奇产物，具有传奇色彩。这种写法，使得本来平淡无味的说明文式记载，顿时具有了很强的可读性和丰富的海洋文化意蕴。

第三节　张岱等人的海洋散文

马欢《瀛涯胜览》、费信《星槎胜览》、巩珍《西洋番国志》构成的
"西洋三书"和黄衷《海语》、屠本畯《闽中海错疏》构成的海洋地域性
散文，是明代海洋散文的主体。除此之外，还有张岱《白洋潮》《海志》
等海洋游记性散文、王慎中《海上平倭记》这样的与抗倭有关的专题性
纪事和屠隆《补陀洛伽山记》以及尹应元《渡海纪事》等与浙东海域有
关的海洋考察和游记作品存世。这些现实性和纪实性散文纷纷涌现，说
明自唐宋元以来的现实海洋书写传统，在明代得到了很好的传承。

一、张岱的海洋散文

张岱（1577—1684）[①]，又名维城，字宗子、石公，号陶庵，晚号六
休居士，山阴（今浙江绍兴）人，明末著名的散文家。

张岱的祖上三代都是进士，父亲与他却一直科场不利。科场失意的
张岱，就把主要精力都放在了个人著述中。他的文化视野十分开阔。由
于绍兴濒临大海，所以他没有忽视海洋的存在。在他的《陶庵梦忆》《琅
嬛文集》和《夜航船》等著作中，有多篇与海洋有关的散文作品。

《白洋潮》是他的亲历之作。明崇祯十三年（1640）八月，张岱与
朋友陈洪绶、祁世培吊唁朱恒岳少师，在绍兴西北滨海的白洋村观赏
了气势蓬勃、极为壮观的钱塘江潮，深受震动，便写下这篇脍炙人口
的游记作品《白洋潮》。钱江看潮，绍兴并非佳处，前人描写钱塘江的
诗文，也多有佳作，但作为一代小品文大家，张岱却另辟蹊径，写得
非常有特色。

"故事，三江看潮，实无潮看。午后喧传曰：'今年暗涨潮。'岁岁如
之。"讲究文法的张岱以"抑"起笔，故意说这个地方，实在没有什么潮
可看，虽然午饭后村民都在喧嚷说要涨夜潮，可是年年如此啊，有什么
奇怪的？"庚辰八月，吊朱恒岳少师至白洋，陈章侯、祁世培同席。海
塘上呼看潮，余遄往，章侯、世培踵至。"可是这班友人，非要来看潮，
张岱说自己也只好跟随而至了。但接着却文笔急转，由抑而扬，把绍兴
三江白洋村外的钱塘江大潮写得惊心动魄。"立塘上，见潮头一线，从海

---

① 关于张岱生卒年的考定，这里采用徐朔方、孙秋克《明代文学史》中的说法。

宁而来，直奔塘上。稍近，则隐隐露白，如驱千百群小鹅擘翼惊飞。渐近，喷沫溅花，蹴起如百万雪狮，蔽江而下，怒雷鞭之，万首镞镞，无敢后先。再近，则飓风逼之，势欲拍岸而上。看者辟易，走避塘下。潮到塘，尽力一礴，水击射，溅起数丈，著面皆湿。旋卷而右，龟山一挡，轰怒非常，炮碎龙湫，半空雪舞。看之惊眩，坐半日，颜始定。"①

这段描写，从远而近，从形、色、声、势各个方面，又以奔、驱、飞、溅、蹴、鞭、逼、拍、礴、射等富有表现力的动词，极其生动形象地描绘了白洋潮的气势，又以观潮者的惊骇狼狈作结，犹如大潮余波涟涟，显示出了高超的艺术水准。

张岱《陶庵梦忆》中还有一篇《定海水操》，写的是镇海口外招宝山下海面上水师操练的情形。"定海演武场在招宝山海岸。水操用大战船、唬船、蒙冲、斗舰数千余艘，杂以鱼艓轻舻，来往如织。舳舻相隔，呼吸难通，以表语目，以鼓语耳，截击要遮，尺寸不爽。健儿瞭望，猿蹲桅斗，哨见敌船，从斗上掷身腾空溺水，破浪冲涛，顷刻到岸，走报中军，又趵跃入水，轻如鱼凫。水操尤奇在夜战，旌旗干橹皆挂一小灯，青布幕之，画角一声，万蜡齐举，火光映射，影又倍之。招宝山凭槛俯视，如烹斗煮星，釜汤正沸。火炮轰裂，如风雨晦冥中电光翕焱，使人不敢正视；又如雷斧断崖石，下坠不测之渊，观者褫魄。"② 古代海洋文学中涉及军事内容的不多，正面描述海洋水师操练的就更少了。张岱这篇《定海水操》，细腻生动，极富有动感和画面感，而且还提供了大战船、唬船、蒙冲、斗舰等明代海军的战舰和水师的各种技能信息，具有很大的海洋军事历史价值。

张岱海洋散文中，篇幅最长、人文信息最为丰富的作品，当属《海志》。③

《海志》是一篇对于海岛的考察记。全文的核心是补陀（普陀山）岛，但是张岱不说《补陀志》，却说是《海志》；不直接写普陀山，却是从镇海口入海写起，都是另有用意的。因为他是借写普陀山而写舟山群岛、借记叙舟山群岛而表达对于整个海洋的感觉。为此他非常详细地记叙了从镇海到普陀山沿途的海情海景，又以普陀山为中心圆点，叙写了周围相关岛屿。这与吴莱《甬东山水古迹记》和朱国桢《涌幢小品》中的

---

① ［明］张岱：《陶庵梦忆·白洋潮》，清乾隆五十九年王文治刻本，第15页。
② ［明］张岱：《陶庵梦忆·白洋潮》，清乾隆五十九年王文治刻本，第46页。
③ ［明］张岱：《琅嬛文集》，长沙：岳麓书社2016年版，第50—60页。

《普陀》写法非常一致。张岱在文中也多次提到吴莱《甬东山水古迹记》并与之进行比较，说明它们之间存在着传承甚至是互文的关系。

张岱以《海志》为名而不说"补陀"，充分显示了他深广的海洋文化视野。"补陀以佛著，亦以佛勿尽著也。"这句话是全文的要点。普陀山虽然是佛教圣地，但是在张岱看来，如果只是从佛教文化角度去审视普陀山，那是远远不够的。那些"三步一揖，五步一拜，合掌据地，高叫佛号"的信徒对于普陀山的认知，"百不得一焉"。

张岱认为，普陀山博大精深，值得大书特书的地方，实在太多。可惜对于普陀山，"《水经》不之载，《舆考》不之及，无传人则无传地矣"。在他看来，普陀山文化的被忽视是非常不应该的。"余至海上，身无长物足以供佛，犹能称说山水，是以山水作佛事也。余曰：自今以往，山人文士欲供佛而力不能办钱米者，皆得以笔墨从事，盖自张子岱始。"张岱自觉承担起书写普陀山的历史担当。因此他的这篇《海志》，是承载有巨大的文化抱负的。

于是张岱把自己看作是一个对于普陀山文化的虔诚礼拜者。他从镇海口入海，他的《海志》也以此起笔。与吴莱和朱国桢相比，张岱的"镇海之海"写得更加惊险骇人。"二月十六日，大风阴曀。登招宝山，风劲甚，巾折角覆顶上，衣翯翯翻幅，篾率自绽。"在这样的大风天气里，海面自然波涛汹涌。"惟见玄黄攫夺，开眦眩迷而已。"可是舟人却说："风大却顺，可出口。"张岱等人心惊肉跳地入海了。"张帆，卒过招宝山，舟人撒纸钱水上，仆仆亟拜。余肃然而恐，毛发为竖。问渠何拜，答曰：'有龙也。'舟如下溜，顷刻见蛟门，无去路。"这段描写绝对不是赘笔，而是张岱精心的布局：毗邻大陆的镇海口已经如此凶险，那么要前往茫茫大海中的普陀山，航程该是如何艰难？

从镇海口到普陀山，海路茫茫。张岱重点写了沿途中的金塘岛。"金塘山，首尾数十里，山下沃野二三万亩。"这么肥沃富饶的海岛，却在明初的海禁中，"徙其民三十万户入内地。立碑山下：'子孙朝有奏开金塘山者，全家处死。'地遂荒废"。张岱对此显然持批评态度。"其徙金塘，固自有见，但舟山、昌国皆在其外，乃不徙舟山、昌国而独徙金塘，则又何说也？"

由此可见，张岱的《海志》，其旨不在游，而在于对于朝廷海禁政策的反思。在这一点上，《海志》的思想深度，是要超越吴莱《甬东山水古迹记》和朱国桢《普陀》的。

作为一位散文大家，张岱的《海志》非常注意详略剪裁，定海本岛一笔带过，却细致描绘进入普陀山的海道："自青垒头至十六门，大山四塞、诸小山环列如门者，十有六焉。向谓出蛟门，大海沧溿，缥缈无际耳。乃自定海至此三百里，海为肠绕，委蛇曲折于层峦叠嶂之中，吞吐缩纳，至此一丸泥可封函谷矣。"这种写实性的描述，张岱是不满足的，所以后面紧接着又来了一句："此是八越尾闾，天似设意为之。"一下把十六门的海道，升格为造物主有意识的天地布局，文章的意味和格局顿时大为改观。

进入沈家门港道后，普陀山已经可以隔海相望。但是张岱并不急于立即进入，而是在沈家门有意停顿，文章因此又有了抑扬顿挫的曲折之美。张岱突出地写了沈家门外捕捞带鱼的情景："门以外是大洋海，带鱼船鳞集，触鼻作气。"带鱼渔场其实并不在沈家门外，张岱的这段记载或许说明，明代晚期带鱼资源非常丰富，渔民在家门口外就可捕捞，也有可能描述的是带鱼船回港卸货的情景。

终于进入普陀山了，张岱第一眼看到的是董其昌书写的石碑。"上岸数百武，董玄宰书'入三摩地'，石路开霁，夹道多松楸，疏疏清樾。"山势缓和，张岱《海志》的文笔也缓和起来。一步一景，一景一笔，张岱细腻地描绘了普陀山全景图。在张岱笔下，一个美丽、宁静、文化内涵丰富的普陀山形象，徐徐展现在读者的面前。张岱写景、写人、写事、写情、写心，写出了他对于普陀山岛的全部感受。

张岱本质上是一个文化考察者，并非佛教徒，所以他对普陀山，持的也是清醒的文化评判的立场。"村中夫妇说朝海，便菩萨与俱。偶失足一蹶，谓是菩萨推之；蹶而仆，又谓是菩萨掖之也。至舟中，失篙失楫，纤芥失错，必举以为菩萨祸福之验。故菩萨之应也如响。"张岱对这种近似于迷信的观音崇信现象，进行了委婉的讽喻。

张岱笔下的普陀山，是一座文化大岛，并不仅仅是一个观音道场。他还把普陀山与泰山相提并论："余登泰山，山麓棱层起伏，如波涛汹涌，有水之观焉。余至南海，冰山雪巘，浪如岳移，有山之观焉。山泽通气，形分而性一。泰山之云，不崇朝雨天下，为水之祖。而补陀又簇居山窟之中。水之不能离山，性也。使海徒瀚漫，而无山焉为之固肌肤之会、筋骸之束，是有血而无骨也。有血而无骨，天地亦不能生人矣，而海云乎哉！"他认为普陀山与泰山一样，有血有骨，文化肌理极为丰满。这真是极高的评价。

张岱的海洋散文题材十分广泛。在《夜航船》中，他甚至还饶有兴趣地记载了许多海洋生物。其中既有《懒妇鱼》这样的从他人著作中辑录的作品，也有《水母》这样内容比较实在的海洋生物小品散文："东海有物，状如凝血，广数尺。正方圆，名曰水母。俗名海蜇，一名虾蛇。无头目。所处则众虾附之，盖以虾为目也。色正淡紫。《越绝书》云：'水母以虾为目，海镜以蟹为肠。'"① 这"虾蛇"正是浙东一带人对于水母的俗称，可见张岱对于这类海洋生物的描述和记载，还是具有自己的生活基础的。其他如《泥》："南海有虫，无骨，名曰'泥'。在水中则活，失水则醉，如一堆泥。故诗人讥周泽曰：'一日不斋醉如泥。'"还有《西施舌》："似车螯而扁，生海泥中，常吐肉寸余，类舌。俗甘其味，因名'西施'。"② 都是其他同类型书所未曾记载的，很有海洋文化特色。

　　"善于托寓，艺术形象中包蕴鲜明的主体意识，是张岱小品文的一个特点。他笔下的自然景物是主体心灵的对应物，而不仅只是一个客观存在的物象。"③ 作为一代散文大家，海洋题材散文仅仅是张岱整座散文大厦的一个部分。或许对于张岱散文整体成就而言，他的涉海记叙并非他代表性的成就，可是在明代海洋散文乃至整个中国古代海洋文学史上，张岱的海洋散文自有它很高的地位。

二、王慎中《海上平倭记》中的海战信息

　　王慎中（1509—1559），字道思，号遵岩居士，福建晋江人，明代诗人、散文家，有著作《遵岩集》传世。从该作品集的内容来看，王慎中主要记叙在内陆地区谋职和生活的经历和体验，但也偶尔有与海洋有关的诗文出现。譬如诗作《天津觅海》："登高以望远，穷发此天池。混漾迷三岛，鸿蒙辨四维。浮波极地际，荡景渺云涯。曰月悬孤屿，江河灌漏卮。直将天作畔，聊取汉为湄。恨鸟衔枝没，抟鹏蹋翅垂。乘桴伤孔志，擒赋慕班词。众水朝宗去，何时一似之。"④ 本诗描述站在天津海口眺望渤海的情景，但不以"观海"为题，却围绕一个"觅"字展开，这说明王慎中不是客观冷静地看海，而是调动主观情绪去体验大海，寻找大海的独特韵味。

　　他的纪实性散文《海上平倭记》⑤，记叙明代抗倭名将、时任汀漳守备的俞大猷在漳州海域的一场抗倭战役。俞大猷也是晋江人，晋江、漳

---

① ［明］张岱：《夜航船》，清抄本，第319页。
② ［明］张岱：《夜航船》，清抄本，第320—321页。
③ 徐朔方、孙秋克：《明代文学史》，杭州：浙江大学出版社2006年版，第430页。
④ ［明］王慎中：《遵岩集》，清文渊阁四库全书本，第56页。
⑤ ［明］王慎中：《遵岩集》，清文渊阁四库全书本，第135—136页。

州一带当年都是倭患严重的地区。俞大猷的这次抗倭行动取得了大胜，不但解除了漳州的倭患，同时也使晋江得以平定，因此王慎中特撰文记叙并歌颂之。

这篇《海上平倭记》写得非常有章法。开篇是对俞大猷的形貌刻画和气质描写："守备汀漳俞君志辅，被服进趋，退然儒生也。瞻视在鞧帚之间，言若不能出口，温慈款悫，望之知其有仁义之容。"接着笔锋一转，说这样一个儒雅温和的君子，一旦进入战场，却完全是另外一种形象："桴鼓鸣于侧，矢石交乎前，疾雷飘风，迅急而倏忽，大之有胜败之数，而小之有死生之形，士皆掉魂摇魄，前却而沮丧；君顾意喜色壮，张扬矜奋，重英之矛，七注之甲，鸷鸟举而虓虎怒，杀人如麻，目睫曾不为之一瞬，是何其猛历孔武也！"

这种文武兼备的能者素质提炼，为后面漳州大捷的描述打下了扎实的基础。"是时漳州海寇张甚，有司以为忧，督府檄君捕之。"身为汀漳守备，剿匪安民自是俞大猷的职责。俞大猷也当仁不让地挥兵入海了："君提兵不数百，航海索贼，旬日遇焉。与战海上，败之；获六十艘，俘八十余人，其自投于水者称是，贼行海上，数十年无此衄矣。"这样的辉煌战绩，理当大颂特颂。但王慎中认为，这样的战绩只有俞大猷才能做到。

"提兵逐贼，成数十年未有之捷，乃独在君。"为什么这么说呢？这就是《海上平倭记》笔法跌宕多姿的又一处体现了。"予观昔之善为将而能多取胜者，皆用素治之兵，训练齐而约束明，非徒其志意信而已；其耳目亦且习于旗旗之色，而挥之使进退则不乱，熟于钟鼓之节，而奏之使作止则不惑；又当有以丰给而厚享之，椎牛击豕，酾酒成池，餍其口腹之所取；欲遂气闲，而思自决于一斗以为效，如马饱于枥，嘶鸣腾踏而欲奋，然后可用。"但上述这几条，俞大猷一条也做不到。"君所提数百之兵，率召募新集，形貌不相识；宁独训练不夙，约束不豫而已，其于服属之分，犹未明也。君又穷空，家无余财，所为市牛酒，买粱粟，以恣士之所嗜，不能具也。"俞大猷无精兵，可驱使，又无财物可以激励部下，他什么都没有，只有"以一身率先士卒，共食糗糒，触犯炎风，冲冒巨浪，日或不再食，以与贼格，而竟以取胜。君诚何术，而得人之易，致效之速如此？予知之矣！用未早教之兵，而能尽其力者，以义气作之而已。用未厚养之兵，而能鼓其勇者，以诚心结之而已"。俞大猷是以自己的人格魅力和身先士卒的英勇行为，鼓舞起部属的超常斗志，从而取得了漳州之战的胜利。

行文至此，俞大猷卓尔不凡的崇高形象已经昂然而立，而文势却仍然余波连连。"予方欲以是问君，而玄钟所千户某等来乞文勒君之伐，辄书此以与之。君其毋以予为儒者，而好揣言兵意云。君之功在濒海数郡；而玄钟所独欲书之者，君所获贼在玄钟所境内，其调发舟兵诸费，多出其境，而君靖廉不扰，以故其人尤德之尔。"玄钟所在地在福建诏安东南，明初在这里设置千户所。原来这篇文章是受千户所的指挥官千户所托而写，这就使得这篇文章有了官方褒奖的含义，不仅仅是王慎中个人私下对于俞大猷的称颂。文末一句"君名大猷，志辅其字，以武举推用为今官"，交代了俞大猷的本名和身份，在文本格式上符合勒石碑文的规范。

三、屠隆《补陀洛伽山记》及尹应元《渡海纪事》

与张岱《海志》一样，屠隆《补陀洛伽山记》及尹应元《渡海纪事》这两篇散文都与普陀山岛有关。

屠隆（1544—1605），浙江鄞县（今属宁波）人。明代万历五年（1577）中进士，曾任礼部主事、郎中等官职，但后来蒙受诬陷，削籍罢官。回家后屠隆纵情诗酒，成了一个名士。晚年寻山访道，说空谈玄，普陀山成了他经常流连的精神家园。他为普陀山写过许多诗文，还为普陀山编了一本《补陀洛伽山志》。这是普陀山的第二本山志。他的《补陀洛伽山记》，就收录在这本《补陀洛伽山志》里。

《补陀洛伽山记》开篇说："东海补陀洛伽山者，震旦国中第一大道场也。"全文都是围绕这个观音"道场"展开的，所以此文的文化格局，相对比较单一。但是在描述普陀山的海洋风光时，视野开阔，文笔优美。如写普陀山日出："五鼓，望日出扶桑，巨若车轮，赤若丹砂，忽从海底涌起，赭光万道，散射海水，矞鲜煜雪，晃耀心目。吴渊颖谓：'空水弄影，恍若铺金，僧伽黎衣，尤极形容，奇哉观也。'"吴渊颖即吴莱，屠隆引述吴莱《甬东山水古迹记》中描述普陀山日出的句子，可见吴莱这篇文章在同类题材作品中拥有很高的地位。

屠隆《补陀洛伽山记》是书写普陀山美景和文化的专文，这是它区别吴莱《甬东山水古迹记》和张岱《海志》的地方。他这篇文章对于独立性的普陀山人文体系的构建具有很大的意义。

尹应元《渡海纪事》记叙的也是渡海上普陀山的事宜。对于尹应元其人，收录其文的周应宾《重修普陀山志》注释说"汉阳人，浙江巡抚"。原来他还是一位朝廷大员。文章开头说："大明万历三十一年癸卯夏五月，督抚、浙江都御史尹应元视师海上，时总戎、都督、处州李承勋简锐卒数千以待。"这说明尹应元是在一次军事行动中上的普陀山，跟随的也是一大帮军人。他以一个军人的眼光看普陀山，首先看到的也是其军事价值："登此山则诸凡险要可指顾而知。"所以这是一篇别具一格的与普陀山有关的考察类散文。但是与吴莱《甬东山水记》和张岱《海志》等相比，尹应元《渡海纪事》写得比较简单。这或许与他的军人身份有关。但也正因为他是一个军人，他对于普陀山这样的海岛的价值，多从军事角度予以审视。在文章的结尾处，他还不忘提醒自己和随从们要时刻牢记使命："乃属参总各官整旅饬防，闻警即援，永期宁谧，万万弗遗军父忧。"这种海洋军旅视角所得，恰恰是其他作者在描写普陀山时所不曾注意到的。

第四节　明代的海赋和海洋诗歌

明代的海赋和海洋诗歌，与整个明代海洋文学的现实主义特质基本保持一致。明代海赋反映的内容，已经不再具备汉魏海赋那种浪漫主义情调或者寄寓性抒情色彩，而大多是重大航海实践和外交活动的生动记叙。由于倭寇横行海疆不稳，一些海赋作品还显露出浓郁的对于海洋安全环境的忧患意识。在海洋诗歌方面，明代出现了许多"戎海"诗即与海洋军事斗争有关的诗篇。这些"戎海"诗从一个独特的角度，反映了明代严酷的海疆边患形势。

一、明代的海赋

就赋体文学的发展而论，"明、清文人多沿旧制，古赋、徘赋、律赋、文赋诸体，虽均有人去制作，但基本上再没有什么进展。从作品本身价值去看，在辞赋发展史上值得一提的作品实在寥寥无几，到了这一时期，辞赋已经逐渐走向末流了。"① 总的来看，明代的赋体作品在辞赋文学发展史的思想和艺术上，其地位也许并不是很高，无法与汉、魏晋和唐宋的赋文相媲美，但是从海洋文学中的"海赋"一脉而言，却也有一定的价值，主要体现在这些海赋多方面描述了明代的海洋开发和海防环境，多角度折射出当时的海洋意识。

萧崇业《航海赋》和谢杰《海月赋》是对重大航海实践和外交活动的生动记叙，也是对海上明月奇景的深切体会和哲学感悟。

---

① 高光复：《赋史述略》，长春：东北师范大学出版社 1987 年版，第 186 页。

明万历四年（1576），万历帝下诏派出使者前往琉球册封。三年后，即万历七年（1579），由时任户科给事中的萧崇业任册封琉球王国正使，时任行人谢杰任副使，使团航船正式出发。是年六月，渡海抵琉球。十月还闽。这次出使形成了两种海洋作品。一是他们共同编著的《使琉球录》，这是实地考察式的外交活动记录。二是他们还各自写了一篇海赋作品，那就是萧崇业的《航海赋》和谢杰的《海月赋》。他们都以出使琉球的航海实践作为赋文的核心素材，所以这是一种"在场"写作。

萧崇业，生卒年不详，云南临安卫人。隆庆辛未进士，官至右佥都御史，提督操江。他的《航海赋》是一篇洋洋数千言的大赋。全文逻辑上分为四层：第一层记述造船等出海前的准备，第二层描述航海途中情形，第三层记叙抵达目的地后受到隆重欢迎的场景。第四层是尾声，写回国向朝廷的报告和建议。[①]

出海前的准备，是航海非常重要的物质保障工作。萧崇业几乎以纪实的笔法，详细记叙了备船于闽（闽船是当时著名的海船）、从中山（今广东珠江三角江口）扬帆出海的整个过程。其中的"造船"部分就尤为详细。因为船是航海的根本，也是出使琉球能否圆满完成的基本保证。《航海赋》首段中叙述了"考制抡材"，"班输削墨"，制海"弘舸巨舰"的准备过程；第二段叙述了舰船"彤宫镂象，藻栌华榱"，"抗指南之炜晔，崇五楼之峥嵘"的华丽装饰和宏大规模，以及"蔽天翳日，帆扬缦移"的壮观气象，说明经过郑和下西洋创举的推动，明代的造船、航海技术都已经非常发达。

在古代海洋文学发展史上，有关航海的叙事作品，对于航海技术（包括造船、航线、航行及途中事故处理等）的描述极少。萧崇业的《航海赋》能够关注这些内容，是非常难能可贵的。

离开港口，要扬帆出发了，《航海赋》叙述和描写的重点，转入航海途中的经历。册封琉球国王是一项重大的外交活动，萧崇业他们是朝廷的代表，因此船队的规格非常高，出航的仪式更是隆重之极。《航海赋》对使团船队舰船出坞启航和士庶欢送等盛大场景的铺排式描述，彰显出朝廷的威仪。而从航海文学的角度来说，前面种种都是铺垫，核心是扬帆出航之后。《航海赋》生动描述了舰船"顺飔鼓帆，凌波骤舳"，迎狂涛、激巨浪，星河似覆，日月如摇的"海外之壮游，人世之奇瞩"。海途漫漫，海况海景多变，《航海赋》也描绘了海洋在不同的气候条件下的复杂面貌

---

① ［清］陈元龙编：《历代赋汇补遗》，南京：凤凰出版社2004年版，第738页。

和航海者的不同观察及心理感受，如描绘海上航行顺风而驶时的怡然自得，"同然若翔云绝岭之翼，倏忽若驰隙遗风之足，陋登仙以矜荣，拟乘楂而仿佛"。风急浪高时的胆战心惊，"竦慑战怖，无日乎爽旷婆娑，恍千态以万状，怵谈笑而起戈"。但总的来看，这部分本应是航海文学的重点，需要深切的感觉和丰满的细节。可惜《航海赋》没有加以突出，而是采用了传统的粗线条的笼统描述。

一路航行到琉球，《航海赋》的行文也到了结尾阶段。他通过对抵达琉球国后壮观欢迎场面和大飨典礼的描述，详尽展示了琉球国的风俗礼仪。这部分内容对于考察异邦海洋风俗和中华文明之间的关系，具有很大的参考价值。

《航海赋》的尾声写"钜典既毕，涉冬始归"。归程的风景当然比不上前往时候的丰富多彩，所以作者简笔带过，但是文末的出使总结和对朝廷的建议，却又使《航海赋》的思想深度，有了很大的提高。作者借句町痴人之口，建议大明王朝对内外藩属之国，应"弘王者之无外，抚胡越之一家"，采用兼容并包的宏观方略，以便显示大明王朝"掩略八极，靡国弗营"的天朝气魄。应该说这个建议具有很深远的战略视野，可惜后来明代政府和后继的清朝政府，对于开放海洋采取越来越收缩最终闭关锁国的政策，萧崇业的建议被置之不理。

整篇《航海赋》，实际上其重点并不在航海本身，而在于外交活动，所以从外交史的角度而言，这篇《航海赋》提供了许多珍贵的外交信息，可是它忽视航海过程本身，更没有写出航海者在航海中的身心感受，这是很遗憾的。

与萧崇业一同出使的谢杰，对这次海上航行活动的感觉却很特别。谢杰，生卒年不详，福建长乐人，明万历甲戌进士，官至户部尚书，总督仓场。为了不与萧崇业《航海赋》相重复，谢杰另辟蹊径，聚焦海上明月，他撰写的《海月赋》，是一篇"海上生明月"的绝美华章，非常具有文学性。

《海月赋》从海上出明月写起："或绉者如縠，或烂者如绮；或洁者如圭，或平者如砥；或好者如瑗，或激者如矢；或华者如蜃，或跃者如鲤；或如素风之下池头，或如白鼍之嬉水次；或如瑶瑟之鼓湘江，或如鲛绡之绚蓬市；或如宝筏度于恒河，或如玉华点乎苍洱；或如萤火映于林塘，或如梅花落夫沼沚；或浮或沉，赤乌浴而渊晖，或灭或没，骊龙颔而川媚。或闪或铄，电腾云汉之墟，或错或落，斗转明河之涘。想而像之，惊心骇视。"一连串的"或"字，写尽海上明月的变幻无穷和无限美丽。说明谢杰是长时间欣赏月亮。船走月也走，月亮始终在前头。这是海上明月特有的景象，只有海上航行者才有深切的体会。

接着写海与月的关系展开了联想和议论："比中流以遥瞩，值华月之方升。瞻彼月兮，太阴之精。潮应而落，潮应而兴；潮浸而阙，潮盛而盈。既与潮而为伍，自与海而相仍。"谢杰在这里显示了他对于海洋的认识，他认为月亮的盈亏与海洋潮水的浸盛之间，存在着某种关联。可见《海月赋》虽然是一篇抒情性赋文，但作者的基本立场仍然是现实主义的。

《海月赋》的最后部分，将海上明月这种自然现象，上升到文化哲学的高度。它说："此善下而大，彼虚受而凝；此浮天而为岸，彼借日而生明。此纳百谷而称王，彼从众星而名卿。沧桑以为昼夜，晦朔以为死生。"[①]

这里的"善下而大，虚受而凝"包含有老子《道德经》里的某些哲学观念；而"浮天为岸，借日生明"，又有荀子"君子生非异也，善假于物也"的思想。

钟夏嵩的《南海庙赋》是关于南海神庙的一篇专赋。钟夏嵩，号穗坡，广东番禺人，嘉靖三十三年（1554），由举人任知县，博雅工诗。[②]他的这篇《南海庙赋》，采用记叙体写法，开篇描写作者选择良辰吉日，前往南海神庙祭祀，并从整体上描绘了南海庙幻化神奇、恢宏壮观之景观。赋文曰："岁阕逢之贞吉，简元辰以东，驰迹扶胥之隧道，仰閟宫乎岧嶤，经牛女而分域，镇百越而封基。……迄凌竞之闾阖回，仿佛乎咸池路。砼硎而如砥，菀芳瑞之灵丽，濯沧溟之灏瀁。挹曦赫于嵎夷，云暧霼以远结，隐椮楠而陆离。坌蹿蹟以缓步歉，曛而中疑，类神翰与鬼作，丛幻化之环奇。吁，可畏哉！其骇人也。而乃登高瞻眺，叠垣岭徼，拱揖窋岿，嫬为嶅巢，参峯崔崒，嵧嵘嶕峣，巉嵲崛屼，磅礴霄汉。"整座神庙在云气笼罩之下，烟雾缭绕，朦胧不清，太阳也忽明忽暗，整个殿宇呈现出一种玄虚神秘之感。接着作者又不吝笔墨，铺陈描绘了神庙周围树木高耸，猛兽飞禽弥野漫天。观于南海，则"宝龟如陵，介鳌如嶂，江豚、海狶、鱼牛、虎蛟，难以殚形，千态万状。鲲鳜鳠鳢鳐之种，微巨众伙，不可量也。外则珊瑚璠玙，璸蜦车渠，鲛人之绡，渊客之珠"。南海可谓是物产丰富，生灵怪异。赋末作者感慨神庙历经沧桑变化而长存，"昔是而今非，春与秋其代序，指长天以为期，又游览乎！"最后

---

① ［清］陈元龙编：《历代赋汇补遗》，南京：凤凰出版社 2004 年版，第 106 页。
② 李静、王红杏：《明赋递嬗中的明代海赋》，《吉林师范大学学报（人文社会科学版）》2015 年第 4 期。

歌颂大明王朝，"亘宇宙以弥极与大明而长祇"，又指出"祝融之所司彼庙，貌之蠹郁，岂徒壮海山之绘绤而已哉"，而是"储祥祜福南土兮"。[①] 说南海神庙保佑的是整个"南土"，显示出作者对于南部海疆安全的担忧情怀。

明代倭寇猖獗，严峻的海疆危机促使朝廷上下产生了强烈的海洋安全环境忧患意识，从而也催生了海赋文学中的"海防"之作。屠隆的《滇海波恬赋》就是其中的一篇。

屠隆对当时的海防极为关心。他在《滇海波恬赋》的开头部分说，郑和下西洋的伟大活动，本来已经为明朝营造了一个极好的海洋安全环境："岛夷卉服，穷发荒陬，新罗高丽朝鲜琉球……莫不梯山航海，来朝圣明，献琛质子，频首朝廷。"可惜这种良好的国际海洋和平环境，后来并没有得到进一步的维护，反而却是海防松弛，倭寇横行，幸好有爱国官兵英勇抗击。《滇海波恬赋》描绘了辽东总兵刘江率领将士同仇敌忾、大破倭寇的场面："今者刘公之来，军声大扬，不怒而威，不战而疆，穷寇褫魄，远窜遁荒。公志弗懈，愈严边防"。[②] 倭患事关明代国家安全问题，明代海洋文学中的诗文海赋都对之表示了强烈的关注。屠隆自己的家乡浙江就是一个倭患特别严重的地方，所以他这篇《滇海波恬赋》写的虽然是"滇海"即北海地区的抗倭斗争英雄，实际上表达的是他对整个抗倭将士包括浙江抗倭将士的歌颂。

反映海疆军事斗争的还有米万钟《招宝山阅兵观海赋》。米万钟（1570—1628），字仲诏，陕西安化（今甘肃庆城）人，泰昌元年（1620）十二月升浙江布政使右参政。他的这篇《招宝山阅兵观海赋》可能就写于这个时期。《招宝山阅兵观海赋》文首序说"皇帝膺箓之二年"，这与他于泰昌元年十二月出仕浙江的时间，是很吻合的。在这篇"阅兵观海赋"中，米万钟说招宝山地势险要，"爰有巨镇，越在灌门。前襟搏木，后枕四明"，是宁波通海之咽喉，也是练水兵的最佳场所。然后又生动描述了"楼橹如姻，芒樯刺天"的海上水兵阵势，表达了"斯亦我武之维扬，行洗兵于鲽海"，保卫国家海疆安全的决心。

此外，罗喻义《瀛洲赋》、郑怀魁《海赋》、黄卿《海市赋》、刘守元《曙海赋》和王亮《观海赋》等海赋文章，都从不同的角度和观念，反映和描述海洋以及海洋活动。总的来看，明代海赋文章质量不是很高，

---

① ［清］陈元龙：《历代赋汇补遗》，南京：江苏古籍出版社 1987 年版，第 663 页。
② ［清］陈元龙：《历代赋汇补遗》，南京：江苏古籍出版社 1987 年版，第 105 页。

但都比较关注现实海洋，所以与传统的抒情性骚体赋和思考性文赋有很大的不同。

二、明代的"戎海"诗

所谓"戎海"诗，指的是与海洋战事有关的诗歌。

明代"戎海"诗的第一首，当推朱元璋的《沧浪翁泛海》。朱元璋曾经率军与对手展开过几次水战，所以他也就有了切身的海洋感受。"海天漠漠际无穷，巨舰樯高挟两龙。帆饱已知风力劲，舵宽方觉水情雄。鳌鱼背上翻飞浪，蛟蜃鬐头触见虹。何日定将归泊处，也应系缆水晶宫。"①这首诗很有气势，"帆饱已知风力劲，舵宽方觉水情雄"，显示出一代人杰傲视群雄纵横海上的豪迈气概。结句表露出天下天平、河清海晏的美好愿望，说明朱元璋对于海洋的战争与和平有正确的理解。

进入嘉靖年间，倭寇肆虐江浙福建沿海，抗倭成了朝廷的头等大事，同时也涌现出了一批与此有关的海洋诗歌。

戚继光（1528—1587）是著名的抗倭将领，他是山东人，却长期在福建江浙一带抗倭。戎马生涯中他也不忘诗笔。《韬钤深处》："小筑惭高枕，忧时旧有盟。呼樽来揖客，挥麈坐谈兵。云护牙签满，星含宝剑横。封侯非我意，但愿海波平。"表达出了强烈的剿灭倭寇保卫海疆的历史担当感。《过文登营》："冉冉双幡渡海涯，晓烟低护野人家。谁将春色来残堞，独有天风送短笳。水落尚存秦代石，潮来不见汉时槎。遥知百国微茫外，未敢忘危负岁华。"写的是率军夜巡海疆的情形。戚继光时刻关注着倭寇的动向，"未敢忘危负岁华"，认为抗倭为自己终生不能回避的历史责任。就算是身处古庙，又是过年之时，他也不忘战云密布的"海东"即东部沿海地区，他的《普宁寺度岁》表达的就是这样一种决心和情怀："落日萧萧起暮钟，祗园呼酒亦从容。时华已谢群情异，风景相将到处同。百战谁能宽束带，平生自慰有孤忠。残宵坐对寒灯尽，远思悠悠在海东。"抗倭是异常艰苦的军事斗争，这在平时行军等军事行动中也可以得到证明，他的《船厂阻雨》写的就是一次艰苦的海上行动："春雨下危墙，烟波正渺茫。好山当幕府，壮士挽天潢。鸟立林边石，人归海上航。驱驰还我辈，不惜鬓毛苍。"不过为了保卫海疆保护百姓，这种艰苦算得了什么！《春野》描述了作者率军在浙江沿海抗倭的情形。"短竹编篱人几家，

---

① 见李越选注：《中国古代海洋诗歌选》，北京：海洋出版社 2006 年，第 186 页。本节所引明代海洋诗歌，除另外注明的外，皆选自此书，不再一一标注。

野扉傍水碧阴斜。晴莎何意翩翩燕，淑气无私处处花。浙海风和横舴艋，越山春静老烟霞。愧予不是寻芳客，夜夜严城度戍筲。"舴艋舟是浙江沿海用于在海涂上捕捉弹涂鱼的特殊工具，被戚继光移作抗倭作战工具，取得了意想不到的效果，所以戚继光在这首诗里特地提到了它。

俞大猷（1504—1580）也是一位著名的抗倭将领，他是福建晋江人，晋江也是倭患严重的地区之一。俞大猷一直在福建、浙江一带抗倭。他的诗歌很多与此有关。《舟师》直接描述了一次海上战斗："倚剑东溟势独雄，扶桑今在指挥中。岛头云雾须臾净，天外旌旗上下冲。队火光摇河汉影，歌声气压虬龙宫。夕阳影里归蓬近，背水阵奇战士功。"诗中浩气荡漾，充满了英雄主义气概。《与尹推府》是一首明志诗，表达了对于抗倭必胜的信心："匣内青萍磨砺久，连舟航海斩妖蟆。笑看风浪迷天地，静拨盘针定夏夷。渊急虬龙惊腾跃，汉飞牛斗避锋移。捷书驰报承明主，沧海而今波不漰。"浙江舟山金塘岛曾经是倭寇盘踞的地方，被俞大猷等一举捣毁，金塘大捷非常鼓舞人心，俞大猷也以一首《和咏海舟睡卒》歌颂之："日月双悬照九天，金塘山迥亦燕然。横戈息力潮头梦，锐气明朝破虏间。"他把战胜倭寇的功劳都给了那些普通的战士，显示出一个将军的高尚情怀。

明朝还有一位名叫卫青的将军，也曾经在山东登州一带进行过抗倭斗争。他的《歼倭吟》写得浩气勃发："汉有卫青，塞上腾骧。我名相同，海外飞扬。瞬息千里，风利帆张。心在保国，剑舞龙翔。今除倭寇，普歼妖娘。遑惜微躯，誓死疆场。"

三、明代的"望海"诗

登高或站在海边，眺望大海，以大海为审美对象，歌以吟之，抒发对大海的多层面的感情，是中国海洋诗歌的传统姿态。明代早中期的海洋诗歌，也对这种传统多有继承。

高启有《登海昌城楼望海》诗："百川浩皆东，元气流不息。混茫自太古，于此见容德。积阴涨玄涛，万里失空色。鸿鹄去不穷，鱼龙变莫测。朝登兹楼望，动荡豁胸臆。始知沧溟大，外络九州域。日出水底宫，烟生岛中国。宽疑浸天烂，怒欲吠地坼。常时烈风兴，海若不受职。长堤此宵溃，频劳负薪塞。况今艰危际，民苦在垫溺。有地不可居，澒洞风尘黑。安得击水游，图南附鹏翼。"①

---

① ［明］高启：《高太史大全集》，四部丛刊景明景泰刻本，第31页。

高启（1336—1373），元末明初著名诗人，文学家，字季迪，号槎轩，长洲（今江苏苏州市）人。元末曾隐居吴淞江畔的青丘，因自号青丘子。明初受诏入朝修《元史》，授翰林院编修。洪武三年（1370）朱元璋拟委任他为户部右侍郎，他固辞不赴，返青丘授徒自给。苏州知府魏观在张士诚宫址改修府治，获罪被诛。高启曾为之作《郡治上梁文》，有"龙蟠虎踞"四字，被疑为歌颂张士诚，遭连坐腰斩。可见他是一个有文化品德和独立人格的人。如果从这个角度来分析这首《登海昌城楼望海》诗，那么会读出其多层的含义。表面上看，作者在赞美百川归海的大海"容德"，但是里面却也在讽喻大海的变幻莫测和对他者造成的"万里失空色"的心理压力。在诗的后半部分，作者关注海洋民生，"况今艰危际，民苦在垫溺"，他写的虽然是海洋地区，其实指的乃是明初的整个社会。在诗的结尾，作者表露出海外隐居过自由生活的愿望，"安得击水游，图南附鹏翼"，这与他坚辞官职返乡隐居的选择是一致的。

毛纪有《观海》诗："万折鲸波此汇同，千年元气自鸿濛。云连远汉寒烟碧，天入扶桑晓日红。浩浩莫穷三岛外，茫茫谁障百川东。乾坤大化无停息，道体分明在眼中。"[①] 毛纪（1463—1545），字维之，山东掖县（今莱州市）人，明代大臣，多有著述。莱州濒临渤海，有著名的莱州湾，所以毛纪对于海洋和海洋文化很是熟悉。他的这首《观海》诗大气磅礴，"三岛"这样的海洋神仙岛典故信手拈来，结句"乾坤大化无停息，道体分明在眼中"，似写海洋，又暗含时局形势把控的内容。

周瑞昌也有一首《观海》诗："天水依无尽，坤舆寄小舟。苍茫檠日驭，隐约动鳌头。万里金波晓，千山雪浪秋。何当弃环堵，蓬岛一遨游？"周瑞昌生平不详。本诗来自于《重刊万历莱州府志》，可见他也是莱州人，生活于万历年间。当时的明朝动荡不安，作者有海外隐居之想。

王思任也有一首《观海》诗："观海海如何？茫茫似初景。势大理难明，威来天不猛。游龙无故乡，飞鲲或纤影。始知国中人，百年徒在井。"王思任（1575—1646），字季重，号遂东，山阴（今浙江绍兴）人。有《王季重十种》传世。他生活于晚明。明亡后，鲁王监国绍兴，他出任礼部右侍郎，进尚书。隆武二年（1646），绍兴为清兵所破，绝食而死。他的这首《观海》诗，写的虽然是海，暗喻的却是风雨飘摇的大明政权，"始知国中人，百年徒在井"。他认为大明执政的人都是井底之蛙，大明

---

① 见李越选注：《中国古代海洋诗歌选》，北京：海洋出版社 2006 年，第 181 页。本节所引明代海洋诗歌，除另外注明的外，皆选自此书。

亡在不识时代大潮，被时代所抛弃了。

其他还有任万里《观海》、仇禄《观海》、温景葵《金州观海》、赵鹤《蓬莱阁观海》、曹守勋《盐城观海》和陈献章《洛迦观海》等。他们都在不同的地方从不同的角度赏海吟海，表达了对于海洋多方面的感情。

除了上述"戎海"诗和"望海"诗，明代还有一些咏海之作以及歌咏感叹钱江潮的诗歌，但意蕴和内容都显得比较一般。

本章结语

总的来看，虽然明代政府的海洋政策是偏向于保守的，是在唐宋元海洋开放政策基础上大踏步后退的，但是海洋之波并没有彻底平静，航海之帆仍然纵横内海外洋。且不论郑和下西洋所开辟的世界航线，就算在浙江海域范围内，明代政府就开辟和保持了温州至日本长崎、定海至长崎、宁波至长崎、普陀山至长崎、嵊泗尽山（嵊山）至长崎等多条中日航线。①

所以说，在明代，航海不但是仍然存在的，而且还存在世界性航海活动，但是却没有诞生中国式的航海文学。马欢所撰《瀛涯胜览》、费信所撰《星槎胜览》，及最后一次跟随郑和下西洋的巩珍所撰《西洋番国志》，这"西洋三书"的写作趋向，都不是从航海文学的角度撰述的，所以他们书写的重点，不在航海途中，而在于上岸后陆地上的见闻，也就是说他们缺乏清晰和明确的海洋文学意识。这与西方的海洋航海文学形成了比较了显著的差异。西方航海文学甚至因此而诞生了"航海美学"这样的概念。在西方作家笔下，"一艘满帆航行的船是多么的美"，他们将劈波斩浪的航行比作"精雕细刻的大理石"。他们认为，航海令人着迷之处还在于它既需要船员们自力更生，也需要他们相互帮助，他们认为这是一种"质朴的道德美"。② 中国古代的海洋文学作家们，没有人写出过"航海的美"。

从这个意义上而言，萧崇业的《航海赋》，虽然是一篇赋文，却是难得的具有"航海过程"的叙述。尽管这种叙述简略，与西方航海小说中

---

① 徐鸿儒：《中国海洋学史》，济南：山东教育出版社 2004 年版，第 124 页。

② （英）约翰·迈克：《海洋：一部文化史》，冯延群、陈淑英译，上海：上海译文出版社 2018 年版，第 173—174 页。

那些关注海图、航海线路、克服航海途中意外困难等"航海技术"的作品完全不同，但它也是相对完整的航海过程实录，理应得到一定的肯定。

明代海洋散文的地域性写作，黄衷《海语》和屠本畯《闽中海错疏》，分别围绕南海和福建海域展开，也当引起注意。南海是海洋国际贸易的重心，福建位于东海与南海之间，海洋文化非常发达，因而产生了两部地域性海洋著作，这是符合海洋文学和海洋文化发展逻辑的。

第九章　清海回波：海洋文学的纪实余波与志怪回潮

对于中国海洋事业而言，清代是一个悲哀的时期。而对于海洋文学来说，清代却又是比较繁荣的阶段，但这繁华，却又显得很是"逆势而行"。

在唐宋元时期，朝廷对于海洋活动，是积极地向前推进的。明代的海洋政策虽然曲折多变，但主要是由于倭寇及国内政治因素的影响，并非由于对海洋不感兴趣，所以其向海而生的趋向仍然存在，而且还实现了郑和七次下西洋的伟大航海实践。在这些比较务实的海洋活动环境里发展起来的明代海洋书写，现实主义倾向逐渐成为了海洋文学的主流。但是进入清代后，却出现了一股海洋志怪书写的回潮风。这一方面与整个清代志怪文学繁荣的大环境有关，另一方面也与清代政府对于海洋政策"收紧"有关。清初，效忠明朝的郑成功和鲁王等南明势力，活跃于东南沿海一带，清廷为了防范郑氏等反清势力，断绝沿海居民与其往来，采取严厉的"海禁""迁界"等政策。顺治十三年（1656），清廷又颁布更为严厉的禁海令："凡沿海各地，不许片帆入（海）口。"一直到康熙二十三年（1684），在平定"三藩之乱"与收复台湾后，朝廷才宣布"开海贸易"。可是康熙自己又否决了议政王大臣提出的有关"出洋贸易"的建议，认为此举会使"无藉棍徒倚势横行，借端生事，贻害地方，反为不便，应严加禁饬"。[①] 来自于草原森林地区的清政府，对自宋元明以来一直延续的开放海洋政策的重要性认识不足，实行了闭关锁国式的海洋政策，从而使得海洋又成为了"神秘之地"，产生于汉魏时期的志怪海洋书写，因此得以回潮。

但是清代的海洋文学，毕竟是从唐宋元明传承发展而来，因此在志怪流行之余，还有部分作品坚持了现实主义的海洋书写方向。到了晚清时期，由于边患都来自于海上，民族和国家前途与海洋紧紧联系在一起，使得那个时期的海洋文学的政治色彩特别浓郁。

---

① 刘平：《清朝海洋观、海盗与海上贸易（1644—1842）》，《社会科学辑刊》2016 年第 6 期。

第一节 《聊斋志异》和 "《聊斋》剩稿" 中的海洋书写

清代志怪文学的高峰是蒲松龄的《聊斋志异》，而《聊斋志异》里面有多篇涉海作品，所以清代海洋志怪文学的高峰作品，其实也是《聊斋志异》。

蒲松龄（1640—1715），字留仙，一字剑臣，别号柳泉居士，世称聊斋先生，自称异史氏，山东淄博人。他生活的时代，正属于清代的早中期，他的《聊斋志异》是清代志怪小说的经典，可见清代文学的志怪特质，从清代初期就开始形成了。

《聊斋志异》里涉及海洋题材的小说，共有 10 篇作品，分别是《夜叉国》《罗刹海市》《安期岛》《仙人岛》《粉蝶》《海公子》《海大鱼》《于子游》《疲龙》和《蛤》。① 这些作品大多篇幅不长，其中《疲龙》和《蛤》更短，《蛤》仅百来字。较之于 491 篇、约 40 余万字的《聊斋志异》，所占比例并不大。另外，这 10 篇海洋小说，分散在《聊斋志异》的各卷中，说明像几乎所有古代海洋小说的作者一样，蒲松龄并非有意在进行海洋叙述。但是如果将它们放置于中国古代海洋小说发展的语境里，那么我们可以发现，这些小说是中国古代海洋叙事世界里不可或缺的一个组成部分，它们所包含的海洋人文思想和所体现出来的叙事形态，不但是对中国古代海洋叙事诸种模式的一种继承，而且也是一种超越。

一、《夜叉国》："温情海洋" 书写的典范

"夜叉" 或 "夜叉国" 是中国古代小说传统性的叙事话语，经常在各种作品中出现。"夜叉故事有两个重要的类型，即夜叉国故事和夜叉婚恋故事。夜叉婚恋故事最翔实的记载保存于南传佛教中的巴利语经典《本生经》中。宋元以后，此一类型故事被《夷坚志》等文人小说多次记载，并被蒲松龄在《聊斋志异》中作进一步的创造发挥；在民间也形成了中国民间故事中的一个重要类型。这与南宋以后海上贸易的兴盛，导致中国与斯里兰卡的民间交往逐渐增多有密切关系。"②

《夜叉国》的故事曲折跌宕，字数有两千左右，这在《聊斋志异》中

---

① 本节有关《聊斋志异》原文的引述，都来自［清］蒲松龄：《聊斋志异》，任笃行辑校，济南：齐鲁书社 2000 年版。

② 蔡苾：《〈本生经〉中的夜叉婚恋故事对中土小说的影响》，《文学研究》2016 年第 2 期。

是属于篇幅比较长的叙事作品了。它的温情性叙事是逐步展开的，犹如春雨滋物，起初并不觉得它温馨，等故事画上句号，读者蓦然发现，自己已被感动得泪流满面。

"交州徐姓，泛海为贾，忽被大风吹去。"这位徐商人是比较幸运的，或者说，蒲松龄的温情叙事，其实从小说的开头就已经开始了：虽然遭遇了风暴，但船没有毁坏，人也没有落水，有惊无险。他的船随风漂流到了一个海岛边。这个海岛也不是海洋小说中经常出现的荒凉之所，而是"深山苍莽"，风景很是幽美。但是岛上居住的并不是徐商人"冀有居人"的人，而是"夜叉"。蒲松龄在小说的开头，设置了"人"与"夜叉"的错位。整篇小说就在"人性"与"兽性"的对立和统一中展开。"人性"的代表是徐商人自己，他向夜叉献出了牛肉干，又主动说"舟中有釜甑可烹饪"，这些都是"人"吃的东西和做的事情。而夜叉本来是"爪劈生鹿而食"，在吃了牛肉干尤其是吃了用釜甑煮熟的鹿肉后，"啖之喜"，从而开始向"人性"靠拢。这也使得《夜叉国》的温情叙事，从作品的开篇，就开始围绕人性和人情展开。

这篇作品温情叙事的第二步，也就是"兽性"进一步"人性"化的重要节点，是雌性夜叉与徐商人的肉体结合。表面上看，这是女夜叉"强纳"所致，仍然是一种动物兽性的本能体现，但我们如果从夜叉向"人性"发展的角度，或者说从"兽性"和"人性"初步结合的角度而论，这种肉体的结合，其实也是一种温情叙事的有力推进。"居数日，夜叉渐与徐熟，出亦不施禁锢，聚处如家人。徐渐能察声知意，辄效其音，为夜叉语。夜叉益悦，携一雌来妻徐。徐初畏惧莫敢伸，雌自开其股就徐，徐乃与交，雌大欢悦。每留肉饵徐，若琴瑟之好。"蒲松龄细腻铺垫他们的"结合"之前，已经有了"聚处如家人"的基础；"结合"之后，双方都有"若琴瑟之好"的愉悦。这样通过肉体的结合，人性与兽性就有了融合。

孩子的出生进一步促进了这种人性与兽性的融合，并且人性已经大大地同化了兽性。做了孩子妈妈的夜叉，已经自觉承担起妻子的职责，处处维护丈夫的利益，而且还有了嫉妒心，毫不留情地打跑了想来勾引丈夫的其他女夜叉。这个时候的女夜叉"它"，基本上已经蜕化进步为一个人的"她"了。为了表明"人性"对于"兽性"的强力同化，蒲松龄还设置他们的孩子"皆人形不类其母"，这种"变形"不但没有让夜叉们惊恐愤怒，还反而"皆喜其子，辄共拊弄"。这样，不但作为徐商人妻子的女夜叉已经进步为人类，而且还带动了整个族群的进化。《夜叉国》温情叙事的特质，随着"人形"孩子降临并得到夜叉们的喜爱这样情节的设计，也更加鲜明了。

《夜叉国》的温情叙事至此完成了第一阶段，我们可以称之为"人性同化兽性"阶段。三年后，徐商人思念故土亲人，偷偷搭乘商船"逃"回了家乡交州。如果他是一个人逃回的，那么这将是一种不告而别的"背叛"行为，是"人性"的污点。蒲松龄没有如此书写，而是设计了另外一种方向：徐商人带回了他与夜叉生育的大儿子，而且还设计这个大儿子后来成了一名"千总"，一名有相当地位的军官。通过这样的情节设计，蒲松龄在《夜叉国》中的温情叙事特质就得到了进一步深化：徐商人与女夜叉的结合，不但是一种人性的胜利，而且还是一种社会人文的胜利，因为连交州官方也肯定了他们的结合。

但是如果故事到此结束，那么这将是一个不完美的叙事：夫妻分离，母子暌违，同胞分隔，这样的话，《夜叉国》的温情叙事效果就将大受损害。于是蒲松龄安排了小说情节发展的第三个阶段，那就是"团圆"部分。"家人拜见家主母，无不战栗。彪劝母学作华言，衣锦，厌粱肉，乃大欣慰。母女皆男儿装，类满制。数月稍辨语言，弟妹亦渐白皙。"被接到交州生活的夜叉，再也没有任何异常，"人性"彻底同化了"兽性"，"夜叉"也彻底消失于作者的温情叙事之中了。

蒲松龄《夜叉国》是一种扩写和改写性质的"二度创作"。它的"本事"来源于宋洪迈的《夷坚志》。《夷坚志（甲志）》卷七有《岛上妇人》一文："泉州僧本传说，其表兄为海贾，欲往三佛齐。法当南行三日而东，否则值焦上，船必糜碎。此人行时，遇风迅，船驶既二日半，意其当转而东，即回柂，然已无及，遂落焦上，一舟尽溺。此人独得一木，浮水三日，漂至一岛畔。度其必死，舍木登岸。行数十步，得小径，路甚光洁，若常有人行者。久之，有妇人至，举体无片缕，言语啁啾不可晓，见外人甚喜，携手归石室中，至夜与共寝。天明，举大石窒其外，妇人独出。至日晡时归，必赍异果至，其味珍甚，皆世所无者。留稍久，始听自便。如是七八年，生三子。一日，纵步至海际，适有舟抵岸，亦泉人，以风误至者，乃旧相识。急登之时，妇人继来，度不可及，呼其人骂之，极口悲啼，扑地气几绝。其人从篷底举手谢之，亦为掩涕。此舟已张帆，乃得归。"[1]

蒲松龄对这篇《岛上妇人》进行了大幅度修改和扩写，从而形成了新的小说文本《夜叉国》。

蒲松龄对故事"本事"的改动，体现在表层和深层这样两个方面。"表

---

[1]　［宋］洪迈：《夷坚志》甲志卷七，清十万卷楼丛刻本，第33页。

层"指的是对人物籍贯和故事空间背景元素的改变。在"本事"中，人物的籍贯是"泉州"，在新的文本中，蒲松龄改为了"交州"。泉州是福建海港，是现实存在的地理空间，而"交州"是个古地名，范围几经变化，到了蒲松龄时代，它已经成为一种文化地理名称，而非实际存在。这样的改动使得《夜叉国》的叙事显得更为旷古而又空灵，使得整个故事显得更具有文化意象意味。

不但如此，蒲松龄还舍弃了"本事"中的"焦土"因素，而将故事空间的这个海岛，从"焦土"置换成"深山苍莽"的宜居之所。东方朔《神异经·东荒经》："东海之外荒海中，有山焦炎而峙，高深莫测，盖禀至阳之为质也。"这是远祖时代古人对于"危险海洋"的想象之一。古人认为海洋充满了危险，不但有无法预测的风暴、暗流和漩涡，还有无数的海怪海妖，那一个个看起来平静的海岛，其实也充满了险情。这个"焦土"海岛就是古人的想象之一，他们认为这种"焦土"，地表温度极高，海水溅到上面，滋然为烟，万物也根本不可能生长。所以蒲松龄认为这样的岛上有女人存在是违反常识的，就果断放弃了"本事"中的"焦土"元素，而成"深山苍莽"，这就使得整个叙事看起来更加合情合理，更富有逻辑性。

所以仅仅从"表层"的改写而言，蒲松龄就已经努力让《夜叉国》从一个"荒诞型传说"向"可靠叙事"发展。这就为他对"本事"的"深层"改写，打下了扎实的"故事逻辑"的基础。

所谓"深层"改写，指的是他对"本事"的美质提升，也就是"温情化叙事"的展开。在"本事"中，这个岛上女人的遭遇非常凄惨：一个人孤零零地生活在一个海岛上，好不容易等到老天"送"来一个男人，幸福地生活了好几年，还生育了后代。本以为可以这样继续幸福地生活下去，却突然得知男人不告而别，逃走了。她追至海边，悲苦呼喊而不得，"极口悲啼，扑地气几绝"。这是一个人间悲剧故事，我们无法想象，这个岛上女人和她的三个儿子，今后如何生存下去。但是在蒲松龄的《夜叉国》里，这种悲惨、绝望的内容，完全被改写了。

在《岛上妇人》中，这个以"夜叉"面目出现的女人，并非孤独一人。岛上"两崖皆洞口，密如蜂房，内隐有人声"，说明是一个群居的部落。而这个"夜叉"则是群体的一员。这就从人物环境的设置中淡化了"本事"中人物的孤独属性。所以就算故事与《岛上妇女》一样，在徐姓商人离开后结束，其人物的悲剧色彩已经大为减弱。由此可见，蒲松龄的《夜叉国》，一开始就不是一个"孤独"故事，而是另有宗旨。故事的继续发展，就是这种宗旨的进一步展开。蒲松龄大大地延长了故事的后续发展。

"父子登舟，一昼夜达交。至家妻已醮。出珠二枚，售金盈兆，家颇丰。子取名彪，十四五岁，能举百钧，粗莽好斗。交帅见而奇之，以为千总。值边乱，所向有功，十八为副将。"在"本事"中，男子是独自一人逃回的，在《夜叉国》里，男子携一子回家，留一子一女于岛上。这样的安排就为日后全家团圆埋下了伏笔。最后的结局是非常美好的，兄弟俩都有功名，妹妹也有佳配，母亲甚至还被封为夫人。这样的改写，真是温情得不得了。

文学的暖感来自于文本的温情，这种温情是人性善的本质体现，是文学真善美的重要构成。虽然《聊斋志异》充满了"孤愤"甚至是"偏狭"，但是也不乏《夜叉国》这样的诗性温情的存在。正如王昕在《〈聊斋志异〉：诗性的温情与偏狭》一文中所指出，"蒲松龄的个人温情表现为万物有灵、天地神仙与人为善，是将人类情感扩展到神灵、动植物、地下枯骨这些缺乏人的类意识或者生命感知能力的事物身上。具体来说则是从儒家'亲亲'的伦常观念出发，把人和自然、人与历史、人与异域的关系处理成男女情爱、人情往还这样的人类情感，表达了对人生的亲爱。"① 以《夜叉国》等作品为代表的温情叙事作品，对于蒲松龄的整个创作，具有重大的叙事伦理价值。它们不但很好地稀释了《聊斋志异》中的部分"戾气"，而且使得整部《聊斋志异》的美学构架有了一种偏狭和诗性之间的平衡对称。

二、《仙人岛》："美丽海洋"的智慧型体现

《仙人岛》属于传统的海洋神仙岛书写，自《山海经》开始，经过汉魏东方朔等人的大力营造，"海洋神仙岛"意象吸引了众多作家反复进行书写，但是蒲松龄的《仙人岛》却是一个崭新的美丽又聪慧的海岛叙事。

故事的主角是灵山人王勉。这里的"灵山"可能是实指，也更可能是虚指，从后面的内容来看，一种反讽式地名表述的可能性更大，以"灵"反衬王勉之"愚"。他的"愚"从作品的开头介绍中就被反讽式描述了。"屡冠文场，心气颇高，善诮骂，多所凌折"，是一个恃才傲物的狂者，作者借道之口斥其为"轻薄孽"，不自知乃为愚。王勉表面聪明实则愚蠢，在他上岛碰上聪慧异常的岛上少女后，这一点就暴露得更是一览无遗了。

道士本想帮助王勉去掉"轻薄孽"，所以引导他参加了一次天上仙人会，不想王勉竟然对仙女动了歪念，被道士一把推下天空，掉进了大

① 王昕：《〈聊斋志异〉：诗性的温情与偏狭》，《文学评论》2016 年第 1 期。

海。王勉"大惧",很是狼狈。就在这个时候,一个少女出现了。"年可十六七,颜色艳丽。"年纪轻轻,明艳美丽,却顽皮得很,竟然肆意嘲笑王勉的狼狈,"美哉跌乎!""吉利,吉利,秀才'中湿'矣!"可是一个谐音的"中湿",却又显示这个少女乃是一个异常聪明之人。可是王勉看不到这一点,在被少女救上岛后,刚从冻僵和落魄中恢复过来,他就又开始显摆,对女孩父亲说:"某非相欺,才名略可听闻。……自分功名反掌,以故不愿栖隐。"女孩父亲一听,起敬说:"此名仙人岛,远绝人世。文若姓桓,世居幽僻,何幸得近名流。"可是少女却在一旁偷笑不已。

从这里开始,《仙人岛》设定了两组人物关系。一组是王勉与岛上少女,"愚"与"聪"的对立组合;另一组是王勉与少女父亲,自以为聪明者与被他这种外表聪明所迷惑的崇拜者之间的戏剧性关系。

少女父亲即岛主很有礼数地接待了王勉,显示出这个海岛已经发展到很高的文明程度。他似乎真的被王勉的聪明表象迷惑住了,竟然主动说起,他有两个女儿,大女儿芳云,已经十六岁,未遭良匹,现在有大才子降临,希望能成良缘,口气诚恳,但似乎也有调侃、引诱王勉出丑之意。王勉果然立即上当了。他猜想这个芳云,必是刚才在海边遇见的嘲笑他的那个姑娘了,其实那只是一个丫鬟而已。大小姐芳云含而不露,王勉不敢造次。而他真正的"对手"则是二小姐绿云。岛主提议王勉和他的两个女儿做"对诗"游戏。

小说的真正情节,此刻才出现。前面种种,都是为了此刻铺垫。王勉自以为才名盖世,考取功名易如反掌。现在岛主却让自己的小女儿来与王勉对诗,或许实际上并没有真的把王勉放在眼里,或者他对于自己女儿的才华充满了信心。

结果自然是王勉败得一塌糊涂,狼狈不堪。

这个故事非常具有象征意义。饱读经书满腹才华的王勉,从内陆来到海洋地区,某种意义上可以理解为内陆文明的代表,他的才华和能力,象征着内陆文化的深厚基础,可是在这一对聪明的海岛姐妹前面,他却失败得很是彻底。蒲松龄赋予这些海岛姑娘以大智慧,反映出在他的意识里,海岛人,或者说海洋文化,是一种智慧载体,具有强大的文化生命力。它们毫不逊色于博大精深的主流的内陆文化,甚至在某种程度上,还要显得更加智慧。这种对于海洋地区文明修为的高度礼赞,在中国所有的涉海叙事里,是相当罕见的。

三、《罗刹海市》:"美""丑"颠倒和文化交流的喻证

《罗刹海市》采用寓言化叙事，它由两个故事构成，但这个两个故事自身又都构成了对比性的象征，所以这是一种双重象征和对比的叙事结构。

第一个对比是外貌的"美""丑"颠倒。故事说有一个名叫马骥的商人之子，"美丰姿，少倜傥，喜歌舞"。他还喜欢与梨园子弟混交朋友，"以锦帕缠头，美如好女"，因此复有"俊人"之号。可是他又为人正直，志向高远。他14岁入郡庠，即以诗文才华知名。所以这几乎是一块毫无瑕疵的白玉，套用《山海经》里面的用词，是一个"君子堂"里面的人。

可是父亲却让他继承商业，他不能违抗，于是"从人浮海"，开始经营海上贸易事业。故事一转入海洋，前面关于他种种"美好"的描述，就立即有了特殊的含义。虽然他来到海岛的途径是很老套的：遭遇暴风雨，漂浮至岛上。但是到了岛上以后，故事的设置就很有创新性了。马骥来到这个岛屿，所有人都奇丑无比，可是这些岛人"见马至，以为妖，群哗而走"。在他们眼里，俊美异常的马骥反而是很丑的。

原来这个海岛，是一个岛国，叫大罗刹国。它的首都"以黑石为墙，色如墨，楼阁近百尺。然少瓦。覆以红石，拾其残块磨甲上，无异丹砂"。这段描写充分证明，虽然现在无法断定蒲松龄究竟有没有去过海岛，但是他对海岛民居其实是很熟悉的。因为海岛风大，房屋大多以石块砌墙，复以石板盖顶。这种石屋至今在中国海岛还经常可以看到。

但是《罗刹海市》是一篇寓言小说，这种具有写实意味的海岛民居的描述，只是为故事的虚拟和象征提供一点可信的背景而已。这个岛国以丑为美，大小官员也以丑的程度来决定等级。"时值朝退，朝中有冠盖出，村人指曰：'此相国也。'视之，双耳皆背生，鼻三孔，睫毛覆目如帘。又数骑出，曰：'此大夫也。'以次各指其官职，率狰狞怪异。然位渐卑，丑亦渐杀。"这样的情形，不可能是写实的。

但是蒲松龄的《罗刹海市》却有着自己独特的处理方式。在经过了美丑颠倒的渲染性夸张性描述后，小说即转入"接纳"阶段："村人曰：'此间一执戟郎，曾为先王出使异国，所阅人多，或不以子为惧。'造郎门。郎果喜，揖为上客。"这里有识见人士的文化立场，促使了矛盾的化解。他引导马骥去见国王。国王以礼待之。"酒数行，出女乐十余人，更番歌舞。貌类夜叉，皆以白锦缠头，拖朱衣及地。扮唱不知何词，腔拍恢诡。主人顾而乐之。问：'中国亦有此乐乎？'曰：'有'。主人

请拟其声，遂击桌为度一曲。主人喜曰：'异哉！声如凤鸣龙啸，从未曾闻。'"

这是《罗刹海市》的第一层"美""丑"颠倒的对比故事，接下来叙事进入第二层次也就是文化交流的喻证对比。故事空间从海岛"官场"置换成了"罗刹海市"，人物关系也从马骥与岛人变成了马骥与"东洋三世子"。

小说勾勒了一个奇异的"罗刹海市"："海中市，四海鲛人，集货珠宝。四方十二国，均来贸易。中多神人游戏。云霞障天，波涛间作。贵人自重，不敢犯险阻，皆以金帛付我辈代购异珍。"这是一个非常繁华热闹的海上贸易场所。在岛人的引导下，马骥来到了海市。"水云幌漾之中，楼阁层叠，贸迁之舟，纷集如蚁。""市上所陈，奇珍异宝，光明射目，多人世所无。"简直是海上仙岛和凡俗市井的结合体了。

就在这个海市里，马骥有了奇遇。他碰到了"东洋三世子"，也就是海龙王的小儿子。他因此得以进入神奇和华丽的海下龙宫，龙王得知他来自中华，就让他写文章。马骥"以水晶之砚，龙鬣之毫，纸光似雪，墨气如兰，生立成千余言"，彻底征服了龙王，老龙还把自己的小女儿许配给他。夫妻俩恩爱异常，还生育有一对女儿。马骥回来的时候，得到的海中珠宝更是不计其数。

故事的结局是相当完美的，小说告诉我们，这是一次"文化的胜利"。以马骥为代表的"中华"文化，赢得了"海洋世界"人们的高度赞赏。虽然蒲松龄也许并不这么认为，他在文末说："花面逢迎，世情如鬼。嗜痂之癖，举世一辙。"可见他的确是把这个故事当寓言来写的。至于后来的马骥的"成功"，在蒲松龄看来，无非是"蜃楼海市"的梦想罢了。"呜呼！显荣富贵，当于蜃楼海市中求之耳！"但如果仔细品味蒲松龄这个感叹，那么可以发现，他"呜呼"的是"一夜暴富"式的显荣富贵，他并没有否定马骥"中华文化"代表的身份。

《罗刹海市》对后世影响很大。蒲松龄这种"美""丑"对立结构叙事，开启了一种新的叙事模式。清人沈起凤《谐铎》中有《蜣螂城》，描述的就是"以丑为美，以香为臭"的颠倒世界。清末王韬《因循岛》所描述的"狼人世界"和宣鼎《北极毗耶岛》里的"石洞世界"，都是这样寄寓性、象征性政治的构思。

四、《聊斋志异》其他海洋叙事

除了上述《夜叉国》《仙人岛》《罗刹海市》外，《聊斋志异》中还有《安期岛》《粉蝶》《海公子》《海大鱼》《于子游》《疲龙》和《蛤》，以及影响很大又很特别的《崂山道士》。

《安期岛》也属于海洋神仙岛叙事，但是构思很特别，采用"探险"形式。故事说刘鸿训出使朝鲜途中，听说安期岛就在这海中，就去寻找。结果在朝鲜向导小张的带领下，真的找到了此岛。岛上"气候温煦，山花遍岩谷"，三位老者在岛上居住，拿出来的饮料，"其色淡碧，其凉震齿"。"问以却老术，曰：此非富贵人所能为者。"仙人岛若有若无，似真似幻，写得很有意蕴。

《粉蝶》也是一则海上航行遭遇风暴漂流至荒岛的故事。这个海岛非常雅致，是另一种神仙岛形态。琼州人阳曰旦上岛后，遇见了一对姑侄。她们琴棋书画，无所不精。粉蝶是岛上一名丫鬟，聪慧异常，才智似乎还要超出主人。显然，《粉蝶》的意蕴与《仙人岛》是一致的，也属于"美丽海岛"叙事。

《海公子》叙述登州张生，有一天"自掉扁舟"来到了一个岛上，遇见一位自称"胶娼"的绝色女子。两性相悦，却被海公子破坏。原来这所谓海公子，其实是一条大蛇所变。张生用毒药杀死了大蛇。这个故事立意、情节都较有民间文学色彩。

《海大鱼》叙述非常简单，说所谓海中小岛，其实是大鱼上浮，航海者靠岸停泊，上岛烧饭，结果大鱼一甩尾，岛屿消失，人皆落海而亡。此类故事在汉魏以来的志怪笔记小说乃至民间故事中，多有存在，所以并无突出之处。但《聊斋志异》有了这个故事，那么它的海洋世界构建，至少在题材内容上就比较完整了。

这个海大鱼故事如果与《于子游》联系在一起阅读，那么可以看出，就算是面对这么一个传统性内容，蒲松龄也要写出新意。《于子游》故事情节的基本框架也是一个大鱼叙事：一天海中忽然出现了一座高山，当夜有一个少年儒生，自称"于子游"，言词风雅，前来拜访寄宿渔舟的秀才。后来才知道其为鱼妖，而那座大山则是鱼大王。鱼大王携子女在清明节前来扫墓。这篇小说既有海大鱼叙事传统影子，又有海神的风韵，还有人鱼叙事的趣味，简短的篇幅中包含着多方面的意蕴。

《疲龙》叙述的是海龙故事。"龙"本是想象的产物，龙行雨也是想象的一部分。为了增加可信度，小说采用"亲历者视角"。故事说，胶州的王侍御，有一年出使琉球国，从海路走。舟行海中的时候，有一天忽然从云端里掉下了一条巨龙，激起数丈高的水花。待水花平静后，大伙看见那条龙半浮半沉于水中，很费力地将头搁在船首，半闭着眼睛，极度疲劳的样子。全船人惊恐万分，停下桨不敢动。航海经验丰富的船工安慰大家：不要怕，这只不过是一条天上行雨太累的疲龙罢了。可王侍御还是不敢轻慢，"悬敕于上，焚香共祝之"。过了好久，疲龙大概恢复身体了，慢慢地沉下水去不见了。船继续前行，不料这种疲龙却又掉了下来，"日凡三四"。龙行雨，一般都是为了解除旱灾，疲龙这么多，说明某地的旱灾非常严重。小说如果沿着这条思路走，可能会写出一篇罕见的歌颂龙德的佳作来。但是它却一转，从疲龙越来越多，引出龙的老家"清水潭"来。那个经验丰富的船员知道清水潭快到了，吩咐多备白米，诚曰："去清水潭不远矣。如有所见，但糁米于水，寂无哗。"不久到了一处，果然水清澈见底。"下有群龙，五色，如盆如瓮，条条尽伏。有蜿蜒者，鳞鬣爪牙，历历可数。"众人神魂俱丧，连眼睛也不敢开，更不敢动了。"惟舟人握米自撒。久则见海波深黑，始有呻者。"原来是"龙畏蛆，恐入其甲。白米类蛆，故龙见辄伏，舟行其上，可无害也"。

《疲龙》记叙的行雨而累的龙和龙家清水潭，以及龙怕蛆、用白米冒充蛆可以镇之等内容，其他海洋故事还从未有人写过。可见就是这样一则海洋怪异叙事，蒲松龄也要写出新意来。

再来看《蛤》。"东海有蛤，饥时浮岸边，两壳开张；中有小蟹出，赤线系之，离壳数尺，猎食既饱乃归，壳始合。或潜断其线，两物皆死。"这则笔记讲的是"蛤"的故事。关于"蛤"，《搜神记》认为："千岁之雉，入海为蜃；百年之雀，入海为蛤。"又《国语·晋语》："雀入海为蛤，雉入海为蜃。"原来蛤是雀变的，蛤和蜃在海里不停地呼气吸气，就成了"海市蜃楼"。但是蒲松龄《蛤》的故事与海市蜃楼无关。它描述的明显是"寄居蟹"现象。有些小螃蟹以蛤为家，它们选择死后的空蛤壳，钻了进去，在里面定居。但是生活中的寄居蟹觅食时，是背着蛤壳一起行动的。《蛤》的"赤线系之，离壳数尺，猎食既饱乃归，壳始合"的描述，把寻常的寄居蟹发展成了一种诡异的存在形态，这也是"怪异海洋"思维的一种产物。

《聊斋志异》中还有一篇《崂山道士》，其空间背景也是海洋和海岛，所以它也属于广义的海洋文学作品。崂山道士是《聊斋志异》中家喻户晓的故事之一。笔者这里只从海洋叙事的角度予以分析。小说中的崂山是否就是现实中的崂山呢？从故事的流传和崂山人对这个故事的宣传、利用来看，的确是如此，好像也没有人反对过。所以我们也把它们视为同一座山。蒲松龄为什么要选择崂山呢？我认为与"仙家"有关系。《崂山道士》是一个讽刺"学仙""成仙"的故事。仙家居住的地方，尽管也有陆地，但是从文化渊源来看，许多资料证明仙家的"故乡"乃在海上。崂山外面的北海（渤海），是仙家最早的故乡之一。崂山三面临海，虽然是半岛，但海洋文化资源非常丰富，山上道观林立，"仙气"弥漫。蒲松龄肯定看中了这一点，才将故事背景安置在崂山上。

总之，《聊斋志异》的海洋书写是比较丰富的。蒲松龄生活在山东半岛。这个地方古称东夷，有丰富的海洋文化底蕴。《聊斋志异》的海洋书写，有很多齐地的文化影子。"纵观《聊斋志异》中的海洋故事，不难发现其中蕴藏着齐鲁海洋文化的内涵。"譬如《海大鱼》说："东海的海边上，本来没有什么山。一天忽见海中峻岭重叠，连绵数里，又一天，群山突然迁徙到别的地方去了，海边又恢复了原来的样子，山全不见了。"《于子游》也说："海边忽现高山，高山浮动后消失"，这种海市蜃楼现象，正是齐地传统的一种海洋文化想象。"齐鲁海洋文化在我国海洋文化史上一直占据着十分重要的地位，这里是华夏海洋信仰的重心地带。蒲松龄自幼生活于此，从小就面对着海洋的深广浩渺与变幻莫测，体验着封建王朝海神祭祀的活动，感受着人们对海洋之神的崇拜与信仰。近海的生活环境和体验，开启了蒲松龄海洋想象的大门。"[①]

虽然没有明确的证据证明蒲松龄的海洋书写是有意为之，但也不是毫无踪迹可循。清人赵起杲在《青本刻聊斋志异例言》中说："先生（即蒲松龄）是书，盖仿干宝《搜神》、任昉《述异》之例而作。其事则鬼狐仙怪，其文则庄、列、马、班，而其义则窃取《春秋》微显志晦之旨，笔削予夺之权。"[②] 蒲松龄尽一生心血写《聊斋志异》，他的许多"志晦之旨"思想都隐藏在他的作品中。其中也包括了他的海洋意识。

《聊斋志异》的涉海叙事，是古代海洋文学的又一个高峰。在叙事上，它打破了传统的"海上遇风浪漂流至岛"模式，除了漂流至岛，蒲松龄还叙写了主动上岛、空中掉落等多种形式，具有创造性。上岛后的情节内容，更是多有突破，美丽海岛、智慧海岛等比较正面的海岛形象，是《聊斋志异》海岛书写的主要倾向，这与明代冯梦龙《情史》等那种荒凉、野蛮、血腥的海岛叙事，形成了强烈的对比。

① 胡炜：《〈聊斋志异〉中的海洋故事及其地域文化渊源》，《河北广播电视大学学报》2018 年第 3 期。

② 朱一玄编：《聊斋志异资料汇编》，天津：南开大学出版社 2002 年版，第 313 页。

五、"《聊斋》剩稿"《萤窗异草》中的"落花岛"

清代文言笔记体小说集《萤窗异草》，模仿《聊斋志异》创作，文中经常出现"《聊斋》言之详矣"之类的说明，文末也有"外史氏曰"，因此被称为"《聊斋》剩稿"。其作者署名为浩歌子。浩歌子即长白浩歌子，是满族人尹庆兰（1736—1788）的笔名。在众多模仿《聊斋》之作中较得《聊斋》神韵，是《聊斋》余澜中的波峰。全书共三编十二卷，收文言小说共 138 篇。它在艺术上有不少闪光点，书中营造了大量光彩夺目的女性形象，在故事情节的设置上独具匠心，在思想上也有可取之处。①

《落花岛》是《萤窗异草》中的一篇涉海之作。《萤窗异草》138 篇作品中仅此一篇与海洋有关，所以弥足珍贵。

故事叙写申无疆在扬州游览时，碰到了一群海商。与他们坐谈后，得知海洋贸易获利惊人，于是设法让自己的儿子和侄子也加入其中。他的儿子名翊，"顾而白皙，且善讴，年仅廿二三，海舶人咸喜之"。没有想到经不住风浪折磨，竟然生了大病。半昏迷状态中，"恍惚若寐。梦中闻有人语曰：'落花岛中花倒落。'翊素不能文，觉而语其侣，虽熟历海境者，莫能举其名。一客颇娴吟咏，笑曰：'何不云垂柳堤畔柳低垂？'众与翊皆称妙，翊因默识于心"。

这一副梦中对联，却成了整个故事的核心要素，可见这《落花岛》是精心构思之作。翊病死后，他自己"则罔知其死，顿觉身轻，都无窒碍。因思效列子，御风遨游"。结果这一番"精神之游"让他来到了落花岛。生与死，梦境与现实，开始融合在一起。作者营构了非常美丽的落花岛空间背景："形如复盂，悬于波际，其色如蜀锦，五色缤纷，且香气浓郁，馥馥数百里。"

就在这一片花海花香中，他遇见了绝色而又聪慧的岛上少女。小说没有出现她的名字，通篇都以"女"称之。这个"无名"少女"通体贴以落花，宛如衣锦，手一小竹篮，亦贮落英"。她是花之英，是纯洁善良聪慧的化身。她给了落难上岛的翊以无限的温情和照顾。而将他们联系在一起的，就是翊病时梦中所得的那一副对联。岛女起初斥责翊为"龌龊商"，说他没有资格来到这"仙人之所"，而一旦翊对上了那句"落花岛中花倒落"，少女态度大变。可见这是一种文化交流的关系。如果将从

---

① 李杰玲、李寅生：《〈萤窗异草〉：〈聊斋〉余澜中的波峰——探析〈萤窗异草〉的思想和艺术特色》，《蒲松龄研究》2007 年第 2 期。

内陆进入海洋的翊，视作为来自内陆文明的代表，将那位岛上少女理解为海洋文明的代表的话，那么他们这种关系，可不可以理解为内陆文明和海洋文明的交融呢？而文末翊提出家中有"亲老弟少"，他"欲归省视"时，少女立即"正色"说："此君之孝也，妾敢不勉成君志？"在儒家思想理念上，两者并无分歧。①

《落花岛》与《聊斋志异》中的《仙人岛》有某种共通之处。岛上美丽的环境，也与《聊斋志异》的《粉蝶》中的海岛类似。岛是美丽之岛，人是美丽之人。这种美丽是内外皆美的美丽，是《聊斋志异》智慧海岛和美丽海岛人文思想的体现，可见《萤窗异草》对于《聊斋志异》的模仿学习之深，真不愧是"《聊斋》剩稿"。

第二节 《续太平广记》等中的海洋志怪书写

《聊斋志异》涉海叙事，强烈地凸显出清代海洋志怪文学属性。它既是对清初志怪文学的有机传承，也促进了后来一大批海洋志怪作品的诞生。几乎与蒲松龄同时代的陆寿名《续太平广记》、褚人获《坚瓠集》、王椷《秋灯丛话》和沈起凤《谐铎》，还有袁枚《子不语》及《续子不语》等著作中的涉海作品，一改宋元明以来的现实主义海洋书写传统，几乎前赴后继地纷纷走向虚诞志怪的文学之风，与《聊斋志异》等一起构成了清代海洋文学的志怪形态，从而使得那个时期的海洋叙事文学，又回到了《山海经》和秦汉魏晋时期的超现实志怪的风格。

一、陆寿名《续太平广记》和褚人获《坚瓠集》中的海洋书写

陆寿名（1631—？），江苏长洲（今属苏州）人，字处实，号芝庭，顺治时期的进士。陆寿名对北宋太平兴国年间李昉等奉敕编修的《太平广记》评价极高，他在《续太平广记》"序"中说它是一个"囊括古今，可为格物致知之一助"的宝库。但同时他也觉得，"其中放失漏闻"在所难免，且有"遗所当言、废所当录者亦复不少"。为此，他"仿其规制，节记其事"，又编撰了这部《续太平广记》。

《续太平广记》里有八则笔记与海洋有关。

《鹏羽》《海雕》《海产》和《海蛮师》四则笔记，记叙的都是怪诞性

---

① ［清］浩歌子：《萤窗异草》，济南：齐鲁书社1985年版，第92—95页。

的海洋见闻，颇能体现清代海洋叙事的志怪特性。《鹏羽》说："嘉靖中，海上曾坠一大鹏鸟毛，万元献亲见，在某郡库中。毛以久尽独见孔，横置在地，平步入之无碍。又海边人家，忽为粪所压没，从内掘出。粪皆作鱼虾腥，质半未化，盖大鹏鸟过遗粪也。"① 尽管用了"嘉靖中"这样确切的时间词和"万元献亲见"这样的人证表述，但大鹏鸟本就是文学虚构，所以大鹏羽毛、大鹏鸟粪不可能是真实存在。或许有可能是某种海洋大鸟的羽毛和粪便，但不至于大到它撒一泡鸟屎就可以把一个人淹没，显然这是一种极度夸张的志怪式叙述。《海雕》写的也是一种海洋大鸟："正德末，有鸟黑色，大如象，舒翅如船篷，飞入长安门内大树上。弓弩射之，皆不入。民家所养鹅被啄食之，如拾蛆虫然。数月方去，人以为海雕也。"② 采用的也是夸张之极的艺术手法。《海产》则使用了附会法："海中所产多类人身，而人鱼其全者也。蚨青类人首，眉目宛然；玄罗类人足，戚车类人男阴，文啮类女阴，亦名东海夫人。至于青铃类凤、蕊钟类鹿、鸩贼类象、水藻类凫更奇。"③ 海洋生物世界丰富多彩，各种特异形态容易引起人的联想，这是可以理解的。《海蛮师》记叙的也是一种异形鱼类："海州渔人获一物，鱼身而首如虎，亦作虎文，两短足在肩，指爪皆虎也。长八九尺，视人辄泪下，谓之海蛮师。"④ "海蛮师"的说法很有意思，可惜文中没有说明其含义。《梦溪笔谈》卷二十一"异物"中也有《海蛮师》，内容与本篇相同。沈括却说从来没有在其他书籍中看到过相关资料记载。可见《续太平广记》的《海蛮师》来自于《梦溪笔谈》。后人一般认为，所谓"海蛮师"，指的其实就是海豹。

《巨鱼》和《海大鱼》都属于传统的大鱼叙事系列。它们描述的其实很可能都是鲸鱼。这种"大鱼"叙述，前人笔记中多有之。但《海大鱼》中部分内容，已有民间故事的趣味："昔人有游东海者，既而风恶船破，补治不能制，随风浪，莫知所之。一日一夜得一孤洲，共似欢然，下石植缆，登州煮食。食未熟而洲没，在船者斫断其缆，船复漂荡。向者，孤洲乃大鱼也。吸波吐浪，去疾如风。在洲上死者十余人。"⑤ 这种海上孤岛，其实是大鱼浮海歇息的传说，在江浙沿海地区的民间多有流传。

《人鱼》属于传统的"人鱼"叙事，但很有异质："宋待制查道，奉

① ［清］陆寿名：《续太平广记》，北京：北京出版社1996年版，第32页。
② ［清］陆寿名：《续太平广记》，北京：北京出版社1996年版，第32页。
③ ［清］陆寿名：《续太平广记》，北京：北京出版社1996年版，第55页。
④ ［清］陆寿名：《续太平广记》，北京：北京出版社1996年版，第61页。
⑤ ［清］陆寿名：《续太平广记》，北京：北京出版社1996年版，第64页。

使高丽。晚泊一山，望见沙中有一妇人，红裳双袒，鬐鬟纷乱，肘后微有红鬣。查曰："此人鱼。"命水工以篙扶于水中，勿令伤。妇人得水偃仰，复身望查拜手，感恋而退。"① 前人笔记中，除了鲛人外，其他人鱼形象多为不雅，但这条人鱼形象美丽，富有人情味。

《续太平广记》中还有一篇《王彦大》，内容与洪迈《夷坚志》中同名小说完全一致，可知其辑录自《夷坚志》。

褚人获《坚瓠集》也是清代著名的笔记文学著作。其中也有多篇涉海叙事作品。褚人获（1625—1682），字稼轩，又字学稼，号石农，江苏长洲人。他有多方面的才能，著作颇丰，传世的有《坚瓠集》《读史随笔》《退佳琐录》《续蟹集》《宋贤群辅录》等。他交游广泛，与毛宗岗等清初著名作家过从甚密。

《坚瓠集》是他的代表作，由正集、续集、广集、补集和余集等组成。《坚瓠集》的书名来自于《庄子·逍遥游》中的"五石瓠"典故，意思是说这本书的内容空廓无用。这显然是作者的自谦。其实《坚瓠集》很有内涵，它是褚人获积十余年采撷撰述而成，上至经史子集、天文地理，下至里谣杂说、志怪风俗，无不包容。叙事上也生动有序，多有可观之处。

《坚瓠集》中《老婆牙》等五则涉海故事，内容包括渔俗风情、海洋传奇等，为读者提供了很是特异的海洋世界。这些内容看起来似乎很怪异，但是其中包含很多现实内容。

《老婆牙》讲述一个温馨的滨海家庭从分到合的现实题材故事，而其核心元素却是一种俗名为"老婆牙"的贝类，所以显得很是特别。"徐渊子舍人善谐谑。丁少詹与妻有违言，弃家居茶寮，茹斋诵经，日买海物放生，久不归。妻求徐解之，徐许诺，见卖老婆牙者，买一篮饷丁，作词曰：'茶寮山上一头陀，新来学得么？蟛蜞螃蟹与乌螺，知他放几多。有一物似蜂窠，姓牙名老婆。虽然无奈得他何，如何放得他。'丁大笑而归。"② 这里的"老婆牙"，本是一种味道鲜美的海洋贝类，浙东一带叫做海瓜子，因其肉质细嫩洁白，类似美女牙齿，故称"老婆牙"。但是在褚人获笔下，它又成了对老婆的昵称。故事巧妙借用"老婆牙"之名，唤醒丈夫对于妻子的感情，成为撮合他们夫妻情感恢复美满的黏合剂，很富有创造性。

《海人》《海女》和《海中黑孩》，叙写的都是来自于海洋的人形怪异

---

① ［清］陆寿名：《续太平广记》，北京：北京出版社 1996 年版，第 64 页。

② ［清］褚人获：《坚瓠集》，上海：上海古籍出版社 2012 年版，第 193 页。

生物，但其实主旨并不相同。

《海人》记述说："《楮记室》载海商言，南海时有海人出，其如僧人，颇小，登舟而坐，戒舟人寂然不动，少倾复沉于水。否则大风翻舟。又《代醉编》载：海人须眉皆具，特手指相连，略如凫爪，西域曾捕得之，进于国王，不言不笑。王以为不可狎而豢也，纵之于海。其人转眄视人，合掌低头，如叩谢状，继又鼓掌大笑，放步踏波而去。元时又有一人泛海，忽见一稚子自水中出，坐于船头，舟人不敢惊，良久入水而去。又金时龙见于燕京旧塘泺，手托一婴儿，如少年中官状，红袍玉带，略无怖畏之容，经三时始没。由此观之，水中亦自有人类，但幽冥相隔，不可相知耳。观温太真牛渚燃犀事可见。"① 《海人》偏向于海洋人鱼叙事。它的材料主要来自于明潘埙编著的类书《楮记室》和明张鼎思所撰《琅琊代醉编》。里面出现的"海人"，更多具有"人形鱼"的特征。

但是《海女》不一样："《松漠纪闻》载噶兰达地，有人于海中获一女子，口不能言，与之饮辄饮，与之食辄食，久乃为人役使。其见神像，亦知拜伏。身上有皮下垂，宛如衣服被于四肢，但着体而生，不可脱卸耳。"② 这个"海女"，人类的生物属性非常明显，所以她或许其实就是蛮岛上生活的土著部落人，不幸被俘获而被视作海洋生物。

《海中黑孩》中的"海人"则更接近于海洋社会的现实性叙事："南通州边海镇台诺公迈，有马二百余，放青海口。司牧者每见群马惊跃，望内地而驰者，不一次。群牧疑为盗马者，遂早晚候之，选骏骑沿海从外蹑之者数矣，并无人迹。逮后方得一小黑孩，从海中出，则群马为之奔逸也。牧人共拏得之，以进诺公，诺公即着众牧豢养之，无使逸去。始则不食；继而知饿，勉食粥饭，严寒衣之衣亦衣，渐识人言，久之亦遂能人语。但其肌肤纯黑，眼珠绿而齿殊黄，若五官则尽与人同。四年之久，防闲者亦疏，因长夏无衣，复逸入海，而不知所之。想即鲛人之类欤。此乃齐门司阍张瑞石所亲知目见者。"③ 这个来自蛮荒海岛的土著孩子，显然是迷路了，他因惊慌而躲进马厩里，被抓住后关了四年，最后侥幸得归。

《坚瓠集》中还有一则《海滨元宝》："崇正癸未，维亭钱裕鞠，合伙入海贸易，共一百二十余人。适飓风作，飘泊穷滨，因共登岸。见一处

---

① ［清］褚人获：《坚瓠集》，上海：上海古籍出版社 2012 年版，第 935 页。
② ［清］褚人获：《坚瓠集》，上海：上海古籍出版社 2012 年版，第 935 页。
③ ［清］褚人获：《坚瓠集》，上海：上海古籍出版社 2012 年版，第 1235 页。

屋宇巍然，入其中，床帐罗列，米麦俱备，触之皆灰也。旁有一库，扃钥甚固。众竭力启视，则元宝填塞，各怀其四五，还舟前去，货亦倍利而归。后诸人复欲往觅，惟裕鞠为顾邵南力劝乃止。而一百二十余人，往者无一还家。"① 虽然其主旨是对贪婪的劝诫，但里面包含的"合伙入海贸易"，以及其船队成员规模多达120多人的海洋经济活动信息，还是值得关注的。

《坚瓠集》中还有《海中吞舟》《海马》《海蛮师》等涉海作品，大多录自他人著作，叙述上都比较简单。但《海上探珠人》叙写海中采珠人命运，很有认识价值。故事说："《耳谈》：嘉靖中，金陵杨参以三藩镇广南。一日，大雷雨，忽一物如球，自天坠于讼庭，皆海波所成。坼之得人，若且瞑。汤饮之活。曰：'我某郡民，与某、某业探珠海蚌中。我下而二人秉绳其上。忽得三珠。一夜明，最大，两手握之上。复下取二珠。绳忽断，随流堕潭中。潭中，龙所蟠处，反无水。跨其背如马。觉腹饥，因龙自舔其胁涎，亦舔之，遂不饥。……而转裹其身成球，迷闷且死。雷动，龙起，扬舞青溟间，身随之，故随此扬。'急捕之，某、某与大珠俱在。盖恐探者上，当得大珠，而二人分得小者，以是断绳。一讯吐实，二人抵死，而大珠还探者。"② 这个叙事，如果撇去"龙潭"等超现实因素，实在是一则海中采珠生涯的真切写照，也是丑陋人性的深刻揭露。

二、王椷《秋灯丛话》中的海洋志异

《秋灯丛话》是清代著名小说集。作者王椷，其生平事迹史籍无传。《秋灯丛话》文首孙业斋"序"中说："凝斋王君，以名孝廉宰大邑，循声著江汉间，非穷愁著书者比。"可见他号凝斋，做过低级地方官，家境还不错。还有一个自称为王椷宗弟的人写序说："凝斋为名孝廉，天资聪茂，学殖深厚，雅与当代名公巨卿赠纩投缟，赏奇问难。壮岁从伯仲方旭观察西园抚军，驰骋名会大都，凡山川之灵奇，风俗之异同，人物之蕃变，无不考据渊源，言之凿凿。"③ 他交友广泛，也有一定的社会地位。这两篇序都写于"乾隆四十三年"，可见他是清乾隆时人。

王椷宗弟所撰的序文中还有"凝斋世居犁育，距新城不千里，先辈

---

① ［清］褚人获：《坚瓠集》，上海：上海古籍出版社2012年版，第1288页。
② ［清］褚人获：《坚瓠集》，上海：上海古籍出版社2012年版，第1009页。
③ ［清］王椷：《秋灯丛话》，《清代笔记小说丛书》，华莹校点，济南：黄河出版社1990年版，第2页。

遗韵流风，宛乎若接。语云：海岱之隩，代有闻人"等内容，说明他是山东沿海一带人。书中《海族异类》一文中有"余家濒海"，可见他是海边长大的。而《鱼似鹅形》更是明确说"予邑之罘山下"，之罘山在青岛附近，可知其为青岛一带人。有人考证他字有容，号凝斋，为清乾隆时山东福山人。出身于当地名门望族、官宦之家。其曾祖、伯祖、祖、父及五位兄长在《福山县志稿》中均有传。但王椷自己事业较为不顺，《秋灯丛话》一书成为他人生成就的主要标志。①

《秋灯丛话》里有许多篇涉海叙事故事，大多为奇闻异说。考其主要内容，可以分为这样几类。

一是海洋生物异类。如《海马》："康熙间，某郡忽来一马，不知所自。神骏异常，蹄间毛长尺许。往来腾踔，日践田禾无数，乡人苦焉。捕之不得，乃纠合诸村，四面围逐。马径奔海中，履水而行，踏浪蹴潮，宛如平地。久之，入大洋，踪影杳然矣。"② 这简直是天马形象了。这篇故事在褚人获《坚瓠集》中也有出现，说明也是转录自他人著作，并非王椷原创。

《海族异类》也属于这类叙写。"余家濒海，康熙中，有一巨鱼随潮至，潮退不能去，遂死沙滩。长数十丈，高三丈许，鬐鳞完具，而两目无珠。村民驾梯而登，争取其肉，数日方尽。目眶可容数人，有失足坠其中者，几溺死。鱼骨大于梁，刺粗于椽，里人取以建庙。或曰鱼得罪龙神，因抉其目；或曰为巨虾箝去，未知孰是。又，村人泛海，曾见蟹大丈余，鳌如巨椽，尾舟而前。舵师戒勿言，急撒米海中，久之乃没。又有舟遭飓风，入大洋，遥见樯桅林立，以千百计，意为泊舟处也。搉舵往，将近，绝无舟楫，惟高樯植立水中。舟子大惊曰：'此虾须也，触之立粉矣！'"③ 这是源于《山海经》的海洋大鱼大蟹大虾叙写。王椷继承了这一叙事传统，但内容更加具体。

二是海洋精变异类。《鱼似鹅形》："予邑之罘山下，渔人网得一鱼，首棱棱似鹅形，双目闪烁，若向人乞怜者。异而放之，其去如矢。甫及波心，霹雳振耳，海涛山立，鱼陡长数丈，回首向岸叩谢者三，乃鼓鬣扬鬐而逝。后渔人每举网必得鱼，称小有焉。"④ 中国海洋文学中，有一种"人鱼"

---

① 汤化：《王椷及其〈秋灯丛话〉》，《明清小说研究》2000年第2期。

② ［清］王椷：《秋灯丛话》，《清代笔记小说丛书》，华莹校点，济南：黄河出版社1990年版，第39页。

③ ［清］王椷：《秋灯丛话》，《清代笔记小说丛书》，华莹校点，济南：黄河出版社1990年版，第71页。

④ ［清］王椷：《秋灯丛话》，《清代笔记小说丛书》，华莹校点，济南：黄河出版社1990年版，第75页。

模式，叙写具有人形和人性的鱼类故事，《鱼似鹅形》虽然写的是鹅形鱼而非人形，但是其变形书写的艺术手法则是一致的。这条鹅形鱼会变形，懂感恩，来去迅疾异常，还能掀涛作浪，几乎是一种具有人性的海怪形象。

《梦与鱼交》描写一种比较奇异的人鱼现象："福建厦门夫妇二人，操舟为业。夫他适，有鱼长丈许，触舟来，妇以篙扑之，鱼昂首向妇三跃乃逝。后每梦与鱼交，有孕产子，体若鱼皮，欲弃之，夫不听，自是获鱼倍常。越数载，资颇饶，子亦成立。苦体痒，时闭户浴乃快。家人窃觇之，宛然一条鱼游泳盆中也。"① 宋代笔记中有雌性人鱼可与人交的叙写，这里却是雄鱼与人梦中相交还让其怀孕产子，虽属于无稽之谈，但也丰富了海洋人鱼叙事的题材内容。

《海鬼夹船》写的不是人鱼，而是海鬼："余邑人某，康熙间航海，遭飓风吹入大洋。随波上下，经数昼夜，船忽坠落，如在深坎中。第见海水壁立，四围莹彻，而清影晃漾，曾不漫溢涓滴。仰望天光，莹莹如豆。老于舟师者，不知为何地，举舟惶恐，计无所出。夜半，有圆目巨齿、蓝肤红颜者四五辈，左右夹船，徐徐提之起。众屏息而伏。少顷，船出水面，乃获免。"② 这或许是海盗装扮，也有可能是一种海浪潮流现象，作者认为是大海鬼精作祟，体现出志怪小说的风貌。

三是海洋景观异象。辽阔的大海有很多奇异现象产生，也会诱导很多超现实的想象产生。《秋灯丛话》就不乏这种异常现象的描述和记载。《海中火球》："予族人某，家居海畔，有垂纶之癖。每操竿矶上，夜分犹未舍去。一夕，见火球大如卵，凌波飞至落矶旁，盘旋不已。某注目之，击以竿，唧唧作声。旋飞去，其光如电。某心动，罢钩而归。行未里许，回顾，火球丛集，以千百计，自海中风拥而来，水为之赤，绕矶跳跃，若巡逻状，移时乃散。"③ 这简直是一则海上不明飞行物现象的记载了，叙述生动，画面感非常强。

《登州海市》记叙的则是一种海市蜃楼场景："余乡海市，惟登郡蓬莱阁为最。……市之见也，变态不一，或城垣隐起，雉堞崔嵬，绵亘袤延，俨然都会；或倏为市镇之形，万瓦鳞次，千门洞启，摩肩击毂者，纷纷

---

① 〔清〕王椷：《秋灯丛话》，《清代笔记小说丛书》，华莹校点，济南：黄河出版社1990年版，第316页。

② 〔清〕王椷：《秋灯丛话》，《清代笔记小说丛书》，华莹校点，济南：黄河出版社1990年版，第179页。

③ 〔清〕王椷：《秋灯丛话》，《清代笔记小说丛书》，华莹校点，济南：黄河出版社1990年版，第155页。

如织；又或为大丛林，浮屠耸峙，殿阁峥嵘，莫不宏杰嵯峨，玲珑耀目；又或峰峦矗立，夏木千章，异卉珍禽，宛如图画。若远若近，乍离乍合；或移时而更一境，或转瞬而变其状，灵幻万端，莫测所自。"① 登州所在的山东半岛为齐国故地，这里的海市蜃楼现象经常出现，汉魏时期还因此与海洋神仙岛想象联系在一起，从而成为方士等人活动的文化背景。

四是海洋民间崇信异闻。海洋民间崇信在中国的沿海地区大量存在，《秋灯丛话》里的多则叙事都涉及这方面内容。《划水仙》说航海的人，经常会遭遇飓风，造成船毁人亡的不幸后果。"爰有划水仙之事。按水仙，洋中之神，莫详姓氏，或曰帝禹，或曰伍相及三闾大夫，灵异昭昭，有求斯应。"② 可见所谓"水仙"，其实是各尊水神，"划水仙"信俗乃是一种对于水神的祭拜活动。

《寻父遇水宫》描述的则是所谓鬼神显灵现象。"泉州张某，贸易外洋，赴吕宋久不返，讹传官于暹逻。乾隆丁卯，其子附洋艘访之。行数日，遭风舟覆，坠至一处，富阙玲珑，如佛寺所图天宫状。光明激射，目不能视。有司阍者，即之其父也。父惊曰：'儿何来此？可速返。'掖之登岸，倏抵厦门。计解维时，已月有余矣。"③ 泉州一带的人多有从事去南洋进行贸易的人，海路茫茫，生死难卜，所以寻找父亲的行动，本是具有一定普遍性的现实内容，但通过鬼魂形式予以表达，就包含了希望亲人以各种形式团圆的民间崇信的因素了。

总之，王棨《秋灯丛话》里的涉海叙事十分丰富，虽然其中没有什么让人耳目一新的杰作，却也多方面反映了海洋人文现象。

三、沈起凤《谐铎》中的海洋志怪

沈起凤（1741—1802），字桐威，号红心词客，江苏吴县（今属苏州）人，清代中叶著名戏曲和小说家。沈起凤从小聪颖，二十八岁就中了举人，不料科举之路竟然到此结束，以后屡试不第，再也无法考中进士，所以基本与仕宦绝缘，直到五十来岁的时候，才做了安徽一个县学的教官，而且时间还很短。因此沈起凤一生是比较清苦的，从来没有发达过，

---

① ［清］王棨：《秋灯丛话》，《清代笔记小说丛书》，华莹校点，济南：黄河出版社1990年版，第175—176页。

② ［清］王棨：《秋灯丛话》，《清代笔记小说丛书》，华莹校点，济南：黄河出版社1990年版，第242页。

③ ［清］王棨：《秋灯丛话》，《清代笔记小说丛书》，华莹校点，济南：黄河出版社1990年版，第323页。

主要靠卖文和做幕僚为生。嘉靖年间客死于北京。

　　既然无缘于仕宦，沈起凤就将几乎所有的精力都投射于他所喜爱的戏剧和小说创作之中。其所撰传奇剧本有三四十种之多，现存的还有《报恩缘》等四种，小说则有《谐铎》。"以书由'谐'、'铎'两部分构成而言：'谐'是'铎'生发的根据，'铎'是从'谐'引申出来的教义，意在于戏笑言谈中给人以警醒、启迪和教育。"① 可见沈起凤对于《谐铎》的写作是很认真严肃的。

　　《谐铎》对后世的影响比较大，据陈文新《文言小说审美发展史》介绍，《谐铎》在当时即已经广为传播。乾隆辛亥年就有藤华榭刊本问世。光绪十七年出了上海广百宋斋的铅印本。后来上海书局、文蔚书局、锦文堂书店都纷纷推出了《谐铎》的石印本，可见其受欢迎的程度。

　　《谐铎》的故事短小精悍，各篇独立。内容非神即鬼，非精即怪，有警诫，有讽喻，言简意深。作者借题发挥，对于社会病态的解剖，人情世态的揭露，寓庄于谐，深藏哲理。

　　《谐铎》中涉及海洋方面的两篇小说，也属于此类性质。其中《鲛奴》一则，延续着"人鱼"叙事，并有所发展。该篇小说情节曲折，形象生动，显示出较高的艺术水准。

　　故事叙述茜泾地区有景生，在闽地游玩了整整三年，后忽然想家了，便搭海船从海路而归。途中停泊休息的时候，看见不远处的沙岸上有一个人僵卧着，一动不动。景生恐其遭受不幸，就上前探望，发现他碧眼蜷须，黑身似鬼，相貌非常奇特。景生呼而之，对方回答说："仆鲛人也，为水晶宫琼华三姑子织紫绡嫁衣，误断其九龙双脊梭，是以见放。今漂泊无依，倘蒙收录，恩衔没齿。"这里鲛人已经能够开口说话，说明故事的叙述者已经把它当做"正常人"来构思了。正因为视对方为"正常人"，所以景生不但不觉得惊讶，反而"正苦于无仆"，就将他带回家收为仆人。一个传统的非常态性的志怪类题材，就这样渐渐变成了生活性的常态叙事。

　　故事继续说，成了仆人后的鲛人非常"一般"，并没有显得与众不同。他没有什么爱好，也没有什么特出的才能。只不过有一个异人之处，就是每次饭后必须赴水一浴，浴后就蹲伏在暗陬里，不言不笑。所以鲛人渐渐地几乎要被人遗忘了，但是一件事情改变了一切。

　　在当地传统节日浴佛日那天，景生在昙花讲寺遇见了韶龄女子爱珠，

① 辛颖、温庆新：《沈起凤〈谐铎〉编纂旨意别解》，《内江师范学院学报》2013 年第 5 期。

顿生爱慕之心。可是爱珠母亲提出要以万颗明珠为聘。景生家贫，不要说万颗，就是连一颗珠也拿不出的，因此悲哀绝望，伏床不起。医生都说"相思疾未可药也"，日益瘦骨如柴，恹恹待毙，只剩一口气了。

鲛人见主人如此，"抚床大哭，泪流满地。俯视之，晶光跳掷，粒粒盘中竟然都是如意珠"。景生有了这么多的明珠，自然大悦，"蹶然而起"了。

故事里的鲛人"泪水成珠"，显然是从张华《博物志》"鲛人……从主人索一器，泣而成珠满盘，以与主人"而来。但是后面的发展，则是沈起凤的创造了。

鲛人得知自己救了主人之命，并还可以为主人赢得芳心，十分高兴。可是拾而数之，未满万颗之数，鲛人主动提出"为君尽情一哭"，以得到更多的珠宝。于是在第二天，他登楼望海，见烟波浩淼，浮天无岸，鲛人引杯取醉，"作旋波宫鱼龙曼衍之舞"。南眺朱崖，北顾天墟，一片苍茫，喟然曰："满目苍凉，故家何在？"悲从心来，"抚膺一恸，泪珠迸落。生取玉盘盛之，泪尽乃止"。就在主人喜滋滋捡拾珠子时，鲛人却"耸身一跃，赴海而没"，回到大海里去了。

这个中心情节设计得极其漂亮。鲛人之哭，本是为了替主人解难，心中无悲，要哭也难，可是当他来到海边，见烟波浩淼，顿起思乡之情，于是才悲苦大哭，泪珠迸落。这里情节发展合理，描写有声有色。最妙的是故事结尾，鲛人已经为主人哭得了万珠，报恩已了，耸身一跃，回到海洋故乡去了。一臻高潮，戛然而止。[1]

所以从故事内容中，我们可以清楚地看到它与晋张华《博物志》里"鲛人"等故事的渊源关系。它是一种继承性叙事，更是一种继承基础上的超越关系。这种超越主要表现在：叙事内容更为丰富，情节更为曲折和完整，而且与爱情叙事结合在一起，隐隐然使海洋的"性之质"从"水性淫质"向纯洁方向演变，增加了海洋的可亲性因素。从形象塑造的角度来说，它能注意到"鲛奴"性格的刻画，这在以往的同类叙事中，是从未出现过的。

《谐铎》中另外一篇海洋小说《蜣螂城》，虽然依然采用古代海洋小说常用的"海上遇风暴飘落于荒岛"模式，表面上看起来似乎没有什么特殊价值，但是它所叙述的故事却颇为奇异，主题异常深刻。故事说的是一个叫荀生的人，浑身"芳兰"，"香留三日"。有一次他随商船出海，

---

① ［清］沈起凤：《谐铎》，北京：人民文学出版社1985年版，第109页。

途中遭遇风暴，被海浪刮送到了一个海岛。这个岛非常诡异，弥漫着一种"恶气"，让荀生"哽喉棘鼻"，无法忍受。海岛上有臭鱼臭虾的味道并不稀奇，但是"蜣螂城"里的"恶气"并非鱼虾臭气，所以诡异得让人害怕。荀生不知道这弥漫"恶气"的海岛究为何处，心有大不安，就不敢继续前往，准备回去了。就在这时，却忽见一翁，带着一个短发小童谈笑而来。见到荀生，闻到他身上的香味，大为不悦，呵斥说："何处齷齪儿，偷窥净土？不怕旁人吓煞！"而荀生闻到的则是其人奇臭，忍不住退行三四步，"遥叩姓氏"。到处是"恶气"的地方，其人却称为"净土"，还要怪别人为"齷齪儿"。讽刺性艺术性效果就这样被营构了。

这两个人互相都说对方"臭"，本是非常滑稽的情节设计，但由于我们已经知道荀生其实是通体"芳兰"的，所以岛人的"视荀生之香为臭"就被赋予了象征和影射的含义。而老翁自报姓名，更突出了这种象征和影射性："予铜臭翁孔氏，此名乳臭小儿。因慕洞天福地，自五浊村移家于此。蒙鲍鱼肆主人见爱，谓予臭味不殊，荐诸逐臭大夫，命司蜣螂城北门管钥。"原来他姓孔，外号叫"铜臭翁"，我们这才知道其"臭"原来来自于"孔方兄"，而不是真的体臭。可见这是一篇挞伐商业经济活动的影射小说了。从这一点来看，作者的商业观、金钱观还是比较传统的，对财富有否定性的贬视，其故事营构似乎与后来的落魄道人《常言道》十分相似。但《蜣螂城》揭露铜臭不停留于表面，它深刻的地方在于它写出了蜣螂城人以臭为香，以蜣螂城为"洞天福地"，所以这"铜臭翁孔氏"不但不觉得自己之臭，反而认为浑身"芳兰"（象征中国古老人文传统）的荀生"遍体恶气"，几乎要让他"大呕不止"，并担心"若不早自敛藏，将流染村墟，郁为时疠，其奈之何"！

"铜臭翁孔氏"的劝告是殷切的，态度非常诚挚，所以引发了荀生的探求之心，他不退回去了，而是继续向岛屿的深处走去。但见眼前一个地方，"尽以粪土涂墙，四面附蜣螂百万，屹如长城。"这里"长城"的譬喻显然也含有影射的意思。里面的人见荀生来了，大叫"瘴气来矣！速取名香辟除户外"，纷纷逃避。他们拒绝香气的态度是明朗的，因为他们纷纷逃避、躲之不及的行动，带来的结果是，竟然将荀生挤入了厕所之中，弄得浑身脏臭。

作为荀生而言，掉入茅厕，乃是耻辱；浑身粪臭，更是羞不可言了。所以他急于想冲洗换装。可是他绝对没有料到的事情，就在这时发生了：这些人居然不再逃避，反而都围了上来，"遍体摩嗅，自顶至踵"，赞扬其有"芳泽"了。立即视其为同类，把荀生礼引到客馆住下，待为上宾。

因此被挤入茅厕，弄得浑身脏臭，实际上是一种"同流合污"主旨的戏剧化处理。

香臭颠倒，并且以非常真诚的态度去从事这种颠倒，《蜣螂城》叙事充满了辛辣的反讽。但如果故事到此为止，那么这篇小说也许它仅仅是供人一笑而已。其实《蜣螂城》的叙事才刚刚开始。它开始从表层进入内层，讽刺也由一般性的诙谐转向政治、哲学的剖析和思考。

《蜣螂城》叙事的深刻性就体现在这腐臭王国里，苟生竟然渐渐地"不觉其臭"，对主人提供的臭食，也能"大啖之"。不但成为了同路人，而且还能更胜一筹，主动地"自探其喉，秽气喷溢"。引得主人鼓掌而笑曰："气佳哉！薰莸可同器矣。"香兰臭草同为一体了。孔翁与苟生也成为"莫逆交"。

苟生就这样成了这蜣螂城中的一员，在仅仅的半个月的时间中就被彻底同化了。所以当他要回去的时候，孔翁不但"张筵饯之"，而且还"引入后室"，让他任取"三十六粪窖，森森排列"的赤金，甚至还赠送了"蓬头垢面，而天然国色"的阿魏姑娘。这个时候的苟生再也闻不到任何金钱的臭气，所以自然只是"拜谢"了。他得意洋洋地"捧金挈妇，辞别还舟"。只是回到"内地"的他遍身臭气，他从蜣螂城中得到的金子也因臭根本用不出去。最终苟生只能"郁郁抱金而没"。①

《蜣螂城》的讽喻性是显而易见的，但对于其具体的讽喻对象的理解，后人有所分歧，有人认为是讽刺金钱至上，也有人认为是讽刺西方经济入侵。其实没有必要将它的讽刺对象明晰化。因为无论讽刺对象为何者，都是一种政治讽喻。它写出了社会进入经济时代后，一些持有传统思想道德的人对金钱的排斥和又排斥不了的绝望。苟生的名字是有象征意义的："苟"让人联想到荀子，"生"为书生，都是喻指读书人。读书人在商人经济时代迅速遭遇了尴尬，它传统的显赫地位已经被经济力量所粉碎，而读书人自己又根本没有能力去经营商业，无法融入其中，所以他们对商业经济恨之入骨。因此苟生的遭遇是一种寓言。苟生从对金钱的拒绝（闻到的是臭气）到认同和接纳（不再以为臭，反而以积极的态度投入其中）的过程，而最终都为传统思想占主导的社会所不容的结局，是一种对某些背叛读书人立场者的警告。从这个意义上来说，这里的苟生或许具有"先觉者"的意味。可是作者把"铜臭国"设置在一个海岛上，就显得更为意味深长。可见作者认为，当时中国的商业逐利之风，是从"海

---

① ［清］沈起凤：《谐铎》，北京：人民文学出版社1985年版，第149—150页。

外"刮来的。这正是古代海洋小说寓言性特征的一个体现。

沈起凤涉海叙事的这种寓言化手法，在他的《桃夭村》中也有显著体现。桃夭村实为一个海岛，太仓蒋生随海商入海，被风浪带到了岛上。岛上女子以美貌排名次，让上岛者以文才定等级，同等级者婚配为夫妻。结果由于竞争者行贿，操作者受贿，满腹才华不肯行贿的蒋生反而排名靠后，将与丑陋者婚配。不料真正貌美者家贫也不肯行贿而被定为次品，结果反而成佳偶。① 其寓言式的讽喻意义不言自明。

四、袁枚《子不语》中的涉海书写

《子不语》又名《新齐谐》，这两个书名都为袁枚自己所拟。此书尚未刊刻的时候，传抄之本已广泛流传于士林，也就是说，袁枚在世之时，此书便是二名共行了。刊印后，道光间三元堂刻本、咸丰刻本、同治刻本、光绪十八年（1892）上海图书集成印书局石印本，均标名为《新齐谐》。进入民国时代后，各种版本都改为《子不语》并流传至今。②

袁枚（1716—1797），字子才，号简斋，晚年自号仓山居士、随园主人、随园老人，钱塘（今浙江杭州）人，清乾嘉时期代表性诗人、散文家、文学评论家。袁枚倡导"性灵说"，与赵翼、张问陶并称"性灵派三大家"。但是他的《子不语》和《续子不语》却走志怪之路。他在《子不语》"序"中说："怪、力、乱、神，子所不语也。然龙血、鬼车，《系辞》用之；玄鸟生商，牛羊饲稷，《雅》《颂》语之。"他认为志怪本是中国文化和文学的传统之一，也是"穷天地之变"的方法和途径之一，所以他认为自己的《子不语》，继承的也是正统的文学传统。

袁枚要创造和描述一个志怪文学的世界，自然离不开志怪传统悠久的海洋文学。《子不语》二十四卷，《续子不语》十卷，共三十四卷，收集短篇故事一千二百余则。其中涉及海洋内容的，《子不语》有《海中毛人张口生风》《海和尚》《海异》《落漈》《乍浦海怪》和《美人鱼》六篇；《续子不语》也有《浮海》《刑天国》《水虎》《吞舟鱼》和《照海镜》五篇。这些作品都有浓厚的志怪风格。但是袁枚却又都是以非常认真的甚至是考据的态度来撰述这些故事，所以文中大多有"彰化县官案验得实，移咨广省""土人云""康熙中，朱鹿田先生曾见"等语，煞有介事地提供证据。这或许是一种叙事策略，也可以说明袁枚对于超现实的怪异世

---

① ［清］沈起凤：《谐铎》，北京：人民文学出版社 1985 年版，第 59－60 页。
② 李小龙：《〈子不语〉的作者命名与时代选择》，《北京社会科学》2017 年第 6 期。

界并不认为全是虚妄怪诞。

《海中毛人张口生风》叙写雍正年间有一条海船因遭遇风暴，漂至台湾彰化。船上有二十余人，第二年，他们中有几个人回到了广东，向官府报案说，他们泛海开船，后遇飓风，迷失海道，顺流而东。行数昼夜，舟得泊岸，回视水如山立，船无法继续航行。于是他们上了岸，才知道这个地方已经是台湾的彰化了。这种倒叙法，目的是突出口述特色，以增强故事的可信度。这些事件的亲历者说，彰化环境恶劣，"地上破船、坏板、白骨不可胜计"。不到一年，他们这些人就多有生病而死的，可吃的粮食也快没有了。幸亏他们带有一些豆子，他们就在岛上种植豆子，赖以充腹。但是有一天，"有毛人长数丈，自东方徐步来，指海水而笑。某等向彼号呼叩首。长人以手指海，若挥之速去者。某等始不解，既而有悟，急驾帆试之。长人张口吹气，蓬蓬然东风大作，昼夜不息，因望见鹿仔港口，遂收泊焉。"故事还说："彰化县官案验得实，移咨广省，以所有资物按二百（十）余家均分之，遂定案焉。"① 海上航行遭遇风暴漂流至异岛，在古代本是很寻常的时期，荒岛上遭遇"长人""巨人"之类，也多有人叙写，但是袁枚一方面以现实主义态度记叙这些故事，另一方面又写这些"长人"可以吹气成蓬蓬东风送他们回家，这已经是匪夷所思的现象了，袁枚还继续说，"后有土人云：此名海阐，乃东海之极下处，船无回理，惟一百二十年方有东风屈曲可上。此二十余人恰好值之，亦奇矣。""海阐"云云，类似于《山海经》等书中所说的"海漯"，本是海洋水文地理想象的产物，但袁枚似乎很认真地表示那是真实的存在，然而一句"第不知毛而长者又为何神也"，却又使整个叙事进入虚诞。

《海和尚》等其他海洋叙事作品也是采用这种虚虚实实相结合的方法。《海和尚》写一个海洋老渔民，精于捕捞鱼类，家境因此而殷实。"一日，偕同辈撒网海滨，曳之，倍觉重于常，数人并力舁之出，网中并无鱼，惟有六七小人跌坐，见人，辄合掌作顶礼状。遍身毛如猕猴，髡其顶而无发，语言不可晓。开网纵之，皆于海面行数十步而没。土人云：'此号海和尚，得而腊之，可忍饥一年。'"②

海和尚本是一种长相比较奇特的海洋生物。明黄衷《海语》也有记载："海和尚，人首鳖身，足差长而无甲。"由于生具异相，海洋人认为碰上它会有不吉利。到了清屈大均《广东新语》里，海和尚已经几乎变成了海怪：

---

① ［清］袁枚：《子不语》，上海：上海古籍出版社 2012 年版，第 212 页。

② ［清］袁枚：《子不语》，上海：上海古籍出版社 2012 年版，第 256 页。

"有海怪被发红面，乘鱼而往来。乘鱼者亦鱼也，谓之人鱼。人鱼雄者为海和尚，雌者为海女，能为舶祟。"这两条记载都将海和尚描述成了一种很可怕的海上怪异生物。但是袁枚笔下的海和尚，虽然也很怪异，但具有人情、人性。它们幼童一样大小，还很懂礼貌。土著人认为它们可以当作腊肉腌制，说明还是认为它们属于普通海洋生物的一种。

《海异》记叙的是一种异常的海洋水文情形："海中水，上咸下淡。鱼生咸水者，入淡水即死。生淡水者，入咸水即死。咸水煮饭，水干而米不熟。必用淡水煮才熟。水清者，下望可见二十余丈，青红黑黄，其色不一。人小便，则水光变作火光，乱星喷起。鱼常高飞如鸟雀，有变虎者，变鹿者。"① 海洋中有淡水存在，这是可信的。嵊泗东北面海底为长江古河道，据说至今仍然有淡水流动。但是说在这种海域里生活的鱼，有的会变成虎，有的会变成鹿，则是荒诞想象了。

《落漈》描述了一个奇特的"海底"世界。"海水至澎湖渐低，近琉球则谓之落漈。落者，水落下而不回也。有闽人过台湾，被风吹落漈中，以为万无生理。忽闻大振一声，人人跌倒，船遂不动。徐视之，方知抵一荒岛，岸上砂石，尽是赤金。有怪鸟，见人不飞，人饥则捕食之。夜闻鬼声啾啾不一。居半年，渐通鬼语。鬼言：'我辈皆中国人，当年落漈流尸到此，不知去中国几万里矣。久栖于此，颇知海性。大抵阅三十年，落漈一平，生人未死者可以望归。今正当落漈将平时，君等修补船只，可望生还。'如其言，群鬼哭而送之，竞取岸上金砂为赠，嘱曰：'幸致声乡里，好作佛事，替我等超度。'众感鬼之情，还家后各出资建大醮，以祝谢焉。"②

这个叫作"落漈"的海底世界，其实并不是在水下，而是海平面较低的一个海岛。"落漈"的文化渊源或许来自于《山海经》"大壑"意象。《山海经·大荒东经》："东海之外大壑"。"大壑"指的就是海平面很低的地方。在《山海经》里，"大壑"只是一种想象，但是对于"落漈"，史书却是认真对待的。《元史》列传第九十七"外夷三"条中记载："瑠求，在南海之东。漳、泉、兴、福四州界内，彭湖诸岛与瑠求相对，亦素不通。天气清明时，望之隐约若烟若雾，其远不知几千里也。西南北岸皆水，至彭湖渐低，近瑠求则谓之落漈，漈者，水趋下而不回也。凡西岸渔舟到彭湖已下，遇飓风发作，漂流落漈，回者百一。瑠求，在外夷最

① ［清］袁枚：《子不语》，上海：上海古籍出版社2012年版，第83页。
② ［清］袁枚：《子不语》，上海：上海古籍出版社2012年版，第319页。

小而险者也。汉、唐以来，史所不载，近代诸蕃市舶不闻至其国。"一般认为，这里的"瑠求"，指的是台湾岛。或许是潮流的关系，或许是视野的关系，《元史》认为这里的海平面较低。这种看法催生了很多文学想象。袁枚的《落漈》就是如此，虽然"尽是赤金"，却是一个海难鬼魂世界。它们渴望魂归中华故乡。所以虽然是怪诞叙写，其实暗含了无数闯海者命丧大海和流落异乡的斑斑血泪。

《乍浦海怪》和《美人鱼》是两则有关海洋生物的异化叙事。前者记叙一次飓风中出现的海洋怪物，没有人认识它。这种随大风潮出现的陌生海洋生物，是一种正常的自然现象，但用文学笔法记叙，则成了志怪作品了。后者则叙写了一个美人鱼故事。崇明岛一个渔民，偶尔捕到了一条状如女子的"美人鱼"，身材与船一样大，她示意迷路了，渔民就把它放归大海。类似救援搁浅的鲸鱼，故事情节比较简单。

《子不语》完成后，袁枚兴犹未尽，又编写了《续子不语》一书，里面也有多则涉海叙事故事。

《浮海》叙写了一个温州海商的海上经历。"王谦光者，温州府诸生也。家贫，不能自活，客于通洋经纪之家。习见从洋者利不赀，谦光亦累资数十金同往。"温州是明清海洋贸易的重地，所以这个故事的主角是温州人，正透露出这方面的信息。"初至日本，获利数十倍。"江浙海商主要从事对日贸易，这与福建、广东海商主要面向南洋地区有很大的不同。"继又往，人众货多，飓风骤作，飘忽不知所之。见有山处，趋往泊之，触礁石沉舟，溺死过半，缘岸而登者三十余人。"海商最大的危险来自于海上风暴，海难事故经常发生，所以古代海洋小说多有这种遭遇风暴落水漂流至荒岛的叙事模式。"山无生产，人迹绝至，虽不葬鱼腹中，难免为山中饿鬼，众皆长恸。昼行夜伏，拾草木之实，聊以充饥。及风雨晦冥，山妖木魅，千奇万怪，来侮狎人，死者又十之七八。"海上多荒岛，这种海岛缺乏基本的生存条件，但是奇遇就是在这样的环境里发生的，这也是涉海叙事故事张力和魅力的体现。"一日，走入空谷中，有石窟如室，可蔽风雨。傍有草，甚香，掘其根食之，饥渴顿已，神气清爽。识者曰：'此人参也。'如是者三月余，诸人皆食此草，相视，各见颜色光彩如孩童时。"日本基本不产人参，产参的地方是朝鲜高丽。原来他们已经漂浮到了朝鲜半岛。"常登山望海。忽有小艇数十，见人在山，泊舟来问，知是中国人，遂载以往，皆朝鲜徼外之巡拦也。"果然是到了朝鲜地界了。"闻之国王，蒙召见，问及履历，谦光云系生员，王笑曰：'道不行，乘桴浮于海耶！'因以'浮海'为题，命谦光赋之。谦光援笔而就，曰：'久困经生业，乘槎学使星。不因风浪险，那得到王庭。'王善之，馆待如礼，尝得召见，屡启王欲归之意。又三年，始具舟资，送谦光并及诸人回家，王赐甚厚。谦光在彼国见诸臣僚，赋诗高会，无不招至，临行赆饯颇多。"① 一场海难事故，竟然发展成一段中朝友好佳话。这是这篇海洋小说的亮点之一。

《浮海》基本是现实主义书写，但《刑天国》则又回到了志怪的传统。仍然是王谦光的经历。"谦光又云：曾飘至一岛，男女千人，皆肥短无头，以两乳作眼，闪闪欲动；以脐作口，取食物至前，吸而啖之；声啾啾不可辨。见谦光有头，群相惊诧，男女逼而视之，脐中各伸一舌，长三寸许，争舐谦光。谦光奔至山顶，与其众抛石子击之，其人始散。识者曰：'此《山海经》所载刑天氏也，为禹所诛，其尸不坏，能持干戚而舞。'"② 刑天是壮烈不屈的大英雄，袁枚在自己的作品里，把刑天的后人安置在海岛上，这是意味深长的。因为历史上海洋和海岛往往是战败者的退路，也是反攻的基地。

《水虎》《吞舟鱼》和《照海镜》都属于奇异海洋性质的书写。水虎是一种异形海洋生物，吞舟鱼为一种大鱼，照海镜为一种类似潜望镜的想象。总之，在《续子不语》里，袁枚仍然认为，海洋是奇异的，海洋世界是深不可测的。

第三节　清代其他笔记著作中的海洋记叙

清代的笔记文学非常发达，有人甚至认为，"清一代的笔记小说创作，卷帙浩繁，作者如林，继承了晋之志怪、唐之传奇和历代史传文学的艺术营养"，可以说为古代笔记文学的"鼎盛之期"。③ 这是可以理解的，在严峻的文字政策下，文人学者慎言政论，纷纷转向相对比较自由的笔记文学写作。

在清代众多的笔记作品中，有许多篇什涉及海洋。内容也十分的丰富，既有钮琇《觚剩》中《海天行》这种"海天通行"的奇遇构想，又有陈伦炯《海国闻见录》这类海外异闻，更有屈大钧《广东新语》这样使得"南海书写"的内涵更为丰富的地域性写作。在表现手法上，这些涉海作品，大多是想象性和志怪性叙事，也有很多为现实主义书写，说明清代的海洋

---

① ［清］袁枚：《子不语》，上海：上海古籍出版社 2012 年版，第 347 页。
② ［清］袁枚：《子不语》，上海：上海古籍出版社 2012 年版，第 348 页。
③ 陆林主编；赵山林选注：《清代笔记小说类编》，合肥：黄山书社 1994 年版，第 1 页。

叙事文学，虽然以志怪为主，但也是多种小说诗学形态并存。

一、钮琇《觚剩》中的海洋书写

钮琇，字玉樵，江苏吴江今属苏州人。关于其生年，陆林、戴春花《清初文言小说〈觚剩〉作者钮琇生年考略》考证为 1644 年。其卒年大约为 1704 年。

钮琇做过一些知县之类的地方官。他博学多才，各方面都有成就。但其主要成就体现在学术和文学上。他的笔记小说集《觚剩》，世人评价很高。"清康熙朝问世的文言小说集，在艺术上屈指而三的作品是《聊斋志异》《虞初新志》和《觚剩》。今人编撰《续修四库全书》，将此三书一并收入，亦显示出它们在清代文化史上的重要地位。"[①]

《觚剩》的涉海作品，其"正编"中有《南海神庙》《两海贼》《木中少女》和《琉球史》这样比较简短的 4 篇；其"续编"中有《海天行》这样情节曲折、含义深刻的佳作。

《南海神庙》简要介绍神庙的位置、环境和历史，文字简朴。《两海贼》出现的"海贼"实为"蛋民（疍民）"。把"蛋民"称为"海贼"，比较罕见。《木中少女》属于"人鱼"叙事，但构思比较新奇。故事说有人出使琉球，于海中碰到了一段浮木，打开后，发现里面竟然躺着一个美丽少女，微笑着跳入海中，踏波而去，旋即狂风大作。这种志怪式故事，是对汉魏海洋志怪叙事的传承。《琉球史》叙述朝廷使者出使琉球途中，遇见奇特的海况海情，也可以归到志异志怪叙事中去。

《觚剩》中具有代表性意义的涉海故事是续编卷三中的《海天行》。这是一篇慨然激昂大海行的航海叙事作品。这篇作品有两点值得关注：一是作者将述祖"不屑事举子业"与"慨焉有桴之想"对立，表明了以述祖为代表的新一代士人的海洋价值观与前人已经大有不同。述祖倾全部身家，用三年时间打造了一条大船，装满货物，驶向外洋，开始海洋贸易活动。这种"海行"选择，在当时是非常难能可贵的。二是故事的主体虽然是航行中遭遇风暴后漂流至不知名海岛的传统模式，但是这篇作品写的却是登岛后又"天行"的奇遇。"海行"和"天行"构成了故事的整体。"安顿已毕，大伐鼍鼓三通，乃始启行，逆风而上，两巨鱼夹舟若飞，白波摇漾，练静景平，路无坦险，时无昼夜。中途石壁千仞，截流而立，其上金书'天人河海分界'六个大字。众指示述祖曰：'昔张骞

---

① 陆林、戴春花：《清初文言小说〈觚剩〉作者钮琇生年考略》，《文学遗产》2006 年第 1 期。

乘槎，未能过此；今汝得远泛银潢，岂非盛事？’述祖俯首称谢。食顷之间，咸云：‘南天关在望矣。’”①　显然它借用了“八月仙槎”的故事框架。古代海洋文学题材和意趣的传承性，在此又一次得到了证明。

二、陈伦炯《海国闻见录》中的异国和异海书写

陈伦炯，字次安，号资斋，生卒年不详，福建泉州人，长期定居于厦门。父亲陈昂，曾在康熙二十一年（1682）从靖海侯施烺平定台湾，出入东西洋五年，叙功授职，官至广东副都统。受父亲影响，陈伦炯对南洋等海外世界十分感兴趣。后来他承袭父荫，复由侍卫历任澎湖副将、台湾镇总兵官，移广东高雷廉、江南崇明、狼山诸镇，又为浙江宁波水师提督，这些地方，都是中国滨海之地。长期在沿海地区任职，管辖的范围又都是海洋军事等，所以陈伦炯具有非常丰富的海洋见闻和深刻的海洋认知。后来他把自己的平生闻见，包括从父亲陈昂那里得到的海洋地理和海外国家知识，形诸文字，最终成就了他《海国闻见录》一书的写作。

由上述可知，“《海国闻见录》虽名为陈伦炯一人所撰，但其父陈昂的航海经历和航海知识对他的著书有很大的帮助。在其父的影响下，陈伦炯不仅为了解明代倭寇骚扰沿海各地情况而亲历日本考察，而且任官广东各地时还向外国商人‘询其国俗，考其图籍’，努力了解外部世界，这在当时是很了不起的。《海国闻见录》一书积陈昂、陈伦炯父子两代人的航海经历而成，其价值自然非一般茶余饭后的海外奇谈所能比拟。”②这种父子“接力合作”完成的海洋书写，在中国海洋文学史上是很少见的，也不失为一段文学佳话。

陈伦炯在写于雍正八年（1730）的该书的“自序”中说，他的父亲从小家境困难，不得已废书学贾，往来外洋。“见老于操舟者，仅知针盘风信，叩以形势则茫然，间有能道一、二事实者而理莫能明。”因此他父亲每至某一海域，“必察其面势、辨其风潮；触目会心，有非学力所能造者”。而他自己，则是“从先公宦浙，……日见西洋诸部估客，询其国俗、考其图籍，合诸先帝所图示指画，毫发不爽。乃按中国沿海形势、外洋诸国疆域相错、人风、物产、商贾贸迁之所，备为图志。盖所以志圣祖仁皇帝暨先公之教于不忘，又使任海疆者知防御搜捕之扼塞，经商者知

---

① ［清］钮琇：《觚剩·海天行》，上海：上海古籍出版社1986年版，第211—213页。
② 黄顺力：《海洋迷思：中国海洋观的传统与变迁》，南昌：江西高校出版社2007年版，第256页。

备风潮、警寇掠，亦所以广我皇上保民恤商之德意也。"① 这说明陈伦炯关注海洋，记录海情，既是继承父辈的遗志，也是当时政治和军事的需要。他的《海国闻见录》写作具有很强的历史使命感。

《海国闻见录》分上、下两卷。上卷八篇，一是《天下沿海形势录》，记录大陆沿海地理形势；二为《东洋记》，记述朝鲜、日本及琉球等地情况；三为《东南洋记》，记叙台湾岛、菲律宾群岛等岛屿情况；四为《南洋记》，记叙印度半岛、马来半岛等岛国情形；五为《小西洋记》，记叙南亚、西亚及中亚诸国；六为《大西洋记》，记叙非洲及欧洲情况；七为《昆屯记》，记叙南海昆仑岛情况；八为《南澳气记》，记叙千里石塘、万里长沙，即我国西沙、南沙群岛情况。下卷附图六幅，一为《四海总图》，即东半球图；二为《沿海全图》，即大陆沿海图；三为《台湾图》，即台湾西岸图；四为《台湾后山图》，即台湾东岸图；五为《澎湖图》，即澎湖列岛图；六为《琼州图》，即海南岛图。

天下海洋地理和海洋形势，都在陈伦炯的观察和记录之中。可见陈伦炯具有清晰的海洋意识。他的《海国闻见录》是一部非常专业性的海洋叙事作品。

与元代汪大渊《岛夷志略》、明代马欢《瀛涯胜览》和费信《星槎胜览》等同类性质的作品相比，《海国闻见录》所附的六幅海图，是创造性的，体现出该书鲜明的务实特质。另外，《海国闻见录》不仅关注海外，还非常关注中国的沿海地区。其第一篇《天下沿海形势录》，详尽地介绍了中国沿海的海情和地理情况。从辽海而登州，而海州，而宁波，而闽海，而泉州，而漳州，而台湾，而澎湖，而雷州，而琼州，作者把中国沿海和海域形势一一描述，其中有关海情、海道的部分，还非常细节化。如写黄河入海口："海州而下，庙湾而上，则黄河出海之口。河浊海清，沙泥入海则沉实。支条缕结，东向纤长，潮满则没，潮汐或浅或沉，名曰五条沙；中间深处，呼曰沙行。江南之沙船往山东者，恃沙行以寄泊；船因底平，少搁无碍。闽船到此，则魄散魂飞。"②

汪大渊《岛夷志略》、马欢《瀛涯胜览》等主要记叙南洋诸岛，对于朝鲜、日本等东北亚海洋国家，几无记载。陈伦炯《海国闻见录》却专列《东洋记》一章。其中记载日本说，日本七十二岛，"而与中国通贸易者，惟长崎一岛。长崎……受封汉朝。王服中国冠裳；国习中华文字，读以倭

---

① ［清］陈伦炯：《海国闻见录》，郑州：中州古籍出版社 1985 年版，第 18—19 页。
② ［清］陈伦炯：《海国闻见录》，郑州：中州古籍出版社 1985 年版，第 20 页。

音。……富者履坐絮席，贫者履坐荐席，名曰'毯踏棉'。……俗尊佛，尚中国僧；敬祖先，时扫坟庐。……普陀往长崎虽东西正向直取而渡横洋，风浪巨险。谚云：'日本好货，五岛难过。'"① 这些都为研究日本和中日关系提供了很好的资料。

三、屈大钧《广东新语》中的南海书写

屈大均（1630—1696），号非池，字骚余，又字翁山、介子，号菜圃，广东番禺人，明末清初著名学者、诗人。汪宗衍《屈大均年谱》认为《广东新语》撰写成书时间为康熙十七年（1678），有人认为当在康熙十九年（1680）之后。② 反正《广东新语》一书是在康熙年间成书并开始流行传播，这是肯定不会错的。

屈大均一生致力于广东地方文献的整理和编撰，先后完成了《广东文集》《广东文选》和《广东新语》，均完成于晚年奉母居乡之时，其中以《广东新语》"流传最广，影响最大"，连屈大均自己也觉得这是"一奇书也"。有论者认为该书实为"广东之百科全书"，"作者托物写志，情见于词，则尤为可贵"。③ 而书中大量的涉海叙事，则无疑也是助推《广东新语》成功的重要因素之一。

《广东新语》专列有"水语""舟语"和"鳞鱼"，记叙的都是南海的水情、海船和鱼类等海洋生物。另外"地语"和"山语"中，甚至在"人语""事语"中，也大量记叙了南海沿海的海门和岛礁岛。有如此多作品涉及南海，这使得它成为明代黄衷《海语》之后，又一部标志性的南海书写的杰作。

《广东新语》中的许多记载具有巨大的海洋人文认知价值。如"地语"记载"澳门"的来历："凡番船停泊，必以海滨之湾环者为澳。澳者，舶口也。香山故有澳名曰浪白，广百余里，诸番贡市其中。嘉靖间，诸番以浪白辽远，重贿当事，求蠔境为澳。蠔境在虎跳门外，去香山东南百二十里，有南北二湾，海水环之，番人于二湾中，聚众筑城……自是，新宁之广海、望恫、奇潭，香山之浪白、十字门，东莞之虎头门、屯门、鸡栖诸澳悉废，而蠔境独为舶薮。……澳有南台、北台、台者山也，以相对故谓之澳门。"这就为"澳门"地名的来源提供了有力的证据。

疍民是栖居于海南和广州一带海上的特殊群落。《广东新语》中的

---

① ［清］陈伦炯：《海国闻见录》，郑州：中州古籍出版社1985年版，第36—37页。
② 南炳文：《〈广东新书〉成书时间考辨》，《西南大学学报（社会科学版）》2007年第6期。
③ 汪松涛：《屈大均与广东地方文献》，《岭南文史》1997年第4期。

《蛋家艇》以纪实的手法，提供了有关蛋民的详实资料："诸蛋以艇为家，是曰蛋家。其有男未聘，则置盆草于梢。女未受聘，则置盆花于梢。以致媒妁。婚时以蛮歌相迎。男歌胜则夺女过舟。其女大者曰鱼姊，小曰蚬妹。鱼大而蚬小，故姊曰鱼而妹曰蚬云。蛋人善没水。每持刀槊水中与巨鱼斗。见大鱼在岩穴中，或与之嬉戏，抚摩鳞鬣，俟大鱼口张，以长绳系钩，钩两腮，牵之而出。或数十人张罛，则数人下水，诱引大鱼入罛；罛举，人随之而上。亦尝有被大鱼吞啖者。大鱼还穴，横塞穴口，已在穴中不能出而死者。海鳅长者亘百里，背常负子，蛋人辄以长绳系枪飞刺之，候海鳅子毙，拽出沙潬，取其脂，货至万钱。蛋妇女皆嗜生鱼，能泅汅，昔时称为龙户者，以其入水辄绣面文身，以象蛟龙之子，行水中三四十里，不遭物害。今止名曰獭家。女为獭而男为龙，以其皆非人类也。"① 这篇作品，有对蛋民奇特婚姻习俗的记载，有蛋民潜水捕鱼的高超技艺的描述，有对他们遭遇海下危险的同情。这篇作品对于研究蛋民社会变迁有巨大的历史价值。

"鳞部"是《广东新语》海洋书写的重要组成部分。对于海洋生物的记叙，作者一改纪实性态度，而是采用了变异、夸张、引申发挥等超现实的艺术手法。所以"鳞部"里出现的各种鱼类等，都不是客观性的海洋生物，而是文学性的生物形象。如《怪鱼》："海上多怪鱼。……大风雨时，有海怪被发红面，乘鱼而往来。乘鱼者亦鱼也，谓之人鱼。人鱼雄者为海和尚，雌者为海女，能为舶祟。火长有祝云：'毋逢海女，毋见人鱼。'人鱼之种族有卢亭者，新安大鱼山与南亭竹没老万山多有之。其长如人，有牝牡，毛发焦黄而短，眼睛亦黄，面黧黑，尾长寸许，见人则惊怖入水，往往随波飘至，人以为怪，竞逐之。有得其牝者，与之淫，不能言语，惟笑而已。久之，能著衣食五谷。携至大鱼山，仍没入水。盖人鱼之无害于人者。人鱼长六七尺，体发牝牡亦人，惟背有短鬣微红，知其为鱼。间出沙汭能媚人，舶行遇者，必作法禳厌。海和尚多人首鳖身，足差长无甲。"② 古人多有对于"人鱼"的记叙，但《广东新语》的这种人鱼，几乎是人的化身。现实中是不可能有这样的海洋生物的，它更接近于一种文学想象。

《海鳅》《海鳅》《暨鱼》和《潜龙鲨》诸篇，描述的都是海洋大鱼，但是作者不是进行简单的客观记录，而是赋予这些大鱼很多人文元素，

---

① ［清］屈大均：《广东新语》，北京：中华书局1985年版，第485页。
② ［清］屈大均：《广东新语》，北京：中华书局1985年版，第550页。

使得这些作品具有浓郁的海洋文化特质。如说"海鳅之出，其长亘百里，牡蛎、蚌蠃积其背。……昼喷水，为潮为汐。夜喷火，海面尽赤，望之如天雨火。……盖阴火生于海，阳火生于山。阳火为雷以起龙，阴火为风以起大鱼，固造化之常"。① 又如写暨鱼："暨鱼，大者长二丈余，脊若锋刃。尝至南海庙前，谓之来朝。或一年数至，或数十年一至。若来数，则人有疫疾。"② 把一些寻常的海洋生物现象与阴阳思想、朝拜海神联系在一起，虽然有些怪诞，但也大大增加了文本的趣味性和海洋文化含量。

而《黄雀鱼》《鼠鲇乌贼》和《鲨虎》诸篇给读者的印象是海洋生物非常聪明，很是善于变化。"有黄雀鱼者，多产惠州，八月化为黄雀，十月后复化为鱼，鱼与黄雀迭相化也。"③ "有鲇者，产于南海，每暴尾沙际以绐鼠，鼠见之，谓且失水，舐而将食之，被卷入水。有乌贼者，腹中有墨，吐之以自卫。尝浮水上，乌见以为死矣，往啄之，被卷入水。二鱼皆性黠，为鼠与乌之贼。然鼠与乌，以高而为下者所食，亦可以为贪而下求者之戒。或曰：乌贼鱼相传乌所化，乌所化而还食乌，故曰乌贼。乌不贼乌，化为鱼乃以贼乌，鱼乐而乌苦矣。"④ 《鲨虎》也是如此："南海多鲨鱼，虎头鳖足，有黑纹，巨者二百余斤。尝以暮春至海山之麓，旬日化为虎，惟四足难化，经月乃成。有虎皮、白皮、料影三种。"⑤ 对于这种记叙，不能简单以荒诞不经论之，它们其实更像是一种民间故事的叙述形式，荒诞中饶有趣味。

四、梁章钜《浪迹丛谈》和朱翊清《埋忧集》中的海洋书写

梁章钜（1775—1849），字闳中，又字苣林，号苣邻，晚号退庵，福建福州人，曾任江苏布政使、甘肃布政使、广西巡抚、江苏巡抚等职。上疏主张重治鸦片囤贩之地，是坚定的抗英禁烟派人物。晚年从事诗文著作，一生共著诗文数十种。《浪迹丛谈》是他代表作之一，后来又编撰了《浪迹续谈》《浪迹三谈》，内容注重实证考据，风格古朴平实，具有较高的史料价值。

《浪迹丛谈》中涉及海洋内容的有《日本》《水雷》《三宝太监》和《服海参》等，采用的都是纪实性的现实主义手法，史料价值是比较高的。

---

① ［清］屈大均：《广东新语》，北京：中华书局1985年版，第549页。
② ［清］屈大均：《广东新语》，北京：中华书局1985年版，第550—551页。
③ ［清］屈大均：《广东新语》，北京：中华书局1985年版，第552页。
④ ［清］屈大均：《广东新语》，北京：中华书局1985年版，第552页。
⑤ ［清］屈大均：《广东新语》，北京：中华书局1985年版，第556页。

《日本》一文与陈伦炯《海国闻见录》中"东洋记"的内容有相近之处，如"（日本）国习中华文字而读以倭音，俗尊佛，尚中国僧"等句，文字几乎完全相同。梁章钜生活的年代要比陈伦炯迟，说明梁章钜《日本》一文的撰写吸收了陈伦炯《海国闻见录》中的材料，但有许多补充。如"前明日本使者害哩嘛哈上表入贡，明太祖因询其国风俗，奏答五言诗一首云：'国比中原国，人同上古人。衣冠唐制度，礼乐汉君臣。银瓮刍清酒，金刀脍素鳞。年年二三月，桃李自成春。'帝恶其不恭，绝其贡献，示欲征之意"，就很有意思。还说"其人多寿，就国王论，如神武天皇一百二十七岁，孝灵天皇一百十五岁，孝元天皇一百十七岁，昭孝天皇一百十八岁，孝昭天皇一百三十七岁，开化天皇一百十五岁，崇神天皇一百二十岁，垂仁天皇一百四十岁，景行天皇一百有六岁，成务天皇一百有七岁，神功天皇百岁，应神天皇、仁德天皇俱百有十岁，雄略天皇百有四岁"①，也具有一定的认识价值。

《水雷》则记载了水雷这种当时先进的武器被引进中国的情形："粤东近传咪唎嘪国夷官创造水雷之法，遣善泅水者潜至敌人船底，借水激火，迅发如雷，虽极坚厚之船，罔不破碎。粤省洋商潘姓者如法制造，凡九阅月而成，曾经将水雷器具二十副赍京，恭呈御览，于道光二十三年八月奉旨交直隶总督、天津总兵会同演试，旋据覆奏：于九月在天津大沽海口会同演试，用径八寸长丈六杉木四层扎成木筏，安于海面，坠定锚缆，将吃药一百二十斤水雷送至筏底，系定引绳，拔塞后待时四分许，轰然一声，激起半空，将木筏击散，碎木随烟飞起，其海面水势亦围圆激动，洵为火攻利器云云。并纂成《火雷图说》进呈刊布。"作者对此评论并提出了一个说法："窃谓此器甚好，非夷人之巧心莫能创造，非洋商之厚力，亦莫能仿成，惟是大海茫茫，波涛汹涌，此器如何能恰到敌船之底，又恰能使敌船浑然罔觉，坐待轰击？则皆非瞽儒浅识之所敢知矣。"②表达了作者对于引进西方先进科技产品实事求是的务实态度，与当时普遍流行的排斥西方科技文化的夜郎自大思想有很大的不同。

《三保太监》是有关郑和海洋活动的记载。里面的内容虽然大多是从他人著作中转述的二手资料，但也表达出作者对于郑和下西洋的高度评价："自和后，凡将命海表者，莫不盛称和，以夸外番，故俗传三保太监

---

① ［清］梁章钜：《浪迹丛谈》，上海：上海古籍出版社2012年版，第46—47页。
② ［清］梁章钜：《浪迹丛谈》，上海：上海古籍出版社2012年版，第54—55页。

下西洋，为明初盛事云。"① 在清朝政府实行海禁等闭关锁国的背景下，梁章钜能有这种认识，这是非常难能可贵的。

《浪迹丛谈》中还有一篇《服海参》："余抚粤西时，桂林守兴静山体气极壮实而手不举杯，自言二十许时，因纵酒得病几殆，有人教以每日空心淡吃海参两条而愈，已三十余年戒酒矣。或有效之者，以淡食艰于下咽，稍加盐酒，便不甚效。有一幕客年八十余，为余言海参之功，不可思议，自述家本贫俭，无力购买海参，惟遇亲友招食，有海参，必吃之净尽，每节他品以抵之，已四五十年不改此度，亲友知其如是，每招食亦必设海参，且有频频馈送者，以此至老不服他药，亦不生他病云。"② 海参对人体的滋补功效，很早时候就为人所了解，但本篇用亲身经历加以介绍，而不是夸大其词进行志怪式美化，显示了作者务实求真的态度。

朱翊清《埋忧集》中的海洋书写也值得关注。朱翊清，字梅叔，别号红雪山庄外史，生卒年不详，归安（今属浙江湖州）人。他屡试不中，绝意科场，终身未仕。其所著《埋忧集》为短篇小说集，据其"自序"所说，此书写于清道光癸巳至乙巳年间。作者在《自序》中说："余自辛卯迄癸巳，二老亲相继见背，始绝意进取。鸟已倦飞，骥甘终伏。生平知交，大半零落，而又畏见一切得意之人。俯仰四壁，惟日与幼女形影相依，盖生人之趣尽矣。……于是或酒边灯下，虫语偎阑，或冷雨幽窗，故人不至，意有所得，辄书数行，以销其块磊，而写髀肉之痛。……是亦足聊以自娱矣！"③ 所以书名《埋忧集》，意味着作者对于自己一生的总结和要将不愉快事情尽量遗忘的意思。

《埋忧集》里面有多篇作品与海洋有关，呈现出一种写实与虚构想象并存的多视角风格。

《诸天骥》是一篇现实主义的海洋小说。故事叙写湖郡诸生诸天骥，聪慧美姿，下笔泉涌，清介自持，父母以"大器"期望之。然而科场考试一再失败，父母到死都没能见到儿子成大器。到了后来，简直连生存都成问题了。就在诸天骥落魄之际，偶遇远房亲戚吴某。吴某告诉他："明日余将往贾柬埔寨。彼国谓儒为班诘，由此入仕者为清贯。以兄高才，至彼处何愁富贵哉？"诸天骥想自己一无所有，干脆不如浮海去闯一闯。于是就登上了吴某他们的商船，来到了柬埔寨。起初国王很赞赏他的才华，

---

① ［清］梁章钜：《浪迹丛谈》，上海：上海古籍出版社 2012 年版，第 65—66 页。

② ［清］梁章钜：《浪迹丛谈》，上海：上海古籍出版社 2012 年版，第 93 页。

③ ［清］朱梅叔：《埋忧集》，长沙：岳麓书社 1985 年版，第 3 页。

但在面试写一篇《庵罗树赋》时，因书写格式不符合当地程式，被国王逐出王宫。无奈之下，只好仍旧随商船回。但在回去的路上，遭遇了风暴，商船倾翻，他人都落水而亡，只有诸天骥"幸附桅上，漂至一岛，匍匐登岸，询知已在日本"，竟然漂流到了日本国了。

在日本，诸天骥遇见了一位来自于中国的女孩，得到了她的帮助，暂时安顿下来。孤身异国，家山万里，禁不住悲从中来，遂题一诗于壁曰："湖海飘零气尚豪，撑肠文字剩青袍。劳薪欲驻难生角，名纸空怀但长毛。岛国涛声穿棘竹，故园春色认缃桃。题诗敢拟香山集，怅望乡关首重搔。"诗中充满了牢骚气味。

不料这个女孩是王的侍婢，见诗大惊，说王马上要来此处，如果看到此诗，她将如何解释？说得诸天骥冷汗淋淋，立即躲了起来。谁知这个王，是一位女王，她看到此诗后，一定要找到写诗的人，说她昨夜做梦，观音大士告诉她，有一位男人会写这样一首诗，而这个人就是她的前夫。见面之下，果然互相认出是前夫前妻。于是他们重新成为夫妻，还生下了一男一女，女名柳稊，男名龙剑。"男绝慧，生自课读，凡经史过目辄了。生每指谓女曰：'此奇儿也。卿当记取，异日得返中国，必能博封诰以光泉壤。则克盖前愆，吾虽死，目亦瞑矣。'年七十九卒。卒时，命以桐棺素服殓，勿归葬先茔，以志遗恨。"最后女王把王位传给女儿，奉丈夫牌位及儿子龙剑回到中国。龙剑殿试第二，入授翰林院编修。"仕至都察院左都御史，清刚有政绩。既以皇子生，覃恩勋赠三代。年五十余，母卒，服讫，上表陈情，乞往迎父枢。上嘉其事，给假六月，俾迎还合葬焉。"[1]

这篇小说，虽然作者在文末以"外史氏"口气说"文章憎命，古今之以红为白，以白为黑，而颠倒是非者，岂独夷俗然哉"？似乎是在感叹命运无常，羡慕诸生命运终有一个好结果。但是情节荒诞情感真，而且还涉及中国男人与日本女王的夫妻关系，主旨是比较复杂的。

《海鳅》描述了一条搁浅的海洋巨物："乾隆间，乍浦海潮不退，海水过塘，漂没庐舍人畜无算。汤山天妃庙前石狮，直滚至都统衙门而止。其后潮退，有海鳅搁住塘坳不去，长数十丈。人争往割取其肉，熬油以代膏火。已而割者渐多，鳅不胜痛，一跃翻身，压死者数百人。"[2] 所谓"海鳅"者，有些古籍记载为"海鳍"，其实指的就是一种鲸鱼。这条鲸鱼随大潮进了乍浦港，潮退后搁浅，惨遭割肉熬油。作品从一个侧面反映了

---

① ［清］朱梅叔：《埋忧集》，长沙：岳麓书社1985年版，第28—33页。

② ［清］朱梅叔：《埋忧集》，长沙：岳麓书社1985年版，第37页。

当时人与海洋和海洋生物的关系。

《大人》记叙了一群身材高大的海岛巨人："昔有海舶，将往贾柔佛国，为飓风漂至一岛。其地四面叠嶂，周围杳无人径。同舟十余人，闷坐无聊，相将登岸，攀藤腰缒而上。半日甫及山半，有巨石如磐，俯瞰海岸。登之，觉天风浩荡，凛不可留，而鸥啸猿啼，震撼心魄，急寻去路而还。未数武，瞥见深箐中一大人，长十余丈，披发彳亍而来。见诸人，大喜，一跃已至。鸟语啁啾，抚而遍嗅。即向岩壁折一藤条，将数人逐一穿腮中，如贯鱼状。穿毕，屈其两头系树上而去。其人在树顶望大人已远，急抽佩刀断其藤，扳枝而下，狂奔至海滨，风势已转。登舟甫扬帆，而大人追至。时舟已离岸，大人以手挽之。一人掣刀断其手，大人缩去，坠二指于舱，皆只一节耳。称之，重八斤，长二尺余。"① 这种巨人形象，他人著作中也多有描述。甚至到了晚清，还有署名为中国老骥氏所著的《大人国》，描写了一个岛上的巨人群体，可见这种巨人题材，是海洋小说的一种类型化形象，多被进行负面描述。这篇《大人》也是如此，所以没有什么大的突破。

朱翊清《埋忧集》中的《乍浦之变》，则非常值得关注。鸦片战争中乍浦港遭到毁灭性破坏，几乎成了一片废墟。它是对此灾难的一种直接描述。"英夷破乍浦，杀掠之惨，积骴塞路，或弃尸河中，水为不流。其最可惨者，尤莫如妇女。"② 里面还提供了好多细节，英夷之残暴，人神共愤。这是第一手与鸦片战争有关的资料，非常具有史料价值。

朱翊清显然不能忘怀这次灾难，《乍浦之变》之外，又写了《夷船》，以正文、按语和附录三者结合的方式，详细考察了英夷战船的种种，希望能唤起朝廷对于打造新颖战船以抵御外人入侵的重视，显示出了作者强烈的爱国主义情怀。

第四节　清代的海洋诗赋

海洋诗赋是清代海洋文学的有机构成。清代的海赋文章，虽然数量众多，但大多为矫揉造作卖弄文采之作，不过涉及海运、海盐生产等面向现实的海赋，也有可观之处。纪昀《海上生明月赋》风格清新，具有艺术韵味。而王崧翰所写的《西施舌赋》，则亲切可爱，很有生活气息了。

---

① ［清］朱梅叔：《埋忧集》，长沙：岳麓书社1985年版，第37页。
② ［清］朱梅叔：《埋忧集》，长沙：岳麓书社1985年版，第204页。

清代的海洋诗歌，其总体艺术成就，没有超越唐宋元明等时代的海洋歌咏，但是也有自己的特色。如清初遗民的"抗清"诗；还有鸦片战争后，海洋成为国家灾难的"产地"，这个时候出现的海洋诗歌，许多诗作都表达了作者对于海防和国家安危的担忧。另外，清代还出现了别具一格的海错诗，这些海错诗虽然很多都是民间底层文人所写的竹枝词，很多还没有留下作者的信息，但都反映出一种很特别的海洋生活趣味，富有海洋地方特色。

一、清代的海赋

清代涌现了大量的赋文，这是有原因的。自康熙时代开始，清政府实行"既以五经四子之书擢士于两闱，复以声律鸿丽之章拔才于采署"（王修玉《历朝赋楷》）的科举制度，有点类似于唐代的以赋文取士。康熙、乾隆、嘉庆等皇帝多次外出巡幸，都有沿途召试各地献诗赋的士子，并授官或赏赐的举措。①凡这些都极大地推动了赋体文的繁荣，这从赋文的数量上就可以证明。由陈元龙奉敕编录的《历代赋汇》，收先秦至明赋作（含逸句）共4161篇，而光绪时鸿宝斋主人所编《赋海大观》，除去明以前重复者，仅仅清代部分，就搜录了赋文15000余篇。这个数量是前者的近四倍，而实际之数恐怕还远不止此。②

在这些数量多得惊人的赋文中，有一部分属于海洋赋文。它们主要有纪昀《海上生明月赋》、刘学渤《北海赋》、王诒寿《海运赋》、李彦彬《海运赋》、李琪《煮海赋》、李锦琮《海熬波出素赋》、王廷禄《筹海赋》、林昌彝《碧海掣鲸鱼赋》、胡薇元《海军赋》以及王崧翰《西施舌赋》等。

纪昀《海上生明月赋》是清代海赋的佼佼者。纪昀（1724—1805）即是大名鼎鼎的纪晓岚。生活在乾隆盛世时期的他，还没有感受到来自海洋的外族入侵的威胁，眼前的海洋，自然是风光怡怡的美好之海了。他的《海上生明月赋》，以张若虚的《春江花月夜》"海上共潮生"诗句为韵，取张九龄《望月怀远》"海上生明月，天涯共此时"诗意，情景摇曳，意境悠长。赋文前半部分描写海上明月始生，金水涵曜，澄晖清旷的美景："泛兮若浮，圆转之盘珠不定；跃然欲动，飘飘之白羽初擎。乘风以游，乍娟娟以延伫；驭风而上，俄冉冉以遐征。"一轮明月出海优美澄皎，清丽婉转。清董诰编的《全唐文》第七部收录唐徐晦的《海上生明月赋》："继

---

① 曹明纲：《赋学论稿》，上海：上海古籍出版社2012年版，第226页。
② 曹明纲：《赋学论稿》，上海：上海古籍出版社2012年版，第225页。

倾曦以对越，擅浮光而在兹。嗟乎！空阔之容若彼，清明之状如此。蜃楼旁起，疑庾亮之可从；珠蚌潜开，异隋侯之所委。蹥次虽游，风涛讵弭。出霞岸而不迟，过鳌山而孔迩。顾兔摇拽，桓娥徙倚。将运行以故然，谅涤濯之难揣。远绝昏霾，回临津涯。竟无幽而不烛，斯冥力而上排。……水族将蟾影交驰，浪花与桂枝相送。"纪昀《海上生明月赋》与之有异曲同工之妙。纪赋的后半部分进一步探索了海月顼洞的精芒艳发、水天澄碧之源，月缺盈亏之因，并得出结论："非空阔之无垠，不足以彰其皎洁；非至明之有耀，不足以彻于沉寥。"而其实该赋的中心思想在于歌颂天子圣明，后叙云："天子握长明之心镜，游不夜之化城"，"知圣人之性体，与海月而同清。固将证化源于太初太始，契帝载于无臭无声"。[①]

纵观整个清代海赋，纪昀《海上生明月赋》这样歌咏美丽海景的抒情之作并不多，更多海赋反映的都是比较现实的内容。刘学洢《北海赋》便是如此。他是山东利津（现属东营）人。他的《北海赋》分两部分。第一部分从家乡海口写起，描述了"清河之口，铁门之关。烟水浩森漭沧无边廓，不知其几千万里"等壮阔的海洋景观；第二部分重点描述了渤海湾地区海洋贸易繁荣、海洋捕捞发达的兴旺气象："但见商家客旅，一苇长征，勾吴闽越，幽燕并营，瞬息千里，风帆无惊。赖冯夷之不扰兮，斯获售乎奇赢。"北海地区并非海洋商贸发达之区，但与日韩的海上贸易却历史悠久，因此这段描述，还是有历史根据的。"若夫三春之末，四月之期，海藻成市，网罟遍施，亦或投卫人之豚饵，垂任公之巨缁，得谢端之青螺，收余且之白龟。……又有蛟宫濯贝，水底珊瑚，玑孕老蚌之腹，珠潜痴龙之须。珍堪敌夫连城，价比重于五都。万宝晶莹，然窒温峤之照；千珍璀璨，觅穷水精之奴。"[②] 渤黄海地区水下贝类资源异常丰富，所以本文重点叙写蛟宫濯贝、水底珊瑚、玑孕老蚌，着实写出了渤海地区的地方特色。

清道光四年（1824），原先用于漕运的河道被大水冲毁，内河漕运无法正常运转。道光帝有感于漕运之弊，认为海运有利国利民的"众善"优点，于是力排众议，坚持要改河漕为海运，这是道光皇帝难得的政绩亮点之一。海上漕运本来是明朝时期长期实行的措施，比起内河运输，既快捷又可大为降低费用，但却遭到了朝廷一些八旗官僚的反对。清代文学家、辞赋家王诒寿，这位浙江绍兴人，特地撰写了一篇《海运赋》表示支持，

---

① 霍松林：《辞赋大辞典》，南京：江苏古籍出版社 1996 年版，第 849 页。
② 转引自王赛时：《山东海疆文化研究》，济南：齐鲁书社 2006 年版，第 419 页。

赞扬海上漕运"珠洋彩映,碧瀿锦铺;过鹰门而远驶,历浪沙以若凫"。①
在他的笔下,海上漕运船队是一道靓丽的风景线。

李彦彬的《海运赋》也表达了对海运的支持:"五千里争输穗秸,向
航海而来;百万石远步沧溟,政以养民为贵。"② 李彦彬对海上漕运的支
持更偏向于现实因素的考量,他认为海上漕运是有利于"养民"的好措
施。李彦彬生平事迹不详,从姓名来看,估计也是汉人基层官员或文人。
他们两个在海上漕运问题上的态度与八旗官员迥然不同,从一个层面反
映出清代满汉人士对于海洋认识上的差异。

清代海洋制盐发达,生平事迹不详的李琪《煮海赋》向我们详细介
绍了清朝的制盐过程:"万里烟青,千场雪白,惟一炬之使然。""蒸气成
云,沸水为涛,天吴亦为曤睒,罔象亦为之怒号。其光之闪烁而翕艳也。"③
清朝政府虽然对于海洋实行封闭政策,但是利润巨大的海盐业则不在禁
止之列,所以李琪大胆公开地进行歌颂。

生平事迹也是不详的李锦琮所著《海熬波出素赋》,也是有关制盐的
赋文。"翠釜全盛,红垆满贮,前此崩云层雨,而时溉甋燃箕,沤疑白
红,几层炎烈。浑同汁酿糖霜,十丈辉腾,尚未形成鼎俎。时则洪涛汩
汩,瑞彩炎炎,渐觉胶粘。其声沸也,宛似酒铛茶灶;其烟凝也,常飘
曲牖疏廉;其练形缤纷也,分明积雪初添,羡此翻鲸之浪,俄成蹲虎之
官盐,表里晶莹,光芒错综。"④ 所谓"熬波出素"指的就是煮熬海水以
制盐。这是最古老的制盐方法,盐民从事这种职业非常辛苦。北宋时期
的柳永在《煮海歌》中就有深刻的描述。李锦琮《海熬波出素赋》重点
放在对于美丽海盐的描述,对于盐民则几乎没有涉及,所以这篇赋文也
是歌颂之作,深刻性不足。

可是可以用来抒情和歌颂海洋的时间并不多,清朝政府在海洋政策
上闭关锁国,并没有带来海疆的安宁,反而日益显示严重的不安全现象,
这让许多有识之士深为担忧,在一些海赋文章中就多有反映。王廷禄《筹
海赋》就是如此:"今者海薮荒疏,海氛驰骋,域混夷华,势沦边境,拓
斯裒獍之奸,跋扈蛟螭之猛。若不急策海防,预防边警,恐备不足两浙之江,
险不恃三山之领也。"⑤ 海赋从汉魏时代起,就是抒情炫技之作,可是王

① 霍松林:《辞赋大辞典》,南京:江苏古籍出版社1996年版,第867页。
② [清]鸿宝斋主人:《赋海大观》,北京:北京图书馆出版社2000年版,第36页。
③ [清]鸿宝斋主人:《赋海大观》,北京:北京图书馆出版社2000年版,第38页。
④ [清]鸿宝斋主人:《赋海大观》,北京:北京图书馆出版社2000年版,第39页。
⑤ [清]鸿宝斋主人:《赋海大观》,北京:北京图书馆出版社2000年版,第36页。

廷禄《筹海赋》却是痛心疾首，大声呼吁，内容和形式上都有了巨大的变化。

清代林昌彝（1803—1876）是福建侯官（今福州）人。生长于滨海的他具有强烈的海防忧患意识。他的《碧海掣鲸鱼赋》借深海掣制鲸鱼描写大战西方殖民者的伟绩："乃命波臣，传河伯，整金凯，束绛帻，陈干戈，列矛戟，弯乌号之强弓，抽羊头之劲翮。雄风震于大沦，英气腾于巨泽。鲸乃昂首斜窥，惊心动魄。恍挽射鳝之六钧，无异捕蛇之三百。"[①] 作者渴望凭借海神发威，来"洗海氛之膻腥"、"扫海隅之亭毒，拯海宇之生灵"。有人用《林昌彝诗文集》中所引的郑梦白评价《碧海掣鲸鱼赋》的话说，这篇赋"以驱走山海之笔，写鱼龙出没之形，尺幅中有万里之势"。[②]

两次鸦片战争使清王朝开始认识到中国与西方在武器装备方面的巨大差距，于是提出向西方学习，筹议海防，建立海军。晚清时期胡薇元的《海军赋》就是中国近代海军诞生的一首赞歌。赋前序文有"于时天子日，咨尔臣邻，揆文奋武，爰设海军"云云，说明筹建现代化海军，的确是朝廷的意思。赋文正文描绘了海军朝气蓬勃的面貌："亲承指授，锋锐无前，飞鸿起雷，羽雉成霞，……仗鲎帆而直指，跨鳌驾以从行，实武奋之咸兴，允海邦之奠定"，他对这支崭新的海军报以极大的希望，"兵旅遥临乎蓬岛，庙谟上秉乎璇宫"，"瞻禁旅之纵横，听铙歌之互答"，"征则有威，整而能暇"，"愿巩固于西北，恒瞻视于东南"，"军容济济，帝域闳兮，环卫神州，海宇平兮"。[③] 这篇《海军赋》显然写于中日甲午海战之前，否则作者在文中不会这样乐观，而很可能是捶胸顿足的哀悼了。

清代的海赋，除了上述内容，还有一些内容比较轻松愉快的，这也反映出清代生活"闲情雅致"的一面。晚清王崧翰所写的《西施舌赋》就饶有趣味。赋作通过齐东野人与江南荡子的一番对话来体现"西施舌"的独特品质，对西施舌之美大加赞赏。赋文曰："江南荡子，客游北海，无以悦口，其心不快，曰将归矣。……乃有齐东野人，追而饯于海之滨，座无他客，唯主与宾。爰乎庖人而命之……庖人唯唯，奉盘而躞。盘中何有，有肉膟膟，色光而润，后丰前弱。甫啖一脔，客颜顿悦。噫嘻异矣，'是何物也，味如斯之清绝？'齐东野人哂而言曰：'客忘诸乎，请味于美人之舌。忆夫诞弥之时，在于苎罗之村。尝浣轻容之纱，亦负若邪之薪。

① 傅璇琮主编，许结选注：《中国古典散文精选注释——抒情小赋卷》，北京：清华大学出版社2009年版，第302页。

② 曹明纲：《赋学论稿》，上海：上海古籍出版社2012年版，第234页。

③ 霍松林：《辞赋大辞典》，南京：江苏古籍出版社1996年版，第867页。

露湑采香之径，步生罗袜之尘。当年以之倾国，千载犹有此化身。……'
江南荡子曰：'其西施乎？'齐东野人曰：'客知之矣！'江南荡子曰：'主
人何予欺也。夫西施产于越，入吴宫，芳魂变灭，久随东风。使一缕之不化，
当如胥涛之在浙中，不则同三闾大夫神栖汨罗之江，焉能越千里而生齐
邦？'齐东野人曰：'……昼浮家而夜泛宅，经稔习乎养鱼，同神女之解佩，
化鲜蚌而孕灵珠。且试食乎，蛤蜊其嘉旨也，何如彼海山之仙人，应羞
呈其肌肤。胜新浴之杨妃，乳温滑兮如塞酥。色未餐而神已醉，口流涎
于狂奴。若宋嫂之鱼羹，又何足入吾之庖厨。肆闲情于渊明，甚老饕于
大苏。子归与兮归与吾，惟爱此而踟蹰。'"① 这种所谓的"西施舌"实为
海洋沙蛤的一种，是滨海人士经常食用的贝类。虽然形状美丽，里面的
肉色泽洁白，无论烧汤或红烧，都味道鲜美，但毕竟也是普通的贝类而已。
然而一旦被赋予"西施舌"的美名，与绝色美人西施联系在一起，那它
的人文信息和情感因素，顿时大为改观。

总之，清代的海赋还是比较繁荣的，题材也相当丰富，有人曾经把
它归纳为航海贸易赋、海洋信仰赋、海洋战争赋、海洋风景赋、海洋生
物赋等，并给与了较高的评价，认为它们体现了清代多方面的海洋活动
信息和海洋人文情怀。② 这样的分析和评价，是比较中肯的。虽然从赋
史的角度来看，清代的辞赋或许少有可观者，但是其中的海赋作品，在
海洋文学史上，却是可以占有一席之地的。

二、顾炎武、张煌言的"抗清"诗

清代的海洋诗歌，数量上也很可观，而且还很有时代特色。顾炎武、
张煌言等人的"抗清"诗、担忧国家海疆安全的"海氛"诗等，都很有
时代感。

顾炎武（1613—1682），本名绛，乳名藩汉，别名继坤、圭年，字忠清、
宁人，苏州昆山人，明末清初著名的思想家、经学家、史地学家和音韵
学家。他有比较传统的"正朔"思想，明亡后，他积极投入"抗清"活动。
由于这种活动多在东南海上进行，因此这个时期他所写的诗歌，也多与
海洋有关。

清顺治三年（1646），清兵横渡钱塘江，绍兴失守，鲁王流亡海上，
顾炎武有《海上（四首）》诗作。其一："日入空山海气侵，秋光千里自登临。

---

① 王赛时：《山东海疆文化研究》，济南：齐鲁书社 2006 年版，第 423 页。
② 刘立鑫：《明清海赋研究》，中国海洋大学 2011 年硕士论文。

十年天地干戈老，四海苍生吊哭深。水涌神山来白鸟，云浮仙阙见黄金。此中何处无人世，只恐难酬烈士心。”诗中表达了对于遭受长期战乱苦难的百姓的深切同情以及对于“抗清”未来的忧虑。

其二：“满地关河一望哀，彻天烽火照胥台。名王白马江东去，故国降幡海上来。秦望云空阳鸟散，冶山天远朔风回。楼船见说军容盛，左次犹虚授钺才。”胥台即姑苏台，指苏州。顺治二年（1645）清军攻陷苏州。顾炎武认为这是很悲哀的，而更悲哀的是马上英等纷纷降清的“降幡”现象，表示自己坚决不投降，但还是担忧海上抗清军中缺乏统兵帅才，不知道自己的抗清还能坚持多久。

其三：“南营乍浦北南沙，终古提封属汉家。万里风烟通日本，一军旗鼓向天涯。楼船已奉征蛮敕，博望空乘泛海槎。愁绝王师看不到，寒涛东起日西斜。”这首写尽管海上抗清活动周旋范围大，但如果缺乏友军支持，抗清斗争恐是难以长久支持的。“愁绝”“寒涛”等词都写出了他的焦虑甚至是绝望。

其四：“长看白日下芜城，又见孤云海上生。感慨河山追失计，艰难戎马发深情。埋轮拗镞周千亩，蔓草枯杨汉二京。今日大梁非旧国，夷门愁杀老侯嬴。”① 这是作者内心自况诗。虽然前途茫茫，可是顾炎武自比春秋战国时代窃兵符救赵的侯嬴，表达了坚决抗清的决心和斗志。

顾炎武外，张煌言也是一位坚持依托海洋从事“抗清”斗争的“义士”，他所写的诗作，大多与海洋有关。

张煌言（1620—1664），字玄著，号苍水，浙江鄞县（今宁波鄞州）人。他在军旅生涯之余，创作了许多以海洋活动为背景的诗歌，有《奇零草》和《采薇吟》等存世。

舟山群岛是张煌言最初“浮海”抗清的地方，也是他活动时间最长的海上根据地。他写有多首与舟山群岛有关的诗歌。长诗《翁洲行》写于他初入海的时候，他认为翁洲（即舟山）特殊的海洋地理环境可以帮助成就他的抗清大业。“甬东百户古翁洲，居然天堑高碣石。青雀黄龙似列屏，蛟螭不敢波间鸣。……安得一剑扫天狼，重酹椒浆慰国殇。”② 他的抗清斗争得到了舟山各岛人民的大力支持，《舟次舟山》就写出了这一点：“长江如练绕南垂，古树平沙天堑奇。六代山川愁锁钥，十年父老见旌旗。阵寒虎落黄云净，帆映虹梁赤日移。夹岸壶浆相笑语，将

---

① ［清］顾炎武：《亭林诗文集》，四部丛刊景清康熙本，第5页。
② ［明］张煌言：《奇零草》，《张苍水全集》，宁波：宁波出版社2002年版，第20页。

毋徯后怨王师。"① 当然，长年漂泊海上，抗清前程茫茫，张煌言也有彷徨焦虑的时候，他的《重登秦港天妃宫》就流露出了这种心情："群山依旧枕翁洲，风雨索然杂暮愁。梅蕊经寒香更远，松枝带烧节还留。荒祠古瓦兴亡殿，绝壁回潮曲折流。身世已经漂泊甚，如何海外有浮鸥？"② 这里的"秦港"当为岑港，在舟山本岛的西部，岑港天妃宫至今仍在。这个时候张煌言已经坚持抗清了十多年，他的心情与当年登湄洲岛拜谒天妃宫时候完全不一样了。他甚至还有了隐居海外当一只海鸥的想法。

福建湄洲岛是张煌言经常活动的地方。他共写过两首与湄洲岛有关的诗。《登湄洲》："不尽沧浪兴，孤洲眺晚晖。海翁称地主，野父说天妃。舴艋风前出，镰锄雨后归。侏僺虽未解，一笑亦忘机。"突出了湄洲孤岛、渔民、天妃信仰等地理和人文特点。第二年他重上湄洲岛，特地去拜谒了天妃。《登湄洲谒天妃宫》："苍茫一曲带烟霞，闻说飞仙此驻家。石髓沁香流乳酪，云根瀹雾想铅华。楼前缥缈凌波袜，槛外参差贯月槎。湘女洛妃多往迹，曾无精爽遍天涯。"③ 此诗以天妃信仰为题材，联想到了贯月槎等海洋传说，写得很是飘逸。

《奇零草》中还有许多描述义师海上军事活动的诗篇。总的来看，张煌言的海洋诗，既是纪事诗，也是抒情诗；既是抗议义举的史诗，也是他感时遣怀的心诗。这在他义举活动的后期，解散部队，进入悬岙避难隐居时写的《采薇吟》中体现得尤为显著。

《入山》是张煌言入岛隐匿的第一首："大隐从兹始，悠然见古心。地非关胜览，天不碍幽寻。石发溪头长，云衣谷口深。此中有佳趣，好作采薇吟。"④ 这"山"即张煌言其他诗中所提到的"悬岙"。对于"悬岙"的确切地址，有象山南田岛附近的花岙岛和舟山六横悬山岛等多种说法。但作为一种诗歌意象，其实不一定要落实究竟为何地。如果把这个"悬岙"理解为张煌言身心休息的心灵之岛，或许更为确切。《采薇吟》第二首《清音》即写出了这座心灵之岛对于身心交瘁的张煌言那种特殊的抚慰作用："倚杖绿天中，清音自不穷。莺枝传古调，蝉叶散玄风。谷响丁丁发，溪声曲曲通。由来尘梦断，遮莫是心空。"第三首《林中漫步》也是如此："幽栖得名理，双屐转从容。渴涧扪龙乳，荒蹊采鹿茸。振衣空翠袭，拥

① ［明］张煌言：《奇零草》，《张苍水全集》，宁波：宁波出版社2002年版，第46页。
② ［明］张煌言：《奇零草》，《张苍水全集》，宁波：宁波出版社2002年版，第62页。
③ ［明］张煌言：《奇零草》，《张苍水全集》，宁波：宁波出版社2002年版，第21、38页。
④ ［明］张煌言：《采薇吟》，《张苍水全集》，宁波：宁波出版社2002年版，第104页。

树蔚蓝封。不识鸿濛外，苍岚更几重？"① 需要指出的是，《采薇吟》写的虽然是海岛隐居时候的所见所闻所感所想，但几乎看不到一个"海"字，也几乎看不见对于海洋风情的描述，张煌言的眼光始终只围绕岛上的风景和风物展开，他似乎再也不愿意远望大海，这个"岛"也就成了稳固不动的"山"，而不是孤悬海上的岛，这与他在这个时候渴望平安、宁静和安全的内心世界是完全一致的。

但是一旦这种平安和宁静被打破，沦为楚囚被害在即，张煌言心里却又变成波涛滚滚。《将入武陵二首》是他被押送至杭州时写下的述怀诗，其第二首说："国亡家破欲何之？西子湖头有我师。日月双悬于氏墓，乾坤半壁岳家祠。惭将赤手分三席，敢为丹心借一枝。他日素车东浙路，怒涛岂必属鸱夷！"发誓就是死后也要再次入海举旗抗清，在他生命的最后一刻，海洋就这样又回到了他的眼前。

三、清代的海氛诗

1840 年的鸦片战争，使中国的海防形势突然变得极为紧张，促使了许多关注和描述"海氛"诗歌的诞生。吴巘的《海氛记事》② 便是其中的代表。

吴巘，生卒年不详，江苏常熟人。他的《海氛记事》共有两首。其一："枹鼓初从海上闻，虫沙猿鹤已纷纷。城孤坐失舟山险，戍远空屯石浦军。将晤人非汤信国，罪言谁是杜司勋？桑麻四野承平地，万灶炊烟人阵云。"作者认为当前海防松弛，几乎没有抵抗入侵者的能力，造成民众大量遇难。作者希望有新的汤和这样海上将领的出现，能保护四野桑麻、万灶炊烟的安全和和平。

《海氛记事》的第二首书写壮烈的定海保卫战。"同时生死事难量，独有文臣竟国殇。半夜龙蛇争起陆，诸军鹅鹤不成行。攻城顿使千夫溃，骂贼先闻一尉亡。何处更寻新令尹，凄凉磷火照沙场。"定海保卫战是鸦片战争中最惨烈的一仗。诗中歌颂了定海县令姚怀祥和定海典史全福的英勇就义。

晚清著名政治活动家康有为（1858—1927，广东南海人）有《闻意索三门湾，以兵轮三艘迫浙江有感》诗，反映的也是海氛内容。1899 年初，

① ［明］张煌言：《奇零草》，《张苍水全集》，宁波：宁波出版社 2002 年版，第 105 页。
② ［清］吴巘：《海氛记事》，见李越选编《中国古代海洋诗歌选》，北京：海洋出版社 2006 年版，第 344 页。

意大利以三艘军舰相威胁，向清政府提出要租借浙江三门湾。当时康有为正在日本，听闻后写下了这首诗，反映了他的爱国情怀："凄凉白马市中箫，梦入西湖数六桥。绝好江山谁敢取，涛声怒断浙江潮。"

康有为还有一首《过虎门》："粤海重关二虎蹲，万龙轰斗事何存？至今遗垒余残石，白浪如山过虎门。"① 表达了他对林则徐的肯定和对英军的愤恨。

广东番禺人张维屏（1780—1859）的《海门》，也表达除了对于海疆安全的深切担忧："七省边隅接海疆，海门锁钥费周防。贾生一掬忧时泪，岂独关心在梓桑。"② 张维屏所在的的南海地区，是当时海疆最不安全的地区，欧洲列强的兵舰，经常在海口耀武扬威地游弋。张维屏"忧时"之心，在诗中表达得极为深刻。

四、清代的海错诗

"海错"，意谓海中产物错杂繁多。《辞海》引《尚书·禹贡》"海物惟错"予以解释，说明"海错"一词最早来自于《尚书》，历史非常悠久了。其后许多诗文典籍就经常使用这个词来形容海洋生物的丰富性。

海错诗主要出现在清代中叶之后，其空间分布主要为舟山、宁波、象山、宁海、奉化、三门等地，其吟咏对象以鱼为主，兼及贝类、蟹、虾、紫菜等其他海洋产物；其表现手法主要抓住被吟咏对象的特征进行描绘，同时赋予某些讽喻和象征。

海错诗中涉及的鱼类很多，主要的有大黄鱼、带鱼等。清朝时候的象山名士王莳蕙，写了很多海错诗，其中就有一首《黄花鱼》："琐碎金鳞软玉膏，冰缸满载入关舠。女儿未受郎君聘，错伴春筵媚老饕。"这首诗的后两句说自己的女儿并未许聘给郎君呀，郎君你不是错来筵间媚悦食客吗？这里的"郎君"另有所指。原来象山县爵溪镇的黄鱼鲞，历史悠久，非常有名。据新编《爵溪镇志》记载："元、明时，镇上已加工黄鱼鲞，迄今 600 余年。"实则宋志及有关文献所载，早在宋代即有黄鱼鲞产售。宋宝庆《四明志》云黄鱼"盐之可经年，谓之郎君鲞"。原来黄鱼鲞，雅称郎君鲞，后来"郎君"一词也就成了黄鱼的代称了。

另外，当时的镇海诗人邵嗣贤曾来象山石浦游玩，顿顿食黄鱼，特

---

① 康有为这两首诗，见李越选编《中国古代海洋诗歌选》，北京：海洋出版社 2006 年版，第 348 页。

② 见李越选编《中国古代海洋诗歌选》，北京：海洋出版社 2006 年版，第 349 页。

赋《食黄鱼》诗："四月石首鱼，出水立喷金。烹鲜盘餐美，东南第一珍。"将黄鱼称为东南第一美味，赞誉之意可谓到达极点了。

带鱼的名称来自于它修长的形体。带鱼是东海"四大家鱼"之一，所以也就成了海错诗主要的吟咏对象。

清朝学者兼官员朱绪曾，著有《昌国典咏》一书，里面有 20 首海错诗，其中也有《带鱼》诗："万尾交衔载满艘，相连不断欲挥刀。问谁留得腰围肉，龙伯当年暂解袍。"带鱼有自相咬尾吞食的习性，渔民用垂钓法捕捉带鱼时，往往钓起一条可以带上一串，"万尾交衔载满艘，相连不断欲挥刀"正写出了这种习性。

王莳蕙《象山海错诗》① 也有《带鱼》诗："王准深衣归制裁，素绅三尺曳皑皑。波臣新授银台职，袍笏龙宫奏事来。"作者利用带鱼银白长带的形态特征，巧为设计，借助龙宫世界的神话传说，从而塑造了一个得意洋洋新赴任的"带鱼大臣"形象，这样的海错绝句在艺术上是别开生面的。

海洋贝类繁多，而味道又极其鲜美，甚至还要超出许多鱼类，是下酒之珍品。因此人们在品尝之余，纷纷用赋诗的形式赞美它们。

朱绪曾《昌国典咏》歌咏贝类的有多首，如《龟脚》："曾闻龟脚老婆牙，博得君王一笑夸。潮满蛤毛茸豆荚，泥香蚬壳吐桃花。"这首诗歌咏了四种贝类，其中还包含了一个故事。四种贝类分别是龟脚、老婆牙（海瓜子）、蚬蛤、泥螺。这四种贝类味道都非常鲜美，据说有一天皇上在吃龟脚和海瓜子的时候，觉得味道实在鲜美，就问它们的名称，侍者一时答不出，可他是浙江人，知道它们的俗名，就回答说"螺头、新妇臂（一种鱼的名称）、龟脚和海瓜子，四者皆海鲜也"。皇上觉得这些名称实在有趣，就莞尔一笑。

王莳蕙《象山海错诗》也有咏贝诗，如《蛤蜊》："潮纹如线晕重重，曾受甘圆内史封。食可升天真上药，云何不隶玉房供。"诗里引用了一个典故。据（清）董诰等纂修《全唐文》卷八百九十九，"毛胜"条记载，毛胜（字公敌，晋陵人）在任吴越忠懿王功德判官职务时，写了一篇《水族加恩簿》，对各种主要海洋水族进行"封官授爵"。其中说蛤蜊"重负双宅，闭藏不发，既命之为含津令，升之为悫诚君矣。粉身功大，偿之实难，宜授紫晖将军甘松左右丞监试甘圆内史"。说蛤蜊双壳紧闭，深藏不发，可以委以重任，所以先封它为含津令，复升之为悫诚君。而蛤蜊壳烧成的灰，是重要的建筑材料，对人类贡献更大，因此又加封为甘圆内史。王莳蕙《象山海错诗》中还另有《丁香螺》《沙蟥》《吐铁》《海瓜

---

① ［清］王莳蕙：《象山海错诗》，杭州：西泠印社出版社 2007 年版。

子》，都写得生动形象，饶有趣味。

海错诗是滨海地区文人特有的一种舒雅文学活动，是对海洋审美的一种生活化、趣味化现象，类似于内地的竹枝词。虽然里面没有什么深刻的寄寓和微言大义，但是非常贴近海洋生活，因此从海洋文化的角度来说，这些海错诗是很有价值的。

本章结语

从时间上来看，清代中叶前后，也就是从 17 世纪到 19 世纪初，相当于西方的大航海时期的中期和晚期，也是西方海洋文学蓬勃发展的时期，航海技艺小说、海洋冒险文学、海上航行传奇叙事纷纷涌现，而在中国，海洋叙事类文学却又重回汉魏六朝海洋志怪时代。

清代严厉的海禁是导致清代海洋文学发展转向的直接因素，而清朝政府关闭海上大门、放弃海洋经济和海洋开发，则是清代海洋文学重回志怪的根本原因。不过从文学本身发展来看的，清代海洋文学的志怪化，其实也是其自身演化的结果。

想象性海洋这种审美视角下的海洋志怪，本来就是中国古代海洋文学发展逻辑上的"叙事原点"。《山海经》所奠定的中国海洋文学基础，其审美的起点便是想象海洋、变异性海洋，而非现实海洋书写。虽然这与当时人们对于海洋缺乏了解有关，但也与海洋文学的审美趣味的选择有关。汉魏六朝志怪海洋大幅度地推动了海洋志怪文学的发展；唐代开始，海洋文学出现了现实主义和浪漫主义海洋文学并存的趋势；到了宋元和明代，现实主义海洋书写开始占据主流；到了清代，以海洋志怪为代表的浪漫主义海洋书写，又逐渐取代了现实主义海洋书写。

这种螺旋式的否定之否定的变化，是一种很正常的文学发展的现象。如果仔细考察清代的海洋志怪叙事，那么可以发现，清代的海洋志怪，其实并非对汉魏六朝海洋志怪的简单"回归"，而是一种发展式"回眸"。这主要体现在：其一，在文本规格上，汉魏六朝志怪大多是简短的数十、数百字的碎片式文本，而到了清代海洋志怪，绝大部分都是比较完整的中短篇小说，《聊斋志异》中的涉海小说可以代表这方面的成就。其二，清代海洋志怪的内容，虽然对汉魏六朝海洋志怪题材有所因袭，但许多都是作者的原创或创造性改写。这在《聊斋志异》《秋灯丛话》《谐铎》等著作的涉海作品中可以很清楚地看出。其三，就算是一些传承性内容作品，清代的海洋志怪也有大幅度的提高和发展。《聊斋志异》中的《夜叉国》和《谐铎》中的《鲛奴》便是如此。《夜叉国》故事来自于冯梦龙《情史》的同类作品，但是情趣和主旨完全不一样。《鲛奴》是对传统的"鲛人"故事的传承，但是鲛奴形象丰满立体，各方面都超越了传统的鲛人形象。另外，《聊斋志异》里的"神仙岛"和《萤窗异草》中的"落花岛"，都被书写得异常美丽，岛上女子都被塑造成美丽、聪慧、气质超佳，在人文内涵上，都超越了汉魏六朝中的神仙岛意象。

这种现象在一些模仿和继承《山海经》的作品中，体现得也很是明显。袁枚《子不语》中的一些海洋志怪叙事，很有《山海经》的特质，可是它又是与《山海经》海洋想象有极大差异的文本。甚至到了晚清时期，还出现了《镜花缘》这样模仿《山海经》的《海经》结构的涉海叙事，可是无论是主旨还是叙事风格，又与《山海经》有根本性的区别，这正是清代海洋志怪文学传承传统又超越传统螺旋式发展的体现。

第十章 晚清异响：海洋域外叙事与海洋政治寄寓

　　1840年以后至清亡，中国进入晚清时期。两次鸦片战争、中法海战、中日甲午海战等与海洋国门有关的战争，极大地改变了国人对于海洋和海外世界的再认识。可以说，晚清时期中国许多方面的巨大变化，都与海洋有密切关系。虽然晚清政府对于海洋仍然持相当程度拒斥的态度，海洋政治、海洋经济和海洋文化的"海洋之风"却扑面而来，它们深刻地改变着古老帝国的人文生态。许多有识之士也纷纷通过海洋途径，深入了解海外的世界，从而涌起了一股股强劲的海外考察和留洋求学风。

　　这种海洋政治和文化环境的变化，自然会引发晚清时期海洋文学新的特质形成和诗学风格的变化。"只有进入近代，中国人有了远渡重洋横绝四海的生活经历，海洋才真正穿透'蓬莱'迷雾，作为'真实'的'具象'，成为文学的观照和书写对象。"①

　　当然晚清时期海洋文学特质和风格的变化，不仅仅是从1840年以后才突然发生的。在此之前问世的许多作品，实际上已经承担起先声的使命。这些作品包括谢清高《海录》、汪寄《希夷梦》和清观书人《海游记》等。而晚清海洋文学最主要的代表作家，当然非王韬莫属。王韬的海洋小说里出现许多海外场景，反映出国人对于了解海外世界的渴望。《老残游记》《镜花缘》和《狮子吼》等包含了强烈的海洋政治的内容。正如有学者所指出："随着传统秩序在创伤性的体验中崩毁，继之而来的却是新的时空意识和文明想象的释放，这一驳杂丰富也鲜明呈现在晚清的海洋书写中。面对海洋，中国人由被动的震惊体验到充满主体意识地进入新的历史时空，从茫然的失落和困惑到兴奋瞻望的价值重塑，从疑虑重重的涉入到激情满怀的乘风来去，其中繁复驳杂而形态各异的种种经历、体验、感受、思虑和生命重整、价值求索等都包含在这一时期的海洋书写中。"②

---

　　① 刘保昌：《论近代以来中国文学的海洋书写》，《西南大学学报（社会科学版）》2015年第6期。

　　② 彭松：《文明危机年代的全球体验与空间重塑——论晚清文学中的海洋书写》，《中国文学研究》2014年第4期。

第一节 《海录》《希夷梦》和《海游记》中的海洋想象

清朝政府长时间实行海禁和海洋政策上的闭关锁国，在相当程度上影响了国人对于海洋世界的继续了解，但却也因此激发了许多人对于海外诸国的认知渴望。谢清高《海录》的出现，正好满足了这种渴望，而且它有关欧洲诸国和太平洋岛屿等的介绍，恰恰又是明代"西洋三书"等所缺乏的。汪寄《希夷梦》采用梦境形式，叙述了一个海洋强国的创建过程，可以说是中国第一篇有关海外创业建立国家的政治寓言式叙事。观书人《海游记》问世稍迟，但其所想象虚构的海洋社会单元也接近一个海洋国家的形态。可以说，虽然中国的国门是1840年后被列强轰开，中国的命运开始与海洋紧密联系在一起，但其实在此以前的几十年里，一些有识之士已经在思考中国的海洋化问题。这三部作品，可以说是晚清海洋政治叙事的前奏。

一、谢清高《海录》中的海外世界叙事

谢清高（1765—1821），广东嘉应州（今梅州）人。杨炳南为《海录》所写的"序"里说，谢清高18岁那年，跟随海商航行至海南海域时，遭遇大风暴，舟覆落海，幸好为路过的"番舶"救起，"遂随贩焉"，因而得以"遍历海中诸国，所至辄习其言语，记其岛屿厄塞、风俗物产，十四年而后反粤，自古浮海者所未有也"。

谢清高的遭遇和经历是非常奇特的，更加难能可贵的是，他对于海外世界的各种见闻，具有强烈的认知意识。长达14年的海外游历，构成了他《海录》的丰富素材。由于他不识字，无法将他的经历撰述成书，但是在清嘉庆二十五年（1820）春天，他在澳门遇见了自己的嘉应同乡杨炳南。杨炳南是举人，文化水平高，谢清高就将自己在海外14年的经历见闻，一一讲述给杨炳南听。杨觉得很有价值，便应谢之请将其记录并整理成《海录》一书，从而成为中国古代海洋文学史上的一段佳话。

杨炳南的贡献是巨大的，他不但认真和忠实地记录了谢清高的海外经历，还为《海录》写了一篇很有文献价值的"序"，记载了他们合作的缘由："向来志外国者，得之传闻，证于谢君所见，或合或不合。盖海外荒远，无可征验；而复佐以文人藻缋，宜其华而鲜实矣。谢君言甚朴拙，属余录之，以为平生阅历得藉以传，死且不朽。余感其言，遂条记之，

名曰《海录》。"①

谢清高口述、杨炳南笔录的这部《海录》，在中外海洋文化交流史上具有重要地位。"中国人著书谈海事，远及大西洋外，自谢清高始。"②这是吕调阳重刻《海录》时在序文中的话，他的这种观点得到了学界广泛的认同。

钟叔河在为点校本《海录》写的叙论《国人最早亲历西方的记叙》中认为，谢清高"遍历海中诸国"的时间，大约为 1783 年至 1797 年。从《海录》叙述的先后详略来推测，很可能他先是随"番舶"来往于马来半岛和印度，然后是南洋群岛，最后才去欧美大洋洲。"返粤"是他因病双目失明了，才结束海上生涯，回到广东，最后定居澳门。杨炳南序中说他为通译以自给，但钟叔河认为盲人任通译似不太可能，恐怕只是利用通外语的条件在华洋杂处的澳门做点小生意，兼事通译。里斯本东波塔（Torre do tombo）档案馆存有嘉庆十一年（1806）八月初三日香山县批复谢清高与澳门葡萄牙人诉讼事一纸，内称谢租赁夷人某铺屋一间，年租银七元余；又云夷人与谢交易，前后共欠谢番银一百五十元，拖欠不肯归还。可见谢在澳门已租用铺屋，与外国"夷人"多有经济往来。

《海录》次第记录了谢清高口述的 97 个国家和地区的情况。根据其自身经历，有详有略。与其他同类著作相比，《海录》的主要价值体现在对于大西（葡萄牙）、大吕宋（西班牙）、佛朗（法兰西）、荷兰、盈兰你是（瑞士）、双鹰（意大利）、埔鲁写（普鲁士）、英咭利（英国）等国的记叙。文字简朴生动，如记英国风貌："海中独峙，周围数千里，人们稀少，而多富豪。房屋皆重楼叠阁。（其国人）急功尚利，以海舶商贾为生涯。海中有利之区咸欲争之。贸易者遍海内，……民十五以上，则供役于王，六十以上始止。又养外国人以为卒伍，故国虽小而强兵十余万。"③

《海录》对于太平洋岛屿和白令海峡风土人情的记叙，非常详尽生动，如记夏威夷海岛风情："每岛周围十余里，各有土番数百。其地多猪，西洋船经此，取铁钉四枚，即换猪一头，可三十斤。……土番不穿布帛，惟取鸟衣或木皮围下体，能终日在水中。有娼妓，见海舶来，俱赤身落水，

① ［清］谢清高：《海录》，钟叔河等校点，长沙：岳麓书社 2016 年版，第 20 页。
② ［清］谢清高：《海录》，钟叔河等校点，长沙：岳麓书社 2016 年版，第 19 页。
③ ［清］谢清高：《海录》，钟叔河等校点，长沙：岳麓书社 2016 年版，第 50 页。

取大木一段承其额，浮游水面。海舶人招呼之，即至，听其调谑。与之铁钉二枚，则喜跃而去，不知其何所用也。有花旗番者，寓居亚哆歪（岛），采买货物。土产：珍珠、海参、檀香、薯芋。无五谷、牛、马、鸡、鸭等件。有果不知其名，形似柚而小，熟时土人即取归，火煨而食之，味如馒头。不食盐。"① 类似的记叙介绍是非常珍贵的，因为这是刚被发现不久的新地方，中国人对之知之甚少。谢清高《海录》的有关介绍，大大提高了国人对于这些地区的认识水平。

二、汪寄《希夷梦》中的海洋国家梦

《希夷梦》，又名《海国春秋》。作者汪寄，号蜉蝣，安徽黄山人，生平事迹不详。

《希夷梦》最早的版本是嘉庆十四年（1809）新镌本堂藏板本。光绪年间有多种石印《海国春秋》传世。1991年中华书局《古本小说丛刊》据嘉庆十四年（1809）本堂藏板本影印《希夷梦》四十卷四十回。

从海洋文学和海洋人文的角度而言，《希夷梦》的最大价值在于它对海洋社会和海洋国家的描写和想象。小说把故事时代背景设置于五代十国末期，这正是天下大乱、人们流离失所纷纷寻找新的安身立命地方的时候，这既适合故事的展开，实际上也与当时清代的形势有点吻合。

故事叙说赵匡胤发动陈桥兵变，登上皇位，朝臣纷纷归顺，惟间丘仲卿和韩速，奔走于南唐和西蜀，欲图复国。途中两人被引至黄山希夷老祖洞府，晚上得一梦。梦中来到了汪洋大海中的浮石等海岛诸邦，经过50多年的努力，终于完成了自己的建国大业，最后才发现是一场"希夷"之梦。所谓"希夷"，指的是虚寂玄妙，似乎存在，又似乎是梦幻。其语出老子《道德经》"视之不见名曰夷，听之不闻名曰希"。所以这"希夷"之梦，类似于"白日梦"，一种纯粹的文学想象性产物和表达形式。

但这部小说具有独特的人文价值，那就是小说中作为核心符码的海洋国家想象。因为这恰恰是古代海洋文学中很少触及的主题。正如有人所指出，"在中国古代文学，特别是古代小说中涉及海洋的作品少之又少，海外世界一直是神秘和幻想之域。……《三宝太监西洋记》虽以明代郑和的大航海为背景，但小说的神魔斗法消解了它的历史真实。约和《希夷梦》同时的《镜花缘》，有'唐敖出海'的情节，走的是'博物'加'记游'的路子，但继承的是《山海经》以来的海外幻想传统，同时

---

① ［清］谢清高：《海录》，钟叔河等校点，长沙：岳麓书社2016年版，第53页。

又融入了作者的现实讽喻。从这个意义上来说，着力描写海洋生活和海岛事业的《希夷梦》，称得上是填补空白之作。"① 所以从这个角度而言，《希夷梦》是一部海洋政治性小说，与晚清时期陈天华《狮子吼》的海洋国家构想是一致的。

《希夷梦》主题的深刻性和超前性，已经使它可以进入中国海洋文学史的范畴。其实，在艺术上，它也很有特色。

其一，它体现出一种亲临其海的"在场写作"的姿态。如第六卷写仲卿等人入海体验："直出大洋，茫茫荡荡，淼无垠际，虽然胸襟开豁，却愈增悲怆。行过两日，边远望见隐隐的一带平山，梢公忙使回舵转篷，平山渐远渐灭。"② 这是只有在行船途中从海面上远望才有的"平视"感觉。这样的现场感，在中国古代其他涉海叙事中是很少见的。

其二，在传承前人海洋想象的基础上有所突破。《希夷梦》并非"横空出世"之作，而是对于前人的海洋想象多有传承。譬如第七回和第二十七卷写到了"硬水"，还写到了"软水（弱水）"，它们都来自于《三宝太监西洋记》等。但是在《三宝太监西洋记》中，硬水、软水都是泛泛虚写，而《希夷梦》却是极力营造一种"真实感"："传闻周围有数百里硬水，船到边上擦过，即可无事。如入硬水，两边夹定，惟有往下直淌，不暇弯转。"（第七卷）到了第二十七卷，他们的船真的到了这个海区，"令骑士俱登舰，或各执小棹，或合运大桨，到硬水边齐发同声号子，大众尽行用力摇荡。人手虽多，无如水力更急，有半个时辰，气力俱衰。篙工歇住道：'若上得半个，就有望了。无奈水硬，墙壁般阻住。'"显然，《希夷梦》虽然借用了《三宝太监西洋记》中的"硬水"想象，其实临摹的却是海洋漩涡的水文现象，这就使得这种"硬水"想象具有了现实感。

其三，《希夷梦》把海洋神仙岛意象实体化。"小说中的浮石、浮金、天印、双龙等海国，据说就是《列子·汤问》中提到的蓬莱、方壶、瀛洲等仙山，但作者并没有将其神化、虚化。如果抛开地理物产的奇异之处不说，则海国俨然一小中华。"③ 这个分析和评价，是非常中肯的。

从规模和形态上看，《希夷梦》所展示的所谓海洋国家，其实更接近于一个海洋部落社区。第七卷写浮山岛的海洋生态和人文环境："却说

①　郭杨：《春秋历历　海国茫茫——不应被冷落的〈希夷梦〉》，《明清小说研究》2005年第2期。

②　[清]汪寄：《希夷梦》，沈阳：辽沈书社1992年版，第86页。

③　郭杨：《春秋历历　海国茫茫——不应被冷落的〈希夷梦〉》，《明清小说研究》2005年第2期。

此处乃东海之中，形最奇特，古名浮山岛，又名朝根山，周围三万六千里，地形四分百裂。各处皆土坚石脆，雨后土松，始容锄铲，石隙亦可播种，鸟语花香，四时不断。这里向来少有人居，……后亦屡有遭飓飘至者。人渐繁多，连东西南北地方以及各岛屿洲沙择占居住，力雄为主。卢氏人众，居于浮石；与浮石相等者曰浮金，其次曰双龙、曰天印；其余著名大岛近百，有名无名汀屿洲沙盈千。……各岛百姓每岁虔卜，遇得大小舰舶飘落者，即为大户。当日见有船只溜下，众艇纷纷争先向前，钩取衣服，抢夺货物，却不伤害性命。"[①] 这段叙述，海洋地理环境、人居迁移、民风习俗等，无不具备，如果作者对于海洋社会没有深入了解，仅凭想象，是断然写不出来的。

三、观书人《海游记》中的海国书写

关于《海游记》，江苏省社科院明清小说研究中心和文学研究所编撰的《中国通俗小说总目提要》是这样介绍的："六卷三十回存不题撰人，清刻小本，六册。首观书人序，无图。正文半叶九行，行十七字。"由杜信孚、蔡鸿源所著《著者别号书录考》一书中考证云："《海游记》六卷，题清观书人撰，清嘉庆刊本。"这是有关《海游记》作者及时代的最明确记载。其实此则记载最早源自孙殿起《贩书偶记续编》的推测："《海游记》六卷，清观书人撰，无刻书年月，约嘉庆间刊巾箱本，计三十回。"孙殿起是根据版刻特征来推测是约嘉庆年间的。据上所述，《海游记》成书时间大概在清朝中期的嘉庆年间。[②]

《海游记》是以"落漈"为背景的海洋小说。关于"落漈"意象，最早出现在《山海经》所构建的海洋世界之中，袁枚《子不语》曾经以此为背景创作过一篇小说。由此可见，这"落漈"者，既是一种海洋文学意象，也有可能是一种水位较低的海洋地理空间。《海游记》所描述的"落漈"，正是这两种情形的结合：它是一种非常特殊的海洋水文现象，却同时又是"无雷国"所在地，而所谓"无雷国"，又是一种想象性海洋政权形态，或者说是一种人文意象建构。

这样的故事空间设置，为叙事预置了相当广阔的发挥空间。《海游记》假托主人公管城子在海洋国家"无雷国"经商、游历的故事，影射了当

---

① ［清］汪寄：《希夷梦》，沈阳：辽沈书社 1992 年版，第 88 页。
② 张祝平、曹湘雯：《〈海游记〉对中国海岛形象模式的颠覆》，《衡水学院学报》2012 年第 3 期。

时的社会现实，讥讽了黑暗社会中的官场恶迹与世风颓败。正如作者在《序》中所说，"此书洗尽故套，时无可稽，所论君臣乃海底苗邦，亦只藩服末卷涉于荒渺梦也。梦中何所不有哉。"显然也是一部寓言式海洋小说，对时势有着一定的批判、认识价值。在具体的叙事手法上，故事文本虽然采用传统的"梦游"形式，但在主要情节和细节上，又有比较生动和可信的"海洋社会"内容。因此它是一篇具有"海洋社会学"价值的古代海洋小说。从"身行"的角度而论，它还是一篇身处海洋，在真正海洋里体验海洋生活的"在场"作品。

所以从《海游记》的故事空间设置及作者的情节设计来看，我们本有理由期待一部高水平海洋小说的诞生。但是实际上《海游记》却是一部毫无艺术水准可言的拙劣之作。人物形象简单表面化，情节发展缺乏逻辑性，场面营造和细节描写基本被忽视。为了有卖点，它还塞进了大量的乱伦、性错乱等色情内容。可见作为一部文学作品，《海游记》是失败之作，但是如果从海洋文学的角度而论，它却又是值得关注的。

首先，这是古代"唯一"一部完全以海洋生活为题材的长篇小说。不管这种"海洋生活"的许多内容，是如何匪夷所思和不合情理，但它们毕竟都"发生"在海洋里、海岛上，毕竟是以一种文学的形式来反映和描述了"海洋生活"，这是需要予以肯定的。

其次，《海游记》还给读者提供了许多海洋贸易气息。譬如小说第二回管城子回忆初到无雷国经商的情景："船进了水门，便有城市，泊在人烟聚处。有官来查，叫船上众人上岸点名。官道：'你们的货物交与行牙，换些珠宝，上岸来过活。管船的领文凭在洋中运货谋生。'……分付行牙把货上了税方去，我的笔也换了珠宝。行牙又替我寻了房子，过到而今。"① 这节描写，如果没有切身的海洋（海岛）海洋贸易体验，是不可能写得如此逼真的。"船进了水门"，仅这一句里的"水门"一词，就透露出作者对海洋环境的熟悉。海洋里谋生的人，都将水道叫做门。"泊在人烟聚处"，这句话也是需要有海洋生活经验的。《海游记》所描述的海洋生活主要在海岛展开，而岛有大小，一般是大岛住人，小岛则为荒岛，至今仍然如此。所以凡是船可以靠岸处，必然是人烟稠密的大岛，也就是所谓"城市"所在。只有这样的地方，才设有可以靠泊的码头。接下来说的"行牙""管船的领文凭在洋中运货谋生""把

---

① ［清］观书人：《海游记》，见《古本小说集成》，上海：上海古籍出版社 1994 年版，第 12—13 页。

货上了税"等，显然都是海上贸易的行话，不熟悉它们的人，是根本写不出来的。

最后，《海游记》里提供了众多海盗信息，从一个侧面比较深刻地描述了海洋居民生存的艰难程度。"海洋世界"是一个很特殊的生活和社会空间，有许多大陆所没有的海洋组织，"海盗"便是一种曾经非常广泛的存在。在古代，海洋世界简直就是海盗的世界。《海游记》对此有比较多的描述。小说第二回，写管城子港在无雷国安顿下来，就碰上了海盗："晚间我开后窗望月，见一船飞来，用火枪打我的船。我忙拖了行囊，钻窗跳上脚船，摇入岛中，藏了一夜。天明寻大船不见，脚船不敢走海，只得傍岛忍饿。到黑又来了一只船，我疑是强盗，伏在脚船中探看，被他看见，几把钩子将我钩住，连行囊拖上大船。有人问道：'你家在那里，可另有大船。昨夜此处火光，可是你们的事。这囊中可有财帛，为何敢窥探我的船？'我应道：'家在海底下，昨夜火光是我们的事，这囊中是珠宝，要便拿去，窥探尊船是我该死。'那人道：'招认明白，丢下海去罢。'正是：不愁下海风波险，只恐还乡盗贼多。"①

《海游记》对海盗活动的描述，可以说已经到了相当逼真和生动的程度。"见一船飞来，用火枪打我的船"，"飞"一词，写出了海盗船速度之快。海盗为了进攻和撤退方便，经常对船只进行改装，譬如增加船桨和增大帆篷，所以速度一般都要比普通船快。另外小说还写了一个细节："到黑又来了一只船，我疑是强盗，伏在脚船中探看，被他看见，几把钩子将我钩住，连行囊拖上大船。"这里描述的用"钩子钩住"，也是有特征的海盗行径。只有这样，海盗船才能靠上被抢劫的船，海洋人经常说的"并船"，指两只船并拢行进，就是先用钩子钩住，再用绳索套牢的。

其实，《海游记》所描述的岛屿战争，虽然简单地处理为争权夺利和抢夺地盘，实际上也是海洋生活一种曲折的反映。《海游记》在人物设计上体现为代表正人君子的徐公子徐玉和代表恶势力的臧居华之间的斗争，在事件设计上体现为发生在金沙岛、铁翁山、里苗岛之间的战争。有些描写不乏夸张和不合情理，但海洋社会由于资源贫乏，社会成员来源复杂，很容易发生抢夺资源和渔场等械斗。这种严酷的生存环境，《海游记》通过人物关系和事件情节设计，进行了曲折反映。

---

① ［清］观书人：《海游记》，见《古本小说集成》，上海：上海古籍出版社1994年版，第14—15页。

第二节 王韬海洋叙事的多方面构建

王韬（1828—1897），苏州人。原名王利宾，字兰瀛，后改名为王韬，号天南遁叟等，清末著名的小说家。鲁迅在《中国小说史略》中曾经概括了王韬小说的创作倾向和内容特色，指出："其笔致又纯为《聊斋》者流，一时传播颇广远，然所记载，则已狐鬼渐稀，而烟花粉黛之事盛矣。"王韬本来是依照"聊斋体"创作的，他的小说也被称为"后聊斋"小说。但是纷纭的时势和大量鲜活的内容，又使他的作品不知不觉转向现实，这在他众多的涉海叙事中显得比较突出。

王韬的海洋小说作品，主要有《遁窟谰言》里的《翠驼岛》《海岛》和《岛俗》，《淞隐漫录》里的《仙人岛》《闵玉叔》《海外美人》《海底奇境》《海外壮游》和《消夏湾》，以及《淞滨琐话》里的《因循岛》等。这些作品的海洋背景，大多为外海外洋，这与王韬多年欧洲和日本的海外游历有关。亲身的海洋体验和海洋人文感受，为他的海洋小说创作注入了许多新的理念。

在晚清乃至整个清代海洋文学中，王韬的海洋题材创作具有重要的地位。有人认为："在王韬'后聊斋'系列所含涉海小说中，《遁窟谰言》成书最早，此时的王韬缺乏对于海洋的直接体验，因而《遁窟谰言》对于海洋的书写依然停留于对《聊斋志异》等前代作品的承袭与模拟。创作于王韬海外归国之后的《淞隐漫录》不仅涉海小说的篇目大为增多，并且小说与海洋的关联程度更为紧密，《海外美人》采用的'航海远行'式涉海叙事，在融入作者对于中国近代海洋环境的认知后，更是在思想精神层面完成了对于前代涉海小说的突破。"[①] 这个评价是比较符合王韬海洋小说的创作实际的。

一、王韬的海洋探求叙事

"王韬有游历欧洲和日本的亲身经历，其涉海小说呈现出积极主动出海的姿态。"[②] 与传统的站在海边那种"观海"之作相比，王韬的《翠驼岛》《仙人岛》《闵玉叔》《消夏湾》和《海外美人》等作品，都呈现出一种积

---

① 王双腾：《论王韬"后聊斋"系列中的涉海小说》，《蒲松龄研究》2019年第2期。

② 方群：《中国古代涉海小说叙事流变》，《湖南工业大学学报（社会科学版）》2019年第6期。

极主动投身海洋、探求海洋的"进入"姿势，这在以往的海洋小说中是不多见的。

《遁窟谰言》里的《翠驼岛》叙写吴人钟生，"少负侠气，有乘风破浪之志"，觉得如果要进行"汗漫游"，那最佳的方式就是"浮海行"了。因此下决心要下海去壮游。市面上的海船他都看不上，于是斥巨资打造了一条新船，招徕十多名水手，扬帆出海，"任舟所之"，结果竟然漂流到了好望角附近的翠驼岛。① 岛上风景虽然绝美，但也无非是传统的海洋神仙岛意境，不过文中出现的"好望角"一词，却着实让人吃惊。王韬的小说虽然模仿《聊斋志异》，但是海洋文学视野，却明显超过《聊斋志异》。《聊斋志异》的海洋异域，最远也不过是《罗刹海市》里出现的南洋一带，而王韬一出手就把海洋空间背景放在了遥远的位于非洲西南端的好望角。而且这个遥远的地方，还是钟生积极主动入海才到达的。这是真正的"进入"海洋的叙事了。

《淞隐漫录》里的《仙人岛》也是一篇深入海洋的"在场"之作。它叙写泉州秀才崔孟涂，年轻好游，一心想"探奇海外"，希冀能"有所遇"。这种志向很有"泉州特色"。福建泉州有悠久的海洋贸易和海外探险的传统，所以这个崔秀才不像别的地方的秀才，一心只读"圣贤书"，而是非常向往去海外探奇，而且他的这种海洋活动向往，绝对不是一时的冲动，而是时刻准备付诸行动，因此他天天来到码头寻找机会。终于到了这一天，他看到了一艘跑南洋的大船停泊在泉州，他立即上前找到"舟长"即船长，请求"附舟同行"。他的选择和意志，得到了舟长的赞赏。等海船装满了贸易货物，同时补足了淡水和食物后，舟长真的带着崔秀才进入海洋之中。可是从这里开始，叙事又进入了传统的海船在途中遭遇风暴，被风浪刮到了一个住有"神仙"的海岛上的套路里去了。但是王韬的《仙人岛》，在登岛后的叙事，却有了变化，那就是继续崔孟涂积极主动"探奇海外"的叙述主调。在"漂岛"与"登岛探险"之间，王韬"加进"了一个情节：崔孟涂和其他船员一起到了这个岛上，其他人见是一个"空旷无居"的荒岛，转身就走，准备回船上，可是崔秀才眼中看到的却不是荒岛，而是翠柏长松，幽花异草，溪流喧哗，涧上皆花，其香爽脾，而泉更甘的"仙境"！他坚决不回去。当别人劝他回去时，他坚持要留下，不管别人怎么嗤笑，他也不改决心。后来其他人都走了，船也消失了，他却独自

---

① ［清］王韬：《遁窟谰言》，见《续聊斋三种》，海口：南海出版公司1990年版，第216页。

一人留在了岛上。① 他认为他的选择是对的，因为岛上不但有仙境，而且还有仙女。而这些仙女不仅美丽异常，也聪颖绝顶，崔秀才一住就是二十多年。最后无奈离去，还是恋恋不舍。王韬的这篇《仙人岛》，虽然惊险曲折程度稍有不足，但是表达出了对于海上社会的一种高度赞美的态度，可以说是一种理想化的海洋世界的书写。它告诉人们，崔秀才这样的海洋探奇选择，是非常值得肯定的。

《闵玉叔》也是《淞隐漫录》里的作品，呈现出比较积极的"进入海洋"的主动性。"闵燕奇，字玉叔，闵之汀州人。"汀州即福建长汀，也是一个海洋贸易非常活跃的地方，历来有闯荡南洋的传统。"偶阅谢清高《海录》，跃然起曰：'海外必多奇境，愿一览其风景，以扩见闻。'自是遇里中人由海上归者，必询其行程，详其风土。"谢清高是中国航海史上一个著名人士，他的《海录》是他几十年海上活动亲身经历及其见闻的客观记录，是珍贵的海洋文献。前文已有述及。闵玉叔读了《海录》，按捺不住海洋探险之心。后来虽然没有机会前往南洋诸岛，但有机会与一个台湾人一起前往台湾。"不意舟甫出洋，飓风雨大作，樯折帆摧，簸荡莫定，经三昼夜，搁于一荒岛。"故事框架是老套的，但是上岛后的遭遇是新奇的。闵玉叔在岛上遇到了一个南宋遗民。"南宋之末，天下大乱，由杭州避居温郡，继渡海而南，从闽抵粤。崖州之难，知事不可为，全家入海，任舶所之，匝月始得泊此。舟中固携有谷蔬诸种，力耕自食。久之，诸人皆物故，惟老身与一女一孙仅存。"② 他们虽为海岛孤寂之人，却保留了丰富的中华文化传统，因为他们来到海岛时，带来了许多宋版古籍。那个名为谢芳蕤的姑娘，更是聪颖异常，可以说是中华优秀文化的代表。这篇小说与《仙人岛》一样，想象中华优秀文化在海岛上得到了保存和继承。而这些信息，都是故事主人公积极进入海洋后才意外得到的。

《淞隐漫录》中的《消夏湾》也展示出同样的风貌。故事中的嵇仲仙，祖籍为内陆地区的南昌，到他这一代，已经移居长江边上的浔阳，开始弃儒习贾。有一天他乘轮舶至汉口，"激浪冲波，其去若驶，心窃乐之。人谓之曰：'此特观于江耳；若至大海，其奔腾澎湃之势，直可移山而撼也。'生于是兴乘桴浮海之志。"汹涌的波涛激发了他对大海的无限向往之情。他"每遇海客，辄询海外风景"，一心想前去体验一番。他先至日

---

① ［清］王韬：《淞隐漫录》，见陈志强、董文成：《聊斋系列小说集成·淞隐漫录》，哈尔滨：黑龙江人民出版社1997年版，第13—16页。

② ［清］王韬：《淞隐漫录》，见陈志强、董文成：《聊斋系列小说集成·淞隐漫录》，哈尔滨：黑龙江人民出版社1997年版，第92—96页。

本横滨，又转乘西人邮船横穿大洋。行进途中，"飓风骤来，狂飙掀天，怒涛卷地"，嵇仲仙不躲不避，盘腿坐在船头，亲身体会着"乘长风破万里浪"的境界，其气派之雄壮，令西人也"咸壮之"！① 在王韬所塑造的海洋探奇者中，这嵇仲仙似乎是一个天生的"海洋之子"。

在经历了一场暴风雨之后，嵇仲仙随船来到了一个海岛。岛上之人，或是宋末文天祥部队的，或是"避洪水之难而至此"的。岛上腹地有消夏湾，仙境一般，嵇仲仙在此流连忘返，"不愿再履人间，遂逍遥于海外以终老"。

而《淞隐漫录》中的《海外美人》则更使"主动进入"达到了一个新的高度。它叙写汀州人陆梅舫的海外"奇遇"。陆梅舫出生在"海商"之家，家里"有海舶十余艘，岁往来东南洋，获利无数"。可是出于对海上航行安全的考虑，他的父母却一直阻止他随船游洋。然而每逢海员们出海回来，说起海外奇闻怪事，都让陆梅舫心往神驰，他像闵玉叔一样，对海洋有着强烈的主动探求的愿望。有意思的是他的妻子，居然也对海洋非常神往，"于是夫妇时谈出洋之乐，跃然期一试"。"闯海女人"的出现，在中国古代海洋小说叙事中还是第一次，非常值得关注。

正因为对海洋有着共同的情感，陆梅舫和他的妻子在组成夫妇关系的同时，又成了一起逍遥大海的同道。几年之后，由于父母相继去世，陆梅舫夫妇的闯海梦想开始转化成实际的行动。他们打造了一艘最大最豪华最坚固的海船，又挑选最懂航海之人，择日出发了。出洋那天，还举行了隆重的仪式。陆梅舫"设宴高会，珍错罗列，酒酣，击铁如意而歌曰：'天风琅琅兮，海水茫茫。招屏翳而驱丰隆兮，纵一苇之所杭。我将西穷欧土兮，东极扶桑。瞻月升而观日出兮，乘风直造乎帝乡。'歌声激越，如出金石。女亦拔剑起舞，盘旋久之……"这样的仪式充分表达了对海洋的虔诚，已经带有某种程度的宗教意味了。

"既入大洋，飓风忽发，船颠簸不定。生命任其所之，冀逢异境。"这种洒脱的海洋生活观，使得陆梅舫夫妇的海洋之旅不再是一种海洋逐利行为和谋生手段，而是一种非常具有现代意味的生命体验。"经六七昼夜，抵一岛，岛中人皆倭国衣冠，椎髻阔袖，矫捷善走。男女皆曳金齿屐；女子肌肤白皙，眉目姣好，惟画眉染齿，风韵稍减。见生夫妇登岸，群趋前问讯，语啁啾不可辨。"显然是已经来到了日本。接着抵达了马达屿岛，陆梅舫夫妇目睹了一场擂台赛，由于一个日本教习师不敌欧人，陆

---

① ［清］王韬：《淞隐漫录》，见陈志强、董文成：《聊斋系列小说集成·淞隐漫录》，哈尔滨：黑龙江人民出版社1997年版，第467—469页。

夫人认为"我当为日人一吐气",飞身上台,一脚将对手踢得倒地吐血,不料对方乘陆夫人仁慈未加追击之际,突然袭击,两人同归于尽。失去妻子的陆梅舫没有回家,而是继续航行。他横渡太平洋,"月余进地中海口,地名墨面拿,意大利国之属土",开始了新的海洋探险。① 王韬塑造了一个中国航海家的形象,虽然显得比较简单,文中所表达的对于西洋女子的态度,也不够庄重严肃,但从海洋文学的角度而言,陆梅舫形象是非常值得关注的。

《淞滨琐话》中的《乐国纪游》所塑造的诸生安若素形象,也是一位积极主动投入海洋冒险的时代人物。安若素是一位"少有才名"的才子。最大的志趣却是"乘槎泛海,学司马迁、张骞汗漫游,浮溟渤,升崆峒,寻河源,贯月窟,用以自豪"。他视官场为"苦海",一心要潇洒大海。后来他真的周游各大海域,完成了他的"壮游"。② 因此安若素的选择大海,其实是一种价值选择,而不仅仅是性情使然。

二、王韬的"海外空间"叙事

王韬被誉为"中国最早的现代性问题思想家",被认为"既是中国现代知识分子中体验西方世界的先行者,更是中国最早的集中、全面而系统地觉察到现代性问题的思想家"。③ 王韬对现代性问题的思考,不但体现在他自己撰写的大量报刊政论文中,而且还体现在他众多的海外空间海洋小说的创作上。

1862年因参与太平天国活动,王韬遭到清廷通缉,只好在英国驻沪领事帮助下逃亡海洋。在长达二十多年的流亡生涯中,王韬遍游各海洋国家,因此在他的海洋小说创作中,有多篇涉及异国异海题材,大大开拓了中国古代海洋小说的叙事空间。

《淞隐漫录》中的《海底奇境》将海洋空间进一步拓展至"欧洲十数国",一直到边远的"瑞国",故事主人公聂瑞图,以风流倜傥,携带英、法、俄、日四国语言翻译的显赫派头而使欧人"无不倒履出迓",甚至还赢得了瑞国美女兰娜的芳心,并使兰娜主动投怀送抱,④ 这可以说继续或

① 〔清〕王韬:《淞隐漫录》,见陈志强、董文成:《聊斋系列小说集成·淞隐漫录》,哈尔滨:黑龙江人民出版社1997年版,第155—159页。

② 〔清〕王韬:《淞滨琐话》,石家庄:河北人民出版社1991年版,第117—121页。

③ 王一川:《王韬——中国最早的现代性问题思想家》,《南京大学学报》1999年第3期。

④ 〔清〕王韬:《淞隐漫录》,见陈志强、董文成:《聊斋系列小说集成·淞隐漫录》,哈尔滨:黑龙江人民出版社1997年版,第283—285页。

者说是膨胀着《海外美人》的"白日梦"幻想，是不足取的。但是我们也不能因此而否认该小说的确丰富了古代海洋小说的叙事内容。

而《淞隐漫录》中的《海外壮游》则更多地向读者展示了丰富多彩的异国文化和风俗。它叙写浙人钱思衍乘坐道仙的"手帕飞行器"飞到了英国属地"伊梨"。当地正在进行海上实靶军事演习，这种演习对清末的中国读者来说，自有一种振聋发聩的意义。第二天，钱思衍来到了苏格兰旧都"埃丁濮喇"，观看了数百人一起参与的一种舞蹈，小说详细描述了舞场布置、舞者打扮和舞蹈内容，异国风情扑面而来。可惜的是小说后半部分又落俗套：又有美貌西女主动邀请至家，又是在美人堆里风流快乐。①

这种情形在《淞隐漫录》的《海外美人》中也显得非常突出。陆梅舫因为丧偶，经人介绍，认识了两个西方女人，准备娶以为妻。可是介绍人又告诉他，她们并非天生如此美丽，而是经过人工改造的。改造的方法是：先制人皮一具，薄如纸绢，然后将它覆盖在人身上，就变成绝色美人了。幸运的是，陆梅舫娶到的两个西女却是货真价实的。这样的情节建构反映了作者对西方的一种不正常的心理，通过娶西女（并且还是一娶两个）而满足了东方男人某种卑下的欲望，又由于这种娶聘实际上很可能是一种白日梦，所以又故意说西女之美是人工的，其实很丑，"卑下的欲望"转化成一种"酸葡萄"情结，也许从中我们可以窥测到王韬的旅欧生涯其实充满了辛酸痛楚。

王韬的"海外"小说始终脱不了中国男子"征服"西女的情节套路。这或许与王韬比较强烈的民族文化优越感与认同感有关。虽然鸦片战争后晚清已被西方的坚船利炮打开了大门，但是王韬在有关海洋小说中仍然秉持强烈的"中华中心主义"优越感。他把这种"'中国人在海外'的异域体验化身为《海底奇境》中囊资充裕、行李煊赫的金陵巨族聂生，聂生作海外漫游，每至一处辄对异邦官员有所馈赠。所赠之物尽皆珍宝，在海外诸国引起巨大的轰动效应……这种描写不无以东方物质文明征服异邦的得意之情。……可以看出，以《淞隐漫录》为代表的晚清前期海外题材小说尚浸淫在'天朝上国'的虚幻想象中"。②

---

① ［清］王韬：《淞隐漫录》，见陈志强、董文成：《聊斋系列小说集成·淞隐漫录》，哈尔滨：黑龙江人民出版社1997年版，第286—289页。

② 曾丽容：《晚清海外体验与文化想象——王韬〈淞隐漫录〉中的西方形象》，《文艺评论》2015年第9期。

三、王韬的政治性海洋叙事

王韬有着比较浓郁的政治兴趣，在晚年留居香港期间，他利用手中的《循环日报》，大力宣传变法自新，同时与洋务派官员保持着密切关系。他去世后第二年，即爆发"戊戌变法"，时人都认为他的宣传鼓动之功不可没。

正因为有这种参与政治活动的经历，王韬在他海洋小说里，塑造了各色政治人物形象。

《淞隐漫录》中的《海外美人》有"明季有三贵官乞兵至此，久留不能去"这样的内容。在古代中国向日本借兵主要的几次都出现在明末清初，主要是那些抗清义士、义军因力量不足，转而向日本借兵，以图完成抗清大计。但由于种种原因，都没有借兵成功。有一些借兵的使者，就这样在日本留了下来，成为"遗民"。另外明亡之后，有大量"遗民"流亡海外，有的还建立了"海上明朝"（如 17 世纪 70 年代在现属越南古真腊国河仙地区建立的"港口国"）。而王韬本人因为政治原因，远离故土，四处漂泊，情感上与这些"遗民"心心相印，所以不忘记上一笔。

《淞隐漫录》中的《闵玉叔》，闵玉叔被移动的荒岛送至另一个岛上，这个岛却是有人住的。"须臾，一妪扶杖而出，鸡皮鹤发，若六十许岁人，口操中原南方音"，自述"南宋之末，天下大乱，由杭州避居温郡，继渡海而南，从闽抵粤。崖州之难，知事不可为，全家入海，任舶所之，匝月始得泊此"。我们已经指出过，考察王韬的文学创作，要注意他的政治因素，他是一个对政治抱有很大热情的人。宋元交替之际，"义士"们多有逃往海外者，多不知所终，《闵玉叔》却记载了其中的一个老妪，描述了她对故土的怀念和生活的艰难。如果考虑到王韬自己同样的政治难民身份和避难生涯，那么可发现，这里老妪形象的出现当然也不是随意的了。

《淞隐漫录》中的《消夏湾》，嵇仲仙被飓风卷入海中，被浪涛送到了一个岛上。这个岛远离中土，可岛上却住有一个林姓"隐士"，浙江人，竟然还是南宋文天祥义师里的一员，为文天祥幕下参谋，兵败被执，以计逃脱，辗转来到了海南崖州，可惜崖山最后一战，义军彻底失败，他坐的战船倾覆，漂流一昼夜，来到这个岛上，隐居起来。虽然这个隐士的遭遇，在整个故事中只是一个插曲性片段，但考虑到《海外美人》《闵玉叔》里类似的人物和情节，我们认为这或许并非为随意的闲笔，而是可以隐隐窥见王韬海洋小说中的政治"隐性"的。

王韬海洋小说里的政治性内容，大多表述得比较含蓄隐性，但是有时候也写得很直接。《淞滨琐话》中的《因循岛》营构了一个"衣冠狼"横行的世界。这些"衣冠狼"盘踞衙门，大者为省吏，次者为郡宰，专爱食人脂膏，"本处数十乡，每日输三十人入署，以利锥刺足，供其呼吸，膏尽释回"。[①] 显然，这个故事与《聊斋志异》中的《梦狼》有承传关系，但也有重大突破，因为在《梦狼》里，"狼"指的是贪官污吏，而在《因循岛》中，王韬用"狼"来隐喻入侵中华的列强。

第三节 《咫闻录》《镜花缘》《常言道》中的海洋书写

慵讷居士《咫闻录》、李汝珍《镜花缘》和落魄道人《常言道》，都是清中叶以后的小说作品。《咫闻录》为志怪笔记小说集，属于清代笔记文学中的优秀之作。《镜花缘》是一部长篇小说，在清代文学史上地位很高。《常言道》的文学地位和社会影响力，虽然无法与《镜花缘》相媲美，但是如果从海洋小说的角度而言，却也很有自己的特质。

这三部作品，里面有大量涉及海洋的内容，并且都是在继承海洋文学传统的基础上，各有自己的创新性贡献。《咫闻录》丰富了"南海"书写资源，《镜花缘》的海洋方国是对《山海经》相关题材的一次再创作，而《常言道》所描述的"海洋君子国"世界，也是对《山海经》优质题材的一次再营造。

一、《咫闻录》中的南海书写

清代笔记小说集《咫闻录》，作者自署"慵讷居士"，其人生平事迹不详，不过《咫闻录》里面有些许线索。"墉讷居士，《贩书偶记续编》卷十二云墉钠居士为顺德温汝适之别号，温氏为乾隆四十九年进士，官至兵部右侍郎，事迹见《国朝省献类征初编》卷一〇五《温货坡年谱》。按此书卷十一萧某云：'两广风俗，门粘神客，巷供土地，吾浙罕有所见，惟宁郡之定海县亦有是风'，且书中多记浙江尤其是宁波府各县事，则作者当是浙人。又据卷十'北虎青卫'知作者居雷州幕多年，据卷五'巨蝎'知作者乾隆丙午随家大人到淮，据自序知作者嘉庆二十二年夏赋闲羊城旅馆，此皆与温汝适经历不符。"这个慵讷居士究竟是谁，"尚

---

① ［清］王韬：《淞滨琐话》，石家庄：河北人民出版社1991年版，第289—294页。

待考证"。① 不过书中多记浙江尤其是宁波府各县事，而且还出现"吾浙"等指向性非常明确的表述，所以作者是浙江人的可能性还是比较大的。

《咫闻录》是一部具有抱负的作品。作者在《咫闻录》的"自序"中说，"志怪之作，始于《山海经》，后世仿之不下数百种。或借此以抒情怀，或搜罗以博闻见，或彰阐以警冥顽，莫不有深意存焉，非徒以醒睡眼、供谈笑而已，然总不出古人范围。予资鲁笔钝，未尝学问，虽博闻强识，月亡所能，而又不求甚解；惟闻怪异之事，凡可作人镜鉴、自堪励策者，辄记之而不忘，盖由性之相近而然也"。可见作者的创作态度是非常认真严肃的，并非为了猎奇而志怪。

《咫闻录》全书 12 卷，收录了 247 篇作品，其中多篇涉及海洋内容。由于作者曾游幕各地，又长期侨居广东羊城。《咫闻录》所涉及的海洋内容，也大多与南海有关。

南海是海商云集的地方，《咫闻录》中的《郑秀才》即是一篇以海商活动为背景的小说。小说叙写潮州滨海村子上水门里人郑秀才的一段奇遇。故事说，有一天郑秀才散步至市，见衣铺里裁缝在补一件绉袍。该袍蓝色鲜妍，质量很好，他就买了下来，穿在身上，却觉很是沉重，知道不是普通衣袍，就急忙回家，脱下袍子，悬挂在床帐内，细细观察，静待其变化。到了夜深人静之时，郑秀才忽然听到有人在吟诗："饥驱弃学过漳泉，海丑难防命亦捐；老母依闾难慰望，孤魂漂泊赖携旋。线袍且作绉袍赠，桂榜高栖杏榜悬；兔死狐悲敦古谊，衔环结草自年年。"郑秀才大惊。更他让感到吃惊的是，这声音竟然是那件衣袍所发。询问之下，他得知，衣袍的主人是一位海商，姓吴，名新，广西人，本也是一名读书人，后来家贫亲老，只好"弃举业而习经营，往来洋面"，成为了一名从事海洋贸易的海商，已经有五年多了。这次发货于台湾，不料在台湾附近海面，碰到了海盗，财物被抢劫一空，还惨遭杀害。"孤魂无寄，聊附蓝袍。"他希望郑秀才能将这件衣袍送回他广西老家，交给他母亲，好让他母子团圆。郑秀才遵其所托，送袍至广西。鬼魂感其恩德，暗助他科举成功，成为福建学使。郑秀才最终还为吴新报了仇，把杀害他的海盗缉拿归案。②

这篇小说的故事情节，虽然看起来有点玄虚，解决矛盾的方法似乎也过于巧合，但海商遭遇海盗抢劫和杀害的基本情节，却是符合现实主

---

① 占骁勇：《清代中期文言小说十种小考》，《明清小说研究》1998 年第 4 期。
② ［清］慵讷居士：《咫闻录》，重庆：重庆出版社 1999 年版，第 18—19 页。

义书写特质的。这篇小说最大的艺术特色，是没有正面描述海商生活，而是把书写重点放在了海商的母亲身上。这是很有智慧的叙事处理。因为作者自己没有海商的切身经历，无法对海商活动和海商形象进行正面刻画——这恰恰说明，虽然《咫闻录》是志怪体笔记小说，可是作者却也不是胡编乱造，而是尽可能虚实结合，志怪之中包含更多的现实内容——所以他把叙事的中心情节放在陆地，把主要人物也设置为海商的母亲，通过母亲来写海商儿子。"广西不远，所费无几，吾当决此一行，以副其所托。翌日，出省访至其家。只一老母，因子久客不归，积忧成疾，常亲床褥。邻里有持汤药以进者，日一过之而已。"海洋活动所牵涉到的人们，是海上陆上、船中家中各方面的，家里亲人的担忧，更是煎熬，这位海商母亲形象非常生动逼真。小说写的虽然是母亲，折射的却是海商儿子。当故事的叙述者"郑将蓝袍托邻付其母，并赠以银"，海商母亲知道银子来自儿子，当可以舒一口气，可是她立即就会想到，儿子为什么要托别人送银子，他自己怎么不回来？送银子的人为什么要把儿子的钱物转托邻居给她，而不是由他自己亲手给？这么一想，母亲顿时就会感觉不妙。小说震撼人的悲剧性效果，就在这种不经意的叙述和情节安排中猛烈地散发出来。

中国古代海洋书写，有一个从"观海"到"入海"的发展变化。但相比而言，"入海"者的人物形象是不多的。《咫闻录》中《三桥梦》，书写一个闯荡海洋者的种种经历，显得很是珍贵。

小说叙写乾隆年间一个名为王仲懋的浙江人，因赴试不售，落魄还家。路过三桥这个地方，宿于茅店。酒阑身倦，因得一梦。梦中的他驾十丈舟，撑百幅帆，这种船在古代绝对是属于大海船了。他驾着这大船乘风破浪，长啸开襟，在大海中尽情遨游。"今而后，东西南北，惟我所适矣。"

故事就在这种豪迈的航海中展开。须臾过大西洋，转眼间又来到了大弱水洋。这里水势汹涌，"羊角当舟，滞而不行；白沫倒洒，衣皆尽湿，舟人大恐"。王仲懋却大叫说："道之将行也与，命也；道之将废也与，命也；听之而已矣。"作者将王仲懋的航海视为一种文化哲学形态。闯过弱水洋后，前面出现了两座山峰。船靠近后，发现山海相连处，有一个巨洞。他们的船来不及避开，就被海潮卷入了洞中。洞里"深黑闭闷，瞻天无隙，乞光无由，晰晰燃燎，才见面目。寒气逼人，毛发竖立。但闻篙声丁丁，泉声汩汩。无昼无夜，醒而睡，睡而醒；饥而食，食而饥，不知晦朔在于何时。及达洞外，问知匝月有余矣"。这种海洞长行，似乎象征了漫漫航海途中的无依无靠。可是王仲懋毫无畏惧，继续前行。途中又遭遇了风暴，"行未几时，陡起飓风，掀翻倾侧，飘至一山"，小说自此即进入荒岛探险模式。可是此岛似乎并非荒岛，"石级层层，似有人居"。只是岛上人不是普通土人，"忽见黄发黑齿，深目曲鼻，奇形怪状，已心惊胆怯矣。又见虎头人，身长二丈余，赤发直竖，眼突如卵，绿光闪电，鼻悬如胆，口大齐耳，唇若丹砂，齿参唇外，利似刀锯；腰系豹皮裈，手足皆蓝，声音如枭，见人卷唇而笑，围而擒之，劈而食之"。明清涉海小说中，多有这种海岛"食人族"描写，但是《三桥梦》却明确说"此乃夜叉国界也"，与传说中的夜叉联系在一起。

王仲懋的海上漂流记并没有到此结束，他继续进行海上探险活动。他游历了许多海外国家。这天他来到了只树国。这个国名，其他海洋小说里没有出现过，可以视为慵讷居士的首创。"舍舟登陆。时值深秋，燕巢深林，鸡栖高树，一路荒凉之景，方知天下之大，无所不有。"但是进入国城后，却见也多有繁华之处。更让王仲懋感到意外的是，他参加了只树国的考试，考题为"赋得百川赴巨海得收字五言六韵"。王仲懋想起这次航海的种种遭遇，感慨良多，作诗云："浩渺长川赴，滔滔巨海收；注焉宁或满，逝者几曾休。脉络难分派，朝宗总旧游；惟虚能禽受，不约自同流。万里趋蛟室，千波汇蜃楼；会将天堑水，直入蜑人舟。"国王见此诗，击节赞赏。又出对曰："三塔桥头三塔水"，仲懋应声对曰："六洲山下六洲花"。王大喜曰："真天才也。得此大器，吾国有幸矣！"遂亲点状元，授为内阁学士。接着美女钱财滚滚而来，自不在话下了。

如果小说到此结束，那么这个《三桥梦》是一个航海者的成功好梦。但是慵讷居士始终没有忘记王仲懋是中华书生的身份，他继续设置情节，让王仲懋在只树国传播"三坟五典"，还让他主持改变考试选士制度，"前之以对出题者，改为策论诗之外，加以表判"。王仲懋就这样成为了中华文化的传播者。

不仅如此，他还以自己的才智助力只树国战胜了西蚁国的入侵，帮助只树国人学会了农耕技艺等。如此轰轰烈烈的壮举，其实是一棵古桑树下的一场好梦。梦醒后的王仲懋"吁嗟噫嘻久之，午鸡鸣昼，大笑而去"。①

梦境只是一种叙述形式而已，这篇小说所反映的闯海者经历和海洋意蕴，却是很值得重视的。清代实行的是闭关锁国的海洋政策，这篇小说却肯定和鼓励通过海路进行中华文化输出，并认为中华学人可以在海

---

① ［清］慵讷居士：《咫闻录》，重庆：重庆出版社 1999 年版，第 150—154 页。

外取得成功。这样的见识，在当时的背景下显得非常难能可贵。

南海是海洋民间信仰文化较为发达的地方。《咫闻录》中的《天妃庙》和《铁人为邪》都是这方面内容的反映。

《天妃庙》记叙的是南海地区妈祖的崇信情况："海丰鲘门天妃庙，最著灵异，海艘出入，无不祷焉。居民岁于八九两月，鱼期兴时，敛钱诣庙，悬灯结彩，荐牲陈牢，演剧设醮。其期请神自择。先期一月，乡人书成阄纸，以供于神前，拜跪祷告而抾之，开视何月日，祭乃定。嘉庆二十五年七月间，抾阄在十一月初六日，咸谓从未有若是之迟也，此必有故。至八月二十三日，礼部行文到粤，知圣驾崩于七月二十五日，百日孝满，方许民间笙歌鼓乐；而神之所定，恰在国孝满后一日，无犯禁令。天妃之灵，一至于此，可不肃然起敬哉！"① 这条笔记的信息量是比较大的，主要有这么两条："海艘出入，无不祷焉。""居民岁于八九两月，鱼期兴时，敛钱诣庙。"这是符合妈祖信仰为航海者和渔民保护神的神祇属性的。

《铁人为邪》反映出民间信俗文化。故事说，广东番禺有个名为新造的滨海村子，村口"巨岫排门，山形如鼠，俗呼为老鼠山。依山而居者，航海渔鱼为业"，但后来由于"失网泽，遂邀海运商舶而劫之。后甜获利之易，竟弃渔为盗，结队成群，游掠逍遥，成为海患"。

到了乾隆中年，朝廷发重兵围剿，"屠戮三百余人，顽风稍息"。可是有人认为这个地方之所以多出海盗，是由于"山形之似鼠。宜在山上铸铁猫铁人以镇之"。抚军采纳了这个建议，真的"铁铸大猫一，巨人一，猫制鼠，人牧猫"。这样一来，海盗真的少多了，但新的麻烦又来了。这个铁人狐崇作乱，"傍山之青年妇女，多患邪魅之病"，成为了新的祸害。最后大家想出一个办法，"钉其足，使之不能行，并熔生铁，将足铸没。由是青年妇女，鲜有邪压之病焉"。②

这种民间故事性质的小说，看起来似乎荒诞不经，但也曲折反映了海洋地区的某些风情民俗。

另外，《咫闻录》中的《海鳅鱼》和《海中巨鱼》，表面上写的都是海中巨物，实际上也是海洋民间崇信思想的一种曲折反映。《海鳅鱼》记叙的是鲸鱼出没的自然现象。但是作者以主客答问的形式，说："子不知夫沿滨海若，灵于内地神祇乎？当春夏之交，渔民猬集于庙，焚香祷祝，掷篓而知其（即海鳅）来；又必篓卜可捕，以为神之许也，则捕之。"把

---

① ［清］慵讷居士：《咫闻录》，重庆：重庆出版社1999年版，第232页。
② ［清］慵讷居士：《咫闻录》，重庆：重庆出版社1999年版，第238－239页。

一场捕鲸活动，视之为神灵的默许和指引。就是在具体的捕鲸行动描述中，还带有民间崇信的因素，如说"盖天生一物，必有一制。鳅之所忌者，柳也"，认为柳树条可以制服鲸鱼，就是一种民间信仰。

《海中巨鱼》也是如此。"潮州澄海县，有泛海贸易，姓金名镛者，驾洋艘出樟林镇口，放大洋。浪高风急，水如飞立，横冲直击，左倾右侧。舟中人颠仆头眩，呕逆不绝。忽见水若蓝色，突起一山，横于舟前，约长千丈，乍沉乍浮，至夜始消。又一日，满海无风，而船浮出水面，胶滞不前，倏而水面高百丈余，咂水有声，舟如横侧入深洞中，昏黑不测。舟子曰：'入鱼腹矣。'相聚而泣，忽闻大潮声起，将船涌出水面，高十余丈，飞至山前沙滩而坠。舟子曰：'吾生矣。此乃巨鱼喷水，带舟而出也。'遂与舟子上岸，行至山下，见有居民，问之，答曰：'此伊蓝埠也，地属琉球，去闽广万余里矣。'遂易薪米，将船修补而归。"① 看起来似乎比较写实，其实一个人能从大鱼腹中进出而毫发无损，也是包含了夸张与想象的。

二、李汝珍《镜花缘》中的海洋方国建构

李汝珍（约 1763—1830），字松石，号松石道人，直隶大兴（今属北京市）人，晚清小说家。《镜花缘》是他最著名的代表作。《镜花缘》自清嘉庆二十三年（1818）问世以来，一直受到广泛的注意。1923 年胡适撰《〈镜花缘〉的引论》一文，对该书极为称赏，其后多有研究成果问世。据不完全统计，仅仅从 1923 年到 1999 年的近 80 年间，学界有关《镜花缘》的专题论文共 78 篇。20 世纪 80 年代后还出版了有关该书的研究专著 4 部，至于各种校注本、改编本的出版，也不下 30 种。②

《镜花缘》借鉴《山海经》的海国话语进行情节安排。有学者曾指出："《镜花缘》里叙写的三十多个海外奇国，除毗骞国、两面国、智佳国外，其余全是取自《山海经》中《海经》的记载。"但是这种继承并非粗劣的简单模仿，而是有所创新。《镜花缘》依据《山海经》对海外奇国其人其事的简单记述，在两个方面加以创新。一是就《山海经》中所记奇国其人之形体特征，由旅人解说其生成缘故，以附会之法嘲谑人情世态；二是叙写其人在形体上与现实中的人了无差异的海外奇国。在《山海经》里，既有君子国、淑士国、女子国等比较"正常"的人居社会，也有黑齿国、

① ［清］慵讷居士：《咫闻录》，重庆：重庆出版社 1999 年版，第 80 页。
② 汪龙麟：《20 世纪〈镜花缘〉研究述评》，《东北师大学报（社会科学版）》2000 年第 4 期。

歧舌国等"奇形怪状"的世界。但是对于后者，《镜花缘》里只取其国名。"在这些与现实人一样的国度里，游人身临其境，自然可以与其国人发生更多更深的接触，生出许多事情。这样，这部分章节也就成了作者更加自由地观照他生活于其中的真实的社会的用武之地，可以不必紧紧依附着先民臆想的奇国奇民之谈，不必拘泥地做些解说方式的嘲谑了，于是就有了另一番更为鲜活生动的小说世界。"①

《镜花缘》从多个方面继承了《山海经》的"海洋叙事"传统。"《镜花缘》亦可说是《山海经》的补充之作，它依据《山海经》对海外奇国其人其事的简单记载，或直接引用，或依其名，或以其特异特征，加以扩充、丰富、发展，敷衍了一个完整流畅的故事情节。"②

君子国是《山海经》营造的海洋意象之一。《山海经》"大荒东经"："（东海之外）有东口之山。有君子之国，其人衣冠带剑。"以《山海经》营构为自己叙事基本结构的《镜花缘》，在第九回已经有所叙及："唐敖道：'小弟闻得海外东口山有君子国，其人衣冠带剑，好让不争。……不知此话可确？'林之洋道：'……那君子国无论甚人都是一派文气。'"继承的基本上是《山海经》的话语。到了第十回结尾处，叙事终于又转向了君子国。"不多几日，到了君子国，将船泊岸。林之洋上去卖货。唐敖因素闻君子国好让不争，想来必是礼乐之邦，所以约了多九公上岸，要去瞻仰。走了数里，离城不远，只见城门上写着'惟善为宝'四个大字。"这里的"惟善为宝"指出了君子国"好让不争""一派文气"的本质是一个"善"字。

接下来的第十一回，是对君子国的集中描写。小说以唐敖和多九公的亲身考察和体验为线索，一路上他们看到处处都是"耕者让畔，行者让路的"光景，这"好让不争"已经成了君子国习惯性的社会行为。"而且士庶人等，无论富贵贫贱，举止言谈，莫不恭而有礼，也不愧君子二字。"其文明程度已经到了非常高的水准。但是这里就出现了一个问题。唐敖和多九公当时的身份都是商人。商人求利，这与"好让不争"形成了矛盾，因此他们很想知道君子国在这方面的行为准则。于是他们来到闹市进行考察，目睹了一场交易："只见有一隶卒在那里买物，手中拿着货物道：'老兄如此高货，却讨恁般贱价，教小弟买去，如何能安心！务求将价加增，方好遵教。若再过谦，那是有意不肯赏光交易了。'"这让唐敖大为惊奇。

① 袁世硕：《〈镜花缘〉与〈山海经〉》，《东岳论丛》2004 年第 3 期。
② 邱海珍：《〈镜花缘〉对〈山海经〉的发展》，《中州大学学报》2008 年第 5 期。

因为"凡买物,只有卖者讨价,买者还价。今卖者虽讨过价,那买者并不还价,却要添价。此等言谈,倒也罕闻。据此看来那'好让不争'四字,竟有几分意思了"。可是更妙的是卖货人的回答:"既承照顾,敢不仰体!但适才妄讨大价,已觉厚颜;不意老兄反说货高价贱,岂不更教小弟惭愧?况敝货并非言无二价,其中颇有虚头。俗云:'漫天要价,就地还钱'。今老兄不但不减,反要加增,如此克己,只好请到别家交易,小弟实难遵命。"

这一番别开生面的"讨价还价",让唐敖和多九公感叹不已。他们更感兴趣的是如何结局。于是他们继续观察。"谈之许久,卖货人执意不增。隶卒赌气,照数付价,拿了一半货物,刚要举步,卖货人那里肯依,只说'价多货少',拦住不放。路旁走过两个老翁,作好作歹,从公评定,今隶卒照价拿了八折货物,这才交易而去。"

这一番君子般的商业交易,看得唐、多二人"不觉暗暗点头"。小说接着又写多桩买卖交易,都是如此一番礼让减价。锱铢必较的商业行为,在君子国里却成了"一幅行乐图"。问题的关键是,这种高尚的商业行为发生在君子国这个海洋国土上。因此《镜花缘》的这个情节设计,一方面反映出作者对于高尚商业行为的理想向往,另一方面也可以看出它继承了《山海经》等古代传统的"圣洁海洋"的思想。

《镜花缘》对海洋贸易持比较积极的肯定态度,这是有见识的。小说第八回写林之洋对唐敖说道:"俺因连年多病,不曾出门。近来喜得身子强壮,贩些零星货物到外洋碰碰财运,强如在家坐吃山空。这是俺的旧营生,少不得又要吃些辛苦。"短短几句话,信息量却很大。一是这林之洋是个老海商,海上贸易是他的"旧营生";二是海洋贸易主要内容是"贩卖货物";三是海洋贸易在"外洋"之地,也就是国际海洋贸易;四是从事海洋贸易的必要条件是"身子强壮"。唐敖一听,顿时就想一起下海去,除了赚些钱,还可以到"大洋看看海岛山水之胜,解解愁烦"。这就使得《镜花缘》中的海洋贸易,不仅仅是一种简单的海洋经济活动,而且还是一种海洋人文体验。

唐敖和林之洋一起出海,碰到了另外一个老海商多九公。这个多九公与唐敖一样,以前也曾应过试求过官,后来放下"四书五经",脱了儒巾,出海经商,成为经验丰富的商船舵手。"他们都是从'万般皆下品,唯有读书高'和'君子不言利'的传统观念中解脱出来,由儒生直下而为社会'末业',更冲破了海禁成为海商的。作者通过塑造这类全新的人物形象,抨击了清朝统治者'强本抑末''闭关自守'的政策,表现出对民间海外贸易较为积极的态度。"①

正因为《镜花缘》对海洋贸易是持积极的肯定和赞赏态度，所以作品中还以非常细腻的笔触，生动地描述了海洋贸易的具体过程。小说第二十回，写他们到了"长人国"，"林之洋卖了两样货物，并替唐敖卖了许多花盆，甚觉得利。郎舅两个，不免又是一番痛饮。林之洋笑道：'俺看天下事只要凑巧：素日俺同妹夫饮酒存的空坛，还有向年旧坛，俺因弃了可惜，随他撂在舱中，那知今日倒将这个出脱；前在小人国，也是无意卖了许多蚕茧。这两样都是并不值钱的，不想他们视如至宝，倒会获利；俺带的正经货物，倒不得价。人说买卖生意，全要机会，若不凑巧，随你会卖也不中用。'唐敖道：'他们买这蚕茧、酒坛，有何用处？'林之洋未曾回答，先发笑道：'若要说起，真是笑话！……'正要讲这缘故，因国人又来买货，足足忙了一日，到晚方才开船。"二十一回写到了白民国，林之洋发了许多绸缎海菜去卖。唐敖来邀九公上去游玩，不久后见林之洋同一水手从绸缎店出来。"多九公迎着问道：'林兄货物可曾得利？'林之洋满面欢容道：'俺今日托二位福气，卖了许多货物，利息也好。少刻回去，多买酒肉奉请。如今还有几样腰巾、荷包零星货物，要到前面巷内找个大户人家卖去。'"三十一回到了女儿国，林之洋发表了一段经商宏论："海外卖货，怎肯预先开价，须看他缺了那样，俺就那样贵，临时见景生情，却是俺们飘洋讨巧处。"已经完全是一副行家里手的样子了。诸如此类的贸易细节和场面描述，使得《镜花缘》的海洋商业活动叙写达到了一个较高的艺术水准。

三、落魄道人《常言道》中的"海洋君子国"营造

清末长篇小说《常言道》，又名《富翁醒世传》，四卷十六回，题"落魄道人编"。其刊印版本情况，根据《中国通俗小说总目提要》，最初为清嘉庆甲戌十九年（1814）刊本，后又有光绪乙亥（1875）得成堂新镌刊本出现。这种刊本为袖珍本，半叶十八行，每行二十字。

《常言道》书前有序，署"嘉庆甲子（1804）新正人日西土痴人题虎阜之生公讲堂"。"新正人日"指正月初七，这一天称为人节或人庆节。"生公"即梁僧竺道生。传说他在苏州虎丘寺聚石讲经，石皆点头。有关作者"落魄道人"的信息却极少，从这句自序来看，似乎是苏州一带的人。序云："别

---

① 唐琰：《海洋迷思——〈三宝太监西洋记通俗演义〉与〈镜花缘〉海洋观念的比较研究》，《明清小说研究》2006年第1期。

开生面,止将口头言随意攀谈;进去陈言,只举眼前事出口乱道。言之无罪,不过巷议街谈;闻者足戒,无不家喻户晓。虽属不可为训,亦复聊以解嘲。所谓常言道俗情也云尔。"这颇似作者语气,疑"西土痴人"与"落魄道人"为同一人。本书为寓言体讽刺小说,主要讽刺和批评金钱万能论。它评判当时唯利是图的社会恶习,说金钱"无德而尊,无势而热,无翼而飞,无足而走,无远不往,无幽不至。上可以通神,下可以使鬼,系斯人之性命,关一生之荣辱。危可使安,死可使活,贵可使贱,生可使杀;……真是天地间第一件的至宝"。有人评价为"痛快淋漓,又不乏机趣"。其叙事风格与《钟馗传》《斩鬼传》《何典》等小说属同一类型。它和《镜花缘》几乎同时问世,两书的艺术构思略有相近之处。[①]

《常言道》围绕"子母金银钱"展开。其基本结构是"小人国"和"君子国"对照描写。信奉金钱至上主义者钱士命(钱是命)、施利仁(势利人)都生活在小人国里。为了得到"子母金银钱",他们无所不用其极。与之形成鲜明对照的是生活在君子国的文明人。

小人国和君子国的位置都在海中。这两个海洋国家不同的金钱观和文化意识构成了海洋叙事的一种隐喻。小说的时代背景设置为明代崇祯年间,故事围绕时伯济(时不济)的海洋经历展开。时伯济出生于官宦之家。父母兄弟子女,一家八口,"共处一堂,天伦叙乐,骨肉同欢,布衣甚暖,菜饭甚香。上不欠官粮,下不欠私债,无忧无虑,一门甚是快活"。但是时伯济静极思动,想出门去游历一番,不料在海边赏景的时候,掉落水中,却得海里龙神保护,没有被淹死,从此开始了海洋奇遇记。经过几天几夜的漂流,来到了一个海岛,那就是小人国。岛上的钱士命和施利仁获知时伯济曾经拥有子金银钱,顿时起了贪心。因为钱士命自己拥有母金银钱。如果子母金银钱能够合体,那将会拥有无穷的财富。于是"钱士命即忙拿了家中的金银钱,同施利仁来至海边,两手捧了金银钱,一心要引那海中的子钱到手。但见手中的金银钱,忽然飞起空中,隐隐好像也落下海中去了"。钱士命不但没有得到时伯济的子金银钱,反而连自己的母金银钱也掉入海中了,大为懊丧。"钱士命独自一个在海滩,心忙意乱,如热石头上蚂蚁一般,又如金屎头苍蝇相似,一时情极,将身跳入海中,淘摸金银钱。那时白浪滔天,钱士命身不由主,又要性命,连叫几声救命,无人答应。逯势游至海边,慌忙爬上岸来,满身是水,宛似落水稻柴无二。"

---

① [清]落魄道人编:《常言道》,《古本小说集成》,上海:上海古籍出版社1994年版,"前言"第2页。

　　这样的故事情节本可以演绎成一个叙述小高潮，但是却被作者很简单地用一个"梦"的方法，随意地加以处理了。当天夜里，钱士命坐在梦生草堂里，见到"满天蝴蝶，大大小小，在空中飞舞，看得钱士命眼花缭乱。忽而蝴蝶变做一团如馒头模样，落在钱士命口中，咽又咽不下，吐出来一看，却是两个子母金银钱"。这"子母金银钱"如此容易得到，说明作者无意精心展开故事，而是把重点落在钱士命得到"子母金银钱"后的作为上。拥有了"子母金银钱"的钱士命更加肆意妄为，可是也吸引了更多人前来觊觎。不久后其中一枚金银钱即被人讹去，于是又上演了种种争夺丑剧。

　　受不了这种乌烟瘴气的时伯济，则在燧人的帮助下，逃出了钱府。可是"只听得小人国内遍地的多要拿他，他堂堂六尺之躯，立脚不住，竟无存身之所。他欲要埋名隐姓，小人国内的人认识的居多，必须逃出小人国界"。这一逃，就逃到了大人国里。"那大人国的风土人情，与小人国正是大相悬绝：地土厚，立身高，无畏途，无险道。蹊径直，无曲折，由正路，居安宅。人人有面，正颜厉色；树树有皮，根老果实。人品端方，宽洪大量，顶天立地，冠冕堂皇。重手足，亲骨肉，有父母，有伯叔，有朋友，有宗族，存恻隐，知耻辱，尊师傅，讲诵读。大着眼，坦着腹，冷暖不关心，财上自分明。恤孤务寡，爱老怜贫。广种福田留余步，善耕心地好收成。果然清世界，好个大乾坤。"这是与小人国完全不同的世界，真是"高低两地各攸分"了。

　　进入了大人国后，时伯济的遭遇就与先前完全不同了。他遇到了风貌卓异的"大人"。这个大人"是一个顶天立地的大人，家住大人国真城内，正行道路上。这人素不好名，故尔没有名字，人人都叫他大人。他生平只有两个朋友：一个叫谦谦君子，一个叫好好先生"。他的府邸，上书"正大光明"四字。左右挂一副对联，上联是"孝悌忠信"，下联是"礼义廉耻"。可见是处处与小人国对照着写的。

　　故事里，"大人"最终灭了小人国，钱士命之流也命丧金银钱。故事的结局象征中华传统的道德和文明最终会战胜金钱至上主义。时伯济也改名为时运来，从海中回到老家，"一家欢乐"，成了一个美好的大团圆结局。

　　《常言道》是一部寓言性讽刺小说，其主旨是批判晚清时期在西方商业文化影响下兴起的拜金主义。所以小说把故事空间设置在海洋之中，暗示这种商业拜金主义正是通过海路影响到中华传统文明的。作品中的"大人"，既指身材高大的人，更指品德高洁的君子，它的涵义与"君子国"

是一致的，可以说是中华文明的象征。文化渊源上，"大人国""大人堂"意象，来自于古老的《山海经》，代表了一种"圣洁海洋"的观念。所以说，《常言道》包含了比较复杂的时代观念和海洋人文精神。遗憾的是，长期以来，学界对于这部作品的关注相对较少，有关其作者落魄道人的信息也寥寥无几。

第四节　晚清海洋政治想象叙事

政治局势异常危急的清末，图存救亡的知识分子希望能通过文学来推动改良，因而创作了大量的政治小说。戊戌变法失败后，梁启超乘日本军舰逃亡，受随身携带的日本作家柴四郎创作的政治小说《佳人奇遇》的启发，认为政治小说可以开启民智，可以用小说形式来表达、宣传他的政治观点和政治理想，于是不但随即予以翻译和发表，而且还亲自创作了《新中国未来记》这样一部政治寓意强烈的小说，发挥了巨大的影响力。受此影响，从来没有写过小说的蔡元培也拿起了笔，创作了政治小说《新年梦》，并发表于1904年初的《俄事警编》上。

根据江苏社科院文学研究所编《中国通俗小说总目提要》、阿英编《晚清小说目录》、上海图书馆编《中国近代期刊篇目汇录》等资料，可以发现晚清时期这类描述未来政治的乌托邦式小说有二十几部之多。因此在清末，政治小说已经有相当的气候。

正是在上述政治小说氛围浓厚的背景下，有一部分作品将政治因素与海洋空间联系在了一起，形成了一种独特的海洋政治想象叙事，这些作品包括刘鹗《老残游记》、宣鼎《北极毗耶岛》、老骥氏《大人国》和陈天华《狮子吼》等。

一、刘鹗《老残游记》中的海洋政治象征

刘鹗（1857—1909），字铁云，笔名洪都百炼生，江苏丹徒人。他的《老残游记》是以"象征性海洋"的寓言手法开始整个叙事的。故事说，这天老残因多喝了两杯酒，觉得身子有些困倦，就跑到自己房里睡榻上躺下，结果做了一个梦。梦中他与文章伯和德慧生两位至友一起来到登州海边游玩。他们登上蓬莱阁观看日出，只见海中白浪如山，一望无际，却有极细一丝黑线，出现在那天水交界的地方。原来那是一艘帆船，出没于洪波巨浪之中。后来那船渐渐驶近，他们三人这才看清，原来船身长有

二十三四丈，是艘很大的船。船主坐在舵楼之上，楼下四人专管转舵之事。前后六枝桅杆，挂了六扇旧帆，又有两枝新桅，挂着一扇簇新的帆，一扇半新不旧的帆，算来这船便有八枝桅了。船身吃载很重，想那舱里一定装满各项货物。船面上坐的人，男男女女，不计其数，却无篷窗等件遮盖风日，同那天津到北京火车的三等客位一样，面上有北风吹着，身上有浪花溅着，又湿又寒，又饥又饿。看这船上的人都有民不聊生的气象。那八扇帆下，备有两人专营绳脚的事。船头及船帮上有许多人，仿佛水手打扮。

这船虽有二十三四丈长，破坏的地方却不少：东边有一块，约有三丈长短，已经破坏，浪花直灌进去；那旁，仍在东边，又有一块，约长一丈，水波亦渐渐侵入；其余的地方，无一处没有伤痕。那八个管帆的却是认真在那里管，只是各人管各人的帆，仿佛在八艘船上似的，彼此不相关照。那水手只管在那坐船的男男女女队里乱窜，不知所做何事。老残他们非常担心这条船的安危，就赶紧下了蓬莱阁，带上了一个最准的罗盘，一个纪限仪，并几件行船要用的物件。山脚下有个船坞，都是渔船停泊之处。选了一只轻快渔船，挂起帆来，一直追向前去。幸喜那日括的是北风，所以向东向西都是旁风，使帆很便当的。一霎时，离大船已经不远了，三人仍拿望远镜不住细看。及至离大船十余丈时，连船上人说话都听得见了。这才知道除那管船的人搜括众人外，又有一人在那里高谈阔论演说，鼓动大家起来自救，想个法儿挽回损失。大家觉得这话虽然在理，但又有什么法子可以起来自救？这个人就指点大家去打那些掌舵和管船的。有人真的信了，结果反而遭到杀害，还被抛下了海。老残他们认为这不是好办法，于是他们跳上大船，拿出自己的罗盘及纪限仪等，希望能够帮助指引船的航向，却被船上的人视为汉奸，差点儿被杀害，最终连他们自己所坐的渔船，也被大船上的人打得粉碎，沉下海中去了。老残眼看渔船沉没，料自己也没有生路，只好闭上眼睛听天由命，正在这时，却被人喊醒起床吃饭。原来是南柯一梦！

《老残游记》的这一段梦境描述，被视为政治含义强烈的寓言性叙事。美国学者谢迪克曾将此书翻译为英文出版，在对此段翻译的附注中，就指出"二十三四丈长代表1911年革命前中国的二十三四个行省"，而"约有三丈长的破漏，代表当时的满洲"正受"日俄窥伺"。至于"东边的伤痕"，暗示的是"受英德虎视眈眈的山东"。在梦境的后半部分，刘鹗写了对于未来中国前程的预测和担忧。作者描写"叛徒"（革命者）正向船主（国君）和舵手（国家的主要臣宰）挑战，似乎想改变船的走向。但是这群

"叛徒"自己却贪婪投机,既不能使船脱线,也不能挽救船上人的命运。他们还诬陷老残这样希望凭借西方的"航海工具"来对中国这条"老船"进行改革的人为"洋鬼子差遣来的汉奸",加以迫害。①

所以说《老残游记》虽然不是完整的涉海小说,它的整个叙事主旨和故事情节空间与海洋没有多少联系,但是开头这一个梦境的描述,却给出了一个海洋政治叙事的文本例子。中国就像一条船,它的生存和发展环境犹如海洋。这种梦境设计,是可以理解为觉悟的知识分子已经拥有了把中国命运与海洋紧密相连的比较超前的思维向度了。

二、宣鼎《北极毗耶岛》中的"东西文化讽喻"

《北极毗耶岛》是清末小说家宣鼎代表小说集《夜雨秋灯录》中的一篇涉海作品。

宣鼎(1835—1880?),字子九,因写小说需要,他为自己取了一长串的笔名:瘦梅、懊侬、香雪道人、问香庵主、东鲁游人、瘦尊者、太瘦生、虎口逋客、是此花身馆主、云山到处僧和堕落行脚等,安徽天长人,工书善画,性好佛老。原家境殷实,20岁后父母皆亡,家道中落,此后一直潦倒。他在《雨夜秋灯录》自序中说,"年三十一当道幕,三十五馆淮海,三十九游山左"。最后流浪上海,靠售书卖画为生。40岁时,取平生所见所闻,列百余篇目,每夕一篇,开始小说创作,终成《雨夜秋灯录》及《续录》。有学者经过考证,认为:他二十岁之前,生活优渥,读书习文为主。二十岁至三十岁时期,家道衰落,辗转入赘、从军,进入坎坷的生活。三十一岁至四十岁,一边从事幕僚生涯,一边开始创作。四十一岁至去世那一段时间,他靠卖画写字以度日,却又是创作的黄金时期。其代表作《夜雨秋灯录》就是在这个时期完成的。在清末问世的文言小说中,这部作品是比较杰出的,曾被誉为"第二聊斋"。②

《北极毗耶岛》是一篇借托海岛为故事空间背景的海洋政治小说。与其他同类小说不一样的是,作者将故事背景设置于离本土数万里之外的"北极",可是意象勾勒和主题暗示,又处处不离中华。"毗"的意思是毗邻,"耶"为语气词,"毗耶"即为"临近呢",所以显然这是一篇寓言式的海洋小说。

小说叙述清道光年间,有一个孝廉身份的书生赴京赶考,失败后由

① [美]夏志清:《中国现代小说史》,上海;复旦大学出版社 2005 年版,第 362 页。
② 于师号:《宣鼎家世及生平事迹新证》,《明清小说研究》2012 年第 1 期。

天津搭坐海船回家，不幸在途中遇上飓风，船覆落水。所有的船员都尽丧鱼腹，惟有孝廉抱一朽木随波逐浪，漂浮了不知几千里，到了第三天才被风浪刮到了一个岛屿上。虽然《北极毗耶岛》的构建思维仍然是"海上遇风暴漂落于荒岛"模式，但是上岛后所展示的孤岛世界却使它有了自己的叙事亮点。

孝廉上了岛后，一直往里走，"路渐坦平，远远有人家，若小村落。叠乱石子为屋，巨蛎壳为门"。石头屋和蛎壳门，正是具有较强现实性岛屿房子特色的体现，绝非一般性的胡乱想象。然而这篇作品又不是完全现实主义的，遥远的空间设置必然会有独特的情节展开。果然，进入村子后，孝廉终于遇见了一个樵者，就与乞食。樵者问他何来，孝廉告以实情。樵者感到非常惊讶，连称："有缘哉！"因为这蛎壳门平时一直是关闭的，三年才一开，而且还必须是"阴极阳生之日"。这样的意象和情节设置，就让本来看起来很独特而有现实色彩的海岛房子，忽然又成了一种隐喻性的情景设计，大大增加了小说的可读性和可阐释性。

孝廉继续前行。在樵夫的带领下，他终于来到了村子中心。"村人闻客自天朝来，争来问讯，竞具壶觞，且为烘湿衣，设寝榻，意甚殷。"这种场景是海岛常见的现实性图景了。

然而在岛民们对于毗耶岛的描述中，却又可以感受到一种隐喻和象征性的叙事构思："岛中沃产良田，颇能自给。惟近岛有大小沙一百六十余所，能胶舟。"表面上看，这是一种现实性书写，良田是实在的，那些流沙岛屿也具有广泛的现实基础，但是仔细体会，毗耶岛的环境又是一种特殊的"时空隔绝"。反复无常的流沙环境使得外界因素无法进入毗耶岛，这样，毗耶岛和它所代表或展示的内涵，又成了一种象征性的存在。

《北极毗耶岛》的核心内容在叙事的后半阶段。正因为这座毗耶岛与世隔绝，它却比较完整地保留了中国传统文化的精华部分。小说借人物之口，称呼中华本土为"天朝"。在情节的设计中，《北极毗耶岛》让孝廉承担了一个"中华文明"传承者的历史使命。毗耶岛远在"北极"，而岛主阿罗伊尼霍道人却请求孝廉这个"文星"为他的岛民传授"六经"。"引之一处，石堂三楹，亦极宏敞，斗室一笏，可供起居。道人遣两童子服役，日送两餐，亦甘旨。问弟子，笑指堂后壁一古洞，门扃镅甚固，曰：'在此也。乞每晨隔壁口授，使若辈同声习之，即沾花化雨无量。'"这种师生不见面的教学形式让孝廉甚感疑惑，"姑试为之，呼众生听口授，内嗷应曰：诺。虽诵琅琅，音则苍嫩不一"。可见学生们学得非常认真，而且里面竟然还夹有"苍"声，说明学习"中华文化"已是全岛行为，并坚持了多年。

所以说，《北极毗耶岛》是一部政治讽喻小说，表达了对西方文明挤压中华文明的担忧，同时也表达了中华文明对西方文明"反挤压"的期待。而之所以将故事背景设置于海洋之中，一方面固然是因为海洋分隔了东、西方，地理因素自然催生了作者的构思，更重要的是，与中国古代其他海洋寓言小说一样，宣鼎从作品中也表达出了一种对"品德海洋"观念的认同感。

三、老骥氏《大人国》中的"海洋霸权"想象

老骥氏，又名南支那老骥氏，是清末小说家马仰禹的笔名。其所作《大人国》，发表于光绪丁未二月发行的《月月小说》第六号，又在第七号和第八号上连载。小说开头说："老骥氏曰：诺汀海靴，予产地也。"采用第一人称写法。作者老骥氏，成了叙述者老骥氏，同时还是小说主角老骥氏。这种是当时比较西化的小说叙事方法。文中的"诺汀海靴"，作者还特地同时标注上了"Nottinghanshin"的英语，而且文中还有"震慑以英伦国家之威望，予且夸示以英伦旗之光耀"之句，可见这篇小说借用英国人视角来描述海上遭遇。这位叙述者年轻时曾经前往伦敦学医四年，艺成后又前往印度从医六年。但是他还不满足，1899 年 5 月 5 日，他被聘请为船上医生，登上恩太洛海船，开始周游世界。

"船过东印度，飓风大肆。先起于西南，渐肆渐狂。黑云低拥，白浪高翻，船身欹仄，几横卧于浪花雾縠之间。"这场风暴夺去了十二位船员的性命。还有多人患病，经他医治，终得以痊愈。后来他们又遇到大雾，船只差点触礁。又再次遭遇大风，他被卷入海中，虽然保全了性命，但大船已经远去，他被抛弃在海上。几经挣扎后，他来到了一座荒岛。

小说复又进入传统的荒岛探险的叙事模式，但是内容却与传统的遭遇岛女、怪兽、仙灵等不一样。"何物蠕蠕然堵予口？予懒起，以手挥去之，旋挥旋堵，予呼吸不自由而气益以逆，予方悟所以至，予气逆而哼者，必蠕蠕物。予乃以手蔽入落日之光线，极目而视，不觉骇然，怪而起，盖蹴近予身者，为历史所未见、地志所不载、山魅木妖所不能比拟，而予有生以来仅闻仅见之一巨大长人，举其足指以堵予口也！噫，此巨大长人者，人耶非耶？人类而畜生耶？畜类而人生耶？当留以质人种学家。"

他遭遇的是一群海岛巨人，但是又不同于明清其他小说中的"食人巨人"，在其他小说中，海难漂浮者在巨人前面毫无抵抗能力，只能任其

宰割。可是老骥氏的这篇《巨人国》，情节构思却有很大的不同。

本来这些巨人对"予"很有善意。他们领着他来到了自己的洞穴，还送他一张虎皮御寒和一块腊肉充饥。他们之间还互相学习语言，渐渐有了交流。他甚至还与巨人酋长建立起了一定的友谊。可是这一切在他生病脱衣自我治疗时，发生了根本性的变化。因为就在脱衣服的时候，他发现了自己身上的佩枪和子弹。以前他已经将它们忘记了。手枪在手，后来他还自制弹药成功，他的心态也因此而发生了重大的变化。他利用武力，强迫这些巨人成为了他的奴隶。他将这座巨人居住的海岛，变成了他英伦国的新的殖民地。"谢上帝齐赐！呼英伦万岁！"他为英伦增添了"新拓版图之荣誉"。

但是他无法将这份荣誉亲自带回英伦国。因为他回不去了，没有船从岛旁经过。他只好将此岛的地图和记录他夺取此岛过程的文字，放进一节竹筒里，希望大海能将它送到英伦。"噫，英伦君主，其加予以特别褒赏乎？英伦同胞，其宠予以非常欢迎乎？"

小说结尾时，叙述者又转换成了第三人称，说有一个叫约翰鼎利孙的人，航海时得到了这个竹筒。可是竹筒中的材料，"模糊断续，不可辨识，模拟以得之。海水苍茫，既无经纬度之可据，又无年月之足凭，援手不得，望洋兴叹而已"。海外拓展殖民地，终成南柯一梦。

老骥氏的这篇《大人国》，构思奇特，主旨却很是暧昧，表示出来的海洋"霸权"思想，有时代的影射。

四、《狮子吼》中的"海洋政治想象"

据 2002 年出版的陈大康《中国近代小说编年》所列目录，晚清有三部作品都叫《狮子吼》。一为署名"觉佛"的《狮子吼》，1904 年（光绪三十年）6 月在《女子世界》连载，至第十期毕。二为署名"吴魂"的《狮子吼》，同年 7 月在复刊后的《觉民》上刊登。其三就是陈天华的《狮子吼》了。

陈天华的《狮子吼》最初发表在 1905 年 12 月出版的《民报》第二期上，署名"过庭"，后分别在第三至五、七、九号上续载，成为影响重大的一部政治小说。可惜后因作者蹈海赴义，成未竟之作。

由于是"残本"，通过《狮子吼》来分析窥探陈天华的"国家政治想象"，也许有片面之虞。但是作为一种"国家政治叙事"，《狮子吼》的确提供了一幅清末先进的革命政治家的"国家政治想象"画卷，尤其是其中的"海洋政治国家"元素，更需我们高度关注。

《狮子吼》的理想是"纯仿文明国的办法"，创建一个"文明国家"。

与当时许多民族革命家一样，"政治和制度西向"成了陈天华国家政治诉求的根本向度。可是与一些完全西化的建国观不同，陈天华的"共和国"理想蓝图，是建立在民族主义立场的基础之上的。

在《狮子吼》里，主要人物为孙念祖、孙绳祖、孙肖祖、狄必攘等一批热血青年。从这些名字上，就可以清晰地看出作者的民族主义立场。当然这种民族主义不同于闭关自守、拒绝西方进步文化的狭隘主义。在小说中，这些热血青年是中西政治文化的结合。他们在聚英馆老师文明种的启发、教导下，投入建立新国家的斗争之中。他们"游历英、法、德、美各国回来，细考立国的根源，饱观文明的制度，晓得一味野蛮排外，也是不行的；必先把人家的长处学到手，等到事事够与人平等，才能与人争强比弱。……所以他们回了民权村，即把人家的好处如何如何，照现在的所为，一定不行的话，切实说了。即提议把村中公费及寺观产业开办学堂。那时反对的人十有其九。这几个人也不管众人的是非，自己拿出钱财，开了一个学堂。又时时劝人到外洋求学。……数年以后，风气便回转来了，出洋的也日多一日。把一个小小的村子，纯仿文明国的办法，所以有这般的文明。"

因此从表面上看，《狮子吼》里的这"民主国家"的政治想象，与当时梁启超、蔡元培政治小说的"国家构建"似乎没有什么大的区别，但是实际上，两者之间有着本质的不同，那就是《狮子吼》"国家政治想象"里有海洋政治因素。

《狮子吼》构建的国家"舟山民权村"处在海洋之中，具体的位置是东海舟山群岛："话说浙江沿海有一个小岛，名叫舟山，周围不满三百里。""那舟山西南有一个大村，名叫民权村。讲到那村的布置，真是世外的桃源，文明的根本，竟与祖国截然两个模样。把以前的中国和他比起来，真是俗话所谓'叫化子比神仙'了。该村烟户共有三千多家，内中的大姓就是姓孙，除了此姓以外，别姓的人不过十分中之一二。有议事厅，有医院，有警察局，有邮政局。公园，图书馆，体育会，无不具备。蒙养学堂，中学堂，女学堂，工艺学堂，共十余所。此外有两三个工厂，一个轮船公司。"

除了"真是世外的桃源，文明的够本"这两条外，"舟山民权村"还拥有第三条，即抗清斗争的传统。

"明末忠臣张煌言奉监国鲁王驻守此地，鏖战多载，屡破清兵；后为满洲所执，百方说降，坚不肯屈，孤忠大节，和文天祥、张世杰等先后垂辉。那舟山于地理上，也就很有名誉，和广东的崖山（宋陆秀夫负少帝投海殉国于此）同为汉人亡国的一大纪念。

当清兵攻打舟山之际，此村孙家有个始祖，聚集家丁子弟、族人邻里，据垣固守，清兵攻了好几次，终不能破。那老临死，把一村的人都喊到面前，嘱咐道：'……我们舟山一个孤岛，僻处海中，也不能免他（清兵）的兵锋。四五千年之中，迭次侵犯我这一村。多蒙天地祖宗之灵，一村保全。然你们的祖父，你们的伯叔，你们的兄弟，已死了不少；你们的姑母姐妹，嫁在别村的，为满洲掳去，至今生死不明。这个仇恨，我已不能报了，望你们能报。你们不能报，你们的子孙总要能报。万一此仇竟不能报，凡此村的人，永世不能许应满洲的考，不许做满洲的官，有违了此言的，即非此村的人，不许进我的祠堂。更有一句话：无事时当思着危难时候。'

此村的人永远守着他们始祖的遗言，二百余年，没有一个应考做官的。名在满洲治下，实则与独立国无异。"

美好的环境，文明的管理组织，坚定的民族立场，这是舟山民权村这个"海洋独立国"的三大品质，也是陈天华"国家海洋政治想象"中的三大维度。

《狮子吼》里的这种"海洋国家政治想象"意识，是值得重视的。因为中国虽然是一个滨海国家，有着漫长的海岸线和浩瀚的海域，但是从古以来占主导地位的一直是"内陆思维"，国家政治的重点也一直是内陆、中原地区。因此在清末以前，无论是首都还是重要大城市，政治经济文化中心，都处在远离海洋的内地（明政府把首都从南京内迁北京，正是这种思维的一个表征）。

陈天华是中国海洋政治意识的第一批觉悟者之一，他在日本的体会和对西方发达国家都与海洋有关这样的事实得到了启发，中国若要富强，必须立足于海洋；中国若要真正文明和进步，也必须扎根于海洋！因此他要将他的理想共和国"舟山民权村"建立在海洋之中。

本章结语

"在西方海洋文明冲击下，晚清士大夫积极书写海洋领域的真知和自己的思考所得，他们解构传统观念、建构新观念，海洋新知识的播撒促成广大国民观念的更新。"[1] 晚清前后时期的海洋文学，呈现出鲜明的时

---

① 陈绪石：《士大夫的海洋书写与近代国民的观念转变》，《学术探索》2019 年第 4 期。

代特色。列强窥视,海疆震荡,古老的中华民族面临前所未有的存亡境遇。面对硝烟弥漫的海洋,晚清的涉海作品,不再沉溺于对于海洋神话传说的想象和对美丽海景的赏吟,而是涌现出大量忧虑国家命运的热血之作。这些作品的接连出现,说明当时的许多知识分子,已经把聚焦的目光都转向了海洋。通过海洋看西方,通过海洋忧虑中国未来,已经成为许多人认识、思考和寻找国家和民族前途的主要趋向。

但是这些作品也表明,当时知识分子的思考和寻找的目光,是比较迷惘的,认识也是五花八门的。《希夷梦》和《狮子吼》代表着一部分知识分子对于"海洋政治国家"的某种向往。汪寄和陈天华都觉得腐朽的帝国制度已经无可留恋,"新中国"的未来在于"海洋"。他们构想出"海洋国家"的雏形。但是他们的构想又是有差别的。汪寄在作品中想建立的似乎是一个"联邦岛国"的政权形态,小说中出现的浮石、浮金等岛国,既是一个个相对独立的政权,又是一个具有广泛联系的海洋联邦政权的一部分。作者也深感这种构想不可能实现,只能是"希夷之梦"。陈天华的《狮子吼》尽管是一个残篇,"舟山民权村"也是非常"粗糙",但是其基本构想仍然具有相当的意义。这是一个中西合璧的海洋政权形态,"舟山民权村"深深扎根于中华文明的土壤中,但是里面的主要管理者都有留洋的经历,他们所采取的管理措施,也都很西化。可惜陈天华仅仅提供了一个粗线条的构架,随着他生命的离去,作品也戛然而止。

王韬是他们中的另一个代表。他的海洋小说很有国际视野,但是他的海洋政治格局是比较狭隘的。他的作品之所以被人列入"后聊斋"之中,主要的原因或许并非其叙事的风格,而是指它们某些内容的"荒诞"性,这些过于"随意"的情节安排损害了作品的质量。

晚清时期是中国古代海洋文学的"终结期",可是就在这个时候,出现了《镜花缘》这种"仿《山海经》"的海外世界建构,这是非常意味深长的。从《山海经》出发,又回到了《山海经》。一部上千年的中国海洋文学发展史,似乎画了一个大大的圆。它是否昭示着这样一个发展趋向:中国的海洋文学,终究还是想象性、虚构性为主的。《山海经》不但是中国海洋文学的逻辑起点和母题所在,而且也是中国海洋诗学的基本形态。

余　论
世界海洋诗学视野下的中国海洋文学

　　中国古代海洋文学，是在一个相对独立的、几乎不与外界联系的文化环境中产生和发展的。我们对之的分析和评价，除了它自身的成就和价值，还需要放在世界海洋文学的范畴内，从而为它确立一个新的考察坐标。我们的"余论"，主要就从这个角度来展开。

　　中西的海洋观有着很大的不同。黑格尔说："大海给了我们茫茫无定、浩浩无际和渺渺无限的观念；人类在大海的无限里感到他自己底无限的时候，他们就被激起了勇气，要去超越那有限的一切。大海邀请人类从事征服，从事掠夺，但同时也鼓励人类追求利润，从事商业……大海却挟着人类超越了……思想和行动的有限的圈子……船——这个海上的天鹅，它以敏捷而巧妙的动作，破浪而前，凌波以行——这一种工具的发明，是人类胆力和理智最大的光荣……大海所引起的活动，是一种很特殊的活动。"勇敢地探求未知的世界、竞争性地扩张和掠夺、通过海洋贸易获取滚滚财富，这些海洋精神和海洋实践活动构成了西方海洋文明的基本特征，但是黑格尔却认为中国不在其中。"超越土地限制，渡过大海的活动，是亚细亚洲各国所没有的……中国便是一个例子。在他们看来，海只是陆地的中断，陆地的天限……他们和海不发生积极的联系。"①

　　相比于高原和平原文明，海洋文明代表着人类文明主流，黑格尔的这个观点，对于中国的海洋人文研究具有巨大的影响。"受此影响，中国的海洋文化研究以大航海时代西方资产阶级精神为研究重心与价值评判标准，忽视海洋文化的多样性；中国的海洋文学研究除了具有上述偏颇以外，还忽略文学性。二者都以重新评估中华文化属性为目标，偏离了海洋主题。"②

----

　　①（德）黑格尔：《历史哲学》，王造时译，上海：上海书店出版社 2006 年版，第 84 页。
　　②　毛明：《论黑格尔海洋文明论对中国海洋文化和文学研究的影响》，《中华文化论坛》2017 年第 10 期。

但是，要科学衡量中国海洋文学的诗学本质和价值，仍然需要以西方海洋文学为代表的世界海洋文学传统为视野，因为西方海洋文学历史非常悠久，诗学艺术非常成熟。

"在西方叙事文学的黎明时分，荷马的奥德修斯扬帆出海了。"美国学者玛格丽特·科恩以此开始了她后来获得叙事学界最高奖项"铂金斯奖（2012）的《小说与海洋》的论述。"在他的航程中，这位勇敢的英雄探索过无数未知的水域和海岸。"① 荷马史诗《奥德赛》不但是世界上最古老的海洋文学文本，而且还具有经典的海洋叙事范式：航海内容，探索海洋的主旨，人物定位为英雄，其业绩主要为依靠自己的航海技术和智慧战胜一切海洋困难。

这种西方式海洋文学的传统，与中国古代的海洋书写，在形态上有许多差异，但都属于人类"重回海洋"的伟大体验。"智力"和"想象力"，便是回归海洋的两大途径，这同时恰恰也是中西海洋文学各自的叙事特质。它们自成诗学传统，却又似隐似现地交叉在一起，不但共同显示出海洋文学普遍性的一些规律，而且也说明尽管中西方海洋文学有不同的诗学特质，但却并不存在高下之分。

一、观海：曾经中西共有的"近海文学"现象

玛格丽特·科恩把荷马《奥德赛》这种海洋文学文本放置于"西方叙事文学"的起跑线上，认为它也属于西方文学的"黎明时分"。这样的"文学同源"观点同样适用于中国。《奥德赛》诞生的年代，相当于中国的商周时期。虽然这个时期的中国海洋文学尚不见踪影，但是随后有《山海经》的出现，学界虽有争论但基本认定形成于先秦时期。《山海经》被胡应麟称为"小说最古者"，而《山海经》中的小说元素主要体现在《海经》部分，因此《山海经》也可以被视作为"中国海洋文学之祖"。

海洋是中西早期文学的共同书写对象。面对海洋的审美，古今中外都有两个基本立足点：站在岸边的观海文学和深入海中的体验文学。立足点的不同，导致海洋文学的描述有属性的差异。"站在海边"式文学重在想象，属于海洋文学中的浪漫主义；"深入海洋"式文学重在实践，属于海洋文学中的现实主义。

---

① （美）玛格丽特·科恩：《小说与海洋》，陈橙等译，上海：上海译文出版社 2018 年版，第 1 页。

这两个立足点其实与人们对于海洋的认识和描写的发展趋向是一致的。在先秦和汉魏时期，"站在海边"审视海洋，一直是一种"观海"式的海洋体验和描写方式，甚至明清时期，这种情形也没有彻底改变。可以说，"观海"式海洋文学，一直是中国古代海洋文学的传统诗学形态。

而在西方，其实也曾经出现过或者说存在过这样一个"观海"阶段。"在英语中，短语'all at sea'的意思是某人完全、彻底地迷失了方向。此处所指的大海犹如荒野，没有任何道路或清晰的标志。一旦置身海中，那种必然不辨东西南北的恐惧便会如影随形。在写《迷人的洪水》一书时，奥登的脑子里显然有此想法。……他写道：'但凡有办法，绝不去下海。试图穿越它的人暴露出一种近乎傲慢的鲁莽，令其朋友们也牵肠挂肚。'"① 英国海洋文化史家约翰•迈克在其研究专著《海洋：一部文化史》的"大海的概念"中，专门探讨了西方人早期对于海洋的感觉，认为它是"令人敬畏"的。人们出于恐惧，只好止步于海边。

于是一种饶有意味的西方式"观海"场景就出现了："梅尔维尔以一段标题为'海市蜃楼'的思考为《白鲸记》开篇，在这部作品中，他的故事叙述者伊希梅尔回忆了起初引领他走向大海的一些情况。他注意到，一个星期天的下午，美国任何一个东部沿海城市的防洪大堤和一些有利位置，都挤满了'观海者'，像成千上万的哨兵待岗一般'倾听大海梦幻曲'，尔后又来了更多的人：一直步行至海边，似乎一副要跳水的样子。奇怪！除了陆地的尽头外没有什么能使他们满足；在那边库房的阴影下晃来晃去也不过瘾，不过瘾。他们尽可能地靠近大海而又不至于掉入水中。他们站在那儿，长长的一排——绵延数英里。"②

这种站在海边观海的情景，对于我们中国读者来说是何等的熟悉。《白鲸记》出版于1851年，而在中国，早在先秦时期，就已经有这种"观海"文学的片段性描述出现。《山海经》："长臂国在其东。（有人）捕鱼水中，两手各操一鱼"，这显然就是作者站在岸边看到的海中捕鱼情景。进入汉魏后，这种"观海"书写和抒情就显得更为普遍。东方朔所撰《神异经》中有记："西海水上有人，乘白马，朱鬣，白衣玄冠，从十二童子，驰马

---

① （英）约翰•迈克：《海洋：一部文化史》，冯延群、陈淑英译，上海：上海译文出版社2018年版，第85页。

② （英）约翰•迈克：《海洋：一部文化史》，冯延群、陈淑英译，上海：上海译文出版社2018年版，第116—117页。

西海水上，如飞如风。"① 分明也是岸边观看。至于那个时期的海洋抒情作品，"观海"之作更是比比皆是。曹操《观沧海》即是其中的经典，而两汉时期众多的海洋赋体文章，绝大多数也是这种"观海"性写作。

在约翰·迈克看来，这种站在海边观海的情景，一方面体现为对于大海的畏惧，另一方面也体现出对于大海的欣赏。"在18世纪50年代，当埃德蒙·伯克阐述（海洋）'令人敬畏'的特点时，人们的观念早已出现了明显的变化。海滨，作为城市的健康备选之地，正逐渐被越来越多的人所认可。……（另外）大海的情绪反映了一种相关的理想状态：风平浪静让人想到了美。……在风平浪静的日子里，你可以投身波涛之中，体验那种沉浸海中带给你的兴奋，那是发自肺腑的感觉。"②

在西方，站在岸边感受大海更多体现为一种观赏行为而非文学书写态势，对于西方的海洋书写者而言，进入海洋，把航海当作一种生命（情绪）体验，才是主要的海洋诗学传统。而中国的海洋文学，"观海"书写是海洋文学的一种最主要的常态性类型，而且还是一种历时性的存在。从先秦一直到晚清，虽然其中有一些发展变化，也有一些其他类型的海洋作品出现，但是"观海"诗学形态始终没有退位。而且，"观海"式的文学书写，在中国古代海洋文学中，呈现为一种全方位的文学形态，不但海洋诗歌多采取这种姿势，涉海叙事也多有这种视角，而且在海洋赋体文中，更展示为一种比较"固定"的抒情和叙写向度，汉代班彪的《觅海赋》如此，一直到清代纪昀的《海上生明月赋》，也是如此。

总的来看，西方海洋文学注重进入海洋，呈现为一种现实主义"航海技术和智慧"的"智力"式诗学传统；中国海洋文学注重想象，呈现为一种浪漫主义"海洋想象"的"想象力"式诗学传统。而两者的旨归都是一致的，那就是都表达了人类"回归海洋"的情感诉求和开拓海洋经济的利益追求。

值得关注的是，提出以"智力"和"想象力"两大途径回归海洋命题的人，既不是海洋文学作家，也不是海洋文化研究者，而是撰写了《海风下》《环绕我们的海洋》和《海洋的边缘》"海洋三部曲"的美国生物学家蕾切尔·卡逊。她认为，这种世界性"观海"情景的出现，与我们人类与海洋之间的生命联系有关。她的《环绕我们的海洋》就以"母

---

① ［汉］东方朔：《神异经》，《汉魏六朝笔记小说大观》，上海：上海古籍出版社1999年版，第55页。

② （英）约翰·迈克：《海洋：一部文化史》，冯延群、陈淑英译，上海：上海译文出版社2018年版，第119页。

亲海洋"开篇。她指出：与一切生命一样，我们人类也诞生于海洋。人类生命体系中的循环系统、石灰质骨骼和我们身体每一个细胞中流淌的原生质都来自于海洋的馈赠。在"人类"离开海洋进入陆地生活多年后，"最终，人类又找到了回归大海的方法。伫立在海岸边，他一定十分惊愕而且好奇地看着大海，为他对自己血统的无意识的认知而迷惑。他不能真的像海狗和鲸鱼那样重归大海，但是几个世纪以来，他用自己的本领、大脑的独创力和理智探索和研究了海洋最便利的部分，因此他可以用智力和想象力重回大海"。①

二、"智力"和"想象力"：中西方不同的海洋诗学传统

西方海洋文学的诗学传统，体现为用航海技术这样的"智力"来回归海洋的叙写。海洋叙事的核心内容就是人在船上，船在海洋中航行，人战胜航海中的一切困难。人、船和海洋环境，构成了西方海洋书写的三大要素。海洋航行和探险，仅仅有勇气是不够的，它还需要大量的技术和智慧，包括造船技术、航海技术以及解决航行途中困难的智慧。也就是说，海洋航行和探险需要"智力"。玛格丽特·科恩称之为"实践智慧"。她还认为，不但是荷马的奥德修斯航海经历显示了这种"实践智慧"，继承奥德修斯传统的后人们也是如此。她举出的第一个例子就是笛福的《鲁滨逊漂流记》，还有笛福的另外一部作品《辛格尔顿船长》和阿兰·勒内·勒萨日《罗伯特·谢瓦利埃历险记》、詹姆斯·费尼姆·库柏《领航者》以及法国作家普雷沃神父《雷德船长历险记》等作品，无不都是这种海洋"实践智慧"的书写文本。"如果说奥德修斯是在神话世界中运用自己的实践智慧，那么他的后继者们就是在'被上帝抛弃'的人世间，凭借自己的实践技能，一次次地死里逃生。"②

具体来说，这种"实践智慧"即是"航海技能"。玛格丽特·科恩总结归纳了奥德修斯航海实践中所体现出来的行事谨慎、操作规范、处理异常事件能力、坚持、果断、随机应变和集体主义等"智慧"。可以说，一部优秀的海洋小说，几乎可以视作一部航海的百科全书。玛格丽特·科恩将之称为"海洋小说的诗学体系"。她这方面的研究非常深入，并且挖掘出了它的现代意义。"海洋小说极力展现海上冒险的实践技能，同时也

---

① （美）蕾切尔·卡逊：《环绕我们的海洋》，宋龙艺译，南京：译文出版社2018年版，第17页。

② （美）玛格丽特·科恩：《小说与海洋》，陈橙等译，上海：上海译文出版社2018年版，第3页。

探寻某方面的现代意识,这种现代意识与超验的无家可归的抽离状态一起构成了海洋小说。……海洋小说专家会被书中的细节所吸引,而从海洋这一新的角度来审视小说,则会吸引更多的读者。这一研究领域越来越引人注意,而科恩对海洋作品的重新审视,则在这一领域占有重要的一席之地。"①

玛格丽特·科恩的观点并不是孤立的,在遥远的英格兰得到了并非有过交流协商的呼应。英国海洋文化专家约翰·迈克说,他撰写《海洋:一部文化史》的主要任务之一便是考察"航海生活意味着什么?海上世界是如何构建的"。所以此书的核心章节中就有"航海及行为艺术"和"轮船即社会"两章。更有意思的是,约翰·迈克在展开论述的时候,所引用的有些资料,本身就是海洋小说。譬如在"航海及行为艺术"一章的开头,他就引用了维克多·雨果《海上劳工》中的话:"大海与海风共同构成了一个复合有机体。大海的力量是无穷的,船的力量是有限的。这两个有机体,一个用之不竭,另一个足智多谋,而它们之间的斗争,叫做航海。"约翰·迈克引用雨果《海上劳工》当作自己海洋文化的研究资料并非出于偶然,因为在他看来,许多航海日志之类的文献,其实都是文学作品,甚至有些文献本身就是用诗歌体的韵文写就的。也就是说,在约翰·迈克看来,一部海洋文化史,在很大程度上,也就是一部海洋文学史,因为它们所反映和描述的核心内容,都与航海技术也就是"航海智慧"有关。

这与中国古代海洋文学形成了巨大的差异。玛格丽特·科恩考察海洋文学,约翰·迈克研究海洋文化,其时间范围都定在18世纪前后,也就是所谓的大航海时代,相当于中国的明清时期。如果考察那个时期或者更前的中国古代海洋文学,那么我们可以发现,有关"航海技术和智慧"的书写内容,是相当少的。

同样是神话时代的海洋书写,西方海洋文学是以奥德修斯深入海洋开始的,而作为中国海洋文学之祖的《山海经》,并没有这方面的内容,虽然有几处"人在海中"的记叙,但他们都是在捕鱼,并非在航海。而东晋时期王嘉《拾遗记》中那段"有宛渠之民,乘螺舟而至。舟形似螺,沉行海底,而水不浸入,一名沦波舟"②的记载,显然也不属于真正意义

---

① 陈橙:《西方海洋小说史的新构建——评〈小说与海洋〉》,见陈橙、齐珮:《海洋文化经典译丛》,中央编译出版社2016年版,第167页。
② [东晋]王嘉:《拾遗记》,《汉魏六朝笔记小说大观》,上海:上海古籍出版社1999年版,第520页。

上的航海书写。以后的中国古代海洋小说，多有海商或者航海者在航行途中遭遇风暴等的故事，这在西方海洋文学中大写特写的内容，在中国古代海洋文学中却都是一笔带过，而把重点放在漂流至荒岛后的描写。就算略有描述，也大多是"束手无策，听海由命"。就算到了航海技术比较发达的清代中晚期，也是如此。慵讷居士《咫闻录》里的《三桥梦》，叙述一次惊心动魄的海上航行奇遇。海船进入"弱水洋"后，海情大变，"水势汹涌，羊角当舟，滞而不行；白沫倒洒，衣皆尽湿，舟人大恐"。① 这里的"舟人大恐"只好等死，就是古人面对航海事故的基本态度。稍微详细一点的至多如宋张邦基《墨庄漫录》卷三中所记叙一则海难事故："一日，正在大洋，忽遇暴风，巨浪如山，舟失措。俄视前后舟覆溺相继也，独相寄之舟，人力健捷，张篷随风而去，欲葬鱼腹者屡矣。"② 对于遇难经过，也仅仅多了一句"人力健捷，张篷随风"而已。所以在中国古代的航海叙事中，类似西方"航海技术和智慧"的描述是看不到的。

黑格尔曾经说过："航海是较高级别的商业浪漫活动。现实的世界又重新展现在人们面前，成为值得精神萦注的对象；思维的精神又可以有所作为了。"③ 黑格尔这话是针对15世纪以后世界航海史上伟大的"大航海时代"而言的。而那个时代，正是郑和下西洋的时期。这说明郑和下西洋的航海实践，与世界航海时代的潮流是完全合拍的。以郑和下西洋为背景的《三宝太监西洋记》，本来应该是最有可能产生航海智慧叙写的中国海洋小说，却成了一部海洋神魔小说。至于马欢《瀛涯胜览》等"西洋三书"，对于具体的航海经过内容，也基本阙如，记载的重点是靠岸上岛后的活动。也就是说，西方的航海小说，重点是"航海过程"的书写，而中国古代的同题材小说，重点却是"目的地"的书写。

可以说，中国古代的海洋书写，是缺乏"航海智慧"方面内容的。但是根据玛格丽特·科恩对荷马《奥德赛》奥德修斯航海实践"智力"和"想象力"两方面的文学属性的提炼，缺乏"航海智慧"叙事内容的中国古代海洋文学，却充满了"海洋想象力"。这种"海洋想象力"在海洋神话和海洋志怪书写中体现得最为显著。虽然西方海洋文学也是从海洋神话起步（荷马史诗《奥德赛》本身就是一种神话叙事），希腊神话故

---

① ［清］慵讷居士：《咫闻录》，重庆：重庆出版社1999年版，第150页。
② ［宋］张邦基：《墨庄漫录》，《宋元笔记小说大观》，上海：上海古籍出版社2000年版，第4664页。
③ （德）黑格尔：《哲学史讲演录》，转引自（美）玛格丽特·科恩：《小说与海洋》，陈橙、杨春燕、倪敏译，上海：上海译文出版社2018年版，第105页。

事中也不乏海怪传说，后来还发展到海洋科幻这样的新神话故事，但是中国海洋文学的海洋神话，却是由海神、海洋神仙岛、海上神仙、海洋不死药、海洋珠宝、海洋人鱼等组成的系统性构建，汉魏和明清时期盛行的海洋志怪小说，也可以归到这个系统中去。而且中国的海洋想象，不仅有超现实的神灵鬼怪，而且还有海上"大人国""君子堂"这样具有现实意味的"海洋乌托邦"政治想象，从而构建了一个内容丰富、寓意深刻、五彩斑斓的文学上的"海洋世界"，所以从文学价值来说，中国古代"海洋想象"类海洋文学，丝毫不逊色于西方的"航海技术和智慧"类海洋文学。

三、中西方海洋叙事艺术的不同特质

"智力"和"想象力"两种类型的海洋书写，显示出中西方不同海洋诗学内容上的差异，其实在具体的叙事艺术上，中西方海洋文学，也各有自己的特质。

在玛格丽特·科恩看来，海洋文学是具有自己的审美特质的。"小说研究者们知道，尽管海洋冒险小说与（其他）小说兴起的时代一致，海洋小说的作者，也是（其他）早期小说的作者，但海洋小说并不符合研究小说兴起的主流理论。海洋小说注重描绘行为，而不是心理；作品组织形式以插曲式的结构为主，作品合理性的标尺是行为，而不是摹仿。海洋小说中崇尚技艺的英雄主义取代了教育和爱的主题，重点描写了为生存而搏斗的男性群体，而其他小说展现的则是由感情、美德和品味所主导，并与女性密切相关的私人社交群体。"[①]

在这方面，中西方的海洋文学所呈现的面貌，既有同质性，也有差异性。在同质性方面，海洋文学基本上都是男性叙事，重于行动描述，较少心理刻画，作品的结构形式也相对比较简单，都是差不多的。但是在人物形象的审美上和对海洋异人异事异物题材的处理上，却有很大的差异。

西方海洋文学热情塑造了许多"崇尚技艺的英雄"，从早期的奥德修斯到后来的鲁滨逊及各色"船长"乃至海盗们，构成了浩浩荡荡与大海搏斗的"海洋英雄（无论是正面还是反面人物）"。但在中国古代海洋文学中，这种现实性的海洋英雄人物几乎难以看到。除去想象性的海洋神

---

① （美）玛格丽特·科恩：《小说与海洋》，陈橙等译，上海：上海译文出版社 2018 年版，第 16 页。

话中的传说人物，具有现实内涵的"海洋人"，大多都非常普通。虽然到了晚清，也出现了落魄道人《常言道》中的时伯济、李汝珍《镜花缘》中的唐敖这样有点与鲁滨逊近似的"海洋世界经历者"形象，但其实却有根本性的区别。鲁滨逊是从"闯海"经历中享受海洋生活的乐趣，但是时伯济和唐敖这些人却是把海洋当作一种游玩的新奇空间，并没有清晰的海洋人文意识。

当然，在中国古代海洋文学中，也偶尔有几个积极主动要求"入海"的闯海者人物形象出现，如晚清王韬《仙人岛》中的泉州秀才崔孟涂，一心想"探奇海外"，希望在探奇中"有所遇"；《闵玉叔》中的闵玉叔偶阅《海录》，跃然而起，"海外必多奇境，愿一览其风景，以扩其见闻"。但是仔细考察这些闯海者形象，就可以发现，他们向往的其实不是航海本身，而是借助航海到达目的地，所以他们的"探奇"，探的不是海洋之奇，而是上岸后的陆上奇遇，与西方海洋文学中纵情大海、征服大海的"英雄"形象完全不同。

航海中总会遭遇奇人奇事奇物，从而形成了比较独特的"航海奇事"书写，对此，中西方海洋叙事类文学显示出了不同的艺术处理方式。

在西方海洋小说中，航海中遭遇奇异事件以及对它们的技术化智慧化处理，往往成为核心情节。玛格丽特·科恩以笛福《鲁滨逊漂流记》为例进行了剖析。该小说的中心内容是鲁滨逊"如何被俘、如何逃脱、如何在大海中遇到西班牙船长"等。笛福将这些奇异遭遇转化成为叙事，从而构建起他的海洋冒险小说诗学。他采用的叙事方法有每一章围绕一个事件来写、增加人物遭遇险境的程度、保持人物行为的连贯性和出现问题并加以解决等。这些既是海洋冒险小说所呈现给读者的"海洋异事"，其实也是作品为其他航海者所提供的"技术和智慧"借鉴。阅读快感和技术指导完美地融合在一个海洋叙事文本之中。但是在与鲁滨逊同时代的中国明清时期，或者更早的唐宋元时期，海洋小说所提供的"航海异事"，包括海洋异人异物，却往往没有西方海洋小说中那种遭遇异事（其实是困境）并予以解决的"过程"，而只有零星的片段，并且核心内容都体现在超越现实的"异常"上，所以也没有为他人提供解决海洋航行困境的技术和智慧。如清人王椷《秋灯丛话》"海鬼夹船"故事："余邑人某，康熙间航海，遭飓风吹入大洋。随波上下，经数昼夜，船忽坠落，如在深坎中。第见海水壁立，四围莹彻，而清影溰漾，曾不漫溢涓滴。仰望天光，莹莹如豆。老于舟师者，不知为何地，举舟惶恐，计无所出。夜半，有圆目巨齿、蓝肤红颜者四五辈，左右夹船，徐徐提之起。众屏息而伏。

少顷，船出水面，乃获免。"① 海浪高高涌起，又深深坠落，光线因之变得奇异，这本是一种海洋潮流引发的水文现象，但是却被作者描述成一种超现实的海洋遭遇。

但是中国古代海洋文学虽然在海洋英雄人物塑造上付之阙如，对于海洋奇事奇物也往往采用志怪体叙述，然而玛格丽特·科恩所说的"海洋小说中崇尚技艺的英雄主义取代了教育和爱的主题"的艺术现象，却并不符合中国古代海洋文学的实际。中国古代海洋文学中有大量的"教育和爱的主题"。譬如蒲松龄《聊斋志异》中的《夜叉国》，就深刻地体现出海洋叙事的情爱性。蒲松龄对取材于宋洪迈《夷坚志》中《岛上妇人》的故事，进行了彻底的改写，从而将一个凄恻的海岛妇人被遗弃的"本事"创作成了一个"海陆文明相容、全家最终团聚"的温情故事。

四、海洋升华：中西方共同的海洋书写发展形态

以"航海技术及智慧"和"海洋想象力"为主要叙述内容的海洋文学，在中西海洋文学中各自发展，形成了相对独立的诗学传统。但是它们并非始终都在各自的轨道上奔驰，非常有意思的是，到了18世纪前后，这两种不同美质的海洋文学竟然有了交叉和合流。

这个时期的中国航海实践曾经引起过西方的注意。约翰·迈克写道："无论海景是否被赋予祖先意义，大海是岛屿或大陆领土主权的延伸这种说法有着普遍的意义。……我们已看到，中国明朝的航海家们穿越太平洋，进入印度洋，这种大规模探索和发现被忽略了。当清朝统治者在17世纪中叶建立其影响时，明朝的航海史又进一步被忽视了，清朝的工作重心更多的集中在保护中国现有疆域的安全而不是通过海上冒险去拓展它。"② 约翰·迈克认为，在17世纪前后，也就是明清时期，中西的海洋书写曾经拥有过共同的航海题材，可惜被中国的作家们"忽略"和"忽视"了，中西海洋文学也就失去了一次难得的历史相逢的机会。

虽然没有实际的历史交融，但是中西海洋文学却有了精神和美学意义上的交汇。玛格丽特·科恩说："我在重构海洋冒险小说几百年发展历史时发现，在欧洲文化的海洋想象中，存在一个重大的文化转变。"以"航海实践智慧"为核心叙述内容的西方海洋小说诗学体系，在经过了维

---

① 〔清〕王椷：《秋灯丛话》，济南：黄河出版社1990年版，第179页。
② （英）约翰·迈克：《海洋：一部文化史》，冯延群、陈淑英译，上海：上海译文出版社2018年版，第99页。

克多·雨果等人的"海洋现代主义"、儒勒·凡尔纳等人的海洋科幻小说、约瑟夫·康拉德等人的海洋间谍小说等演变之后，"描绘海洋的虚构作品，逐渐抹去了船只和水手。因为启蒙时期的美学理论，将工具理性和劳动与非工具性的艺术严格区别开来。空荡荡的海洋，接下来经受了浪漫主义的升华。当时描写海洋的作品，脱离了历史上真实的航海者；诗人、小说家和艺术家发挥想象力，任意为海洋重塑人物形象"。①

这个时期西方海洋文学中，出现了众多描述"海洋爱情"的作品，而且随着航海技术提高航海距离也越发遥远，所以这种"海洋爱情"故事还大多呈现为跨越大洋界限的浪漫特质。玛格丽特·科恩认真考察了这个文学现象。她看到，格拉菲尼《一个秘鲁女人的来信》描写了一条穿越大西洋的船上产生的一个印加公主与一个法国青年的恋情；布鲁克《艾米丽·蒙塔古往事录》中的爱情故事也穿越了大西洋；而司各特《海盗》，其中心内容也是善良的乡村少女与纵横大海的海盗之间的情感交流。"像这样的跨海爱情推动了英国小说和法国小说的情节发展，同时也有其文化作用。……外国的海洋给(本国)中心文化带来了异质色彩。"② 在美国，还出现了被誉为"19世纪美国最杰出女诗人"的艾米莉·狄金森，她的诗歌主题就是"爱情和大海"。③

航海技术的日趋现代化、航海条件的大幅度改善，使得航海技术和智慧在海洋叙事中不再显得非常重要，所以那个时期的西方海洋小说，不再痴迷于展示航海技术和塑造海洋英雄，而是热衷于"跨海爱情"。对此，玛格丽特·科恩将这一海洋文学现象表述为"海洋的升华"。

"海洋的升华"的结果之一，是在一些作家的笔下，"海洋"逐渐脱离了它的现实性，而演变成了一个"寓言体"书写对象。玛格丽特·科恩以弥尔顿《失乐园》为例，详细论析了西方海洋文学的这一转变。她看到"海洋的升华"之后，现实性海洋变成了"崇高的海洋"，因为正如艾迪生所认为的，"崇高的最好体验就是站在一艘船上"。对此，就需要"将海上作业与海洋的崇高割裂开来"。她引述了康德的一段话作为佐证。康德在《判断力批评》中分析"崇高"说："如果我们想要看到海洋的崇高，就不能用平常思维去思考它，不能用各种知识去看待它。……我们应该

---

① （美）玛格丽特·科恩:《小说与海洋》，陈橙等译，上海：上海译文出版社2018年版，第15页。

② （美）玛格丽特·科恩:《小说与海洋》，陈橙等译，上海：上海译文出版社2018年版，第177页。

③ 汪汉利:《狄金森的大海与爱情》，《世界文学》2017年第9期。

像诗人那样去看待海洋，只管眼中所见，这样才能发现它的崇高。"①

崇高美学理念对海洋文学的影响，便是作家们创造出了一个主观色彩非常浓厚的"狂野的海洋"，西方的海洋文学进入了一个新的审美阶段。"当人类活动从海洋中抽离，浪漫主义作家就开始创造各种各样的生物来填充海洋。"玛格丽特·科恩认为这是"启蒙主义"的体现，影响力至今不衰。

如果以此来观照中国同时期的海洋文学，我们的心情欣喜而复杂。因为这个时期的中国，正处于清代。清代的海洋文学，恰恰出现了"想象性海洋书写"的文学思潮。在继承唐宋以来的海洋现实主义书写传统的同时，源于《山海经》的海洋浪漫主义书写在清代得到了"回潮"式的发展，出现了大量如袁枚《子不语》中志怪式海洋想象作品。就算玛格丽特·科恩津津乐道的西方"跨海爱情"，王韬的海洋小说中也多有描述。如果我们对于海洋爱情的理解稍稍宽泛一些，那么甚至如《聊斋志异》的《夜叉国》等中土人士与南洋土著岛民的情爱故事也可以归入其中。所以我们可以"欣喜"地看到，西方海洋文学这一新的"浪漫主义"文学倾向，其实我们也"有之"，甚至还是"早就有之"，因为玛格丽特·科恩和康德所说的"海洋的崇高"，其实在汉朝的海赋作品中，就有大量存在。班彪《觅海赋》等作品，洋洋洒洒，纵情肆意，多角度多层次描述了大海的壮观气势，表达出对于大海的敬畏情感。

所以从创作实践来看，中国海洋文学的浪漫主义特质自古存在，对于大海的崇高美质也早就有所反映和描述，这是我们可以感到欣喜的地方。但是在西方，这种创作实践与18世纪的"精神性"海洋文学，成为整个启蒙时代文学的有机组成，其影响力经久不衰，而我们源于古代的海洋浪漫主义文学传统，始终没有得到应有的重视。

海洋审美从航海技术性智慧，发展到情感性空间，"想象力"成为中西方"回归海洋"文学书写的共同支点。同样，而今的"海洋"也不再是纯粹意义上的客观海洋，而是一种人文的思想和情感之所，也即所谓的"不朽的海洋"："在所有这些海岸上，同时回响着过去与未来的声音。……它永远不会静止下来，永远不会经年不变。……因而，我们便会察觉到，就像海洋的任何物理现实一样，生命也是一种有形的力量，一种强大而目标明确的力量，就像上涨的潮水一样，它向着自己的目标

---

① （美）玛格丽特·科恩：《小说与海洋》，陈橙等译，上海：上海译文出版社2018年版，第201页。

奔去，是不可压垮也不可扭转的。"①

　　客观海洋和人文海洋交融在一起，中西的海洋文学也就有了更多交融的必然。玛格丽特·科恩在谈到她《小说与海洋》的写作初衷时说，虽然西方学术界一度患上了"海洋失语症"，但是近年来，"高校学者也开始重新探索海洋和航海的重要性，不仅是为了更好地研究社会和经济历史，同时也为了更好地了解文化、美学和认知学。在文学研究领域，后殖民主义和跨民族研究范式为研究海洋交通、交际和文化，提供了新的视角。这些研究范式最初没有关注海洋，将之视为大陆上各段历史间的死角。但到了 21 世纪的头 10 年，海洋体验进入了视野。我的海洋冒险小说文学史研究，也请求小说批评家们，'离岸，起航'"。②

　　"我爱地中海……仔细想来，可供人们游目骋怀、寄情其间的海洋，一直以来都是存在于我们过往生活的最大的资料宝库。"这是法国著名海洋历史学家费尔南德·布罗代尔在其名著《菲利普二世时代的地中海与地中海世界》1949 年初版序言的开头写下的话。1991 年到 1995 年，日本学者滨名优美用了 5 年时间将它翻译成日文出版。日本历史学家川胜平太在其所著的《文明的海洋史观》中引用了这段话，并认为这本书对日本的历史学研究意义重大。因为"二战后日本人的历史观是陆地史观，其代表性学说是唯物史观和生态史观。在《地中海》出版 46 年后终于出现了日文版，其序言开头的这段文字漂洋过海，为深受陆地史观影响的日本人送来了一股清新的海洋气息。布罗代尔的文字，洗练中饱含激情，读者沐浴着这芳醇的海洋气息，内心一定会经历一场无声的历史观革命。《地中海》的力量。可一举冲破以往那种生发于内陆、被土地束缚制约的世界史形象，使之转变为面向海洋的世界史形象，这是一本革命性的著作"。③

　　海洋战略的调整需要从根本上改变我们的海洋观。中国的"海洋失语症"也曾经长时间存在。但是到了今天，在海上丝绸之路和海洋经略的话语背景下，我们的海洋文学研究，似乎更需要有新的"离岸，起航"的姿势了。

---

　　①（美）蕾切尔·卡逊：《海洋的边缘》，冯超译，北京：北京理工大学出版社 2018 年版，第 257 页。

　　②（美）玛格丽特·科恩：《小说与海洋》，陈橙等译，上海：上海译文出版社 2018 年版，第 21 页。

　　③（日）川胜平太：《文明的海洋史观》，上海：上海文艺出版社 2014 年版，第 90 页。

参考文献

1.（德）黑格尔:《历史哲学》,王造时译,上海:上海书店出版社 2006 年版。

2.（日）川胜平太:《文明的海洋史观》,刘军等译,上海:上海文艺出版社 2014 年版。

3.（英）约翰·迈克:《海洋:一部文化史》,冯延群、陈淑英译,上海:上海译文出版社 2018 年版。

4.（美）玛格丽特·科恩:《小说与海洋》,陈橙、杨春燕、倪敏译,上海:上海译文出版社 2018 年版。

5.（韩）李允先:《岛屿:海洋民俗和文化产品》,郑慧译,上海:上海译文出版社 2019 年版。

6.（日）伊藤清司:《中国的神兽与恶魔:〈山海经〉的世界》,北京:商务印书馆 2019 年版。

7. 陈橙、齐佩:《海洋文化经典译介》,北京:中央编译出版社 2016 年版。

8. 徐鸿儒:《中国海洋学史》,济南:山东教育出版社 2004 年版。

9. 曲金良等:《中国海洋文化基础理论研究》,北京:海洋出版社 2014 年版。

10. 刘文霞:《大海的回响:西方海洋文学研究》,北京:中国社会科学出版社 2017 年版。

11. 鲁迅:《中国小说的历史的变迁》,《鲁迅全集》(第九卷),北京:人民文学出版社 1981 年版。

12. 许结:《汉代文学思想史》,北京:人民文学出版社 2010 年版。

13. 黄震云、孙娟:《汉代神话史》,长春:长春出版社 2010 年版。

14. 胡国瑞:《魏晋南北朝文学史》,武汉:武汉大学出版社 2013 年版。

15. 徐朔方、孙秋克:《明代文学史》,杭州:浙江大学出版社 2006 年版。

16. 徐鹏绪:《中国近代文学史纲》,北京:中国社会科学出版社

2004 年版。

17. 段汉武:《蓝色的诗与思:海洋文学研究新视阈》,北京:海洋出版社 2010 年版。

18. 赵君尧:《天问·惊世:中国古代海洋文学》,北京:海洋出版社 2009 年版。

19. 张放:《海洋文学简史:从内陆心态出发》,成都:巴蜀书社 2015 年版。

20. 杜鹃、滕新贤:《沧海钩沉:中国古代海洋文学研究》,上海:上海三联书店 2018 年版。

21. 张如安:《沧海寄情——话说浙江海洋文学》,杭州:浙江大学出版社 2019 年版。

22. 杨凤琴:《浙江古代海洋诗歌研究》,北京:海洋出版社 2014 年版。

23. 叶舒宪、萧兵、(韩)郑在书:《山海经的文化寻踪:"想象地理学"与东西文化碰撞》,武汉:湖北人民出版社 2004 年版。

24. 程千帆:《元代文学史》,吴志达修订,武汉:武汉大学出版社 2013 年版。

后　记

　　站在办公室的后窗东望，大海安静地起伏着。两座跨海大桥的桥墩，与远处的山峰一样的高低。在有雾的日子里，白色的海雾盘绕着桥面，只露出桥墩的峰顶，几乎与山峰融为了一体。

　　在舟山群岛，山就是岛。一千多个岛屿构成了舟山的多态和多彩。我经常会痴想，这很像中国古代海洋文学的态势和颜色呢。

　　中国古代海洋文学，严格来说，并不是一种"自觉"和"成熟"的文学现象。从先秦至晚清，作家和诗人们为我们贡献了大量的与海洋有关的诗文。在这些作品中，有些是作家们的"有意"之作，有些是他们的"无意"之举。总的来看，我认为，《山海经》中的海洋构建，是有意为之的。苏轼、杨万里等有过海洋生活亲身体验的人的海洋作品，也是有意为之的。另外如《鲸背集》这样海洋书写的专集，也是有意为之的。这种有意为之的海洋文学作品，其实还真的不少。可以说，正是这些有意为之的创作活动和成果，构成了中国古代海洋文学大厦的主体部分。

　　其实那些把海洋视为心灵和情感寄托之所的作品，何尝又不是有意为之的呢？海上神仙岛的想象，难道不是有意为之的吗？人鱼等怪诞想象，难道不是有意为之的吗？荒岛故事、海洋生物故事等，哪个不是有意为之的？否则何以这些题材历经千年还经常被人反复书写？

　　是的，从根本上来说，所有创作现象，都是作家们的有意为之。但我这里所说的"有意""无意"，与"自觉""不自觉"是两回事。可以说所有的创作都是有意为之，但并不是所有的创作都是一种"自觉"的文学活动。我这里所说的"自觉"，是一种诗学意识。西方的海洋文学是一种"自觉"的文学行为，因为西方作家们在有意识地创造一个海洋空间和一种海洋诗学。但是古代中国的海洋书写，尽管作家们都知道写的是与海洋有关的内容，但他们可能并非在创作一种海洋诗学。这就是为什么古代海洋文学中写了那么多与航海有关的故事，却几乎没有人把航海本身视为叙事重点，而总是一笔带过。

　　"有意"的海洋书写，"不自觉"的海洋诗学构建，这是中国古代海洋文学的一个特点，也是一些人否定中国有海洋文学存在的一个理由。这可能是一个遗憾，但在我看来，却未必是一种缺陷。正因为"有意"但却未"自觉"，恰恰造就了中国古代海洋文学的绚丽多彩和"不守成规"。这是我对中国古代海洋文学的一个基本认识。

如果从 2006 年出版《中国古代海洋小说》开始算起，那么我的中国海洋文学研究，已经过去了十四五年了。现在这本《中国古代海洋文学史》，可以说是这方面研究的一个重要的成果。在此过程中，我得到了许多学界前辈、同仁和朋友们的无私帮助和指导，在此我表示衷心和深切的感谢。

由于学识、条件等多方面的限制，本书肯定存在许多方面的不足，恳请各位不吝赐教，我在这里先鞠躬致谢了。

倪浓水
2021 年 5 月于浙江海洋大学长峙岛揽月湖畔

图书在版编目（CIP）数据

中国古代海洋文学史 / 倪浓水著 . —杭州：浙江大学
出版社，2022.1
ISBN 978-7-308-22705-6

Ⅰ.①中… Ⅱ.①倪… Ⅲ.①中国文学－古代文学史－
文学史研究 Ⅳ.① I209.2

中国版本图书馆 CIP 数据核字（2022）第 094806 号

中国古代海洋文学史

倪浓水　著

责任编辑	宋旭华
责任校对	蔡　帆
封面设计	浙信文化
出版发行	浙江大学出版社
	（杭州市天目山路 148 号　邮政编码 310007）
	（网址：http://www.zjupress.com）
排　版	杭州浙信文化传播有限公司
印　刷	杭州高腾印务有限公司
开　本	710mm×1000mm　1/16
印　张	25.25
字　数	446 千
版 印 次	2022 年 1 月第 1 版　2022 年 1 月第 1 次印刷
书　号	ISBN 978-7-308-22705-6
定　价	98.00 元

浙江大学出版社市场运营中心电话（0571）88925591；http://zjdxcbs.tmall.com